吉本隆明と『共同幻想論』

山本哲士

晶文社

装丁　アジール（佐藤直樹＋菊地昌隆）

目次

終章　幻想プラチックとパワー関係：国家論と権力関係論の地平　485

あとがき　537

凡例

＊⑨⑩などは『吉本隆明全集』（晶文社）から、❹⓮などは『吉本隆明全著作集』（勁草書房）からの引用。また Ⓐは『思想を読む　世界を読む』、Ⓑは『思想の機軸とわが軌跡』（共にＥＨＥＳＣ出版局）からの引用。

＊欧米引用文献は煩雑になるので避けた。

＊註で※は吉本隆明氏に関わるもの、◆は一般的なことがら、▼は著者に関すること。

まえがき　吉本思想の全体像へ

吉本思想は、二十世紀の世界最高峰の思想・理論です。それが、真にわかられるのがいつになるのか知りませんが、世界の思想・理論を勉強していけば、自ずとそれは実感されます。多くのひとたちが吉本思想は偉大だと感じていろいろ論じてはいても、どうもしっかりと理解されているとはいいがたい水準にまだあります。非難する人たちの読みもせずに否定している仕方などは、その偉大さへの否定的な現れです。偉大さや深みを理解できずとも、周囲が吉本さんをまつるので気に障るのでしょうか、素直に、偉大さにたちむかえばいいのに歪んだ主知主義の反応です。またたくさんの人たちが論稿を書いたりしていますが、吉本思想総体を真に了解しえているとはおもえません。吉本さんへの思いの強さや超絶さにたいしての反応は人それぞれ千差万別で自由ですが、おさえるべき基本というものがあるのではないでしょうか。

日本を考えるうえで、世界のなかの自分を考えるうえで、しかもそれを人類の本質・初源にまでさかのぼってとらえる仕方として考えるうえで、「〈吉本思想が存在しない〉ということができない」存在となっている思想論理なのです。

思想を理解・了解するには、その思想家のもっとも本質的な主軸になる著作をおさえずしてありえません。マルクスでいえば『資本論』、フーコーでいえば『言葉と物』ですが、それだけではまた何事も理解にいたらず、やはりマルクスでは『経済学批判要綱』『剰余価値学説史』『経済学・哲学草稿』『ドイツ・イデオロギー』は最低限了解していかねばなりませんし、フーコーでは『狂気の歴史』『臨床医学の誕生』『監視することと処罰すること』（邦題『監獄の誕生』）『セクシュアリテの歴史』（邦題『性の歴史』）、そして『知の考古学』は少なくともふまえ、「思考集成」「講義録」はおさえていかないと理解にはたどりつかないとおもいます。思想は、個人の総体ではなく、考察対象世界の総体にあるゆえ、やっかいです。一つの主著を読んだからといって理解にたどりついたことになりません。しかもそれが時代を画し、世界の言説、思考体系を根源からひっくりかえしていればなおさらのことです。世界の言説をくつがえした偉大な思想は多々ありますが、近代以降ではやはり、マルクスとフロイト、そしてラカンとフーコー、それに吉本隆明が、ずばぬけています。彼らの言説水準が他に比してあまりにちがいます。ヘーゲルやカントなどは体系が緻密で、考えられていない次元を埋め合わせてはいっていますが、それだけのこと。ハイデガーもそうですが、しかし近代的思考の基盤を暗黙に支えている言説として世俗一般化されて理解にのせられています。しかもそれは当人の思想体系とは似ても似つかないものとしてですが。アルチュセールやブルデューも、理論思考の仕方と新たな理論次元は開示しましたが、その次元止まりです、言説の地盤転移にまではいたっていません。

大卒人の思考は先験的＝経験的な二重性をもって思考を閉塞させて、なされています。すると思考するときの手立てに役立つ基本的・基盤的なことは誰かが教えてくれるものだ、という次元で作用してしまいます。自分で考えるということの放棄です。そのかわりに、裁断することが思考だと錯認されていきます。

裁断は、誰がなそうと思考放棄です、自戒をこめて——。

言説地盤、その基盤・基礎を体系だてた思想と、言説地盤そのものをひっくりかえした思想とは、なにがちがうのでしょうか？　それは、既成秩序を客観化する言説と、既成秩序の臨界を通過して転移する言説との違いです。どちらも、考えられえていなかったことを言説化していくのですが、体系だてるのと転移可能性を拓くこととの違いです。既成秩序や既成思考体系の敷居＝閾を超えて向こう側にいきえているか否かです。その違いは、〈批判〉体系を媒介にいれているかどうかとして差異化されます。それは、いかにして可能となるのか。思考技術の決定的な違いがあるというようにわたしは考えますが、批判体系だけでとどまるのでは、意味があるとはいえません。同時に新たな可能条件が開かれていくことです。それは、いかにしてなされているのかです。しかしながらその可能条件は、多分に「理論効果」といえる次元で処理されてしまいます。マルクスは資本主義社会を否定し共産主義社会を展望したとか、吉本思想は天皇制を否定し「国家の無化」を想定した自立思想だなどと結論づけて、理論性自体にたいする了解を放置してしまうのです。

思想は、〈知 knowledge/savoir〉の体系として叙述されています。その〈知〉が慰みになるのか驚きになるのか、人はそれぞれ自分に合うように〈知〉を理解し了解しようとしますが、わたしは〈慰み〉の思想を拒否し、〈驚き〉からの自覚＝覚醒の思想を自らによしとしてきました。吉本思想は、その双方を可能にする思想になっています。そういう大きさをもちえています。ですので、わたしは吉本思想を慰みにする仕方から、常に自分を切り離してきました。慰みは安心をもたらしますが、それは認識や思考が個体にとって進化の極限として意識されるものだ、そこに精華があるという、精神的な慣れや停滞をもたらすだけだからです。つまり認識を得たことでものごとが分かったつもりになり、解決されえているのだ、という短絡をもたらしています。それはひどく堕落的なものです。知識を預金しただけで、世界がうみだしている裂け目や亀裂を覆い隠し、わたしたちの経験や存在の仕方を安易なもっともらしさにつれこむだけだからです。わかりやすく言ってしまいますと、思想に答えをもとめているだけで、自分で思考することを回避してしまう仕方です。吉本さんに常に答えを求めていくのです。しかし、わたしにとって、吉本思想に答えがあるとは、どうしても思えない。考えていかねばならないものを新たな地盤から提起してくれてはいるのですが、そこから山のように新たに考えていかねばならないことが明示されているだけとしか思えません。これは、マルクスやフロイトにたいしても同じです。吉本思想に答えの慰みを求めていた人たちは、吉本さんならどう言うだろうか、と「いまここで」の答えを求めるのです。すると、一九八〇年代以降の吉本さんは誤ったもの、ずれたもの、もう聞くことのないもの、終わったものと放棄されていきます。現状に闘う吉本ではない、現状を容認するのは、停滞だ堕落だと判定していく仕方をうみだしました。吉本さんを立てるあまりに、愛するあまりに、吉本思想の意味を放置していくのです。そういう吉本接触の仕方に共通しているのは、吉本思想の三大本質論を相互的になんら読んでいないということがあります。

吉本思想においては、基本は、吉本三大本質論である『言語にとって美とはなにか』『共同幻想論』『心的現象論』（序説・本論）の言語表出論、幻想論、心的了解論を基礎・地盤において、文学論・詩論、宗教論、イメージ論、アジア的ということ、政治思想、などを了解していく努力を要されますが、一番難しいといわれている三大本質論をあとまわしにしてふまえずにいるかぎり、いつまでも了解へ自分がたどりつくことはありえないといえるでしょう。安易な道などはないのです。いいえ、一番困難なものを最初にふまえていくのが、結局、一番生産的であり一番の早道だということです。わかったつもりになることほど自分自身にとって不毛な事はありません。急がば、まっすぐ進めです。

世界的に、大知識人の時代は終わったといわれます。それは西欧ではサルトルに象徴されるものでしたが、わたしは二十世紀の世界の大知識人は、メキシコのオクタビオ・パスと吉本隆明のふたりだとおもいます。サルトルではない。つまり西欧思想ではないということです。共通しているのは、双方とも「詩人」であり「思想家」である、つまり直観的表出と大きな体系的表出とを同時にもっているということです。そして、どちらも非西欧です。近代西欧思想の限界を感知している思考です（さらに給与とりの大学教師ではない。自分で書くこと自体で生活生存していった思想家です。「在野」などという奇妙なくくりがありますが、大学教師たちは給与なしには生きていけない賃労働依存存在です。制度権威からの容認など、思想・理論になんの意味も無い。その知性よりもパス、吉本のほうがはるかに高度です。サルトルも大学教師にならずに生きてきた思想家ですが、どんなに好意的に読んでも二流の思想です。フーコーやラカン、ブルデューの方がはるかにすぐれていますし意味があります。ラカンは大学など辞めてしまいましたが、フーコーもブルデューも給与取りになった、その限界は不可避に派生するのですが創造生産力は大きかった）。フーコーたちは自身が言っているように「特殊知識人」です。全体を上位にたてそれに従属する部分をみていくのではなく、種別的なものごとに総体をみていく思考の仕方です。フランス構造主義によって、世界的な理論革命がおきたといえるのも、人間学的エピステーメが地盤変えされたからですが、アルチュセールやロラン・バルトやレヴィ＝ストロースは、ある種の特殊専門的知識人でしかないし、ヤコブソンやバンヴェニスト、A・J・グレマスら言語学者も特殊知識人です。ガダマーやハーバマス、ルーマンらドイツの思想家たちもそうですし、アングロ・アメリカの論者たちも個別知識人ですが、しかしそれでもサルトルの質よりはるかに高度な論者たちです。たしかに大知識人の時代は終わっているのですが、その最後の二人が、パスと吉本です、高度な大知識人です。

詩人は、感官で世界を領有している存在ですが、それをさらに思想言述として歴史・文化を対象化・客観化しえて世界を領有している存在は、パスと吉本以外にみあたりません。パスはノーベル賞をとっているが、吉本はとっていないではないかというのは、たんなる日本語世界への世界の無知であるだけで、またどうみても川端康成や大江健三郎よりも思想として知識人として吉本さんの方が高度でしょう。「高度」というのは、物事の存在の本質へいたりえているということです。日本の二人の文学者は英訳されていたからであって、吉本思想の英訳は、これからなされていくことです。そんな賞規準は思想の質にとっては意味のないことです。

なぜ、吉本思想は世界的であるかというと、人間が人間である事の本質・初源をさぐって思考次元へととりだし言説化したからです。諸民族の文化差異が出現する以前の類的な根源にまでせまっているからです。それは、さらにフロイトやマルクスやヘーゲルなどがなしえなかったことをなしえています。総体を読んでみれば容易にわかることですが、辺境の西欧思想を超克しえているのは、世界で吉本一人です。パスも論理化されていないのでそこまでいたりえてはいませんが、閾を表出はしています。吉本思想は、論理として新たな言説閾がはっきりと開削されています。共通しているのは、二人には西欧思想家たちがなしている奇異ともいえる細部の緻密化がなされていないことです。存在の本質に光をあてていく言述です。ですから理論化はまだまだこれからで、二人の地平から新たになされていきえます。なすのは、残されたわたしたちのタスクです。

しかしながら、日本で吉本思想は、まだ個人思想の卓越さとして了解されているだけで、普遍思想として了解水準にいたっていません。にもかかわらず、どこか吉本思想は他に比してどこか違う、深いと、多くの人に感知はされているのです。本書は、そこをあくまで入り口として幻想論の意味から示していきます。わかるようでいてわかられていないようですので、エッセンスになるものを示唆しながら、「共同幻想論」が開いた可能性を国家論・家族論・個人論において、本質としての幻想と歴史的な現存社会との関係から明示していきます。

わたしは吉本さん個人をたてまつり上げているのではありません。その世界普遍性に誠実であろうとしているだけです。吉本思想に等身大で向き合うという踏襲の仕方は、生活存在の名でもって吉本思想を自分次元へ貶め、生活の裂け目に潜む負的なものを可能条件へ切り換えうる自らの存在を放置し、自分が自分へ裏切られるだけです。それは慰みにもならない、気づいたら世界の暗黒に放り出されて呻吟するだけか、無知の傲慢さへ居座るだけです。思想の偉大さをあなどってはなりません。それは自分へ苦闘を強いるのです。フロイトへ立ち向かったラカンの苦闘をみてください。ほぼ狂気の沙汰です。西欧の言説世界総体へ立ち向かったフーコーをみてください。尋常ではありません、怪物的です。そして世界の初源、人間の初源へ立ち向かった吉本さんの固有の苦闘があります。わたしはその営為に敬意をはらいます。とても、自分尺度へ引きずりおろして悦にいる不敬を冒すことはできませんし、たてまつって放置したままでいることもできません。微力ながら了解の格闘をしつづけています。吉本さんを非常に高く評価しているある追悼会で、フランスからの「日本の辺境で格闘した吉本思想」という応援メッセージを誇らしく語る仕方、その見解にわたしは腹がたちました。西欧の方が辺境なのです。わたしはもう十年以上ジュネーブで暮らしたりしながら、パリやロンドンを行き来していますが、彼らの自己中心性の裏に白人主義をもった偏見から成り立っている辺境性をいやというほど感知しています。それをわたしは普遍規準になどはできない。吉本思想の方が世界にはるかに意味があります。日本も排外的なおぞましさがときに徘徊します。それを回避していくうえでも、吉本思想は伝えていくべきです。メキシコで暮らし学び、ジュネーブで暮らし学んだ、その双方からみえてきた「西欧／アングロ＝アメリカ」の限界と、良きことは良きこととしてふまえたうえでです。

　大学人の言説は「意味されたもの（シニフィエ） signifié」を正確に整理し読み解いていくという解釈の知識蓄積の思考でしかありません。それはただシニフィエされた（意味された）知識が一義的につみかさなるだけで、ただ「知られたもの」だけが統一されているのみで、「意味するもの（シニフィアン）signifiant」の作用の力を、現実にたいして働きかけていくことができない仕方です。シニフィエとは歴史情況に固定化されたものにしかなりえないものです。シニフィアンは、歴史を超えて作用していくものです。わたしは、学生の頃から吉本さんの書を読んできました。マルクスと吉本を一番読み、ついで大学院へ入ってからは専門研究の脇で、イリイチやフーコー、ブルデューをはじめ、世界の現代理論を学んできました。世界へいかに立ち向かうかをそこから学んだといえますが、態度としては吉本さんの仕方を自分へとりこんで、世界思想・世界理論へとりくんできたとおもっています。そして、吉本さんと直接対話する機会を与えられ、自分の処女作以来、四半世紀にわたって吉本さんと対話しつづけてきました。フーコーには会いませんでしたが、イリイチやブルデューをはじめ、以後のすぐれた論者たちと世界で同時的に対話しました。それでも、いちばん親密に吉本さんから学びとってきたといえます（パスに会ったときの、わたしと友人阿波弓夫[1]とによるインタビューは、スペイン語のパス全集におさめられています)。そうしたなかで、吉本さんはあまりに卓越しています。わたしは吉本思想を世界理論の中で布置する、ということを自分自身の理論生産においてなしてきました。それは、吉本思想が、人間の初源・本質において「意味するもの」の存在を明らかにした、そこから理論思考を働かすという仕方です。

同時代的に、欧米では構造主義――構造主義があるとかないとか誰それは構造主義者ではないとか、そういうことはどうでもよく一九六〇年代前半の思想生産のこと――による理論転移がなされていますが、それはかなり緻密な理論閾を開いており、ものごとの要素や対象間の隠れた関係様態を明らかにしたことにおいて、新たな原理・論理・理論の閾が開かれ、対象の本性や特性がいままで考えられえていなかった地平へ出現させられたといえます。大学で制度化されている近代学問大系の言説では考えられえていなかった新たな知と思考技術の可能性の次元が提示されています。日本のアカデミズムは、おどろくほどそこに懶惰、無知です。大学教師の知性水準では難しくてわからなかったのだといえることですが、大学教師たちは自分尺度にはいってくる水準での欧米依存をしているだけです。自分を超えてしまっているものを回避する賢さだけにたけています。

吉本思想を「意味されたもの」において解説しても意味はありません。それをいかに活用して、世界をみていき、自分が生きる回路を〈個〉として開いていくかです。思考の創造は、「意味する存在」をあきらかにしていくことにおいてなされます。わたしは、そうして自分の理論世界を構築してきているのですが、わたしの理論言述は吉本思想を了解水準におかないと理解不可能です。それを痛感し、自分が自分において了解してしまっている閾を、すこし戻ってあきらかにしておく不可避さを感じました。たとえば、わたしの商品批判、社会批判は、もはやマルクス主義的・構造主義的な次元でなしているのではありません。商品幻想・社会幻想の批判次元からなされており、ポジティブに環境設計としての資本・場所の設計提示にあります。場所共同幻想を古事記神話からの「国つ神」共同幻想や日本語の述語表出の論理から構築していますし、「資本」を幻想・心性から文化的におさえて思考しています。西欧の主客分離の近代二元論の超克は、吉本＝マルクスの〈自然疎外〉を主客「非分離」の論理として開示してなされるものです。近代二元論批判であるとはいえ廣松渉哲学の主客コプラの命題形式哲学では辿り着きえない閾――述語閾です。日本語の言語構造は、命題形式をとりえない、主語もコプラもない言語様式なのです。

つまり、吉本思想は、主語のない日本語の述語制言語から論述されたもので、欧米の主語制言語／屈折言語がなしえていない思考技術の言説を構成しているのです。思考は言語でしかなされえません。その欧米の言語構造からして不可能な閾を論述しているものなのです。主語制言語よりも、述語制言語の方が世界的であり普遍です。この境界は構造論がある意味開いたのですが、その「構造」の全体性と変換体系と自己制御[2]に閉じていることで壁にぶちあたったまま、言語表出的に不可能な閾にとどまっています。たとえば、フーコーの自己技術論は、自己同一性へ集約されてしまう近代主体概念への批判であり、述語的主体化をあきらかにしようとしながら、その述語閾へはいっていくことができません。ラカンの「無意識はランガージュだ」という考察も、主語的〈他者〉（主語的）欲望論を超えて欲動・享楽の述語制へ立ち向かっているのですが、フランス語の主語制言語のため主体（しかしバレ barrer された主体の分裂として主語化を他者の欲望などとともに回避はしている）とシニフィアンの関係へ向けられ、「遡及構造」を転倒的に示すことから先へいけないのです。そして、両者とも、セクシュアリテにおいて個人主体としての性を示すだけで、〈対幻想〉の述語的幻想表出へ向かうことができないのです。しかし、フーコーもラカンも個人主体の問題ではないことを示してはいるのです。ブルデューの象徴資本を集中化した「国家資本」概念は、共同幻想の概念をもってこないと、物理的物体としての資本概念の関係閾にとどまったまま「社会」空間の実定性を強化するだけになってしまいます。などなど、吉本本質論を理論的に活用していかないと、近代段階での理論的な効果からなされる閉じた戦略提示にしかなっていきません。主題がある閾で閉じられたままになり、対象が限定されたままになります。

他方、吉本思想の言説枠内だけにとどまっていると、現代社会の転倒した構造の現象を本質尺度から切り離してしまって、現在をわかったつもりになってしまうだけです。世界理論の高度な遺産をふまえて、吉本思想の普遍閾をとりだしていかないと、「意味されたもの」だけでわかったつもりになるだけです。

たとえば、吉本共同幻想論は「国家論ではない」ということは、本質的には、対幻想・個人幻想・共同幻想の三つの幻想構造をふまえなければならないことと、歴史的には共同幻想の歴史段階での表出の仕方・様式が異なるということを明示していかねばならないことを意味します。

つまり、国家論を消去してしまうのではなく、国家論を共同幻想論として明示していかねばならないのです。それをわたしはもう自分でやってしまったこととして理論展開していますので、わたしの言う「場所共同幻想」や「商品幻想・社会幻想」批判の意味が、人々に了解されないのだとわかりました。

共同幻想論は、対幻想・個人幻想・共同幻想の三つの位相・次元が異なり、それを混同してはならないということをうちだしたことで固有の世界を示したわけですが、それをそのまま固定させているだけでは、何にもならないのです。幻想性と経済社会的な構成とは別個だ、と切り離しておいたままではすまないのです。

そこで本書は、共同幻想の体系的な読み方を開示しながら、思想と理論とのはざま（吉本思想と、僭越ながら山本理論との間）、つまり普遍思想と普遍理論との間を鮮明化します。これは吉本思想の活用の仕方の一つを示していくことです。当然、それではない仕方も可能なはずです。多角的に出現してきてしかるべきです。しかしながら継承深化していくうえでの最低限の普遍閾は提示しておきます。それは、幻想の理論的な意味、本質論と歴史段階との理論関係構成、つまり、本質と普遍を初源において開示しようとするあまり、吉本言述が回避してきた指示性の地平の可能閾を、歴史規定条件のなかで示していくことです。本質の内部と外部とを明らかにし、かつ内部と外部の関係をつかむことです。内部／外部などは無いという主知主義は歴史的現実へコミットしえない、ただのお喋りになるだけです。

吉本思想の全貌を概略示しますと次頁の図のようになっています。

フーコー三角形ならざる、吉本三角形があります。拙書『吉本隆明の思想』（三交社、二〇〇八年）で図示したことですが、これはふまえておいてください。それぞれ別の作品ではあるのですが、相互関係しています。その相互関係はしかし、吉本さん当人によって別のものであると意識的に種差化、識別されていますので、読む側が、隠れた、語られえていない相互関係を読み解いていかねばなりません。たとえば、本書が読み解こうとしている「共同幻想」＝幻想論は、本質思想としての言語表出論と心的表出論との関係において読み解いていく努力を創成していかねばなりませんし、どの三角形の対象にも「幻想論」として入り込んでいるということを自覚・意識してとりくまねばならないということです。

本書は大きく三部からなります。第Ⅰ部は、共同幻想

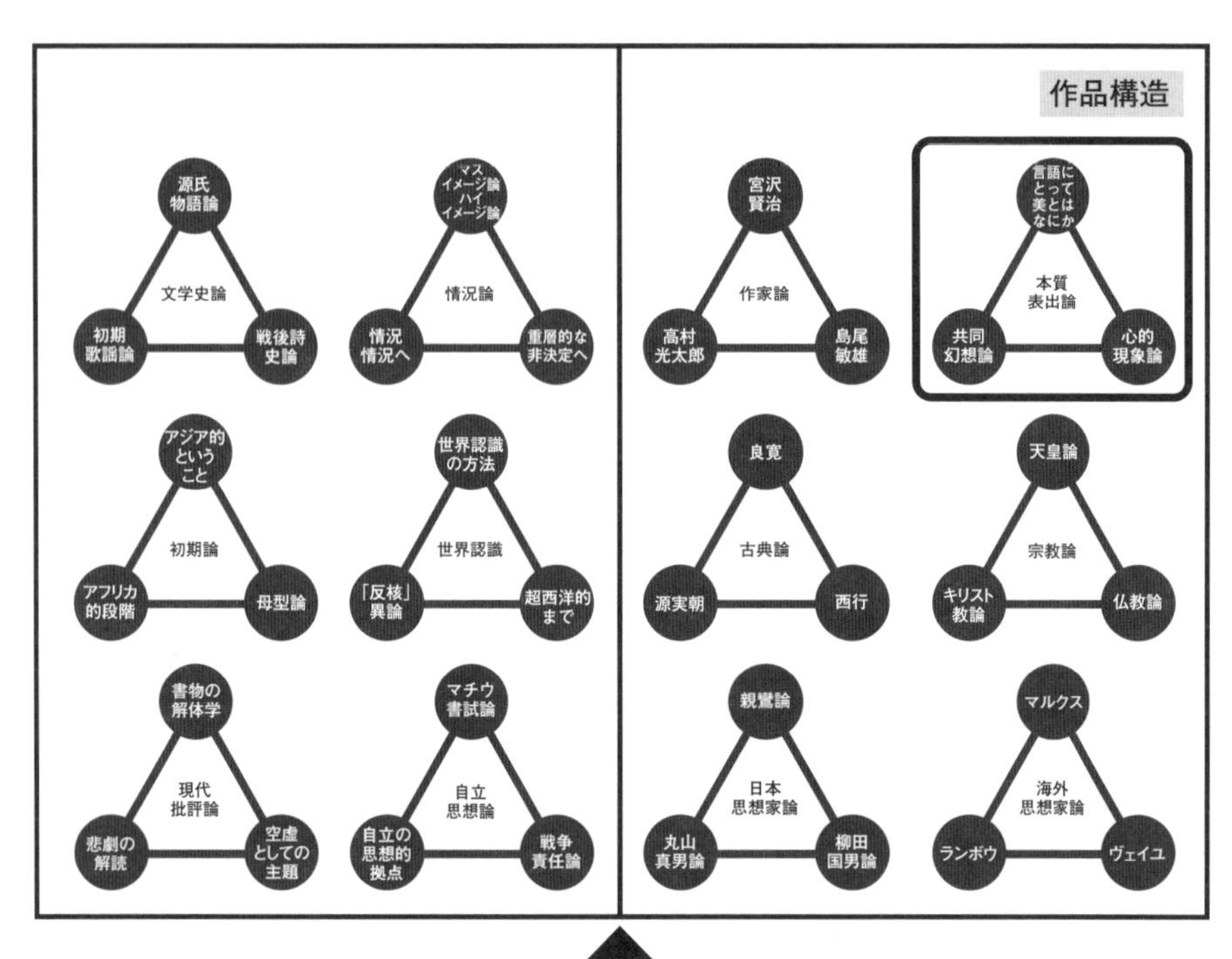

作品構造
源氏物語論
文学史論
初期歌謡論
戦後詩史論
マスイメージ論ハイイメージ論
情況論
情況情況へ
重層的な非決定へ
宮沢賢治
作家論
高村光太郎
島尾敏雄
言語にとって美とはなにか
本質表出論
共同幻想論
心的現象論
アジア的ということ
初期論
アフリカ的段階
母型論
世界認識の方法
世界認識
「反核」異論
超西洋的まで
良寛
古典論
源実朝
西行
天皇論
宗教論
キリスト教論
仏教論
書物の解体学
現代批評論
悲劇の解読
空虚としての主題
マチウ書試論
自立思想論
自立の思想的拠点
戦争責任論
親鸞論
日本思想家論
丸山真男論
柳田国男論
マルクス
海外思想家論
ランボウ
ヴェイユ

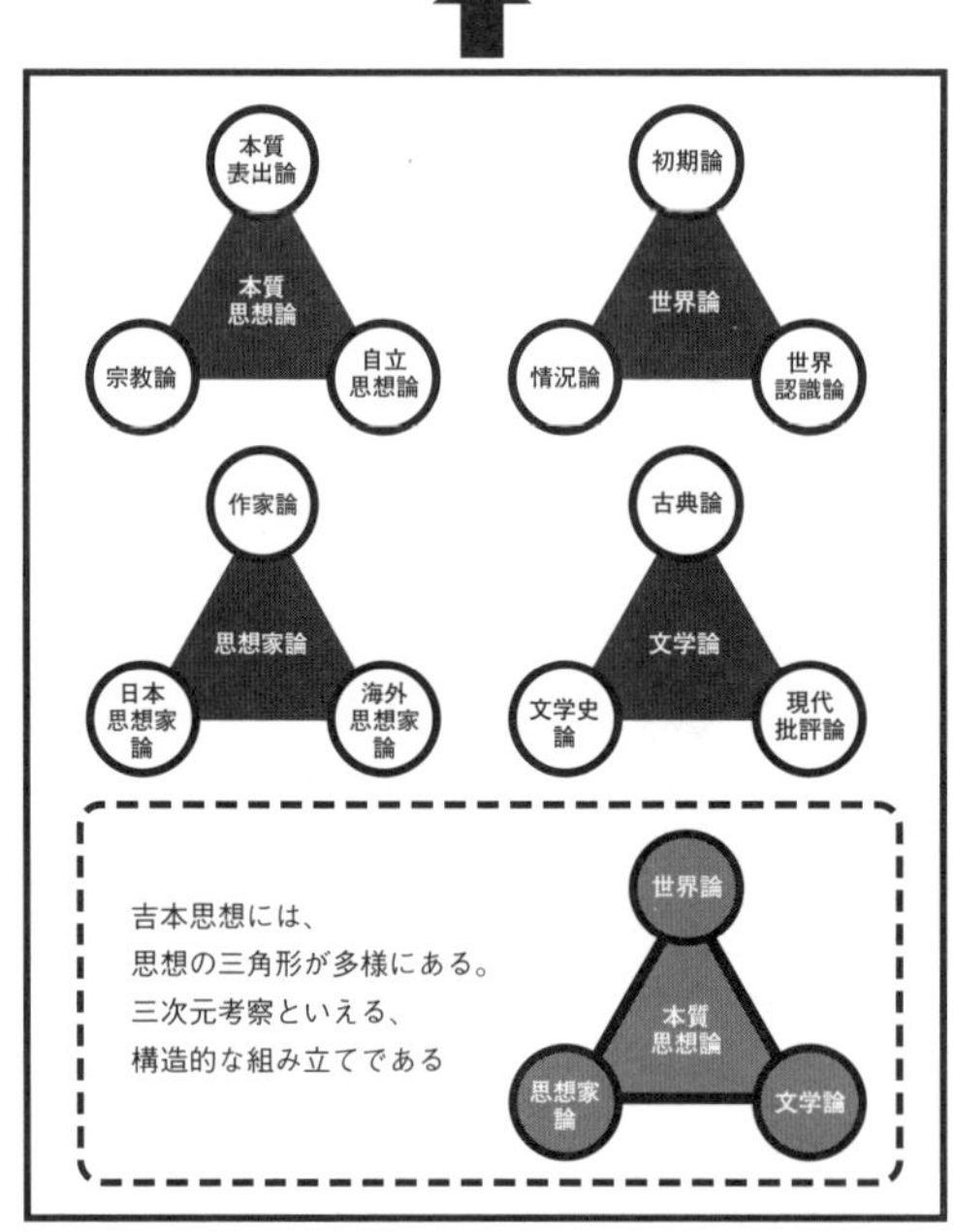

本質表出論
本質思想論
宗教論
自立思想論
初期論
世界論
情況論
世界認識論
作家論
思想家論
日本思想家論
海外思想家論
古典論
文学論
文学史論
現代批評論
吉本思想には、
思想の三角形が多様にある。
三次元考察といえる、
構造的な組み立てである
世界論
本質思想論
思想家論
文学論

論を読んでいく上での基礎閾ですが、幻想論が生みだされる前の契機と、なされた後のふまえるべき基本視座とを示しています。第Ⅱ部は、「共同幻想論」そのものを解読していきますが、国家論への関係を提示しています。そして、第Ⅲ部は、幻想論をふまえて国家・家族・個人をいかに考えていくかを、高度資本主義の現在とともに概略示しています。そして、これらに一貫して、共同幻想論を〈国家論〉へと練り上げていく手法と理論要素とを述べていくようにしています。

「思想の言葉は論理のくみたてでは蘇生できるものではない」(「自立の思想的根拠」⑨145)のですが、論理を組み立てて理論化していかねば、思想的な死語にますます囲まれて、「無智の強さと狡さ」に自信がもたれていくだけです。

大きな思想へ向かう困難さへの、一つの回路であるとみていただければとおもいます。

1……阿波弓夫『オクタビオ・パス：迷路と帰還』(EHESC出版局、二〇一五年)は日本ではじめての本格的なパス研究です。

2……「構造」の境界の外部には出られないと欧米では解されていますが、それらの解釈は、構造論者がプラチックpratiquesを論じている閾をみられていないからです。レヴィ＝ストロースは「関係プラチック」、アルチュセールは「理論プラチック」、フーコーは「言説的プラチック」、そしてブルデューは「社会プラチック」を論じています、ただそれらが述語プラチックであるとは考えられていません。ランガージュの構造からして無理からぬことです。ブルデューもフーコーも構造論ではないということでもあるのですが、理論革命の総主としてのことです。ラカンは、別格の言説体系になりますが、述語制の閾の壁・境界に真正面から直面した言述になっています。

I

共同幻想をとらえる基本視座

1章　幻想本質論へ

「共同幻想」は吉本隆明によって示された極めて重要なものです。固有の「思想」であり「論理」であり、「理論」となりうるもの。たんなる概念ではない、考え方であり、思考の道具・技術となりうるものです。対象でありながら作用もしているものです。

ですが、共同幻想論の概念は、理論的にはまだ整備されていない。かなり一般的用語になりつつあるようですが、巷で正確に理解されているとはおもいません。吉本の名をださずに、その本質論もふまえずに、けっこう乱暴に、学者たちも一般用語として使ったりしています。しかし、「共同幻想」概念は、差異を喪失する一般概念ではありません。しかも世界的な普遍概念、本質概念です。ですから、その概念内容を画定することよりも、概念空間がいかに布置され配備されていくかを総体構造においてしっかりと混同せずにつかまえて、幻想の意味する作用・働きをつかむことが肝要です。「意味された」概念内容（シニフィエ）を定義づける一般化は徒労です。

共同幻想を、「共同的な掟」「共同規範」と解しているのが一般論であり、国家と結びつけて暗黙に使っているのも一般概念としての使い方であるといえましょう［※1］。

国家／社会が出現する以前に、共同幻想があったということ、それは何を意味し、そして共同幻想が国家といかなる関係に布置されていくのかということ、を問うことです。

共同幻想は国家ではないと、当人があえて主張したのには、いろんな意味合いがありますが、その機軸は「国家」領域だけにとどまるものではないということ、また歴史化される概念ではない閾があるということです。つまり国家は本質ではない［※2］、普遍的ではない、本質は「共同

※1……本質はどこでも同質だという国家本質の自己表出性にたいして指示性の面が「一般」概念化をうみだしてしまい、国家構造は民族国家間では異なるという差異が喪失されてしまいます。他方、国家差異が実証的に歴史規定されて国家本質が喪失されてしまうということが、また一般概念化をうみだしてしまいます。

幻想」だということです。しかし、同時に「国家の共同幻想性」として幻想性から国家差異の歴史性を確定していくことを吉本さんは提起し、政治思想や文学論において、とくにたくさんの一九六五年頃からの話し言葉（講演）において国家論を幻想論へ転移すべく格闘し続けていました。その双方から、普遍的な根源思想へ迫るのが、吉本思想のあり方です。それは国家が国家として出現してくる「初源」、国家が国家としていまあり続けている「初源」、それを初源性と歴史現存性との相互から問うことです［※3］。あくまで普遍・初源の本質のあり方から、歴史表出の理論化をはからねばなりません。

☆「幻想」という概念
☆「本質」とはどういうことか
☆「普遍」思想の意味
☆「初源」とは何か
☆「歴史」とは何か

といったことが、新たな問題構成においてはっきりしないままに、「共同幻想」を使うと一般論になってしまいます。一般論（一般概念）というのは、差異が多様に反復される可能条件を、代替・置換可能なものへうすめて、理論力をなくしてしまう仕方です。理論力とは、現実世界において、何かを変えていく力が作用することです。「山」「川」「海」などの一般概念はどこでも使えるもので、何らの力の作用をもたないし、「国家」や「社会」などの用語（概念）もそうですが、なぜ「国家」と言わずに〈共同幻想〉、「家族」「性」と言わずに〈対幻想〉、「個人」と言わずに〈自己幻想（個人幻想）〉と言ったのかということの意味です。逆に言いますと、一般概念でつかまれる対象を思想概念・理論概念へと転化させて、概念が力の作用をもつようにうみだされたものです。ヘーゲルの「概念論」が暗黙に踏襲されているとおもいますが、それをつきあわせても意味がありません。あくまで吉本思想のなかでの概念の働き、概念の意志の作用をつかみとって

※2……フーコーも国家は本質ではない、実体もないとしています（『安全・領土・人口』筑摩書房）。拙書『フーコー国家論』（EHESC出版局）にて論じています。

※3……現存性と歴史性との関係は、本質性と歴史的現存性の関係へと転移されることです。資本主義だから資本主義国家だという現存性の捉え方は意味が無いからです。歴史累積が、現存性を構造化しています。そして、歴史性に解消されない本質閾があるのです。

いくことではないでしょうか［◆1］。

「幻想」という概念がいかなるものであり、共同幻想と対幻想と自己幻想（個人幻想）との次元の違い、識別――これが最大の理論的成果ですが――はいいとしても、それらがいかように関係するのかが不鮮明なままです。「幻想」は、思い込み、妄想、イデオロギーなどとごちゃまぜにされてしまい、「本質」概念だということも、人によって理解がまちまちです。それが、可能性だともいえますが、誤認をつみかさねていくことにもなりかねません。吉本言述に、「意味されたこと signifié」を辿っていっても、正鵠にとらえられることにはなりません。恣意的な都合のいい解釈がまかり通るだけではないでしょうか。

吉本思想が、ものごとの「意味するもの signifiant」の根源（シニフィアンス存在）［◆2］を「初源」において「本質」から「普遍思想」として明示・開削した、というのがわたしの捉え方になります。それはそこから理論域へと架橋していくために重要です。

第一に、〈幻想〉と〈意志〉との関係について、当人がわたしとの対談で語ったものがあります。それが一つの大きな指標になるといえましょう。意志は力の作用＝働きです。「主観」ではありません。

そして、第二に、幻想と意志との関係から、〈共同幻想／対幻想／自己幻想〉の関係構成がつかみうる道筋がたちます。第一の観点ぬきに、第二の次元を説くと「意味されたもの」の平板な整理をして、三つの幻想の次元の違いを説くだけの一般論になってしまいます。

さらに、第三に、共同幻想と国家との関係が、新たに理論生産されていくことです。いかに当人が国家論ではないといっても、わたしたちの関心は国家論をしっかりと定めていくことです。「国家的共同幻想」「国家の共同幻想性」と当人もはじめのころでは言い表しているのですから、こちらが構築していくほかありません。また吉本政治思想において「国家論」の重要さは常に強調されていたことです。「国家論自体を共同幻想論というなかに吸収していく」（「国家論」⑭

◆1……「概念」論はヘーゲルを基礎としますが、現代思想では、哲学とは概念であるとしたドゥルーズの『差異と反復』が、すぐれています。しかしそこに表出論はありませんから、概念が力の作用をもたず表象への解釈論で終わってしまいます。

◆2……「シニフィアンスsignifiance存在」とは、「シニフィエ＝意味されたもの」をもっていません。

338頁）とさえ言っていました。わたしたちにとって国家論には、マルクスの上部構造・下部構造、社会構成体の概念がしみこんでいます。それとの関係を考察することが、理論生産の可能性を開くと見てよいかと思います。他に、すぐれた国家論があるとはいえないからです。そこから、マルクス主義的国家論を転移しえたなら、成功ということになろうかとおもいます［◆3］。「幻想」概念は、支配・抑圧・搾取といったネガティブな観方・考え方を転移するものであるからです。

この三点において、簡明な論述をはかるのが本書の目的です。

あるとき、吉本さんがもう字が書けなくなっていましたので、氏の言述をひろいだしてまとめてお見せしたら、それは山本理論だ、とおっしゃいました。つまり、思想の自己表出性を抜き去って、指示表出の位置から整序したからです。すべて吉本さんの言葉だけからですけど、と言ったらちょっと驚かれていました。つまり理論化するとは、当人の言述（自己表出性）からずれようとも、そうした指示性（外部性）を体系化する作業が要されます。思想の論理があります。その論理表出と理論構成化とは異なるということです。しかし、理論化をなさないかぎり、吉本思想は普遍思想の閾に立つことなく、「すぐれた個人思想」でとまったままになり、その思想効果だけが膠着していきます［※4］。本書は、『共同幻想論』を理論生産し「共同幻想国家論」として、国家論との架橋をなす地平をひらきながら、同時に「対幻想と近代家族」との関係を理論生産し、「個人主体と自己幻想」との関係を把捉していき、「高度資本主義」の歴史的現存性へせまります。社会科学的かつ人文科学的な理論へと構成することを試みます。自然科学的な布置は、派生的にでてきますが、そこは簡単に指示するだけにします。「科学の共同幻想」というものが考えられうるからですが、それは科学論・技術論として、もっと体系的に論じていくべきです。つまり、吉本本質論の「現代」における諸局面での理論化であり、かつ応用といえるものですが、自分自身をとりまいている現実をみる思考技術に使えるものにしていきます。それによっ

◆3……マルクス主義国家論は、経済的規定から国家を示し、そして多分に、国家権力論、国家が民衆を支配し抑圧しているとみなす、国家を冷たい怪物とみなす国家嫌悪の論理です。国家に関する叙述は多々ありますが理論体系として構成されているとは言いがたいものばかりです。国家の性質・装置への理論的解読があるだけです。わたしがそのなかでも評価するのは、アルチュセール、プーランザス、ジェソップ、カーノイですが、彼らは残念ながらマルクス主義国家論です。

※4……現実世界で「意味されたもの」として出現しているその根拠を「意味するもの」の根源において捉えたとき、または意味されたものの限定性をはずすことになったとき、「思想」になりえますが、それを「自己表出」だけにおける新たな「意味されたもの」として理解すると「個人思想」でしかなくなります。「意味するもの」の指示性がいかに開かれたかをまだ思考されえていないものとしてつかむのが、理論化になるのです。

て、さらに本質論への理解・了解が深まっていくはずです。

幻想と経済との関係についても敷衍していきます。高度資本主義の現在を読み解いていくためにです。そして、古事記を共同幻想論として読み解く手立てを示します。共同幻想・対幻想の概念無くして古事記を読むことは出来ないからです。そして、古事記神話に共同幻想そのものの〈場所的〉な本質構造・初源があること、他方、古事記神話とは異なる日本書紀神話に〈国家的〉共同幻想の本質構造・初源があること、この異なる二つの神話幻想構造が現在をも規制していることを示します。さらに、幻想と権力関係との関係を解析していきます。つまり、幻想の作用は、あらゆる領域において働いているのです。そこを把捉するためには、前古代において、また現在において幻想の本質から考察していくことです。それは、〈いま〉〈ここ〉での自分自身をとりまく世界・環界を、自らにはっきりとさせていくことに関わります。

1 本質論としての幻想論

(1) マルクスの〈自然疎外〉の考え方をすえる吉本思想

「全自然を、じぶんの〈非有機的肉体〉(自然の人間化)となしうるという人間だけがもつようになった特性は、逆に、全人間を、自然の〈有機的自然〉たらしめるという反作用なしには不可能であり、この全自然と全人間の相互のからみ合いを、マルクスは〈自然〉哲学のカテゴリーで、〈疎外〉または〈自己疎外〉とかんがえたのである。」(『カール・マルクス』、⑨34*)

「マルクスの〈自然〉哲学は、人間は自然の〈有機的自然〉として対象的自然を、人間の非有機的肉体となしうるという疎外の関係として設定されうる。感覚にうつった自然も、おなじように人間の感覚的な自然となる。〈意識〉も、自己にとっての意識という特質から、自

*『カール・マルクス』のこの稿は、1964年に記され、1966年に公刊された。

然を意識においてとらえるやいなや、意識は自然の意識として存在するというように。」（同、⑨43）

マルクスの「自然疎外」論が、吉本思想の根幹にあるものです。

人間は有機的自然であるということ、これは客観的な生物・生命的な自然だということではありません。唯物論の視座からみていくと頭がこんがらがるようですが、吉本さんの自然疎外の捉え方が、実はマルクスが設定している以上の深みへとはいっているためです［◆4］。これは、人間の身体の方からみると逆になります。つまり、〈身体〉という概念が、環界の方への働きかけと環界からの働きかけにおいて、環界が「非有機的な身体」とみなされることになります。分離された客観的自然ではないのです。〈自然〉の方からみて人間は有機的自然になる、〈身体〉の方からみて自然は非有機的身体となる、この〈全〉人間と〈全〉自然との絡み合いを〈自然疎外〉とみなそうというのです。わたしは、ここを《非分離》の対象化関係として把捉します。実体的な表象では、人間と自然とは分離していると先験的＝経験的にみられてしまっています。

すると唯物論では、非有機的身体と有機的身体を媒介するものが「労働」となって、マルクスの労働からみた経済の問題へといくことになります。ところが、吉本さんはそうはみません。身体は類的存在となって、人間の存在本質が類的生活の仕方にだけもとめられるのだから、「人間は動物一般とおなじであり、その意味では人間も環界である自然と同じく自然の一部にしかすぎないということのほうが重要であった」、「人間の存在の本質を〈類〉的なものとかんがえるかぎり、人間にとって環界とは、たんに日常接し、働きかけ（労働し）、加工し、そして慣れきっている生活過程に登場する〈自然〉だけが重要なのではなく、日常生活の過程からは手がとどかず想像力によってしかとらえられない〈全自然〉を意味することになる」（『心的現象論・本論』28頁＊）ということになります［※5］。そこからはじめて、労働とか経済社会構成とかが、非有機的身体

◆4……マルクスの『経済・哲学草稿』の自然疎外論ですが、マルクス研究者とくに廣松渉は、初期マルクスはマルクスではない、後期マルクスが本来のマルクスだとしてとくに商品「物象化」論がその規準になるとします。マルクス読みのマルクス知らずです。廣松の「物象化」論さえマルクスの可能閾をとらえきれていません、〈資本〉の動きをまったく把捉していない「商品論」にとどまったままです（詳しくは、拙書『物象化論と資本パワー』EHESC出版局）。そもそも思想を初期だ後期だと仕分けること自体がナンセンスです。一つの思想総体があるのみです。

＊この稿は、『試行』1970.5.5に発表されました。

※5……対象を対象自体としてはとらえきれないんだ、残滓がある、そこは想像でしかつかみえない、という幻想発生の場が示されています。これは、ラカンの「対象a」に照応しうる論点です。非常にだいじなところです。しかし、吉本さんは、残滓という派生とはとらえず、むしろ起源的に積極的にみていきます。

の核としてマルクスの考え方のなかに登場するのだ、というのです。この、自然疎外を抜いてしまって、経済的疎外・労働疎外を考えているのがマルクス主義者によるマルクスへの誤認だということです。経済的疎外は歴史が変われば消滅しうる、しかし、マルクスの自然疎外・自己疎外の人間と自然とのあいだの疎外関係は、「それ以外の関係が人間と自然との相互規定性としてありえないと考えているがゆえに、マルクスにとっての不変の概念である」(同、37頁)と、吉本さんは設定するのです。これが「類」という布置です。普遍概念としての布置に〈自然疎外〉という考えがとられている、それは歴史が変わろうが変わる事のない本質だということです。それから、「想像力によってしかとらえられない〈全自然〉」としています。それが〈幻想〉性の閾で、自然とされています。客観的・物体的な自然ではありません。

ところが、吉本さんは、その本質媒介をもって経済社会構成を新たに考えていこうとはしません。むしろその本質だという本質そのものの初源の閾へと、逆に考察をすすめていくのです。つまり歴史的現実の方ではなく、普遍思想の探究の方へ向かいます。

このマルクスの自然疎外論は、『経済学・哲学草稿』の初期マルクスですから、後期マルクスの立場に立つマルクス論者[◆5]からは切り捨てられます。わたしも当初吉本著述を読み始めた学生の頃には、吉本のマルクス理解はまちがっている、歴史条件の規制を論じえていない、と切り捨てたものです。そして、幻想論や言語論は別次元のものだとして評価し、マルクス論・自然疎外論とは関係づけませんでした。正直、自然疎外論の意味が真に分かったのは『ハイ・イメージ論』がでてからです。吉本追従者の人たちは、結論として経済過程を切り捨て、自然疎外なんだと決めつけていますが、そんな簡単なものではありません。自然疎外としての幻想、心的なもの、そして言語、身体、イメージがそこから理論構成されていかなければならない、単なるしかし正鵠な問題設定なのです。人間は有機的自然だ、環界は非有機的身体だ、といったところで、何も論じられていません。だから高度な後期マルクス研究者たちは、吉本さんを稚拙だと平

◆5……ロシア・マルクス主義の歪曲を批判して、マルクス自身の論述に従おうとする平田清明、廣松渉、望月清司、山之内靖ら、文献解釈論者たち。「ウル・マルクス研究」として世界的にも高度なマルクス研究になっていますが、文献解釈において高度なだけで、現実性に向かったときはただのマルクス主義に堕しています。

然と切り捨ててしまう、無視するということになっています。吉本疎外論は、哲学的にも、あまりに素朴な次元にとどまっているようにみえます。ところがどっこい、あまりに深すぎて、吉本追随派も吉本批判派も、ともに誰も分からなかったというのがほんとうでしょう。また『カール・マルクス』をいま読みかえしてみるなら、当時のウル・マルクス研究がただの文献解釈次元にとどまっていながら、いかにも革命論や政治経済論を変えていくようでいて、何も変ええなかったのに比して、吉本マルクス論がマルクス思想総体の本質をあざやかについている、いまこそ読まれるべきだと、その斬新さに驚かれると思います。

これは、表面では人間と自然との有機的・非有機的関係を言っていますが、対象としては「物」と「感官」との関係であり、そこに出現していく＝疎外されていく、こころや観念、そして感覚を知覚作用としてではなく「言語」としてみていく回路を開く、身体としては手・足、性器とは何だ、ということであり、五感とは何だ、ということから、幻聴・幻視とはなんだ、妄想とはなんだ、ということに答えていくものになります。つまり「心的現象論」の解読次元です。その心的疎外に対応していく〈幻想〉水準が、「幻想としての人間存在」をつかんでいく吉本固有の思想として結実していったのが「共同幻想論」です。芸術とはなんだ、文学とはなんだ、詩とはなんだ、ということが、国家とはなんだ、政治とはなんだ、ということに、性とはなんだを媒介にして、脈絡づけられていきます（が、しかし経済とはなんだ、という閾にはいかなかった［※6］。そこの経済域かつ制度域は、わたしが吉本さんとの対話をへながら継承し、明らかにしたものです）。つまり、自然疎外の心的なものは表出そのものとして把捉され、他方、表出されたものからその意味するものの作用を自然疎外からとらえたのが幻想表出の閾になります。

二〇〇七年で、わたしの問いに吉本さんは、次のように答えています。

「あらゆる行為の対象となったことは、精神的行為ないし身体的行為の対象となった対象自体は、その人の身体の延長線に変わってしまう。そのことをもし価値化と言えば、価値化してしまうの

※6……ハイ・イメージ論で、若干ふれられていき、わたしが企画した講演や報告で示され、母型論でも一部ふれられてはいますが、「消費」「超資本主義」とされながら、本格的な論理とはなっていません。中沢新一が『吉本隆明の経済学』として編集していますが、経済現象の地盤換えにまでいたりえていないのも、経済的なものにふれたものを切り離してまとめているだけで、本質論との関係が指摘されるだけで、把捉されえていないからです（Ⅱ部・10章をみてください）。

だ。元のありのまま、物質とか、自然とは、それは違うものである。価値化した自然は、人間化した自然と言えるものです。
同時に、それは、人間が自然に変わっている時だ。精神的な行為をしたとか、精神的に考えたとか、身体的に行為をしたとか、精神と身体のどちらでも、何かに対して仕掛けた場合、人間は本来的な人間ではなく、マルクスはそれを有機的な自然と言っていますが、つまり、生きた自然に変わってしまっているのだ。自然の方は生きていない、価値物に変わってしまっており、元の物質でなければ、観念でもない。そのように変わっており、それを承知の上で、人間は有機的な自然物に変わっている。」（Ⓐ391頁）

これはもうマルクスの次元からさらに一歩深まって自然疎外の閾を徹底させ普遍化しています。「価値化」したものは経済・労働産出の産物に生みだされるものではなく、「価値化した自然」＝「人間化した自然」だということです。自然物が「価値物」に変わってしまっている、それはもう生きてはいない、それはもう元の物質でも観念（対象化された自然）でもない［※7］、他方、人間が「生きた自然」に変わっている＝「有機的な自然物」に変わっている、という論述次元です。人間の精神的行為・身体的行為によって、そうなっているという自然疎外論の究極的な閾の開示です（ここがはっきり示されるのは「母型論」です）。

わたしは、この関係性を〈非分離〉として問題構成しなおしました。そして非分離疎外＝表出は、本質をふまえて歴史表出の相を成していくと考えたのです。自然をつかむ日本語の言語表出は、また〈もの〉［▼1］を疎外表出していく幻想は、非分離表出としてなされているからです。この非分離の述語表出として本質をぶらさずに〈歴史〉を設定していくことができると考えました。そう考えないと、この閾は、ただそうなっているんだ、としか設定されなくなってしまうからです。すると〈歴史〉はどうなるのか？

吉本さんは〈歴史〉についてこう述べています。

※7……自然が、対象として人間の観念から対象化される、「観念としての自然」として把捉されることですが、それは生きている自然です、その先へいくということです。自然が分離されたといってしまうと、単なる客観的自然で、それは「観念」からみた自然でしかありません。

▼1……「もの」とは、原生疎外から純粋疎外へと疎外されたものに布置されると、わたしは考えます。物体としての「物」以前の〈もの〉です。拙書『〈もの〉の日本心性』（EHESC出版局）。

「人間の身体というのはそれぞれ個人でみんな違うわけですが、人類史を身体で見れば、誰でも身体に人類の全歴史を孕んでいるわけです。それは普遍的なものです。今は後進国であるとか先進国であるとか言ってますが、それぞれの身体はチンパンジーの時から同じ年数を経ている。習慣とか風俗とか気候・天候とか、そういうのが違ってしまったから、今でこそ未開の社会と文明の社会とが分かれていますが、一人ひとり取ってくればみんな同じだけの歴史、身体の中に詰まっている。これが普遍性ですよ。」（Ⓑ603頁）

これは個人の身体は、生きている「有機的な自然物」であって「人間化した自然」の歴史全部がつまっているということです。そして、「個人が身体的に持っている人類史の現在と、いわゆる外部の歴史、歴史学でいう歴史という概念」とがつながる場所に本質があるという、本質論から〈歴史〉を設定した仕方です。西欧的歴史観の根源からのひっくり返しになっています。この〈歴史〉論は、『心的現象論・本論』の「了解の水準」「了解の空間化」「了解の様式」を読んでください。そこで詳細かつ大胆な歴史のひっくりかえしが普遍思想へむけて論述されています。単純にいえば、未開から文明へと進歩・発展するという、その歴史論をひっくりかえす転移にまで至る自然疎外論であるということです。このような次元から自然疎外と歴史とをつなげて、幻想論は考えられていかねばなりません。

人間の幻想が自然的志向として疎外表出されていくとき、既知のものすべてをとりこんで未知のものへ向かうんだ、ということです。「人間の観念の作用」と「実際的な身体行為」と「それ以外のもの（＝活動されていく対象）」との関係の仕方をつかむ、それが自然疎外の自然哲学であるということです。宗教もそこに帰着する。キリスト教も仏教もイスラム教も原始宗教も、みな同じだ、というラディカルな考え方になって、時代的な装飾があるにすぎないとされます[▼2]。有機的自然、非有機的身体との、単純な関係の問題にとどまっていない、意味するものの《疎外＝表出》の根源的な論理です。

▼2……社会科学的思考は、これは抽象論だと逆に否定しますが、示談的表象を把捉したとき、本質存在が消されてしまい、ただの出来事として物化されているだけです。本質と歴史存在とをわたしたちは把捉していかねばなりません。さらに、本質論としての本質と、「歴史的」本質とがあります。

(2)経済的なものを捨象する

マルクス主義による経済的な決定性、あるいは規定性をはずすということは、何を意味するのでしょう？　経済社会的な構造は歴史的につくられたものです。そして物質的な構成のことです。それをどうしてはずさねばならないのでしょうか？　生産諸関係と生産諸力から構成される下部構造です。その土台なくして建築物は物理的に建造しえません。その建築的な譬喩【◆6】でもって、上部構造・土台の社会構成体が、経済学批判序説で示されたマルクスの図式（定式でさえあるもの）です。その図式において、土台が上部構造を決定するというのはロシア・マルクス主義ですが、土台が上部構造を規定・規制するとマルクスはいいながら、同時に国家の相対的自律性を定式化していますが、吉本さんはその相対的自律性の考え方もだめだ、と切り捨てます。マルクスを高く評価している吉本さんなのに、どうしてそれをはずすのでしょうか？　思想的にはマルクス主義、その史的唯物論と唯物史観を捨象することですが、経済規定が作用していることは、歴史的に事実です。「全てではない」にしても部分的に現実です。それが、国家にとって主要なものではないということなのですが【◆7】、どうしてそれを強調していかねばならなかったのでしょう？　それが「幻想」概念をもちこんだ根拠になることです。「全自然」「全人間」と〈全〉といっていますね。部分（局所論）では普遍思想にならないのです。〈全〉をひきうけていくのです。そして〈全幻想性〉を解明していこうとするのです。ところが、〈全〉は対象それ自体からこぼれおちていきます。幻想がそれをうけとるということになります。

　歴史的規定性をはずし、そして物質的条件をはずす、それが経済的規定性をはずすことの意味ですが、それまでの既存の社会科学的思考・理論をはずすということを意味します。それは「観念の領域」を正鵠につかむためになされたことです。なぜ、観念の働きをつかむことが要されたのか。自然に向かった人間の存在の本質が観念にこそあるという考えからです。その本質は、起

◆6……アルチュセールの見解。「イデオロギーと国家のイデオロギー装置」（『アルチュセールの〈イデオロギー〉論』三交社、所収）

◆7……「近代国家」にとって、国家理性・ポリス国家の統治制が変わるとき、政治経済が国家の統治制の基軸になります、国家の統治制の主要なものが政治経済となるのです（フーコー『安全・領土・人口』で論じられている）。これはヨーロッパ的なものにとどまらない、近代的本質です。

源、初源にある、歴史段階にはない、発生・出現を見いだすことだということになります。どうして〈国家〉などを人類は生みだしたのか、どうして言語を生みだしたのか、どうして心的なものを疎外させたのか、それはなぜか、いかになされたのかを見いだすことで、人間が生みだした「国家」「市場経済」のみならず、「幻想」「言語」「心」とは何であるのかをつかむということになります。人間とは何であるのかをつかむには、そこまでいかねばならないということです。

　これをマルクス主義・マルクス論者、唯物史観・唯物論者たちは、吉本は観念論だ、ヘーゲル主義だと切り捨ててきたのです。それは、イデオロギー的な裁断であって、理論的な批判になりえていません。

　というのも、社会科学的理論・思考は、冷静にみてみれば西欧においてつくられたものです、日本の論理・理論ではありません。輸入・翻訳されたものです。日本が近代化において近代国家・近代社会を形成してきたから、西欧の理論・思考で分析・考察が部分的に可能になっているにすぎません［◆8］。そしてその西欧的な理論・思考には、西欧的歴史の観方がとられています。それは野蛮・未開から文明へと発展していくというヘーゲルにもっとも特徴的に現われた進歩史観をともなっています。マルクスならざるエンゲルスであれ、ヴェーバーであれ、デュルケームであれ、西欧的歴史論・社会論でしかないということです。それは普遍思想ではない、西欧という辺境地域の思想でしかないということです。そこで、同じく辺境の日本の論理をたてても、同質のことになります［◆9］。そうではなく、普遍的な思想・理論を創出しなければ、日本はもちろんですが、人間の存在を考えることにはならないということになります。

　先に示したように、経済的なものは時代の動きのなかで解決されていくものでしかない。解決されるような次元の問題ではなく、人間の本質的かつ普遍的に変わりえないものをつかみとる、というのが吉本思想の基盤です。

　経済的なものは、しかし、歴史暫時的なものでしかないのでしょうか？　経済の本質という

◆8……明治期の社会科学的な論述は、急に口語体になっています。いまの言語とほとんど同じです。文語的な社会科学論述ではありません。これは言説史として考証に値します。

◆9……「社会」空間が形成され、国家・市民社会の図式的な構造が近代日本でもつくられますから、普遍理論であるかのように作用はします。しかし、それは「近代現象」であるにすぎない、本質構造ではないということ。

のはないのでしょうか？　そういう疑問がありますが、（産業的な）資本主義とか経済疎外だとか、そうした経済規定次元は歴史暫時的なものです。社会主義〈国〉も歴史暫時的な出現でしかないものです。その歴史的規定性の世界が、いかなるものであるかを明証化することは、非常に重要なことですが、それは本質ではない。本質をつかまえるには歴史的表象などにとらわれていてはだめだ、ということです。

吉本思想に直面して、こちらが注意していかねばならないことは、まさにここにあります。歴史的規定性を無意味だと言っているのではありません。その規定性は本質とは関わりがないということ、幻想性の次元と経済社会的な構成の次元とは別個であるということ、そこが基本です。そのうえで、歴史的規定をはっきりさせていかないとならない、本質視座からそこをつかみなおさねばならない、ということです。十九世紀マルクスの歴史的規定性の論理は普遍ではないということと［※8］、同時に普遍的な相として経済的なものをつかみとるということと、そこをしっかり識別しろ、識別したうえで関係を考えろ、ということになります。ここを、たとえば、労働疎外とか経済疎外とか資本家による労働者の経済的搾取とか、資本主義的生産様式とか、そういうものは普遍ではない、しかし、〈資本〉の働きとか〈価値〉の作用の仕方とかは或る普遍閾にある、つまり、資本は資本主義社会にとどまっているものではない、価値は商品形態にとどまっているものではない、という閾をつかめということになります。吉本さんは、〈価値〉概念を普遍に布置して考察されますが、〈資本〉をそうは扱っていません、それはわたしがこうした吉本視座からマルクスを読み直したことで「資本家」と「資本」とはまったく違うとつかみとったもので、マクファーレンによる資本主義は古代からあったという示唆とか、ジャック・ランシエールの資本論の読み方や、マーシャル・サーリンズの経済人類学などから、つかみなおしたことです［◆10］。この〈経済的なもの〉は、〈自分〉とは関わりのない、外在的な編制であるものですが、それはそれとして放置はしえない重要な対象・課題であるということを、見失ってはなりま

※8……しかし「資本」概念は普遍的だとおもいます。吉本さんは、「価値化」という概念を自然疎外において普遍的であるように扱っています。「資本」はその価値物の主要なものであるということです。資金や資財のことではありません。

◆10……マクファーレン『資本主義の文化』（岩波書店）、ジャック・ランシエール「『一八四四年の草稿』から『資本論』までの批判の概念と経済学批判」（『資本論を読む』上、ちくま学芸文庫）、マーシャル・サーリンズ『石器時代の経済学』、『人類学と文化記号論』（共に法政大学出版局）。

せんし、吉本さんによるそうしたものへ関わるアプローチは、〈アジア的ということ〉にたいしてからやっとなされていきます。そこは本質を失わずに歴史段階へとりくめるものだと見いだされたことになっています。

経済的なものを切り離せ、幻想性と経済社会的構成は別個だ、という吉本さんの執拗な繰り返しの強調は、経済的なものを捨象して考える必要はないのだ、ということではありません、むしろ正鵠にそこをキャッチし、幻想性との位相関係をつかみなおせという提起です。また、資本制を一般化してどこにでも――たとえば天皇制国家にたいして――恣意的に使うなということです。この頃の限定づけというか切り離しは徹底しています（ところが九〇年代末の「超資本主義」論になりますと文明史は自然史過程だとして、経済を自然過程へもちこんでしまうのです、ここは疑問です、III部・10章で論じます）。

吉本思想がじょじょにその本質の姿を現わしていた頃、西欧でも「人間」や「歴史」それ自体を問い返すことがなされていました。ミシェル・フーコーは、『言葉と物』［◆11］で、「人間」なる概念は、「働き・語り・生きる」つまり「労働・言語・生命」として近代言説がつくりだしたものでしかない、と言説編制史から明示しました。経済学・言語学・生物学が生みだした概念でしかないというものです。近代的人間概念が、「人間」そのものだという、そこから「人間」なる言表は消えてしまえということになり、たいへんな話題となっただけではない、理論的な構成がそこからまったく転移されていったのです。わたしは西欧の理論革命は、フーコーとラカンとによって開示されたとみなします。そこを元はハイデガーだというのは、また西欧理論を擬似系譜学的に普遍化するイデオロギー作用にしかなりません［◆12］。

吉本さんのいう「人間の存在」とは、歴史的な範疇での近代的人間ではない、「男女」ともいっていますが、類的なものです。幻想をもってしまう人間、言語・言葉をもってしまう人間、心的なものをいだいている人間です。ですから近代言説思考が取りのがしている、つかみえて

◆11……『言葉と物』は非常に緻密に読むべき論述です。邦訳では多分にずれがおきます、原文をきちんと読まずして了解は絶対的にありえません。

◆12……ハイデガーは徹底した形而上学です。フーコーは歴史性そして言説プラチックを、ラカンはシニフィアンの実際を考察したもので、形而上学ではない、言説地盤がまったく違います。

いない人間です。しかも、類的な存在なのですが、集団性ではなく、「人間の個体とはなんなのか」という〈個体〉として、つまり〈自分〉です、「自分は何なのか」を問い深めている思考です［※9］。

フーコーの理論と吉本思想は、交叉しますが同時にすれちがっていきます。乱暴にいえば不可視・未知の内在性の本質へ迫った吉本と外部性を重視しその歴史性化に迫ったフーコーです。そこにこそ、本質と歴史相が、普遍的思想として出現していく場所になり、普遍的理論が開削されていくところになります。普遍とは、差異表出が本質からつかまれて歴史的現存を明らかにすることにあるのであって、それが詳細に叙述されていくほどに個別になってしまう必然をともなうのですが、それを知ってのことか、吉本さんは普遍性を叙述していくという方向へは自らすすんでいかなかったといえます。普遍にせまりうる近代人間ではない本質・初源としての人間を考えることに徹せられた、というようにここは理解していけばいいとおもいます。それが「幻想としての人間」です。

(3)「幻想としての人間」の基本

吉本さんにもどりましょう。「幻想としての人間」（1967.11.12、⓮244－263頁、⑨358－371）という講演があります。とてもわかりやすく本質・幻想を問題設定している語りです。

吉本さんの根本的な問題は、「人間の個体というものはなんなのか」、そして「人間の幻想の世界あるいは観念の世界というものはなんなのか」（⓮244頁）という問いです。個体が幻想をもつこと、個体が観念をもって、ものを考え、感じる、それを探ることにあります。個体から、人類＝類の存在をみていこうとしています。

そして、人間とは何かを解き明かす仕方が三つある、といっています。一つは「生理的人間と

※9……「個体性」とは「いま・ここ」であるものとして定義される、とラカンは言います（『転移』上）。単純に「個人」とはいえません。

ちなみに吉本さんの「良寛論」をアジア的ということとして英訳したのですが、ネイティブな英訳者が吉本の「自分」というのは誰のことか、吉本個人か、日本人か、人間全体かと問い返してきました。「個体性」として設定されていたものといえるでしょう、「個体」という言表が「共同幻想論」ではたくさんでてきます。

ここも、注意してください。

して人間を解く」仕方。もう一つは「人間の生みだす観念の世界あるいは幻想の世界を解き明かす」仕方。それにたいして吉本さんは第三に、「観念の世界あるいは幻想の世界というものと自然としての人間というものとのあいだに境界領域」の境い目の領域がある、それがどうなっているのかを解くのだと言います（⑭248頁）。マルクスの疎外域ですね。幻想世界だけではない、自然としての人間との関係をつかむことだとされています。それは、「人間とその人間をとりまく対象との関係つけの解釈」、「考え方のシステム」であるとなります。

①幻想としての個体とは、「じぶんをじぶんで抽象づけるという意識」と「じぶんをじぶんで関係つける意識」、この「自己抽象つけ」と「自己関係つけ」をなしている、とみなされます［※10］。前者は「じぶんの身体が現にあるということ」「現にあるという時間性」が根源にあり、後者は「じぶんがここにある」という空間性・場所性が根源にある、というのです。これが吉本本質思想の地盤になります。「人間を人間たらしめている根本」です。これは「心的現象論」でその後、時間化の「了解論」と空間化の「関係論」として配置されていくことです。ここでは、「自分の自分への」関係ですね。フーコーの「自分の自分への関係、その自己テクノロジー」に対応していくものです。フーコーは「自己への配慮」という実際行為として考えていますが、吉本さんは自分の抽象づけ・観念として考えています。このフーコーと吉本との双方の関係はⅢ部・9章で述べます。個体に関わりながら、しかし自己主体論を超えていく非常に重要な要になる問題域です。幻想する個体における「抽象つけ」「関係つけ」の心的なものとの関わりが〈個体〉において問題設定されていたことになります。

②次に、自分以外の、「他の対象」にたいしてどういう関係の結び方をしていくか、それは自己関係つけの意識を拡大したところ、対象にたいして拡大した、「対象の空間化」とされます。その次に、自己抽象つけの時間化をやる、「了解作用としての時間化」を成し遂げる、とされます。そのとき、受け入れの度合いと時間化・抽象性の度合いが違うということが五感においてお

※10……これは、後に『心的現象論』において「了解論」と「関係論」という布置になっていきます。ここでは、まだ「自分」の自分へのかかわりとして述べられていますが、「時間性」と「空間性」としてすでに設定されています。

きてくる、人間に特異な「知覚的な作用」「感覚作用」の知覚現象がおこるんだ、と吉本さんはみなします。空間化を即座に時間的な構造にかえる、ということを視覚・聴覚はなしているんだ、これは人間だけに特有なものだ、というのです。そこに、幻視とか幻聴とかの「異常なもの」が疎外表出されていくとなります。「心的現象論」はそこに真正面からとりくんだ総合的な考察になっていくものです。ここでいう、「度合」ですが、それが吉本本質思想の機軸になるものなのですが、測定できない作為体験ですね。「対象を受けいれたこと自体、また受けいれられた対象それ自体をまた対象となしうること、その場合には対象は外にはない」つまり「幻想のなかにある」ということです（⓮252頁、⑨365）。「幻想のなかにあるそういう対象をふたたび対象として、空間的な受けいれ、そして時間的な了解としてふたたびそういう作用をなしうる」（同）ということですが、これが機軸です。ここに対象をめぐっての、〈心的なもの〉と〈幻想〉との関係を示唆しているのが、分かるかと思います（つまり、共同幻想論と心的現象論との関係が示されているところですが、①は自分の自分への関係として、②は対象との関係としてですが、幻想のなかの対象を対象とするということです）。

③自己関係つけの意識と自己抽象つけの意識との「錯合した構造」は人間の存在にとってひじょうに本質的である、それはベルクソンや現象学がいうような記憶や知覚作用とはすぐにむすびつかずに、一部分としてしか結びつかない。それではなににむすびつくかというと、それは「言語に結びつく」というのが吉本本質思想の核になるところです。「ある空間化の度合で自己関係つけの意識というものが生じたときに」、それを「心の規範」とよぶ、そして「自己抽象つけの意識というものがある水準の時間性の度合をもったとき」、それを「概念」あるいは「心的な概念」とよぶ、この「心的な概念」「心的な規範」を「人間の心の外においたとき」「外に考えたとき」、それを「言語」とよぶ、というのです（⓮254頁、⑨366）。この外におくというのは「発語」になります。言葉を発する、言葉を表現する、言語が発語されたとき、反作用として

人間の心にその発語自体がまきおこす反作用、心の反作用が、「心的規範」「心的概念」だということです。これが、吉本思想の発語・表出という核となるものです。そして、この発語には「沈黙」がふくまれる、心が沈黙する、そこには言語的意味がもたれている、となります。フロイト(ラカン)が、問題にしていった領域ですが、しかしそれを吉本さんは「無意識」論としては考えません[※11]。ここで、心的なものと言語との関係が示唆されています(つまり、心的現象論と言語表出論との関係です)。

よく、吉本本質論(言語表出論、幻想論、心的なもの)の三つの関係・構造はどうなっているんだ、と言われますが、すでに一九六七年に明示しています。むしろその三つの関わりからそれぞれ分節化、別次元化されて究明されていったということです。①②③はわたしがつけた番号ですが、これを①が心的論、②が幻想論、③が言語論、とした途端に、もう吉本思想から離脱して、大学人思考言説へ堕していきます。そうではなく、注意深くみれば相互が入れ子になっているのです。明示しているが、理論構成はなされていない。実はわたしはこれを、吉本本質論の「地盤」「機軸」「核」として考えて、自分の論稿では活用しています、ある対象を考察するときどっちへ比重をおきながらしているか、どう関係つけていくか、つねに自覚しながらやっているのです。

吉本さん自身は、そこからどう考察を展開するのか、概略をおさえておきます。

〈わたしはばかです〉という発語・言語表現を例にしてやっています。これを、分節化して〈わたし〉―〈は〉―〈ばか〉―〈です〉と、そこに時間差がおきることが一つ、そしてそれぞれ〈〉の詞・辞の受け入れの空間性と了解の時間性の度合が、それぞれちがってあるんだ、となります。そこを、「幻想(意識としてもいい)」が了解する、理解する、理解するというのです。「〈わたし〉という言葉を発する、幻想的時間性あるいは意識の時間性といいますが、そういうものと、それから〈は〉というように発する時間のあいだに区切りとしてはさまる時間というものがちがった時間であるということはたしかなことです」、「おのおの異質な時間が流れて〈ばかです〉というところまで

※11……「無意識」が設定されてくるのは『母型論』です。フロイト無意識論を吉本さんなりに転移させています(Ⅲ部参照)。

ゆく」「その異質性を時間の流れとして理解している」「そういうことが人間に可能である」、発語の根本条件だ、と述べています。この―に「沈黙」がおかれていきます。ここは、言語表出の本質的な問題となりますので、ここではこれ以上は省略します［※12］。

さて、「幻想」が「意識」に照応して考えられていたんだと、わかりますね、すると「意識」を「幻想」へ概念転移したことで「意味するものの存在」を吉本思想はどうしていったのか、ということが問われていかねばならないということです。先取りしますが、「国家」が「幻想」として概念転移された、「意識」が「幻想」として概念転移された、それは同質に同時になされている、ということなのです。そこにさらに〈性〉が本質的にからみます。それは〈他者〉との関わりの問題です。意識による観念の働きから、幻想は非意識として疎外的にとりだされた、とわたしは解します。

人間の心の常態は、個体・個人としてだけ対象との関係つけをするんではない、「他者との関係つけ」をするんだ、「人間の個体あるいは個人というものがいったん他者とのかかわりをもとうとするやいなや、人間は性としての人間、つまり男または女としての人間としてしか他者と関係をもてない」、「他者との関係つけの根源にあるのは、男または女としての人間、つまり性としての人間というような、そういう人間の範疇になっていく」（⓮259頁）と、対幻想が設定されます。それが「いっとう最初の問題」だということです（「男女」と言っていますね、わたしと吉本さんとの対話に「ジェンダー」をめぐってなされたものがあります［※13］。当然、吉本さんもわたしもこの「男または女としての人間」をふまえて議論しているのですが、わたしは相当に吉本さんを読み込み了解したうえで、そこからもう一度初源的な問いを投げかけなおしながら慎重に選択して話をしています、当人はもちろん自分がなさってきたことは当たり前のうえで、わたしの問いや提示でずれるところを再意識化しています。知ったことのうえで、吉本了解水準のうえでなされているのは、他の方たちの対話と根本的にちがっているということ、それは吉本さんを理解されていけば分かることですが、あまりに少ないのはなんともはやです）。

※12……国語学・日本語文法のように語を分離して日本語論を論ずるところに〈表出〉論はまったく不在です。また時枝誠記のようにそこを主体の言語過程があるのだと擬装することも意味がありません。吉本さんは言語過程に表出を読み込んだのだと思いますが、時枝はそこをまったく理解できませんでした、擬装思考しているにすぎないからです。〈表出〉論なしに日本語は考えられえません。
ここをわたしは、松下大三郎をもって、述部が決定すると述語表出の閾において把捉していきます。

※13……「〈アジア的ということ〉と〈対幻想〉」（Ⓐ所収）
人間ではない「男女」なんだというのは、本質的な性関係の問題であると同時に、歴史文化的な問題でもあるというのがジェンダーの位置です。その歴史的な位相をふまえるときにはアジア的ということの概念をもってこないとぶれます。

「幻想としての人間というものが、ひとたび他者とかかわるというような場合、他者と関係つけられる、あるいはみずからを関係つけるという場合には、あきらかに性としての人間というような関係つけが本質的であり、根本的である」、ここは、「自然体としての人間というものにもし自己対他者というような意味をあたえようとすれば、その自然的人間というのは性としての人間というふうに考えるほかありません」（⓮260頁）という、自然疎外に性疎外表出を設定してそこを「対幻想」としたのです。「観念あるいは幻想が自己対他者という関係つけをしたい場合」に、最初の原形は「性としての人間」「男あるいは女としての人間」とするのが、本質的だということです。ここが「シニフィアンスの存在」にあたります。

この箇所は、一九八三年に手直しされて、次のように言い換えられています［※14］。

「幻想としての人間が、ひとたび他者とかかわるばあいには性としての人間が根本的だということができます。人間は意識をもち観念の世界を作ります。でも自然体としては自然の一部だというように存在します。自然の一部としての人間というばあいには、他者も自己もない。それは人間の類です。そこでも自己対他者という意味をあたえようとすれば、自然的な性としての人間とかんがえるほかにありません。そのうえでなお観念の世界で自己対他者という関係つけをしたいとかんがえるばあいには、性的幻想としての人間、つまり男あるいは女としての人間という本質的な関係になってきます。／この領域は対幻想、つまりペアになった幻想の領域に属します。」（⑨370）

この微妙な修正、書き直しは明証になっていますが、書き直し以前の混沌とした格闘からにじみだす理論課題を薄めています。自然としての人間の類的な布置に、性幻想＝対幻想を、いかに布置させるかという問題設定が開削された閾にあたります。自己も他者もない類の閾に、自己対他者という関係つけを配置する、自然の場所に性の場所を入れ籠む、疎外させるということです。そこに〈対幻想〉が表出される幻想域がうみだされるということです。この、自然疎外と性疎外

※14……⓮は『吉本隆明全著作集』の十四巻です。この稿は、実は、『〈信〉の構造』に再録されたとき、大幅に手直しされています。全集はそれを再録しているのですが、実は、手直しされるまえのものの方が、微妙に生々しく問題構成されています。

との表出関係は、Ⅲ部・8章で詳述します。とても理論生産が要されるところです。

とまれこの本質は、ある社会的な歴史的段階においてもまた文化差異の生存生活においても本質であるわけですから、高度資本主義の経済セックスそのシャドウ・ワーク、そしてバナキュラー・ジェンダーにおいても考慮していかねばならぬということ、そこがわたしがイリイチ提起をうけてフーコーのセクシュアリテの歴史をもふまえて、理論的に超えて拓いた閾になります。吉本さんは、フロイトを超えて、本質論として超えておられるのはいうまでもありません［※15］。それが、心的現象論だけではない、対幻想・共同幻想・個人幻想の次元・位相の差異としてなされたことです。

「社会という領域、あるいは一般に国家という領域は、対なる幻想の領域とはまたちがう領域に属する」、「共同性としての幻想の領域」「共同幻想の領域」である、となりますが、「幻想性としての領域というのはかならず対なる幻想（これの現実形態というのは家族というようなものに象徴されるわけですけれども）、家族形態あるいは婚姻形態というようなものを通過して幻想の共同性に、あるいは共同幻想の領域に至」るということであり、「けっして家族集団をどんどんたくさんかき集めれば共同幻想の領域に到達するというわけでは」ない、位相・次元が異なる、ということです。くわえて、「対幻想の世界、領域」はかならずしも「社会あるいは国家の共同性にたいして逆立ちはしません」が、矛盾は派生させる、そして「個人の幻想性あるいは個体の幻想性」にたいして共同幻想は「まったくさかさまになってしまう」「逆立してしまう」のが根本性格にあるとされたのです（ここを、わたしは、個人幻想と共同幻想とは逆立して合致する、それが歴史社会的な「社会人幻想」「社会幻想」だ、ということになります。「国家」と「社会」とは混同してはなりません、それは後述していきます）。

ここも、新稿では微妙に書き換えられています、「世界」という言表が消えて「領域」だけになります。「あるいは個体の幻想性」という付加は消され、「個人の幻想性」は「個人の幻想」

※15……フロイトは、性を対幻想ではない個人へ還元してしまう。また性の根本的なものを文化的・芸術的なものにまで拡張させてしまう、それは次元が異なる共同幻想の領域として考えねばならない、ということです。

と、「~性」が消えたりいれかわったりしています[※16]。なぜ、そういう言表とそのつながりが、修正されるのか、格闘していた次元から確定された次元へ思考が深まったというだけでは、すまされないものがあります。つまり、理論的思考が微妙に転じられている、そこに見えない理論生産がなされていたり消去されたりしているのです。構造化する思考と構造化された思考との違いです。そこに、幻想間の関係づけの問題が潜んでいます。差異化していく関係と差異化された構造とのちがいです。

共同幻想の領域の基盤は、「社会とか国家」とされ、また「対なる幻想の基盤」として「家族とか婚姻形態」とされていますが、「国家」と「社会」では幻想の次元が異なり、「家族」と「婚姻形態」とでは対象の場が異なります、つまり差異化していく関係が異なる、構造化された構造としての三幻想領域が異なる次元にあるという結論では、処理できない次元があるのです。「意味された」結論から、理論思考はなされません、最初の格闘の場に理論思考の諸条件が潜んでいるのです。『全集』としては、ここは補遺かなにかで、残していってほしいところでした。とくに、「幻想としての人間」の稿は、非常に重要です。

そして、「総じて個人の幻想性の問題からはじまった人間の生みだす幻想性の全領域の問題というものは、けっして平面的なたんなるひきのばしによって、たんなるひとりをふたりに、それからおおぜいにひきのばすことによって、理解されるようなものではなく、いわば立体的に位相と次元を異にして存在している」、「個人幻想」「対となった幻想（現実的には家族）」「共同的な幻想」の三つを「基軸」にして考察にいれていかねばならないという、一九六〇年代後半で、「自立の思想的根拠」とともに提示された[※17]、日本の知的領域で、非アカデミズムの場からこちらの目が醒めるような話題となった、日本から発信された、しかしいまだに世界が知らない、普遍思想の登場であったのです。

以上が、「幻想」という布置の基本になっている「自然疎外」と「幻想としての人間」のこと

※16……「個体」という暗黙の問題設定が消されて、「個人」へと実定化されてしまっています。また「個人の幻想性」という言表には、個人自体も幻想だというニュアンスが暗黙にこめられていたのですが、「個人の幻想」となると個人がいだいている幻想というように実定化がなされています。
　わたしは、初発の稿に、理論的な可能閾を見いだして理論化しています。

※17……一九六五年頃からの講演では、テーマがどのようなものであれ、かならず共同幻想、対幻想、個人幻想の「幻想」について話しています。どのような課題にもかかわっていく本質的な布置をはかりたかったのだとおもいます。

です。そこから、整理をしていきましょう。

人間はなぜ幻想をもつのか、幻想を受け入れながら、なぜ幻想であることを自覚から喪失していくのか、意識・認知・知覚から幻想が消えてしまっているのに、なぜいかにして幻想は存在し続けているのか、幻想の存在を知ることは何を個々人へ意味していくのかです。

2 幻想論を考えるうえでの基本点

(1)「国家・家族・個人」の位相を仕分けた政治思想と幻想論

「共同幻想論」が執筆されはじめたのが、一九六六年十一月からですので、その前後の講演や論稿を見ていきますと、「国家・家」とか「個人・家族・社会」とか、さらに「幻想としての国家」「対幻想」といった、経験的概念から思想概念への転移がなされはじめているのがわかります。「依然として思想問題は国家の問題として凝集される」「家というものが対幻想を本質とするがゆえに、個人幻想と、それから共同幻想としての国家とにたいして特異な位相をもっている」(「国家・家・大衆・知識人」1966.10.31 講演、⑭156頁)という問題設定がもう語られています。それは、個人を寄せ集めても家族にはならないし国家にもならない、また家族を寄せ集めても国家にならない。国家の次元は、個人や家族とは位相が違うということであり、国家は実体ではなく、幻想性を本質とするということです。キリストが家に帰るとただの大工の息子でしかないという個人と家族の逆立があり、社会の共同性と個人とは逆立するといったことが主張されているものです。さらに「幻想としての性」が本質でそれは性交とは違うということの幻想性の強調と並走しています。

この個人・家族・国家の一般概念を、本質的な個人幻想・対幻想・共同幻想へと転移していく、その格闘期のさまざまな言述です。いくつかの講演でそれが「話し言葉」から論じられているのですが、『情況への発言』に主なものが集められました、それをわたしたちは学生時代に読んだものなのですが、それが書き言葉の論述へと価値表現されて、完成していったのが『共同幻想論』（1968.12.5）になります。大学闘争とそれは時期がかさなっています。アカデミズムにあきたらなかったわたしたち世代の知的に疎外された人たちが読んでいました。多数ではありません、それぞれの場で少数であったとおもいます。

ここで、共同幻想・対幻想・個人幻想はそれぞれ位相が違う、国家・家族・個人は位相・水準が違うというように吉本さんによって意味された結果・結論をそのまま識別して実体化し、しかも幻想転移されたことをまた個人・家族・国家の一般概念へさしもどして解説しはじめるのが、大学人の言説なのですが、大学人が一般にそれさえ無視しているわけで、それに比したらましだとなるのかもしれませんが、知の生産からしますと、それでは一つの知識が預金されただけで、何の発展というか進歩、深化がありません。それはいつまでたっても、もう四十年以上もたっているいまだに、そのままなように何らの展開がなされていかずにとどまったままになってしまうのです。別な言い方をしますと、わたしの理論展開は、そこから展開されているものなのですが、何を言っているのか分からない人がほとんどということになります。吉本思想の遺産をひきうけていないから了解の水準へあがってこないのです。

たいせつなことは、何をいかに問題意識にのせ、何を問題構成して、何を「意味するもの」のあり方として考察していっているのかです。国家とは何かという問いが、幻想性とは何かということに転移され［※18］、それが「人間の存在にとって何を意味するのか」ということを問い続けていくことにあります。「個体というもの、それから個体が他者にかかわりあう最初のかかわりかたの形態である性としての人間という範疇、つまり家族という範疇、それからそれがある飛躍で共同性を獲得したばあいの共同幻想性はいかなる位相にあるかというような問題、それが人間

※18……エンゲルス国家論が、レーニンやロシア・マルクス主義の原典になって、「国家論のあらゆる欠陥」、つまり「あいまいな位相からのあいまいな観念の導入」がなされている。それは「国家の共同幻想性というものと経済的諸範疇というものとをあいまいな位相で結びつけようとした」からだ。日本のマルクス主義者もその亜流だ。「国家の実体構造」を考えようとするなら、「国家というものは、共同幻想性としてひじょうに原始的段階からの歴史的な、ある意味で必然的な累積をおって存在するというふうに考察しなければなりません」と、問題提示しています。そして、「現存性と歴史性」（空間性と時間性）をひとつの構造として国家を理解せねばならない。「国家の共同幻想性というものはさまざまでありうる」と言っています（「個体・家族・共同性としての人間」⓮231頁）。
　これが初発的な問題化なのですが、「国家の実体構造」として設定されています。それが共同幻想性だとされています。しかし、幻想性とは、実体といえるのでしょうか？　国家に実体などはあるのでしょうか？　それが吉本提起をふまえてのこちらの問題化になります。

の存在にとってなにを意味するかというような問題」（「個体・家族・共同性としての人間」1967.11.2講演、⓮232頁）ということです。同じ講演で、こうも言っています。

「問題は全幻想性、全観念性の領域をどういう基軸でもってとらえていったならば、人間の生みだす全幻想性の範疇をとらえることができるかという問題」に帰することだ、「それは、図式的にいってしまえば、個体の幻想に属する基軸と、対なる幻想性に属する基軸と、共同幻想性に属する基軸との総合構造および相互位相性の相違を明確にするならば、われわれが生みだしてきたし、また現に生みだし、現に存在する全幻想性の領域、あるいは全観念性の産物の領域の構造は解くことができるということです。つまり、基本的なことは、こういう基軸をかんがえることであり、その基軸は個体を延長すれば対なる幻想、つまり家族になり、家族をたくさん集めていくと国家になるというような簡単なものではありえません。これは、それぞれ位相性の相違として存在しております。」（⓮230頁）

これは、答えではないのです。考えるべき問題の設定です。「全幻想性」と言っています。また三つの基軸があるとしてその「総合構造」および「相互位相性」を明確にしていくことだ、と言っています。それは、実は、いまだになされていないのです。ここで言う「幻想性」とか「観念性」という「〜性」が捨象されたとき、幻想構造の三つの位相が、識別されて明示されました。そこまではいきましたが、総合構造と相互位相関係は十分に解かれていません。ただ二つのことが、くりかえしあちこちで言われていました。第一は個人幻想は共同幻想に逆立するということ、第二に、対幻想（家族）を契機にして共同幻想への転化がなされていくということです。発生的には兄弟と姉妹との間の対幻想が家族形態を部落共同体の大きさへ拡大できるということですが、対幻想の共同幻想への本質的な転化の構造があるとみてよいかとおもいます。この二つだけは、はっきりと相互関係として示されたことです。そして国家の意志は法として発現されるということです。これが『共同幻想論』で明示されていくことの基軸です。

さらに、「国家の共同幻想性が経済社会的範疇の反映であるとか、相対的独立性であるとかいう問題ではない」として、なにによって国家の共同幻想性と経済社会的な範疇＝市民社会は対峙するかというと「法的言語」だとされています。「大衆」は「国家の共同幻想性がさしだすその法的言語つまり法律にたいして沈黙を対峙させる」、それはただのだんまりではない、「沈黙の言語的意味性」として法的言語に対峙している、とみなすのです。このとき、「社会空間」が何も問われていないことになります。これは、ずっとそうなっていくのです。すると、「全幻想性の領域」にはたどりつかないことになっていくのです。また、吉本さんは、啓蒙的知識人や進歩的知識人への批判を主軸においていた位置にいますので、大衆の存在を、「沈黙の言語的意味性」においたまま、大衆がいやおうなく被っている社会関係のそこを、また沈黙からうきだす亀裂・裂け目を明らかにはしていないのです。答えではない、とわたしが言うのはそうした不明なままの領域が、正鵠な問題設定のまま残されているのだ、ということを言っています。いったい、法的言語に対峙している［※19］大衆の「沈黙の言語的意味性」とは何なのでしょうか？　そこへ答えていくのが、「全幻想性」の領域の総合的構造であり相互の位相関係ということではないでしょうか。

　ここを、別の概念的な言表を使いながら、吉本さんは「逆立」から述べています。

「〈個人〉の心的な世界がこの〈社会〉の心的な共同性に向かう時は、あたかも心的な世界が現実的なもので、具体的に日常生活している自分は架空のものだという逆立によってしか、〈社会〉の心的な共同性に向かうことができないということである。いいかえれば、〈個人〉は自分が存在しているしかたを逆立させることによってしか、〈社会〉の心的な共同性に参加することができない。この関係は、人間にとって本質的なものである。」（「個人・家族・社会」1968.7、⑨418、傍点引用者）

　この「日常生活している自分は架空のものだ」としている状態は具体としていかなるもので

※19……「対峙」とは大衆が意識的に対決しているということではありません。不可避の関係として対峙的な関係におかれているゆえ、「沈黙」している、だがそれは無智だからではない、存在として意味をもっているということです。その言語的意味性から「裂け目」がのぞいてくる、それはいかなるものかということです。

しょうか？　また「〈社会〉の心的な共同性」とは何でしょう？　現在では〈国家〉〈法律〉という形で現われており、古代では共同の宗教という形で現われていたと言っています。もっと部分的には、共同の風俗、共同の習慣、共同の約束、共同の信仰とかが、「小さな社会の共同の心として存在している」（⑨417）と述べています。つまり、〈社会〉概念は一般的・普遍的に設定されてしまっていて、しかも〈国家〉と同致されてしまっています。歴史的表出に規制された相ではみられていません。ここが「社会空間」の問題閾となることです。

　というのも論じたいことは、ある〈個人〉の心的な世界にとって、この「〈社会〉の心的な共同性」は、まったく快適なものとしてあらわれるかもしれないし、偽りの多いものとして映っていることもありうるし、まったく桎梏以外の何ものでもないと考えるほかないかもしれず、さまざまだが、本質は「人間はもともと社会的人間なのではない。孤立した、自由に食べそして考えて生活している〈個人〉でありたかったにもかかわらず、不可避的に〈社会〉の共同性をつくりだしてしまったのである。そして、いったんつくりだされてしまった〈社会〉の共同性は、それをつくりだしたそれぞれの〈個人〉にとって、大なり小なり桎梏や矛盾や虚偽として作用するものとなったということができる」（⑨418）と、疎外論的に逆立が設定されてあることを明示することにあったためです。「社会」は普遍的ではない、不可避的につくりだされたものだ、ということです。この社会における個人の在り方をわたしは「社会幻想」「社会空間」として明示したことになります（3章及びIII部）。吉本さんは「語って」いながら、しかし考えられえていない閾なのです。

　つまり、国家の共同幻想性と「〈社会〉の心的な共同性」とは、異なるものではないでしょうか。個人が、国家に対する逆立と社会に対する逆立とは、位相を異にするのではないでしょうか。「心的な共同性」と言っており、幻想的共同性とは言っていません。国家＝共同幻想に個人が逆立するというのは本質相ですが、個人が社会に心的に逆立し、疎外的に同調するということは、歴史相での本質表出です。個人における「〈社会〉の心的共同性」は、国家共同幻想とは次元が異なります。また「社会」の編制は、法的言語の外部に構成されます、法的言語からはとらえられないのです。社会の法的規定化から疎外された規整 regulation 領域に構成されます。

この〈逆立〉を、「単に心的な世界を実在するかのように行使し、身体はただ抽象的な身体一般であるかのように行使するというばかりではなく、人間存在としても桎梏や矛盾や虚偽としてしか〈社会〉の共同性に参加することはできないということを意味している。〈社会〉の共同性のなかでは、〈個人〉は自分の労力を、心情を、あるいは知識を、財貨を、権威を、その他さまざまなものを行使することができる。しかし、彼（彼女）が人間としての人間性の根源的な総体を発現することはできないのだということは先験的である」と規定し、先験性が消滅するためには、社会の共同性そのものが消滅するほかないと述べています。もう語りかつ考えていますね。しかし考えられえていない閾に置かれたままのものがあるのです。

ここには、三つのことが、混在したまま論じられているのですが、それは、①〈社会〉と〈個人〉との逆立性という本質の相と、②現在の歴史的な規定性にある〈社会〉と、③本質的な幻想ないし共同性の消滅という未来可能条件とが、思想的裁断において言述されています。本質視座から、「国家の共同性」と「社会の共同性」［※20］とが、「共同幻想の共同性」ないしは「共同性の共同幻想」として一体化されてしまっています。吉本さんが「社会の心的共同性」としてくくっているところ、それが個人にたいして「桎梏や矛盾や虚偽として作用」している、ここが、わたしが「社会幻想」として「国家共同幻想」とは識別してとりだした根拠になります。つまり「国家」と「社会」とを合致させてしまう幻想作用の働きがあるのです。

わたしは、吉本さんの思考や論理を、実際に理論化していく自覚においたとき、本質相と歴史相とが混在してきているところに、現実社会構造への分析的考察が不在になっていることを、世界の理論革命ともいえる一九七〇年代の理論成果から感じていました。それが、ここで「〈社

※20……社会の共同性は、「心的な共同性」のことであって、経済社会的な構成のことではありません。しかしながら、〈社会〉という場では、幻想性と経済性とは合致して個人へ作用していきます。そこを解析していかねばならないのです。

会〉の共同性」と「〈社会〉の心的な共同性」として仕分けられながら、考えられえずに国家と混在させられている論述に顕著にでています。国家と社会とが「共同性」の尺度から同致されてしまっているのです。そのように現実性が配備されているためです。理論化は、そこを識別して対象化せねばなりません。

対談で、ここをわたしは慎重に問うているのですが、大上段からぶつけていません。なぜならそれは単なる批判客観化の言説にしかならないからです。批判分析の言説が実際には明証にされようと近代民族国家の社会編制段階のことでしかないものとして、〈初源〉を問う仕方に対峙してしまうのを回避したかったからです。つまり、ここでいっている桎梏・矛盾・虚偽を明証に歴史段階において言説化するだけのことで、それは本質にはなんら意味さえないからです。そうではなく、本質規制を逆にそこにかぶせていく理論化はいかに可能なのかをずっと探ってきました。それが、教育幻想、学校幻想、商品幻想、社会幻想というように理論構築されていくものなのですが、〈初源〉への問いを遮断しないようにするためです。ただ、これだけははっきりしているのですが、〈社会〉という概念を立てた途端に不可視・暗黙知になってしまうものが不可避に構成されているということです、それが「沈黙の言語的意味性」にあたるものです。そこに理論生産が要される場所があるのです。

「沈黙の有意味性について」(1967.12、⑨339-348)という論稿があります。沈黙の意味の重さを論じたものです。この小論はいろんな次元のことを語っています、「原像としての〈大衆〉は、〈法〉的な発語を、いわば〈沈黙〉という反作用としてささえているものをさしている」「〈大衆〉は、共同幻想の〈法〉的言語にただたんに服従しているのではなく、〈沈黙〉の有意味性として服従している」、この「〈沈黙〉の有意味性を理解し逆倒する契機をしりえないかぎり、いかなる共同幻想も逆倒されないという課題は先験的である」と言っています。「共同規範としての〈発語〉と〈沈黙〉の関係は、〈法〉的言語によってもっとも象徴的にあらわれて」おり、

「法律語の概念の水準とその拡がりを根源的に考察することによって、ある共同幻想体（たとえば国家）の水準を想定することができる」と言うのです。

　この意味は、別の講演で、けっして「唯々諾々として服従して、なにもいわずに服従している」こととはちがう、「沈黙になにか意味がある」ということであり、しかもどこかに亀裂がある、それを発見することだ（「自立的思想の形成について」⓮192頁）というように説かれます。労働疎外という生産局面ではない、くりかえされる生活過程において意味ある沈黙をしているんだ、ということです。

　わたしは、法的言語によって規定制度化されている種々の「社会サービス制度」が、国家の共同幻想をもっとも体現しているとみなし、その制度が沈黙を発語とともに転倒表現しているとみなします。そのとき法的ではない次元に構成されている「制度」の規整性への解読へと進んだわけですけれども、それは原像としての大衆が「社会人」へと逆倒される存在に社会表象されているものです。その「社会人」による発語は、権力諸関係を沈黙の言語に有意味化しています。そのとき、法的言語では示されえていない［※21］、社会制度の隠れた作用があり、そして「裂け目」があります。それをわたしはイリイチ、フーコー、ブルデューらを主にふまえて明示しましたが、さらに「社会幻想」「商品幻想」として吉本思想の方へ突き返して構築しています。そうした、歴史次元の本質相があるのです。そうすると、発語された詞・辞の間にある沈黙は、実在の権力作用を見えないものへと言語編制させます。発語されたものはすでに転倒してしまっているということです。「学校へ行って学ぶんだ」という発語には、学校化、教育化の他律作用はもう見えなくなってしまっているということです。

　吉本さんは、発語・沈黙を、個体の存在においてみていきます。その初源は「乳幼児がはじめの何歳かのあいだ〈発語〉することができず、ある時期からはじめて〈発語〉が可能になるという人間のみにあらわれる存在の最初の段階にかくされている」（⑨346）［※22］ところにある。

※21……法には、文書化された条文だけでなく、その規範が作用する域、さらに条文化されていないレギュレーションの域、さらにはそこへもはまりえていないこぼれた域があります。その閾を〈regulation 規整化〉として対象化していったのが、社会科学的な現代思想です。

※22……「前言語段階」として『母型論』で明示されていきます。

〈性〉としての言語は、自然そのものが〈沈黙〉の有意味性をもっているのと同じように同じ程度に〈沈黙〉の有意味性に徹底的に近づこうとする傾向にある。「人間は自然のような徹底的な〈沈黙〉の有意味性に耐ええないために、桎梏であることがわかっている〈社会〉の次元に、〈発語〉と〈沈黙〉の意味を解き放とうとし、それによって必然的に自らつくった〈言語〉の共同性から復讐されるようになった」（⑨346）ということを見ていくことです。まさに〈沈黙〉を表出の「初源」においています。しかしながらこの本質相は、歴史表出することでしか出現しないわけですから、それをわたしはサービス制度の社会構造にみとっていくわけです。〈社会〉の場は、沈黙と発語の本質が表出していく場であるのです。

そして、非常に重要な本質規定を吉本さんは、突如、示唆しています。それは「共同規範は、〈性〉としての人間の関係、いいかえれば男女の関係をかならず通過してゆく」（⑨345）ということです。これが、共同幻想論では巫覡・巫女論として布置されるところです。共同幻想への疎外は対幻想を通過していく、と同時に社会の共同規範は男女の性関係を通過していく、という基軸を忘れないでいてください［※23］。「家族というものから共同幻想に展開する展開の契機」（「人間にとって思想とはなにか」、⑭313頁）が、本質転化にあるということです。

どうでしょう、国家と家族と個人とは位相が違う、などという簡単な答えのはなしではないということが感じられたでしょうか。細かくやっていくと、言語論の問題、文学の問題、心的現象など総体に関わっていくのですが、ここで止めておきましょう。ただ、この時点では国家と共同幻想（性）とはほとんど同致されています――「ある共同幻想体（たとえば国家）の水準」（⑨346）という述論の仕方で「幻想体」とまで実体的に言ってしまっています――、これが共同幻想論では、共同幻想は国家ではないと切り離されます、あるいは切り離されたように読むしかなくなります。その意味するものは何であるかです。そこをつかまないと共同幻想を了解したことにはなりません。

※23……幻想次元と社会関係次元とが照応しているということを、感取していくことです。別次元でありながら、複雑に相互関係していきます。

ここまでは、共同幻想論が記述されていく前までに、幻想性について提示されていたことであり、かつそこに潜在していて語りだされえていなかったことですが、共同幻想論がまとめられてから後に、二つの重要な論点が、共同幻想にかかわってさらに提示されました。「アジア的ということ」と「意志」論です。現時点で、それはもう提出されているわけですから、それをふまえて読まれてこそ、「共同幻想論」はさらなる深みへと了解がなされていきます。

(2)「アジア的ということ」の視座：歴史相=段階の導入

歴史的規定性をはずしていく吉本本質思想ですが、それは歴史を考えないということではありません、西欧的歴史の仕方ではないものを、普遍思想としてどう扱っていくべきかを、ずっと考慮していたといえます。『共同幻想論』は前半の民譚と後半の神話を対象にして歴史記述がなされる「以前」から考えられていたものですが、それが、アジア的段階として〈アジア的ということ〉を組み込んでいくことで、歴史的な設定が開削されていきます。マルクスのインド論のなかに見つけたと、何度も興奮気味に話されていたことですが、ついに自分へ納得いくものを見つけたという実感であったとおもいます。それを言述し、論理として組み立て明証化するということがなされていきます。それはマルクス自体のものではない、〈日本〉を対象にしての考察になっていきますが、同時にアジア的な性格をもったロシア革命におけるレーニン批判が導入になって、そこから探究されています。

それは、歴史の〈初源〉です。初源そのものの探究というほうが正鵠でしょうか。したがって、「プレ・アジア的段階」「アフリカ的段階」［※24］というように遡っていきます。「ヨーロッパ的段階」の解明にはいきませんが「超西欧的」な問題設定はなされます、古代へ、前古代へ、原始・未開へと遡っていくのです。そのとき「史観の拡張」という言い方がなされました。

※24……わたしが企画した吉本特集号でいただいた論稿は「プレ・アジア的」という概念でした（『吉本隆明の文化学』三交社）。それが、『試行』の終刊にあたって刊行されたとき『アフリカ的段階について』と改題されました。

全著作集のための『共同幻想論』の「序文」で、「アジア的ということ」が提示されたのです。これは、当時、わたしたち学生の間でも大いに話題になったのですが、それは出来事としてであって、誰も分かっていたとはおもえません、わたしには何のことやらさっぱり分からなかった。『試行』で、何回かの連載がなされてようやくどういうことなのかが漠然とつかめましたが、どうして重要なのかが論理的かつ理論的に分かったのは「アフリカ的段階について」が論述されてはじめてのことです。しかし、「アジア的共同幻想」というような言い方を吉本さんはしないのです。つまり、本質論次元にそれを布置していません、歴史的な〈段階〉であるからです。段階といってもそれは時間順序ではありません、いまでも存在しえているものです。もちろん、地理的な空間ではありません、非歴史的〈歴史〉の《段階》といえましょうか。乱暴な図式ですが、わたしはそこにアメリカ的（産業技術的）段階をくわえて、設定しています（図1参照）。歴史相A・B・Cというようにしてみました。

それぞれの段階は、「初源」をもっているかとおもいます。吉本さんは、歴史相Aとそれ「以前」を探究します。わたしは、歴史相Bは、産業革命・民族国家（国家語）・植民地形成がからん

図1

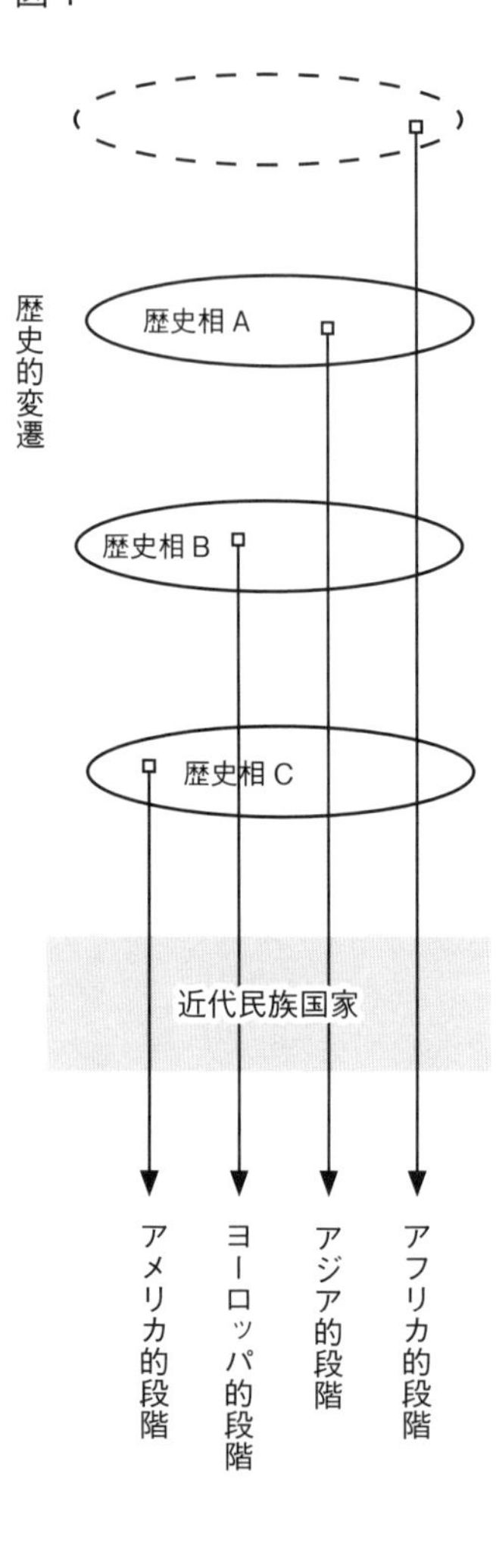

だ段階を初源とし近代相をその特徴としておきます。歴史層Cはアメリカ独立戦争を節目にして以後、科学技術が経済構成の中軸となって〈商品〉が消費化・帝国化【◆13】していく性格のものとみていますが、明らかに歴史相Bとは性格を異にします。空間的な設定が時間化されたものです。したがって西欧にもアジア的なものがありますし、日本にも西欧的なものがあります。これらは歴史家たちが実証的に明らかにしていったものに照応しますが、本質論的視座から書き換えられるべき歴史とみなすのは、そこに、とくにアジア的段階、アフリカ的段階が介在していることを見落とした歴史学実証でしかないからです。わたしは、これらを自分が大好きな「西部劇」に発見しました。アフリカ的段階はインディアン＝移動狩猟生活、アジア的段階はメキシコ人＝定住オルガルキア農耕（大農場主と小作農）A、ヨーロッパ的段階はヨーロッパからの移民＝定住独立家族農耕B、アメリカ的段階はアメリカ人＝カウボーイ（それを雇う東部資本）Cで、皆同時に西部劇にはかならず登場します。実証性というより「表象」の表現構造として、遊びながら半分本気で考察しています【▼3】。

　わたしたちの思考は、もう西欧的歴史観におおわれてしまっていますから、歴史時間順序を地理的空間分布して世界史をみてしまっています。そのコードははずれないとおもいます（しかし、たとえばわたしの博士論文はメキシコ革命研究でしたが、既存の歴史観から記述しました。そこにかかる段階識別の諸相を記述したなら旧態依然の大学人審査官たちは了解不可能になるでしょう。ですので禁欲的に事実列記で仕上げました。自分の理解においては、これらの諸段階を設定しています）。

　メキシコ革命は歴史相Cに布置されます、Bではありません。アフリカ的段階として、先住インディオがいます、狩猟的ですが移動的農耕をなしながら前アステカの神話形態をもっています、カルプリという共同性を構成しています。アジア的段階は古代アステカ神話統治以降ですが、定住農耕が主になってそれが農民の存在様態を規制していきます。ヨーロッパ的段階は植民地支配としてはいってきた要素でカトリックとクリオーリョの存在ですが、グアダルーペ信仰としてキ

◆13……国家は国家間のバランスを保つべく帝国化していくことへの制限をもっていますが、かわって〈商品〉がすべての国へと帝国化していきます。

▼3……拙書『西部劇の文化学』（EHESC出版局）

リスト教が土着へ母性的に根付いていくのです。政治統治としては独立しメキシコ憲法を確定しますがオルガルキア体制は存続しマクシミリアン統治として独立後も作用したりします。アジア的段階は残ったままです。そしてアメリカ的段階はとくにカジェス期にアメリカ資本の投資・介入において構成されていくのですが、一九一〇年前後からの革命期(カルデナス期まで)にはこうした諸要素が相互に権力関係や社会関係の変革において関与し合っています。とくに、友人A・L・アウスティンが社会人類学的に、前アステカ神話を明らかにしていった、その神話構成は実際プラチックとしていまだになされており、マルコスの武装反乱(一九九四年)はそこを基盤に場所出現したといえます。神話が幻想だけでなく実際のインディオ生存生活として残存していますので、実証的にもみえていきます。段階は始末されえないのです。実はわたしは、このメキシコ考察と吉本思想を交叉させて、「古事記」解読へと活かしています[▼4]。普遍相がみえてきたからです。

少し脱線しましたが、吉本思想の射程は、普遍的であるという一例としてあげてみました。

さて、「全著作集のための序」をみておきます。

二つのモチーフがあったとして、

①個々の人間が、共同観念の世界、たとえば政治とか法律とか国家とか宗教とかイデオロギーとかの共同性の場面に登場するときは、それ自体が相対的には独立した観念の世界として、扱わねばならないし、また扱いうるということである。

②個々の人間の観念が、圧倒的に優勢な共同観念から、強制的に滲入され混和してしまうという、わが国に固有な宿業のようにさえみえる精神の現象はどう理解されるべきか、ということである。

と、普遍次元と日本的次元とで提示しています(しかし、②は日本固有のものではありません、②が①に混入していき、①も②へ混入していきます。現代産業社会は②の様相にあります。その例示として、わたし

▼4……拙書『国つ神論：古事記の逆解読』(EHESC出版局)

は①は「教育という共同幻想」、②は「学校化幻想」として、吉本さんとの対談『教育・学校・思想』で論議しあいましたし、わたしの教育批判理論で理論化してあります［▼5］。

ウィットフォーゲルが〈アジア〉的ということから日本を除外しましたが、大規模灌漑工事を日本はしていないだけで、日本の初期国家の首長たちは、大陸からの文明と文化を専制首長の周辺だけでとられれば足りて、このことが「初期の〈法〉や〈国家〉の構成にあたえた影響は甚大であった」、この文化的あるいは文明的な格差と外来性が、「わが初期国家の権力構成」に「〈観念のアジア〉的専制ともいうべき、独特の構造をあたえた」と述べています。また、外来性に根拠をさぐっていくという日本の知がずうっととっている視座がちらついていますが、それは徐々に吉本さんからは切り捨てられていきます。ともあれ、ここでは「観念としてのアジア」ということを考慮にいれていかねばならないということです。そして、もうひとつは、海部民、農耕民、狩猟民（山人ですが）が相互に転化していく変幻性があって混合していった、それが「いわば経済外の強制力ともいうべき共同観念の構造を複雑化した」、「名目的な首長は神格化されるが、実質的な行政力や政治支配は、別途の人格と回路に接続される独特の初期国家の構造」は、その多層化と複雑化とからうみだされた、としています。国家の共同幻想性の特殊さを示すように論述されて、そこに狭い島国で、内陸とはちがった「〈アジア〉的特性」がつくられたというのですが、それは日本初期国家だけの固有さではない本質的な相であるとおもいます。そして、この共同観念のもとで、「あるひとつの共同体は、その上位に共同体を重層化するばあいに、もとになる共同体の編成をさしてこわさずに接合されうること」、そしてもとの共同体の基層のところでは、「ひとつの共同体は、周辺の共同体を地域的に統合するという形で、たえず個々の成員と、統合された共同体との関係を規定した」、という相反性がくまれたとみなし、それは具体的・理論的に解明されていくべきことだとしています。これは、わたしにとっては、メキシコのアステカ支配そのものです。アステカは上にのっかっただけで、以前からの個々の共同体にさほど手をい

▼5……拙書『学校の幻想　幻想の学校』『学ぶ様式』（共に新曜社）、『教育の分水嶺』（三交社）、『学校の幻想　教育の幻想』（ちくま学芸文庫）、『教育の政治　子どもの国家』（EHESC出版局）。

れていません。それがインディオ種族が五十以上もいまだに残存していることにつながっている、アジア的段階の統治の本質だといえると思います。日本初期国家だけのことではありません。

吉本さんは、大規模な灌漑工事や運河の開拓工事をするかわりに、「共同観念に属するすべてのものに、大規模で複合された〈観念の運河〉を掘りすすめざるを得なかった」と比喩的に設定して、「その観念の運河は、錯綜していて、〈法〉的国家へゆく通路と、〈政治〉的国家へゆく通路と、〈宗教〉的イデオロギーへゆく通路と、〈経済〉的な収奪への通路とは、よほど巧くたどらなければ、つながらなかった」と迷路におとしこむように構成された。それは現実の〈アジア〉的特性ではなく、共同幻想の〈アジア〉的特性として存在したのだ、と論述指摘しました。

そして、「もしも、共同的な観念に属する遺制は不可視であるため、かえって拭い去るわけにいかない」とすれば、「わたしたちの共同観念の内部には、いまも前古代的〈幻のアジア〉が住みついているかもしれないし、それはわが現在の国家の〈現実の非アジア〉と照応するものかもしれない」と指摘します。

まだ、問題示唆されただけなので、かもしれないというニュアンスで記されており、幾分、マルクス主義的な規制雰囲気がちらついていますが、後の論述で、わたしはあいまいさは払拭されたとみなします。「ロシア革命」をアジア的ということの観点からあざやかにレーニンが視なかったものとして論じており、これは普遍的思想として位置づきます。欧米人たちが、捕まえようとしながらどうにも捕まえることのできなかった、ポスト・コロニアル研究[◆14]でさえ捕まえがたい「観念」「幻」なのです。

ただ、わたしたちとしては、なぜ「共同幻想の〈アジア〉的特性」、つまり共同幻想のアジア的段階を「アジア的共同幻想」だと概念化しないのだろうか、ということです。それは、前にもいいましたが、本質論の基軸と段階の歴史性とを混同させないための方法なのでしょうが、吉本思想を理論化していくために「アジア的共同幻想」という本質=歴史制との交点を開いていかね

◆14……先進国の側からのポスト・コロニアル研究は、知的善意の論理でしかないし、西欧化された非白人の考察も多分に侵蝕された思考でしかないといえます。バナキュラーな存在からの言説化は非常に難しいです。スピヴァクやバーバがようやくその境界にあるといえますが、西欧的言説を転移しえているとはおもえません。つまり、ポスト・コロニアルの向こう側にある固有の存在をいかにつかむかです。

ばならぬのは、こちらの課題だと思います。

旧の「序」で述べられている、「共同幻想という概念がなりたつのは人間の観念がつくりだした世界をただ本質として対象とするばあいにおいてのみである」という規定をはずさねばなりません。それは物質論や観念論を切り捨てて、幻想概念を本質化していくための思想的態度の徹底であって、普遍思想へ開いていく概念規定ではないからです。もうそれは定立されたのですから、本質をのがさず、また一般論へ堕さずに活用していくツールとすべきです。世界を本質としてかつ歴史的段階を本質として対象にすること、その上で歴史的現存性を把捉するのだ、としてよいと思います。

それからもう一点、共同幻想は国家ではないと、いかにも対立的でさえあるかのようになされている識別も理解の妨げになっています。吉本さんは国家を国家として共同幻想抜きに考えることが多くのあやまちを生みだすと言っているのであって、すでに見たように「国家の共同性」を共同幻想として問題開示しており、序も「共同幻想のひとつの態様としてのみ国家は扱われている」といっています。これも「共同幻想＝国家」という閾を開くのがわたしたち残されたものの理論作業だということです。さらには「日本的な国家共同幻想」はいかなる構造をもっているのかを、明らかにすることです。そこは天皇制国家の問題に抵触していくところです。日本の初期国家のアジア的特徴として、姉妹が祭祀をつかさどり、兄弟が政治権力をつかさどった、という提起がなされました。しかしながら国家が国家として構築されるのは近代過程においてです。その国家を明らかに把捉し了解にのせるには、古代・前古代にまで遡って、そこでの「共同幻想」の生成や構造を「国家なるもの」の問題化としてすえて、〈共同幻想の国家化〉を明らかにしていかねばならないということです。

つまり、わたしたちは、窮極的に設定された吉本本質論を、本質規定をはずさずに実際情況・歴史情況へ降ろしていかねばならないのであって、吉本思想の彼岸へいくというのは、吉本本質思想よりも本質へいくということではなく、本質概念を活用して、いまだに明らかになっていないことを歴史情況的に明らかにしていくということです。

のちにアジア的段階ということは、ものごとの考え方として次のように示されます。

「じぶんの認識の段階を現在よりももっと開いていこうとしている文化と文明のさまざまな姿は、段階からの上方への離脱が同時に下方への離脱と同一になっている方法でなければならない」として、

「わたしがいまじぶんの認識の段階をアジア的な帯域に設定したと仮定する。するとわたしが西欧的な認識を得ようとすることは、同時にアフリカ的な認識を得ようとする方法と同一になっていなければならない。またわたしがじぶんの認識の段階を西欧的な帯域に設定しているとすれば、超現代的な世界認識へ向う方法は、同時にアジア的な認識を獲得することと同じことを意味する方法でなくてはならない。」（『母型論』、7－8頁）

どうしたならこうした方法が獲得されうるのか、それは「じぶんの認識の段階からの離脱と解体の普遍性の感覚によって察知される」というのです。これは、ある地域性なり段階性をもって普遍化してはならない、日本を考えるとき、それをナショナルな固定化・日本主義におしこめてはならない、または西欧思想を考えるとき西欧主義に陥ってはならない、ということをさしていますが、広く開いて思考せよということです。規準としたことを普遍化してはならない、ということです。これは、吉本思想を素直にふまえている者には、自然過程的になされている仕方であり、わたしはそうして思考してきていますが、非常に根源的な仕方です［※25］。

「人間の共同観念の総体に向かって、具体的に歩みよることをモチーフ」として書かれている『共同幻想論』の序で、この本は「まだ序の口」だと言っていますね、「序の口としては完結している」のだけれど、「まだ多くの不明な点と、具体的に考察され、理論的に解明されるべき余地を残している」のです。わたしは日本の初期国家なるものの共同幻想を明らかにすることとして

※25……アジア的段階の論稿は弓立社のdocumentシリーズとして二冊だされましたが、『アジア的ということ』（筑摩書房、二〇一六年）ですっきりとまとめられています。『吉本隆明が語る戦後55年』12号で記述した拙論「吉本「アジア的ということ」で提起された諸問題」が、解説として収録されています。

古事記神話にたいして、共同幻想論の応用篇として真正面からやりきりましたが、そういうことが多彩になされてしかるべきだということです。藤井貞和さんの文学研究は、吉本さんの先に深化されている次元だと思います。

アジア的ということに対応して「南島論」が大きく論じられていきましたが、わたしは本質論は「アジア的ということ」の方にあるとみなしています。日本国家の起源を覆滅し相対化する沖縄・琉球という問題設定よりも、〈場所〉共同幻想の方に幻想論としての意味があると転移し、わたしは結論づけてしまっていますので、本書では南島論は検討しません。

(3)「意志論」の介在

次に、わたしたちに衝撃的だったのは、吉本さんとフーコーとの対談です［※26］、わたしたちは共同幻想や対幻想という思想概念が「監視・処罰」や「権力論」、「セクシュアリテ」論などと対決され相互交通されるのではないかとふんでいたのですが、そうではなく、吉本さんは自分の本質思想をあまり表立てずに、しかし「意志論」という視座を強烈にうちだしていき、フーコーとあまりにズレたという感想をわたしたちにもたらしました。この意志論は主体論ではないゆえ、フーコーはキャッチしうるかとおもいきや、全然始末してしまっているのが露出しました。わたしは、そのときぼんやりと感じていたフーコーの限界閾がどこにあるのかを、自分の方へ了解できました。これは理論化していくうえでのクリテリア（批判規準）として自分に領有されていきます。どういうものかは、わたしと吉本さんとのフーコーについての対話をみてください［※27］。

だいたい、「対幻想」概念規準をつねにもっていますと、西欧思想の限界閾がくっきりと感知されます。さらに、フーコーにも吉本さんにも、なされていながら考えられていないのが「述語制」の閾なのです。それに気づかされたのも吉本・フーコー対談で浮上した「意志論」でした。

※26……『世界認識の方法』（中公文庫）。一九七八年四月二十五日になされました。

※27……Ⓐに所収。

わたしは「述語的意志」だと「主体自己」概念への批判としてそれを布置しています。フーコーの「自己技術」も自分の自分にたいする述語技術なのです、主体論ではない。「意志」を主体の意志、人間意志だとする考えはダメだということは、ふたりが別の位相で了解してしまっていたことではないでしょうか。つまり、ふたりの対話は、前方へいくのではなく、なしてきた後方を根源から見直して再確認していくようになっています。それをもって、両者のズレとして浮上した意志論をみていきましょう。それは国家の「共同幻想」と「共同意志」との関係、対幻想と対の意志との関係として、幻想論をより深くみていくことにつながっていく、重要な論点です。

邦訳原文を引用し、そこに「註ノート」を吉本さんがつけたものが付録にあります、それを同時にみていくことが要されます。ここでは要点を述べておきます（2章で哲学的、理論的に細かくみていきます）。

フーコーは『言葉と物』で、マルクス主義＝マルクスを考古学的な知の布置で十九世紀の代物だと始末してしまいました。それに対して吉本さんはマルクスおよびそれを規制しているヘーゲルは始末できない、それが意志論だ、それはヘーゲルのいう「国家哲学から、宗教、道徳、倫理、自己意識」という「全観念的な骨格」で（32頁）、マルクスには「根柢的に一つの自然哲学があり、その根柢の上に、社会の自然史的な考察である経済社会構成の歴史の考察」があり「なおその上にヘーゲルで言えば意志論」の「全領域が乗っかっている」（10頁）、その意志論をマルクスは始末はしていない、というのです。日本の戦後の主体論はそれを引き受けた、自分は、そこを中途半端な倫理的問題から切り離して「意志をヘーゲル流に実践的意識の内的規定」と考えれば「共同意志の領域と、対なる意志の領域、個人の意志の領域とに分離してかんがえ」てきたんだ（33頁）、と主張しています。エンゲルスは、そこを歴史を動かす動因としては切り捨てた（11頁）、レーニンは「国家意志と国家機関とを、同一視」（45頁）してしまった、だがマルクスは負っている、自分も諸個人の意志を無視はできない、という論軸です。

フーコーは、吉本さんの提起を受けとめますが、意志、とくに個人意志と解しており、三つの位相がなんであるのかをキャッチしえずに、次のように言います。西欧が意志論を忘却してしまったのは、歴史的必然の意識からくる予言的な側面と、闘争の攻撃目標として決定づけられてしまう側面との、その二つの間の働きを演じきれなかったからだ。共産党＝前衛党によって、諸個人の意志がプロレタリアートの集団意志にされて、階級主体が個人主体であるかのようにされ、かつ党の階層的組織が個人意志を指導者の官僚的な単一的意志のもとに集結させてしまったからだ、と述べるにとどまっています。

フーコー理論は、本人がここで述べているような領域に単純化しえない、国家理性や統治性の細密な理論になっていきますので別に論ずべきですが、対話はとても吉本さん側に寄せてなされるにとどまっています。「国家の欲望」ではなく「国家の意志」として考えなおしたいと述べてさえいますが、フーコーのベクトルは吉本さんとは反対向きになります。

他の対談やインタビューのもふくめて、全部で10の「註のノート」があり、それが非常に本質的で答えのない深い洞察に基づいた問題設定・問題構成になっています。歴史の必然・偶然、自由の布置、理念や実践との関係、認識や構造の概念などですが、それは「国家論」への論点として関わるものが多いゆえ、次章で論じます。

「意志」とは何でしょう？　主観的意識ではありません。「自己意識の実践性」にとどまるものでも、政治的実践をなす革命や変革の意志でも倫理でもありません。構造や関係作用に働いている〈観念〉の「意志」なのです。幻想次元で、他の諸機関や諸関係や他者に、また自分自身へ働きかけていく意志です。倫理や概念へ働きかけていく意志でもあります。

フーコーにLa volonté de savoirという書があります。これが『知への意志』と知を対象にして作用していく人間の意志であるかのように邦訳されていますが、ちがいます。知自体が意志をもっている「知の意志」ということです、言説が意志を働かせて実際行為しているということです。人間主体の意志ではないのです。フーコーは、「人間概念」を始末してしまっていますので、外在性が意志力を働かせているとなります。

しかし、吉本さんはちがいます、個体の意志をまずは設定しています（単純な個人の意志ではありません）。しかし「対の意志」といい「共同の意志」ともいっています。それはもはや個人主体の意志ではありません、対なるものが意志を働かせるのです、共同なるものが意志を働かせるのです。それは幻想とは区別されています。わたしは、そこを主体が主語として意志を働かせるのではなく、述語意志であるとして、日本語の言語表現にみていくと同時に「場所の意志」に主に意味をもたせました、場所を構成している意志です［▼6］。人間はその場所の述語意志にもとづいて判断をしていくだけです。これは西田哲学「場所」の論述です。そこから、国家の意志、対の意志、個体の意志をわたしは見直すようにしています。

しかしながら、吉本さんは、フーコーにたいして、「〈思考〉が主語であり〈我〉はその働きによって概念の水準に到来する一個の綜合物だという考え方」（183頁）はニーチェからきている、それは「言語の文法的な類縁性が哲学思想の類縁的な構造性をもたらす」（180頁）というものでしかない、と喝破しています。しかし、そこを、「思考する主体（人間）という概念を従属的な位置におこうと」していると、単なる逆転としてしか、吉本さんはとらえていません——ニーチェは「エス（it）が考える」であって「我考える」ではない、と言っています［◆15］——。そうではなく述語意志というポジティブな本質的作用が意志・幻想にはあるのです。その述語制闘を吉本思想は開いたのです。なぜなら、主語無き日本語で徹底思考されたものであるからです、文法ではありません、述語表出が言語表出の本質であるのです。

この「意志」論がはっきり前面へでてきて、「幻想または意識」と言われてはじまった幻想論が、「意識」概念への転移であることがはっきりしたといえます。意識の「観念」と、「意志」また「観念の意志」が、〈幻想〉概念へと転移されたということです。一般概念で「意識」と言っ

▼6……拙書『場所環境の意志』（新曜社）。

◆15……『善悪の彼岸』十七節、で述べられています。es denkt です。

ているとき、その本質に幻想概念をもってくることです。

フーコーは『主体性と真理』の講義を一九八〇～八一年度、『主体の解釈学』の講義を一九八一～八二年度にしています。一九七八年の吉本さんとの対話が契機になったのかどうかわかりませんが、自分の「自己への配慮」に対する思索の延長上のことであるとはいえ、多分にそうではないでしょうか。しかしながら、「テクノロジー」のあり方であって、「意志」ではない、それゆえ、とても平明で厚みのない言述になっています。

意志と幻想との関係は、次章で詳しく述べていきます。

以上が、共同幻想論を解いていくうえでの基礎了解になるものです。本人が述べたことと、語っていながら考えられえていない潜在しているものを、とりだしておきました。「社会」が、また「男女＝ジェンダー」が、そして「述語的」意志が、共同的・対的・個体的な位相においてあることを示しておきました。つまり、幻想本質の内部においてのみ幻想論は考えられることではない、本質の外部性においても同時に考えられていかねばならないということで、幻想論は意味を働かせうるということです。国家論はその窮極の形態となります。

すでに、吉本さんによって、すべては語られてしまって残されたものしかないのですから、その総体から「共同幻想論」を国家論、そして現在の高度資本主義世界論として関係づけ、新たな了解次元へと理論生産していくことです。それは、本質論としての構造的な組み立てとして、歴史表出の構造的構成として、そして移行の論理として、三つの次元で理論構築することになります。

2章　幻想と意志との関係

『共同幻想論』そのものへ入って行く前に、すでに吉本思想において、共同幻想・対幻想・個人幻想、または国家・家族（性）・個人という三つの次元が、幻想と形態とにおいて区別・識別されていたということがあります。それは、共同的なものだ、対的なものだ、個人的なものだ、これらは次元がちがうのだ、とまっとうなことをまっとうに知ってすまされるような単純なことではありません。幻想を考えるうえでの基礎・基盤になる課題が、「共同幻想論」以前に提示されていたことを前章で示してきました。それから、『共同幻想論』が刊行されて以降で、幻想と意志との関係、アジア的ということの歴史的段階の視座が、示されていったということがあります。その間にはさまれている『共同幻想論』であるということをみておかないと、それ自体からでは、なにを考えようとしているのか、なかなか分かりにくいということがあるのではないでしょうか。1章では、その布置・配置をみておきましたが、さらに、わたしたちは「国家論」をそこから開いていく、つめていく、構築していくという課題をもっていますので、ただ『共同幻想論』を解釈するということに終始しているわけにはいきません。理解し、了解して、活用していく作業をなすことです。それが、吉本個人思想そのものが追求した普遍思想を、理解し、その普遍闞を了解していくということになります。

幻想論をしっかりとつかんでいくには、幻想と意志との関係を把握しないと、表層の知識だけに終わります。それは、わたしとの対話で簡潔に示されてはいますが、非常にいくつもの問題が開示されてもいます。

問題設定がどうなっているのか、どこからとりだしても本質としては同質ですのでどれでもいいのですが、あえて答えがだされていないものをとりあげてみましょう。フーコーとの対話『世界認識の方法』に付加された「註2へのノート」で記述されたことが、非常に深い示唆的な問題提起となっていますので、そこをとりあげてみてみましょう。

「論理的な厳密さのないことからくる脱落と、〈自由〉の概念を〈自然〉の概念にしらずしらずにおきかえているわたしたちの肉感的な脱落の意味が解かれなければならない」と、日本の論理の脱落を自覚した上で（脱落を欠陥と裁断するのではなく根拠があるとみなして）、

❖「ヘーゲルが〈国家〉を〈自由〉の必然的な実現とかんがえ得たために、マルクスはそれを〈自由〉の必然的な抑圧の実現とかんがえ得たということ。」

❖「われわれのあいだで（つまりアジア的社会で）〈国家〉とかんがえられてきたものは〈国家〉を脱した〈国家〉、あるいは〈国家〉のなかの〈国家〉にすぎないこと。あるいは文学的な比喩で、あいまいで軟体で平たい土瓶のフタのような〈国家〉なのだ。」（中公文庫、174頁）

最初のものは、ヘーゲルとマルクスでは自由に対してまったく逆だが同質の西欧的国家だということです。そして〈国家〉の相が西欧社会とアジア的社会とではちがうんだと対比され、したがって理論もちがってくるのだということの思想表出的な示唆になっています。ヘーゲルも一種の論理的な誇張であるにすぎない、その誇張を真とおもわせる西欧的論理の力の権化だ、と距離をとって、「ある思想的な概念」の〈以前〉と〈以外〉にわたしたちの分担すべき領域が存在するはずだ、というのです。

日本の概念思考の脱落と、また「驚嘆する西欧概念の連繋の仕方に感じる奇異さ」とに振り回されることなく、国家を脱した国家、国家のなかの国家、土瓶のフタのような国家、をヘーゲル／マルクスの概念「以前・以外」に把捉していかねばならないということです［※28］。それが、「共同幻想」の概念として浮上させた界閾になります。

※28……「以前」とは近代以前、「以外」とは西欧以外ですが、「共同幻想」概念はそこから離脱・浮上してきて、逆に普遍を示せるようになったのです。

国家は国々で違うという差異性をはっきりさせる——すくなくとも西欧的なものとアジア的なものとでは違うということ——、そして国家論を共同幻想論へと概念空間の場を本質へ転移させて、差異の根源にある初源的本質をつかむこと、その相互の関係から新たな概念世界を構成していくことになるのですが、しかし国家を本質をふまえた普遍性の閾で——一般論に堕ちることなく——対象化して同時に歴史的現存性を理論化していかないと、そうはなりません。差異を表出させる国家としての〈本質〉です。歴史性と現存性との関係、あるいは本質性と歴史現存性との関係、その相互で行き来する思考過程が吉本さんにおいてなされてきましたが、〈幻想と意志との関係〉は、そこにおいて考えられているものといえます。

1　共同幻想と共同意志

フーコーとの対話から、「意志論」が吉本さんによって強調されてきたのですが、フーコーのそこが限界だと吉本さんはふんだからです。しかし、わたしからの問いかけをふまえて、幻想と意志との関係はまだ曖昧なままであったと、次のように明示されました。

「個人個人が国家に関与し参入する仕方は、観念を身体とする」、「個人幻想は共同幻想に参入（参加）するときは、幻想を肉体のようにみなして参入する」（Ⓐ242頁）と。国家への関与の仕方を「観念を身体とする」「幻想を肉体のようにみなす」とまず指摘します。どういうことでしょう？　観念や幻想が有機的身体となって価値化された自然物になっている、これは同時に人間身体のことではない、疎外された観念・幻想の方へ身体化されることなのだ、という自然疎外としての関係性をみのがしてはなりません。また官僚が国家機関の建物にいって勤務するということとは関わりがない、「個人個人の国民は、それぞれ異なった国家に対する意志をもって国家の共同幻想に参入するための選択力をもっている」んだと、個々人の意志で選択する仕方を、個人幻想と共同幻想との関わりで明示しています。

フーコーとの対話の中で、レーニンを批判して、国家権力は「意志の発現」だ、国家は「階級抑圧の機関としての政府を意味しない」、「政府は、いってみれば国家意志のボディ、肉体であって、国家意志そのものではありません」（『世界認識の方法』、45－46頁）と言っているのですが、それと「幻想を肉体のようにみなして」国家へ個人は参入するということを、重ねあわせますと、どうなるのでしょう？　ここが、理論化の要になるところです。「肉体」の布置が、一方では「観念」、他方では「政府」という、異なるものへと配分されています。

そして、この「個々の国民の選択している国家のビジョンをとくに強調したいときは、個人意志の総体が国家意志として表現されるとみなされます」とかなり確信をもって述べています。「国家の共同幻想、個人個人の個人幻想のうち、その最も意志的な部分が国家意志、個人意志とみなせる」というのです。それは、フーコーが言うような「戦略的」「意図的」ということではなく、ただ「関係的」だということです。つまり、個人意志と国家意志との「関係」がそうなっているというのですが、またまたわたしたちは、その「国家意志」とは何か、「個人意志」とは何かということがはっきりしないまま放置されます。個人幻想のうちの「意志的部分」である個人意志が観念として国家の共同幻想に個々人ばらばらながらも選択的に参入していく、という関係を指摘されただけですが、構成的な構造は示唆されています。本質相として、共同幻想の内部に（身体化された）共同意志があると想定し、その国家相が示されたとみておいてよいかと思います（図2）。「構造は同じ」であるゆえ重なるのですが、幾分小さめに意志を配置してみました。

そこから、次に、「国家の共同幻想と共同意志の構造」がわかりやすく見える例として大日本国憲法をだしてきます。つまり、国家の共同意志が表現されているのが「憲法」だということです。「天皇は神聖にして冒すべからず」と天皇を国家の中心にして、権力関係でいえば「天皇の直下に軍事力が位置しているという構造的な特徴があり、具体的な政治のほうは諸大臣が各分野において担当し、諸大臣の統括下に各官僚がいて専門的な技術を駆使するという骨格が特徴」になるというのです。「国家を共同意志として考える場合には、そういう骨格だけとりだせばいい」と述べています。これは、「構造を第一義として国家を考える」場合だということです（Ⓐ243頁）。

国家の共同幻想と共同意志とが、どのように骨格として関係しているかを、太平洋戦争の敗戦と戦後から簡明に述べています。

「降伏の国家意志は天皇の意志表示として確認され」、「国家意志であった戦争行為実行指令者である政府の責任者や陸海軍の軍事行動責任者などは、連合軍によって戦犯として軍事裁判の被告に指定され」、「国家機関の官僚たちは、それまでの国民一般への行政的な事務遂行の機能を停止」します。「ここまできて、国家の共同幻想は解体し、国家意志は失われた」、そして「連合軍の軍政当局」（占領軍政局）が代行して、「臨時の国家意志の担当」をなす、と述べられます。

ここまでで言われていることは、国家の共同意志は、天皇の意志、その統帥権下での政府首脳・大臣、軍事統括者、行政官僚であるということです。これを国家機関の遂行者とみなしていいでしょうが、機関ではなくその「意志」が、国家の共同意志だということです。

ところが、連合軍機関は特異な処置をします。それは統帥権を持っていた天皇を戦争犯罪者に問わずに、軍事首脳と一般兵士だけを処罰しました。「米国の主導する連合国軍政局の裁判による特異な処置と、戦勝力に対する戦勝国の偏見の表象の混合した戦争犯罪の強制執行」が、「敗

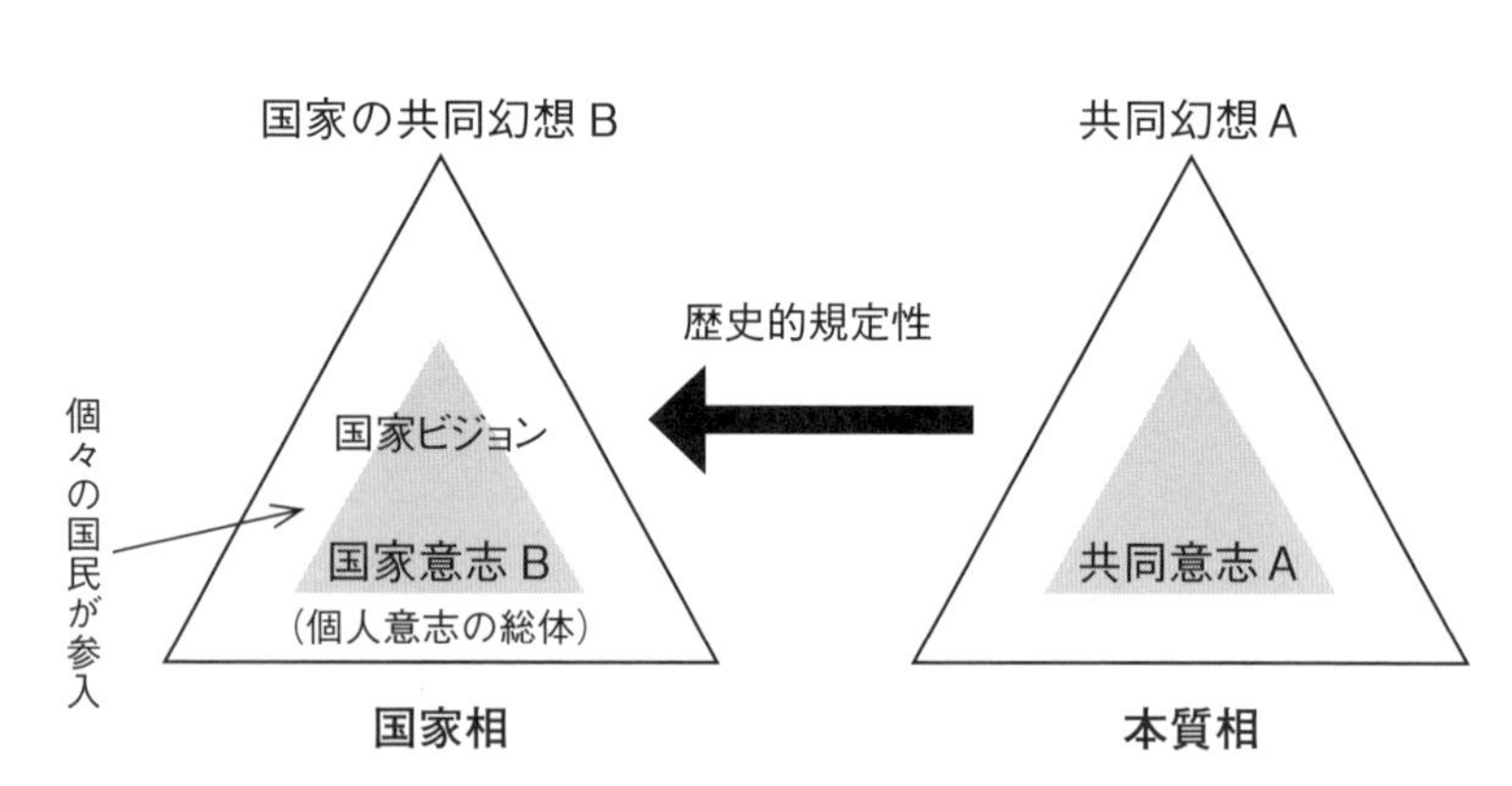

図2解説

☞共同幻想と共同意志との本質構造と、国家的共同幻想と国家意志との国家構造とは、相同しますが、そこには歴史規定がはいってきます。後者における「個人意志の総体」がその歴史性を表出します。どんな観念をもって参画しているのかです。 国家相の中には本質相が初源的に存在していますが、歴史的に屈折表出します。その屈折を規定していくのが、社会空間に配置された個人意志の総体に表象するもの、また国家機関の構成になります。それが、図3になっていきます。

戦後の日本国の共同幻想に長く尾を引」くことになって、「主権在民でありながら天皇は国民統合の象徴だという敗戦後の特異な共同幻想のあり方」になったと指摘します。つまり、天皇の憲法規定は以前のとおり残されたまま、敗戦の翌年に「人間宣言」がなされた、そのとき、「共同幻想の一番核の部分であった宗教性がはじめてなくなった」と言います。

ここで、吉本さんははっきりと、「天皇の憲法規定が変わったという問題を総体として考えるときには、共同幻想として考える」、「政治あるいは行政的な意味合いでの中心や、軍事的な意味合いでの中心と考える場合には、国家意志としてどうかという問題」になると識別しています。つまり、「国家意志としては、天皇個人のもっている宗教性と政治性の集約性、あるいは軍事性の集約性はさほど問題ではなく、具体的な軍隊や具体的な政府がどう解体したかということだけが問題にな」るということです。「敗戦によって、国家の共同意志と共同幻想で解体の仕方がそれぞれ分離しているのを、しかも個々の軍事力や行政力が解体して別々に壊れていくのを初めて体験した」(Ⓐ24

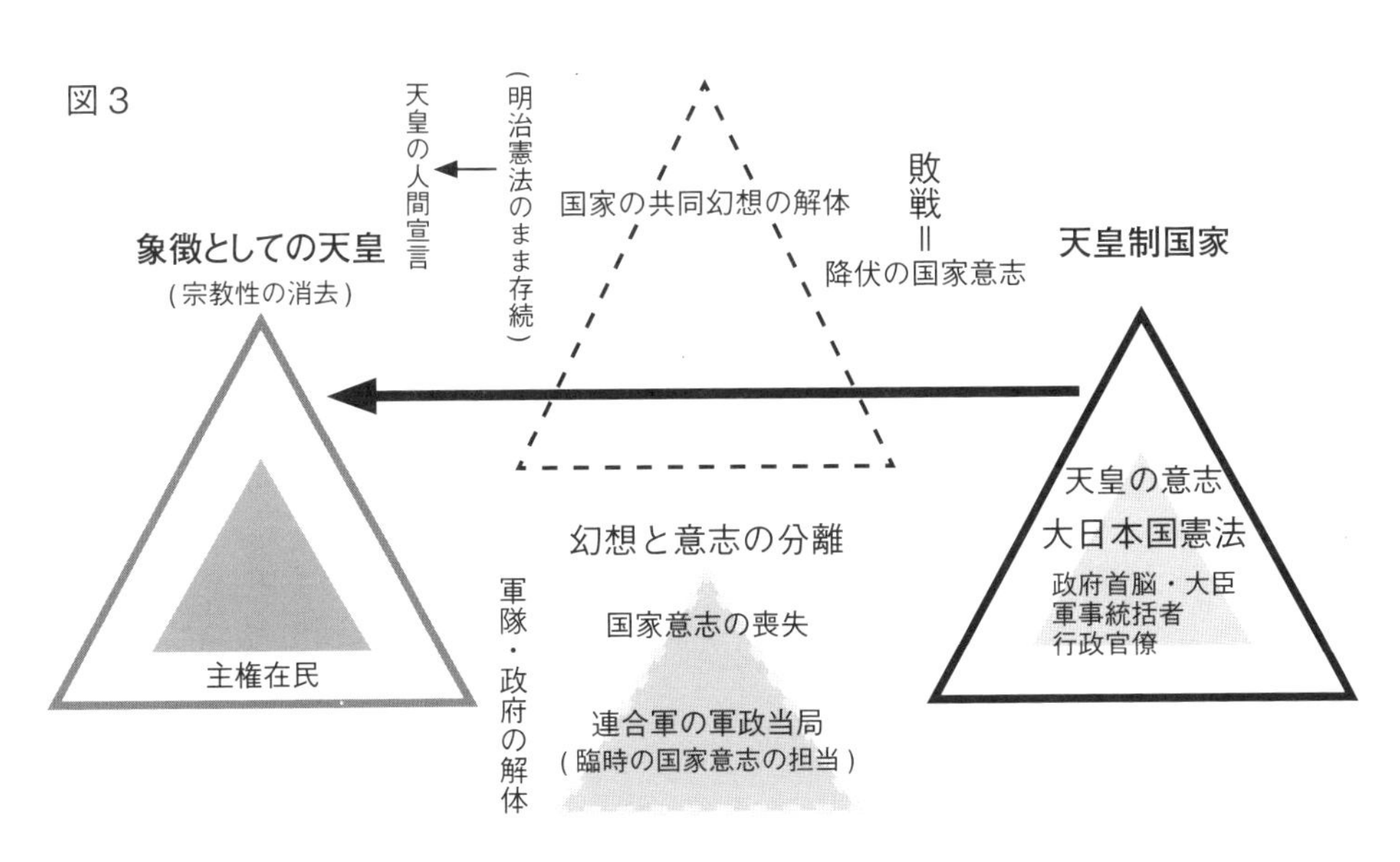

図3解説

☞天皇制の「国家相」の解体変移ですが、天皇制共同幻想は解体していません。国家政治機関は変容し、個人意志総体が変容しています。これは国家的構成をなしている共同幻想の解体的移行の形です。共同幻想と共同意志とが分離するというのが要です。国家的布置における天皇の国家幻想形態(憲法規定)はかわったが、天皇制共同幻想の本質はかわっていないと考えるべきことです。

5頁）というのが、吉本さんの論理になります。

共同幻想と共同意志は、「構造は同じだけれども役割の違いは歴然と乖離している」ということです。「共同意志としての国家はいつの間にか分担するメンバーがいなくなったために機能しなくな」ったが、「共同幻想のほうは少なくとも核の部分でみる限り、解体しろといわれるまでは明治憲法そのままに存続していた」。ということは、敗戦の境い目に、「綜合的な共同幻想を構成していたものはみんな解体して、それぞれの機能で分解していく……それが共同意志としての解体の仕方」である、「共同幻想としての国家は共同意志としての国家と解体の仕方が違う」ということになる。

これを、どう理論的に布置したらいいでしょうか。そこは、吉本論理以降のわたしたちが、自分で理論生産していかねばならないことです。

共同幻想と共同意志の理論布置：共同幻想と国家論とを関係づける

ここで、二つのことが論じられていました。構造と移行（解体過程）です。

❖共同幻想と共同意志は区別されますが、構造は同じです。

❖しかし、移行過程で、乖離・分離します。

共同幻想内に共同意志が国家機関（肉体）として物理的に構成されています。その国家機関を担う代行者たちは、共同幻想に従って意志を働かせ、その共同意志は共同幻想の構造を支えます。この構成メンバーをわたしは共同意志代行者（エージェント）と社会科学的用語をもって名付けます［◆16］。そして、この共同意志の遂行様態を「統治性」と概念化します。フーコーのいう「統治性」ですが、それは統治心性という「心性」を構造化しているものです。その「統治心性」が、共同幻想と共同意志とを結合関係付けているものです。遂行が「統治技術」となります。統治技術は、共同幻想の外部へ、実際には市民社会へ関わっていくものですが、国家の運営としてです。

◆16……agentの訳語が、日本ではあまりに無自覚になされています。「行為者」ではありません、「代行」の意味が主要な意味です、「代行為者」である（「代理人」とすると別の個人になってしまいますので、当人が代行為しているということです）。その主体を規制しているものは主体の外部にあるということです。

さらに、国家機関という経験的用語を「国家装置」として理論化のために概念変えします。アルチュセールの用語を、幻想・意志へと理論転移して、「国家装置の共同意志」とみなします。共同意志は国家装置の内部から機能しています。どうしても「国家装置」という機関と意志とを内在化している理論概念をもってこないと、ここはすっきりしません。そして、国家装置の意志は、軍事・警察などの暴力意志とイデオロギー意志から成り立つとします。そして、暴力意志とイデオロギー意志とを結びつけるのが、法的言語を上限とした「規範化の権力諸関係」ですが、その暴力意志は国家装置として警察・軍隊に具現します。他方この規範化は、国家の共同意志内では規則化されますが、国家の共同幻想をはみだして、個々人の共同意志へレギュレーション規範として関与していきます。心的・行為的に規範化されたものです。個々人の意志は、共同意志に同調するように作用していきますが、反発・抵抗する個人意志もありえます。

吉本本質論では社会論が捨象されます、それをいれこんだなら本質論ではなくなるからです。しかし、近代国家において、諸個人はすべて社会生活を営んでおり、社会人として生存します、その社会空間が編制されているのです。国家論は、そこを射程にいれこまないとなりません。しかし、他方で社会科学的な理論は、幻想・意志論を不在とさせてしまっています。国家と市民社会＝社会空間との関係構成を幻想・意志論をもって考えるのが、新たな理論生産の要になるのです。近代人・現代人の社会生活において「幻想」構造がいかに作用しているかです。

共同幻想・共同意志と社会空間との亀裂・はざまに「統治性・統治心性」が布置されているというようにわたしは配置しました。これを図示しておきます（図4）。国家的共同幻想の近代構造と理解してください。本質性をくみこんだ歴史的現存性の構造的な構成です［◆17］。

さきほど、個人意志と共同意志との関係が、あいまいなままであると指摘しましたが、個人意志の共同意志化は、国家の押しつけによるものだけではない、むしろ自発的＝選択的に国家の共同意志へ参入していくことにあります。それは「国家装置のイデオロギー的共同意志」に、想像

◆17……「構造 structure」をわたしは基本的に「構造化された構造 structured structure」と「構造化する構造 structuring structure」というブルデューをふまえ、さらに「構成的構成」という「構成化 constitution」の意味合いを、そこに布置して「動態的」に考えます。レヴィ＝ストロース的な静態的・系列的な構造ではありません。

図４

近代国家の共同幻想・共同意志の基本範型構造

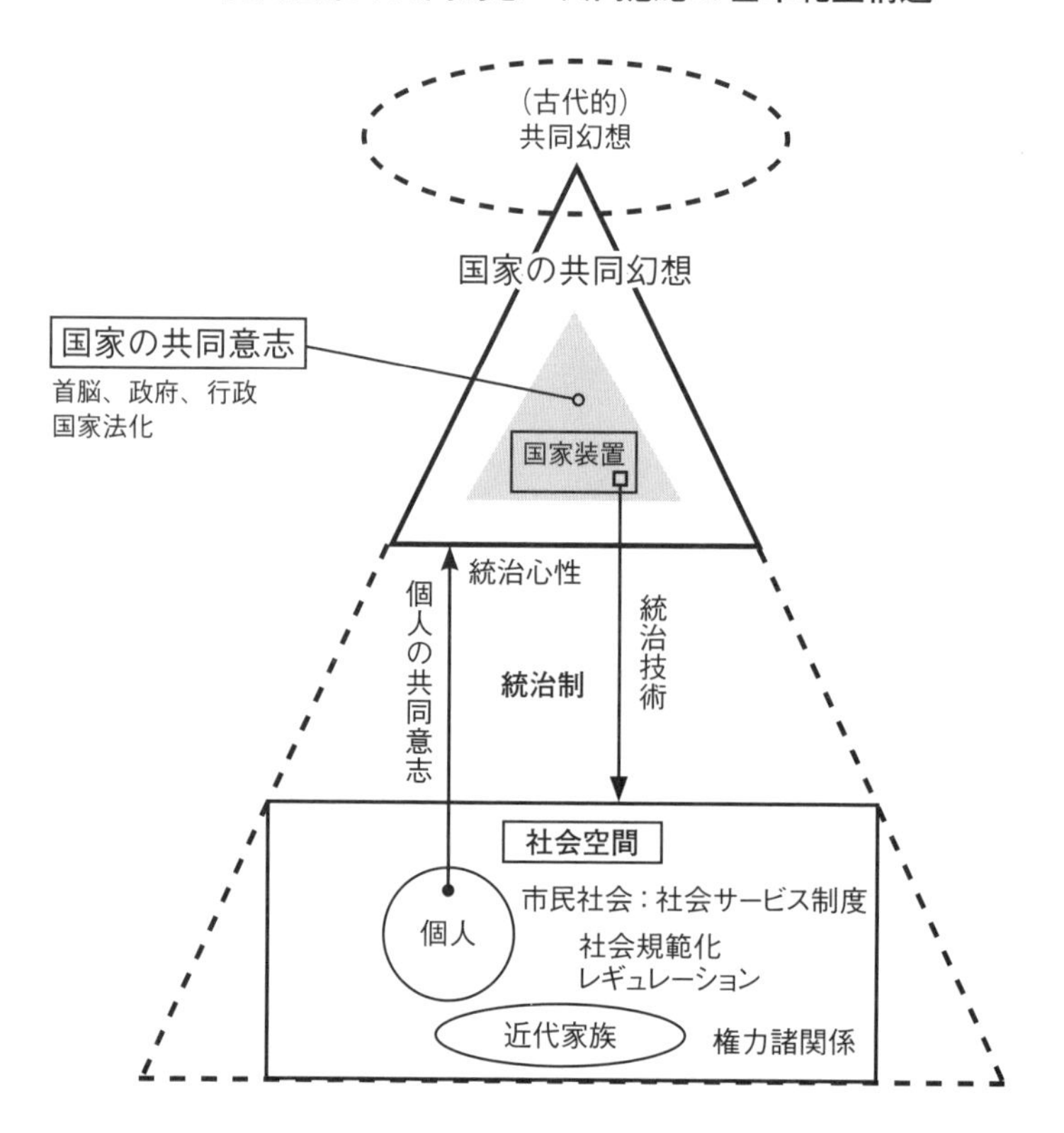

◆国家の共同幻想を規制している古代的な本質的な共同幻想が働いている。

◆国家の共同幻想は上部に布置して、市民社会・社会空間に直接介入してこないが、社会空間を規制的に覆っている（隙間が多々ある）。

◆国家の共同意志は、その内部に「国家装置」を内在化している。

◆共同意志にもとづいた「国家装置」が、市民社会・社会空間へ統治技術によって関与していく。

◆国家共同幻想と国家意志は統治心性によって結合されている。

◆社会空間において社会サービス諸制度が、統治技術をうけつつも、固有に市民生活の生活空間を支える。

◆個々人の共同意志が、国家の共同幻想に参入していく。

◆社会サービス諸制度が、個々人の個人意志を共同意志へと構成し、国家の共同幻想を支える。

◆近代家族が、性主体・労働主体として、社会空間で生存をはかり、国家の共同幻想を支えている。

的に（観念として）参入して、国家共同幻想と同致していくことを意味します。それは、国家のイデオロギー装置が社会サービス制度として社会空間で統治的に機能していることによってなされます。その制度機関編制は、国家の共同意志によって設立編制されます。学校制度、医療制度、交通制度などです、諸個人の生活の個別利害に直接関わっているものです。統治技術が、国家幻想と国家意志を結合させている〈統治心性〉を形成しかつ規制されながら、イデオロギー的共同意志をもって、個々人の意志を主体的＝想像的に従属・同調させていきます（もちろんこぼれだすものもあります）。近代〈家族〉も社会空間に布置されますが、それは国家の共同意志によってつくられたものではなく、対の意志によってつくられているもので、性的・対的であることにおいて位相が違います［◆18］。

市民社会・社会空間の編制については、近代家族・対幻想とともに後述しますが、大枠で基本構図を描くと、図4のようになります。〈国家―市民社会〉の近代図式を書き替えたものですが、幻想域を設定してあります。ここで、幻想域は市民社会の底辺までをも覆っているということ、さらには、古代的共同幻想を無為意識にもっているということを点線で示しておきました、これも後述していきます。共同幻想・共同意志は、国家機関内にとどまっていない作用＝働きをなしているということを了解しておいてください。幻想・意志を、構造としてだけ切り離すと、国家論への架橋がなされません。

◆18……アルチュセールのイデオロギー的国家装置論は、社会諸制度に家族装置も並存させる、そこが粗雑になっています。
対の意志によって家族は形成されますが、家族自体が「社会」に布置されるのは、国家の「配備dispositif」によってです。

「規制化」の閾

吉本さんは、エンゲルスが意志論を始末してしまったと批判しながらも、「註3のノート」で次のように指摘しているのです。

エンゲルスは、「無数の個人意志の行為的な結果の総体」、「偶然性のようにしか具現されない社会状態」にたいして、「無数の意志が意志のまま具現されている」し、「絶えず意志状態のままで自己実現を完了するものとしての共同意志（法律・国家・宗教のような）」に着眼していたようにみえる。また「意志の給付源としての無数の民意」があり、「無数の民意を意志が存在しない自然状態のように、つねに還元しながら存在する社会」があると想定している。つまり、「まったく偶然が支配しているようにみえる表層」と、「この偶然を支配しているように内部に隠れている法則」という発想がある、それは「解答可能かどうかとかかわりなく魅力的である」（176頁）と、ある保留をしています。

これは、「規制性」を考慮にいれねばならないという論理を要求してくるもので、文化主義ではない現代思想理論の社会科学的・政治的な理論が一番つっこんで考えた閾にあたります。レーニン主義の決定性におちいらないよう、またエンゲルスの「無意欲・無意志」への単純化へ堕しないように、「規制性／規整性」として、〈規則〉と〈規則へのある自由度の関与関係〉を考える理論です。フーコーやブルデューなどが開いた領域になります。つまり、「意志や意欲のベクトルとは異なったもの」を総体的な観点＝歴史に還元させてしまうのではなく、行為をめぐる規制性として把捉することです。つまり、「意志・意欲」と、「それにもとづいた行為で実現されること」が「つねにくいちがう」という、理念と結果との裏切り関係ではなく、「意志・意欲」と思っていることが規制されて転移・転倒されてしまっている関係性＝規制化の客観化です。意志をもっている、偶然の作用ではないものです。対談で吉本さんにわたしなりの幻想理解を述べましたなら、吉本さんはそれを「非決定的な共同意志の現れ」（Ⓐ251頁）ですね、とおっしゃいました。その「非決定」が規制性の問題閾なのです。「決定」ではない、しかし規制はしているということです。規制しているようには見えないように規整しているのです。

吉本さんは『教育・学校・思想』で対談していた折りに、編集にあたっていた同世代の吉田公彦さん（谷川雁さんの実弟）に、自分たちがとりえない思考法をわたしがとっていることを、何度か、驚くんだよなという感想で吐かれていましたが、それがフーコー、ブルデューなどから領有した、このエンゲルスの規定上にある、しかしマルクス主義的規定ではない意志が規整化作用している閾です。規制の規整化は「関係の絶対性」と吉本さんが思想的に表出したそこに照応する理論対象域です。

「決定」「支配」「抑圧」ではなく、règle/règlement/réglementation と régler/régulier/régulation とのはざまの、「規制性」「規整化」の関係作用の閾です。法定や司法の閾とは別の次元です。権力論を、権力諸関係、象徴権力などとして転換する閾でもあるのですが、これを、幻想関係とともに、国家論へ組み込むことなのです。フーコー、ブルデューには、幻想・意志の関係論はありませんので［※29］。

吉本さんにとって共同幻想の意志は「法的言語」としてとらえられています、それは国家の発生期において、天皇支配の農耕社会が新たな共同幻想を高度な段階に飛躍させていくとき〈天津罪〉を法的・道徳的に構成し、そこにはまらない前農耕的なものを〈国津罪〉として蹴落とし家族的な慣習へ疎外させた、という〈掟〉から〈法〉の形成に国家の出現をみていることから、延長されています。それはそれでいいのですが、さらに「法」と「法権力」とのちがいから大事なことを指摘されていきます。たとえばAがBの田畑を侵犯したとき、それをAがBにたいして侵犯行為をしたから罰するではなく、Bの「権利」を犯したとされ、つまり法を占有する「支配」にたいする侵犯であるとみなされ、水平の概念が垂直の概念に転化されてしまうとき「権力」がでてきているということです（⓮353頁）。これも発生期からみられた本質的規定です。

近代国家社会の形成では、法的言語が「諸制度」を規制的に疎外出現させ、そこに〈規範〉を負わせます、諸個人へ心身を「規範化へと自然化」させるためです。共同意志の作用は、その規制の規整化に出現しているものへ転化されています。そうしますと、そこには、同じように、他者へではなく「規範・規則」そのものを侵犯したという構成がなされています。本質を外部化しているのです。ところが、ここで実際になされていることは、規則の側からみれば規範権力を犯

※29……フーコー『社会は防衛しなければならない』『安全・領土・人口』（共に筑摩書房）は、その詳細な論述であるといえます。幻想・意志論をもって読んでいくと鮮明にうきだします。拙書『フーコー国家論』（EHESC出版局）で、展開しています。

したとなりますが、それを感知して侵犯しないように自発的に規範へ従うように個人は行為します。それは、物事を可能にすることとしてなされているのです。それが権力＝パワー諸関係です。権力作用は、個人の側からなされていくように転化しています。そのとき、法権力の姿は、直接には感知されなくなっているのですが、法次元ではない規整化の権力関係が作用しているのです。

移行過程の構図

国家の共同幻想が解体する、またそれにともなって共同意志が分解されて解体するという「移行」過程を対象化しておきましょう。しかし、これはあくまで「国家の」共同幻想の解体であって、共同幻想そのものの解体ではありません、歴史外在的な移行です。近代の民族国家の枠組みでの解体・移行だと限定づけねばなりませんが、そこから歴史段階における本質的規定関係として構成されうるものです。これも後述しますが、古代の国家的なものの編制において活用していくことが可能で、非常に重要な視座になります。

基本は、共同幻想と共同意志とが、分離・乖離するということです。そして、共同意志の構成機関は完全に代わりえますが、共同意志そのものの本質的な有り様はさほどの変容は被らない――「天皇万歳！」という共同意志は消失しても共同意志へ従属する意志は変わりえない――ということではないでしょうか。内容は変わるが形式は変わらないということです。軍隊はなくなったが自衛隊がつくられる、警察も形式装置は残りますし、省庁の分類の仕方や内実は変わりますが、省庁の形式は残り新たな分類配置がなされます。学校装置も病院装置も交通機関も残ります。

天皇が神から人間になったという国家の共同幻想は変わったが、天皇は残りました。

ここをどうみていくかです。

わたしは、マルクスの「形式的包摂」と「実質的包摂」という概念を、ここに使います。天皇共同幻想の実質的包摂が、形式的包摂に代わった、他方、国家装置の共同意志の実質包摂が形式包摂とともに代わった、変化ではない代替です。そして社会空間では、学校装置の形式的包摂が国民学校の実質化をへて、国家への実質的包摂として完成されていった、というように、相互関係的にみなします。それぞれの、移行の形式・実質の包摂関係がちがうということです、単純に形式的包摂から実質的包摂への移行(形式の実質化)ではありません。

省庁の分類組織の変容は、権力関係の分類化の変容です。国家意志のなかで、何が重要な位置を占めるかが変わっていったということです。「大蔵省」が「経済・産業省」に変わって、新たに「金融庁」が編制され、「環境省」がうまれた、など、政府機関ではなく国家装置内での「分類変え」[◆19]です。この「移行過程」は、歴史における連続と非連続の関係として、変動期に出現しますが、機関分類変えに共同幻想と共同意志との関係が、いかに編制されるかの個別表出の問題となります。「革命」は、その典型例となるものですが、近代においては民族国家として大きな変容はなされていません。しかし、吉本さんは、国家意志の変化は、首相の交代によっても現われて来ると考えて、国家意志の変化をしっかりとらえよと言っています。すると、「民族国家」という国家構成は共同幻想の構造の次元のことであり、国家元首の変化は国家意志の変化であるといえるのではないでしょうか。そこから、共同幻想の本質的な解体の課題は、「民族国家」という構造を変えてしまうことだとなり、そうしうる共同意志はどこからくるのかとなっていきます。そこが、実は、アジア的ということ、古代・前古代の「初源」にかかわること、その累積になります。近代歴史段階でのいじくりでは解決されないことであるということです。社会主義〈国〉は、そこを何も解決していないということになるわけです。フーコーは社会主義には統治性がないと言いますが、共同幻想と共同意志との間に統治性の作用が働いているということです。

わたしは、吉本視座をうけて、前古代から古代への国家的なものの統合編制の変容構造、武士

◆19……「分類化」は、権力の分割を意味します。総体的権力構造が、分類化されて、権力実態が不可視となっていき、分類化に枠組み化が実定化されていく(バジル・バーンスティン)。権力再編制がなされるとき、分類化の再編が構成されるのです。そこに移行が組み込まれています。ブルデューは、visionとdivisionの原理から「分類化」を考えています。

制の構造から江戸幕府の国家的なものの統治編制への変容構造、そして近代国家の編制への転換的な変容構造、さらに近代民族国家からの脱出の変容の可能条件（場所共同幻想への場所革命）というように、中期波動として、四つの非連続の連続を、歴史表出様態として考える手立てをもっています。統治の変化ですが、共同幻想と共同意志とが、いかに関係変容していったかにおいて考えることです。幻想構造を変えないことには、歴史変化の編制の転換はなされないということです。

先の、吉本さんの指摘をふまえますと、天皇万歳として働く個人意志の共同意志への実質化が意志としてでなくなって、市民＝国民としての共同意志／個人意志となってきたが、天皇制的な国家幻想の構造に変化はなされえていない。ところが、市民の個人意志からこぼれおちている場所住民としての意志が環境意志としての場所では残滓しているのです。この近代国家＝天皇制国家の〈社会〉均質の幻想構造は、日本書紀の幻想構造であって、古事記の幻想構造ではない、国つ神を合祀させて場所の多様な存在を均質・均一化した幻想の「社会空間」化がなされたものだ、日本書紀の「葦原中国」の幻想概念空間がそのままで近代編制された「社会空間」である、と考えます。「場所」が「社会」によって消されていく共同意志の作用が徹底はされたが、幻想意志としての古事記世界は消滅しきれていない、むしろ潜在的可能条件として場所幻想の意志として残滓している、それは天つ神と国つ神との協働関係を構成するものであって、天つ神が天皇系である必要がない可能条件としてである、という幻想意志が古事記規準からとりもどされることだ、となります。そのためには、社会幻想と商品幻想とが幻想解体されていかねばならない、という考えです。

幻想と意志との関係を生活次元と関与させる、統治性 governmentality（統治心性と統治技術）の構成の変容過程として、それらは緻密化されえていくといえます［※30］。〈共同幻想〉の国家布置は、以上の問題構成の諸概念をもってつねに考えていくことになります

※30……この理論作業は、多分に機能主義だと批判されがちになりますが、幻想と意志との関係をみのがさないようにつめていくほかありません。
　統治制は国家の側からなされる社会空間への関与です。国家幻想に基づいた国家意志が、統治技術をもって、市民社会・社会空間へ働きかける国家配備をなして、そこにさまざまな処置・技術が作用できる仕組みを編制します。そこに、国家幻想と国家意志とが結合している統治心性が形成されて、それが官僚意志を規定していきます。統治心性はまた国民の共同意志に作用しています。

が、「共同幻想の国家化」と「国家の共同幻想化」とが、構造構成的に相互関係しているのを解き明かすことになります。

2　対幻想と〈対の意志〉

『共同幻想論』において「対幻想論」は、フロイトの原始共同体の心性から抽出されるエディプス・コンプレックスを批判継承しながら対幻想を布置し、突如として夏目漱石をめぐる論述になっています。本来ならば、『古事記』における婚姻関係の意味を示していくべきところだとおもうのですが、おそらくあまり鮮明に論述しえないとふんで、それより近代の相をだすことで本質が明示しうると考えたのだと思います。それには、根拠があるのですが、まずは、対幻想と対の意志との関係の仕方を確認しておきます。ここは、とても重要な問題が指摘されているところです。

対幻想は、夫婦を中心にして家族を構成し、さらに親子と兄弟姉妹との関係から構成されます。つまり、対幻想は対の男女から構成される性的なものであること、そして「対の意志」は親と子の世代関係、兄弟姉妹の関係で発現されるものです、つまり「性関係が禁止される」という布置におかれた意志です。

そこから、意志構造として問題になるのは、「下の世代における性の問題」であるとなります。「家族が膨張して親族へと拡大していく場合に、姉妹は親族を構成する重要な要素」であり、他方、兄弟の方は親族を構成する要素にはならない、ということです。「姉妹はいつでも親の世代と結びつき、たとえば異種族でも同種族でもいいですが、どこかの男と結婚して、その男の所帯にいったとしても、親や男兄弟に対して親族としての構成をいつまでも保持するという特質があります」という吉本さんの指摘です。「子の世代の姉妹はいつまでも親族を構成する関係を維持し、兄弟のほうは保持しないというのが対幻想の骨格です」（Ⓐ246頁）と述べていますが、それが対幻想の骨格をなしている「対の意志」であるということです。

家族における性関係の対幻想関係は、すでに述べられていたことです――いくつも論稿がありますが「幻想―その打破と主体性」（1967.11.11）が一番簡明な説明をしています。それが「対の意志」として後にはっきりと対幻想と識別され関係づけられました。それまでは対幻想の性関係として現象的に説明されていただけです。兄弟と姉妹が、親が亡くなったあとでも、また別の種族と婚姻して遠くに離れていっても対幻想は永続的に維持しつづけている、それが家族形態が共同幻想へ拡大されていく根拠だという論軸です。そこに「対の意志」概念が出現してくるとはどういうことなのかです。血縁集団が部族的な社会に転化していくとき、国家が発生していくのですが、兄弟姉妹は実際の性関係はないが対幻想を維持していく、それが国家的共同幻想性の編制になっていくという論軸において、最初は「兄弟」が家族集団を離れてどこへいってもそれを担うとされていたのに［※31］、後に、「兄弟と姉妹」となり、さらに後に、兄弟の方は保持しない、「姉妹」がそれをになっていくと、兄弟と姉妹との対幻想の非対称性が強く強調されていきます。そこに「対の意志」が布置されていったのだといえます。関係だけではない、関係に「意志」の働きをとりこんでいったのです。

対幻想と対意志との違いは、この姉妹と兄弟の性のありようの非対称的な違いにはっきりと区別的に出現する、そこに対幻想の骨格があるということになります。この非対称性は、初期国家において、姉妹が祭祀をつかさどり、兄弟が政治をつかさどる、ということにアジア的ということがからむことにも対応している重要な論点です。

フロイト的には、「父親と娘、母親と息子には性的な親和感の粗密がある」となるでしょうが、吉本さんは「対幻想は夫婦を中心として家族を構成し、次の世代は姉妹を基盤として、家族が拡張して親族を構成する」（Ⓐ246頁）という点に重点をおきます。親族関係への転移の位相です。

※31……「自立的思想の形成について」（1967.10.30、⓮184頁）

また、〈父―娘〉と〈母―息子〉は対称的にはならない、非対称です。〈父―息子〉〈母―娘〉も非対称です。そして、親子間の同性関係・異性関係が、ジェンダー形成に関与していきます［◆20］。対の非対称性を明証にしないと、男女平等のイデオロギーが徘徊します。

そこから、「家族は対幻想を中核としますが、家族の共同意志は、男女（夫婦）の対としての意志と、親の世代と子の世代との、同世代の兄弟姉妹の間の共同の意志の総体だ」（Ⓐ248頁）ということになります。「家族の共同意志」という概念になっています。それは、「夫婦の対の意志」と「親の世代と子の世代」と「同世代の共同姉妹」との、いわば、横と縦との関係に規制された場所に出現していく総体だ、というのです。つまり、家族の共同意志は、夫婦・親子・兄弟姉妹の総体として出現していくということです。家族全体からなされている共同意志です。

原始的にそこに「禁制」が、疎外表出されて、共同幻想へと媒介されます。夫婦の横関係は非禁制、親子の関係は禁制で、兄弟姉妹の横関係も禁制となるわけです。この対的な禁制が、共同幻想への疎外を生成していきます。「対の意志」は、対幻想としての兄弟と姉妹との関係において強調されたことです。

夫婦の「対の意志」は主要なものではないのでしょうか？

わたしは、ここを理論的に整理すべく、対幻想の「対意志」「共同意志」「個人意志」があるというように、幻想内での意志の

図5

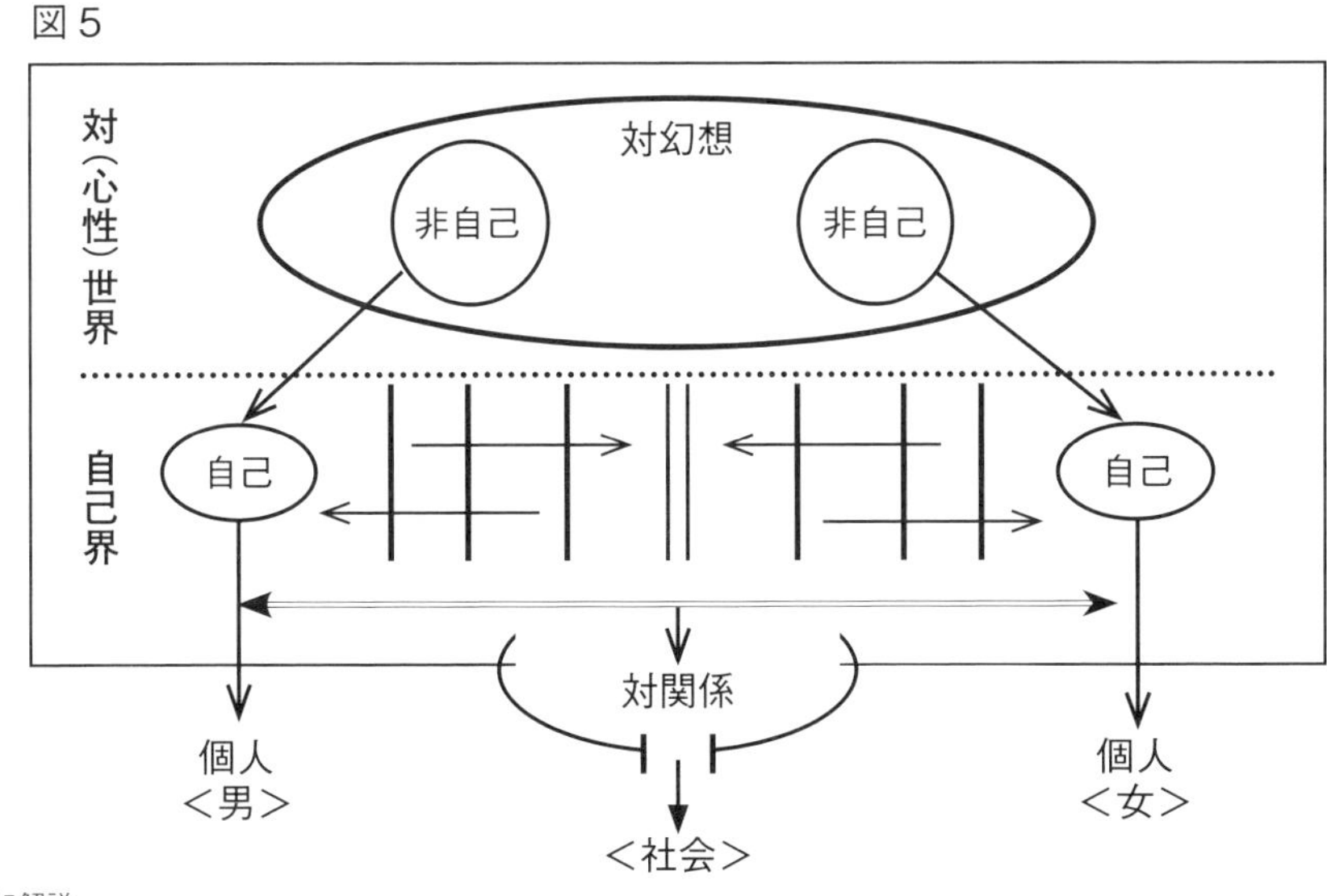

図5解説
☞「対幻想」は非自己間の性関係です（Ⅲ部・9章参照）。そして自己間は近接したり遠のいたりする配置をします。対関係が<社会>へ開かれていきます。そこで<個人>となります。

三つの異なる相があると考えました。男女・夫婦に禁制はありませんが、規範による抑制は社会の場面では作用します。対の意志は働いています。そして、〈対幻想〉は対意志に閉じていくふたりだけの間には無限に開いているが外部には閉じていくとし、「対関係」というのは対幻想が社会次元＝世間へ現実に関与していく仕方において対意志として「共同意志」「個人意志」を疎外的に発現・作用させていくもの、対関係は外部に開けていくが二人には閉じていく＝制限していく作用を働かすもの、と考えます［◆21］。ふたりだけで勝手なことをしていても、愛は成就はしない、結婚生活は成り立たない、世間の掟や規則や慣習をうけていかねば生存しえないからです。親子の情愛においても、兄弟姉妹の情愛においても、禁止・制約が入ってきますが、位相がちがうということです。

そして、いわゆる男女の愛＝性愛は、「対幻想」と「対関係」との均衡をいかにはかっていくかにあるとみなしました。つまり、対幻想のある意味で禁制・禁止・抑制がない仕方と、対関係として禁止・制約をうけとめていく仕方との、相互の関係をはかっていくのが「対の意志」であるとしました。国家の共同意志もそうでしたが、ある社会的・歴史的な空間において作用していく意志です、「対の意志」も社会的・歴史的な場所に布置されることです。

個人は幻想として近親相姦を心的にもちますが、抑制を働かせます、そうでないと家族が崩壊します。いずれにせよ、フロイトの性理論をふまえて、性のあり方をどうしていくかが、家族の「対」の本質であり、しかしそれは個人のことではない、男女の「対」のあり方なのだとしたのが、吉本さん固有の思想で、その方がフロイトよりも本質的で妥当です。

また、対幻想は、男女のふたりの間の幻想だ、などと単純にすまされるものではありません。それを機械的・機能的にものごとの事態にあてはめても、対幻想へ還元されるだけで、意味作用が働きえていくことにはなりません。そのうえで、「性としての人間」を考えなおしておくことができます。

◆20……ナンシー・チョドロウの一連のジェンダー考察が、ジェンダー関係論としてはすぐれています。男が分離へ、女が関係づけへと、ジェンダー差異化がなされるというものです。

フロイトの無意識論にはジェンダー規制がはいりこんでしまっています。ラカンは、性別化をまったく異なる図式から説きました。

わたしのジェンダー差異化は、「対の意志」の幻想表象である、というように了解水準をたてます。対幻想とジェンダーとの関係は、文化理論・社会理論次元では重要な問題になっていきます（II部・8章参照）。

◆21……山本哲士「ジェンダーと対幻想の理論プラチック」（『actes 5』日本エディタースクール出版部、一九八八年）

性交・性行為と性幻想＝対幻想の識別

「性についての断章」という論稿があります［※32］。これも、たいへん衝撃的な論稿でした。ひとことで言ってしまえば、性交と性幻想（＝対幻想）とは、違うのだという識別です。幻想次元を身体関係から切り離したのですが、「性行為」の位置が身体ではなく幻想の方へ布置されたのです。

まず最初に「性」を否認する意識が政治意識に現われていることが示されます。一つは、社会的良識によって性を主題とする作家を、頽廃的、現実逃避、消極的だと批判する仕方は、秩序維持意識が秩序否定より勝ったものでしかない、また天皇制秩序を支えた政治意識は倒錯的な「性」の幼児性である、また長期性を同時性に圧縮した性の甘ったれたアナキストがいる、これらはスターリニズム⬇アナキズム⬇ファシズムに円環する性意識＝政治意識だと述べています。〈性〉の意識は、政治意識の鏡になっているという指摘です。そして、自分が〈性〉にまつわる生活に関心をもつのは「婚姻し、子供をうみ、育て、やがて老いて死ぬという順序でくりかえされる大衆そのものの〈性〉」に近づきたいからだ、それは何ら歴史の動転に参与しない、この即自的大衆を包括しない思想は倒れるだけだ、「自然的な〈性〉の生活に、思想的な根拠を与え」ることがだいじなのだと、思想的態度を示します（⑦293－294）。

そして、エンゲルスとフロイトの両者の〈性〉についての方法を架橋的に観察するには、〈近親相姦〉を対象にすればいい。それはしだいに親子、兄弟姉妹、近縁者が性的な禁制になっていく、その根拠は何なのかを探ることだ。一方は集団婚から対偶婚をへて単一婚への婚姻史の過程を示し、他方は幼児期の心的過程から示すが、両者とも「類としての人間の〈性〉的関係を、自然としての個体または自然としての社会に還元する」ことをなしているにすぎない、と限界を指摘します。そして、そこから近親相姦の禁止の根拠を探るには、「〈性〉における〈自然〉」とい

※32……「性についての断章―その自然・社会・存在―」（1964.5、⑦293－307）

う概念と、「〈性〉における〈存在〉」という概念のあいだの「構造」を考えねばならないとします（⑦299）。

この「構造」にたいして、エンゲルスは「人類の〈性〉的関係と社会の経済的発展とを結びつける方向」に外れてしまい、フロイトは「〈性〉的本能力としての「リビドー」と、非〈性〉的本能力としての「自我本能」とを結びつける方向」へ外れてしまった。これは、人間をどうみなすかにかかわってくる。心的過程と生理的過程に解体できない統一の存在が人間である。この類としての人間を、「構造なし」としてしまう見方からは論じえない。〈性〉的な行為は、その心的過程をふくめてみていかねばならない。外見的には〈性〉的な行為は単純な自然行為であるが、その心的過程は「あらゆる原生的な遡行と乱雑をも可能にしている」という矛盾にある。そのなかに〈性〉的関係の〈自然〉と〈存在〉とにまたがる「構造」があるのだ。そこに世界史の現在がある。単一婚成立後に、〈性〉についての心的関係と自然的関係との「ある程度の完全な分離と矛盾と葛藤」が出現したのだ、ということです（⑦301）。

ここから先が、非常に難解になります。結論は、この「構造」は、「一対の男女の間の関係にのみ本質的な根拠」（⑦306）がある、その個々の一対の男女が時代の支配のなかで時代的個性的に出現していく、ということです。

「禁制の観念」がどうやって発生していったかです。エンゲルスが想定した集団婚以前に、親子間、兄弟姉妹間の〈性〉的関係はあったであろう。しかし、〈性〉行為は「一対の男女」でなされる、そこに意識にとって、それが自然的関係だという転化がなされる、意識にとって自然になってしまうと、それを「観念のなかに対象化する」、それによって「構造」が獲得される、一対の男女関係から、近親のあいだの〈性〉行為の禁制の観念が生成された、というのです。非常に、苦しい論理ですが、いいたいことは幻想の疎外から、しかも「一対の男女」からの観念としてなされたということでしょう。経済関係や個人の自我本能からではないということの指摘は、妥当だとおもいます。「人間における〈性〉の関係は、あくまでも一対の男女の孤立した姿のなかに単位をもっている」(⑦303)、それはつまり〈家族〉だ、ということです。この性関係と家族と対幻想の相互関係は、『共同幻想論』の「対幻想論」で明示されます。

そして性的な禁制の意識が、〈性〉の意識を自然からもっとも遠ざけ、近親婚という自然化した意識を〈性〉的な関係から排除した、というのです。

〈性〉の現実の行為は動物からほとんど進化していないが、心的な疎外はすすんでいく、この乖離の存在が、現代人の〈性〉愛の悩みをうみだしている。

確定的なことは「〈性〉の〈自然〉と〈存在〉とをつなぐ構造が、さまざまな社会的な関係にばらまかれている一対の男女の共働による〈性〉行為の意識として抽出される」[※33]、その抽出のされかたのなかにしかもとめられない、ということです。そして、〈性〉は現実的・心的な過程としてただそこに常に〈存在〉しているだけで、現実的な動的な過程ではない、自然と存在とのあいだの「構造」は個々人で異なっている、ということです。

ここから、性交という自然と幻想としての性(存在)との隔たりが、性行為においては出現しているという識別がなされていったのです。そして、心的な過程は自己性愛にまで個人疎外されて病的な相を出現させせますが、〈性〉を心的過程と社会的過程との双方からみていくべきだという視座を、エンゲルスとフロイトの双方を超えた次元で開示しました。

兄弟と姉妹とのあいだの対幻想は、生理的な性行為をともなわない。そして、人間のある歴史的段階で、家族が共同体の幻想性=共同幻想に到達する段階がある、その対幻想の共同体としての幻想性への転化は、兄弟と姉妹とのあいだの対幻想だけが可能にする、ということになります(「個体・家族・共同性としての人間」⑭223頁)。そこが、対の意志とみなされた閾になります。

国家論との関係でいえば、「家族理解」に最初の本質根源的なものがあり、その問題に「原則性」が提出されなければ、経済社会構成と観念世界の共同性とのあいだで、あいまいな折衷がな

※33……この「自然」と「存在」をつなぐ構造が「社会的な関係」においていかに構造化され編制されているかを、「社会空間」における男女関係・家族構造として客観化していかねばなりません。それが、社会的労働形態における労働主体化と性主体化において出現するのですが、そこを吉本さんは明示する回路をもちません。(Ⅱ部・8章参照)

されて国家論はしっかりしていかないということです（「幻想としての国家」⓮334頁）。国家論は、家族論（対幻想／対の意志／対関係）から根源的にみていかねばならないという規準です。これを、わたしは「国家配備」として「社会」に布置された家族／性の〈自然〉と〈存在〉の「構造」においてい引き受け考察します。そこであいまいな折衷にならぬよう、気をつけて関係づけを探っていかねばなりません。

3 個人意志と個人幻想

個人幻想の布置は、二つの関係からなりたっています。第一に、共同幻想にたいして逆立して関与していくということ、第二に、他者と関わるときかならず性としての人間として関与していくことです。ところが、どうしてそうなっていくのかという論述はありませんでした、そうなってしまっているということだけです。しいてくわえれば、共同幻想に関わっていくとき、対幻想を媒介にしていくという指摘はなされていました。

逆にいいますと、個人幻想は、共同幻想から疎外されており、また対幻想から疎外され孤絶しているものです。個人幻想は、他なるものに関わっていない幻想です。

この相互の関係性を、解いていくのが「個人意志」の次元になります。つまり個人幻想は他への関与がありませんが、「個人意志」は個人幻想をもって他なるものへ関わっていくことです。個人意志についてあまり述べられていないので、わたしの解釈を示します。

それは、個人の個的意志と共同意志と対意志という、三重の意志の作用になるといっていいでしょう。個人の共同意志は共同幻想に参入していく意志です、個人の対の意志は対幻想に参入していく意志です、そして個人の個的意志は自己から自己が疎外されていく意志であるとしてよいのではないでしょうか。その結果「自己幻想」を個人から疎外させます。これは、主観的な意思ではなく、関係から規制されている意志であるとみていくべきです。わたしはそこから主体概念を消していくべく「述語的意志」という概念を構築しましたが、主体とは従属的主体化であるというフーコーの考えをとりいれてのことです。ここは、論者によって、主観的主観主義の立場をとるのか、客観的客観規定の立場をとるのか、分岐してきたところですが、わたしはその相互作用を述語的な側からの主体化とする考えからみていく視座をとっています。つまり個的・個体ではあるが分離された主観・主体ではないということです。

経験的な相で骨格的にいいますと、国家に国民として関与していく意志、社会に市民として関与していく意志、恋愛ないし婚姻に関与していく意志、そしてひとり孤独になっている意志でもいいましょうか、詩や文学や芸術活動をしている意志としてもよいかと思います。これらは、ネガティブな結果をもたらす疎外（国家に支配される／失恋する／自殺する）だけではありません、ポジティブにも作用していくと考えるべきことです。国家や社会の決定に積極的に参画していく、恋愛を積極的にすすめ成就していく、孤軍奮闘して作品を仕上げるというようなことです。させられていることは、同時に自発的にそうしていることであり、可能条件を実行・実現しながら、さらに同時に転倒したり抑圧・従属したりしているということです。国に税金を納めるとか、法に従うとか、学校に通うとかというような事態を考えれば、そうしたくないとおもったり、そうしないと自分は損すると理解したりすることで、それはなされています。対幻想では、彼女の言うことに仕方なく従ったりするということが必ずおきます。経験的な例示をしていくと、非常にやすっぽくなるのですが、いろんな局面でそれはおきています。

個人幻想は本質的には、自分の身体性と自分の身体イメージとの関係にあるものです。たとえば、同性愛とは、自分の自然な身体と自分の身体イメージの性とが異なっていることだといえます（Ⓐ252頁）。「自分に対するイメージの性的な問題」が個人幻想であるということです、と吉本さんは述べています。「身体イメージ」という要素が提示され、かつ「イメージの性的な問題」と問題構成されています。

これは、対的な対象が外在的にあって（女なるものが外在規準にあって）、それが男としてのじぶんを女としてイメージする、ということです（反対も当然あります）。ここを、わたしはじぶんの意志やイメージではどうすることもしえない「非自己」としてのじぶんが、じぶんの意志やイメージでじぶんを設定できる「自己」への関与において、変容がなされると考えました。非自己と自己との関係から個人幻想が疎外表出されるということです。そして自己からの疎外表出が自己幻想となります。この自己幻想が「主観」「自己意識」とされてきたことです。個人幻想は無意識といわれてきた領域もからんで複雑になります（Ⅲ部・9章にて論述）。

個人幻想が集まったところで、共同幻想にはなりえません。「個人が集団の中に入っていくときには、頭と身体が逆さまになって入って行く」「逆立ちしたみたいに頭のほうが下になって入って行く」と言っていて、「集団の中の個人は、肉体性は問題にならないで」「頭のほうだけ介在していて、頭でもって集合している、つまり意志でもって集合している」となります（Ⓐ253頁）。他方、対幻想と個人幻想の関係は、自分の身体性と自分の身体イメージとの関係だ、ということになります（Ⓐ254頁）。

ここは、たとえば、性交関係をもったときに、ふたりが合体しているという身体イメージになっているなら対幻想が成立していますが、性交が不快だという身体イメージになっているとき個人幻想へ疎外されているということです。対幻想は不在なのに、相手も自分を愛しているのだと個人幻想で思ったとき、身体イメージで対幻想だと妄想しているためストーカー的になるケースを考えられます。実際の身体と身体イメージとが合体しえているのが対幻想、ずれているのが対幻想から疎外された個人幻想といえるのではないでしょうか。この病相は、心的にもいろんな関係がからんで複雑になりますが、本質基層は、そういったことです。〈妄想〉は、まったく個的なものですが、その初源根拠は、〈母―子〉と原始共同幻想の疎外とがからんだ、非常に本質的な疎外になります[※34]。しかし、日常の正常とみなされている帯域で、それは作用していま す。〈妄想〉というのは、個人幻想と個人意志との間での錯綜から心的に表出したものといえる のではないでしょうか。西欧論理的には、「父の名の不在」となった幻想における意志です。

わたしは、フーコーのパワー関係/パワー作用という論理は、この個人の日常生活の主体的な意志に照応しているものだと考えます。フーコーは、幻想と意志との違いを設定しません。それは溶解されてしまったものとみなして、幻想論も意志論ももっていません、パワー関係として考えます。パワー、つまり可能な力、可能にする作用です、これを辞書的、社会科学慣習的に「権力」などとするから、理解がゆがみます。フーコーは「自発的従属」が「sujet/subject =主体」の意味だとしていますが、積極的に疎外=表出していくことです。いやいやでも自発的なのです、それが個人意志ということです。それを、サルトル的に、強いられているんだ、支配されているんだ、そこに無自覚・無認識だ、などといってみてもしょうがない、というのがフーコー/吉本の見解ではないでしょうか。そこまでいきますと、「自由」というのも幻想だ、自由の幻想から解き放たれることだ、そのためには象徴支配/象徴権力を批判的に見抜くことだ、というブルデュー理論次元が設定されていくことになります。

つまり現実社会のなかで諸個人は生きて生活しているわけですから、その社会現実はいかなる構成におかれているのかを批判分析・批判考察するということは、知的な思考作業として放置しえることではありません。ここを、経済労働や政治実践でもってみていくよりも、「教育」でみていく方が、実際的であり現実的・具体的です。フーコーもブルデューもイリイチも、「教育」批判考察を徹底させました。そこを、吉本さんはわたしとの対話で確認していきました[※35]。自らそうした社会現実を批判体系的に分析するということは避けています。そこでわたしは、教育関係や教育知に構成されているものは、「幻想としての教育」だ、「教育幻想」だという次元で対話していったのです。そういう本質視座をいれていかないかぎり、解かれる布置に教育は存立

※34……『心的現象論・本論』の「了解の変容」後半、および「原了解以前」の諸稿が、それを明白に論じています。

※35……吉本/山本『教育・学校・思想』(日本エディタースクール出版部)。これはⒶに再収録されています。

してなどいないと考えるからです。そこが、教育幻想と教育意志の問題となってきます。事例的なものとして考察しておきましょう。

「共同幻想論」と学校論：幻想と意志の重層的な関係

「教育の共同幻想・意志」は「学校幻想」へと構成されます。学校へいかねばならない、学校へいけば読み書き算の基礎からいろんな知識が習得でき、そして社会生活で生きていける「資格」をえることができる、というものです。それは個人意志であり、同時に共同意志となっているものですが、学校へいきたくないという気持ちになったりさらに登校拒否のような場合に、個人意志と共同意志とがずれて出現します。

「教育の対幻想・意志」は、教師と生徒との一対一の教育コミュニケーションになります。この子ども＝生徒のために世話をし、問題があれば聞いてあげ、しかるべき泉へつれていってあげて救済さえしてあげる、それに教師は犠牲的に貢献していくということです。パストラールの権力とフーコーが抽出したものです。

「教育の個人幻想・意志」は、学習は自分がする、試験やその成績は自分の努力で獲得していくものだ、ということです。

するとと、教師と生徒との教育の関係性はどうなっていくかというと、教師は対的に生徒に働きかけていくとき、共同性の規範や知識をもって働きかけます。対に閉じた働きかけをしたなら、教師は「ひいき」していると非難されます。つまり対的働きかけにおいて、共同幻想の代行者に不可避にならざるをえない関係におかれているのです、「学校」であるからです。家庭教師であれば、対的関係だけですが、しかしそれも学校知・教育知という共同幻想に属している決められた知の伝達から脱出しえません。つまり、教師＝教える者は、共同幻想論の巫女論にあたる対の対象を共同性にもってくるということです。巫覡からもう一歩すすんでそうなしている、つまり学校幻想の場というのは、巫覡的なものを巫女的なものに転化する装置になっている、となります。であるがゆえに、普遍的であるかのようにふるまえるのです。巫女論のあとは、他界論になりますね。それは「死」の世界ですが、学校共同幻想においては資格をえて向こう側の世界、進学の先の就職の世界＝他の世界＝他界へいくとなっています。それは「生」の他界へと転じられているのですが、本質的には「死の世界」なのです、じぶんが殺されてしまっている「資格」世界です。

ここまできて生の他界は実は本質的には、「向こう側から死がやってくること」というようにみていくことができます。実は、個人存在が殺されていく死の他界なのです。キリスト教はそこを「救済」と構成したわけですが、それはキリスト教的なものに限られることではなく、宗教的な救済です。学校を信仰すれば救済される、学校宗教です。イリイチは学校教師は法王・司祭・神父の三冠を一手に抱いた存在だ、と指摘しました。祭儀・儀式をおこなう司祭要素が含まれていますが、学校儀礼・儀式の遂行は、学校共同幻想にとって非常に重要な合意形成になっています。このキリスト教的学校宗教世界が、世界中へ浸透したのが「学校化社会」［◆22］です。仏教にもイスラムにも、他の諸宗教の場所にも、商品生産と社会作りが手をたずさえて浸透していきます。つまり、宗教差異をこえた本質的宗教疎外の閾でなされているものゆえ、世界浸透したといえる、類的な疎外が学校であるということです。それが、「母なる学校」＝母校においてなされるのです、「父なる」学校ではありません。祭儀論・母制論に対応しているのが、おわかりでしょうか。きびしい外界へ出て行くまえの「母なる胎内」が学校になっているのです。そして、教会批判をする者が異端者だと非難されるように学校批判する者は異端者だと非難されます。これは、相同性をいっているのではない、本質をいっているのだとみていかねば、意味がありません。そのうえで、学習は自己救済になるように、学校での自己努力によってしかなされない、個人意志の行為となります。

◆22……イバン・イリイチが提示したdeschooling。それをうけて欧米では膨大な学校批判・教育批判の書が刊行されましたが、日本ではほとんど封殺されました。教育が学校に独占されていて、学校を通してのみ教育が受けられ、資格がとれる、学校以外を選択できないということです。このとき、「学校」と「学校化」とを識別しないと誤ります。フーコーの『監獄の誕生』（新潮社）、ブルデューの『再生産』（藤原書店）も学校教育批判の書です。バジル・バーンスティン『〈教育〉の社会学理論』（法政大学出版局）、アップル『教育と権力』『学校幻想とカリキュラム』（共に日本エディタースクール出版部）も重要な書です。

共同幻想論は、その次に、罪責論がきます。学校教育では、さぼったり成績が落ちたり同級生と争うと罪責されます。報酬と処罰の体系です、次が規範論です。規範を破った者は処罰されるのです。学校は学校固有の規範・規則を、共同幻想の規範・規則に対応させて構成します。吉本さんは、少年法は大学まで逆に拡張されることだと述べていました。わたしはそれには沈黙しました、大学の自由さこそが、実は規範化世界の構造化として国家よりも巧みであるということなのですが、そこをつっきっていくと対象の問題ではなく、思想態度の問題となって対立していかざるをえなくなる臨界閾になるからです。それは同時に、わたしの方からしますと、罪責論・規範論自体がつっこみが足らない、位相がちがっているということにもなってきます。わたしが黙ったのは後に、わたしが古事記解読をなした、その前古代的なものをふくめた総体からいかないと生産的にならないからで、当時はまだそこまでいっていない、社会批判次元にとどまっていたからです。

ここは、もう一歩、二つの点でつっこんでいかねばなりません。それは学校教育のパワー関係において個人の共同意志でもって関与して、学校共同幻想＝国家幻想＝社会幻想へ参入していることなのですが、そこに性としての人間としてユニセックス化＝経済セックス化が、社会労働編制とともになされているということです。社会労働は、賃労働の分業体制だけではない、「賃労働＋シャドウ・ワーク」の社会編制となって、企業経済世界と家庭世界をサービス制度が結んでいるからです。つまり性としての人間を幻想消滅させて、個人主体が社会人としての個人として構成しているのですが、それは学校教育を通じて、諸個人を男女のないユニセックス人間にしてあるのだ、としているのです。このユニセックスは、ジェンダー文化の喪失された経済セックス化として、男セックスは賃労働、女セックスは家事労働というように分節化されます。労働形態だけではない、心的にそうした心性を領有します。家庭をしっかりささえる男になろう、家事を母性愛をもってなす女になろう、親の言うことをよく聞く良い子になろう、等々――これは大衆の想いではない、対の自然性と存在との裂け目が構造化された意識変容になっています。性としての人間が個人化されて、家庭は性主体と労働主体とシャドウ・ワーク主体が編制された場に転化されてしまっているのです。個人幻想の社会表象が「ユニセックス化」です。個人が自分とは疎外された「中性主体」（ジェンダー喪失主体）にされてしまっているのです。この次元での批判性を吉本さんとの対話ではなんとか示しえたのも、「対幻想の転移」という本質閾がぶれないで考察されうるからです。そこは、やりきったとおもいます。

そして、もう一点は、言語教育、学校での言語資本の獲得が、主語言語文法を主軸になされているということです。主語の無い「述語言語」が本質である日本語［◆23］が、主語制言語へコード転換されて〈国家語〉の言語市場の統一化において意図的に教育されています。これはほとんど無自覚の自然域にまで徹底されているのではないでしょうか。個人意志の表現様式が個人主体の主語として、転倒されて自然化さえしてしまっているのです。ここからうみだされる思考形態は、確実に不能化し、社会空間でのみ可能化される言語表現形態となってしまいます。それは社会的病理現象にまでいたります。ここは、吉本さんにとって、国家と社会とがほぼ同致されていますので、場所言語・バナキュラー言語の次元にまでいけなかったのですが、吉本さんは方言の違いは民族語の違いと同じでさほどの問題ではないという見解をとられます。しかしわたしは吉本さんの「橋本進吉について」［※36］における橋本文法への違和の表明からヒントをえてもいたのです。

他にも多々あるのですが、要するに近代構成されたものへの批判体系、その歴史相を本質から解いていかねばならない、その批判体系を媒介にしてしか、理論化はなされえないということなのです。国家形成は学校システムの形成なくしてはなされない近代的なものなのです。

共同幻想論へ戻ります。

学校共同幻想を、巫覡論から規範論までのあいだでほんの概略的に指摘してきましたが、その

◆23……金谷武洋『日本語に主語はいらない』、『英語にも主語はなかった』（共に講談社選書メチエ）。

※36……⑨に所収。

前の禁制論、憑人論そして最後の起源論を残してあります。そこは、学校幻想の再生産にかかわる領域になります。最後の「起源」が最初です、共同幻想が最初であるはずの起源論で終わっています。それは天皇存在の出現です、近代天皇制国家において（近代）学校は設定されました、場所地域の差異を無化していく社会国家均質・均一空間の設定として、近代学校制度は機能したのです。その象徴支配機軸に「教育勅語」がおかれ、見てみればわかりますが、それは良き規律の唱道です。親を大事にしろ、友人を大事にしろ、それが国家を大事にするのだとナショナル規準へ統合的に導入していく言説です。つまり個人幻想、対幻想を国家幻想へとただ拡張していくロジックになっています。そこから「禁制」が教育的に「冒すべからざるもの」として習慣禁制として設定変えして布置され、まさに入眠現象のごとき教育世界・学校教育に憑かれた人たちが、生活存在から切り離されて社会生活に不可欠なものとしてつくられていくという構成になります。わたしは、そこから、『共同幻想論』を、巫覡からはじめて規範論までを「構成」「形成」過程としてみていく、そして最後の「起源論」から逆に禁制・憑人へのベクトルを共同幻想の再生産構成としてみていく、という理論性を抽出しています。ほとんどの人は禁制論から起源論への順番過程を単純な時間形成過程として読んでいるのではないでしょうか。それでは関係論が暗黙知へおかれたままになり、そうすると、起源論からが古代国家論になるのだと暗黙設定してしまうことになってしまいます。共同幻想論は国家以前の歴史段階を論じたのだ、とされているのが一般的なのではないでしょうか。

わたしはそうはみません。共同幻想論そのものが国家論だとみなします、そういう理論生産をしていかねばならないと考えます。学校教育を共同幻想からみていくことから、見いだした理論可能閾です。

4 まとめ：歴史の捉え方の問題

対幻想において、共同意志・対意志・個人意志がはたらいていく、個人幻想においても共同意志・対意志・個人意志が働いていく、ということでした。それでは、共同幻想にあっても共同意志・対意志・個人意志が働いているのかという見直しが要されることになります。答えは然りです。国家が、自らの永続化のために様々なことを、とくに「社会」（さらに家族）へ「配備」していくときに働かせている意志であり、また「共同幻想の国家化」において働かされていく意志です。

共同幻想における個人意志は、その共同性の長がなす意志です。いまの日本でいえば首相の意志です。安倍首相ではそれが安全保障や一億総活躍として顕著に、ネオ・ファシスト形態として出現したといえます。自民党の古参議員たちが、それを危うい と批判したのは、個人意志をはっきり出すべきではないというそれまでの政治慣習を安倍首相が破って、個人意志を共同意志として強固におしだしてきたからです。そして、国民の半数は、そこに「危険」「危うさ」を感じ、半数は妥当・不可避であると容認します。国民の共同意志として分裂していますが、首相の個人意志で国家意志＝共同意志として機能していってしまうということです。内閣支持率は三、四〇%でしかないのに、国民から選挙された議員の多数決によって強行採決決定されて決してしまうねじれになっています。

それでは、共同幻想の対意志とは、どうなるのか、それは現代国家でははっきりとみえなくなっていますが、古代的・前古代的には、共同体の首長と相手共同体の媛との「婚姻」という形態で、神話表象されていたものです。それは近代では、婚姻という形ではなく、国家間の均衡の中で国力増強をはかる「同盟」国の締結として出現します。古代・前古代の婚姻も同盟です。戦国時代でも、政略結婚として出現していました。男女間の婚姻が象徴していたものが、同盟締結という無性関係に転じられているのが、近代国家の相であるといえるのではないでしょうか。階級同盟というのもその変種であるといえるかとおもいます。共同幻想＝国家の対意志が、同盟関係になったということです［◆24］。

そうしますと、幻想と意志との相互関係は、本質指標としては、図6のようになっていて、それらの相互関係を理論化していくということになるかと思います。〈意志〉が歴史表出をなしているということです。〈幻想〉は本質表出です。しかし、意志は、幻想関係に規制されています。〈国家〉〈家族〉〈個人〉は、幻想と意志とからおりなされて「動いている」ということになります。

わたしは幻想論を、社会の現存在の諸局面において本質的にとらえようとしますが、そのとき、これらの関係を考察して、主要な働き＝作用を捉えようとしています。機能を意志論的にみていくことです。国家・家族・個人が幻想域から疎外された歴史段階の諸相を外表象していますす、そして幻想本質を内在していると相互的に考えます。〈歴史〉と本質論との関係です。そこで、幻想が現実に多様に作用しているのです。

幻想と意志との関係は、フーコーの言う「統治性」「統治制」における「技術」「テクニック」を可能にして

図6

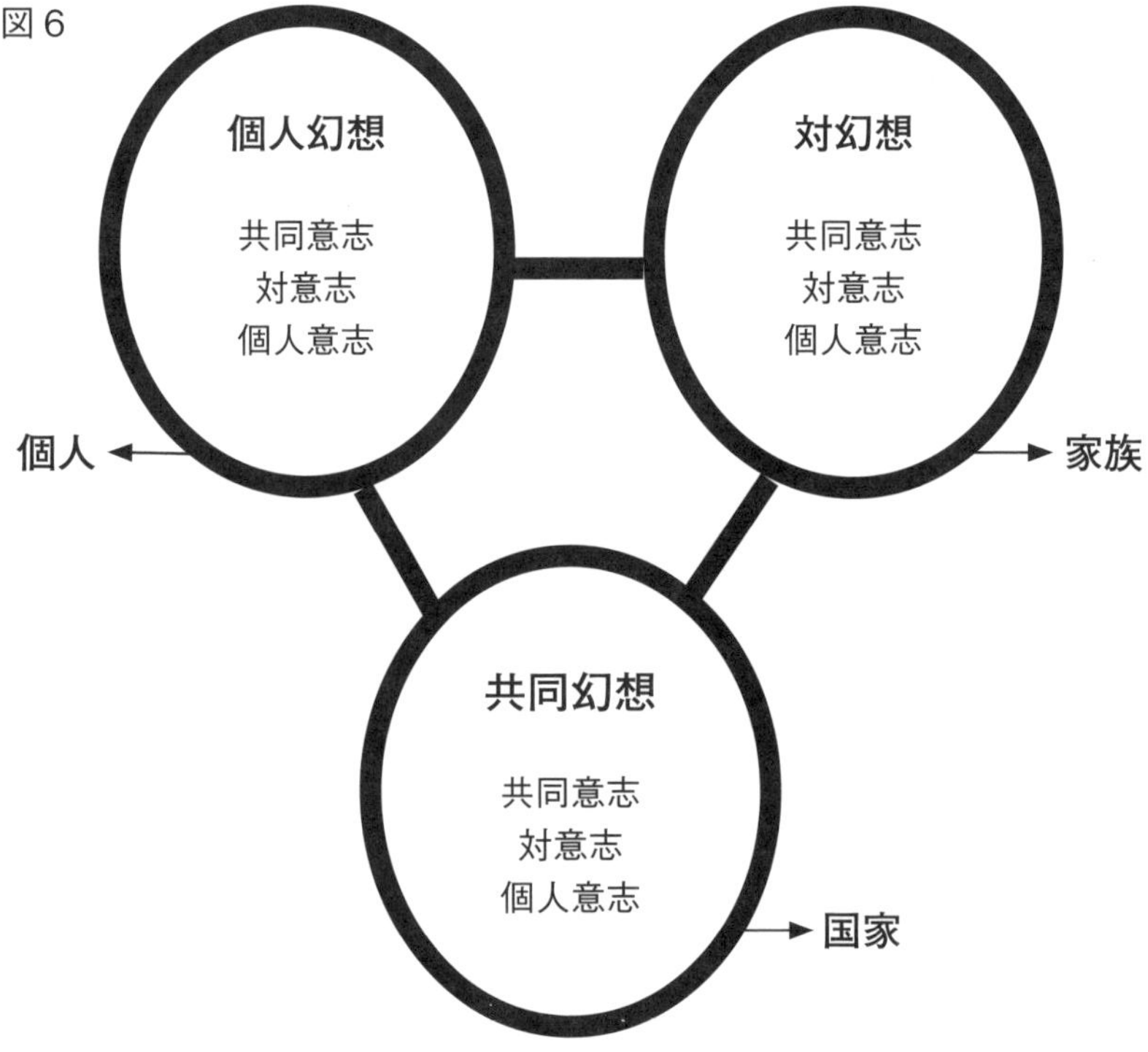

個人幻想
共同意志
対意志
個人意志

対幻想
共同意志
対意志
個人意志

個人

家族

共同幻想
共同意志
対意志
個人意志

国家

いく意志であるのです。つまり、幻想間の関係作用の「統治性」化と、幻想関係作用が外表出していく「幻想の統治制」を新たに問題構成して考えていくことが要点です。「国家の統治制化」（フーコー）に対応していく「共同幻想の統治制化」の次元です。共同幻想論が国家論として考察されてこなかったのは、国家が統治制において考えられてこなかった（フーコー）のと同じく、幻想が歴史の場で統治制として考えられてこなかったためです。幻想は作用しているのです、働きかけています。個人へ、家族へ、そして国家へ。「共同幻想の国家化」そして「国家の共同幻想化」＝「社会の共同幻想化」という問題構成／問題化から、幻想論を再考していくことです。

補遺：〈歴史〉への註

「現実的な〈歴史〉にはマルクスが〈自然史〉の延長としてあつかいうるとかんがえた領域があります。エンゲルスはその領域を無際限に拡大してしまいました。また〈歴史〉にはここでぼくが〈幻想〉領域はそれ自体として独立にあつかいうるとみなしてきた領域があります。そしてもうひとつ、マルクスが〈自然史〉的にあつかいうるとかんがえた領域とここでいう〈幻想〉領域とが錯合して不可分とみなされる領域があると想定することができます。」（「表現概念としての〈疎外〉」『世界認識の方法』、169頁）

　さらに

「これらそれぞれの領域はそれぞれに固有な、そして異なった了解の仕方の時間性を要求されるとおもいます。」

　と述べ、

「そして〈歴史〉という概念はこれらの異なった領域を統一性のところで成り立たせているものだとおもいます」

◆24……さらに、諸々に働きかける共同幻想の共同意志は、国家の永続化をはかること、対の意志は「国家を愛する」こと、国家愛、そして個人意志は、諸個人の安全を守るということ、として発現していきますが、多様な仕方が「統治性」として技術化もされているといえます。

とくくります（同前）。

自然史を概念設定したとき、それがエンゲルスの階級闘争史を固定させたように、ある歴史水準を決定づけて固定してしまう危うさにもおかれます。吉本さんは現在の消費社会や農業の商品文明化を自然史だとしてしまいました（Ⅲ部・10章で検証します）。歴史にたいしての「自然史」設定は、非常に危ういです。歴史表出は、自然疎外の本質性とは次元が異なると思います。ここで指摘されたように、自然史と幻想の歴史との絡み合いをどう考えたならよいかです。単純な一元化は過ります。

『世界認識の方法』の中の「註へのノート」で、吉本さんは〈歴史〉に関わる貴重な示唆を、哲学古典やフーコーを引用しながら述べています。ここでその原文の引用はしませんが、吉本さんの問題設定は非常に分かりづらいのでそれを読み解いていきます。エンゲルス、ヘーゲルについては前述しました。

❖起源：ニーチェ

ニーチェの哲学は、内面性の尊重、否定性、暗さ、湿気が「嫌い」な俗物的哲学であるが、「起源」にたいしての洞察と想像力はずばぬけている。ただ、生理・本能・衝動が外部へ発散することを阻止され内面化へ、人間の内面性へむけられ、そこに原罪感をうみだしたという回路になっている。それは、人間・文明を進歩・発展するとしたヘーゲルの裏返しで同質である［※37］、価値が逆転しただけだ、ということです。本能の内面化がもたらす倫理性・道徳性の質にあらゆる思考・哲学の核心があるとする思想で、概念の学としての言語哲学、言語の文法的な類縁性が哲学思想の類縁的な構造性をもたらすという考え方だ、と吉本さんはいいます。

吉本さんは、〈起源〉を内面化しません、不可視の外在性において探っていきます。ニーチェ―フーコーにたいして、異なる吉本思想の系があります、そこはふまえて、吉本―フーコーの対

※37……『心的現象論・本論』「了解の水準」(3)(4)(5)で詳細な論述がなされています。

応関係をいかすことです。

❖一般史：フーコー（註7へのノート）

フーコーは、既存の「全体史」が、文明の総体的形態、社会の物質的・精神的原理、ある時期の全現象に共通の意味化、の結合力を明らかにする法則を復元する仕方をとる、そのとき全体史でとられている仮定は、第一に、出来事・現象の間に等質的な諸連関のシステムがある、それは因果性の関係におかれ、同じ中心的核心があり、アナロジーの諸関係があるとしている。第二に、歴史性に関する同じ一つの形態が、経済的諸構造、社会的安定性、心性の惰性、技術的慣習、政治活動などを支配し、同一の型の変形の下にあるとしている。第三に、歴史自体が自らの内に結合の原理をもち多数の大きな統一体に分節化される、というものだ。それにたいして、フーコーは、系・切断・境界・勾配・ずれ・年代学的特殊性・残存形態・連関諸類型を問題構成している「一般史」を布置する。

このフーコーの考えは、ヘーゲル／マルクス的な世界史の総合性の概念に代わるものを呈示しているようにみえるが、「世界史という衣装の裾（末端）」が「分散的な概念によってぼかし模様」をうけたもので、その裾は世界史の原理へ収斂はしない、「別個の構造をもった層や系列に沿って拡散する」ものだ、その拡散によって「人間―出来事」をつなぐ線は分断され、「さまざまな層や系列の個別的な位相をつなぐ〈結合〉の手そのものに化する」、人間はその結合の網状構造からあぶりだされる影のようにみえる、とコメントしています。

吉本さんは、全体史の見方への批判姿勢はもったとおもいますが、フーコーが「一般史」というあまり適切ではない概念にくくった論理を、「裾」に拡散するぼかしとみて、そこにまた「結合」の網状構造をみてしまっているように思います、つまりフーコーに同意しきっていないということでしょう。吉本さんの「歴史」は、本質としてはこの二つの対比された歴史の外部にあり、実際の歴史段階を想定していくときは、間にある、というように設定していると思いますが、わたしたちは「全体史」の歴史は無効であるとしていくことだとおもいます。

❖発生史：マルクス（註8へのノート）

ヘーゲルの〈歴史〉概念である「発生史」は、「人間の現実的な行為の総和としての現実的な〈歴史〉の概念」と、「諸個人のそれぞれがそれぞれの恣意によって提出する個別的な〈歴史〉の概念」（諸個人の内部にあるものが表出された〈歴史〉の概念、諸個人が〈歴史〉という概念を考えだしたり想起したりすること）とが、「融和できる場所（接合点）」に想定される。そのヘーゲルにとって「〈歴史〉は世界観念の実現」であり、その「世界観念」は「個人の内部にあるとき〈理念〉の像」であるが、外部に想定されるときに「〈理念〉の論理」とみなされる。この論理（弁証法）は、「概念にしたがう」か「〈理念〉にしたがうか」しかないのだが、「現実の〈歴史〉の運動にとって写像でありうるかありえないか」を保証するものは、〈発生〉の概念にあるとマルクスはみなしている、という言述です。

これはどう了解していったならよいのでしょうか？　マルクスはいわば唯物史観をもちこんで、否定の否定を歴史の現実の運動において読み解いて、人間の現実的な歴史を描こうとしていくわけですが、その発生において、外在的な総和としての歴史と個人が描く歴史との相克にいかにとりくんだのか、という閾をどうこちらがつかむか、ということではないでしょうか。吉本さんは自然疎外の域だ、経済疎外の域ではないと本質閾で見分けていったわけですが、わたしは、そこを「商品」世界とみなさずに「資本」世界とみなし、資本家と労働者の関係ではない、とつかみます。そこが、〈歴史〉をみていく分かれ岐になるということです。

❖歴史と理念：メルロ＝ポンティ（註10へのノート）

〈歴史〉を理念の対象とすると〈歴史〉の外にでてしまう、理念の対象となっていないところに〈歴史〉はあるんだ、と〈歴史〉と〈理念〉を切り離します。しかし、歴史を理念の対象にすると、そこに「苛立たしい否定性」が籠められてきます、その否定性は思慮のある豊穣さのなかの陰影ではなく、「利害の智慧に基づくような単純で通俗的な行為」によって左右されたものでしかない。しかし、他方、「思慮の世界の政治理念の哲学」が権力を獲得してなした政治的出来事も戦慄させるものでしかなかった。これを例示的に言うと、「資本主義は搾取・抑圧・支配の悪の社会だ」と論じたり、他方、革命して社会主義国として成り立った世界、ということでしょうか。

そこから「むしろ思慮の哲学理念をもたぬ権力」の「単純な利害の哲学のほうが明朗な善良さ」にあるんではないか、とイロニー的に言って、「政治哲学を解体させる理路を含まない政治哲学は、権力を解体せしめる理路を含まない権力とおなじように無意味だ」と断言します。多分に、マルクス主義的政治哲学を指しているとみてよいでしょうが、非常にメタ的な言述です。「〈歴史〉を否定性のなかに解消させるような〈歴史〉の理念を描きうるとすれば、それは対象性と非対象性のあいだの領域になければならない」と言うのですが、どういうことでしょう？現代社会世界を否定性で論述して新たな希望ある世界を展望するならば、それは対象になりうるものと対象になりえないもの（対象化からこぼれおちてしまうもの）の間に描き出せ、ということではないでしょうか。批判的社会科学への警告であると、わたしは受けとめますが、だから批判体系を論述しないとはなりません。粗野な哲学的野心をもって〈理念〉を設定しないということです（その典型をあげれば、たとえば南北朝を設定すれば天皇制が無化できるかのように述べる中世史歴史学者の哲学的野心です）。

メルロ＝ポンティが言っていることは、外的な歴史は歴史ではない、歴史の中において出来事の意味をとらえよ、哲学的否定性は歴史の充実性の中においてこそ生きうる、ということでしょうか。註9にあるサルトル的な傍観の仕方、その情緒的なマルクス主義の現実性の受け止めかたでは、だめだということです。

メタ思想ともいえるノート論述ですが本質的示唆にみちあふれています。吉本さんの思想表出的な論理による問題設定・問題構成がずばぬけている言述ですが、理論構成にはなっていない言述です。わたしたちはその先の理論化へと歩みをすすめていかねばなりません。なぜ、ここを検討したのかというと、「共同幻想」なる本質閾を、歴史表出のなかにおいて生かしていかないと、意味がないからです。そのとき、〈歴史〉を歴史学者たちがなすような外在的な歴史にしたところで稚拙な傍観がなされるだけで、歴史の中に立っていくうえでは「幻想」概念が重要な意味作用をもつからです。

こうした思考が吉本さんにおいてなされていたころ、ちょうど、欧米では「新歴史主義」がフーコーの影響をうけて流布されはじめたころです。それは、稀有な資料をもってきて、対象にした歴史時期を、コンテクストではなく、co-textとして共時的に限定された資料連関においてとりだし、政治的脈絡のなかに布置するものでした。作品やある出来事を「超」高尚・至高なものとしてあつかわずに[※38]、また歴史を背景におしやらずに、その時代そのものとして扱っていくものです。吉本さんは、こうした歴史主義・新歴史主義の傾向性を排しますが、自然史としての歴史を強調しつづけます。フーコーの論理思考は評価しても、その歴史性化は拒否しているとおもいます。歴史を〈本質〉相にからませるという仕方を、わたしたちはどう継承するかです。

わたしはこれらのノートに応えていく一つの仕方を述べているのですが、構造主義的な思考は歴史を始末してしまった論理ではないということをもってです[◆25]。そしてここでいいたかったことは、意志論とは、国家・法律・宗教などを個々人の意志や性関係とともに考えてい

※38……「情況」論で、吉本さんは資本論と窓ぎわのトットちゃんとは等価だとしました。大衆文化の評価をどうしていくかの考察がなされましたが、新歴史主義ではないです。

◆25……「構造主義とは何か」という問題ですが、近代認識論にたいして新たなエピステーメの界閾を開いた言説とみなす理論転回の考察とみておくべきです。フーコー自身は構造主義者ではないと言明しましたが、構造理論が提示されたことで「歴史」への理論回路が転換されたこと、さらに社会プラチックへの考察が転換されたことが大きなことで、歴史や社会規定性をはずして恣意的なお喋りをなす文化主義の道は選択したくないものです。グレマス「構造と歴史」(プイヨン編『構造主義とは何か』みすず書房、所収)は、簡明な重要な論述です。構造主義に関する概説書は多々ありますが、ドッス『構造主義の歴史』(国文社)が概説としてまっとうです。

く〈歴史〉論であるということになりますが、歴史を〈否定性〉でみていく閾からの離脱なのですが、非常に「政治的」に難しい位置になります。しかもそれは、世界認識にかかわっていくことになります。共同幻想論は、古事記と遠野物語を対象テクストにしたわけですが、他のテクストとの「共テクスト」化をなしていないことで、歴史主義の罠に陥っていないとともに、しかし〈歴史〉の布置が初期農耕社会（部族社会・氏族社会）という単純な層に還元されてしまう危うさをもってもいるのです。注意をもってみていかねばならない点です。論稿や講演では、政治的コミット・立場がはっきりでていましたが、『共同幻想論』においてはそうした騒々しさは徹底して排除されました。そういう論理方法にたった〈歴史〉へのコミットがなされているのです。

だいぶ先走りしてしまいましたが、幻想論を意志論との関係を想定しながら読み解いていかないと、つまり〈歴史〉においてとらえていかないと、多々誤認をうみだしてしまいますので、最小限のおさえるべきところと、そこから派生していく理論閾とを示しておきました。これらをもって、幻想論へとりくんでいくことです。

3章 共同幻想／対幻想／個人幻想の関係構造

意志論を媒介にして、三つの幻想の位相関係が、それなりにはっきりとしてきました。それをさらに理論構成へとひきだしていきましょう。

意志論に現代社会規制体系をいれこまねばならない、また社会の国家化という歴史相Cを導入して統治心性・統治技術をおりこまねばならない［◆26］、ということを指摘してきました。幻想関係の水準と現実に対する水準とを、理論構成することが要されます。それは、自己が他者と関わる、他者が自己へ関わってくる、という位相を規準におくということであり、そこから自己と対象との関係、自己の自己への関係へと遡っていき、それらから共同的なものとの関わりをつかんでいくことです。

別の概念でいいますと、社会生活を規準にして、社会とは異なる国家＝共同幻想次元へいくこと、社会空間内での家族＝対幻想と個人幻想＝自己との関係へいくことという、二つの方向性での異なる次元への探究、という理論作業になります。それには、現実水準での経済関係を物質的なものとしてではなく、「幻想としての経済」として組み込んでいくことを要します。分離された幻想と経済関係との関係ではありません。よく、共同幻想の幻想だけではない、経済関係を関係づけねばならないと批判継承的にいわれますが、そのとき幻想から疎外分離された物質的経済関係が実在しているというマルクス主義的思考へ後退してしまっているのです——一九六七、八年頃の吉本さん自身がその布置に立っていましたがそれはそこから脱皮しようとする格闘的な対象としてです［※39］——。そうではない、現在時点からしてみれば、地上利害の経済諸関係

◆26……フーコーは「社会の国家化」ではない、「国家の統治性化」を明証にすることだと述べていますが、社会空間は「社会の国家化」として作用します。そこに、わたしは統治制の統治技術・統治心性を布置します。

※39……「幻想と経済的社会構成とは別個だ」という認識にたちながら、「経済的範疇というものは、かならず幻想的な範疇を生みだしていく」（⓮182頁）というように、経済的範疇を拡大して、自然的範疇としての人間が、外部の自然とかかわるときかならず幻想性・観念性を発生させる、と設定されていました。これは因果関係ではなく、相互関係としてみながら、かつその相互性を消していくという作業を要します。

を理論化した世界線での水準を「経済幻想」として組み込むこと、それが全幻想領域へのとりくみとなる意味になります。吉本さんのマルクス理解は、人間と自然との自然疎外関係を基底にして労働から経済（さらにプロレタリアート）という媒介と、人間の観念がうみだす幻想の現実性が宗教から法へそして国家へと幻想疎外されていく媒介という、その異なる系の両端から人間の社会的存在をうかびあがらせた、という識別にありました［※40］。しかしながらこの二つの系は、分離されているかぎり、社会的な歴史段階の総体の現実水準・幻想水準にとどきません。そのとき、地上利害の経済（経済的社会構成）そのもののあり方とその理論化の域とを再構成する、理論組み替えが要されるのです。その「媒介」が、「他者へのかかわり」、つまり、人・人間＝男女において経済を、主体還元せずに幻想水準と経済水準の間の構造関係として構成的に考えるということになります。そうしないと、『共同幻想論』後の、三つの幻想構造の現在的な組み立ては不可能です。他方、幻想を主体化さらには身体実体化が所有しているものへとイメージしたとき、もう幻想論は誤認されています。わかりやすさへの通俗的理解は、論理の破綻です。

　幻想を布置するにあたって吉本さんは、つねに「共同性としての人間」「集団生活をいとなみ、社会組織をつくって存在している人間」という概念のなかでは、「人間はいつも架空の存在」「共同幻想としての人間」であって、「どんな社会的な現実とも直接むすびつかない幻想性としての人間でしかありえない」（傍点引用者）と、幻想は社会的現実とは結びつかないのだ、と強調されています（⑩403）。男女の性的分業・経済的分業も、対幻想とは関係ないということでもあります。これは、幻想域の固有性をとりだすための手法です、人間の存在を経済関係や政治関係にむすびつけてとらえる仕方からの離脱です、幻想の意味するものの働きを正鵠につかみだすための視座です。しかし、人は幻想をもって実際行為し生活しています。だがそれは実際として「意味されたもの」ではありません。ここが吉本思想を踏襲していくさいに、いつも誤認されてしまい、発展・深化がなされていかない原因になってしまうところです。「意味された」幻想解釈次

※40……これは、あちこちの論述で何度もくりかえされていることですが、「自立の思想的拠点」でのルカーチ／サルトル批判に、明証に示されているのが典型です（⑨154）。

元から離脱して幻想実際を捉えるには、「祖を離れて祖に還る認識の運動」をなして、言語と事実とが密着しないことのすきまに理論生産をはかることでしかなされません。欠陥を対象にしても対象的欠陥がうみだされていくだけです。吉本言説に分け入れば分け入るほど、その幻想本質思想と現実世界との関係の重要さがうきだしてきます。しかし自覚や乖離や危惧の念をもったうえでです。

　どうしていくことなのか、それは経済も幻想だ、架空の存在だ、政治も幻想だ、架空の存在だ、商品生産の営みも政治活動の営みも、架空存在の「幻想としての人間」の営みなんだと、幻想概念を拡張して考えていくことであって、幻想概念を縮小・限界づけていくことではないのです。社会的な現実をも幻想としてとらえていくことであるのです。「観念の運動がうみだす幻想性の社会的な在り方」（⑨175）を把捉していく理論生産です。それは、ただすべて幻想に還元すればいいという粗野なことではなされません。

「国家は国家本質の内部では、宗教を起源として法と国家にまで普遍化される観念の運動のつくりあげたもの」であることから、社会の空間をも包摂して経済構成に幻想をおおいかぶせています。それを国家の「本質の内在性は、社会の経済構成の発展とは別個のもの」としてそのままに分離しておくのではなく、「巨視的な尺度のうちで対応性が成り立つ」（⑨175）とみなしていくことの理論化です。「言語本質の内部では自己表出であり、その外部本質では指示表出である」（⑨176）構造と言われている、その外部本質の国家編制として指示表出された構成を解読していくことになります。「国家本質の外部では、各時代の社会の現実的な構成にある仕方で対応して変化するもの」なのだと吉本さん自身も指摘していることですが、国家本質の内部のみが幻想論だとされてしまっています。そこが、幻想の自然過程だけでなく、幻想の歴史社会的な「転倒の課題」に直面していくことになります。

　三つの幻想は、相互に関係しあいながら、歴史的表象の体系を構成していくのです。そこに意味された編制のなかに、「意味するもの」の働きをつかみとることです。

1　幻想論の現実的拡張：幻想の統治制化

(1)共同幻想概念の拡張：〈社会幻想〉の他生成と配備

最初のころ、共同幻想論を形成していくうえで、吉本さんは「国家の共同性あるいは社会の共同性」という言い方をよくしていました。ここを、まず識別して、「国家的共同幻想」と「社会的共同幻想」として識別し、「社会幻想」なる概念を構築していかねばなりません。それは国家幻想とは次元と位相が異なるのですが、社会の国家化として非常に深く関係しているものです。そして、「社会」「社会空間」とは近代において形成・出現してきたもので、古代・前古代において「社会」なるものは存在していません。民族国家がまず近代編制されて、その枠内で「社会の国家化」[※41]がなされると同時に社会空間が画一・均質に形成されていくのです。歴史相Cにおける段階です。ところが、社会空間が構成されてくる物質的現実根拠は近代ですが、幻想根拠は古代・前古代からあるのです。日本では「葦原中国」という神話空間がそれにあたります。とまれ、吉本さんが「社会」という言表を使っているところは、注意しましょう。無意識に古代・前古代と現代とが相互変容されて考えられており、そこに考えられえていないものが潜んであるからです。

「社会幻想」とは「社会がある」と想定・設定されている幻想です。社会機関や社会制度の具体ではありません。「社会」は想像的に表出されたものです[◆27]。つまり国家へ象徴統御されえていないものが、現実界へ実際にこぼれだしている、それを想像的なものとして代理編制して、さらに実定化さえしてしまっているものです。これは十八世紀半ば、西欧において、主権・法の

※41……フーコーによる「社会の国家化」は、家政的経済から社会安全をはかる経済化への転移を史的に論じたもので、そこに「統治性」＝統治心性の論理がくみこまれていきますが、それは「国家の統治制化」としてです。統治制の一タイプが国家の出現だとする考えです。その過程から「社会の自然性」が実定化されていきます。わたしはそこを「社会の国家化」の基盤とみなします。対幻想経済から共同幻想経済への転移過程なのですが、その社会編制を照応させながら、幻想構成を読み解いていくことになります。

◆27……カストリアデス『想念が社会を創る』(法政大学出版局)やアンダーソンの『想像の共同体』(NTT出版)は、社会なるものの想像的形成を論じています。
他にも、ドンズロやラトゥールなどが論じています。

空間と市場の経済自由の空間とにおいて、その法権利と経済自由との原理がまったく違う、その間をつなぐ統治制として「社会」が自然性として出現したのです。それを明示したのはフーコーの『生政治の誕生』ですが、そのとき「社会幻想」も同時的に疎外されてきたとみなす考えを理論的につめることです。それは、統一言語＝国家語が社会交通されており（全国新聞やラジオなどのメディアを通じて、さらに学校教育の画一編制など）、その統一言語によって法的言語、オフィシャル言語交換が整備され、それが国家の共同幻想と経済社会の範疇とを対峙させてかつ協調させるのですが、その協調を実際になうのが「社会サービス制度」になります。生産物を生産するのではない「サービス」提供の世界であるのですが、経済的人間が、そこでサービス労働を代行する主体として出現します。教師や医師です、安全を保つ警察もそこにふくまれます。「社会は生産される」のです、はじめから在るものではありません。社会が生産されることで「社会の共同的心性」ないし「社会の心的共同性」が想像形成されます。それが〈社会幻想〉です。それは国家共同幻想からは異なる次元に形成・編制された、しかし「共同幻想の国家化」によって国家配備された、それを代表象する「想像的共同幻想」です、「象徴的」共同幻想ではありません。

吉本さん自身は、共同幻想に階層はないと強調されていました。社会幻想は階層ではありません。国家幻想と対等に社会幻想が構成されていかないと近代国家は国家として安定的・秩序的に存立しえないのです。ラテンアメリカでは社会づくりは一九六〇年代になされていきます。それまでは社会編制は国家的に布置されただけで社会空間を編制しきれていないのです。多様な場所があるだけで、その上に国家がのっかっているだけです。場所に手がつけられていかないのは、商品生産が浸透しない、言語市場をナショナル統一した国家語が浸透しない、交通機関が完備されない、学校・医療施設が不備といったような状態が長きにわたってあったからです［◆28］。それらを整備していくことで、社会空間をつくっていくことで、商品市場形成をなしていくことになるのです。商品の経済自由の場がつくりだされていくのです。「社会」をつくらないと商品経

◆28……グレゴリ・G・レック『トラロクの影のもとに――メキシコの村と人生』（野草社）は、小さな村に、道路ができ、商品が入ってくることで、村人の暮らしがいかに変貌していくかを明解に示しています。

済化がなされなかったのです。アジア的段階の発展＝解体の特徴といえます――それにもかかわらずバナキュラーなものが存続しえていきます［◆29］。

日本は逆に、国家語設定、学校設立、交通機関整備が、医療施設整備とともに近代で先進的になされていきます。最初に社会づくりが方向づけられ形式構成されていった。その社会空間が軍国主義において形式的実質化で均質・均一化され、国民画一市場を可能にし、戦後の高度経済成長を可能ならしめたといえます。「社会」がつくられたからなのですが、その実質化は、標準語＝国語の完備も水道の完備も一九五〇年代から六〇年代にかけてやっとなされたのです。市場の編制は、自由主義的ではなく、国家統治制として官僚的に統御されています。

つまり、世界的に「社会空間」編制は一九六〇年代のことでしかないといえます。西欧での社会理念づくりは啓蒙主義の時代にすでになされており、社会契約論が四〇〇年ぐらいかけてやっと「社会」概念の形式化をなしとげます。自由主義的な形式表象は十八世紀半ばからですが、実質化は新自由主義の段階においてもなされえず、一九六〇年代、つまりマス・コミュニケーションにおけるラジオ・テレビと自動車速度の道路網の構成によってです。アンダーソンは新聞によって想像的国家が構成されるとしていますが、ラジオ・テレビの情報装置普及によっての、画一情報の大衆化がなされてからのことで、それは端緒でしかありません。

「社会の国家化」による社会空間の編制は、厳密にしっかりと論述しなければならないことですが、ここはそれをなす場ではないのでほんの概略で述べています。それをフーコーは「国家の統治制化」という視座から、かなり詳細に講義で論述しています。それを一括的にくくりだすと、身体と人口との「生政治」とされるものです。具体的には、社会サービス制度を、道路や橋などの建造環境とともに、学校教育と医療体制・衛生体制［◆30］と交通機関・情報体制において総体的に人間を「生かす」べく編制し、そこに社会技術を統治技術として作用させて、規範・規則の監視体制を完備させ、「規範社会」を構築することで、国家の秩序が安定し、「社会を防衛

◆29……バナキュラーなものはイリイチ「バナキュラーな価値」論のあと、メキシコではアギレ・ベルトランのインディオ研究などに深化されています。Gonzalo Aguirre Beltrán, *Lenguas vernáculas su uso y desuso en la enseñanza: la experiencia de méxico* (ediciones de la casa chata, 1983)

◆30……フーコーの「医療」論は、イリイチのMedical Nemesisの医療・病院化批判を意識的に批判して論述されたものですが、わたしたちは双方をふまえて考えていくことです。

する」構造が成り立っていきます。個人身体と人口総体との双方にたいしてなされたことです【◆31】。商品経済は、社会編制なくして現実に浸透していきえません。これをわたしは制度生産による「産業的〈社会〉経済化」と概念化します。マルクスの『資本論』ではまだ出現していなかった経済編制です。それによって、「生産者の生産・再生産」が可能になり、労働主体編制がなされうるのです。都市と農村の分離などは産業編制の部分的なものでしかありません、マルクス主義的思考分析でしかないものです【◆32】。農村・都市に共通してなされる「社会空間化」が統治制として先行的に企図されているのです。

一つの国家言語交通、速度交通、身体の画一化、人口の統制（生殖・衛生）において社会空間編制がなされ、社会機関がととのい、社会幻想が画定していきます。社会幻想のなかで、国家的共同幻想、家族対幻想、個人主体幻想が、それぞれの水準で画定されていきうるということです。そして、学校幻想（教育幻想）、医療幻想（健康幻想）、移動幻想（速度幻想）といった付随幻想が、主要幻想を固定していくように作用するのです。これらは種別的幻想ですが、その種別性のなかに全体性を内在させて再生産しています（換喩的編制）。そして、「商品幻想」が、最低限のより良いものをより多くということで「社会幻想」と協調して、基盤的に確立されていくのです。商品を購入すれば社会生活は快適・便利になる、自由になるという幻想です。物質的なものはその幻想をみたさないかぎり機能しませんが――ここが国家幻想（隠喩的）と異なる換喩的幻想の特徴です（II部・6章参照）――、それは同時に転倒をともなってのこととしてです。

個人は、こうした共同幻想に参入していくわけですが、逆立してです。しかしそれはもはや桎梏としてではありません、個人への恩恵（便利・快適）として結果していくゆえ、浸透しえているのです。逆立はマイナスよりプラスに作用していくのです、社会編制がそうなっているからです。〈逆立〉は〈協調・同調〉へと転倒しています。幻想形態ゆえの構成です。現実は「現実性」へと転移されています【◆33】。そこに発生する矛盾や葛藤や欠如が、規範化において再構成されて

◆31……フーコーの「生政治」は、『知への意志』だけではなく講義録や論集とともにおさえていかないと、表層理解へ横滑りします。フーコーの精密な論述とイリイチの荒っぽい論述は、しかし、双方、意識しながら対抗的に同じ対象へとりくんでいます。わたしは、その統合的論理地平で理論構成しています。フーコーとイリイチを直接に会わせたのはフィリップ・アリエスです、アリエス自身が述べています。フーコーの社会医療史・病院史論は、イリイチへの批判からなされています。

◆32……R・ウィリアムズ『田舎と都会』（晶文社）は、その詳細な論述。

◆33……たとえば、商品生産様式は物象化された商品現実を構成して、〈資本〉の「現実の動き」をみえなくさせていき、〈資本〉を資産や資金の「現実性」へと転移させてしまいます。

処理されていきます。すると現実で発生している逆生産性（目的に反する結果）は、すべて個人が悪い、個人に原因があるとされて処置されます。成績が悪いのは個人の努力が足らないからだ、医療ミスがおきるのは個人医師のミスだ、とされ、学校自体、医療自体は問われることはないのです。幻想形態が画定しているから、実際現実は現実そのものとはみなされなくなります、転倒した「現実性」からの逸脱だとしかみなされなくなります。これが、「ラディカル独占」（他の選択余地がない）といわれる状態です。プラスの利益が五〇％以上、諸個人へまだ保障されているから幻想はたもたれていきます。利害関心は「利益主体」において「現実性」として幻想化されているのです。規範・規則に従属して受容していたほうが得だとなっています。

この社会幻想の編制を、もうすこし理論分析しましょう。

社会幻想は、商品幻想と制度幻想に支えられながら、個人幻想に同調しあっています。

国家の象徴統御からこぼれだしたもの、象徴化しえない具体的なものが社会へほうりだされています。社会はそれらをさまざまな機関や制度をもってとりこんでいきます。それが「必要だ」とされた幻想が想像的に構成されます。国家機関内で、子供の教育や病人の手当てはできないですね。法規をととのえ実行は社会へほうりだすのですが、そ

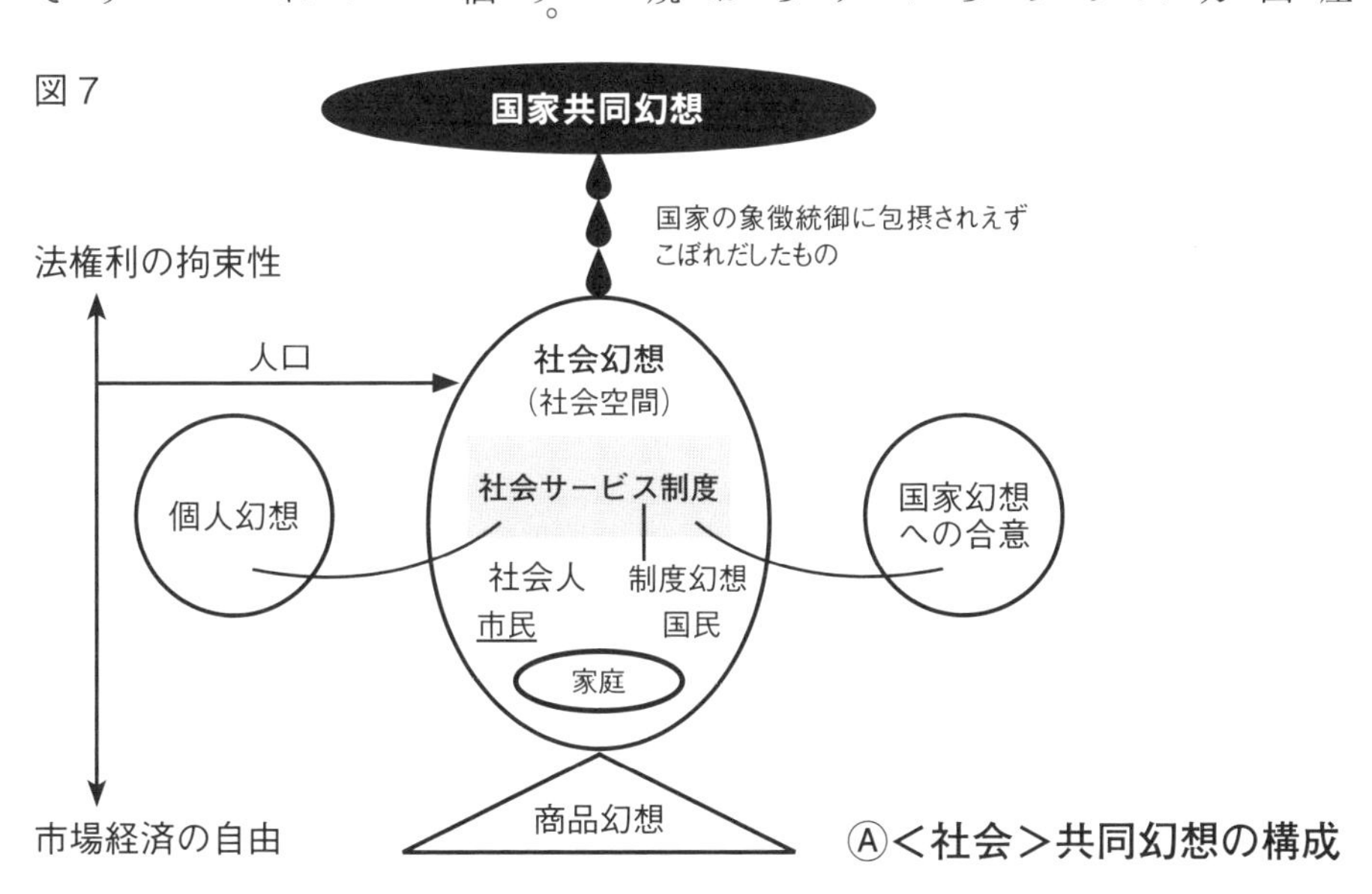

図7解説
☞フーコー的な論理からいえば、社会の国家化として社会から国家空間が疎外構成されます。しかし吉本的な論理からいえば、国家に包摂しえないものが社会空間へ放り出されるとなるのですが、発生的には宗教、法から国家の起源となるものの、この国家以前は「社会」ではありません。国家の構造的構成と生成的構成とを考察していかねばならないということです。この図は、国家的共同幻想がすでに構造的にあるとしたうえでの近代的な構成です。

こで諸個人への恩恵がなされ、共同幻想の秩序と一致するように編制されます。同時に経済過程においてなされえないことでもあるそれらが、社会空間へ疎外されます。怪我や病気は経済過程で処置できない、社会界に配備された病院で処置されます。

そうしますと、社会幻想が、国家幻想と個人幻想とを疎外しながら支えている構成編制です。国家幻想への関係は、社会空間内に「合意」として布置されます。まず、自分は日本国家に所属する日本人だとして、個人は「国民」として設定されています【◆34】。国家が求める像と自分がめざす像とが一致させられ、集団的規制が働いています。さらに個人幻想は、社会人として社会空間へ布置されます。それは住民から切り離された「市民」として布置されます。つまり、社会幻想の作用とは、諸個人を「個人化」していくのですが、それは国民／市民として人口集団化されたなかでの個人主体としてです。実際には、「社会人」として機能します。「個人化された個人」は、集団機能をはたす個人主体なのです、つまり共同幻想と個人幻想とが逆立していながら合致している存在となるのです。同時に個人化された個人は利益を求める「利益主体」です。この二つの作用は甚大なものです。国家幻想だけでは、そうなりえません。国家の社会化ではない、国家の統治性化から出現した社会の国家化です。

社会幻想とは、「社会人」の振る舞いとして「人間を統治する」技術を働かせていますが、実際には自己と他者との関係から構成される世界です。ということは、それは「性としての人間」を媒介にして成立していることを意味します。そこはどうなっているのでしょうか。

(2)社会幻想を支える対幻想の構造

男女の対は、社会関係・社会過程におかれますね、どんなにふたりがふたりだけで愛しあっていても、社会生活の場にふたりはひきだされます。それは愛を生活としてはぐくむためにも不可

◆34……近頃では、ネット上で、日本の政治や首相を批判するなら日本から出て行け、という言動が無智な人からだけでない、与太者知識人からも平然とはかれています。日本にいるなら共同秩序に従え、売国奴め、という幻想作用です。というのは実際に暴力排除はまだしえないからです。

個人の認識構造が、国家の客観的構造と合致させられる、そういう真理・知の政治がもう自然であるかのように作用しているのです。

避なことです。実際に対幻想は、社会空間に「家族」として配備されざるをえないということです。その家族は、自由意志をもって婚姻した夫婦が子どもを産み育てる場所となっています。夫婦の横軸の対幻想と親子の縦軸の対幻想からなっていますが、これは性の〈自然〉性の本質的構造でもあります。同時に、近代的な「存在」だというのは、家族が社会空間に配備されて「核家族」化され孤立させられているということです。この自然と存在との「構造」がいかに現在的に編制されているかです。

社会空間での社会生活とはなにか。それは生存していくことです、衣食住していくことです、さらに必要な規範や儀式など生活習慣をなしていくことも要されます。生活をあれほど大事にした吉本さんが、社会考察を論理化していかなかったのは、そこに噴出しているネガティブなものをあまりに感知していて、その批判性よりもポジティブな大切さを見いだしたかったからではないでしょうか。それが本質論への探究を深めかつ限界にもなっていたと思います。ですから、そこを対話で突いていくような仕方を、わたしは避けました[※42]。こちら側では分かっていた領域ですので、あえて聞いて逆撫でする必要はなかったからです。吉本さんもそのわたしの批判性にたいしては配慮されているように感じました、わたしは批判性そのものの限界はどこに出現してしまうのかを、吉本さんを媒介にして感

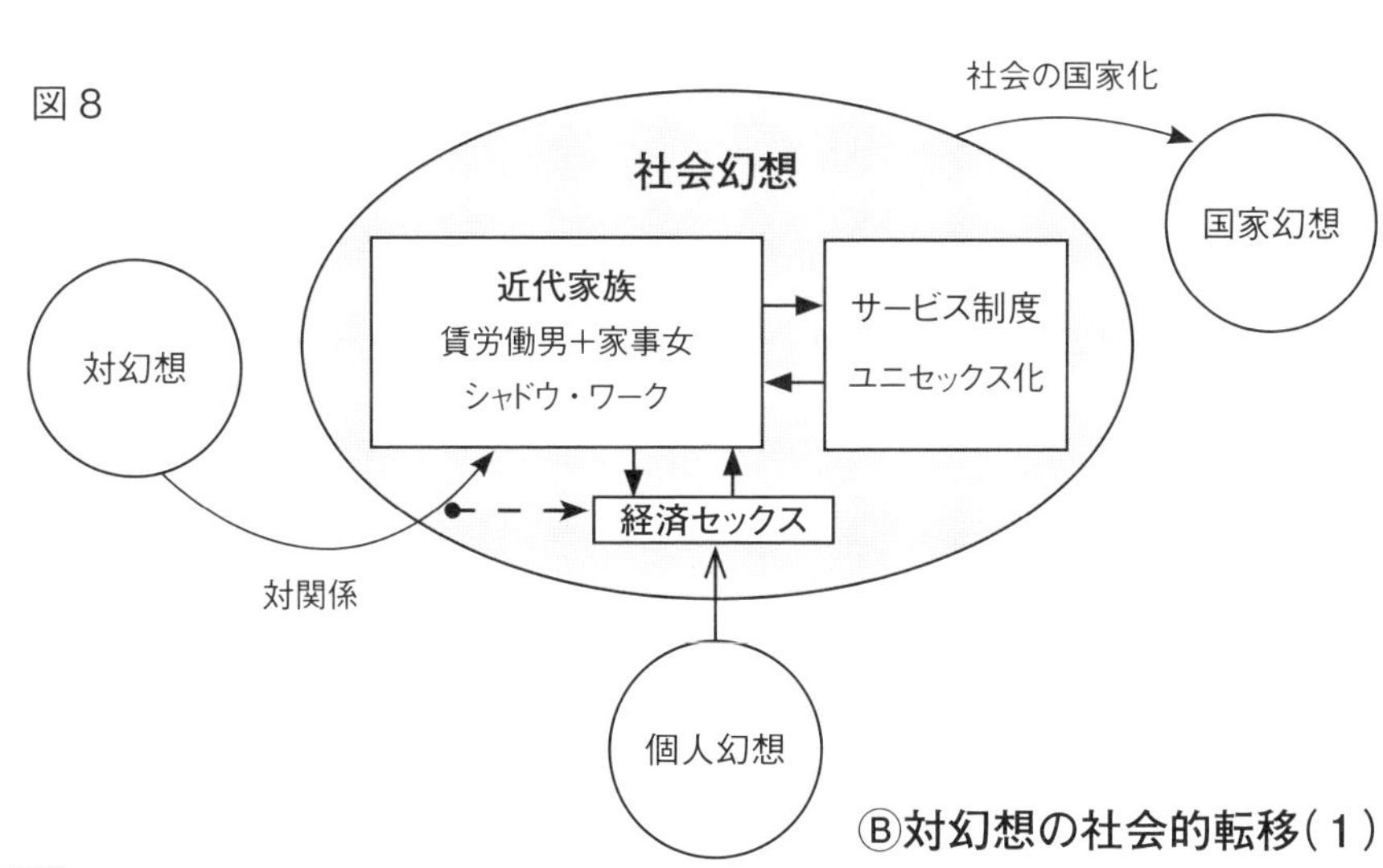

図8解説

☞「対幻想」と「社会幻想」の幻想本質の場は、まったく次元がちがうのですが、近代家族は対幻想から疎外表出されて「社会空間」＝「社会幻想」の場に布置されます、そこにねじれ、亀裂がおきてくるといえます。近代家族は、社会のサービス制度に取り囲まれ、その社会的労働の代行為者となります。また、個人は経済セックス者へと転移されていますが、それは性関係からの疎外でもあります。幻想と社会表象表出は一義対応しませんので、考察がさらに必要です。

知する方に焦点をおいていたといえます。
しかしながら批判理論を媒介にしないと幻想の理論化はなされえません。そこで「性としての人間」「男女としての人間」のこの領域は、本質論と歴史批判論とが、うまく照応するだろうとふんで、「共同幻想とジェンダー」を「アジア的ということとジェンダー」に布置させるように、対談しました。ここはマルクスをはずれることなく、マルクスがなしえなかった閾を開きうるし、性と労働との関係を問い直しうるからです。

教育批判・学校批判のなかで、それでは「子どもは何をしているのか」が残された問題でした。そこに「シャドウ・ワーク」概念が登場したのです。イリイチからわたしに送られてきたその論稿は、短いものでしたが、最初は読んで何のことなのかはっきりわかりませんでした。そこでその頃ちょうど立教大学で非常勤講師を依頼されてやっていましたので、学生とのゼミで読み解いていく作業をしました。それが基盤になって後に玉野井芳郎さんによる翻訳本になっていきます[◆35]。論理をわたしが説かなければわからなかったと思います、それほど既存の社会労働概念をひっくり返したものです。それから、ほんのしばらくして「バナキュラー・ジェンダー」なる草稿が送られてきて、それでわたしなりにすっきりしましたが、吉本さんの「対幻想」規準がなければ、世界的に出現したような誤認にしかならなかったと思います。吉本さんも山本だけの読み方だと言われていますが、マルクス/吉本をもってこなければ、論理はずれていくからです。日本における「ジェンダー」へのフェミニズムによる情緒的な倫理的・道徳的非難は、その典型でした。サービス制度批判の理論限界を社会的賃労働論の限界とともにいかに脱出するか、また背後に剰余価値生産の条件と近代家族の社会史研究、そして対幻想の歴史表出相をみていかないと見誤るだけです。

サービス労働の対象である生徒・患者・通勤者は何をなしているかです。それはサービス消費行為をなしていると消費次元でみなされていたにすぎませんでした。それが「シャドウ・ワー

※42……『性・労働・婚姻の噴流』(新評論)に所収の「〈アジア的ということ〉と〈対幻想〉」。Ⓐに再録。

◆35……イリイチ『シャドウ・ワーク』『ジェンダー』(共に岩波書店)。

ク」という支払われない労働、賃労働につくための労働形態であると転移されたのです。これは、ホモ・エコノミクスの無規定的な内的論理をさらにサービス闘で出現させた論理といえます。わたしはさらにブルデューをもって「生産者を生産・再生産」する自己労働であると、そこを重ねました。しかし賃金はもらえない、逆に自分でお金を払っているという転倒現象が編制されている、それはいったなぜなのか、そこにこれらのサービス消費労働と形態がちがいながらもっと本質的な「家事労働」が「女の労働」として「シャドウ・ワーク」として設定されたのです。社会内部どころか、対の家庭内部へ閉じ込められていく労働です。そうしますと、男が家庭の外で賃労働し、女が家のなかで家事労働している、その「性としての人間」の労働形態であるということです。女だけが子どもを産むというエンゲルスの性分業ではありません。これは、社会的労働形態として「賃労働＋シャドウ・ワーク」として社会編制されているという、家庭に内的構造化されていながら同時に社会の共同性に外的編制されているものだと解析されました。しかも、性関係を労働関係へ転化しているのです。家庭において、愛情の行為として、疲れて帰ってきた夫に家事労働して翌日元気に会社・工場へ送り出し、子どもを育てて社会的労働者になっていくように世話している、「生産者の生産・再生産」がシャドウ・ワークによってなされている、それが全社会労働の半分以上を占めているということが判明しました。剰余価値生産は、生産労働の局面だけでなされていない、サービス労働の次元でもなされているということです。吉本さんは第三次産業の肥大化という指摘で止めています。その先は山本がやれといっておりますように、わたしはイリイチをふまえイリイチだけではなされない闘を明示しています。マルクスとかさねてのこれはいずれ、常識になっていくことです［▼7］。

　そうしますと、社会サービス制度の生産形態は、個人をまた男女を単一の「ユニセックス人間」に形成することです。家庭科や保健などで男女生徒のちがいが部分的になされていても、それはセックス主体への分割であってジェンダーなきgenderess セックス化です。しかもこのユニ

▼7……拙書『消費のメタファー：男女の政治経済批判』（冬樹社）、『イバン・イリイチ』『物象化論と資本パワー』（共にEHESC出版局）。二〇一五年五月にやっとShadow WorkがCraig Lambertによって記されましたが、まだ理論的ではありません。

セックス化は経済主体人間としての育成ですから「経済セックス」化されているということです。経済的自由が、社会的自由の場へと転移された状態でもあります。これは、フーコーのセクシュアリテからセックスが離床したということをふまえての論理化になっています。その経済局面を指示した概念なのですが、社会本質的です。なぜなら「経済セックス」というのは「性としての人間」の変容を基軸においている思考概念であるからです。それは他者への関係の仕方（性関係）を包含しているからです。サービス対象は、人間＝他者ですから。そして、経済セックス主体は、賃労働男と家事女とへ社会編制されて近代家族内へと閉じ込められます。それが、対幻想のもとで経済構成されている様態で、家庭内では性主体／労働主体／シャドウ・ワーク主体が、経済セックス（欲望の主体化をふくめます）において社会編制されて、対幻想が社会の共同性へと連鎖されているのです。これは、対幻想の崩壊・解体だとはいいえません。半分はそうかもしれませんが、対幻想が崩壊・解体したなら家庭は崩れますから、それが家庭維持（ハウスホールド）されている、といえるのではないでしょうか。また女のシャドウ・ワークが「母・妻」の幻想において機能しえている、そこは収奪されていようとも幻想でかろうじてもちえているといえるのではないでしょうか。「対幻想の経済セックス化」が編制されているのです。これが「対幻想の統治制化」の本質相です。その基盤に作用している「対幻想の統治性化」は、社会幻想を対的な対象にすることです。

離婚や家庭崩壊という社会実状をふまえて、わたしは「対関係」という概念を対幻想とペアで使っていかないと本質層と社会・歴史相との接点がみつからないと考えました。対関係は、「対の共同意志」が「対の意志」を上回った関係様態です。セックス化された対の関係意志ですが、根源にはジェンダー規制が文化的にありえます。ジェンダーをセックスに転化するのも対関係の作用です。性存在の社会化です。

近代家族の構造を解き明かさないかぎり、対幻想は愛の閾からでていきません。また古代神話的には、共同体と共同体との婚姻関係が説明できません。対幻想と対関係をつないでいるのが「婚姻」です。婚姻は家族の次元とは異なります。婿入り婚から嫁入り婚への転移が、ジェンダーからセックスへの歴史転移の文化本質構造としてあるということになります。

そして対幻想は共同幻想とは逆立しないと思想的に示唆されていた、その根拠を対幻想が（経済セックス化され）近代家族とサービス制度の相互構成によって社会幻想へ拡大されて、国家幻想を再生産すると、理論的に明示できたとおもいます。さらに対幻想を媒介に共同幻想が構成・支持され、逆立していくことも明示しえたとおもいます。そのさらなる初源本質は、古事記と共同幻想の章であらためて解読します。

(3) 個人幻想の構造

それでは個人幻想の位相はどう理論化していけばいいのでしょうか？　それは主体化と関与するるのですが、それでは本質論からぶれていってしまいます。ここはいちばん考えつづけた領域になりました。日本の主体論は意志を始末していないものだと、吉本さんは高く評価していますが、わたしは主体論が個人幻想の存在を一番見えなくさせているとおもわれるので、評価しません。

社会幻想への参入において市民として個人化=集団化され、経済的には「経済セックス」に個人化されるということはみてきましたが、「個人化」という社会転移の諸相がそこに起きています。個人意志において参入しているのですが、バウマンが指摘したように「液状化された個人」【◆36】となって社会過程的に疎外されています。しかし、不満や不足を感じながらも個人はそれなりに元気です、消費自由と社会保障が一定程度なされているからです。自由が幻想であろうとも、自由だと感じている部分は確実にあります。従属であれ自発的になしている主体的従属の〈自由〉です。

個人幻想は、逆立した関係におかれようとも自分としてどこで存立しえているのでしょうか？

◆36……バウマンは、あらゆる局面で液状化がおきているという論述を拡大させています。『リキッド・モダニティ』（大月書店）をはじめ、liquid fear、liquid loveなどと。

個人の転倒と自律あるいは自立、それを相反的に可能にしているものはいったいなんなのでしょうか？　自律性として、「歩く・癒す・学ぶ」という行為があることは最初から了解できていたことですが、それは幻想領域ではありません。心的には感覚ですが、その疎外域はどう考えたならよいのでしょうか？　吉本さんは異常ということ、病的ということから、その疎外域から心的現象を考察しています。ここは、自分の自分に対する関係の次元ですが、わたしは、自分が意志でもって動かしうる自分の閾と意志でもってはどうしようも動かしがたい自分の閾があることに気づき、前者を「自己」、後者を「非自己」として、「自分＝自己＋非自己」として概念図式化しました。個人幻想は、自己と非自己との関係から疎外表出される幻想域であるとみなしたのです。

この非自己は、生理的身体における感官から疎外表出されるもので、三木成夫の内臓系にあたるものです。体壁系が自己に属します。内臓系・体壁系が絡まっているように自己・非自己は絡まっています。そして非自己の自己へのかかわりに自己技術が働かせられているとなります。自己は非自己に働かせることはできません、そういう疎外関係が構成されています。生命身体的には免疫が非自己作用になります［◆37］。そういう関係構成があって、そのうえで、個人幻想が設定されますと、個人幻想に非自己なる自己イメージを設定できま

図９

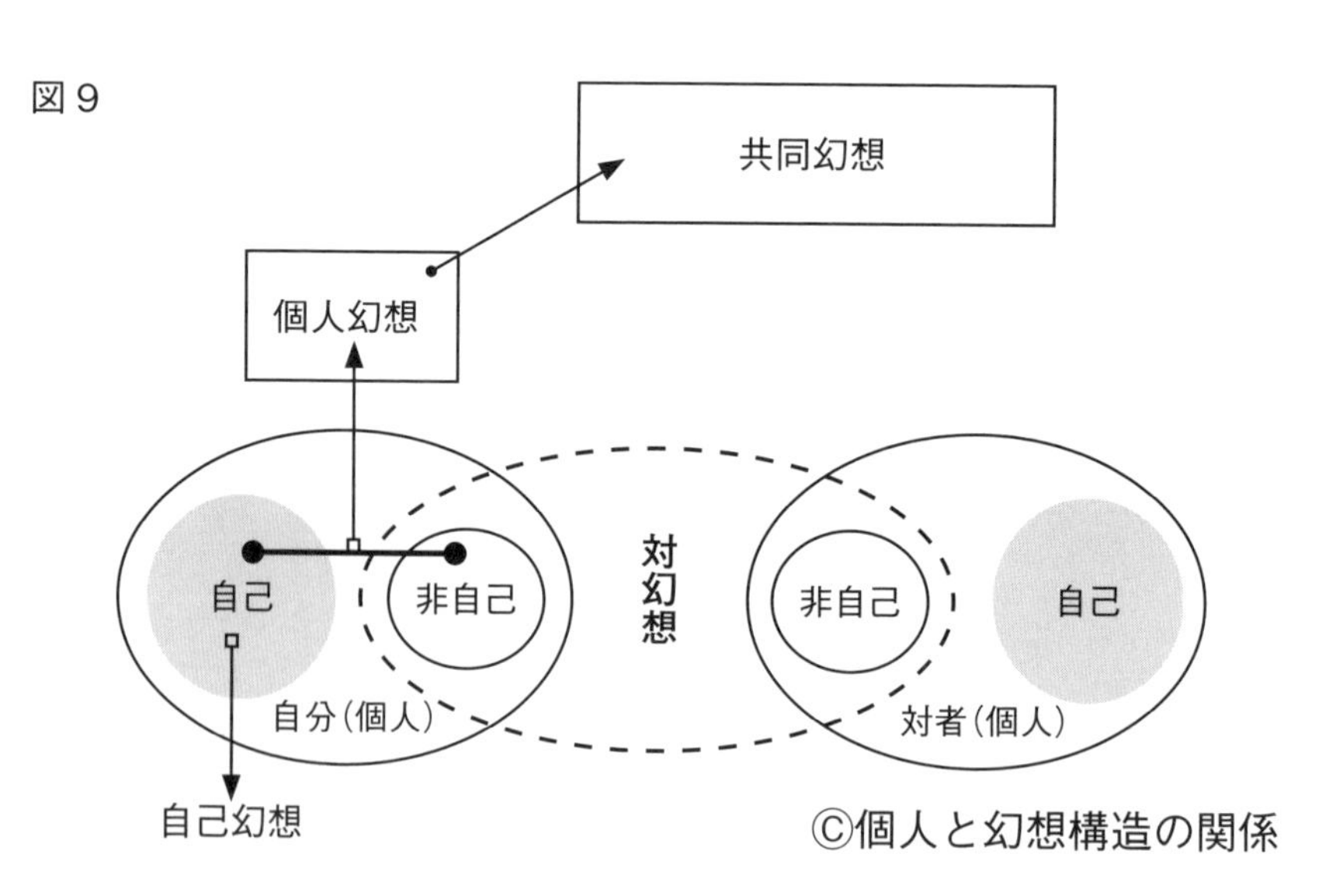

図9解説

☞生成的には、対幻想の方が実線で、個人の方が点線に表象されうるのですが、近代個人が実定化されていると、逆に想定されます。<生成>と<構造>とが、反転するということが、これから示されえていくのですが、<個体的なもの>の表出は、史的にも複雑です。心的な形成と幻想的形成とはからんでもきます。ⒶⒷⒸの図は、問題提起的であるものです。

す。小説はその非自己を物語人称において自分表象し叙述表現が可能になるという表現技術です。分人になったり、多層の人物や人格が表出されます。そもそも「自己」自体も多元的・多層的であって一元化しえないものですが、しかしながら、その幻想内の非自己は主体的には動かしえない、述語的にしか動かないということです。そこが、妄想という閾として表出されることになります。自己表出とは自己と非自己の多元的関係から表出されるもので、指示表出とは自己・非自己関係が対象との関係から一義性へむけて表出されるものだとなります。そして、対幻想は、自分の非自己と対者の非自己との共有域に疎外表出構成されるもので、対関係とは自分の自己と対者の自己とが関係しあう対の意志となります（81頁参照）。更に、共同幻想とは、自分から非自己閾が捨象されて、自己の共同意志として逆立している、それはつまり非自己作用が容認されないからであり、幻想としてしか参与していないためです。非自己が疎外捨象されることで、共同幻想と個人幻想は合致します。非自己域が消滅して共同幻想にとってかわられる、といってもいいです。

世間で、とくに役人などがそうですが、規範や規則だけでものごとをすすめていく人間の冷たさを、多々経験されるとおもいますが、それは対幻想の喪失と同時に、個人幻想のなかで非自己の作用を共同幻想の代行人へと転移させている姿です。ですから対者の事情をいっさい無視して、まじめに正しいことだけを遂行します。規則に合った正しいことですから平然としてそうします。こちらが、かんべんしろよ、という感情をもつのは、こちらの非自己が不快としてかんじているからですし、やってられねえとなるのは、それを自己の意志へとずらして、さらに非自己と自己を同時作用させて「怒る」表現となります。個人間の疎外関係がおきるのは、個人幻想が対立しているのではなく、非自己の相互関係が遮断されたことでおきています。

わたしはこの非自己の大きさを、心的現象論、そしてフーコーの『狂気の歴史』から抽出しました。それを「非自己の述語意志」と設定しますと、言語の述語制の構造がみえてきたのです。

◆37……多田富雄『免疫・「自己」と「非自己」の科学』（NHKブックス）、『免疫の意味論』（青土社）。

文法的な類縁性を哲学にもちこんだのではありません。言語は文法とは次元を異にする「表出」です。

　自己関係づけと自己抽象化の結びつきが「言語」なのだと「幻想としての人間」で述べられていましたが、その結びつきは述語制言語表出によってなされるのです。その根源にある空間化と時間化、それは自己と非自己の述語関係の意志からなされているということになります。のちに述べます「前言語段階」で規定されてしまっているものとおもえます。

　自分とは、外面や内面をもった、本音や建て前のあいだで、自己を多様に表出している存在であり、また公的自己や私的自己へと分断される社会的な自分でもあります。それを、一義的・一元的な自己であるように強いて来る社会幻想であるということではないでしょうか。

(4)まとめ：幻想と社会空間との構成

　以上で、共同幻想／対幻想／個人幻想の関係を深めていく、理論装置が設定されました。それは生理的身体と幻想との境目をさぐることにおいて、双方を考慮にいれていかねばならないということであり、その生理的身体はさらに歴史社会の相では社会的身体［◆38］として疎外されますから、社会的身体と幻想との境目をかんがえていくということになります。つまり、個人化された身体は、生理的身体と社会身体との裂け目において、個人幻想・対幻想・共同幻想を疎外していくのですが［※43］、その媒介に「社会空間」が歴史的に編制されていることにおいてその規制をうけて「社会幻想」へ布置されます。

　国家に対して外部的でありかつ内部的でもある複合的な関係にある「社会」が、条件でありかつ最終的な目標として、近代国家のなかに統治空間として形成されます。国家の存在は、フーコー的に言いますと、統治の行使を直接的になしていくうえで、最適条件における統治プラチッ

◆38……社会的身体論は多々ありますが、Chris Shilling による考察がもっとも優れているとおもいます。

※43……生理的身体に対応する幻想は、「健康幻想」「医療幻想」といったもの、社会的身体に対応する幻想は、「従順な身体」という幻想ですが、さらにジェンダーがセックス化された幻想が構成されます。そして「やせた曲線」というような生理的身体であると同時に社会的身体（ファッションへ）という共時性が構成されます。

「健康な身体」という幻想は、個人幻想であるだけでなく、共同世界・社会世界がもとめる身体ともなっており、性関係においても要求されます。そして、医療幻想、衛生幻想と換喩的に連鎖されていくのです。社会も健康であるということ、傷害がおきないように衛生として防衛するというように、監視さらに排除と構成連鎖されていくのです。悪しきものは前もって芽をつまんでおくということで、教育幻想にも連鎖していきます。

　こうした身体幻想は、商品生産の対象ともなっていきます。

クを最大化して効果をあげるべく、「社会」を最小限のコストで最大限に統治するのですが、統治は自らの存在を社会にたいして正統化すべく、国家と市民社会の区別を設けて、統治に社会が有用であり、可能であり、必要であると構成しています。統治しすぎないようにして、統治の効果をだすことが、社会空間の設定によって可能になっています。そのとき、国家の共同幻想の原理に即しながら、しかしそれとは別の次元で、別の生活プラチックに即した共同的な幻想を配備します、それが「社会幻想」です。「社会」は画一的で均質な空間ですが、そのなかには種別的な諸制度が多様に分割されて配備され、一つの国家ビジョン・国家幻想を支えていくのです。つまり、社会空間のなかで社会人は、利害関心を実現できる諸個人として、規則・規範に自発的に従いながら——自分を集団化しながら——、自らの安全・安楽をはかっていくことが可能になるように配置されています。

対幻想・性関係が個人化を疎外してかつ社会的労働形態をひきうけて「経済セックス」者＝ユニセックスとなって、家族生活と社会生活とを同時にいとなみうる「社会人」となります。社会人は、社会幻想と社会労働とを経済セックス者としていとなむ存在ですが、性関係から疎外された存在です。社会空間は、対幻想からの共同幻想の疎外過程において、歴史的存在として、労働と幻想の関係から出現したものですが、国家の統治技術において、人間＝社会人を導くための、人間の振る舞いを指導する処置が可能になっている空間です、つまり共同的な幻想に自発的に従う「振る舞い」を指導しえる場です。欲望を主体化し、労働を主体化し、規範・規則に逆らうこと無く道徳的に順応していけば生活が保障され、安全であることが、個人化されて、家族空間での営みと社会空間での営みとを合致させる統治アートが合目的性と効果的な手段の合理性をもって編制されています。幻想とは、そうした統治の次元をこえて、人々が巻き込まれたり束縛されたりすることが、有用で必要なものだとなしうる働きを自然化している布置にあります。従い、受け入れ、依存することで、利が実際にえられるのです。

1＝社会幻想のなかに、2＝経済セックス（性関係と社会的労働）と、3＝非自己の概念関係（性関係と個人）、が組み込まれています。これらの概念によって、幻想域そのものを見直していく可能領域をひらいていけます（Ⅲ部を参照）。1、2、3の幻想次元を識別しながら、かつ相互関係を考えていくことができます。それを幻想だけ切り離していたのでは、理論構成とはなりえません。吉本さん自身によってもそうではないと最初から問題設定されていたことです。生理的身体だけを考える自然科学、社会的身体だけを考える社会科学、そして幻想域を矮小化して人間だけを考える人文科学、それらの境目を考えていくのだということが、理論基礎設定されます。しかし、そこは、もうフーコー、ブルデュー、イリイチらをふまえた山本理論の領域ですが、吉本思想をふまえて、かつ他の理論成果をふまえて構成したものです。「第三次産業が社会産業の中心に移り、その産業の中心を担う民衆が中流意識をもち、社会構成の七〇～八〇％を占めるようになった現状を、どう理解すべきかという問題が、全体的に未知」（『世界認識の臨界へ』一九九三年）と吉本さんが「未知」としたことへの明示です。わたしには「未知」ではありません。吉本質論をふまえて歴史的現存性の「社会幻想」界を示したものです。幻想域と社会域とはねじれます。単純対応にはなっていません。図示では単純化されていますが、そこから考えてください。資本主義の変貌の現在です。普遍思想を、普遍理論として理論生産することは、本質論をふまえて歴史的規定性を構成することです。そこに歴史段階で解決せねばならぬことを、本質規定のもとで開示していくことです。吉本主義にならないで、吉本思想を活かしていくとは、そういう作業をなすことです。

2　幻想関係の理論的な定位と国家論批判の地平

国家の配備が、幻想の配備として歴史的・社会的な諸関係のなかでどうなっているのかは、1

で示した通りです。幻想に、規制関係が現実的・実際的にはからんできますので、事態は複雑になっていますが、本質そのものにはかわりありません。つまり本質の相と歴史的現存の相とがいかに相互関係しているのか、幻想間の関係を方法的に設定してつかんできました。

批判論理的には、

(A) ①共同幻想と個人幻想の逆立⬇〈社会幻想〉の疎外構成
②対幻想と共同幻想のずれ⬇〈経済セックス〉の疎外構成
③個人幻想と対幻想の逆立⬇〈非自己〉関係による疎外構成

という〈逆立〉〈ずれ〉をはっきりさせる事です。さらに、①②③が相互にからみあいます。

肯定論理的には、

(B) 1共同幻想と個人幻想の均衡（多元的均衡）
2対幻想と共同幻想の不可侵
3対幻想と個人幻想の合致

という可能条件を探っていくことです。さらに、1 2 3が相互にからみあいます。

くわえて、理論的＝実際的には、

(C) ❶共同幻想〈間〉の関係
❷対幻想〈間〉の関係
❸個人幻想〈間〉の関係

という局面が出現してきます。これらを、組み込んでいくことが、共同幻想国家論としては要請されていくものになるのです。❶❷❸がからみあうのはいうまでもありません。

そして、(A)(B)(C)の次元が相互にからんで、構造化されていくことになります。

これらの関係構造の一般理論化は意味がありません（つまらぬ機能主義の整序にしかならない）。社会界および諸制度それぞれの種差的な局面において幻想関係を考察し、考えられえていない閾を明証化していくことです。機能論とは、考えられて意味されたすでにあるものを整序していくもので、考えられえていない意味するものを探るのは機能論ではありません。ここも吉本さんの機能論批判を誤認してはならないところです。

そして移行として、ある共同幻想から次の共同幻想への飛躍と前の構成要素にたいする蹴落としがなされるということです。移行においては、幻想と意志との構造的分離が起き、新たな統治的な関係構成になっていき、幻想間の位相が異なる断絶、非連続がなされ、そこに「軋み」が倫理的に派生しながら、高度な段階へ飛躍するということです。幻想の統治制化を歴史移行のなかの他生成的な諸要素とともに解析していくことが可能になります。『共同幻想論』は、その本質展開を語っており、それをわたしたちは「幻想の統治制化」に配備して、国家のあり様の解明に適用していくことができます。

(1)安易な国家批判のインフレにたいして

国家は邪悪な意志によって操作されているため、特定の者たちが自らの利益を公的利益だと偽って、民衆を騙し、秘密仕掛けでもって権力の座を守り、危うくなったなら暴力で制圧して存続させている、という「陰謀幻想」（ブルデュー）が国家批判として一般化しています。それは、国家を作り代行している者たちが権力を所有して物事を行使しているという考え方です。それは古典的な（ホッブズ、ロック）論理の繰り返しであって、「国家は統治された者たちに与える」という定義によって、国家は共通財に奉仕するようデザインされた諸制度であり、人々の財に奉仕する政府である、という主要な信仰に沿ったものです。デュルケームにいたると、国家は論理的統合と道徳的統合とを構成しているとされ、マルクス主義にいたると、国家権力を所有する階級が、階級利害対立の調整のために権力を行使して自己利益を確保すべく、民衆を支配・抑圧・搾取している強制装置とされます。フーコーは、こうした数々の「国家嫌悪」は、国家の何ごとも論じていないと指摘し、ブルデューは国家機能の部分が安易な思考で安易に述べられているだけで、国家の存在はなんら問われていないと指摘します。

つまり国家にたいする批判は、国家なるものの内実がなんら論議・吟味されずに安易に「反」の思い込みと気分とで大上段から「否定」されて、その負の機能が述べられているだけでしかない。機能のメカニズムがいかに働いており、代行為者たちが何においてどの場でいかに闘争しているかも明証にされていないで、「悪の国家」「国家悪」だと表象機能批判されます。

国家が何も解明されていない、国家は本質ではない、力の出どころではない、国家に実体はない、という見解から国家の新たな考察が、フーコー、ブルデューによって、七八年頃から九〇年頃にかけて開示されていったのですが、吉本さんによってはすでに六〇年代後半に国家批判への批判が展開されていました。そこでの適確な示唆と、まだ旧来の図式に引きずられたところが混在していますが、共同幻想の幻想概念の出現によって、国家批判・国家論の限界をつきぬけようとしていたのです。そこを概略、おさらいしておきます。

(2)吉本見解で述べられた国家論の思想的基準

一九六〇年代、共同幻想論が叙述された前後の吉本さんの「政治思想」論において、国家論への言及が多々なされていました。国家論が焦眉の課題だ、国家は共同幻想だという強調です。それは、主にモルガンの古代社会論からエンゲルスに受け継がれてレーニンへ結実していくマルクス主義的国家論への批判が軸になって、そこから派生しているさまざまな日本の論者たちの「国家論」のなさ、その転倒や不徹底さへの批判から、「幻想としての国家」の本質を定位していく論述となっています。しかし、吉本さんによって固有の国家論が構成展開されているわけではありません。国家論に幻想性が考慮されていないことへの批判が、言語思想の特質から指摘され、政治理論の問題がいかなる閾にあるかを明示しています。そこには理論的設定において、国家論として不適切なものがいかなる要素構成からなっているかが示されており、こちらが国家論を構成していくうえで陥ってはならない水準が適確に示されています。

(i) エンゲルス国家論

各種産業の利益をまもるための「共同の官制」が組織されると、それ自体で「公的に独立した権力をふるう集団機能」に転化する、という考えがエンゲルスにはつらぬかれている。エンゲルスは「職能的な共同制が、そのまま国家的な規模に拡大されたものを国家としているにすぎない。」職能的共同制は国家ではない、という問題です。さらに彼が「家族／婚姻形態を媒介にしないと国家は起源・発生しないと考えたとき」に、経済的な性的分業を設定した、そして性関係を経済社会的カテゴリーでとらえた。そこを吉本さんは「対幻想」に転化してとらえ返します。原始集団婚から国家の発生を説くエンゲルスへの批判は何度も繰り返されて論述されており、それにかわって性・家族の「対幻想」の拡張的転移として国家の発生・初源をつかむことが吉本さんから強調されました。エンゲルスの欠陥は、原始集団婚を設定したこと、母系制で女のみがはっきりした親で誰が父親かわからないとしたこと、男性の嫉妬から開放されたとしたこと、つまり対幻想／家族の性格づけがまちがったということにあります。

しかしながら、国家発生にとって、家族／性から解明していくというエンゲルスの仕方を、吉本さんは本質次元において踏襲し、エンゲルスを逆転させて、語られえていない「対幻想」から国家生成を示す回路を開いたのです。

(ii) レーニン国家論

国家意志を国家機関に同一視してしまったのがレーニンだ、そこから国家権力を階級独裁と転化し、そのプロレタリアートの独裁を前衛党の独裁にきりかえてしまい、また生産手段の社会的所有を国家所有に転化してしまうことがなされた。

「階級」概念が理念として生命をふきこまれるためには、「現実にたいする水準と幻想性にたいする水準とがはっきりと確定されていなければならない」(「カール・マルクス」、⑨157)ということです。「幻想性あるいは観念性という概念から階級というものの概念に近づく」(「自立的思想の形成について」、⑭189頁)ことだ、と吉本さんは主張します。幻想と階級との関係が問題になる点ですが[◆39]、階級概念を明証にして定義づけることではない。幻想が、階級間によって異なるものではない次元で構成されている水準をつかむことです。レーニンの「国家権力」という無意味な実際にはありえない概念、国家機関に集中化された権力から物事が派生してなされていくというまちがった考え方にたいして、幻想が権力諸関係によって統治を働かせているあり方をつかんでいく次元を切り開いていくことです。

(iii) 天皇制近代国家:講座派と労農派

明治維新の天皇制絶対主義にたいして、講座派は、ブルジョアジーの興隆とともに、地主とブルジョアジーの両端の利益を代表するものに転移し、それ自体が「絶対主義としての独立性を保ちつづけた権力」と定義づけ、労農派は、ブルジョアジーの興隆とともに遺制をのこしながらも「ブルジョアジー国家権力」に転化されたとみなした(「自立の思想的拠点」、⑨162)。しかし、この「日本資本主義論争」は、「国家権力の性格を、経済社会構成と対比させようとする点で一致」したものでしかない、「致命的欠陥」をもったものだ、とするのが吉本さんの立場です。国家を「社会的国家」としたもので、それは「国家そのものではない」というのです。そして、そ

◆39……ブルデューは、幻想ではありませんが、いかなる絵画・音楽を好むかという「趣味判断」が階層間によって異なる関係に区分されることを把捉しました。同じ階級内でも区分される実際です。それは「感覚」の社会プラチックの編制ですが、文化要素をとりこんだ重要な考察です。『ディスタンクシオン』(藤原書店)、『美術愛好』(木鐸社)。

の「社会的国家」はそのまま「政治的国家」と等記号でつながれた、と批判します（⑨163）。「近代日本の経済社会の構造」をあきらかにはしたが「天皇制国家の本質」はなんらあきらかにされていない。それはロシア・マルクス主義の、経済社会構成を階級的な構成と考え、その階級的構成の上層が占める国家権力を想定し、これを国家そのものの本質とみなす、誤りにあるとなります（⑨163）。

政治国家、社会国家を区別すること、社会国家は国家ではないという問題になります。

しかしながら、社会の国家化が、国家の統治制化によって配備され、「社会」なくして国家の存立がありえなくなっていく、「社会」の自然性の出現と現存性は明証に位置づけていかなくてはなりません。

(iv) 社会機能的国家論

「社会的共同機能」の国家的な規模を国家と考えちがいしたもの。社会的機能の範囲で考えるかぎり、〈国家〉そのものは問題にふくまれず、それは拡大した職能共同体の問題があるだけ。「社会的機能としての共同体という権限を超えたところで、はじめて国家としての本質を結」ぶ（⑨172）。

社会的共同機能は、国家ではないという問題ですが、それは「国家」が社会からは疎外されて、外部へ配備されているということです。そのうえで、国家は自らの存続に不可避の物事を、社会へ配備していることを見落としてはなりません。

これらの思想的に論述された国家論への見方は、論点のいくつかを示してはきましたが、さらに理論的に転移すると以下のようになります。基本には、マルクス主義的な、国家・国家権力が民衆を支配・抑圧・搾取する、国家・意識は社会経済的な生産様式で決定される、生産様式が変われば国家・意識はかわる、国家権力は支配階級が占有・独裁する、という見解は無効だということの、その先です。

❖国家の本質：幻想を幻想の共同性の意識として表出するという人間のみに特有な幻想性の発展の仕方。はじめに自然宗教として発生した人間に固有な幻想の表出法が、やがて法をさまざまな家族や血族の慣習的な「掟」としてつくりだし、国家にまで貫徹されるという幻想の表出法の共同性（ここからの理論課題は、「法」「掟」を、司法学的なタームで考えるのではない、法理論ではない幻想の統治制として配備することです）。

❖社会国家と政治国家の識別：社会的国家は〈国家〉そのものではない。社会的国家の概念からは天皇族は大土地・財産の所有者であり、その所有の程度に応じて社会的権力をもっているとされ、政治的国家の概念からは古代以来の宗教と法の理念を綜合する権力を意味する（ここからの理論課題は、政治国家（なるもの）は幻想権力を内在しているとふまえつつ、しかし「政治国家」「社会国家」というあいまいな概念は消し去ること。幻想統治と権力関係の働きとの関係において配備すること）。

❖国家権力の布置：社会的国家に公的権力は存在しない。法によって政治国家と社会国家とが二重化されるとき、国家は権力をもつ（はたしてそうでしょうか？　社会国家（なるもの）の外部に国家は編制される。ここは、国家と権力の関係として吟味を要するところですので、本書の思考過程で探っていきますが、社会空間に社会の国家化の場を転移的に想定します、社会が国家配備されていく閾です）。

❖天皇制近代国家の特有性：宗教・法・国家の古代から累積された強力を保有することでもちうる権力性を国家本質内の本質としてもっている。近代思想として思想的強力でありえた天皇制国家の理念権力としての強大さと特殊さにある（⑨164）。

❖法国家本質：現実の生活と幻想の生活とが法によって対立する。

これらが、思想的指標となります。「国家の実体構造」をはっきりさせるという問題意識が吉本さんにはあるため、こうした「政治国家」「社会国家」という国家を分節化させた図式や、「公的権力」「理念権力」と権力を実体ではないとしながらも実態機能的に設定してしまう権力図式を、「幻想」観点から解体再構成していくことが要されます。その「実体構造」が、「法」の機能として配置されてしまいます、この「法」の図式からも脱出しないとなりません。つまり、国家図式、権力図式、法図式を脱出したのが、共同幻想／対幻想／個人幻想の関係構造として配備された、幻想の統治制化の問題化であるのです。つまり、国家は幻想を配備し、幻想の自然性に立脚して、幻想を統治制化して、社会の諸制度の社会空間で機能させて、国家の統治制化を「共同幻想の国家化」として編制してきたのです。

(3)吉本規定とその課題

ここで、吉本本質幻想論から開示されうる「共同幻想国家」を正鵠に問題化していくために、吉本規定の水準を再確認しておきます。

❖〈国家〉は、社会の共同性が、法によって政治的国家、いいかえれば職能的な機能を超え、これと矛盾する法的理念として結晶したときはじめて〈国家〉とよばれる（⑨１７３）。家族的な血縁でない構成員によって結ばれた共同体に転化したとき、それを国家という（「国家論」、⓮３４０頁）。

❖〈国家〉とそれに先行する国家、つまり「宗教・法・国家」は、その本質の内部では社会の生産の様式の発展史とは関係がない。それはそれ自体の発展の様式をもっている「幻想の共同性の発展」である。幻想的な疎外の特殊性から一般性への発展である。その本質の外部で、社会の経済的な構成と、無数の環によって対応させて考察ができる（⑨１７３）。

❖法・国家は、人間の観念が無限の自己としてうみだした宗教が、個別的なものから共同的なものへ転化され、それによって社会的国家の外に国家をうみだしたもの（⑨１６４）。自然宗教の幻想が、現世に降ってゆく場合の思想的強力がはらむものが国家（⑨165）。

❖国家は国家本質の内部では、宗教を起源として法と国家にまで普遍化される観念の運動がつくりあげたもの（⑨175）。種族の固有な宗教が諸時代の現実性の波をかぶりながら連続的に推移し、累積された共同的な宗教の展開されたもの（⑨176）。国家本質の内部では、国家は宗教を源泉としている（⑨164）。

❖国家本質の外部では、各時代の社会の現実的な構成にある仕方で対応して変化するもの。（⑨176）

このように社会の生産様式と国家とを、はっきりと区別します。社会の共同性／社会的国家からの疎外・外部化、家族的次元からの疎外・外部化、そこに「幻想の共同性の発展」の一般性が展開される、そして国家本質の内部では自然宗教の幻想からの累積が共同的な宗教として展開されている、かつその外部に社会の現実的構成が複雑に編制される、ということです。このとき、経済的社会構成と幻想とは別個である、国家は経済から決定されるという反映論は無効だ、そのうえで経済的社会構成と国家の共同幻想性との関係をつかむことだという軸です。国家は宗教を源泉としている、「共同的な宗教」が国家であるという徹底ですが、「思想的強力」「観念の運動」だという言い方さえしています。しかしながら、これらには国家への考え方の理路が思想的言述として示されているだけで、理論構成はなされていません。理論的言述を拒否さえしているかのような思想的表出です。

さて理論は、その思想的基準の本質視座を、現代の社会的表象（国家配備の表象）の総体にたいして構造的に理論構成することですが、踏まえていくべきことと、不明瞭な点とを仕分けていかねばなりません。国家本質の内部を幻想規準から抽出明示することが吉本さんの主要な意図であるため、国家本質の外部の社会現実的構成は残されたままあいまいで、社会と経済的構成とが渾融され、完全に幻想関係から切り離されてしまうのです。外部を幻想本質が覆うというか外部に幻想が配備されるという次元にまで、幻想構成が編制されてしまっていることをみていかねばなりません。それは、社会的国家と政治的国家とを対立的に識別する関係構成は国家の配備にたいする認識であるにすぎず、実際にはその識別を融解させている状態を読み解くことが要されます。つまり、その対立を調整する法的機能という問題場ではなく、法に集約されない法の外部での、見えない幻想概念の徹底化と幻想の統治技術の作用がなされているのです。それは「国家の共同幻想性」と「経済的諸範疇」とを区別し、しっかりした位相で新たに関係づけることです。その結びつきが曖昧になっていることを吉本さんは批判しているのであって、結びつきを考えるな、とは言っていません。資本主義経済の生産様式だから資本主義国家だ、社会主義だから社会主義国家だ、というような馬鹿なことを言うな、国家の共同幻想性は経済社会的範疇の反映でもなければ相対的独立性でもない、まったく別個だということです。それを現存性と歴史性との関係構造からしっかりつかみとれということです。同じ資本主義国家であろうとその実体構造はさまざまであって、国家の共同幻想性は様々でありうる、国家とは「共同幻想性としてひじょうに原始的段階からの歴史的な、ある意味で必然的な累積をおって存在する」のだ。したがって日本資本主義国家の実体構造はアメリカ資本主義国家の実体構造とはちがっているのだ、しかも「国家の共同幻想性」がちがうのだとまでいいます（⑭229頁）。その通りなのですが、それは実体構造のちがいです。共同幻想がちがうのではない、国家に属した、つまり「国家化された共同幻想」がちがうという問題閾です。それにたいして、社会本質的な共通の構造的構成がありうるという理論次元・理論水準を、共同幻想／対幻想／個人幻想の関係構造に「社会幻想」「商品幻想」や諸制度の種別的幻想のあり方と関係させて、この章でわたしは開いてきました。社会空間に配備された幻想の統治制として、かつ経済次元にまで幻想概念を拡張することによってです。そのとき、「社会の経済的な構成」というあいまいな概念にたいして、経済次元は「社会」次元から切り離されている、国家と経済とは、まったく次元がちがう。その対立を埋めあわせるべく「社会」が構成され、その「社会」が規定的に被る経済関係は、社会的に転化されたもので、市場経済の経済ではないということを踏まえたうえでです。

ここを吉本さんは、次のように言っています。非常に重要な言述ですのでくりかえします。「問題は全幻想性、全観念性の領域をどういう基軸でもってとらえていったならば、人間の生みだす全幻想性の範疇をとらえることができるかという問題に帰するわけです。それは、図式的にいってしまえば、個体の幻想に属する基軸と、対なる幻想性に属する基軸と、共同幻想性に属する基軸との総合構造および相互位相性の相違を明確にするならば、われわれが生みだしてきたし、また現に生みだし、現に存在する全幻想性の領域、あるいは全観念性の産物の領域の構造は解くことができるということです。つまり、基本的なことは、こういう基軸をかんがえることであり、その基軸は個体を延長すれば対なる幻想、つまり家族になり、家族をたくさん集めていくと国家になるというような簡単なものではありえません。これは、それぞれ位相性の相違として存在しております。」(「個体・家族・共同性としての人間」⓮230頁)

ここでいう全幻想性における「基軸」と位相性の相違を、この章では、わたしなりに三つの相において本質と歴史的現存性の「構造」において開示してきたのです。その総合構造は、本質的な幻想概念域だけで構成される領域ではない、全幻想・観念が歴史過程の段階で位相をかえて諸領域へ浸透して構成されているということを示してきたわけです(さらなる総合構造については、Ⅲ部・10章で示していきます)。

そのとき、さらに二点、吉本さんには考えられていない問題閾があります。それは、すでに示唆してきましたが「法」と「権力」にかかわることです。

吉本さんは、国家が国家となる起源・発生において「掟」「法」を布置し、また「国家の共同幻想」が「経済社会的な範疇(現在では市民社会)」と対峙するのは「法的言語」を基本的要素とする、と強調します。そして「大衆は、国家の共同幻想性がさしだすその法的言語つまり法律にたいして沈黙を対峙」させる、その沈黙の言語的意味性に裂け目がある、それを了解せねばならない、と主張しています(⑭231頁)。この「法なるもの」の強調はあちこちで語られるのですが、社会本質的に「法的次元」は主要な意味をもちません。むしろそれが内に抱きかつ意味作用させる「規範・規則」の〈規制性〉が本質的なものになります。つまり権力諸関係の行使と知・真理の現出との関係の問題となるのです。法的タームは、西欧理論においては国家主権の君主制での問題設定であって、近代国家は「国家理性」から疎外されて新たな統治性の一形式として出現してきたものです。日本の考察においても、法タームではなく、「統治制」のタームにおいて国家は再考されるべきことです。

また権力概念は、吉本さんにおいて「国家権力」として国家ないし誰かがどこかが「所有している権力」という古典的なタームから脱出しきれていません。「国家の権力をもっているものが国家だ」という考えをつらぬきます。「国家本質からうまれる権力」と発生的にずらされてはいますが——国家を宗教から法へ、法から国家へと下降する歴史的な現存として権力の発生を考察すること——、結果的には国家が持つ=所有する権力像、公的権力へ疎外された権力像にあります。それは、第三権力論で、AとBとが利害対立したとき第三の権力が調節する、それが国家の成立だとされています。社会の方が大きいようになっているが、それは怪しい、国家は国家として、そして、国家論は国家論として社会から切り離して独立に論じられねばならないという見解です(「言語と経済をめぐる価値増殖・価値表現の転移」『吉本隆明の文化学』、40-41頁)。しかし、国家権力という権力「所有」概念は経済的概念です。それははずさねばなりません。権力が何ごとかを生産していると暗黙に設定されてしまいます。法の制定と執行、行政の最高決定機関としての国家権力を有した国家という国家論では、国家の本質へたどりつくことはできないのです。そこを吉本さん自身問題提起していながら、旧い概念空間が忍びこんでしまっています。国家はさまざまな権力に対する「メタ権力」であるとブルデューが指摘した、そのメタ権力と共同幻想の幻想権力とを考えなおすことです。

「権力所有」から「権力諸関係」への権力概念の転換は、吉本さんが嫌った「社会国家」において、しかし経済範疇から外れた閾において作用しているとともに、幻想間に作用しているのです。社会の力が大きいかのように、国家配備されている仕方があるのです。社会は国家次元から切り離されていますが、アジア的な国家は第三権力の機能をもっていない。日本の農家は「土地はお上のものだ、天皇のものだ」という感じをもっていて、俺が所有している土地だと明瞭に主張しうる者はいまでもあまりいないのではないか。なかなか分離できないそれがアジア的な特徴ではないだろうかとも言っています（同前）。わたしは、その幻想根拠は、社会が出現・成立するはるか以前の、神話の「葦原中国」幻想にあり、それが現在の「社会空間」の幻想起源だとみなして、近代的な新たな関係が作られる時期を待つことなく幻想空間形成されたものであり、幻想として大きいものであり、かつ現在の社会空間・社会幻想が共同幻想を支えていることになっている幻想根拠、初源だ、と考えています（Ⅲ部・7章で論述）。統治する者とされる者とのあいだに広がっている真理・知が働く幻想空間です。その歴史蓄積の現存編制における権力行使と真理・知生産との関係の実際です。

一般に「理論のための理論」は無意味だという判定が、貧相なアカデミズムによって普及されていますが、実証がいかに精緻につみかさねられたところで理論生産は深化していきません。粗野な論理が実証優先のなかで徘徊しているだけです。思想本質的に提示された理論閾は、実証不可能の閾に描かれたものですが事態を正鵠に把捉し示しています。そこは「理論のための理論」としてしか考察深化していけませんが、それが現実をもっとも鮮明に把捉しうることになります。現実にくいこめない理論は、理論ではありません。

吉本共同幻想論／国家論を「意味されたもの」として説明することに何の意味もありません。くりかえしになりますが、「国家は共同幻想である、共同幻想は経済的社会構成とは別個である、そして幻想は、共同幻想と対幻想と個人幻想という異なる位相からなっている」。もう少し勉強すると「それは自然疎外という（一面的な）マルクス解釈からうらづけられている、エンゲルスがそのとき切り離され批判される、観念を独自にとらえるためだ」となります。これが吉本共同幻想論だ、と言ってみたところで、何も論じられておりません。間違った指摘ではありません、それが大学人の言説の仕方です。もう分かった、それがすべて、吉本思想は古い、おしまい！です。「意味されたもの（シニフィエ）」は歴史情況の表現で、そこに布置された意味を定め、かつそこから時間性をぬきとられ一義的な意味として対象配置されて一般化され、さらにそこから主体は切り離されます。「意味するもの（シニフィアン）」の働きや作用は消し去られて何ら問題にされません。これが、その解説者の程度に応じた理解水準でしかないことを、いかにも客観であるかのように擬装するのです。あとは、対象をただ精緻化していけばすぐれているとなるだけです。一般論化が客観化であると錯認されています。切り離された主体の方には、ただ「吉本はもはや古い」と主観評価することしか残っていません。五十年も前に「書かれた」言述だという事実であるからです。彼らは客観化を客観化できませんからいくら言ってもわからない。

Ⅰ部でわたしが言述してきたことは、幻想概念によって「意味するもの」の働きがいかになされているかの抽出とそこから開削されていく理論地平の問題構成です。全包囲的には、もっとたくさんのことがあるのですが、最低限の不可欠なものを提示しておきました。ここで終結ではなく、ここから思考がはじまるのです。

補遺：フーコー国家論の概要から

国家が弾圧する、抑圧する、支配・搾取するなどといった「冷たい怪物」であるとみなして、国家嫌悪したり、あるいは逆にナショナリズムでの国家愛をウルトラ化したり、そうしたときに設定されている、国家を実体的に構造化されたものとみなす観方をフーコーは批判します。国家に本質は無い、国家は「国家理性」として叡智性が発明した図式である、規整化する理念である。そして国家は、近代において統治するアートの一つとして出現したものにすぎない、国家を統治性から把捉すべきだとして、まったく新たな国家論の可能条件を開きました[◆40]。その歴史的検証は、講義録に言述されていますが、注目すべきは、統治としての考察において、「政治経済」の出現と「社会」の出現が重視されていることです。

まず、近代国家に先立つ主権国家の根源と言える「国家理性」において、国家は叡智的なものとして考えられ、法や規律に外在化して超越的なものとして、設定外化されたということです。これが現在でも国家は永久的なものとして認知されている根拠です。そして、ポリス国家へ厳密化されながら、国家は、権力諸関係と同じく、全体化と個人化とを同時になすものとされました。個人に働きかけることが同時に集団的全体に働きかけることになる、そこに身体と人口とに働きかける生政治・生権力を解読していったのです[◆41]。

そして、近代へはいっていくとき、統治性の根本的な転移がなされて、主権・法・権利における統治ではない、経済・市場に働きかける統治が「政治経済の出現」として問題とされます。市場における経済代行者が自由放任され、利の主体として利己的に利益を求めることが、全体の利益になるのだということです。そこに、法の主体の論理・実際行為と、市場の経済主体の論理・実際行為が、まったく別の原理からなされている、その間を統治するものとして「市民社会」が出現したということです。この市民社会は十八世紀に産み出された考えですが、普遍化・自然化されて、市民社会に前史はないと、人間的自然そのものが社会的紐帯であるのだ、とされていきます。統治されている人々の合理性に立脚する社会です。

「社会の自然性」がそこに組み立てられたのですが、その「社会」なるものは、狂気やセクシュアリテと同じ、存在しないのに存在していると実定化されたものだということです。その個々人

◆40……フーコー国家論は、『安全・領土・人口』と『生政治の誕生』の二書で主に論じられます。
拙書『フーコー国家論』(EHESC出版局)でまとめています。

◆41……フーコー『知の意志』(「知への意志」ではありません)のセクシュアリテ論で明示されています。

の社会的紐帯は、法的拘束でも自分の最大利益を求める経済的自発性・自由でもない、共感と反感の共関係からなる自発的自然性です。そこが、パストラール権力と同致していくのですが、フーコーはそこは慎重で、あえてかさねません。他方、社会的紐帯は「利の主体」ですから、制度利益を求める経済的な主体として再編制されていきます、そこもフーコーは論じません。国家や社会が実体的ではない、叡智的なものにすぎないということは、幻想であるということなのですが、そこもフーコーは論じません。フーコーが開削した地平は、空白になっているのです。

しかしながら、フーコーの統治制の概念は、国家を「配備 dispositif」とみなして、実体化せずに、国家の働きを明証化させるものになっています。この dispositifs ＝配備の方法概念は、非常に有効です。「装置」ではない。それをわたしは、本書で活用しています。幻想の働きをつかむためです。フーコーの「統治性」は歴史的な出現を論じた概念ですが、わたしは「統治制」「統治性」としてその統治するアート・技術は、一般的な概念として活用しうると考え、統治性化／統治制化の本質的構成や歴史的構成を考えるべく、幻想にたいしても使います。

わたしの論述は、フーコー国家論を脇におきながら、国家と社会空間との間に統治技術を布置させて、社会界が、「社会の経済的構成」や「社会国家」などのあいまいな概念でぼやかされていることにたいして、国家の配備が「社会空間」に布置されて、社会的紐帯に規範拘束とサービス経済規定とが介入している——その双方を規定するパストラール（現代社会で「サービス［経済］」へ転化される）——様態を論じて開いたものになります。その統治制が、幻想形態を支え、かつ幻想が作用していくことになるのです。共同幻想を国家論へと飛躍させるには、「社会」への統治制を歴史的存在として考慮にいれないと不可能です。これらは、本書の論述過程で、さらに明証化されます。

II

『共同幻想論』の論理界

4章　共同幻想と国家：国家生成起源の神話幻想論

「共同幻想国家論」へむけて「共同幻想論」を読み解く

さて、いよいよ国家論と共同幻想とを架橋してまいりますが、「国家論」とはいったい何でしょうか？　政治国家、社会国家、国民国家、民族国家、さらには文化国家というものまでありますが、国家を国家と固定化・実体化する人は、国家とは同じ領土の上で同じ言語で話す単一民族からなり、一つの政府および政府機関をもっている。それは憲法をもち三権分立の構造と法体制をもっている民主主義国家だ、自由国家だ。いや専制国家だ独裁国家だ、などと国家の性格から示されていくものが付帯します。もう少し批判的認識をもちますと、国家は支配している、国家は暴力装置だ、警察国家だ、監視国家だなどと批判否定的な見解がなされます。国家が総体であると同時に、市民生活からは分離されているという重層的な見解が一般化されていきますが、国家が上限にあって経済が下部・土台にあるというマルクス主義的認識図式が、通常の知的認知だとされているのではないでしょうか。するとその古典的国家論は、レーニン国家論、グラムシ国家論、そしてアルチュセールの国家論、プーランザスの国家論、さらにジェソップ国家論、カーノイ国家論というところが、通常になるでしょうか［◆1］。ヘーゲルの国家と市民社会とを区別した、そこからもたらされている上部構造としての国家、下部構造としての経済社会・市民社会［◆2］という偏極がなされた国家論です。他にもたくさんの国家論がありますが、国家の現象を述べているだけで、国家を対象化して見えていない作用まで客観化した理論的なものはマルクス主義国家論でしかないというのが実状です。しかしながらマルクス主義国家論は、支配の

◆1……滝村隆一国家論をそこに付け加えます。非常に高度なすぐれた世界線にたちうる国家論です。とくに「共同体内国家」と「共同体間国家」の識別対比による構造的構成は重要です。

◆2……これらも、政治社会、政治国家というように「社会」と「国家」とが同致されたり差別化されたり、さらには市民社会を経済から切り離して上部構造においたり、国家から切り離して下部構造に布置したりと論者によってまちまちです。

国家機能を論じるだけで国家そのものの存在を明証にはしていません。非常にすぐれた滝村隆一の国家論も、本質的にはマルクス主義的国家論の系にありますが国家構造へ迫ってはいます。しかしこれらの国家論には、「共同幻想」概念がありません。吉本さんの遺産をもっている日本からしてみると、そうなります。また、共同幻想論がある日本にさえ「共同幻想国家論」がまだないのです。これはわたしたち日本人による国内および世界へむけての怠慢です。

そこを開いていくには、問題をどう構成していったらよいかです。国家の形成過程をみるのか、国家の構造関係をみるのか、国家の作用・機能からみていくのか、どうしたなら国家総体を理論化しうるかです。

廣松渉の国家論について述べた吉本さんの講演があります［※1］。通常ですとマルクス主義についてはばっさりと切り捨ててしまうのに、わりと丁寧に廣松さんについて論じているのですが、二つ大きな疑念を提示しています。第一にレーニン国家論をふまえているとき、マルクスが普遍共同体として設定した国家をプロレタリアート独裁の国家論へ矮小化してしまっている、そこから国家が解体されていく過程がはっきりとしめされていないということ。第二に、共同主観としてそれが個人主観よりも優位にたてられてしまうことに関して、物質は抽象ではないのに意識を物質であるとして主客二元論を超えているかのように設定し、エンゲルスの粗雑な認識に立ってしまっているのではないか、ということです。国家を普遍の視座からとらえ、意識の本質的なとらえ方はどこにあるのかという、国家と意識との本質視座からの批判になっています［※2］。

そのとき、吉本さんの国家像がおぼろげながら、しかしある確信から語られています。個人利害と共同利害が対立するその調停として「普遍共同体」として国家が出現した、どちらか一方からでは出現していない。したがって国家は、開かれていかねばならない、世界情勢のなかで全部開くことが厳しいなら半分はまず開かれてやがて全部開かれていくべきだ、という考えです。それを、民衆の直接参画だとはっきりとは言っていません。あくまで国家の普遍共同体としての本

※1……「廣松渉の国家論・唯物史観」1995.6。『吉本隆明〈未収録〉講演集6』（筑摩書房、二〇一五年）所収。

※2……国家を普遍と捉えるのは、いかなる時代にも共通する本質として把捉しろということですが、国家は歴史的表出としてしか存立しません。ここをどうするかです。廣松は主客分離の近代二元論批判ですから、物質と観念を分離しません。それに対して吉本さんは観念は観念だ、物質は物質だとしますが、それは近代の認識図式からではなく本質視座からです。ここも認識形式の歴史性としてどうしていくかです。非常に根源的対立です。

質としてそうなっていくのが理念だと言っているといえます。ですから、実際的なことであるのに、どこかあいまいになってしまっています。しかし利害対立を調停する第三権力論的な設定は普遍といえるのでしょうか？　幻想を論じると実際的なものへの禁欲がどうしても働いてしまうようですが、階級利害対立ではない、個人利害と共同利害の対立を調整する「普遍」共同体だと普遍化されています。これは国家を永久化させているのではない、普遍的なものと配備される仕方と根拠があるのだから、そこを探ろうということです。実際に国家はどうなっているかをハッキリしろと言っているのです。第二に、物質は究極にいくならそれは人間の意識とは別だ、つまり逆にいえば観念は観念なのだ、そこは仕分けて観念を幻想として考えていかねばならないということだと思います。しかし、物質にたいする観念の在り方は示唆されていません［※3］。

　ここはエンゲルスやレーニンからでは考えられえない、マルクスから考えていくべきだということです。観念は観念である、国家は観念である、物質ではない、そこにおいて普遍化されてしまう根拠は何なのだ、ということです。廣松さんは、あるところは非常に丁寧にやっているのに、そこは粗雑だというのです。廣松渉は、唯一のマルクス主義学者であったと、わたしは思います。平田清明や花崎皋平などはすぐれたマルクス研究者であるとはおもいますが、ごりっとしたマルクス主義者ではありません。廣松さんは徹底したレーニン主義者でもある前衛党主義のマルクス主義者です。そこが、理論的限界になっていきます。わたしは廣松物象化論の不徹底さ、そして日本語論と「こと／もの」論が合体した哲学的転倒についてすでに批判的に明らかにしていますが［▼1］、ロシア革命についてのあまりの前衛主義にはまったく納得いきません。党派（廣松渉は情況派）の立場はそうなろうと革命の実際の事実はそうはならないからです［◆3］。キューバ革命とメキシコ革命の研究から、わたしはロシア革命もふくんでの「革命」それ自体の限界を実証研究次元から自分なりに確認しています［▼2］。資本に関しても、廣松資本論は、第一巻だけの論述です。第三巻こそが資本の動きなのに、第二巻さえもまったくつかまれていません。わたし

※3……二つの事が前提にされてしまっています、第一に「利害対立」がある、それを調停する「権力」実在がある、ということです。幻想論からの「普遍」設定ではない、「国家」の普遍性と配備されている様態です。そのとき、国家を利害・権力の場においています。

　ここが、本質と歴史現存性との関係にからむ、非常に重要な問題閾です。

　廣松は、マッハを評価します。レーニンが主観的観念論だと切捨てたマッハは、ニュートン／カントの「絶対空間」「絶対時間」を形而上学だと批判し、科学は感覚的諸要素との関数関係を把捉することだとして、実体なるものはないとした要素一元論をたてました。その「感覚」は、観念ではないということになる問題提起だといえます。

　バシュラールは「物質の想像力」「夢想」を提起しました。詩にとって重要な布置です。物質の場を観念・イメージの場におくことです。わたしにとっては〈もの〉の場所になります。

▼1……拙書『物象化論と資本パワー』『〈もの〉の日本心性』（EHESC出版局）

としては納得できないところですが、礼儀として吉本さんが評価をしているのは、左翼学者として貫かれたところはある程度評価しておかねばならぬという配慮でしょう。それに論述の仕方は、ある閾では緻密な廣松哲学であるからでしょう。

それでは、吉本国家論が明示されてきたのかというと、それは意志のあり方の例として語られるだけで、国家論として構築はされていません［※4］、国家論を考える手立てがいかなるものかはすでに前章で指摘しましたが国家論そのものの構成はなされていません。革命過程を語るなど無駄だとふんでいたのかもしれませんが、受けていくわたしたちとしては、そのまま放置しておくわけにはいかないということです。「開かれた国家」とはいかなる理論を開いていけばいいのでしょう、そこが問題です。実践形態としてではなく、理論本質としてです。

国家論への幻想配備の問題構成

わたしたちは、マルクスの基本概念と観念の共同性との相互関係から、そこをつかみとります。1、2、3章をふまえて、強引に、理論閾へとひきだしてみます。

(1)吉本さんの「共同幻想論」自体の問題構成は、構造的に三分節化されていると考えられます。それに照応させて、〈共同幻想〉の理論構成を三分節化してみます。

それは、第一に、「他なるもの」からの関係性で、対象から、性としての他者から、死の向こう側からと、他対象規制、他対規制、他界規制するものとなっています。幻想生産構成は、この三つの他律的な「他生成性」から成るということです。こちらからではない、向こう側から「憑いてくる」働きかけであり、禁制による規制化であり、諸個人が生活日常で入眠的現象となってしまうものです。その他個（個人幻想）、他対（対幻想）、他共（共同幻想）の他生成様式とその幻想構造です。そして幻想構造の水準が転移されて拡張していくことです。第二に、幻想の構造的分節化は、共同幻想／対幻想／個人幻想の関係構造が、構造化する様式として、儀礼・儀式化（祭

◆3……R・ダニエルズ『ロシア共産党党内闘争史』（現代思潮社）には克明に書かれています。またブルガーコフの小説『白衛軍』（群像社）など。

▼2……修士論文「キューバ教育の社会主義的変容」、博士論文「メキシコ・カジェス期の革命教育」。

※4……「国家論」（⑭337頁）という講演がありますが、他の論稿と同様の問題化が述べられているだけです。

儀化）、母制化、男女化（対幻想の時間化）を通じてなされる生成的構造（常態的な疎外化）の幻想位相関係の構造化です。つまり生成をうけ、幻想関係を位相的に作用させ、構造化していく「構造化する」様式です。そして、第三の構造的分節化は、構造化された遂行の原基にある幻想関係の初源様態が明示されています。つまり、他生成的関与が生み出されていくように構造化する様式を働かせる幻想生成の構成です。三つの幻想次元が異なることにおいてなされている「構造化する」様式とその「構造化された」遂行です。

国家起源構制、関係本質、初源生成です。これらの相互関係に、固定化された／意味された幻想ではなく、幻想の作用／働きとしての、幻想の統治制化／統治性化、幻想の統治性の働きが内在している場をみつけだすことです。これによって、共同的に起源化され、対象的に禁制化され、対他的に憑依化されたものが再生産して、個人幻想に対する国家の統治制化がなされていく様態が、再生産構成において解明されていけます。逆に対幻想はそこから疎外されて「家族」へ構造化されますが、そこをも国家的共同幻想は社会幻想を媒介にして幻想作用を配備して、家族からの「幻想の統治制化」を働かせます。対幻想が、本質基準なのです。

幻想は生成され、構造化され、構造遂行され、再生産されています。これが、共同幻想域において「構成されている構造」となります。共同幻想それ自体としての国家です。

しかし、〈共同幻想の国家化〉は、現実的なものからは疎外・外部化されて、法の手がとどかないものに配備されますが、本質的幻想ではない外部にも、幻想に幻想を覆いかぶせ作用させて、幻想の形成と存続を図ります。社会諸関係への関係、そして経済過程への関係です。

⑵共同幻想と対幻想と個人幻想の幻想間の区別において、それぞれの次元での意志作用（図6、96頁）をもって、幻想位相間の関係が、外在的に相互作用し循環構成され、全体を構造化構成します。本質と現存性とが交叉するところで全体構成される関係（図4、72頁）ですが、幻想が人間を統治するために「社会」を統治することにおいて生活過程に働きかけてくるものです。生活過

程の再生産がなされえていきます。社会のなかの家族として配備された対幻想が、個人と社会とを疎外生産して、全体化を構成している統治制化の様態です。個人意志が幻想関係にずれながらも同調します。それは2章で概略おさえたことです。幻想と意志との間に統治制が作用している様態です。異なる次元の幻想の関係構造が、「幻想の統治制化」として配備されることです。

(3)そして、統治する場に「社会空間」の場が歴史規定的に出現されて、個人幻想と国家的幻想とを媒介する「社会幻想」の働きが大きく作用し、国家外部の社会諸関係／権力諸関係と幻想関係との（さらに経済関係も含み）相互構成が、国家の配備として構造化されて遂行されていることになっています。異なる幻想関係の統治制化が非幻想の諸関係にたいして働きかけ、幻想が諸制度を覆ってあるいは内在化されて種別に構成され、「共同幻想の国家化」が全体に配備されていく様態です。それは国家の共同幻想化が「社会の共同幻想化」として疎外配備されて「社会幻想」が種々の幻想を配備。統治するということです。(2)の内的な作用ですが、(1)の本質的幻想作用が働いて、幻想外部の幻想統治制化を共同幻想の国家化としてなしていくのです。3章で概略おさえたことです。吉本さんは「市民社会から引き離された人たちが段々市民社会にくいこまれていくという状況を考えますと、そこのところに問題がでてくると思います」（⑩24）と、カンで指摘しているのですが「社会」そのものがつくられそこに人々は内在化されて、諸個人が社会的代行為者へと編制されていく閾です。国家構築はその統合化・統一化において社会構築を必ずともないます。

この三相を総体化することで、「共同幻想国家論」が構築されます。「利害」と「国家権力」とからは考えません［※5］、幻想論の徹底化です。実は、これは「経済学批判序説」で、マルクスが国家と上部構造・土台とを生活の生産諸関係から論じていく三分節に対応しているものを、幻想論からわたしが言い換えたものです。(1)の幻想生産だけでは、国家論となりません。(1)が、(2)(3)の幻想外在化のその中で作用しているのです。共同幻想論は国家論ではないという意味は、(1)

※5……利害対立を共同利害／個人利害としたにしても、どうしても階級利害対立の論理がはいりこんでいます。また「国家権力」を第三権力としたにしても、権力所有の概念が背後でうろつきます。この二つは、まだマルクス主義的規制がはいっているように思われます。利害対立の調停とは『ドイツ・イデオロギー』次元です。国家の普遍性・本質性ではないとおもいます。〈幻想〉論から組み立て直すことです。

だけではない、対幻想も個人幻想も射程にいれねばならないということ、それはつまり、国家論は家族論、個人論もいれねばならない、さらに階級と現実の社会における生活の仕方には「社会システム」を媒介に考えねばならないということです――これをわたしは階級概念は消して「社会幻想」の構成としてとらえます――、さらに経済的構成・過程も関係づけることです。(1)(2)(3)の相を構造的に構成化するということになりますが、重層的に関係していますので問題構成がいささか複雑になります。

まずこれらを、わたしは理論閾として(1)幻想構造論、(2)幻想位相関係論、(3)幻想了解様式論、というように大枠で設定します――心的現象論の用語を理論ツール化していくことです。(1)の本質界があって、関係論と了解論があるということです。その理論的な構成は、(1)幻想の他生成的構造、(2)幻想の統治制化、(3)共同幻想の国家化、となります。統治制化の作用次元です。歴史現象としては、経験的なタームで(1)生産関係、(2)生活過程、(3)建築的構造性(社会構成体とは言いたくない)となっていくものです。さらに、幻想関係の移行過程が〈段階〉として設定されることが、示されていました。(4)つめの相として、幻想の歴史移行過程論です――アジア的ということの段階と近代段階の布置および国家以後のことの展望です。これは国家を開く、解体していく過程に照応してくる問題です。幻想と意志との分離出現の仕方です。ここに、さらに(0)「初源」論をくわえます、幻想の発生的生成論です(ここは幻想再生産の次元に配置されることであって起源・出発点ではありません)。つまり、幻想論を民俗的な現象においたままにせずに理論形式へと移行していかねばなりません。その厳密かつ体系的な論述は、心的現象論を組み込むことなのですが、そこは次の高度な段階になりますので、本書ではそこまではいきません。まずは、「共同幻想論」そのものから基本をおさえていかねばなりません『共同幻想論』の論述自体である(1)のなかに、(2)(3)の胚芽が語られているのです。〈共同幻想国家〉としてわたしが問題化したものは『共同幻想論』から導かれたものですが、この問題化の視座をもって、再び「共同幻想論」そのものに戻っていくことです。

『共同幻想論』の構成

　幻想がどこから発生したのかを実証的・経験的に問うことには、意味がありません。それは原因・根拠を因果論的に考える近代的思考です。観念領域があるのが本質だとするところを人類の「初源」として考える思考の仕方をすることです。それは、前古代でもあり、いまここの現在でもあるということです。未開に「起源」を求める近代思考ではありません、先進国にも未開世界にも「初源」本質としてありうることです。ここも非常に混乱されていることです。

　共同幻想論は、「禁制論」からはじまります。それから「憑人論・巫覡論・巫女論」とすすめられ、「他界論」がはいってきます。前半が大きく三階梯での記述になっています。ここまでが幻想生成の「初源」論といえる領域になります。「他界論」が、民譚次元と後半の神話次元との媒介になります。民譚次元に国家はありません、村落共同体の〈共同なるもの〉の共同幻想があるだけです。村に閉じられています。神話次元になって〈国家〉が生成的にはいりこんできます。後半部は、「祭儀論」「母制論」となって切れ目に「対幻想論」が配置されますが「死」と「生誕」をめぐる考察が軸です。それから「罪責論」「規範論」「起源論」となります。共同幻想間の関係を主軸にして説かれます。このように切れ目に、「他界論」と「対幻想論」があるのですが、その幻想生成の構造の意味は、おってあきらかにしていきます。

☆幻想「初源」論

　禁制論⓫＞憑人論❿／巫覡論❾／巫女論❽＞〈他界論❼〉

☆共同幻想の本質構造論・幻想位相関係論

　（他界論→）祭儀論❻＞母制論❺＞〈対幻想論❹〉（→罪責論）

☆国家生成起源の神話幻想論

〈罪責論❸〉／規範論❷／起源論❶

というように、わたしは把握します。(1)の中味です。そしてこれらには、大枠として設定した(1)幻想構造論、(2)幻想位相関係論、(3)幻想了解様式論が、構造的かつ生成的に萌芽として組み込まれているゆえ、実は複雑な構成になっています。相互関係／相互変容をはぎとって形式化してしまえば平易になるかとおもいますが、〈国家〉はそんなに甘くない対象です。幻想の「統治制」という作用・働きの概念と「配備」（配置・布置の仕方の関係）の概念をいれてみていかないと混乱します。あるいは、ただ平板に過去の幻想の話しだと「意味されたもの」に単純化されてすまされてしまいます。この方法概念がいかなるものであるのか自体も行論であきらかになっていくとおもいます。意味化されたものに固定されたくないからです。

〈 〉は、移行ないし転化に布置される稿です。❶❷……の番号はわたしが解読していく順序です。吉本論述の順とは逆になります。吉本さんは資本論をうしろから読んでいく、という仕方を教示してくれましたが、論理体系はうしろから逆に読んでいくとうきだしてきます、それを吉本「共同幻想論」にたいして行使していきます。そうなっていく過程ではなく、そうなっている根拠を探っていくことです。幻想の働きかたとその構成の仕方を考えていくことです。

神話はある統一的共同幻想をある主要な国家が表出する「もののかたり」です。そう考えてよいと思います。ギリシャ神話とローマ神話の構成原理がちがうように、国家編制が異なると神話構造は変わります。国家は神話を絶対的に必要とします。日本では古事記神話と日本書紀神話では構成原理がまったく異なります。国家編制がちがうことを表象しています、それはⅢ部・7章で論じます。

前半の民譚とは、小さな共同体で語り継がれている生活者の目線から説かれるもので、吉本さんは「遠野物語」からそれをひきだしました。幻想の初源生成は、場所にあるということです。ここでは理論化に必要な要点だけをおさえます。詳しくは自分で読んでください。そこからわたしとは異なる抽出も可能になるはずです。わたしはわたしの論理を組み立てていきますので、吉本さんとはちがったものになっていくことが多々あります。本来ならそうするには、柳田国男からではなく折口信夫から組み立てていくことなのですが、ここで論じると別ものになってしまいますので禁欲します。吉本さんにそいながら、離陸していきましょう。

共同幻想論の最後は「起源論」です。「初源」と「起源」との違いは何でしょうか？　それをつかむためにも最後の「起源論」をおさえておきます。国家論として重要な布置にあるからです。

❶起源論：血縁共同体からの離脱と百余国の中の数国支配の初期天皇群

起源論の最後で、古事記の編者たちは、自分たちの「直接の先祖たちの勢力が邪馬台的な段階の国家の規模しか占めていなかった」（⑩458）と、ほんの数国の支配を部分的になしていただけだと締めくくっています。これは、百余国あったであろう、その内の魏志に記載されているよくて三十国ぐらい（海辺に面した九州地方）のなかの数国ぐらいを統治していたにすぎない段階（⑩445）だということです。古事記では神武以降の天皇記においても「まつろわぬ人々＝国」の征圧に関するたくさんの記述を残していますが、天皇は統治しえずに、多分に苦しめられているのがはっきりしめされています。とても、いまの日本全土を統治などしえていなかった、そして一つの国ではないたくさんの〈国〉があったということ、これが基本確認です。

「〈国家〉とよびうるプリミティヴな形態は、村落社会の〈共同幻想〉がどんな意味でも、血縁的な共同性から独立にあらわれたもの」をいいます。「この条件がみたされたら村落社会の〈共同幻想〉ははじめて、家族あるいは親族体系の共同性から分離してあらわれる」、「そのとき〈共同幻想〉は家族形態と親族体系の地平を離脱して、それ自体で独自な水準を確定するようになる」（⑩440）、それが最初の〈国家〉の出現であるということです――国家と場所の次元が区別されています、この初源は重要です。日本人は、もう現在の日本領土規模が〈日本〉だという空間イメージにとり憑かれてしまっていますから、この血縁共同体からの離脱という最初の〈国家〉イメージにおいて、百余国もあったということもからみ、そのイメージは〈地方〉規模だ、と幻想化されてしまっています。吉本さんも、「国家ではない国家」とか、「国家以前の国家」という初期国家のこととして強調されますが、〈国家〉はまだ無かったとみなすべきです。

ここで「村落社会」の共同幻想と〈国家〉の共同幻想とは水準がちがう、前者からの離脱だ、といっています。吉本さんが「社会」と言表してしまうところは注意するようにうながしておきましたが、村落共同体だとは言いたくなかったということが隠れてあります、その村落は血縁と親族体系だ、とコードから示されていますね。これは、6章で詳述しますが、〈共同幻想〉とはシニフィアン＝意味するもののシステムであり、血縁・親族体系は「意味された」コードのシステムです。つまり「共同幻想シニフィアン」は、〈村落〉と〈国家〉とでは、シニフィアンするコードが違うと言っているのです。わたしは、この「村落（社会）」を「社会」ではなく「場所」とよび、コード体系としてではなく「幻想シニフィアン」として「場所共同幻想」であるとしてその神（国つ神）のシニフィアンが、国家的に配備されていく神（天つ神）のシニフィアンとは違うという、あくまで幻想構造として差異化します（Ⅲ部・7章参照）。非常に重要なポイントになります。場所＝「村落（社会）」の共同幻想と〈国家〉の共同幻想とは水準がちがう、本質的にも違うんだ、そして前者からの離脱という局面があるんだとわたしがまとめた点ですが、本文では次のように言っています。

「共同体はどんな段階にたっしたとき〈国家〉とよばれるかを、起源にそくしてはっきりさせておかなければならない」（⑩440）と、共同体から国家への転移があるということです。これは構造として本質的な自然過程の関係なのか、それとも離脱させるような統治が働いたのか、この問いは、幻想の「初源」に遡ることとある歴史段階の発展的展開なのかということとを、一貫してもっている根源的なものです。

「はじめに〈国家〉とよびうるプリミティヴな形態は、村落社会の〈共同幻想〉がどんな意味でも、血縁的な共同性から独立にあらわれたものをさしている」(同)というのです。ここに「プリミティヴな」国家形態、「村落社会の共同幻想」、「血縁的共同性からの独立」と三つのことが指摘されています。わたしは、「村落社会の共同幻想」を《場所的共同幻想》とします。それは村落次元での共同幻想の出現です(そこに「社会」はありません)。「血縁共同性」から独立・疎外された共同幻想ですが「場所」です、国家的次元への広がりはもっていません。つまり「プリミティヴな国家形態」とは、まだ国家形態ではない〈共同幻想〉です。しかし対幻想から共同幻想が疎外分離されて独立しているという本質規定の指摘です。ですから「この条件がみたされたら村落社会の〈共同幻想〉ははじめて、家族あるいは親族体系の共同性から分離してあらわれる」、「そのとき〈共同幻想〉は家族形態と親族体系の地平を離脱して、それ自体で独自な水準を確定するようになる」ということですが、国家的共同幻想になりうる水準が「場所(共同幻想)」から離脱したということです。〈共同幻想の国家化〉の第一の契機です。ここを、そのまま近代民族国家のイメージへ短絡させてはなりません。そこをちゃんとつかむのが「起源論」での作業になります。ここが、どうもぼやっと理解されてしまっています。村落の場所的共同幻想と画一的な国家的共同幻想との次元の違いが確認されなくなってしまった。今を想定しても前古代を想定しても、小さな村落共同体(それが多数在る)が、そのまま一つの全国的な日本の大きな国家に直結するはずがないでしょう。次元がまったく違うのです。幻想水準の転化が、関係的になされているということです。

考古資料や古墳や金石文などはたかだか、二、三千年ぐらいの実証でしかない、場所共同幻想の国家への離脱は実証しえない「遠い」ところにある、それは論理でしかつかみえないと言っています。つまり、国家の起源は、三千年以前のはるか過去にあるということです。古代国の成立以前です。

「〈国家〉の本質は〈共同幻想〉であり、どんな物的な構成体でもない」のですから、「論理的にかんがえられるかぎりでは、同母の〈兄弟〉と〈姉妹〉のあいだの婚姻が、最初に禁制になった村落社会では〈国家〉は存在する可能性をもった」(⑩441)と言うのです。「禁制」という幻想初源が示されています。起源が「初源」へと遡及されるのです(しかし、「禁制論」には兄弟姉妹の婚姻の禁制は論じられていません。ということはそれは国家生成の段階での配置だということです)。村落(社会)次元からの「国家的なもの」への転移契機が、兄弟姉妹の婚姻の禁制にあった――〈幻想の統治制化〉の初源配備――、ということです。「初源」と「起源」との差異を留意しつづけてください。

魏志に示された大陸と交渉のあった国家は、「きわめて新しいもの」だとして、そこに官制の違いが叙述されていることを示し、人名と地域名が分離していない、そしてその後の天皇の「和名」がそこから来ていると照応させています。この天皇の神名が地域＝場所の官制の名に照応しているという指摘は非常に重要です。事実としてではなく、実際的なものとして、天皇は場所的でしかなかったということなのですが、「名」がそれを表象している。それはさらに皇孫系は血のつながりではないということを示しているのですが、確証はありません。ヒコ、ミミ、タマ、ワケという官制ないし地名の名が天皇につけられているということです。伊都国に代々〈国王〉があった、それは邪馬台国に属しており、邪馬台国は女王が支配していた(⑩442)、とそこに、国王がいない場所国、国王がいる場所国、国王をも支配している場所国、の三水準が想定されています。つまり、もう統治技術の原理がちがっているものが、村落次元から脱して多様な〈国〉として出現している様態です。

邪馬台国をふくめ、古代がいかなる状態であったのかが世間では多々おもしろおかしく「謎とき」のように論議されていますが、大事なことは、「擬定された初期天皇」の統治領域はきわめて小さいということ、そして応神記にあるよう、「山部や海部の部民を行政的に掌握すること」＝オホヤマモリノミコト、「中央で国家の行政にたずさわること」＝オホサザキノミコト、「天皇の位を継承すること」＝ウヂノワキイラツコ、とが区別されていたという点です。天皇継位は長男ではなかった、しかも天皇の継承者は「ワキ」＝「ワケ」という官制であって強大な統一王権であったとは考えられないということです。ここにはもう、統一支配をしようという統治技術がまったく別の水準・次元で出現しているのですが、まだまだ強大ではない弱体であり小規模だということです。

詳細は本文にて確認してください。論理の要点だけをまとめます。

①宗教的・呪術的な権威の継承によって、それを優位にして、政治権力を神権によって統御していた。姉妹が呪術、兄弟が政治権力をになった。アマテラスとスサノオに象徴される。

②その天皇位のシャーマン的呪術性が七世紀に変質し、〈姉妹―兄弟〉の関係から、〈兄―弟〉の関係におきかえられ、政治的権力は弟が掌握していた。王の妻は「キミ」とよばれたがそれは祭祀をつかさどる巫女の長＝キミの名残りであり、母権的支配形態崩壊後の遺制である。

①は、天つ神の下に、統一国家を成し遂げようとする共同幻想の意志をもった〈国〉の登場で、それまでの村落共同体の共同幻想とはまったくちがった、政治権力をも内在させた構成ですが、神話的な幻想表象にとどまっています。

②では、天皇＝すめらみこと共同幻想が確定し、そこでの権力統治が母権制から離脱していたが、巫女祭祀が残滓していたという、統一国家への意志をもった共同幻想の次元です。

わたしは、ここを注意深く読みます。つまり村落共同体次元での共同幻想、邪馬台国的な母制（⬇母権制）の共同幻想、「天つ神」神話共同幻想（神武以前）――姉と弟の関係、そして天皇統治共同幻想――兄弟間の関係、と段階・水準がちがうということです。吉本さんは、そこを明示識別していながら、しかしひとつの共同幻想の国家的起源として、本質規定から共同幻想のシニフィアンを画定するためにひとまとまりにしているようにおもわれます。しかし、語られていることは、共同幻想の統治水準のちがいがあるという、重要な示唆です［※6］。

吉本さんは、風俗・習慣を、いれずみ（の観念のありかた）、敬意のあらわしかた、家族、婚姻、奴婢層の存在、について検証し、魏志と隋書と南島の風俗とを交叉させながら考察しています。それらから「邪馬台国家群をモデル」にして、「〈共同幻想〉の構造」を想定してまとめているのですが、それは統治の形態の叙述となっています（⑩450）。そしてこれは「かなり高度な新しい〈国家〉の段階」であって、古代専制国家でも原始的民主制の共同体でもない、その権力のゲシュタルトは〈原始〉的ではない、しかしその〈共同幻想〉の構成は上層部分につよく氏族的（あるいは前氏族的）な遺制を保存している、それはきわめて呪術的で、政治権力的なものではない、モルガン・エンゲルス的な類型は意味がない、としています。

さらに四つの段階転化を示し（⑩452）、その期間は、邪馬台国から現代までの期間よりはるかに長い年数であったろうと言うのです。

〈国家〉（なるもの）としての「起源」とは、血縁的村落共同体からの離脱、そこで構成された共同幻想の新たな段階での統治形態であるということですが、邪馬台国から現代までの時間よりも長い期間において形成されてきた、その「初源」とは、幻想そのものの生成と構成です。ですから、「共同幻想としての国家」の起源は、〈共同幻想〉の「初源」の本質にはない、別次元だという布置になります。したがって共同幻想は国家ではないんだ、という吉本さんの主張になるわけですが、〈共同幻想の国家化〉の構成構造は、起源論で示されたところです。それは、幻想と統治形態との関係をつかむこと、それが国家論の要になることだと、了解していくことです。国家から生活過程の次元が分離され、その間に幻想間の統治性が構成されると考えることです。さらにそこでの統治制の四つの視座（段階）が提示されたといえます［※7］。

1．家族＝戸における兄弟―姉妹婚の禁制。父母―息娘婚の罪制。

※6……〈幻想の統治制化〉をわたしはここに読みとりました。それは、「幻想を統治する」ことであり、また幻想が統治している仕方です。幻想の配備の水準が異なることで統治制が異なっています。

「人を統治する」のは〈人口〉概念が出現した、近代的な編制へとひきつがれる十八世紀以降です。

※7……「統治」「統治形態」とは、統治の実際的な現れ、「統治性」とは、その傾向・必要・過程で目にはみえない様態、「統治制」とは、統治する技術・真理の総体をさしています。「統治性」には幻想が構成されているとわたしはみなします。「統治制」はしたがって幻想の働かせかたを含みます。フーコーの定義を、一歩深めていますのも、吉本さんの「共同幻想論」をふまえているからです。

2．漁撈権と農耕権の占有と土地の私有の発生。
3．村落における血縁共同制の崩壊。「戸」の成立。「奴婢」層と「大人（首長）」層の成立。
4．部族的な共同体の成立。〈クニ〉の成立（⑩452）。

ですが、これは幻想形態ではないですね、統治の形態です。わたしは、この構制を、場所共同幻想の多元的存立と「国つ神」共同幻想の構成における要素様態とみなし、それが古事記の神代記の神話構造へ表象表出されたものになっている、とみなします。大国主＝出雲とニニギ＝日向とニギハヤヒ＝倭がそれぞれ共存存立していた状態で、大物主が倭からアマテラスを追い出した構制でもあります。神武から応神までの天皇記も神話的な領域にふくまれますが、そこはもう別の幻想作用（すめらみこと＝天皇の共同幻想）がはいりこんで転化されていながら、元の幻想シニフィアンが残滓している状態です。多元幻想構造（場所〈国〉の多元存立）と一元幻想構造＝葦原中国共同幻想との違いです。

そして、呪術宗教的なものは邪馬台的なものよりはるか以前の太古であり、他方、法概念ははるかに発達した後の段階にある、そういう長い幅に、国家の起源がいかに難しいかが示されています。ここは、幻想の起源の幅の広さと、実際の国（家）群の形成とが、入れ子になって相互に語られているため、初めて読んだ人に混乱をもたらすところだと思います。ですので、論理を単純化してまとめてみます。

第一に、呪術宗教的な王権の世襲形態です。それは、卑弥呼のシャーマン的な支配形態が阿毎（アマ）姓を名乗る支配部族であった、それが〈アマテラス〉として〈アマ〉氏の始祖の女性に擬定されており、〈スサノオ〉は土着の水稲耕作部族の最大始祖に擬定されている。それは、氏族的・前氏族的共同体から最初の〈国家〉へ移行成立したときにまでさかのぼれる、プリミティヴな国家の神話的な時間だということ（⑩453）。

第二に、〈法〉的な概念が、呪術的・宗教的な段階から離脱して公権力による刑罰法の概念へ転化している。それは田地の侵犯が、宗教的王権の内部では〈清祓〉の対象であるが、政治権力の強制力として考えられるとき現実の「刑罰」に値するという、同じ罪が二重性になってあらわれている。共同幻想の初期権力の二重性だ、ということです（⑩454）。それはまた、太古における農耕法的な法概念は〈アマ〉氏の名を冠せられた「天つ罪」であり、もっと層が旧いと考えられる婚姻法的な法概念は土着的な古勢力のものになぞらえられる「国つ罪」だというのです（⑩458）。

　第三は、初期天皇群に想定される王権規模は、天皇の和称にあらわれるヒコ・ミミ・タマ・ワケが、邪馬台的な段階と規模の国家群の大官の呼称でしかない、小規模国家だという指摘です。神武は、カムヤマトイハレヒコですが、カムヤマトが姓、イハレヒコが名です。「神」という概念と「倭」という統一国家の呼称で、神統であり同時に国主であるのを示し、「イハレ」は地名であろうということです（⑩456）。

　古事記解釈は、実に多様で、それぞれ論者によって違うのですが、〈共同幻想〉の概念においてそれを解読していきますと、わたしは吉本さんとは見解が少しずれていきます。とくに第二の領域です。スサノオを「農耕民の始祖」だというように経済社会的なコードの次元ではみなしません。木や水にかかわった「国つ神」＝スサノオが「天つ神」に引き上げられて、「高天原」幻想の構造内で「国つ神」の振る舞いしかしえなかったゆえ追放される、というように場所の「国つ神」を規準にした幻想構造の体系だと古事記の神々を布置します。ですから、天つ罪／国つ罪を共同幻想の主軸にすえない、その罪なるものは法概念のコード水準から解釈されてしまい、祭祀的・幻想的次元の意味が消えてしまう。「国つ神」幻想を規準にして古事記をみていくと、神代記の幻想構造と天皇記の幻想構造との本質的な差異がうきだします。それを邪馬台的な国群には対応させないことになります。別の幻想構造になっているものだからです。ただ国の規模は、邪馬台国的国群からすこしもでていないということではあります（⑩458）。それは、古事記を注意深く読めばわかることで、天皇は苦しめられており、支配制圧に何度も失敗していますし、ヤマトタケルの時代でさえまだ討伐にかりだされているわけで、ぜんぜん統一制覇などなしえていません。統一的な統治技術はあるが国家構築はなされていない、あくまで〈国家的なもの〉の初源であるのです。

つまり、吉本さんは、起源論において、共同幻想を統治形態に還元してしまっていますが、「統治性」の概念を設定していません。わたしはそれを、共同幻想と統治形態は概念空間の場が違うとし、幻想そのものの統治制として考えます。でないと、共同幻想と国家の関係が本質論ではなく、経済的なカテゴリーで識別される統治形態のちがいの問題だとされてしまうからです。わたしは「幻想」のあり方は一枚岩ではないとします。幻想は多様な表出形態をとると、幻想本質論を徹底させます。ただ、この起源論から、国家は、呪術的・宗教的王権の世襲、法概念の二重性（新たな法と旧来の遺制）、統治規模に対応する官制（場所的）、という要素が日本国家なるものの特異さとしてあるということは、ふまえておきましょう。そこを吉本さんは詳細に検証しています。それは本文を読まれてください。日本的統治形態の原初的様式として幻想とは別次元でまとめていくことだとおもいますが、しかしそうすると古代史研究者たちのような恣意的なものでしかないとなってしまうのがおちです。実証ではつかめないのです。メキシコでは「カルプリ」【◆4】という在り方として神体系と生産構成とが現在も残滓しているため、アステカ統一国以前の前古代がはっきりと実証的につかめるのですが、日本では現在の変容した村落の風習・習俗から推察していくほかないと思います。そこにとどきえているのが「クニブリ」として「オホミタカラ」の文化構成との差異を自覚してなされた坪井洋文民俗学です【◆5】。前近代を一元的なナショナル空間として対象にしている柳田民俗学ではありません【◆6】。「起源論」で言われたことは、〈共同幻想の国家化〉の初源的契機ですが、村落からの離脱としてなされ、そして小規模な多元〈国〉群であったということ、そして、国家の起源的な形成は、

◆4……A・L・アウスティン『カルプリ』（EHESC出版局）

◆5……坪井洋文『民俗再考』（日本エディタースクール出版部）、『イモと日本人』『神道的神と民俗的神』（共に未来社）。

◆6……稲作一元統一空間の生活民俗学でしかない。坪井洋文『稲を選んだ日本人』（未来社）に柳田批判が明示されています。

二千年以上の長きにわたってなされたということ、そして姉が呪術的・宗教的な祭祀をつかさどり、弟が政治権力をになった——後に〈アジア的ということ〉の段階として設定されていきます——、それが次に兄と弟の関係へと〈幻想の統治制〉において転化された、ということです。以上は、本質論的にふまえることです。その間に、兄弟・姉妹の性の禁制が幻想構造の水準の転化・転移の契機に編制されています。歴史学者の古代国家論では、まったく把捉されえないことです。「国家」と言ってしまいがちになりますが、〈国家なるもの〉の初源がはるか昔に出現していたということです。

「起源論」は、日本の初期国家なるものの発生論です。国家論の初源基盤になるものですが、示唆的なものであって画定的なものではありません。ここから、起源の基盤になっている、宗教から法への転化を論じた規範論、罪責論へと遡ります。逆に読むことです。

❷規範論：法的共同規範の出現

「なかば〈宗教〉であり、なかば〈法〉だというような中間的な状態」が〈規範〉であるとされています(⑩424)。不文律や習俗、儀式やとりきめ、ですが、宗教から法・国家への移行に配備されていくありかたです。わたしの言い方ですと、構造的な構成においては、宗教象徴統御からも法体系からもこぼれおちたものが「規範」として社会的な空間へ配備・布置されていく、となります。「社会」は規範をとりあげて編制していくことで成り立つからです。逆に言えば宗教と法を疎外した領域に「社会」(のような場)が実定化されていくのは、そこに不文律の規範が多様に作用しているからだ、ということです。ですが吉本さんは、「規範」を自然疎外の本質からみて幻想表出の主要なシニフィアンとみなしていますから、ここの規範論の議論は、非常に多くの課題＝理論点をはらんでいるもので、注意深く、現在と前古代とを行き来しながら了解していかねばならないところです。

　根本的な問題設定は、「どんな〈宗教〉がどんな〈法〉に転化し、どんな〈法〉がどんな〈国家〉に転化するかを考察」することです。それは、もうすでに逆読みから確認しています「氏族(前氏族)的な共同体から部族的な共同体へと移行していく過程で、変化していった〈共同幻想〉」をつかみとる(⑩432)、ということになります。そこにおいて、規範論は〈宗教〉から〈法〉への転化を明示し、法的な共同規範が出現、表現されて国家への転化がなされていくことへの、考察です。「宗教⬇法⬇国家」という形成的な構造構成といえるでしょう。宗教と国家との関係は複雑ですが、吉本さんは〈共同幻想〉としてそこを連結させています。

法の二つの側面

　フーコーは犯罪者と犯罪行為とを混同するなと現代規範社会のありかたを警告していますが[◆7]、フーコーに言われるまでもなく、吉本さんは、犯罪行為を法的対象にする〈清祓〉(はらいきよめ)と、人を法的対象として罰する「罰則」とを分けて、それが共存している未開段階と分離していく段階とを区分しています。〈法〉は、犯罪をおかした「人」を罰するのか、「犯罪行為」を罰することで〈人〉そのものを救済するのか、二重であるということです。この識別は本質的です。現在においても留意していかねばならない観点です。「ハライキヨメによって犯罪行為にたいする罰は代行され〈人〉そのものは罰を負わない」以前があったのが、新たに「罰則では〈法〉的な対象は〈人〉そのものであり、かれは追放されたり、代償を支払わされたり、体罰をこうむったりする」(⑩426)のだ、というちがいが発生したということです[◆8]。刑罰の実定化は、それぞれの時代の幻想と実際行為との編制が、真理・知と権力諸関係との構成のされ方の変移として表象される、重要な対象です。「犯罪界」が出現するのは、近代化への兆しとしてです。罰則という「規定化」の変容は、法体制の変化ではない、幻想布置の変化であるとみな

◆7……フーコー「十九世紀司法精神医学における「危険人物」という概念の進展」(『ミシェル・フーコー思考集成 Ⅶ』所収)など、犯罪、刑罰、刑務所、精神医学に関する論稿。

◆8……「人」が統治的な対象になったとされていますが、個人ではなく、ある集団表象を代行する身体であるとおもいます。
　イザナキの祓い清めは、神を産みます。スサノオの追放は、個人の追放ではないのです。

　非常に難しいところです。罰則ではないと思うのです、それは近代法的解釈です。

すことを示唆しているこの箇所です。

未開社会の法的共同規範

〈人〉も「行為」そのものもあまり問題にならない、ただ、部族の〈共同幻想〉のなにが〈異変〉をもたらすかだけが問われる。神話のなかで、共同的規範が法的な形をとるとき、そこに登場する人（格）は、つねに〈共同幻想〉の象徴である、ということです。そこで、スサノオが検証されていきます。

(1)罪と罰とが法的に出現するスサノオの「天つ罪」

吉本さんなりのスサノオ解釈ですが、考察の本題は神話布置におけるスサノオ解釈より、〈天つ罪〉が機能していく共同幻想のありかたの論述にあります。要するに、神権をもつアマテラスの弟に、なぜ、〈天つ罪〉が負荷されて追い出されたのか［※8］です。それは〈天つ罪〉が共同体制を乱す原因であり、その罰則が〈法〉的刑罰になっていた。それは出雲系の「未体制な土着の勢力」と大和朝廷勢力との接合点にあるもので、自然的カテゴリーに属する「国つ罪」と、農耕的共同性への侵犯に関する「天つ罪」との接合点にあるものだ。古い共同規範の土台に新しい農耕法的要素を混合させている。そこからしだいに〈天つ罪〉のカテゴリーに属する農耕社会法を〈共同幻想〉として抽出していくようになる。だがまだ垂直的な法権力にはいたっていない、ということです。①罪の識別、②共同体制の識別、③それらの相互関係と移行、が同時に問題にされています。スサノオ論というより、天つ罪の共同規範と国つ罪共同規範との、異なる規範関係の編制の様態と理解しておくことでしょう。

〈法〉の発生は、血縁共同体の共同幻想＝国つ罪の土台のうえに、部族共同体の共同幻想＝天つ

※8……千座置戸を負わされ、「髪を抜きて、その罪を贖はしむるに至る。亦曰はく、その手足の爪を抜きて贖ふといふ。すでにしてついにかむやらひやらひき」というのが書紀である。これは、祓いといわれるもので、書紀は神罪過（かみたちつみ）をスサノオに帰したとはっきりいっています。

だが、古事記では、「千位の置戸を負せ、亦鬚と手足の爪とを切り祓へしめて、かむやらひやらひき」と述べているだけです。「天つ罪を犯した代償としての祓物語に還元できない」と古事記・『日本思想体系』の註解説も述べていますが、書紀の相とはちがっているのです。

天つ罪のカテゴリーがはっきりしてくるのは、書紀幻想においてであって、古事記幻想においてははっきりしていないと、わたしは考えます。

罪を支配王権としてうちたてた、というところにあるんだ、という歴史移行と本質構造との指摘が基盤になっています。仲哀天皇の例を付加して、天つ罪と国つ罪とが分離する以前の刑法的古形を示し、大和朝廷の制覇が完成されていくにつれ「農耕法的な要素を〈共同幻想〉の〈法〉として垂直的（権力的）に描きだし」「近親姦、獣姦みたいな〈国つ罪〉は、他の清祓対象といっしょに私法的な位置に落とされた」（⑩434）という、転化の指摘がなされています。天つ罪が支配王権に、国つ罪が私法へという分裂がおきる、ということですが、国家的支配へいく共同体制と、支配される場所的共同体制との上下の垂直化がなされるということです。講演では、国つ罪が「蹴落とされた」とわかりやすい言い方になっています［※9］。現代社会において、刑法と民法との差別化の本質がどこにあるかを示唆するものと考えられます。個人利害への侵犯（に対する処罰）が、権利への侵犯だとみなされたとき、共同幻想への侵犯とみなされることへの転移がおきているということです。

そこでは、〈罪〉が〈共同幻想〉であると設定されています。そこに法的な共同規範がこめられているということです。

(i)国つ罪：土着勢力の自然カテゴリー：兄弟・姉妹のあいだの性交の禁制がふくまれていない
(ii)神権＝アマテラス／政権＝スサノオに担われた〈共同幻想〉：国つ罪と天つ罪の混合
(iii)天つ罪：農耕法的共同規範：国つ罪を私法へおいやる

簡単にまとめると、この三つの段階が想定されえます。これを単純に、移行段階だとしてしまったなら誤ります。構造生成的に構成されていることだとふまえておくことでしょう。わたしは、現代でも、この三層が構造化されていると考えます。(i)が隠れているが、かならず潜在している、それはいかなるものであるのかを探ることにしています。わたしにとって、それは国つ罪ではなく、それを一要素にはしているが総体的な共同体制としての「国つ神」幻想／クニブリ文化です。場所の根源的なものです。国家化されていきえない力・規範をもったものです。

※9……「幻想―その打破と主体性」（⓮279-282頁）、「幻想としての国家」（⓮325-332頁）が分かりやすいです。

▼批判的見解

吉本さんは「出雲系のような未体制的な土着の勢力がいくつもわが列島に散在すること」、「八岐の大蛇に象徴される未開の慣習法しかもたない勢力間の争い」、「大和朝廷勢力と土着の未開な部族」（傍点筆者）というように、大和朝廷勢力を進んだもの、他は「未開」「未体制」だという、日本書紀規準を暗黙にもちこんでしまっています。しかし実際は逆であったと思われます。とくに出雲ははるかに進んでおり、大和朝廷側の方が未熟・後進・野蛮であったということです。「八岐の大蛇」といわれるよう巨大な勢力で、高天原（国）や大和朝廷の方が弱小です。しかし皇孫系／大和朝廷が領有する共同幻想は次元が異なり幻想として大きな射程と力をもっていたということではないでしょうか。「集中化」「統一化」の視点からそれが高度とされたのだと思います。

わたしは吉本共同幻想の視座から古事記自体を読み直して、「天つ神」共同幻想と「国つ神」共同幻想とが、まったく対比的にシニフィアンされている構図を見いだしました。すると、そこからおもしろいことに、「天つ神」共同幻想の担い手であるアマテラスが失敗ばかりしていることが、うきだしてきます。スサノオ（国つ神が天つ神へと召還されながら同化しえない存在の象徴）を統御できないのです。スサノオは乱暴者とされますが、国つ神の文化を強くもっていて、アマテラス＝天つ神側をもってしても同化・統率できなかったのです。つまり、「すめらみこと」共同幻想＝天皇が、政治権力体制を形成し一元統一化していく移行過程への語りであって、呪術権力が失敗と試行錯誤をつづけているのが見えてきます。法的な共同規範の出現過程ではなく、高天原国の統治の失敗過程です。それは、「葦原中国」征圧の正統性への過程です。幻想過程としてそうなっています。ですから最初から「葦原中国」統治を前提にしている書記において、高天原は存在しません。

天の石屋戸に閉じこもって世の中が真っ暗になったというのは、アマテラスの呪術がきかなくなって、統治が機能しなくなったということの意味作用ですし、アマテラスは仰々しく武装してスサノオを迎えうったり、うけひの呪術的契約を交わしたり（支配統治の分割）しながらも、スサノオを支配体制に布置しえず、やむなく追放、つまりスサノオを出雲圏へ派遣した。がすべての統合はうまくいかず、根の堅州国＝片隅の国をうちたてたにすぎない。スサノオは自分のところに逃げこんできた大国主に訓練を施すが、脱出されて出雲統治は大国主の方がする。そこへ、アマテラスは神産巣日神の呪力を協働させて、何度も高天原から出雲へ神をおくって治めようないし共同しようとするが寝返られてしまう。そしてなんとか「国譲り」までもちこんだが、出雲支配がなしえず、しかたなく日向へ逃げる（それを天孫降臨したと遡及的に系譜だてる）。アマテラスは奈良の大和朝廷のなかで皇祖神として鎮座していたが大物主から追い出されて伊勢へいかざるをえなくなる、等々。また天つ神として共同する神も、タカミムスヒからカミムスヒへとかえていかざるをえない。幻想構造の画定がなしえないでいる様態がはっきりと記述されています。スサノオとは、国つ神を高天原国へ召還し、そこから国つ神征服のために派遣したということの象徴で、農耕民の始祖ではありません。むしろ紀伊の木の神です。水にかかわる、海、川、における海辺・川沿いの征服をなした神（部族）です。

わたしは神話を事実や事件や現実におきかえているのではありません。神話が語っている実際行為、神話プラチックを解読しているだけです。神話の意味機能を神話言述そのもののなかにみいだそうとしているのです。つまり共同幻想の実際機能・働き方をつかもうとしています。

古事記を実際に読めばわかりますが、〈天つ罪〉なる概念空間は存在していません。国つ罪の諸現象が表象されているだけです。それは、国つ神の文化の表象です。共同幻想の秩序の破壊状態が示されています。法的共同規範の界はきわめて小さいです。スサノオの追放は、個人への罰則ではありません、幻想の統治制化における、「国つ神」そのものの「蹴落とし」という配備です。高天原の祭祀機能の純化、つまり共同幻想の強化です。しかし、出雲を五月蠅なすとしながらも、統治はできない、まだ弱体だったということです。罪と罰の問題、宗教から法への問題ではないと思います。

吉本さんとどうちがうかは、拙書『国つ神論』で詳述していますが、この古事記解読が可能になったのは、神として登場する存在はある共同幻想の象徴である、という吉本論理をわたしなりに貫いたからです。「国つ罪」が未開の自然的カテゴリーにあるというのではなく、「国つ神」は自然との非分離を構成しえている文化カテゴリーにある、高度な存在表象であるということです。この価値存在を積極的につかんでいかないと〈日本〉ははっきりしないといえます。それを、皇孫系は無視しえなかった記述が古事記です。書紀はそれらを蔑んでいきます。「国つ罪」を蹴落としたというより、「天つ罪」を上昇疎外させたということではないでしょうか。その幻想構成は大きい。

(2) 清祓の権力への転化

清祓行為も宗教から法への転化の過渡にあるものです。「宗教としての意味」と「共同規範として現実に向かう要素」の二重性をもっているからです。

何を清祓するのか、それは〈醜悪な穢れ〉です。そこに感染したものを身体から脱ぎ捨てる、水浴などで洗い流す、つまり物件としてではなく幻想を科料として剥ぎ取るということです。そこには刑罰的な意味がはいりこみはじめていると吉本さんは言います。また禍いを祓う、水にいれ清める、とくに眼と鼻を洗う、という宗教的な意味がなされています。

黄泉の国へ行って帰ったイザナキ［※10］の清祓行為がその典型だと、吉本さんはあげています。〈死〉の穢れ（〈死姦〉だと吉本さんは言ってしまうのですが、イザナミは黄泉国＝国つ神の国で生きている生者です）と、出雲の国と接した穢れ、つまり時間的な〈他界〉と空間的な〈他界〉との二重

※10……吉本さんは「イザナギ」とされていますが、いま一般的には「イザナキ」と言うので、そのように言表します。

性の接合がなされている、とみなすのです。これはいいとして、しかし、イザナキは清祓によって神々を産んでいることは、どう解釈したならいいのでしょう。

未開人は、法と宗教の根源は醜悪な穢れそのものだと考え、「あらゆる対他的な関係がはじまるとすぐに、人間は〈醜悪な穢れ〉を〈法〉または〈宗教〉として疎外する」ゆえ、清祓によってのみ解消されると考えました。

吉本さんは家族の〈性〉的な共同性から社会の共同性まですべて〈醜悪な穢れ〉とされたのは、「〈自然〉から離れたという畏怖に発祥している」、そして①「人間は〈自然〉の部分であるのに対他的な関係にはいりこんでしか生存が保てない。これを識ったとき、かれらはまず〈醜悪な穢れ〉をプリミティヴな〈共同幻想〉として天上にあずけた」、②「それを生活の具体的な場面からきりはなし、さいしょの〈法〉的な共同規範としてかれらの幻想を束縛させた」、③「そうすることでいわば逆に〈自由〉な現実の行為の保証をえようとした」、という本質的な解読をします（⑩436）。これが、じじつであるかどうかではありません。共同幻想から考えるとそうなっている、というシニフィアンの提示です。ですから、わたしはこの吉本さんが解読した三行程を、現在でも使います。つまり神話上のことではなく、民俗的・人類学的な関係を本質論から解いたものであるからです［*］。

崇神朝の三輪山伝説と垂仁朝の出雲伝説の二つが次に示されます、疫病の流行、天皇の子の失語という現世的な異変が「醜悪な穢れ」とされ、それへの清祓行為は「神社の建立」という現実的行為へ転化されています。天上的な清祓行為が、宗教的側面として神社建立に転化されたのは、共同幻想が神権優位から現世的政治権力の優位へ転化されたということであり、清祓行為の法的側面が共同幻想の権力そのものに解消された、ということです。この関係構成には同意しますが、同時に神の勢力布置が転移されていることを見落とさずに置いたうえでです。皇孫系の神の力、祭祀力が弱体なのです、疫病の流行をとめられないのです。そこでアマテラスを追い出して大物主を祀ることで治めます。神権において敗北しているのです。場所の神であった大物主神の方が外部からもちこまれた皇孫系の天照大神より強大であったということです。ですから、場所神をもってそこと共同して、現世的政治権力を確保したということです。皇孫系への一元的な神社建立の配置がなしえていないということです（これは現在でもいまだにそうです）。また、崇神や垂仁は、婚姻関係が多い、ということは別部族であったゆえ、祟り／醜悪な穢れを受けたということではないでしょうか。

さらに、時代が下ると、清祓行為で消滅されるはずの〈罪〉が法的な刑罰となっていきます。その例が「木梨の軽の太子」の挿話です。同母妹の「軽の大郎女」との兄妹相姦＝国つ罪は、帝位継承するはずだった「軽の太子」の流刑と「軽の大郎女」のあと追い心中として、清祓行為の対象になるものなのに、権力構成とむすびついていきます。また、顕宗天皇のとき、食料を盗んだ猪飼の老人が、河原で斬られ一族が膝の筋を切断されますが、これは天つ罪に属するもので、共同性への侵犯が問題なのではなく、法が権力にとって、権力にたいする盗みの処罰として確定されていることを示しています（⑩438）。

共同幻想の論理が、「法」から「権力」の領域にまで及んでいますね。幻想だけのことではないということを、ふまえておいてください。幻想が権力の関係へと配置された、ということです。本質というと内面だけのように思いがちですが、外面も大事だということです。

▼批判的見解

わたしがひっかかったのは、イザナキが死の国へ行った、また死姦の幻想表象だとされているところです。つまり黄泉国が死者の国＝他界として設定されているところです。神話表象はそうなっていますがこれは「死者の国」ではありません。しかし、それは吉本さんも同時に設定している出雲の国です、伊賦夜坂です。折口は黄泉国は「生者の国」だといっていますが、国つ神の場所です。カグツチを産んでホトをやけどしてイザナミは死んだ、という神話表象ですが、それはカグツチが裏切った、それで同盟関係が破綻し、イザナミは自分の生国＝国つ神の場所に帰った、それをイザナキが説得にいったが、国つ神の宗教・習俗があまりに強烈で逆にその穢れに染まってしまいそうになった、説得は不可能だった、だから逃げた、そして天孫系＝天つ神はもういたずらに強大な「国つ神」国とは共同しない、単独で戦う、それが伊賦夜坂を塞いだということです。そして禊は、神々を産みますが、それは他のより弱小の国々と共同したあるいは征服した国です。天つ神体制に穢れをもたらさない国々の象徴です。それを祓いとして表象したのです。つまり共同幻想間の協調ないし征服による幻想統治の拡張です。罪の清めになっていません。罪制の次元のことではないとおもいます。

つまり、イザナキの「天つ神」共同幻想とイザナミの「国つ神」共同幻想がいかなる関係をもったかという幻想関係の挿話であるということです。「天つ神」の側に、そう簡単に国つ神たちは包摂されえていないという説話です。崇神朝の三輪山説話も大物主＝国つ神の勢力が強大であるということです。垂仁朝の挿話は、大国主が国譲りしたにもかかわらず出雲は変わりなく強大だ、ということです。

ここを基礎にふまえたうえで、幻想としての清祓行為をみていかないと、幻想の本質布置を見失いますし、そのうえで、法、政治権力をみていくことが可能になるのです。

(3)国家論への架橋となる示唆

述べてきた(1)(2)のそれぞれに、共同幻想国家論として保存されうる重要なまとめが論述されています。

(i)経済社会的な構成が、「前農耕的な段階から農耕的な段階へ次第に移行していったとき、〈共同幻想〉としての〈法〉的な規範は、ただ前段階にある〈共同幻想〉を、個々の家族的あるいは家族集団的な〈掟〉、〈伝習〉、〈習俗〉、〈家内信仰〉的なものに蹴落とし、封じこめることで、はじめて農耕法的な〈共同規範〉を生みだしたのであること。」

➡「だから〈共同幻想〉の移行は一般的にたんに〈移行〉ではなくて、同時に〈飛躍〉をともなう〈共同幻想〉それ自体の疎外を意味する」（以上、⑩434）

これは、〈共同幻想〉の構造的な構成のしかたと、歴史移行的なしかたとを示しています。前段階の〈共同幻想〉が蹴落とされるというのは、幻想意味作用を転移させられ、幻想シニフィアンとして機能しなくなるのではなく、下位に落とされ（場所へ封じ込められ）、その場所での土台に隠されて機能している、と了解することが大事な点です。蹴落とされても幻想としてシニフィアンし続けるのです。他方、新たな支配する＝統御する〈共同幻想〉は飛躍へ疎外されているという移行になる。この上下への構造構成がわたしが、「すめらみこと」共同幻想の出現として布置した根拠です。それは天つ神共同幻想と高天原共同幻想とを合体させて飛躍させ疎外されたもので、同時に「国つ神」共同幻想にたいしては、「従う」国つ神（名を与える）と「まつろわぬ」国つ神（獣と同化される）に識別して、支配ないし征服するという動きになっていきます。幻想段階の飛躍的転移という〈幻想の統治制化〉のしかたです。

そうしますと、農耕的段階から近代の産業的段階への移行で、〈共同幻想〉は何を蹴落として新たに何を飛躍したのでしょうか？　また、産業的段階から情報高度資本主義をへての新段階への移行において、何が蹴落とされ飛躍はどのようなものなのでしょうか？　いままさに現在で進行しているものを考えていく本質初源が、ここにあるということです［※11］。

ここで注意せざるをえないのは、経済社会的な構成との対応で共同幻想が布置されています。経済過程は排除するとされたのではなかったでしょうか。マルクス主義的な設定がはずされえていません。それは当時の限界だったとすべきか、それとも基本的に相互の関係をおさえていくも

※11……明治天皇制国家は、国つ神たちを合祀し、場所とのつながりの力をぐちゃぐちゃにして機能させないようにする。言語を国語化して漢文・漢字排斥の動きを社会空間へ配備するなど、種々の統治技術をはたらかせます。

　産業的段階から次への飛躍は、社会幻想・商品幻想を蹴落として、場所・資本の幻想を機能させることだと、わたしは想定します。言語的には述語制言語様式の出現です。

のだとすべきか、それは皆さんが決めてください。わたしは前者であるとしながら、経済規定の概念空間を幻想概念へ転じて、相互関係を構成しています。つまり経済概念にたいして、幻想概念としうるものを社会幻想に配置し、そうなりえない経済の物質過程は切り離して、その対応関係を考察します（商品幻想が社会空間の「社会人間」を規制している、それと経済過程にある商品生産過程・流通過程・総過程とを対応させ、そこから資本概念を救出する場を開いていくのです）。前農耕的段階から農耕的段階へ移行したから共同幻想が移行したとは考えません。逆です、共同幻想が飛躍して疎外されるものを新たに作りえたから、農耕的な経済体制が可能になっていったと考えます。皇孫系の幻想力は、それをなしえたゆえ支配を可能にしていったのです。

(ii)「わたしたちはただ、公権力の〈法〉的な肥大を、現実の社会的な諸関係が複雑化し、高度化したためにおこった不可避の肥大としてみるだけではない」

⬇「最初の共同体の最初の〈法〉的な表現である〈醜悪な穢れ〉が肥大するにつれて〈共同幻想〉が、そのもとでの〈個人幻想〉にたいして逆立してゆく契機が肥大してゆくかたちとしてもみる」

「ニーチェのいう「支払無能力者」に公権力が「寛仁」にみえるとすれば、公権力もまた一定の社会的な機能を福祉として行わざるをえないからではない。あまりに対極に位置したものは見掛け上無縁に見えるという理由によっている」

⬇「〈福祉〉には〈物質的生活〉が対応するが〈共同幻想〉としての〈法〉に対応するのは、いぜんとしてその下にいる人間の〈幻想〉のさまざまな形態である」（以上、⑩439）

これはニーチェによるデューリング批判をもって、「共同体の権力の増大とともに、〈法〉（刑法）はその厳しさを和らげる」か、それとも逆かを問い直したものです。本質的なことは、公権力の肥大の問題ではない、共同幻想が個人幻想に逆立していく、その肥大化という問題なのだ、という幻想初源のことです。それから、共同幻想としての〈法〉に対応しているのは、その下にいる、つまり社会空間に生活している、「人間の〈幻想〉のさまざまな形態」がありそれに対応しえていく共同幻想だということです。「福祉」とされているところは「社会空間」です。法としての共同幻想と社会の諸幻想との関係があるんだ、というようにわたしはここを読み取りますから、すでに述べてきたような社会空間における幻想諸形態を提示してきたのです。福祉も制度も物質的生活さえも、幻想形態におおわれているということになります。これが、〈共同幻想の国家化〉としての「国家論」への回路になります。

(4) 〈規範〉の問題提起の本質相

宗教が宗教と法に分裂し、法が法と政治的な〈国家〉に分裂する、という指摘ですが、その転化過程は、人間は自然を崇拝し、自然を束縛することを知り、ついにその束縛を個々の生活場面から一般化して、統一的な共同規範にまで持ち上げる、ということと同じだ、と自然への関わりとして思想的指摘に対応させています。なぜ、そうしたことをするのか、その根拠は二つあり、①この束縛は人間を含めた自然そのものを疎外していくということ、②束縛そのものが必然なため、束縛が人間の根拠律、いわば存在する権利というものを内包している、からだというのです。思想的に指摘されていますが、どういうことでしょう?

「この解きほぐすにむつかしい事情」は、「歴史的な時代を考察するばあい」いつもつきまとってくる、と言っています。何を吉本さんは言っているのでしょうか?

自然疎外の水準と歴史疎外の水準との、識別と関わりの難しさです。『共同幻想論』が記述された六〇年代。そして広く読まれた七〇年代前半も、まだ唯物史観が社会科学の主流を占めていたころです。吉本さんは「本質論」へ切迫していくために、規制的に不可避に関与して来る歴史性/経済的社会構成をどう切り離していったならいいかの論述表出に格闘し続けていたとおもいます。また、いま吉本思想を読むわたしたちは、構造論、ポスト構造主義の地平規準にいるわけで、そこから吉本思想を現在・未来へと生かしていこうとしているわけですから、いつの時代でもかわりえない本質規定を、歴史段階においてどう引き受けていくかの相互関係の問題にある理論軸をもって対応できる局面にあります。つまりこうです。吉本さんの格闘は歴史的切り離しであったのに対し、わたしたちはもう本質基準として提示されたものを歴史とどうかかわらせていくかの、より高度な水準、つまり唯物史観／唯物論等を切り捨てた次元で、歴史関係を考えていく格闘を要されます。その初出の問題設定が、ここに述べられていたということです。

つまり、宗教から法・国家へと転移していくなかでつらぬかれていく〈規範〉があるとしたとき、そのはじめの宗教は共同性をもっているだけでなく、内部で系列化がおきている、つまり国つ罪から天つ罪への系の差異化がおきている――わたしの言い方では天つ神共同幻想と高天原共同幻想が「すめらみこと共同幻想」へと系列化していく――、そしてその宗教が、共同体の現実の利害をさす方向性をもっている――皇孫系の支配統治形態を可能にしている――ということで、「宗教的儀式と共同体利害とが平衡する」となっていることです。これは、理論的にいいますと、本質的な「幻想シニフィアン」が歴史的現実の段階においても意味作用しえている、ということになります。より正確に言い換えますと、本質的な幻想シニフィアンが固有の幻想関係をもちながら、歴史的現実においては変容的に意味作用しえているということです。経験的に、幻想が現実を動かしているとシニフィエしえますが、しかし、そう言ってしまうと思考はそこでとまってしまいますので。あくまで理論的次元で、シニフィアンの総体的な作用にたいしてわたしは思考をすすめていきます。

エンゲルスの『反デューリング論』が引用されています（⑩425）。それは、歴史的な変化のなかで、社会形態や国家形態が、原始状態を反復していない、原始状態の出現と崩壊とを経験しているように、ある時代のなかで興隆し没落していく、そこへの認識は、労働無しに生活しえないとか、支配／被支配に分立するとか、ナポレオンは一八二一年五月五日に死んだとか、という陳腐な議論ではなされない、という内容のものです。つまり、人類の歴史変化と初源の原始状態との関係ですが、そこをどう問題設定したらいいかです。これは、通常、歴史の観方・考え方となっていきますが、吉本さんは、愚かすぎるデューリングでも賢すぎるエンゲルスでもない、本質としての宗教／共同幻想から考える、と位置設定しています。初源は始末されてはいない、本質シニフィアンしつづける、ということです。

本質シニフィアンが作用していることにおいて、前氏族的状態から部族的状態への歴史的移行、前農耕的段階から農耕的段階への移行において、〈共同幻想〉の飛躍があったということです。それは、宗教から法の分離の過程で〈規範〉が新たに編制されたからだ、国つ罪から天つ罪への移行による国つ罪の蹴落とし、場所への閉じ込めがなされ、婚姻法的なものから農耕法的なものへの共同規範の移行がなされている、と配置されていました。罪制と法とから、みていこうとしたわけです。それでいいのだろうか？　という問いが吉本さんによって自身へ向けられているのだとおもいます。

規範論は移行・飛躍の問題設定です。歴史段階の過程に問題布置されています。共同幻想と共同規範との関係が、はっきりしていません、共同規範の出現とその変容は、主に「禁制」として表象されますが、罰則や法の問題は別次元であって、幻想の統治制化そのものの配備として、幻想と規範との関係を探究することだとおもいます。規範を考えるには、規定化règlement の水準と規則 règle の水準とを識別し、そこに「規整化 régulation」の働きを読み解いていかねばなりません。これを神話にみるのは困難です。幻想関係の規整化においてみていくほかないとおもいますが、「社会」をみるにはここははずせません。吉本さんが考察した場を、わたしなりにずらした根拠です。法的タームは、なんとかして消して外化していかねばならないのです。「掟」「罪制」の幻想配備として考えるべきところです。

この問題設定の根源にあるのは、「歴史とは何か?」という問いです。吉本さんによる、その問いへの答えは、『心的現象論・本論』における「了解の様式」でなされています。〈歴史〉という概念がなぜ提起されたのか、という問いとしてです。これが「初源」への問いです。〈歴史〉が、もうすでにそこに有るんだとして歴史そのもの、さらに歴史概念そのものを問いもしない大学人の言説などが辿りつきえない閾です。

規範論を読んでいますと、段落ごとに重要な問題構成が開示されています。同時にいろんな未解決の問題をはらんでいます。本筋要点だけ集約しながら示しましたが、自分で、自分の問題意識に引き寄せて、本質基準をぶらさずに、活用を広げ深めていってください。

▼共同幻想の方へ

神代記に介入してしまっている初期天皇群の幻想原理と、逆に天皇記に残滓している国つ神的共同幻想（国つ罪だけではない）を、対象対比させ、幻想構造を本質的により重層的に構造化すること。そのとき、古事記論理と日本書紀論理とを混同させない、はっきりと異なる原理として識別し、これらの相互介入を抽出すること。また、共同幻想の内容を構成する要素に、掟、規範、権力、祓い清め、以外に何をもちこまねばならないのかということに注意しなければなりません。〈宗教〉も一般論ではなく多様な個別本質から本質そのものの水準で考証しなければなりません。共同幻想の〈飛躍〉には、共同規範の変容の問題がからんでいる、ここを引き受けて理論作用は働かせます。

▼国家論の方へ

フーコーの「規範」論、「規範化社会」論を導入し、その規範 norm のパワー関係論と幻想論とをかさねあわせて理論構成しえますが、「統治制」と「配備」の方法概念を活用することにおいてです。マルクス＝レーニン主義的な「国家権力」概念は幻想論と交叉できない、極端に分離された概念であるだけでなく意味の無い概念です。それはただ「支配」「抑圧」の機能論理でしかないものなのに、しかし二十一世紀になっても実際に残存している愚かな権力構造と行使があるのも事実です。しかしながら、現代国家はパワー関係を「生かす政治」として巧妙に「社会」の空間場でとりあつかい、国家配備が国家の永続化をはかるように統治制を作用させ、「社会の国家化」を歴史形成的に構造構成しましたが、その構造化された構造から、規範を社会へ働かせて、法や共同幻想よりも人々を統制する原理として「国家の社会化」という新たな段階に入っている。人の統治において「規範」に従属・受容するように編制しています。共同規範から、逆に世俗化された宗教として、学校宗教の教育信仰や病院宗教の医療信仰など、現代的な祓い清めの幻想が規範化の構成とともに進行しています。そこに社会の共同幻想が、学校幻想／教育幻想、医療幻想／健康幻想として換喩的に散種されているのです。

そのように問題構成しなおします。

❸罪責論：対幻想の共同幻想への転移過程

ここは、共同幻想と神話との関係を論じたものです。そして、ヤマトタケルの〈倫理〉の出現の問題が重要です。

すでに逆順序読みから、共同幻想から政治権力統治が国家生成的に出現・移行していくところには、「神権の優位のもとで〈姉妹〉と〈兄弟〉が宗教的な権力と政治的な権力とを分治するという氏族（または前氏族）的な段階での〈共同幻想〉の制度的な形態を語っている」（⑩411）ことが、機軸にすえられているのをわたしたちはつかんでいます。これが「共同幻想の構成（ゲシュタルト）」だと、何度も繰り返されているものです。それを象徴しているのが、アマテラスとスサノオですが、それはまた、「〈姉妹〉と〈兄弟〉とで〈共同幻想〉の天上的および現世的な分割支配がなされる形をかりて、大和朝廷勢力をわが列島の農耕社会とむすびつけている」（同）ということです。

①天上的な祖形と現世的な祖形の制度的なむすびつき方、②「土民との結合や、契約や、和解によって、部族社会の政治的支配を確立した」、という二つの指標が提示されています。これを、そうであったとシニフィエとしてみてしまいますと、そこで思考は終りです。そうではなく、そうしたシニフィアンがどうなっているのかを、そこから考えねばならないのです。わたしが、吉本思想に答えはない、わたしたちがそこから新たに思考・考察をすすめるための指標と方向性が的確に思想定位されている、と強調し続けていることです。これは、批判的見解で示しながら、Ⅲ部・7章で、叙述していきます。

さて、吉本さんは、スサノオの挿話は、「共同体の〈原罪〉の発生」を象徴しているのだ、と考えます。

原罪とはなんでしょう？　ニーチェは、祖先の犠牲と功業のおかげでそれぞれの種族社会は存立している、その最初の祖先の草創に義務を負うことだと述べている。また折口は、農民が祖先から尊い者にたいする原罪を背負ってきていると考え、それをあがなうために罪を意味する謹慎にこもることで原罪の天つ罪を消去する方法をとってきた、それがスサノオのための贖罪であった、と述べている。そこから吉本さんは、農耕土民の集落的社会の共同幻想と、大和朝廷勢力に統一されたのちの部族社会の共同幻想との間の矛盾や軋轢が発祥した、それが原罪だととらえます。それを本来なら大和朝廷が負わねばならないのに、農耕土民が背負わされたか、あるいは大和朝廷に従属したことで自分たちが土俗神に抱いた負い目か、が原罪になっている。そのとき、農耕土民たちの共同幻想は、新たな大和朝廷の支配下での共同幻想のように装われてしまったのだ、と共同幻想の変容というか別のものに覆われてしまったことを指摘します。

支配的一元的な国家的共同幻想は罪責を負っていない、場所共同幻想の方が負っているということです。たとえば現在、沖縄の普天間基地の問題で、国家が沖縄を告訴し、沖縄に罪責を負わせようとしています、その仕方は、この典型ともいえる仕方です。

そして、吉本さんはその罪責の形態を、(i)スサノオ、(ii)サホ姫、(iii)ヤマトタケルの三つの段階で示しました。

(i)スサノオ：前氏族的な共同幻想の倫理

氏族以前の、神権を支配する姉（妹）と現世的な政治を支配する弟（兄）の制度形態の原型。個体としてのスサノオは、「原始父系制的な世界（「河海」）の相続を否定して、母系制的な世界（農耕社会）の相続を願望し、哭きやまないため追放される」。「スサノオの罪の観念はただそれだけに発している」。「スサノオの〈倫理〉は青山を泣き枯らし、河海を泣きほすという行為のなかに象徴的にあらわれている」。これは、農耕社会の共同幻想を肯定するか否定するかで、「スサノオが父系的な世界の構造を否定して、母系的な農耕世界を肯定したとき〈倫理〉の問題がはじめてあらわれている」のだ。「倫理が欠如の軋みからうまれる」のなら、「スサノオがもった欠如の意識は、父系制がもった欠如に発祥」していると述べています（⑩413）。

水田耕作民の支配者となった大和朝廷勢力は、「雑穀の半自然的な栽培と、漁撈と、わずかの狩猟で生活していた前農耕的段階の社会を否定し、変革し、席捲したとき、はじめてかれらの〈倫理〉意識を獲得した」。そのとき「良心の疚しさ」に当面した。そこでさまざまな農耕祭儀をうみだし〈倫理〉意識を補償した。

この〈倫理〉の原型は、〈神権〉が〈政権〉よりも優位だった社会の〈共同幻想〉の軋みが、個体と共同性の問題にふりわけられ、「個体としてのスサノオは神権優位の〈共同幻想〉を意識し、これに抗命したときはじめて〈倫理〉を手に入れ」た。「〈共同幻想〉にそむくかどうかが個体の〈倫理〉を決定する」ということだ、と述べます（⑩414）。

(ii)サホ姫：氏族制から部族社会の統一国家への転化における倫理

政治権力の方が宗教的権力よりも優位になった段階での倫理です。サホ姫の兄サホ彦が、天皇を殺し、二人で天下をおさめようと誘うが、姫は天皇＝夫を殺せずに事情を告白してしまう。天皇はサホ彦を攻撃するが、サホ姫は子を天皇の手にわたし、自身は兄の城のなかへ入って死ぬ［※12］。

これは、夫＝天皇よりも兄に殉ずるという〈倫理〉ですが、大和朝廷の共同幻想にたいして、前代的な遺制である兄弟と姉妹が政権と宗権を分掌する神話的な共同幻想の構成に殉じた倫理です。サホ姫にとって、兄サホ彦は氏族的（前氏族的）共同体としての対幻想であり、同時にその対幻想の共同性が部族的共同幻想へとって変わられる過渡期にはさまれて、倫理的に死ぬということになっています。

そのサホ姫の倫理的行為は、氏族共同体の自然的性行為をともなわない兄弟と姉妹との対幻想が、自然的な性行為を基盤にする進んだ部族社会の対幻想よりも強いということ、あるいは同等の紐帯であった過渡期を象徴しており、どちらの規範・習慣に徹することもできずに、ふたつに引き裂かれています（ここに、対幻想と性行為との本質差異が示されています）。

これを吉本さんはさらに、氏族的共同幻想が、統一部族的な共同幻想にとって断層になってしまった、血縁的共同幻想は、部族的共同幻想と位相的に乖離し、蹴落とされ、家族体系の習俗的慣行に転化した、そして、それを分離した統一部族社会の共同幻想は、より強固に拡大されてゆく、と述べています。

※12……この子ホムチワケは物が言えない、出雲の祟りだとなるのですが、この挿話は、『出雲風土記』の大国主とその子アヂスキタカヒコが物を言えなかった挿話が転化されています。なぜ、それが「垂仁記」にもでてきたのか。出雲勢力の力の大きさが問題になったからだと推察します。白鳥を追ってどこへいったかも注目されるべきところです。『出雲風土記』では「三澤郷」ですが、古事記では紀伊から播磨をとおって高志にいき、日本書紀では出雲で白鳥をつかまえたとなります。勢力範囲の幻想的指示でしょう。

(iii)ヤマトタケル：統一部族社会の下での倫理

さらに時代が下りますと、神権優位の名残りはなくなり、現世的政治制度の支配者である〈父〉と〈子〉の葛藤に原型があらわれていきます。

ヤマトタケルが西方を征圧して帰ってくると、天皇はすぐ東方の征圧へ向かえと命じました。ヤマトタケルは父が自分を死んでしまえばいいとおもっているにちがいないと、ヤマト姫に訴え、草薙の剣と袋をあたえられます。

これは、第一に、もはや前代の共同幻想と後代の共同幻想との軋轢ではなく、同じ共同幻想のもとでの父と子の関係です。また第二に、伊勢神宮の巫女ヤマト姫は、母系制の宗教的権力の掌握者ではなく、兄＝天皇に内緒で助言をあたえられるだけの存在で、その神権は政治権力の下位におかれているにすぎません。

父が子をうとむのは、父＝男、子＝男のあいだの対幻想の問題として、また、勇者である子が父の政治権力をおびやかすのではないかという政治的危惧の問題です。つまり、世襲的君主の血縁がもつ二重の矛盾がヤマトタケルに負わされているがゆえ、うとまれることで、父の代行をはたすほかなくなる、ということです。このとき、吉本さんは、いわゆる英雄譚は、神話が神を失ったとき、家族がそのまま共同幻想の象徴であるような君主の世襲の矛盾を体現した人物を必要とする、その人物は部族の共同幻想を掌握する君主の所有に帰される、としています。つまり、家族と共同幻想との関係の問題だということです。

この三つの段階は、共同幻想間の軋みにおいて、倫理が出現しているととらえ、かつ対幻想の関係がいかに共同幻想のあり方を決定していくかが示されています。対幻想が配備された統治制がかわると共同幻想の本質構造が移行するあり方を明示したものになっています。つまり、前項の〈対幻想〉論をふまえていくものでありながら、共同幻想間の移行のあり方を示した稿が罪責論＝倫理論となっているのです。

吉本さんは、次のようにまとめます。

(i)前氏族的段階：姉妹が宗教的権力の頂点として神からの託宣をうけ、兄弟が集落共同体の政治的権力を掌握するという〈共同幻想〉の原型。倫理は、神からの託宣をうけるか否かにあらわれる。その倫理を負わされた象徴的人物がスサノオ、同時に農耕社会の支配者の始祖の役割を負う、農耕社会の支配者。大衆は、「母系の神権に与えられた神からの託宣にたいして無限責任を負わされ」、その「重圧が耐えがたいとき〈倫理〉の問題が発生する」（⑩418）。共同幻想にそむくかいなかという倫理の相ですが、共同幻想の外部に放り出されるということです。

(ii)氏族制が部族社会の統一国家に転化される過渡期：神からの託宣はない、「〈母権〉体制がこうむった背反が〈倫理〉の問題としてあらわれる。〈夫〉と〈兄〉との反目のあいだに引き裂かれて苦慮するサホ姫は、その〈倫理〉を象徴」する。サホ姫は〈兄〉に殉じながら自分の子を〈夫〉にゆだねる。「母系的、氏族的、農耕的な〈共同幻想〉はここで、部族的な統一社会の〈共同幻想〉に飛躍する」、その断層の間の軋みが〈倫理〉の問題となる（⑩419）。対幻想の対象として、異なる共同幻想のいずれをいかにとるかの軋みに出現する倫理の相です。

(iii)統一部族社会の〈共同幻想〉のもとで、父と子の間の対幻想の軋みの問題として、ヤマトタケルの倫理の問題はあらわれる。まだ個人倫理の問題にはなっていない。政治権力の所有者である〈父〉からうとまれたと考えたとき、ヤマトタケルは部族社会の最高の巫女叔母のヤマト姫に訴える。だが、この巫女は部族の祖形である神を祭った神社に奉仕しているが、もはや宗教的権力者としての部族の〈共同幻想〉の一部をになう存在ではない。そこには、「母系が集落の宗教的権威として現世的な政治権力よりも優位であった時代」がただ痕跡としてあるのみ（⑩419）。同じ共同幻想の内部の下で、対幻想が軋むところに出現する倫理の相です。

これは、倫理の場と布置の変移・転化として示されていますが、共同幻想そのものが変わっていくとき、どの関係に倫理の発祥が構成されているかを示したものです。共同幻想の移行論として非常に重要な指摘になっています。

まとめ：共同幻想の統治制化

国家的な統合の「起源」は、村落共同幻想から離脱する共同幻想の飛躍においてなされています。その元には共同「規範」の出現が宗教と法との間にあった。その規範の元には、共同幻想と個人幻想との逆立が対幻想との関係のとり方でおきる軋みの「罪責」・倫理があった。こういうことが述べられていました。罪責・規範は幻想の統治制のあり方です。

これを反転します。❸の論理は、対幻想の位置が共同幻想の政治権力の場に転化されている、それが国家的生成の起源の本源にあるということです。そこから❷規範の布置が宗教的なものから法的なものへとなっていき、❶地方権力者が統一統治権力者となっていく、というのが、吉本さんが描いた日本における国家的な生成の過程です。数千年かけてそうなったであろうということです。

いくつかのケースで述べられている共同幻想の水準が転移・飛躍するということが規準です。村落の共同幻想からの国家の共同幻想の離脱がある。さらに、何度も繰り返されている論点ですが、氏族的な共同幻想から部族的共同幻想への転化です。母制・氏族制の前代の神権優位の共同幻想から、前代共同幻想と新共同幻想との共存・軋轢があって、後代の政治権力優位の共同幻想への転化過程ですが、またそれは非常に長い時間を要している、ということの強調です。さらにこれらは歴史移行段階であるだけでなく、現在においても構造的に構成されているのだ、という本質的なものであることを、わたしは強調しておきます。過去のはなしではないということです。そしてこうした移行で、構造構成的に、対幻想の関係が共同幻想の転化を規整するということです。国家構築はまだなされていないが、国家的なものの生成が共同幻想の配備としてなされていたということです。まだ「国家」ではないから「共同幻想」と概念化されたのです。しかし、それは〈国家〉の本質にあるものなのです。

　示された基本軸は、兄弟姉妹の性関係の禁制が血縁的村落共同体からの離脱となり、姉妹と兄弟との呪術と政治権力の分担が神権優位の共同幻想のなかで構成され、新たな水準の共同幻想に飛躍する。そのとき前代的なもの＝国つ罪（婚姻法／場所共同幻想）を蹴落として私法の閾へおいやり、天つ罪を農耕法の共同規範へねりあげる。宗教が宗教と法へ分化し、法が法と政治国家に分化していく、そこになかば宗教なかば法である〈規範〉が作用しているその共同規範構成をなす。そして、共同幻想が新たな別の共同幻想に飛躍するとき、政治権力が宗教権力より強くなると、異なる共同幻想間で「軋み」が生じ（女＝対幻想はその軋みにおかれる）、国つ神的氏族共同幻想の方は蹴落とされる。統一部族的共同幻想の内部で兄弟が神権と政治権力とを分担する（祭祀的巫女は神権をもはやもたない）。

　ここを、さらに抽象化しますと、血縁的村落共同性の段階、神権優位の共同幻想のなかでの姉＝神権／弟政権の分担（国つ罪と天つ罪の混同）、氏族制から部族制への過渡期、政権優位のもとでの兄・弟の分担、と共同幻想の統治制化が転移しているということです。

　原罪＝罪責＝倫理から、国つ罪／天つ罪の見解をへて、法的な統治をなす政治権力へいたるというのですが、「罪」を論軸にしています、そこが、わたしとしては気になるところで、むしろ対幻想と共同幻想との幻想の統治制の変化によって、新たな共同幻想編制において幻想論そのものを徹底させて考察しうるのではないかとおもっています。つまり、兄弟姉妹に性の禁制がない、それが禁制をうけて共同幻想が国家的に疎外される、姉・弟の対幻想が神権・政権の共同幻想を分割統治する、統一共同幻想をもった部族が国つ神共同幻想との間で対立し後者が蹴落とされるとき女＝神権の力がなくなっている、一つの共同幻想のもとで兄・弟の対幻想が神権・政権の共同幻想の分担をする、という幻想の統治制化の変移です。一枚岩的な共同幻想ではなくて、共同幻想の諸相・諸水準があるというようにです。それは、幻想関係は言語的に作用することとして、経済関係は切り離し、そのうえで相互的に考えていくことだと考えます。ここは、じょじょに述べていきます。

ここで国家の本質は共同幻想である、醜悪な穢れは共同幻想である、法／権力は共同幻想である、ということが示されていますが、あいまいです。共同幻想はシニフィアンとして統治制化に関与していることが語られていることです。

これら起源論・規範論・罪責論は、まだ「国家ではない」状態といえます。王がいない国、王がいる場所国、王を支配している国の共同幻想の次元が、次に「国家以前の国家」になっていく段階ですが、〈国家の共同幻想〉の「起源」になる幻想の過程的構造化の様態です。そして皇孫系の統治はきわめて小規模です。幻想初源の幻想関係のなかに「政治権力」［※13］という要素が強力に作用してくるのが「起源」とされています。その生成過程は、邪馬台的段階から現代までの時間よりもはるかに長い期間において、疎外形成されてきたもので、そこに幻想構成の本質があるのだということです。〈共同幻想の国家化〉の起源設定です。「国家生成起源」とわたしは括りましたが、正鵠には「国家なるものの生成起源」としての共同幻想の配備の仕方です。

日本では、方言とされて日本語規準から見られている場所（国）状態がまだありえていますが、本質が見えなくなっているものも残滓しています。風土記や国つ神のあり方において蹴落とされた〈場所〉を探り直していくことであり、記紀以外の偽書とされてしまったもの、とくに『先代旧事本紀』などは見直していくべきものです。しかしながら、吉本さんが抽出した本質規準は、

※13……「政治権力」という概念は、記述的なものにとどまっていて、政治をになう権力ぐらいの意味合いになっています。幻想関係のなかで幻想権力関係を論じる事がどうなるのか、注意しながら考え直すことです。わたしは、権力概念を実体化することは拒絶しています。あくまで関係の機能・働きでしかないとみています。

いかなる神話にも普遍的に作用させていきながら修正・構成し直していくべきものとしてあります。それでは、これらを国家論として、いかに布置していけばよいのでしょうか。まず、問題構成をもう一歩すすめておきます。要点だけ述べます。

【国家論への通道1】共同幻想国家論への問題構成

〈共同幻想の国家化〉の「起源」が共同幻想の統治制化の変移として示されました。これをうけて、幻想国家論を問題構成していきます。(0)「初源」論／幻想生成論は6章で述べます。

(1)国家幻想構造論

これは一国内での幻想編制を解き明かすことで、滝村国家論が共同体内国家として想定したものですが、本質的には、国家共同幻想と多元的な場所共同幻想として相反共存している幻想構造です。場所（村落）の次元は、多元的な場所の共同体間国として、次元を国家ではなく場所へおとして考えていくべきものだとおもいます。「国／クニ」の次元と「国家」の次元は、まったくちがいますが、幻想間関係は本質的に同じだということです。Ⅲ部・7章で詳述しますが、日本の共同幻想の本質表出として、古事記共同幻想の構造と日本書紀共同幻想の構造との相異なる二つの国家編制原理――つまり統治制化の二つの配備――があります。神の体系・布置が異なるのです。日本には二つの異なる幻想設計原理があるということです。なぜなのか、それは単一共同幻想だけでは〈共同幻想の国家化〉として存続しえない、村落の場所の共同幻想を保証したものでないと存立しえないというアジア的な様態を統治者たちが感知していたからだとおもいます。それは皇孫系の共同幻想は幻想表象と理念において大きいけれど、その統治制化の実際編制においては力がない、しかも初期的統合は小規模であったということです。場所の多元的で多様な共同幻想の力が強大であり続けていたということの現れです。それは、相反共存しています。ですから、その差異を一般化して、一つの国家空間があるのだと概念化してしまいますと、幻想論は機能しないということを意味します。近代的な編制が一般化されているにすぎません。現在でさえ、表層は一元国家ですが、国家統合の実質化はなされていない、自然過程で場所の本質的噴出は潜勢力としてあります。

古事記共同幻想世界と日本書紀共同幻想世界という、異なる幻想空間があるというのが、大前提になります。この二つがかさなりますと、一方では共同幻想が末端まで覆うという状態がありながら、しかし上限の国家的共同幻想が手をつけないでいた場所共同幻想の多在的な布置があるという二重性になります。〈日本〉の一元的国家編制には二重化された構成が内在しているということですが、この幻想統治制からみていきますと、二つの幻想構造が分離していくことによって、近代の一元的民族国家編制は解体していく契機をもちえていくといえます。

法的疎外は、政治国家の政治権力出現を構成しますが、同時に国家共同幻想へ包摂しえないでこぼれだすものを、「葦原中国」幻想を初源とする「社会空間」の均一性として疎外し、そこに規範社会を編制します。政治国家と社会空間との間に、社会国家的なものが編制されるのですが、それは統治技術・統治性として作用していくもので、社会幻想を構造化して編制している「国家の配備」だと考えるべきです［※14］。罪責・規範は、規範化としてのパワー関係を働かせ、種別的幻想間の規範のちがいの軋みに倫理の域を個体に出現させます。つまり異なる共同体間の幻想関係ではなく、諸制度の共同幻想間の場に転化されているのです。共同幻想と個人幻想の逆立が本質的に布置されて、諸関係の中に必ず組み込まれています。共同幻想への対抗・抵抗がありうること、異なる共同幻想のどちらを選ぶかが対幻想の選択として決定されうること、共同幻想内で政治権力を得る闘いがなされうるということ、それが共同の意志への関与の仕方となります。

※14……「社会空間」、「社会国家」、「社会幻想」の関係を理論化することが、国家論においてもとめられますが、「社会」は国家ではないので「社会国家」という概念は消し去るべきです。「社会」は、市場経済の自由と国家の国家としての疎外外部性（法の外）の間に、一種の自然性として人口をかかえているものとして出現した、近代的表象です。「社会空間」は、社会幻想に覆われることによって、国家幻想を受けとめることで「国家配備」の統治機能を領有し、「社会政治」の統治技術が働かされる場になります。

幻想間の矛盾・対立ですが、その多様な「反振る舞い」（フーコー）が構造化を強化します。
そして、国家的共同幻想は、対幻想の共同幻想への転化として位相的に本質設定しておかねばならないということです。この対幻想が、社会空間で幻想の経済的編制を個人化させていきます。対幻想の労働形態への転移（対関係の経済関係への転移）が、社会幻想・共同幻想の配備を支えているのです。対幻想の社会幻想への転化ですが、ここは個体の〈生誕―死〉の成長期間がからんでいきます。次章で考察します。一見、直接の関わりがない、疎外されたものとみなされがちな対幻想規準を忘却してはなりません。

現代では、政治幻想国家／社会幻想空間／商品幻想空間の国家的配備がなされています。古代的共同幻想の累積が上限で隠れて構造化されています。しかし、政治幻想国家には、実質・実体がありません、ただ国家の配備を社会空間へ外在化させているだけです。

共同幻想の諸水準があるのだということ、それはいまや種別化された共同幻想として統治制化されているということです。〈共同幻想の国家化〉は、共同幻想が国家として疎外的に凝集されて社会や経済の外部に配備されていくことと、各制度の諸幻想を覆う広がりで、対幻想や個人幻想、社会や経済をも包含していくこととの重層性で考えねばなりません。しかし、どちらも国家を実体化してはならないということです。あくまで、幻想構造として国家の配備をみていくことです。「本質的な国家生成」が初源として「近代国家生成」において幻想構造化する作用を働かせているのです。

それは国家的共同幻想は隠喩的に構成され総体的な作用をなすと同時に、社会幻想のなかの諸幻想が換喩的に構成され部分的＝全体的な作用を働かせ、社会幻想／商品幻想を隠喩的・換喩的に複相的に構成します（6章参照）。

本質表出的に、共同幻想と個人幻想との「逆立」が、現在では「同調」へと構成されているということです。ここは、意志論へ大きくかかわっていくことになります。

〈国家的共同幻想〉は、これらの幻想関係を構造化して幻想統治しているものです。

(2)国家幻想位相関係論：国家共同幻想・対・場所共同幻想

これは、滝村国家論が、共同体間国家として設定したことにかかわりますが、国際関係の国家間の均衡という次元ではなく、わたしの論理では、国つ神／場所共同幻想間関係になります。それが、現実的・実際的に歴史出現したのが、日本では戦国時代です。江戸期に「藩」として移転配置換えされますが、戦国時代の場所大名と場所民との繋がりの力をおそれ、幕府が上から別の藩主を布置した統治をせざるをえなかった根拠の存在です。場所存在は残滓しつづけていきます。この武将統治間の関係構造として歴史表出したあり方をもって、場所共同幻想の可能条件を探り出していくことを、わたしは「武士制」論として課題にしています。しかもその幻想の原初基盤は古事記です。高天原（アマテラス）、出雲（大国主）、日向（ニニギ）、倭（ニギハヤヒ／大物主）の場所の神話はそれぞれ違うのです。そして江戸幕府の統合的確立は、ここをかなり意図的に移転配置換えした統治制化であり、明治政府の廃藩置県は、ここをさらに再統轄した構造になっています。この、一元的国家統治の可能条件であった江戸幕府と明治政府の仕方に対する逆構成が、一元国家社会統御を脱出していく批判規準になりえていき、戦国時代の多元世界が「開かれた国家」の可能条件として規準想定されえます。〈共同幻想の国家化〉と〈共同幻想の場所化〉が対抗する幻想統治制化の出現です。そこに、共同幻想と対幻想／個人幻想の幻想位相関係が、いかに統治制構成されるかが、問われることになります。本質的な三つの幻想関係を共同幻想の国家化に統治制化することだけが、幻想国家論ではないということです。つまり「国家的幻想構造」は、移行する幻想位相関係を場所存在の規準として内在しています。固定された不動の構造化された構造ではないのです。共同幻想の分離化を初源生成の本質からして幻想位相関係において内在させているのです。共同幻想の時間化が、可能な統治制であるのです。それによって空間配備が配置換えされうるということです。

ですから古事記は、場所共同幻想の幻想構成要素を、自らの神話構成のなかに織り込んで幻想関係を転移させます。『出雲風土記』のヤツカミズオミヅヌの「八雲立つ」をスサノオに転化し、この国引きの神をスサノオから大国主の系譜のなかに布置してしまいますし、やはり『出雲風土記』での大国主とその子アヂスキタカヒコの物言わずの話しを、垂仁天皇とその子ホムチワケの話しに転化したりなど。共同幻想の水準の飛躍で、移行の時間性を空間化しました。それは、新たな次元への時間化を可能に潜在させているということです。

「国家的共同幻想」と「場所的共同幻想」とが、位相を異にして対峙して分離化しうるということです。「起源論」では村落共同幻想からの離脱が国家水準のはじまりだとし、国つ罪の蹴落としを国家化とみなして、それが自然過程の効果・結果であるかのような雰囲気をうみだしていますが、まず統治し切れていないのが実際です。つまり、共同幻想間の対立が、国家的共同幻想下には構造化されて存在しつづけているということになります。ここを一元化はしえていないのです。吉本さんは統合化を、農耕社会の支配として想定していますが（それは書紀原理の幻想形態）、経済構成に還元せずに、幻想の位相関係としてあることが、文脈には多々示されていながら考えられえていない閾としてあるのです。近代で、政治国家内の法と社会空間内の規範とが、相互関係によって〈国家的共同幻想〉を支えている編制が統合的になされていると同時に、場所間共同幻想が〈非編制〉されて残滓している亀裂・裂け目の位相があるのです。

理念的に想定されることですが、場所Aと国家的共同幻想との関係と、場所Bと国家的共同幻想との関係は、仕方がちがうだろうということが、位相間の関係問題となります。その位相差を消去させる働きを「葦原中国幻想」／「社会幻想」は画一化・均質化としてなし、一元的国家幻想統治を集中化し、普遍化かつ独占化していくのです。共同幻想の国家化における幻想の統治制化において「葦原中国」の幻想配備は、決定的な力と技術の作用をもたらしたといえますが、それだけが自然過程ではない、他の自然過程である古事記的共同幻想の配備を抹殺はできなかったのです。そうしますと、本質としての共同幻想と自己幻想との逆立にたいして、対幻想と共同幻想との関係の統治制化のちがいによる異なる作用が可能でありうるとなります。ですから、逆に、国家配備は、対幻想／家族を「社会空間」に配備して、対幻想に経済関係や社会人間の規範関係をかかわらせるように構成したということができます。

三つの次元を異にする本質的幻想構造だけで幻想論を考えていたなら、幻想関係の位相差がうみだす「統治制化の変移」を了解することがなおざりにされます。位相差を出現させ関係の統治制化を明示していかないと、移行・飛躍は可能となりません。しかも、本質論理的に、この位相差を、前言語段階から言語段階への移行に照応するように出現したとみていかないと、本質論からぶれてしまう難しさがあります。吉本思想をふまえると、このように問題構成されます。国家論として未踏の閾です。古事記の神話系譜に時間化されて、この幻想位相関係が織り込まれています。

(3)国家幻想了解様式論

(1)と(2)がからんで、統一国家形成が時間的になされていきます。とくに、歴史的に国家論として重要なのは、〈近代民族国家〉の形成と統合です。世界的傾向として普遍化されてしまっています。高々、この二百年ほどの歴史化でしかないものです。たとえば、西欧的にはプロイセンからドイツへの編制過程でなにがなされたのか。日本では、明治維新編制過程になりますが、同時に戦後社会の国家編制は断絶ではない、全体主義的国家からの連続系譜として批判対象にされていくべきものです。非連続に「共同意志」としては吉本さんが指摘されたようになっていますが、社会制度形態は包摂過程において非連続されていません、連続しています。たとえば国民学校の実質的な国家への包摂が戦後民主主義学校制度として完成されていくだけです。医療制度も交通制度も、産業国家経済として連続したままです。言語編制はそのまま漢字仮名まじり「国語」として継続形成されています。そこを、批判的に解読して新たな可能条件をみいだしていくのが、国家幻想の了解様式論の役目になります。幻想構造そのものにかわりがないが、幻想構造の非連続ないし切断条件を探り当てることです。

国家の生成・誕生・構築は「近代国家」の歴史でしかないのですが、それが可能になったのは幻想の本質的な国家的共同幻想の生成がなされているからです。これは吉本共同幻想論のみが、世界水準で開示したことです。つまり、「国家生成」とは「本質的な幻想国家生成」と「近代歴史的な国家生成」との重層化においてなされているとわたしは把捉します。それを対象化・客観化するのが国家幻想了解様式の論理です。

現代国家としてわたしのいう「社会幻想」と「商品幻想」とは、幻想構造が連続される幻想様式の機軸になっているものです。そして、その幻想構造に非連続の可能条件をひらくのが、「場所共同幻想」であり「資本」幻想だとなります。労働者階級によるプロレタリアート独裁が民衆を解放する、という革命論にはなりません。社会幻想と商品幻想が、企業や役所の社会主義化をすすめているだけだからです。ここは、「国家の統治制化」というフーコーが理論的に開示した「社会が防衛する」という統治性様態を歴史批判的に踏襲して、さらにイリイチによる社会サービス制度の産業的生産様式の確定を批判対象にしていかねばなりません。すでにわたしがなしたものです。つまり、幻想を社会構成へと了解させていく時間化・空間化の様式自体を幻想・経済の関係の仕方において転移することです。フーコーは、冷たい怪物が市民社会を脅迫しているというように国家をみてはならないと言いますが、その示唆はうけて考え直していくことが要されます。市民社会は、商品市場経済の自由と統治技術にたいして、市民的分別を作用させますが、それは社会幻想の規範・罪責に立脚してのことです。共同規範は、法へ疎外編制されたものより、不文律として社会空間へ「規範化」されて配備されたものの方が圧倒的なのです。社会人／社会人間化された個人が、その規範化服従の代行為をなしています。

この近代国家幻想を安定させ秩序化している「社会幻想」（規範従属が秩序を保つ）と「商品幻想」（利益が生活の有用性となる）は、再生産構造として、社会的再生産と文化的再生産において、「生産者の生産」を「賃労働者」の社会的・経済的編制としてなしているものなのですが、ホモ・エコノミクスが統治制と個人との間にたって、経済過程と社会過程とを連結させています。ホモ・エコノミクスは企業家であるよりも「賃労働者」です。さらに言語様式において主語制言語体系（西欧ではbe動詞によるコプラの命題形式の確立）を模倣し確定していくものとして作用してきています。日本語に主語はないのに、また主語・述語・コプラの言語構造などはもちえていないのに、学校文法をはじめとして国語学者・日本語学者・哲学者までもが主語がある日本語だとしている。そこからうみだされていくコード化された思考様態があり、かつ、衣世界において、着物をなくして洋服——産業的ライフスタイルであり労働しやすい衣装——に国民総体を転じてきたという様式が近代国家の普遍化の地盤になっています。食住の変容も当然からんでいますが、了解様式としては、言語様式と衣様式が、象徴的・文化的・物質的な生活過程においてもっとも初源的なものであり決定的なものです。幻想が幻想仕為（幻想の実際行為）として主語的言語様式と衣様式の生活プラチックに作用して、かつ支えられているのです。述語制のアジア的段階は、国家が社会を覆う形をとりながら、しかし生活に直接手をつけないで、またお上の言うことに従うという統治心性構成をなします。他方、主語制の西欧的段階は、国家と社会とを分離し、国家が市民社会に手をつけようとし、また市民社会が国家に抵抗するという関係におかれながら、近代的な第三権力としての政治権力が調整の働きをなしているかのように配備します。しかしながら、現実的には、政治権力による調整ではなく、近代民族国家は、この二つの国家編制様態を

「社会幻想」空間として画一化して、統一国家へ編制しています。対幻想がそこでは経済セックス化されてしまっています。その経済セックスの性関係＝近代家族が、社会空間へ拡張されて個人意志の総体として近代国家共同幻想を支えているのです（Ⅲ部・8章参照）。ここは、ほんとに自覚・認識されえていません。近代国家幻想が疎外構造化されているからです。認識カテゴリーが国家に形而上学的に収奪されているからです。

近代国家編制のもとになっているのは、「国家理性」の発明です。国家は叡智性の図式、規整化する理念でしかないものです。日本は、はるかにもっと古く、「葦原中国」共同幻想によって統治制化の規準が定められてしまいました。

国家幻想了解様式の新たな水準は、この「国家理性」と「葦原中国」の統治制化を批判対象化し、一元的民族国家の未熟な限界性を明証にしていくことです。

吉本思想（またフーコー思想）が大学知に入り込まずに、排除されているというのも、この主語的・近代的な了解様式の編制の結果の「大学知」が言語市場で支配編制されているからです。知の場が社会幻想・国家幻想に分類布置されて、大学に独占されているためです。それが、〈国家知〉の了解様式を生産・再生産しています。学校システムがそれを下支えします。

国家とは、客観構造と認識構造とが一致されている、叡智性・知解の図式なのです。実体ではない、共同幻想であり共同幻想知であるのです。

知の次元においては、国家幻想の了解様式は「歴史認識」の了解様式として顕著に出現します。それは自然から文明への発展段階とみなされている西欧的歴史です。アジア的という段階が了解様式から捨象されてしまっています。アフリカ的段階は、未開原始だと疎外されて過去のこと、未発達な状態と確定されてしまっています。すると、類としての個における前言語的段階は、知の対象とはならず、言語化された機能世界をめぐる知識だけが知であるとされ、他の知は排除されます。国家幻想了解様式において、大学アカデミズムの知の装置は、非常に大きな作用をなしています。いまだに、子供たちが塾勉強をなしている現象が典型ですが、大学知の下で大学へ入るための学校知・教育知の領有が、了解様式を決定づけ、粗野な大学知を領有して社会人となります。それでもって社会運営が行政・企業・制度でなされているのです。それは起源としての国家・共同幻想の疎外表出をいっさい問わず、罪責は個人の営為にあると個人化し、規範は従うべき共同的なものによる秩序化として、プライベートなものを活かす公的＝パブリックな関係閾が社会＝ソーシャルなものへと転移編制されて、諸個人はプライベートな感覚を喪失させられています。そこで有効に機能する分業化・分類化された知の界となっています。

芸術領域においては、若冲や暁斎が評価されたという大きな変化が、この了解様式において断絶的になされましたが、それは非分離・述語制のアジア的・日本的な了解様式にあるもので、非西欧的な価値・意味として非常に好ましいことですが、それまではなおざりにされてきた芸術でありました。しかし、知の世界においては、あまりに悲惨です。思想史はべっちょりと一般化されたままです。

科学技術においては、原発の国家構制としてなされている国家幻想下の巨大な破壊的技術が国民に良きものとして幻想再生産されていることですが、それに対抗して自生エネルギー開発をふくんでの環境技術の着実な深化に大きな望みがもたれます。しかし、環境は経済的均質空間での環境商品のアレンジとされてしまっており、その了解様式からは場所＝地球であることが抽象化されてしまっています。そこからは環境の何事もなされえません。環境法は場所環境言語となりえていない、経済均質化空間の均一環境であり、国家的幻想下の仕方でしかありません。無限発展・進歩の宗教性が法的次元で切り離されていないからです。環境の真の法的言語は、政治国家次元の法ではなく、場所環境次元での〈条例〉として機能しえていきます。技術は場所の文化技術了解様式の機軸になって開発されることです。

自由主義的な市場経済の自由さえ、規範化統治される始末です。〈資本〉経済が見失われ、〈商品〉経済幻想の占有がなされているためです。

(4)国家幻想の歴史移行過程論

以上の問題構成をふまえて、「起源論」以降の日本の幻想様式の構造的な移行を検証していかねばなりません。(1)(2)(3)において、不可避に移行は問題提示されています。

それは政権支配者交代劇ではありません。たとえば、道具・衣服の変化、変遷史です。古代の衣服、貴族の衣服、武士の衣服、そして近代の衣服と、時代変化で衣装様態がまったくかわります。生活様態の激変がそこにおきていることの現れです。その生活様態変化に対応する、それをもたらした幻想構造はいかなる統治制化をなしてきたのかです。しかし、衣装形態が変わろうとも染織の絲・織りの布の次元は精密度はちがっていますが形態的にかわっていないのです。キモノの幻想・心性は染織文化技術の非常に高度なアジア的述語技術からなされています。幻想と生活様式(技術様式を含む)との関係の変遷をみていくことから、逆に国家幻想の構造変化をひもといていくことです。近代繊維産業は、手作り染織技術を蹴落とします。

吉本さんは、言語表現史・表出史としてそこをえがきだしました。幻想構造として、そこを宗教儀礼で初源的にさぐってはいるのですが、体系化はされていません。神・仏の生活様態の変化とタマ＝魂の表出の変化です。しかし柳田ではありません。柳田には古代、神話論はない、祖先信仰があるだけです。民俗的基軸は折口／坪井洋文にあります。了解様式の変遷を基盤にして、幻想構造の移行の可能条件を探り当てねばなりません。了解様式をしっかりつかまないと、移行過程論はいいかげんになってしまいます。

たとえば、「詩学叙説」で吉本さんは、和歌の五七五七七形態から、連歌の五七、五七、五七形態、そして俳句の五七五形態への移行を、統治の変容と対応させて論述しています。他方、旧日本語と新日本語の差異があり、それがわたしたちの感官・感覚を規定していると指摘しています。枕詞の原了解から派生していく変移ですが、表出史に関係して幻想様式の変移をかさねてみていくことが要されます。わたしは、述語制の変遷史としてそこをさぐっています。とくに助辞・助動辞の〈述辞〉様式の変移です。

移行の本質軸は、生成的には前言語段階から言語段階への移行として、構造的には国家・社会と場所との対抗的差異として、(経済的には商品と資本の対抗的差異として)、その機軸から編制移行を幻想と意志との分離・結合の転移として考えることになります。本質と生活様式との関係の移行が示されないかぎり意味がありません。幻想の根源的変化とは、何であるのかです。

この四つの課題が、総体的になされたとき、言説化されていったとき、歴史記述が書き換えられていったとき、国家共同幻想は次の共同幻想の水準へと〈飛躍〉する条件を見いだせるでしょう。わたしなりに、その考察は進められていますが、それがなされないかぎり、既存の幻想秩序が再生産されるだけです。

もうおわかりになったかとおもいますが、「共同幻想国家論」とは、現代に構造化された構造として画定されている「国家構造の編制」を解き明かすものであるのですが、それは本質論と新たな歴史論との「自然」と「存在」との構造化においてなされていくということです。〈共同幻想の国家化〉を鮮明にさせることです。幻想論と統治制の形態(社会幻想空間)とを、理論構造化することです。そしてそれは、「国家の非国家化」を理念としますが、非国家化は歴史論を転じないとあきらかにはならないものです。

社会的国家論や経済国家論を社会科学的に理論化していても、だめです。人類にとって普遍であるかのように出現している国家論を、理論普遍的に批判構築することです。

吉本さんはわたしとの対話でこう言っています。

人間の幻想が自然的志向として疎外表出されていくとき、既知のものすべてをとりこんで未知のものへ向かうゆえ、「個人が身体的に持っている人類史の現在と、いわゆる外部の歴史、歴史学でいう歴史という概念」とがつながる場所に本質がある。「人間の身体というのはそれぞれ個人でみんな違うわけですが、人類史を身体で見れば、誰でも身体に人類の全歴史を孕んでいるわけです。それは普遍的なものです。今は後進国であるとか先進国であるとか言ってますが、それぞれの身体はチンパンジーの時から同じ年数を経ている。習慣とか風俗とか気候・天候とか、そういうのが違ってしまったから、今でこそ未開の社会と文明の社会とが分かれていますが、一人ひとり取ってくれればみんな同じだけの歴史が、身体の中に詰まっている。これが普遍性ですよ」（Ⓑ603頁）。

こうした点において、「以前」を前古代／アジア的、前言語、胎内、〈前〉無意識にさぐる、本質・普遍思想の機軸です。それが、種々の著作・論述に多様な相で言説表出されていたのです。

共同幻想がさまざまな影響をもったにもかかわらずわかりにくいところがあるのは、本質的な相にある根本的な区別が明示されえていないところが二つあるからです。第一は、共同幻想と国家との関係において、法関係と国家との区別がつけられていないところ。もう一つは、罪責性と法に対する関係とが区別されていないところです。天つ罪／国つ罪と法との関係は存在するわけですが、罪責性／倫理は法をまったく参照しないところに生じているものです。つまり「罪」は共同性から個人幻想の問題に長い歴史をかけて転移されてしまっているのです。代わりに、権利関係の保障と処罰の規範体系が共同幻想秩序として編制されてしまっています。老カラマーゾフが言う「神がいないなら、すべてが許されるだろう」ということと、ラカンが神経症からくみとった「神が死んだとしたなら、もはや何も許されない」ということの差異にある罪責性です。

第一のことは、政治権力論ならざる権力関係と規範化との問題になります。それは終章で論じていきます。

国家論との関係

このように、もう国家論の問題構成は、既存の社会科学的世界とはまったく別の場所に転移されています。

起源論、規範論、罪責論は、幻想の統治制化における「国家の配備」の本質起源に関わるものであるとわたしは捉えます。幻想が政治権力とからんでくるという理論次元ですが、権力概念を転移しないとなりません。

既存の国家装置論は、暴力装置、支配装置、そしてイデオロギー装置としてマルクス主義では考えられてきました。そこに、幻想統治を組み込むことです。この「装置 appareil」は、「配備 dispositif」と相互的に把捉していかないと固定化してしまいます。ブルデューのように「装置」概念を捨象しては、国家論へといたりえません。

それは、政治権力概念と幻想概念とを分離させて相互関係をつかむということではありません。幻想関係の関係の仕方に政治権力が権力関係作用していくという関係次元の違いです。また、それは同時に、政治権力関係にたいして幻想関係が介入していくという、相互関係におかれます。国家論は、つねに幻想概念を作用させて考えていかねばならない、という規準がここで提示されたということです。権力概念の転換が少なくともなされないと、そこはつかみえません。

(i)権力の所有概念を転化すること
(ii)国家諸装置の中の権力という概念を転化すること
(iii)生産様式に従属・決定されるという権力の概念を転化すること
(iv)権力がイデオロギー効果のみをなすという概念を転化すること

が要されます。フーコーがそれを指摘し、権力諸関係の概念空間を開示した闘ですが、そこには幻想概念がない。マルクス主義的な権力論の概念界からの転化です。他方吉本さんは、そこからずれよう脱出しようとしながら第三権力論の閾に多分にとどまってしまうのは、権力関係論・統治制論の概念空間がないからです。幻想関係に、わたしは権力諸関係を介入させています。すると、共同幻想論で吉本さんが語っていながら考えられえていない閾がうきだしてきます。そこからの問題構成であったのです。

社会幻想の布置が大きな位置を占めました。近代的に、それは市場経済の自由と国家の次元とが相容れないところから派生した「社会」の界ですが、幻想本質的には、神話的統合世界の統一性として、起源的に社会的なものになる幻想空間は布置されていたのです。日本では日本書紀神話（古事記神話とはちがう）、メキシコではアステカ神話（ナワ神話とはちがう）です。「社会の心的共同性」を「社会幻想」へ概念転移したことが近代で可能になったのは、神話幻想の統合的疎外表出が幻想編制されていたからです。その社会幻想の機能＝働きは、〈共〉と〈対〉の一致である「共対様式」、かつ〈共〉と〈個〉の一致をはかる「共個様式」によって、「個と対の一致」をはじきだす＝疎外する社会様式です。現象的には、社会空間の場面で、相手の顔をみなくなります――神話世界では「まつろわぬ人」として「名」を消去されます。その「共対様式＋共個様式」の社会様式は、制度＝他律の合一を編制します。それが近代のサービス社会制度です。規制化のパワー諸関係の作用の場です。しかも商品関係をそこにもりこみます。その結果、共同幻想と個人幻想の逆立が「同調」へと転移されます。

国家論を考えるとき、わたしは言表されていなくとも、その幻想と権力諸関係を、経済的編制と同時に意識して考えています。そして〈国家〉対〈場所〉が本質基軸になります。村落社会を「場所」へ概念転移してです。わたしは吉本幻想論の本筋・本質をはずしていませんが、同時にただ従っても祀り上げているわけでもありません。

この章では、吉本さんの言述にたいしてわたしの見解を前面にだしすぎたため、どれが吉本さんでどれがわたしの論述なのか、分かりにくくなっているかと思います。実は、もう国家的共同幻想論の理論布置は、以上の1〜4章でなされてしまっている。ここでの問題構成的なものをもっていないと、ただ「共同幻想論」へ閉じた理解がなされていくだけで、共同幻想論の理論的飛躍になっていきません。もう一度自分でしっかり読まれてください。ここ4章でまとめた要点よりも詳細な論述が吉本さんによってなされています。そのうえで4章を読み返してくだされば、鮮明に了解閾へといたれるはずです。

共同幻想が政治権力とからんで国家の起源へと向かう、そうなってしまう幻想の本質根拠が、以後の論述からの抽出になるのですが、幻想そのものの界閾です。そこはこの章とはやり方を変えて、吉本さんに忠実に即して禁欲的にフォローしていく手法でみていきます。

＊ たとえば、子どもは放っておくと醜悪な穢れに感染してしまう。それを社会へあずけ、生活場面から子どもを引き離し、学校＝天上（親たちが関われない聖なる空間）の共同規範のなかに束縛し、それによって子どもの自由を保証する、というようになります。教育幻想＝学校幻想はそうやって幻想構成されています。そこには、対他関係と幻想との関係の仕方の本質が論理だてられています。医療でも、患者は病原や細菌などの醜悪な穢れに感染してしまう、生活環境・自然環境にはそうした穢れがある。患者を生活場面から切り離し衛生環境をととのえ、医療幻想の規範＝医者による穢れなき遂行の下に束縛して、患者の病い＝穢れを祓い、治癒＝健康＝自由を保証する、という医療幻想が幻想構成されます。なぜ、それを幻想というのかといいますと、実際に、子どもも患者も、社会や環境の穢れ＝汚染から切り離されてなどいない、不可能だからです——個人からみると病気は治されているように見えますが、社会総体からみると病気の数が増え、病人の数は増しています。つまり病気は治されていません、増加しているだけです。なのにそれが行使され存続しえているのは、幻想機能が働いて構造化されてしまっているからです。その幻想機能において教育・医療の社会サービス行為が経済利益をともなってなされていきます（わたしが「社会幻想」としてそのなかに学校幻想や医療幻想を布置した根拠はここにあります）。

補遺：倫理の問題

「規範論」で吉本さんは倫理の問題を執拗に述べています。

なぜ、〈倫理〉と概念化しているのでしょう？ 倫理を共同幻想内、共同幻想間の軋みから発生するとして、個人主観的なものではないと論述しています。相対立するもののあいだでの軋轢にたいして、どう対応しているかということですが、個体と共同性との間の問題として論じられています。個人幻想が異なる共同幻想の間で疎外されて、どちらかの共同幻想にたいして罪責を負うかのように表象する。そのとき前代の対幻想の共同性が新たな共同幻想へ転化されていることを、シニフィアンしています。これは、幻想構造の関係をつかむうえで、非常に大事な視座です、この視座をわたしは継承したうえで、倫理概念は消去して、幻想と権力との関係以前に、本質的な幻想間の関係としてつかむ手法をとっています（5章参照）。スサノオやサホ姫は、個体ではなく共同幻想の象徴です、それは吉本さんも言ってはいるのですが、農耕社会や部族社会の象徴というように地上的利害の制度へ還元して、かつ個体としてしまっています、ここはそうでしょうか？　古事記神話における主要神と媛との婚姻関係に表出した婚姻＝対幻想は、新たな統一統御の共同幻想の構成となっていくものです。男女関係はなんらかの共同性の象徴の関係です。ですから、わたしは個体がからむ倫理の問題として、そこを考えません、あくまで「幻想間」の編制の問題として考えます。

内なる道徳律というカント的概念ではない（⑩414）とはいうのですが、神や媛は、個体ではない、あくまで共同体／共同幻想の象徴的表象です。すると、幻想間の軋みにおける罪責・倫理とは、どういうことなのでしょうか？

神話解読としての問題の次元に「倫理」は浮上しません。（政治）思想態度としては「倫理」をどうしても吉本さんは、共同幻想の初発の発祥の次元で、現在的なものにも照応しうるものとして確認しておきたかったのではないでしょうか。共同幻想と共同幻想との移行軋轢の過程で、倫理の布置が少なくとも三通りになるという指摘ですが、そのときは個体のがわからの関わりとしてです。そして語られてはいませんが、革命として新たな共同幻想が出現するとしたなら、そのとき不可避に直面してくる共同幻想間の軋轢にたいする倫理問題として、ただ革命に殉ずるという内なる道徳律の問題ではないのだと、おさえておきたかったのではないかと推察します。宗教（革命）と倫理の関係の問題を、本質的な共同幻想と倫理の関係の問題へと転移したかったのではないでしょうか。「「内なる道徳律」というカント的な概念はここにはありえないが、〈共同幻想〉にそむくかどうかが個体の〈倫理〉を決定するという問題はあらわれている」（⑩414）、「内なる道徳律というカント的な概念が〈倫理〉の起源としていちばんおくれて人類にやってくるのは、それが個体的な概念だからだ」（⑩420）と述べていますが、共同幻想と個人幻想とが逆立するという位相において、倫理の初源の本質起源をつかまれています。

つまり、「個人の〈倫理〉は個体に所属」していますが、「個人と個人との対他的な関係では」、「男性または女性としての人間関係」、「男女の〈性〉的な関係が起源に存在している」、つまり〈家族〉の形態が存在する、ということです。「あらゆる政治的な統一権力が存在する社会」を一番プリミティブな形態までさかのぼれば「そこでの〈倫理〉は一対の男女の〈性〉的な関係のあいだに発生の起源をもとめるほかない」（⑩420）ということです。倫理は、対他的な相におかれたときは、性的関係が規準になるということです、家族の次元に発生するということです。

ここで、ヤマトタケルの倫理という問題は、父と子の家族の対幻想の問題が、共同幻想の内の軋轢——政治権力をもった支配者とそれにとってかわる器量をもった子——に乗り移ったときに出現しているものです。対幻想の場面を父と子においている吉本さんですが、しかし、ヤマトタケルはオトタチバナ媛（国つ神）との婚姻をまっとうできない（支配下におけない）のです、そこの対幻想の方が父子の軋轢の倫理よりも幻想と権力統一としては重要になります。統一力をもちえなかったという象徴です。ヤマトタケルは、媛の宗教的犠牲によって助けられるわけですが、政治権力の方へいく対幻想の幻想シニフィアンを機能しえなかったのです。これを逆に言うと、政治権力を対幻想が支ええたとき、共同幻想の転化がなされうるのが、次の本質段階だといえるのではないでしょうか、つまり革命の次元はそこにあるという示唆になりえます。

吉本さんの論述文脈をはずして、何を論じているのか示していきますと、これはフロイトの父殺しの精神分析理論を、対幻想と共同幻想の概念空間へ転移したものとして述べていることになっています。けだし、西欧ほど〈父の掟〉は強大ではありませんので、注意してください。むしろ母・女の力の作用、その幻想シニフィアンとして考えるべきだということです。

父と子の軋轢・矛盾は、家族内の父権の絶対性からやってくるのではなく、「〈家族〉内の女性（母あるいは姉妹）にたいする〈対なる幻想〉が〈父〉と〈子〉のあいだで相矛盾するためにやってくる」（⑩420）というのですが、これは非常に精神分析的な見解です、それを吉本さんは〈対幻想〉の視座からとらえることで、精神分析論理から離脱します、しかし非常にシンプルに把握します、曰く「〈父〉は自分が自然的に衰えることでしか〈子〉の〈家族〉内での独立性をみとめられない。また〈子〉は〈父〉が衰えることでしか〈性〉的に自分を成熟させることができない。こういった〈父〉と〈子〉の関係は、絶対的に相容れない〈対幻想〉を結ぶほかありえない」（⑩420-421）と、いうのですが、生物的な衰えではなく、自然疎外の布置としてここは把握しておくべきかとおもいます。

さらに、ヘーゲルによる、子どもにたいする両親の敬愛、両親にたいする子どもの敬愛の論述から、疎外的にのべられている引用をなしながら、それは心身相関の〈性〉的構造のことだとして、ヤマトタケルの負っている倫理は家族内のことではない、対幻想が共同幻想へ転化されたことにおける倫理の問題だ、としています（⑩421）。

ここで、倫理の論点が個人にあったり、家族にあったり、対幻想の共同幻想への転化にあったりと、錯綜しているのですが、それは政治権力の出現・疎外としてみていくことに論軸があるということです[※15]。

ここの「倫理」概念を、理論的に「転移様式」という概念に切り換えることです。共同幻想そのものへの対峙（天つ神共同幻想と国つ神共同幻想の対立）、対幻想の対象＝共同幻想の選択、共同幻

※15……これをプロレタリアートによる政治権力奪取の政治革命に照応させると、社会内の父権的政治権力の絶対性に「おいてではない、女性にたいする〈対幻想〉が、父と子の間の矛盾、つまり階級間の矛盾として出現する、そこには絶対的に相容れない対幻想関係が」ある、支配階級＝父が衰えることでしか、子＝被支配階級の独立が性的な成熟においてなされることだ、となります。ライヒ的な性革命になるのですが、対幻想の関係転移がなされないかぎり、共同幻想の転化移行はありえないという、自然本質過程があるのだとみていくことです。かなり、強引なひきよせですが、そういうように考えていくとき、倫理の意味作用に意味が浮上してきます。

想内での対立、が共同幻想間の軋轢で転移様式を構成していくというように。

▼批判的見解

スサノオとアマテラスの関係は、国つ神の天上化と追放に象徴される、天つ神統治の失敗ないし不十分さの幻想表象です。スサノオは「国つ神の始祖」「いいかえれば農耕土民の祖形」とする吉本さんの設定を、わたしはとりえない［※16］。「スサノオが願望した〈妣の国〉あるいは〈黄泉の国〉は、共同性として理解すれば母のいる他界というよりも、母系制の根幹としての農耕社会であるようにみえる」（⑩413）という点に納得いかないのですが、他界でも農耕社会でもない、幻想的に、スサノオが泣き叫んだのは、天つ神の高天原にはいたくない、どうしても同化・従属できない、国つ神の場所＝故郷に帰りたいということです。よくみてください、イザナキは、昼はアマテラスが、夜はツキヨミがと、昼・夜の自然的対象の統治を命じているのに、スサノオは「海原を統治せよ」と異質なものの統治を命じています、それは幻想的現世の海域的な国つ神領土を天つ神領土にせよ、という命令です。泣き叫んだのは、それはいやだ、国つ神の場所統治のままでいたいということです、それが妣の国であり、天つ神からは疎外表明されている黄泉国＝「国つ神の生者の場所」のことです。「原始父系制的な世界（河海）の相続を否定して、母系制的な世界（農耕社会）の相続を願望し、哭きやまない」と吉本さんが制度として陳述したことですが、それは幻想構造として天つ神共同幻想と国つ神共同幻想との相克の問題を表象しているのです。スサノオを農耕社会・国つ神の始祖とするのは、無理がありすぎます。始祖ではなく、国つ神のある一つの象徴的な表象です。天つ神といかなる関係をもつかという幻想の統治制化のきしみの問題です。

「スサノオはのちにアマテラスと契約を結んで和解し、いわば神の託宣によって農耕社会を支配する出雲系の始祖に転化する」（⑩414）というのも、無理があります。うけひ＝契約は、アマ

※16……「始祖」を立てることは、神の系譜が構成されるということで、天つ神／皇孫系はその系譜だてを重視し皇祖神をつくり、万系一系のイデオロギーまでつくりだしますが、「国つ神」には系譜がない、その場所の神それ自体だということではないでしょうか。

テラス＝天つ神による幻想統治と天つ神に従いきれない国つ神＝スサノオによる幻想統治の、仕分けと共存です。そしてスサノオは出雲系を支配しきれずに根の堅洲国へ辺境的幻想統治できるだけです、そこへ逃れて訓練をうけた大国主＝国つ神が、あえて始祖というなら出雲系の始祖です［※17］。

ヤマトタケルが白猪に会ったというのは、「幻覚」ではなく、強靭な猪＝「国つ神共同幻想」に出会って負けた、天つ神＝すめらみこと共同幻想の象徴である草薙の剣を忘れてしまったため、負けて野たれ死にしたということです。

吉本さんに「国つ神」共同幻想の概念布置が明確にないため、制度や幻覚へ還元してしまっているのですが、吉本共同幻想論をもっと徹底させて読んでいくことです。そして、十二代景行天皇期でもまだまだ天皇統一国家は成立してなどいないという物語がヤマトタケルの挿話です。事実ではありません、神話プラチックとしてです。

※17……出雲神話は、まったく別系にあります。古事記は強引にそれをくみこみましたが、書紀はほとんど無視に近い、葦原中国統合の要素としてしかみていません。『出雲風土記』では、八束水臣津野命が国引きをして出雲をつくり、八雲立つの歌を詠む、それがスサノオに転じられた。

イザナキ／イザナミが国産みをしても始祖ではないように、「祖」神をどうするかに幻想構成の仕方がある。

5章 共同幻想の関係本質構造の論理
：幻想位相関係論

「意識」という概念から考えていくことで被る限界を、フーコーは「ディスクール（言説）」という概念へ切り替えましたが、吉本さんは「幻想」や「心的現象」という概念へ切り替えました。ラカンは「シニフィアン」の作用へと切り替えました。これらは、「意識」という概念に暗黙にしみ込んでいる個人主観という捉え方をこえていくための概念です。ここが、非常に重要です。認識して意識化していくことで、世界は変えられないどころか、人間を理解することもできないということです。いやそれどころか、個人主観の意識や認識は、自分への理解でもなければ自分表出でさえないということです〔*〕。

カントやヘーゲルが問題としながら考えられえなかった閾を彼らは開いたのです。サルトルや現象学は、実践や知覚だとは言っても、「意識」の次元にとどまっています。構造論的な思考を一時の流行だなどとして始末している人たちにはまったく考えられえない次元と閾が開かれています。廣松哲学も意識と意味、意識と存在という問題設定次元からできれていません。マルクスやフロイトも意識の次元の概念空間にとどまっているのですが、そこを構造的なものとして開きうる契機は開示しました。ですからそれにたいして構造論は、マルクスそれ自体、フロイトそれ自体に徹底してその考えをさぐり、概念替えして考え直したのが構造論的な転回です。われらが吉本さんは構造主義ではありませんが、同質の問題構成次元の地平を、幻想論からある意味で構造的に開いたのです。禁制・憑人・巫覡・巫女そして他界を「初源」としての幻想ととらえ、そのうえで他界・祭儀・母制・対幻想において幻想間の関係が追究されます。一言で言うと、共同幻想に自己幻想・対幻想がいかに関係しているかということと、共同体と共同体との関係において構造疎外されて〈飛躍〉し移行していく幻想の関係です。人間が共同体間交通するうえでの原初の幻想疎外です。文明以前の「未開」ないし「原始」と称された民俗学的・人類学的な初源に、共同体内の幻想構成と共同体間の幻想関係として共同幻想の関係本質を見いだしたといえます。共同幻想の内部を産み出したのではありません、関係の仕方を明証にしたのです。わたしたちは了解へ達すべく、ここでも逆に読み続けていきます、対幻想、母制、祭儀、他界の順です。〈他界〉論が共同体内と共同体間との交点に布置されていきます。〈対幻想〉論が4章の内容と5章の内容との交点に布置されます。

意識・主観ではない、幻想の生成はいかにしてなされているのか、その幻想関係がいかに自らや他者や共同社会を規制してしまっているのか、幻想関係の本質からまずはみていくことになります。

「他界論」では、「自己幻想や対幻想のなかに〈侵入〉してくる共同幻想はどういう構造か」が、〈死〉から捉えかえされています。「死」を規準にしての共同幻想論。

「祭儀論」では、共同幻想と自己幻想とが〈逆立〉することが、対幻想と宗教祭儀とから問われます。「生誕」を規準にしての共同幻想論。

「母制論」では、対幻想と共同幻想が同致している母系制から、それが兄弟・姉妹を媒介にして分離して氏族制へと転化していく関係が考察されます。対幻想の空間化。

「対幻想」では、対幻想が固有の時間を持つことが定位され、家族関係、さらに〈性〉としての人間が本質からとらえられます。共同幻想と対幻想の分離です。対幻想の時間化。

これらは、政治制度が構成されていくうえでの根源における、共同幻想／対幻想／自己幻想の幻想関係を考察したものとくくれます。「幻想の関係本質構造」であると布置されうるものです。幻想の関係の仕方がなす作用です。他界は、ある共同体の共同幻想の彼岸にある共同幻想です。

それは〈死〉に関わるものです。対幻想は家族の構成の本質ですが、性を通しての〈生誕〉にも関わるものです。つまり〈死〉と〈生誕〉という個人＝人類の生死の時間に関わる幻想の問題です。個人の生死が、人類の生存と関わっていることでの、そこでの幻想表出がどうなっているのかの問題ともいえます。死から性をへて生へと進むようになされた吉本さんの論述を、逆に、生から死へと読んでいきます。つまりより根源・初源へと遡ることです。すると何が浮上してくるでしょうか。

❹対幻想論

古代・原始の家族と新たに近代に出現した家族との、本質的な違いが示されながら、そこに共通する根源の「対幻想」の本質定位がなされます。それは、集団の心＝共同幻想と男女の間の心＝対幻想とを、どう関係づけるかという問題です。エンゲルスもフロイトも同じ問題に直面していたのですが、エンゲルスは最初に原始集団婚があったと想定して、集団の組みと男女の性的な組みとが同致すると簡単に考えましたが、フロイトは一人の集団の父祖と多数の息子たちという概念から考えました。吉本さんはフロイトの考え方を批判継承していきながら、自身の考えを明言して、エンゲルスともフロイトともちがう本質概念からとらえていきます。この「対幻想論」の論述は古代と近代、日本と西欧の思考とを行き来して、非常に複相していますので、なんとか回路を見いだして簡明化していきましょう。

家族の発生の本質規定

「家族」にたいするフロイトの考えは次のように説かれます。

原始群族の「父祖」は、原始的集団の息子たちには「理想」かつ「畏怖」であった。つまり禁制の対象になる両価性の条件をもっていた。そこで息子たちは団結してこの「父祖」を倒した。ところがその内の一人が、父祖の肩代わりをして立っても不安定で争いがたえないので、だれもが自分が父祖になるのを断念して、代わりに禁制の対象である条件をもったトーテムで父祖を象徴させた。しかし、「父祖」でありたいという願望を圧殺できないので、共同の集団の中ではなく、〈家族〉のなかで父祖の位置を満足させた。集団の共同性にたいして、はっきりと固有の位置づけと根拠をもった、新たな家族である。こういう新たな〈家族〉をつくった息子たちは、「父祖」を倒した時代にできた女性の支配を破壊し、その償いとして母性神化を認めた。それが「母を対象とした父親への息子の両価的な心理（エディプス・コンプレックス）」であるというのが、フロイトの考えだというのです（つけくわえれば、エディプスは両眼をつぶし盲いになり彷徨うほかないことになっていきます）。

これは共同体の父祖である願望を、家族の中の父祖であることに切り換えたという論点になっています。その家族関係にエディプス・コンプレックスが、家族の父との関係を軸に母もからんで出現したというのです。フロイトのこの範式は、精神分析学内でも多々論議がおきていますが、根本的な問題は性の領域と自我の領域との関係をいかに考えるかであり、吉本さんは、フロイトは個人のこととしてそこを論じてしまっているが、個人と男女の対とは次元が違うのだと批判して「対幻想」の概念を提出したわけです。

「〈対なる幻想〉を〈共同なる幻想〉に同致できるような人物を、血縁から疎外したとき〈家族〉は発生した」と述べています［※18］。これは、対幻想＝家族と共同幻想＝宗教（国家）との分離であると解してよいかとおもいます。「そしてこの疎外された人物は、宗教的な権力を集団全体にふるう存在でもありえたし、集団のある局面だけでふるう存在でもありえた」と、共同的な幻想にもとづいた宗教権力のあり方として示し、「それだから〈家族〉の本質はただ、それが〈対なる幻想〉だということだけである」と、共同的なものの本質内に対幻想が設定されていま

※18……「〜なる幻想」という叙述的な言表の仕方で述べていますが、まだ概念として固定しきれず、そうなっていくものがあるという志向性で論じられています。

す（宗教的な団体が、自分たち集団を「家族」だと呼称する本質根拠でしょうか）。

「そこで父権が優位か母権が優位かはどちらでもいいことなのだ」と権力の父権・母権の根源には共同幻想があるのだとしています。「また〈対なる幻想〉はそれ自体の構造をもっており、いちどその構造のうちにふみこんでゆけば、集団の共同的な体制と独立しているといってよい」と対幻想の独立、次元の違いを定位します。（以上、⑩390）

対象論点が複相していますが、ここで見逃してはならない軸は、対幻想＝共同幻想と同致できる人物（象徴）を血縁関係から疎外した、ということです。その象徴＝人物が、対幻想を共同幻想の内部にもちながら、しかし家族はそれを疎外し、共同幻想と対幻想の場を分離していくという点です。

「フロイトは集団の心（共同幻想）と男・女のあいだの心（対幻想）の関係を、集団とそれぞれの個人の関係とみなした」、つまり対幻想を設定しえていない、「けれど男・女のあいだの心は、個人の心ではなく対になった心である」と吉本思想の根幹が示されます。ここで「心」＝幻想となっていますね。「心」の一般概念空間が「幻想」の論理的概念空間へと転移される、ここがミソです。しかし、まだ理論的概念とはなりえていないのです。吉本「論理」として、「そして集団の心と対なる心が、いいかえれば共同体とそのなかの〈家族〉とが、まったくちがった水準に分離したとき」、「はじめて対なる心（対幻想）のなかに個人の心（自己幻想）の問題がおおきく登場するようになったのである。もちろんそれは近代以後の〈家族〉の問題である」と、自己幻想の登場を布置し、さらに突如と、「近代」以降のことだと飛躍します。そして夏目漱石のケースが論じられるのですが、本質概念規定は、歴史を飛び越えます。幻想の構造的関係をつかむことがポイントであるからです。「意味されたもの」は、歴史の中に配分されていきますが、「意味するもの」の作用・働きは、歴史時間を飛び越える布置にあるのです。ここが、大学人知性には分からない、理解できないところです。大学人知性は、「意味されたもの」の歴史配分を機能的に緻密化思考しますが、「意味するもの」の働きや作用を考えることができない思考形式にあるからです［◆9］。

夏目漱石・森鷗外の家族

小説『道草』の家族の叙述と、実際の漱石の家族のあり方とが照応されて、妻・鏡子から「気味の悪いたらありません」とまで言われているイギリス留学帰りの漱石の異常さ、家族からの疎外のひどさ――理解を拒絶した男・女が〈家族〉を営んでいる――が示されています。それは夫婦の本質＝対幻想の本質を求める漱石と、家族の習俗に生きる妻との齟齬の問題です［※19］。

吉本さんは、やや安定している鷗外の『半日』と漱石の『道草』とを対比させながら、ちがいはあるけれど、社会人として営む自分＝個人と〈家族〉のなかの自分とがちがった相を示してしまう、さらに家族のなかで対であるのに個人としてふるまうという矛盾をなしてしまう、そういう本質が現われているととらえます。〈家族〉と〈社会〉との関係の本質、つまり水準のちがい・ずれが、そうした悲劇を産みだしているという指摘です。対幻想と個人との矛盾の指摘です。そして、それは近代で表出したということです［※20］。

対的な関係からの疎外が、個人の心的な相を構成している状態です。それは、本質の相と歴史現実の現れの相とのずれ・亀裂でもあります。

それでは、〈夫婦〉〈親子〉〈兄弟姉妹〉、つまり〈家族〉とは本質的に何なのだろう？　ということになります。

対幻想の定位

「人間の共同幻想と個人幻想のはざまに〈対〉幻想という考え」を導くことが、基本です。吉本さんは、「人間」を本質的に識別します。「性としての人間」＝「男または女としての人間」とい

◆9……ラカンがあざやかに明示識別した四つのディスクールのなかの「大学人のディスクール」を参照。『アンコール encore』で論述されています。

※19……家族の「習俗」に生きるとは、家族＝対幻想が、共同幻想に規制されたなかで生活するということです。家族が、共同幻想に侵入されてしまっている様態を示しています。

※20……「対であるのに個人としてふるまう」ということが、心的であるだけでなく、労働形態としても家族内において編制されていく。それが共同的な「社会空間」と合致していくことになります。家族内の個人が社会人の振る舞いを構成しているからです。

う範疇は、「人間としての人間」「〈自由〉な個人としての人間」という個人範疇とも、「共同社会の成員としての人間」の範疇とも違う、という識別です（⑩399）。人間の識別が幻想水準の識別と同致・対応されています［※21］。

吉本さんはまず、〈性〉としての人間が〈家族〉の内部で分化していく関係をつかんだヘーゲルの家族観をもって、「〈性〉としての人間はすべて、男であるか女であるかいずれかである」とし、歴史変化や地域・種族での相違をこえて、家族とは「人間の〈対なる幻想〉にもとづく関係」であるとします。それが唯一の共通性だとして、〈対なる幻想〉概念は、「いつも異性の意識でしか存在しえない幻想性の領域」をさし、それは「社会の共同幻想とも個人のもつ幻想ともちが」うとします。「性」「男女」を基盤にしています。

そして〈家族〉の発生を、「すべての〈性〉的な行為が〈対なる幻想〉を生みだしたとき、はじめて人間は〈性〉としての人間という範疇をもつようになった」、「〈対なる幻想〉が生みだされたことは、人間の〈性〉を、社会の共同性と個人性のはざまに投げだす作用をおよぼした」、「そのために人間は〈性〉としては男か女であるのに、夫婦とか、親子とか、兄弟姉妹とか、親族とかよばれる系列のなかにおかれることになった」、そこに家族が生み出されたのだ、と叙述します（⑩395）。「性」を共同性と個人性との間に布置して、かつ「性」としての男・女と、家族表象としての夫婦・親子・兄弟姉妹とを区分していますね。後者はそのように歴史的かつ社会的に、意味されたものとして出現しているということです。それは、逆に、人間を〈性〉としてみるかぎり、〈家族〉は夫婦だけでなく、親子、兄弟、姉妹の関係でも大なり小なり〈性〉的である、つまり本質規定をもっているということです。その意味でフロイトは錯誤していないが、その関係が〈対〉幻想の領域だけで成り立つのに、社会や個人へ拡張してしまったのがフロイトの誤りだということです。

※21……人間論として、吉本さんは「〈人間〉としての人間という概念のなかでは、どんな差別も個々の人間のあいだに想定すべきではない」（⑩402）と理念的に言っています。吉本さんの「人間」概念は、ヒューマニズム的な人間ではなく、類的人間をさしているとみてよいでしょう。

対幻想としての家族の定義

ヘーゲルをふまえて家族関係を吉本さんは、次のように規定します。

❖家族の対幻想の根幹である「一対の男女としての夫婦」：自然的な〈性〉関係にもとづきながら、けっして「自己還帰」しえないで、「一方の意識が他方の意識のうちに、自分を直接認める」幻想関係。

❖「親子関係」：「親」は自己の死滅によってはじめて〈対〉幻想の対象になってゆくものを子に見ている。「子」は〈親〉のなかに自己の生成と逆比例して死滅してゆく〈対〉幻想の対象をみている。そこから「〈時間〉が導入された〈対〉幻想」をさして親子と呼ぶ。

❖「兄弟姉妹」：〈親〉が死滅したとき同時に、死滅する〈対〉幻想を意味する。はじめから仮構の異性という基盤にたちながら、かえって（そのために）永続する〈対〉幻想の関係にある。

これらは、非常に明証な家族関係の定義ではないでしょうか。

間違っている一般的な考え

エンゲルス、ライツェンシュタイン、そしてわが国の民族学者や民俗学者にまといついている「もっともらしく思いついた虚偽」は、動物生に人間の原始状態をあてはめる原始集団婚、また男は狩猟、女は農耕と性分業を固定化する考えです。それに対して、人間生の本質は動物生から進化したものではない、人間は異質の系列にある、部族社会の経済的分業は人間の存在とは結びつけられない、と吉本さんは批判しています。ただ、そこで、共同幻想と対幻想とが同致するように見える時期がある、そこは問い返さねばならないと言うのです。経済的分業は人間存在の問題ではない、という指摘は重要です（しかし、人間「人口」を統治するために「経済」「政治経済」は発明されたのです。その関係を幻想とからめて考えることです）。

対幻想の時間性：部族の共同幻想と男女の〈対〉幻想との同致から分離へ

農耕社会の起源の時期に、共同幻想と対幻想とが同致しているようにみえるのは、どうしてなのかを解き明かします。イザナキとイザナミの国生みの神話は、国生みという共同幻想が、〈対〉幻想の行為と同致している。世界の生成が、国生みを〈対〉幻想の結果とむすびつけている。それは対幻想がその特異な位相をなくして共同幻想のなかに解消したかのようにみえる。この現実的基盤をはなれて〈対〉幻想そのものが共同幻想と同一視されるまで転化されたことは、なんであるのかを吉本さんは探ります［※22］。

古事記の天地初発において、天御中主神、高御産巣日神、神産巣日神、そして宇摩志阿斯訶備比古遅神、天之常立神、の五神は「独神」だとされている。その意味を、原始農耕社会以前の幻想性、自然収穫の生活での観念、幼児に昨日と明日があるだけのような「〈現在〉性を構成するに必要な〈時間〉概念の象徴」であると吉本さんはみなし、性的に行為していた男・女ではあったろうが、「〈対〉幻想がどんな意味でも、時間を遠隔化できない発生期」の幻想だと、吉本さんは言います。対幻想に時間性がなかった、という見方です。

その後、古事記では男女神が記述されるのですが、そこに対幻想・性的幻想に〈時間〉性が導入された、とみていくのです。

「対幻想が時間の流れに沿って生成する」ことが意識されると、意図して穀物栽培、狩猟・漁猟をなし、そこに「自然を生成として流れる〈時間〉の意味を意識」し、女性だけが子を産むことが重視され、「対幻想のなかに時間を生成する流れが意識」されて女性に時間の根源があるとされ、穀母神的な概念が育った。この時期は「自然時間の観念を媒介にして、部族の共同幻想と〈対〉幻想とは同一視」された。自然の時間の流れと女性が妊娠し子を産む時間の流れとが同一視されていた段階です。

次に、穀物の栽培から収穫は四季をめぐる季年、しかし、女性が妊娠するのが十ヶ月、子の育

※22……国生み神話がどのように記述されるかは、その神話作成時の共同幻想の相を決めているといえます。

『出雲風土記』では、ヤツカミズオミヅヌが陸地を引き寄せて造ったが、天の下を造ったのはオオナモチ（大国主）である。

イザナキ／イザナミは、高千穂の夜神楽では、ただの酒造りの神でしかない。記紀はこの国つ神を、国生みの神にまで上昇させる幻想を構成した。

古事記でイザナミは死んでイザナキ一人で、アマテラス・ツキヨミ・スサノオを産むが、書紀では二神が一緒に産んでいる。

天地初発から天孫降臨までの話は、歴史順序ではない。さまざまな幻想を系譜的な時間順序に編制した幻想構成されたものですから、吉本さんのいうような発生期ということではなく、発生期であるかのように幻想構成したということになります。幻想構造における転化構成があると理解していくことです。

成に十数年かかると、時間性がちがうことが気づかれ、さらに子の養育には男も加担することが意識される。対幻想は女性の時間だけではなく、男女の〈性〉そのものが時間性の根源とされた。穀物の栽培と収穫を、男女の性的行為と結びつける観念はたもたれながらも、時間性の相違が自覚されたとき、共同幻想と対幻想とを同一視する観念は矛盾にさらされ、農耕祭儀として疎外された。男女の性行為と女性の妊娠とに必然的連関があることも気づかれ、男女ともに農耕に従事する慣習となっていった、そこに定住がうまれた。

そして、対幻想に固有な時間性が自覚されて、〈世代〉という観念が手にはいり、また〈親〉と〈子〉の相姦がタブー化された。

こういう経緯として、みています。

(i)対幻想に時間性がない段階（共同幻想と対幻想の同致）

(ii)自然生成と女の子産みとの同一視において対幻想に時間性が導入された（女の対幻想）

(iii)その自然時間と女の時間性の相違が自覚され、対幻想の固有な時間性が共同幻想とちがうことの自覚（男女の対幻想）

と〈時間〉性規準から、共同幻想と対幻想の一致から分離へという転移をみています。これは、幻想の生成関係を示したものですが、歴史過程ではなく、本質構成としてみていくべきで、幼児からの成長の過程と照応される生成構造です。つまり、対幻想の生成過程であるとみておくべきでしょう。女性が軸になっています、女性の存在の意味化への転移、そして女性から男女＝性への転移です。そこに、近親相姦の禁止の発生を同時にみていることが重要です。

▼批判点

吉本さんは、「独神」の表象に幻想の段階を実定させていますが、それは自然神であるとは言いがたい。つまり後世が創出した神であって、高天原幻想を画定・権威づけるための構造的な幻想疎外です。後世の幻想疎外を、幻想の発生的な段階とすることができるのかどうか、後世はそう疎外したということで、非常に論議すべきことであるとおもいます。そして、高御産巣日神と神産巣日神は、高天原の中でアマテラスと協働して活躍します。「独神」よりも、その後の男女神の方が自然を表象します［※23］。つまり、国生み前の神のなかで独神は、非常に抽象度の高い神で、後のすめらみこと＝天皇の初源形態である「天つ神」の表象ということですし、男女神は多分に国つ神の表象を「天つ神」転移させたものといえます［※24］。つまり、「天つ神共同幻想」の疎外構築であるということです。それは対幻想をもっていない共同幻想神であるということです。アマテラスも独神です。しかしスサノオと姉・弟であるかのように「対表象」されます。つまり、血縁共同体ではない、そこから離脱した共同幻想のなかにおける「対表象」です、対幻想の位相がちがうのです。

　別の言い方をしますと、天地初発の神をいかに布置し解釈するかが、共同幻想の確定の仕方として規制を働かせることになる、ということです。たとえば、宣長は神産巣日神を非常に重視します、倫理規範においているといってよいでしょう。国家神道は天照を絶対神的な国家神にします。中世仏教では、天照は大国主をだましたふとどきな神とみなされます。古事記の元型的な神話構造と、後の時代の神解釈が、ときどきの共同幻想の規準においてちがってきます。幻想は真理の体系でもあるのです。そこで、対幻想は本質布置で変りないことですが、「対表象」は変わっていくのです。

対幻想の統治制化の配備

「対幻想論」で非常に重要な示唆は、対幻想の空間化（❺）に関わる時間化（❹）の提示です。わたしなりに、対幻想の配備をまとめます。

　第一に、対幻想＝共同幻想と同致できる象徴が血縁関係から疎外されることで、共同幻想と対

※23……天之常立神と国之常立神の「天と国」も抽象度が高く自然とは言い難いです。
　男女神と言えるウヒジニノ神・イモスヒジニノ神は「泥」。イザナキ・イザナミが国土の島々を産んだ後に、海、水、風、木、山、草原、谷、窪地、土、などの神々を産んでいます。
『母型論』では、ここは丁寧に、神名＝人格と自然現象との関係が、自然音と人間音の言語視座から、過程的な変化としてきちんと論じなおされています（187－196頁、218－9頁）。「起源論」の見直しですが、Ⅲ部・7章にて詳述します。

※24……ここも、論じられていますが（『母型論』189頁）、幻想としてではなく、言語的な音と自然現象との関係においてです。わたしは「天つ神」幻想として解読します。

幻想の分離がなされる。これは、共同幻想を担う象徴が、対幻想からはじきだされ、共同幻想の外部化がなされていくことです。と同時に、その共同幻想の象徴は、対幻想を同化しているゆえ、他なるものを同化させる働きをもつと考えられます。共同幻想が、幻想統治制において、対的に働きかけていくことがなされうるということ、それは対的に吸収しうる作用をももつということです。共同幻想の同化と排除のメカニズムは、これを本質としているのです。

第二に、対幻想のがわでは、対幻想が産み出されると、人間の〈性〉は、社会の共同性と個人性のはざまに投げ出され、夫婦・親子・兄弟姉妹という「家族」と親族とが表象された。これは、家族と対幻想はずれがあるということ。また、社会空間のなかでは、社会の共同性と個人性の関係の間で、性関係が対幻想とは異なる関係作用を働かしうる場をもっているということですが、しかし、それは家族が引き受ける関係場になります。3章で示した「経済セックス化」はその場で配備されたものだということです。Ⅲ部・8章でさらに深めます。

第三に、共同幻想と対幻想の同致（母系制）とそこからの分離は、女の時間が自覚され、さらに対幻想が時間性を獲得していく過程において出現していく（自然と人間との分離でもある）。対幻想の生成＝時間化は、自然との非分離、そして分離という過程的関係をもっていますが、構造的には、それは共時的に編制されていることとわたしは考えます。そして対幻想の時間性の固有さは、他の諸幻想の強い規準となって配備されたということです。

共同幻想と対幻想の同致、女の対幻想の作用、そして男女の対幻想の作用。これが、対幻想の統治性化として、対幻想が固有の時間性をもつことによって、共同幻想や個人幻想との関係の仕方（他の諸幻想との関係も）を統治制化していくのです。さらにこの本質位相関係は、「家族」を生み出すことによって、対幻想として外在的な諸関係をうけとめていく関係に配備されます。人間存在ではないもの（経済関係や規範関係）を引き受けていくのです。

対幻想論は、単純な家族論ではありません。対幻想初源の本質相と対幻想の歴史的表出である近代家族編制とをしっかりと識別しておくことです。〈対幻想の統治制化〉が、この三点においてそれぞれの歴史段階で、対関係を配備していくとみていいでしょう。

❺母制論

母系制の基盤

動物が人間へ進化したのは、嫉妬がなくなって集団婚になったからだと主張するエンゲルスに対して、吉本さんは逆だ、集団婚がなされたから嫉妬から解放されたのだと想定しうるかもしれないが、「人間は歴史的などの時期でも、かつて男・女としての〈嫉妬〉感情からまったく解放されたことなどはなかった」と嫉妬を規準にすることを批判し、動物、人間の性的な自然行為から「〈対なる幻想〉として心的に疎外し、自立させてはじめて、動物とはちがった共同性（家族）を獲得した」（⑩376）のが人間であって、男女の対幻想こそが現実にとれるすべての態様にあるもので、嫉妬しようが許容しようが、性的自然行為と矛盾しようが、「個々の男女の〈自由〉に」ゆだねられている、という考えをとります。「婚姻制の自然な基盤のうえに、つねに〈対なる幻想〉の領域が存在する」ということが規準であって、集団婚か一夫一婦婚か、の問題ではないし、自然的な性行為の問題でもない、と婚姻形態ではなく〈対幻想〉が基盤だと提起されました。自然性ではない、歴史性の形態でもないということです。それが、本質論の位置です。

対幻想として疎外したところに、動物とは異なる人間の類的な本質があるんだ、というのが吉本思想の主要な軸の一つです。ここで「婚姻制」を「自然的基盤」としています。また対幻想の「共同性」と言っています。婚姻制の自然様態が、対幻想の共同性として歴史的段階で、種差的な婚姻形態や家族形態、さらには性の政治形態を表象表出していく、それは対幻想の統治制化によって配備されていくものだ、と考えましょう。

そこから、人間の共同性がある段階で、〈母系〉制をへている意味をつかむべきだということになります。ここでも、エンゲルスは、嫉妬がない集団婚のなかで、子の父親がだれであるか分からないが母がだれであるのかをすべての者が知っている、それが母系の根拠だ、母系制の基盤は原始集団婚だとしてしまう考えにたいして、ほんとに誰が父親であるかはわからないのだろうか、「ひとりの女性は自分が生み落とした子供の父親がたれであるかを確実にしっているはずだ」としながら、そうした規準から母系制をみていくのではなく、母系制の社会とは、家族の対幻想が部落の共同幻想と同致している社会である、と規定します。そのためには、対幻想の意識が空間的に拡大しなければならない、それをになうのは兄弟姉妹だ、それが「自然的な〈性〉行為をともなわずに、男性または女性としての人間でありうるから」、「〈性〉としての人間の関係が、そのまま人間の関係でありうるから」だ、としています。

「〈母系〉制社会のほんとの基礎は集団婚にあったのではなく、兄弟と姉妹の〈対なる幻想〉が部落の〈共同幻想〉と同致するまでに〈空間〉的に拡大したことのなかにあった」（⑩380）という考えです。対幻想論では、共同幻想と対幻想との分離が指摘されましたが、ここ母制論では、兄弟姉妹の対幻想の拡大が共同幻想と同致している次元が、分離する前の根源として設定されています。対幻想の空間化（共同幻想との一致）があり、そして対幻想の時間化（共同幻想との分離）がなされる、ということです。

母系制から母権制へ――神話から

そこで、吉本さんは古事記のアマテラスとスサノオの「うけひ」神話を解釈します。古事記学者たちは、大和朝廷勢力の始祖＝アマテラスと、土着種族勢力の始祖＝スサノオとの関係の象徴だと解釈しているが、そうした神話的背景は別問題だとして［※25］、幻想の関係として説明するのです。

※25……神話的背景とは別だといいながら、吉本さんも農耕稲作の背景を設定されます。わたしがシニフィエをみていたなら吉本思想をうまく継承しえないというのは、こういうところです。つまり、幻想関係をつかみたいために意味作用の仕方を背景から切り離そう、また別の問題においては背景を設定してみようと、格闘されているのです。

天つ神（天孫）と国つ神（土着）の関係を幻想関係として把捉することではないでしょうか。

「うけひ」は、「姉妹と兄弟のあいだの〈対なる幻想〉の幻想的な〈性〉行為が、そのまま共同的な〈約定〉の祭儀的な行為であることを象徴している」もので、姉妹と兄弟の性的な〈対幻想〉が、部族の〈共同幻想〉と同致している、この同致を媒介するものは共同的な規範を意味する祭儀行為である、と解釈します[※26]。ここのおさえ方は妥当だとおもいます。

そして「〈母系〉制の社会はこういった共同的な規範を意味した祭儀行為を、種族の現実的な規範として、いいかえれば〈法〉としてみとめたとき〈母権〉制の社会に転化する」と述べています(⑩381)。規範祭儀の法への転化です。未開の段階のある時期に、「女性が種族の宗教的な規範をつかさどり、その兄弟が現実的な規範によって種族を統治した」と想定できる、後に「アジア的ということ」の規準となる界です。他方、〈母権〉社会は、種族の女性の始祖が神権と政権とを一身に集中している場合ということです。

この「うけひ」の神話は、古事記と日本書紀とでは、アマテラスとスサノオの順番と産んだ神とが入れ替わります、つまり「天つ神」共同幻想と「国つ神」共同幻想との布置がかわるのです。異文も含め六通りも記述されます(後述、※29)。そこが重要で、対幻想と共同幻想との布置が転じてしまうのは、神権と政権の〈統治〉を定めるべく、幻想行為の〈統治制化〉がいろいろと探られているからです。そこが、「母制論」の吉本さんの最後の言述にもかかわってくることになります(後述)。

イザイホウ——祭儀から

南島久高島のイザイホウの祭儀に、吉本さんは母系制の遺制を読み取っていきます。それは島で生まれ島内で嫁した女たちだけが参画する祭儀であり、籠った後、帰宅して夫ではなく〈兄弟〉たちが参加する、共同規範が〈姉妹〉から〈兄弟〉への受授としてある、水田稲作定着以前の時代の、共同幻想と対幻想とが同致する母系制の遺制として原像であるということです。

※26……わたしは、対幻想と共同幻想とを一致させようと試みるためのうけひであるが、同時にそこがずれてしまう、と考えます。祭儀行為において、祭祀と政治との交換がなされています。ところが、書紀(異文)と古事記では、うけひの道具の所属、そして生みだした神々の所属を反転させます。それは一致させようとしながらもずれることの現れです。共同的規範の祭儀行為に共にのったうえで、一致と「分割」へむけて統治制を作用させているということです。幻想行為は統治制の行為であるのです。

吉本さんが南島祭儀と古事記神話とを連関させ天皇制を無化する回路を探るのは、神話へ解消されずに祭儀プラチックとして遺制が残っているからで、しかしながらそのむすびつきは、わたしたちは括弧にいれて、耳を傾けるにとどめておきたいところです［※27］。

氏族社会への転化

ここで再び、集団婚からプナルア家族制（同母の兄弟と姉妹の性交禁止）をへて氏族社会へ移行するエンゲルスの論述を批判して、性交と幻想を含む性行為とはちがうのだ、という視座からの吉本さんの幾分複雑な論述がなされます。近親相姦の禁止がはいりこんでくることです。

男女の性交が禁止されるには「個々の男女に禁止の意識が存在しなければならない、その禁止の意識は〈対なる幻想〉の存在を前提にする、「〈対なる意識〉は〈性〉的なものであっても、性交的なものとかぎらない」ことは、「人間の性交が動物的なものであっても、同時に観念的（愛とか憎悪とか）でありうる」のと同じだ。性交はないが性行為はありうるということです。性行為は幻想行為の次元であるということです。

こうした禁止がなされるのは、「共同の規範がはじめになければならない」、つまり「流布された〈共同幻想〉が〈対なる幻想〉と矛盾し、それを抑圧する強力として作用している」という共同幻想と対幻想の同致がなくなっているということになります。

近親相姦の禁止は、親子間と兄弟姉妹間との二重性にありますが、共同幻想規範が対幻想といかに矛盾・対立させられていくかに関わっているということです。

「性交はなくとも〈姉妹〉と〈兄弟〉のあいだには〈性〉的な関係の意識」「〈対なる幻想〉は存在している」のです。それゆえかえって永続する、それを空間的に疎外すれば、〈共同幻想〉と同致しているということ、これが〈母系〉制の社会の存在です。

それが、同母の兄弟同士は、母または遠縁の母たちが死んだとき対幻想としては解体する、す

※27……北方神話がはいりこんできたとか、南島から規定されているとか、それはどちらでもいいことで、幻想形態としていかに構成構造化されているかをつかむことです。正しい起源を探るのではなく、連関構成をつかみとることですが、連関自体をもうたがってのことです。

ると、母または遠縁の母たちとは関係のない母と同世代の女性から生まれた女性たちと婚姻をむすんで、部落の中にまたは外に四散する。しかし、この四散した兄弟たちに〈母〉は個別的な意味で始祖としての対象になる。

他方、死んだ父や遠縁の父たちはこの兄弟にはあまり問題にならない。〈父〉は「〈対なる幻想〉を消失させる契機をいつもはらんだ存在」であって、「〈父〉と〈子〉は、自然な〈性〉行為でかろうじて持続できる〈対幻想〉にもかかわらず〈父〉と〈子〉の関係は、自然的な〈性〉としてはいちばん疎遠な存在であるから」だ。このばあい、「〈父〉は〈子〉から尊崇されて棚上げされるか、または無視されるかのいずれかで、〈対幻想〉の対象としてはしりぞけられる」というのです。

母―子の関係と、父―子の関係の、非対称性が指摘されています。

こうして「同母の〈姉妹〉と〈兄弟〉は〈母〉を同一の崇拝の対象としながらも、空間的には四散し、またそれぞれ独立した集団をつくることになる」、「〈姉妹〉の系列は世代をつなぐ媒体としては尊重されながら」「現実的には四散した〈兄弟〉たちによって守護され」、また「〈兄弟〉たちは〈母系〉の系列からは傍系でありながら」「現実的には〈母系〉制の外にたつ自由な存在になる」。ただし、同母にたいする崇拝の意識＝制度としては、この母系の周辺に存在するであろう、ここに氏族制へ転化する契機がはらまれている、というのです。

姉妹の系と兄弟の系の非対称性です。母系制／母権制の説明としては、もっとも納得がいくものといえるでしょう。

「母制論」の最後の言述への批判点

このように論じてきて、しかしながら母制論の最後で、吉本さんは次のように言います。

「『古事記』のなかの挿話で、スサノオが死んだ母のいる妣(はは)の国へゆきたいといって哭きやまないために〈父〉から追放され（このことは兄弟のあいだの〈対幻想〉の解体と同一である）、しかも同母の姉であるアマテラスと幻想的な共同誓約の〈性〉儀式を交換する」、そこに氏族制への転化の契機がよく象徴されている、とかなり強引に述べています。

「ようにみえる」と遠慮がちではありますが、そうでしょうか？　そして『古事記』の挿話ではスサノオは追放されて土着種族系の共同体の象徴的な始祖に転化する」と指摘し、「けれどかれは妣の国への崇拝を失うことは共同規範として許されていないのだ」というのです。ここで、吉本さんは、「妣の国」の布置を混同されているのではないでしょうか。それはスサノオの出自である「国つ神」の国次元です。そこから「高天原」国へ召還され、同化ないし従属に失敗して、追放され、再び「国つ神」次元での堅州国の建国をなしたのです。幻想の移動があるのであって、種族共同体への追放ではありません。もはや「高天原」国に属することになっている「根の国」へ配置されて、「天つ神」共同幻想の共同規範へ従っているのです。統治が拡張し、しかも高天原だけではない別の水準にたいする幻想統治が可能になっている状態です。同時に妣国の「国つ神」への崇拝がありますが、その共同規範へは従っていません。つまり、父・母の幻想関係ではない、共同幻想のちがうものを統治した、共同幻想の配備の問題であるということです。

スサノオとアマテラスは「同母」の姉・弟ではありません。イザナキの禊から生まれたのであって、古事記では母はいません。天つ神共同幻想の下に「高天原」共同幻想を国として幻想配備建設したのです。そのとき、海（アマ）照らす国の始祖＝アマテラスを「天照らす」として「天つ神」へ転化して包摂し、スサノオ＝「国つ神」を「天つ神」共同幻想へ包摂したのです。アマテラスは「天つ神」共同幻想へ同化しましたが、スサノオは同化しえなかった、だから他の場所へ追放して他の「国つ神」国の征服へ従事させたのです［※28］。

ふたりの「うけひ」は、「天つ神」共同幻想のもとに巫女的な国つ神たち（宗像三女神）をいかにそれぞれが従属させるかのやりとりです。ですから、日本書紀・異文ではそれが逆になりま

※28……書紀ではイザナキとイザナミの二人でアマテラスたちを生みます。母がいて同母の兄弟姉妹だとするのが「書紀幻想」です。またアマテラスではなく、「オオヒルメ」となります。「アマ」なる国つ神的な残滓を払拭してしまいます。
　古事記に立脚するとしながら、書紀神話の幻想空間が吉本さんに入り込んでしまっている例です。

す［※29］。どちらも「天つ神」共同幻想へ包摂した、しかし幻想統治制として画定しきれていないということのあらわれです。つまり、古事記では「高天原」共同幻想下への包摂をめぐるものですが、書紀では「葦原中国」への包摂をめぐるものに転じられています。支配的な共同幻想がちがうのです。幻想構造は、実際の種族、氏族制とはちがうのだと吉本さん自身が言っていながらそこへ関係還元して、しかも父・母―子の関係へと転じてしまっています。あくまで幻想関係の配備として吉本共同幻想を徹底させて考えるべきで、その方が神話構成そのものにあてはまり、かつ本質水準がはっきりします。それには、「天つ神」と「高天原」と「国つ神」のそれぞれ共同幻想が異なる、それを「すめらみこと」共同幻想へと統御していく幻想過程構造の神話構成――幻想の統治制化による国家の配備――であるとみていかねばならないのです。エンゲルス、フロイトを断ち切っていくには、「共同幻想」概念を徹底させていくことです。

〈女〉と性の配備

❹と❺は共同幻想と対幻想との関係ですが、そこで重要なことは、対幻想の出現とその幻想作用です。共同幻想と対幻想とが同致しているという様態（❺）から、それが分離していく（❹）ということです。構造的にいうと分離したその根源には一致が配備されたままある、ということになります。ですから、幻想の統治制化においては、その相互の配置の仕方が探られることになります。

そして、その一致・転化に「女性」が大きくからむという点です。母と姉妹との関係、そして「女だけが子を産む」ということと「男女が子を産む」ということに、幻想の時間差異が構成されていくということです。共同幻想と対幻想の一致する母系制から、母権制においては神権と政権を一致させる統治制化の次元が配備され、それが次に氏族制の共同幻想において姉と弟とに分化されます。幻想の本質関係には幻想の統治制化の配備がからんでいるのです。「女の対幻想」

※29……「うけひ」とは、下の者が上の者にかくあらんと誓約することで、事の善悪・成否・吉凶を占うことです。

古事記ではアマテラスがスサノオの「剣」でもって、女神三神を生みます。その後、スサノオがアマテラスの「玉」をもってオシホミミら男神五神を生みます。剣（政治・軍事）と「玉」（祭祀）とを交換しています。女神＝祭祀です、男神＝政治権力です。そして、アマテラスは自分の玉から生んだのだから男神は自分に属する、女神はスサノオに属すると命じます。祭祀と政治との交換劇です。オシホミミは天孫降臨するニニギの父です。アマテラスは、祭祀力にくわえて、政治力をもったという象徴です。

これと書紀・異文をいれて「うけひ」は六通りありますが、本文は基本的に同じですが、それぞれに「清濁」を決めようという、統治上の判定がはいってきます。

書紀・異文で、日神が剣をもって女神を、スサノオは玉をもって男神を生んだとあり、日神が政治権力ももっていたという母権制の残滓を示しています。（詳細は拙書『国つ神論』237-241頁、268-273頁）

という女が対幻想を作用させる統治性化は、非常に重要な幻想配備です。共同幻想と対幻想が同致している血縁共同体から、兄弟姉妹が対幻想を空間化して、共同幻想と対幻想が分離していく契機となっていく。兄弟姉妹の対幻想の統治制化の働きは、神権・政権の関係にもかかわります。女が祭祀・神権優位の共同幻想世界をになう。

そして、男・女が対等というのではなく、男女の対が現象としては横の夫婦、縦の母子として、同時に関係構造化していることで、性と家族の幻想構造がどうなっているかを論じたものでした。そこに対幻想の共同性としての「家族」が出現しているわけで、フロイトは意識していようがいまいが、家族の初源的な出現を非常に重視したように、吉本思想もそこを重視します。共同幻想の国家化において家族の統治制化は、はずせないということです。類的には〈性〉の問題になるところです。しかし、性を自然的な性交と幻想としての性行為・性関係と混同してはならないとして、性の生物的なフロイト（やエンゲルス）の側面を、吉本思想は〈幻想〉として転移したわけですが、性現象よりも〈対幻想〉が根源であるとした転移は、世界思想的に極めて重要なものといえるでしょう。欧米論者の誰ひとりたどりつきえていない閾ですが、西欧理論において性現象／セクシュアリテが論じられているとき、こちらは〈対幻想〉概念をつねに介入させて読み解いていけばいいことです。

❻祭儀論

❹❺は共同幻想と対幻想の関係をめぐる考察でした。❻「祭儀論」は、自己幻想と共同幻想の逆立、という本質が解明される稿です。しかし〈生誕〉が例に検証され、その根元には共同幻想と対幻想との関係がいかに作用しているか探りだされます。

共同幻想と自己幻想とは本質的には〈逆立〉しているのですが、個体には〈同調〉しているようにみえます。また、共同幻想が個体にとって〈欠如〉や〈虚偽〉として見えたり感じられたりします。

同調していると感じられるためには、共同幻想が自己幻想に先だった先験性だと個体に信じられていなければならない、「じぶんが共同幻想からうみだされたものだと信じていなければならない」。しかし、彼の〈生誕〉に直接かかわっているのは父母である、自己幻想の形成に第一次的にあずかっているのは父母の対幻想の共同性（家族）であり、自己幻想なくして共同幻想は存在しえない。けれども、「極限のかたちでの恒常民と極限のかたちでの世襲君主を想定すれば、かれの自己幻想は共同幻想と〈同調〉している仮象をもてるはずである」、「民俗的な幻想行為であるあらゆる祭儀が、支配者の規範力の賦活行為を意味する祭儀になぞらえられるとすればそのためである」（⑩３６０）と述べています。

生成・発生的な見方と構造構成的な見方との双方がいききしています。そこに、二つクリティカルな問題が想起されます。

第一に、個体の自己幻想が、常民（共同性集団）へと拡張されてしまっています。その拡張への過程があるのではないでしょうか。それがどうつながって関係しているのかが、なおざりにされてしまっています。「社会の共同幻想」（⑩３５９）、「個体が現存している社会の共同幻想」（⑩３６０）という概念が、そこを媒介していくのですが、ここでの論述は自己から集団へと飛んでしまっています。「社会（空間）」と「社会の共同幻想」と「社会幻想」との異なる概念の関係とその配備が種差的にあるのです。それをいれこんでいかないとここははっきりしません。そうなっている根拠とその形成過程です。「個人」を常民／市民・国民へと構成する〈社会〉なるものの場が「国家」とは次元を異にするところにあるということです。

それともうひとつ、共同幻想を、社会主義国家、資本主義国家、あるいは反体制的な組織の共同体、小さなサークルの共同性と解しても、「まったく自由」であるが、自己幻想と共同幻想の逆立という原理はかわりないと（⑩359）、現実構造と幻想関係構造とが同一化されてしまっています。共同幻想は、国家だ、共同性だ、と短絡されてしまう。その相互関係が厳密にとらえられていません。つまり、幻想（本質）と現実的・実体的なもの（歴史的現存性）との関係をいかに理論構成するかなのですが、実体的なもの自体の問い直しが幻想論から提起されているのであって、そこへの考察なしに、シニフィエされた答えだけみていくから、同致されたまま、吉本後で、共同幻想論が深化されていかないのです。

それは吉本さんを読むとき、一番注意せねばならないところですが、それなしにして吉本論述は粗野だ、などと判定する大学人は論外です。「意味されたもの」しか考えられていないから、批判にもなっていないただの非難です、「意味するもの（シニフィアン）」としての共同幻想を、的確にこちらがつかみなおしていかねばならないことを、繰り返し強調しておきます。

逆立をいちばん原質的に示すのは〈生誕〉を考えていけばいいと吉本さんは指摘します。

生誕とは：自己幻想の関係布置

生誕を心的にとらえます、

■それは共同幻想からこちら側へ、つまり此岸へ投げ出された自己幻想で、それは自己意志にかかわりなく投げ出されているため、一定の時期まで自覚的な過程ではありえない、それゆえ個体は生理的・心的に親の扶養なしに生存しえない［※30］。

■「人間の自己幻想は、ある期間を過程的にとおって徐々に周囲の共同幻想をはねのけながら自覚的な存在として形成される」。そのため、いったん形成されたあかつきには、共同幻想から疎外されており、共同幻想と逆立するほかない［※31］。

■「こちら側へ投げ出された自己幻想が共同幻想にいだく関係意識としての〈欠如〉や〈虚偽〉は、自覚的な〈逆立〉にたどりつくまでの個体の心的構造」に原型がある［※32］。

※30……この心的過程は『心的現象論・本論』の「原了解以前」において詳述されています。『母型論』の「母型論」においても、前言語段階の内コミュニケーションとして論じられています。

※31……実際は、はねのけながらと、同化しながらという、相反する過程になっているのではないでしょうか。しかし、本質布置は「はねのける」として、歴史現存性としては「同化・同調する」と、わたしは理論的に設定します。

※32……自己幻想の側にも欠如・虚偽の意識が形成されるのではないでしょうか、それは共同幻想への欠如・虚偽の関係意識の反転といえるのかもしれません。

この三つは、非常に重要な本質規準です。

これは、解読が微妙に派生されてしまうもので、すでに在るものと形成されるものとの間の関係です。既存の共同幻想から自己幻想（A）が投げ出される、それは既存の幻想関係構造です。そのなかで、過程的に自己幻想（B）が共同幻想をはじきだすように形成される。この自己幻想Aと自己幻想Bとの関係形成は、どうなっているのでしょうか。さらに、自己幻想（C）が共同幻想にたいして関係意識を同調ないし批判としてもっていく。自己幻想Bからいくつかの異なる自己幻想Cが派生していくということです。この三つの自己幻想の表出＝疎外の位相があります。

そこを、自己幻想の内部構造としてヘーゲル（さらにキエルケゴール、フロイト）が言述化してきたが、吉本さんは、「〈生誕〉の時期での自己幻想の共同幻想にたいする関係の原質が、胎生時の〈母〉と〈子〉の関係に還元される」こと、そして「〈生誕〉の瞬間の共同幻想は〈母〉という存在に象徴される」ということとして定めます。〈母〉が共同幻想を代理表象している、と考えようということだと、わたしは理解します。ここが、心的現象論との関わりの場になります。それは乳胎児・母と原始共同幻想とを初源として同質的に対応させた考察になっていきます。『心的現象論』において「原了解以前」とされたものです。母との心的関係はライヒをもって、非常に悲劇的なのですが、主要に論じられます。「父」を機軸にする西欧的な思考に対峙する〈母〉からの本質見解です。

〈母—子〉を原基にすえる初発の思考契機が『共同幻想論』で、開示されました。〈生誕〉は〈死〉とは違って、「村落の共同幻想と〈家〉での男女のあいだの〈性〉を基盤にした対幻想の共同性の両極のあいだで、移行する構造をもつ」（⑩362）ということ、ここだけが生誕と死とを識別する本質的差異だ、それ以外は相対的なものにすぎない、というのです。生誕からの自己幻想の形成は、「村落共同幻想」と「家の対幻想」との両極の間で移行してなされていく、ということです——これが現代では〈社会共同幻想〉と家族対幻想とのあいだでなされる、とわたしは考えます。そこが、未開人の〈死〉と〈復活〉の概念に等質的にみいだされる受胎・生誕・成年・婚姻・死が、繰り返される〈死〉と〈復活〉の交替になっていることだ、というのです。「個体が生理的にはじめに〈生誕〉し、生理的におわりに〈死〉をむかえること」は、「〈生誕〉以前の世界と〈死〉以後の世界にたいしてはっきりした境界がなかった」(⑩363)[※33]。この未開の共同幻想が、母・子の関係においても構成されているということになります。

　こうした思想的論理にはじめて接したとき、わたしたちは正直めんくらいますが、本質論は、そこを開削していかねば成り立たないのです。どうしても近代思考で、母・子と言われると個体をイメージしてしまいますが、そうではない。母子関係の関係性と幻想との関係です。生誕は、自己幻想の形成において、自己幻想と共同幻想の対立において形成され、また共同幻想と対幻想の両極の間で移行形成されていく。

　とまれ、個体の生誕、成長、死は、共同幻想と対幻想と自己幻想の関係構造からなっている、すると身体と心的幻想との関係はどうなっていくのかということです。それが『心的現象論』で「関係論」として論じられています。

　すでに3章で示しておきましたが、ここで、「自己幻想」という概念になっている、「個人幻想」ではないことに、留意しておいてください。「自分の意志」とかかわりない、「個体の自己幻想」「人間の自己幻想」です。個的＝類的な自己幻想という布置です。自分の意志とは関わりない、しかし、自分の内部で形成される自己幻想です。外部に向かうと「個人幻想」という言表にかかわってきますが、吉本さんにおいてはほぼ同質でしょう。

生誕と死

　ここで古事記の、生と死とがべつの概念ではなかった神話表象が論じられます。イザナミが死んで黄泉国へいった、それを迎えにいったイザナキが、イザナミの「死体が腐って蛆がわいて」

※33……わたしがみているかぎりでは、ピエール・ブルデューによる生死の循環と一年の循環と一日の循環とを綜合構成した論述は他にないとおもいます。
　外部性の表象の綜合関係としてブルデューは示しています。Le sens pratique(Minuit, 1980)の書です(『実践感覚』という邦訳題はまちがいです、『実際的な意味』です。実際行為がなしている意味を解析した書です)。

いるおどろおどろしい姿を見て逃げて帰った話と、豊玉姫が子を産んでいるときのおどろどろしい鰐になった姿をホホデミが見て逃げ出し、女は「じぶんの変身をみられて辱かしがる」という話です。死後の場面と生誕の場面が同じように疎通しており、「男が女の変身にたいして〈恐怖〉感として疎外され、〈女〉が一方では〈他界〉の他方では「本国の形」の共同幻想の表象に変身する」というパターンです。

ここで「他界」(死)、「本国の形」と言っています。それが「国つ神」の場所国です。蛆や鰐の実体ではありません。イザナミも豊玉姫も、「天つ神」系を疎外している(天皇系につながる)文化にあります。国つ神の存在とは異なる幻想疎外の次元に嫁いだのですが、元の国つ神存在を切り離しえていないのです。イザナキ、ホホデミの天つ神世界からみて異国の国つ神の風習は「おどろおどろしい」、異様だ、ということの表象が、死、蛆や鰐となっているのです。恐怖感ではないです。蛆はもうほとんど蔑んでいる表象ですが——しかしそれほど敵対的に強大であったという表象——、鰐は「ワニ」族です。和迩族です。

そこを吉本さんは、「男のほう」が死の場面でも生誕の場面でも「場面の総体からまったくはじきだされる」、他方「女」が「〈性〉を基盤にした本来的な対幻想の対象から、共同幻想の表象へと変容する」、その双方の度合いが対応している、と考えます。「〈死〉も〈生誕〉も、女性が共同幻想の表象に転化することだという位相」とみなすのです。

それは、わたしの方からいいますと、女(媛や后)は「国つ神」共同幻想の表象であるとなります。男と女であるものは、支配・征服する側の共同幻想であり、また同盟してきたか征服されていく国つ神の共同幻想の表象であるということです。共同幻想が対幻想を同致させて内在していると述べましたが、その現れです。男がはじきだされたのではなく、天つ神系がはじき出されたのです。天つ神の方が弱体だからです。冷静にみてください。後の時代で支配することになる側が逃げていっています、つまり国つ神の方が力が強いということです。個的な恐怖ではない、幻想力の実際として天孫系の弱体を表象しているのです。これが古事記の特徴です［※34］。吉本さんに「天つ神」と「国つ神」の識別が、暗黙知におかれてしまっているので、統一する側と土着の蹴落とされる側とにおかれ、幻想関係として語られたことがはっきりしないまま、「人間の〈死〉と〈生誕〉は、〈生む〉という行為がじゃまされるかじゃまされないかだ」という「じゃまする」行為にいいかえられ、しかも「共同幻想の表象として同一視されている」と解釈されてしまいます。幻想本質として抱えこまれたものを探りだしていきましょう。

❹も❺も❻でも、「生む」という行為が規準にされています。そこが幻想関係の差異化――転移への境界――の規準になっています。

〈生む〉行為がじゃまされるかされないか：水準1

生誕と死をみていくうえで、生む行為がじゃまされるかされないか、とはどういうことでしょう。大気都姫の場合で示されます。

スサノオが食物穀神である大気都姫に求めると、鼻や口や尻から味物をだして料理した、その汚い様子を覗いたスサノオは怒って殺してしまうと、姫の頭に蚕、目に稲種、耳に粟、鼻に小豆、尻に大豆ができ、神産巣日神（カミムスヒ）がこれらをとって種にした、という話です。

「共同幻想の表象である女性が〈死〉ぬことが、農耕社会の共同利害の表象である穀物の生成と結びつけられている」、「共同幻想の表象に転化した女〈性〉が、〈死〉ぬという行為によって、変身して穀物になることが暗示されている」、「女性に表象される共同幻想の〈死〉と〈復活〉とが穀物の生成に関係づけられる」（⑩365）、と吉本さんは解釈します。

これを、生む行為がじゃまされるかされないかのちがいだけで同一視している、初期農耕社会に固有の共同幻想だ、共同幻想と地上的な共同利害との対応だというのです。つまり、一対の男女の〈性〉的な行為が子を生むのではなく、「女〈性〉だけが〈子〉を分娩するということが重

※34……その代表的なケースが雄略天皇で、古事記では猪が襲ってきて雄略は木の上に逃げますが、日本書紀では堂々と弓をかまえて射殺します。そのとき詠われた歌の語り手が変わります。「歌」は同じですが、「詠い手」が入れ代わる。古事記は天皇が詠い、書紀では逃げた舎人が詠います。

要なのだ」、だから「女〈性〉はかれらの共同幻想の象徴に変容し、女〈性〉の〈生む〉行為が、農耕社会の共同利害の象徴である穀物の生成と同一視される」と言うのです。その通りなのですが、もう、おわかりだと思いますが、大気都媛が属する「国つ神」側の穀物技術・文化を、「天つ神」側のものとして転化させた（奪い取った）、だから天つ神である神産巣日神がそれを種にしたということ、つまり穀物栽培の共同幻想への所属を転化させたのだということを、つけくわえておきます。農耕社会一般のことではないのです。女性の殺害が穀物生成だというのではなく、そのような表象として、天つ神による国つ神の征服が、穀物においてなされたということです。大気都媛は、すでに穀物を生成していたのですから、その国つ神側の仕方が「汚い」から、天つ神側が清浄に祭儀化したという幻想支配へむけた幻想統治制化の転移、正統化です。種族間のやりとりだけでなく、その種族間の幻想の関係配備です。

　ですから、『古事記』の編者たちの権力が、はじめて穀物栽培の技術を身につけて古代村落をせきけんした勢力を始祖とかんがえたか、かれらの勢力が穀物栽培の発達した村落社会に発祥したか、あるいはかれらの始祖たちの政治的制覇が、時代的に狩猟・漁獲を主とする社会から、農耕を主とする社会への転化の時期にあたっていたかのいずれかを物語っているようにおもわれる」（⑩365）という見解に、わたしは同意しません。稲作農耕社会一般が想定されてしまっているからです。そうではなく、農耕の布置の仕方が転化されて、「天つ神」系による幻想支配が可能になっていった、と解します。坪井洋文さんが指摘された、雑穀のなかの一つである稲が稲作一元中心支配の農耕になったという見解の、その始原契機を、古事記神話に、天つ神と国つ神との幻想関係の仕方として、古事記の記述通りに解釈します。この時点ではまだ雑穀です。繰り返しますが、大気都媛が共同表象する国つ神の場所では、すでに穀物栽培がなされていたのですから、穀物生成そのものの話ではありません。「天つ神」共同幻想における穀物生成話へ転化されたのです。これは石田英一郎のメキシコ母子神の神話をとりだしての解釈においても同じです。メキシコでは友人のA・L・アウスティンがナワ（ナウワ）語神話記述から解読したのですが、アステカ王国がトウモロコシ栽培を、他の共同体の神々を傘下に支配統轄する神話であって、石田たちのでたらめな神話解釈などではありません。神体系総体の転化の話です［※35］。

しかしながら、殺害される姫も穀母も「けっして対幻想の性的な象徴ではなく、共同幻想の表象である」ということ、そして「これらの女性は共同幻想として対幻想に固有な〈性〉的な象徴を演ずる矛盾をおかさなければならない」「これはいわば、絶対的な矛盾だ」という本質指摘は踏襲します。その幻想の統治制化が、穀物の所属関係ないし統治関係を〈支配〉する側の生成話に転化させたのです。ですから「じぶんが殺害される」、その「ことで共同幻想の地上的な表象である穀物として再生するであろう」（⑩366）というくだりは、わたしは受け継ぎません。殺害というメタファーであって、じゃまするとか殺されるという行為のことではないからです。共同幻想と穀物生成・栽培の問題は、世界のそれぞれの神話ごとに種差的で、一般化しえないからです。

吉本さんの思考のなかで、本質論が一般化されてしまうずれがあります——ここでは「農耕社会」が前提にされそこに穀物生成があるとされてしまっています。そこにはほんとに注意してこそ、本質基準を活かし活用していくことができます。

民俗的農耕祭儀：水準2

ここで、女性が共同幻想の象徴に転化するために変身したり殺害されたりすることではなくなって、子を受胎し、分娩する女性は対幻想の対象である、「一対の男女の〈性〉的な行為から〈子〉がうまれることが、そのままで変容をへず共同幻想にうけいれられ、穀物の生成と結びつく段階」（⑩366）が民俗的農耕祭儀として例示（奥能登のケース）されていきます。「対幻想そのものが共同幻想に同致される」あり方です。「対幻想の対象である女性が共同幻想の表象に変身

※35……アステカ神話は、宣教師が訳したスペイン語記述になっていて、そこに同時にナワ語が記述されていました。それをアウスティンがはじめて解読しました。まったく異なる神話形態であったのです。実証を主張する者たちがなんら実証していない例ですが、この解読をなしたときアウスティンから連絡がきて、このまま公表すると殺されかねない、先に世界各国で報告して認められたとして国内で公表したい、日本でのアレンジをしてくれと依頼されました。神話解読が国家幻想をゆさぶるということですが、このアウスティンの視座や方法をもって、わたしは古事記解読にむかいました。もちろん、吉本幻想論を使ってです。

する契機がここにはなく、はじめから穀神が一対の男女神とかんがえられ、その対幻想としての〈性〉的な象徴が、共同幻想の地上的な表象である穀物の生成と関係づけられ」(⑩368)ることで、農民の対幻想の現実的な基盤である〈家〉と、その所有・耕作の田との間に、空間と時間を対応させた祭儀が構成されている様態です。ここは「対幻想があきらかに、農耕共同体の共同幻想にたいして、独立した独自の位相をもっている」(同)ということです。

対幻想の共同幻想への同致は、対幻想の独立としてなされている、という指摘は重要です。

大嘗祭：水準3

つぎに農耕祭儀の空間性と時間性とが抽象化されていく、世襲大嘗祭が考察されます。耕作からはなれた支配層による、農耕祭儀の模擬による抽象化です。

「民俗的な農耕祭儀では〈田神〉は一対の男・女神であった。大嘗祭で一対の男女神を演ずるのは、あきらかにひとりの〈神〉と、じぶんを異性の〈神〉に擬定した天皇である」(⑩370)という、祭儀の時間・空間の縮約・抽象化です。そこには、「農耕的な共同体の共同利害に関与する祭儀が、規範力(強力)に転化する本質的な過程」がみいだされる、田神と農民は別々であったのに、天皇は「〈抽象〉された農民であるとともに」、「〈抽象〉された〈田神〉に対する異性〈神〉として」じぶんを二重化させている、農民は田神の方へ貌を向けているのに、天皇は抽象された田神の方へ貌をむけるとともに、じぶんの半顔を抽象された田神の対幻想の対象である異性〈神〉として、農民の方へ向ける、ということです(⑩371)。この二重化のなかに、「祭儀が支配的な規範力に転化する秘密」があり、「農民たちがついに天皇を〈田神〉と錯覚できる機構ができあがっている」(同)ということになっている、というのです。

以上の三つの水準は、対幻想論での「対幻想の時間性」の変移と対応させることができます。

騎馬民族説への批判

次に騎馬民族説を検証して、その北方遊牧民騎馬民族の祭儀を農耕部族祭儀に類比する粗雑さを否定しています。そこから、「宗教祭儀の類似性や共通性は、そのままで種族の共通性や類似性と結びつかない」、「宗教はいながらに伝播できるが、それは共同幻想に属するからで、人間が移動するには、じっさいに大地や海を生活しながら渡ってゆかなければならない」（⑩373－374）と、次元の違いを指摘しています。こういう批判規準は大切です。実証的研究は真に受けられない、研究解釈する研究者の思考コード規制が暗黙に働いてしまっているからで、これは理論的にも歴史学でも、客観化を客観化する批判作業として世界的に強調されてきたことです［◆10］。

〈幻想の統治制化〉と〈幻想の統治性化〉

わたしは、この祭儀論が規範論とともに一番難しい稿であると思っています。難しいというのは、吉本さんが対象にした説も吉本さんの論述も、地上現実的なものとしてはどれも確かさがないということです。民俗的な農耕儀礼と天皇家の世襲儀礼・新嘗祭とが、対応転化されていることに、幻想関係構造の本質があるとはいいえないからです。つまり、幻想と儀礼行為とは、次元が違うことであって、儀礼行為は幻想と現実とを架け橋する、幻想と別次元での儀礼作用です。天皇制論でも、吉本さんは主基殿・悠紀殿の儀礼を主軸に論じられるのですが、儀礼の再生産構造と幻想関係とは、別次元です［◆11］。つまり、生誕と死、そして復活という個的な位相で代行表象される循環は、幻想関係構造そのものではないということです。生誕表象の幻想化はありえます、その次元で考えることです。つまり生誕をめぐる儀礼化・儀式化と生誕の幻想表象関係とは区別されるべきことです。ですから、吉本さんの幻想関係としての考察と、行為次元の設定とは区別せねばならないということです。そのうえで、祭儀の幻想化の構成を考えねばならない。ですから難しい稿なのです。そこでわたしは〈幻想の統治制化〉と〈幻想の統治性化〉いう幾分

◆10……社会史研究は歴史家による解釈の客観化を強調し、反省的な省察をうながしています。ラカプラ『歴史と批評』、グレーヴィチ『歴史学の革新』（共に平凡社）、ピーター・バーグ編『ニュー・ヒストリーの現在』（人文書院）など。

◆11……これは、人類学的な考証をみているとわかりにくいとおもいますが、現代の儀礼行為をみてみればすぐ分かると思います。学校幻想・教育幻想があります。それにたいして入学式や卒業式など、また学校行事においてなされる国旗掲揚や国家斉唱などの儀礼行為は、幻想とは別ものです。

次元の異なる幻想の配備の仕方をもって、その混乱を避けるために、本質論を有効に活用しうるために方法化しています。しかも、儀礼論は文化差異において種別化・固有化されるだけのプラチックなもので、本質論において普遍化しうる論理ではないということです［◆12］。けだし「祭儀の儀礼行為」は、本質的に自己幻想と共同幻想の〈逆立〉を〈同調〉に転化させる、という幻想の統治制化の関係作用にあります。

第一に、この祭儀論で踏襲しうる本質幻想の関係です。生誕の幻想表象関係ですが、①（古事記神話では）対幻想の対象である女性が共同幻想の表象に転化する（生む幻想は共同幻想）、②（民俗農耕儀礼では）男女神の対幻想が共同幻想の穀物生成と関係づけられる（生む幻想は対幻想）、③（天皇儀礼では）一神として、空間・時間を圧縮させて、自分を異性の神に擬定する二重化の抽象化をなしている（共同幻想としての生む幻想が対幻想でもある）、ということです。幻想水準のちがいに応じて幻想編制の段階があるということです。女⬇男女神⬇一神という〈幻想（表象）の統治制化〉機軸の転移ですが、生誕の儀式化の次元です、「穀物生成」へと統治制化されていく次元です。このとき③は、様々な共同体間の上に立つ次元へと飛躍しています。①も、実は共同幻想間の次元でなされたことですが、対的なふたつの異なる共同幻想間です。統治制化の次元が①より③は抽象化がすすんでいるということです。②は、共同体内での次元です。

そしてそこには、対幻想の共同幻想への表象⬇対幻想と共同幻想の分離と対応⬇共同幻想内に解消された対幻想、という〈幻想の統治性化〉の変移があるという構造的な関係構成です。「祭儀」が統治技術としてこの二つの次元を統括します。つまり〈祭儀〉は、幻想の統治性化／統治制化を構造的にふまえた、統治技術であるということです。幻想関係・幻想構造を儀礼プラチックにおいて統治転成しているものです。実は、〈規範〉も〈罪責〉もそうした幻想と統治技術との関係にあるものなのです。ですからこれを幻想のシニフィエだけで解釈すると本来論じられていることがみえなくなります。難しいとわたしが言う根拠です。祭儀も規範も実際的なプラ

◆12……ターナー『儀礼の過程』（思索社）、ヘネップ『通過儀礼』（岩波文庫）、ゴッフマン『儀礼としての相互行為』（法政大学出版局）などを参照。

チックを規定していく次元が大きな作用をなしていくからです。現代では、幻想プラチックと社会プラチックとが儀式化・規範化において関係していきます。わたしからみて、吉本さんは語っているのです、しかし考えられえていく次元が開かれていないだけです。幻想の統治性化、幻想の統治制化、そして統治技術、少なくとも三つの次元がからみあっています。

それから第二点は、自己幻想の形成と共同幻想との関わりあいです。共同幻想から投げ出されて生まれてきて――共同幻想の外在的覆いの中に生まれている――、（主に母との）対幻想が媒介ないし代理表象する共同幻想を獲得しながら、また同時に、共同幻想をはじきだすようにしながら自己幻想を形成していく、というようにおさえ直しておきます。本質関係は〈逆立〉していますが、幻想の配備としては〈同調〉もなされていきます。自己幻想／個人幻想の統治制化は、共同幻想と対幻想との関係の配備において規定されていきます。Ⅲ部・9章で述べます。ここは生誕が成長過程・形成過程へと入っていく「過程」の問題です、〈幻想の統治性化〉のもうひとつの次元のことです。

この二点の脈絡は、本質的には、〈生誕〉と「穀物生成」の相同化と分離において関係づけられましたが、共同幻想内での統治性化と共同幻想間での統治制化とを識別しないと渾融されてしまいます。

❼他界論：幻想初源と幻想関係の媒介布置

他界論は、吉本さんも「社会的な共同利害とまったくつながっていない共同幻想は考えられるものだろうか？」と言っているように、幻想の本質初源としても布置されるもので、「幻想の初源生成の位相」と「幻想間の関係構造の位相」とを媒介する論述だといえるでしょう。それを媒介するのは「死」の領域であるということなのですが、「生誕」を通じてではない、「死」が個人と人類とを媒介関係づけているように、幻想の初源と関係構成とを関係づけるのです。その「死」とは近代的な意味での個人身体の消滅ではなく、場所的生存の彼岸＝他界であるということです。そして、それは本質的な問題設定としては「自己幻想や対幻想のなかに〈侵入〉してくる共同幻想はどういう構造か」ということになります。「共同幻想の〈彼岸〉に想定される共同幻想」、つまり〈他界〉ということです。この他界の問題は、「個々の人間にとっては、自己幻想か、あるいは〈性〉としての対幻想のなかに繰込まれた共同幻想」です。

ここで、二つの問題設定がなされています、①共同幻想の彼岸の共同幻想、②自己幻想や対幻想の中に侵入・繰り込まれる共同幻想、ということです。この①②はどう幻想関係しているか、です。

「死」とはなにか

吉本さんはハイデガーのスコラ的言葉遣いを排除して、「死」をつかみなおします。吉本さんによる、ハイデガー、ヘーゲル、フロイトなど西欧論理にたいする的確な思想的抽出には、とても真似できない、見事な転移的論述が思想論理的な問題構成からなされます。それは参照的に取り出す諸処の研究考証にたいしてなされる肯定的、批判的な転移論述にもみられることです。それをそれぞれの専門家たちは、恣意的で読みえていないといって批判・非難したりしますが、それは強靭な思想力がないとなされないことです。問題設定が的確になされる思想的緻密さ、とわたしは言いますが、実証的緻密さでも理論的緻密さでもない、本質設定への緻密さです。ここでもあざやかになされていますので、それを簡易化してまとめます。

人間は要するに、じぶんの「死」を心的に自己体験できない、また他者へ対他的にも代理不可能である、ただ、他者の生理的な死を体験了解できるだけなのだが、この特異な「死」の本来的な意味は、生理的な死に限定できないし、宗教的な「永生」の概念によっても包括できない、ただ「生誕から死に向って存在している現存在の仕方」を根源的に考えることである（⑩346－347）。この心的な自己体験も対他的な代理体験もできないのに、生理的な死は存在し、人間は死ぬものだという概念は流布されている。吉本さんは、ハイデガーはすこしも疑われない人間の死の特異性に、現存在の根源的倫理（先験的覚悟性）の問題を探究した、といっています。

さらに、ここで拾い上げるに値するのは、「死」が、「人間にとって心的に〈作為〉された幻想」であって、心的に〈経験〉された幻想ではない、ということだ、この「〈作為〉の構造と水準は、共同幻想そのものの内部にある」、つまり生理的にいつも個体の死としてしかあらわれないのに、人間にとっての心の悲嘆・怖れ・不安として心的にいつも関係についての幻想の死としてしかあらわれない、想像され作為された心の体験の水準にあるだけなのだ、といっています（ここは、共同幻想には、作為という幻想統治制化の作用があるとわたしはふまえます）。

他人の不幸体験の喪失感の切実さには到達しえない。置き換えられないからだ。どうしてじぶんのことみたいに〈他者〉のことを了解できないのか。その極限として死がある。他者の死をじぶんのことみたいに切実に心に構成できない。この不可能さの根源は、「〈死〉では人間の自己幻想（または対幻想）が極限のかたちで共同幻想から〈侵蝕〉されるからだ」。

そこから、「人間の自己幻想（または対幻想）が極限のかたちで共同幻想に〈侵蝕〉された状態を〈死〉と呼ぶ」と心的に規定され、それゆえ、死の様式が文化空間の一様式として出現する、といっています。この死の定義づけほど明解なものはないのではないでしょうか。

❖未開社会では、人間の生理的な死は、自己幻想（または対幻想）が共同幻想にまったくとってかわられるような〈侵蝕〉を意味するため、「個体の〈死〉は共同幻想の〈彼岸〉へ投げだされる疎外を意味する」。

❖近代社会では、死は自己幻想（または対幻想）自体の消滅を意味するため、共同幻想の〈侵蝕〉は皆無に近いから、「死ねば死にきりという概念が流通する」［※36］。

※36……わたしは、そのようには考えません。近代社会でそのように見えているだけで、吉本さんが示した未開社会の共同幻想の侵入があるといえますし、そこへ「臨床死」がかさなっている。つまり医者が死んだと認定しないかぎり人は死ぬことができない社会的な医療幻想が侵入してきています。生理的な死なのに、それは「死」とはならない、心肺停止でしかないのです。現代でも、臨床死と文化としての死と、さらに社会的な死とが、入り交じっています。

Ivan Illich, Medical Nemesi (Pantheon)は、自然死、臨床死の文化変移を明示しています（邦訳はよくありません）。そのほかにアリエス『死を前にした人間』、『死と歴史』（共にみすず書房）、『図説　死の文化史』（日本エディタースクール出版部）。

と、未開社会と近代社会とが対比指摘されています。

ここから、〈死〉の様式が志向する類型として〈他界〉概念の構造を三つの水準で検討します。

他界概念の構造

・死が自己幻想に集中：水準1＝他界概念の時間性

遠野物語の死譚である、鳥御前の話を検証して、この鳥御前が生理的にではなく、「綜合的に〈死〉ぬ」ためには、「じぶんが〈作為〉してつくりあげた幻想を、共同幻想であるかのように内部に繰込むことが必要」で、じぶんの生理的な死に「〈作為〉された関係幻想の死」を布置させて、共同幻想の表象に対応させ、その関係幻想から「人間はじじつ、じぶんは何々に出遇ったから死ぬという意識から、逆に生理的な〈死〉をもたらすことができる」ようになっていく。それは「共同幻想が自己幻想の内部で、自己幻想をいわば〈侵蝕〉する」（⑩349）からだ。その侵入の度合いに応じて、「自発的にじぶんを共同幻想の〈彼岸〉へ、いわば〈他界〉へ追いやり、そのことによって共同幻想から心的に自殺させられる」（⑩350）ということになります。これは、自己幻想が共同幻想（呪力）と未分化の未開人とはちがって、「自己幻想がじぶんにたいして〈作為〉された関係幻想としてあらわれる〈死〉」（同）であり、それは〈他界〉は時間性としてしか存在しえないものです。

「あらゆる幻想性は〈空間〉性を獲得したときはじめて、ほんとうに存在する」（同）のですが、未開人の世界では、〈他界〉観念はいたるところにあるため、疎外された幻想としては存在していない。他界がこの鳥御前のばあい、「〈時間〉的な観念として」存在していたのだとなり、それが〈空間〉性を獲得するには対幻想に侵入していかねばならないと、されています。

これは幻想の説明ではなく、幻想から「他界」「死」を説明しています（❻の生誕の説明も幻想概念からなされたことでした）。幻想概念は、事象を解読できるということです。

この❹❺❻❼のまとまりをわたしが「幻想関係」として包括したのは、幻想から諸事象を解くということの布置がなされているからです。つまり幻想シニフィアンを配備させているのです。そこから〈幻想の統治性化〉の生成・出現を描き出しているのです。

・死が対幻想に集中：水準2＝他界概念の空間性

死者が家の周辺を離れられないで、肉親や親族にとって死者が心の怖れになっているような死譚では、「〈死〉は対幻想のなかに〈作為〉されてあらわれている」(⑩351)。つまり、「〈死〉が作為された自己幻想として個体に関係づけられる段階を離脱して、対幻想のなかに対幻想の〈作為〉された対象として関係づけられたとき」、はじめて「〈他界〉の概念が空間性として発生する」ということです(⑩352)。家の共同利害と老人の生存のあいだに、何かしらの矛盾があったからで、「心的な〈死〉はいつも関係幻想にほかならない」からです。

そして、対幻想に侵入してくる他界の概念が、現世的な家の共同利害と関係する民譚が、生きながら他界へ追放される姥捨になります。六十歳をすぎた老人が、村落共同体の共同利害から矛盾し、家からも追い出されるのは家の共同利害と矛盾するためです。老人たちは、「対幻想の共同性が、現実の基盤をみいだせなく」なり、「対幻想として、村落の共同幻想にも、自己幻想にたいしても特異な位相」を保ちえなくなり、「自己幻想の世界に馴致するか、村落の共同幻想に従属するほかに道はない」のです。

〈他界〉は、「個体にとって生理的な〈死〉をこえて延びてゆく時間性にもかかわらず、村境いの向う側の地域に〈作為〉的に設けられた」、ということです。

「ほんらい村落のひとびとにたいしては時間性であるべき〈他界〉が、村外れの土地に場所的に設定されたのは、きっと農耕民の特質によっている」、「土地に執着してそこに対幻想の基盤である〈家〉を定着させ、穀物を栽培したという生活が、かれらの時間認識を空間へとさしむけた」

（⑩354）ということです。

・死が個体の心的時間性の度合となる：水準3

三角寛のサンカ研究から、耕作しないで、移動手業につき、野生物や天然物に依存する生活民においては、「〈他界〉は個体の〈死〉の延長にえがかれる時間性」である、老人は死ぬまで自営して他界へ自然に移行する、「この特異な共同性の内部では〈死〉はたんに、個体の心的な時間性の度合いの変化として了解される」、その根源的理由は、「対幻想の基盤である〈家〉が土地の所有と無関係であり、また共同幻想が土地の占有や定着の概念と無関係に成立したから」である、そこでは「対幻想は、共同幻想にたいしても自己幻想にたいしてもはじめから特異な位相をもたない」（⑩355）というのです。サンカの樹上葬は「〈死〉をたんに現存在の時間性の変化」としているからで、「対幻想を土地定着にむすびつけた農耕共同体のそとでうみだされた〈他界〉観の所産にほかならぬ」と識別しています。

対幻想とは、土地定着に結びつけられている幻想であり、土地定着がないと対幻想は特異な位相をもたないということが、ここで示唆されています。これは、わたしたちが一つの重要な思想的な本質提起であるとして、検証していかねばならぬ課題だと思います［※37］。

墓制

「村落共同体の共同幻想が疎外する空間性としての〈他界〉」は「墓制」であるとともに、時間性としては「霊所」です。柳田国男は、墓地には「埋め墓」と「詣で墓」の二つがある、「死者を埋葬した墓地」と「死者を祭った墓地」とは別々であるとあきらかにしたが、本質的には、〈他界〉の観念が、空間的にと時間的にと二重化されるほかなかったということであり、〈永生〉の観念は土地への執着であり、村落の周辺、村落の外に土地が求められた、埋め墓は空間的な

※37……「対幻想」が場所論として考察されねばならないということですが、場所はまさにジェンダーの実際世界が存在しているところです。
対幻想／家族が「場所」から離床して「社会空間」へ配備される、ということが大きな問題になります。

〈他界〉の表象、詣で墓は時間的な〈他界〉の表象である、と吉本さんは指摘します。

　そして、古墳時代の〈他界〉観念を埋葬形式から考えると、前期は、墳丘が丘陵や台地上にあり、副葬品が鏡・剣・玉など明器や宝器的なものが多かったが、中期・後期になると、墳丘は平野へ下り、馬具や土器類など日常生活の道具が多くなってくる。それは前期が「〈他界〉がよりおおく共同体の共同幻想から〈時間〉的に疎外された観念として存在」しており、中期・後期には「よりおおく〈空間〉的に疎外された観念として存在」したからだ。それは〈他界〉観念の変遷ではなく、「生産様式」の変化からであろう、前期には「まだ農耕のほかに狩猟とか漁撈とかがおおく部落民の生業を占め」、中・後期では「しだいに農耕民が村落の大部を占め」たからであろう。鏡・剣・玉は〈時間〉幻想の表象、馬具・土器は〈空間〉幻想の表象であって、他界が現世と遠隔にあったか近傍にあったかではない、というのです[※38]。

　さらに、死者の骨がとりだされて粉砕されて土壌にばらまかれた多葬制は、現世の人々から他界が消滅したのではなく、「村落の近縁者の自己幻想の内部に〈他界〉が再生した」ことである、と述べ、「〈他界〉が消滅するためには、共同幻想の呪力が、自己幻想と対幻想のなかで心的に追放されねばならない」(⑩358)と述べています。

　以上の論述のなかで、「関係幻想」「時間幻想」「空間幻想」という言表がつかわれています。そこに留意しておいてください。幻想内容および幻想統治制を考えていくうえでのツールになります。

「共同幻想の消滅」

　そこから、非常に本質的で、大きな問題である、「共同幻想の消滅」が提起されます。

「共同幻想が自己幻想と対幻想のなかで追放されることは、共同幻想の〈彼岸〉に描かれる共同幻想が死滅することを意味している。」

※38……ここは、「道具」と幻想との関係を問題示唆しており、非常におもしろい提示です。道具の「時間幻想」「空間幻想」があり、またジェンダー道具は、道具の対幻想の問題をも提示しえていくと思います。「科学技術」幻想にもからんでいくといえます。

「共同幻想が原始宗教的な仮象であらわれても、現在のように制度的あるいはイデオロギー的な仮象であらわれても、共同幻想の〈彼岸〉に描かれる共同幻想が、すべて消滅せねばならぬという課題は、共同幻想自体が消滅しなければならぬという課題といっしょに、現在でもなお、人間の存在にとってラジカルな本質的課題である。」(⑩358)

というのです。〈他界〉の本質関係は、将来の〈幻想の統治制化〉による配備の可能条件を考えていくことにつながっているという提起です。

ここは、レーニンが『国家論ノート』で指摘した「国家の消滅」に対応するところで[※39]、国家の消滅ではなく、「共同幻想」自体の消滅だと、吉本さんが本質提起したところです。非常に根源的な思想提起ですが、わたしは「共同幻想の消滅」はありえない、つまり、人間は大なり小なり、共同的、集団的生活を不可避にしていますので、それはありえないと考えます。吉本さんも後に、対幻想を侵蝕しない、均衡を保った幻想関係として修正されていたとおもいます。ここで「共同幻想の〈彼岸〉に描かれる共同幻想」が消滅せねばならないと言っていますね。これは、場所共同幻想の彼岸にある共同幻想——社会幻想や産業サービス制度幻想や商品幻想や国家幻想——が消滅することだと、わたしは考えます。吉本さんは、思想的なラディカルさから、それには「共同幻想自体が消滅しなければならぬ」と言ってしまいましたが、吉本共同幻想論の自然性・本質性の明示からしてそれはありえない。わたしは、国家共同幻想に対峙する「場所共同幻想」として、そこを引き継いでいき、その関係幻想をどうするかが課題である、と問題構成します。時間的・空間的に、時間幻想と空間幻想のスケールがちがってくるのです。そして、民譚は場所の時間幻想・空間幻想から構成されたものであり、神話は国家的な時間性・空間性の関係幻想から構成されたものと再構成します。

※39……レーニンは『国家論ノート』で、「国家の廃止」「国家の保持・永久化」にたいして、「国家の死滅」だと主張します。国家を利用すべきだということです。わたしは、レーニンを吉本さんによる批判の視座から逆に読むようにこころがけています。またレーニンは、エンゲルスの「国家と書くかわりに、どこでも〈共同社会 Gemeinwesen〉ということばをもちいるよう提案します」という発言をふまえながら、「国家のかわりに〈共同社会〉の観念(概念、綱領の用語)を用いた方が正しい」と記述しています。共同幻想の観念を暗示するかのような指摘です。
　わたしはレーニンはあなどれない、注意深く見直されるべきものとおもっています。

幻想関係についてのまとめ：幻想の統治制化

まず「他界論」で注目すべきは、幻想には〈作為〉がからんでいるという、幻想の統治性化が幻想の統治制化に編成されていくのだ、という指摘です。ここでは自然的作為の次元であるとおもいますが、幻想と地上利害との関係の問題化です。その作為は高度化しますと「幻想の真理体系の生産」ということに関わります。「神話」はその初源的真理表出・知の表出ですが、その後の種々の神話解釈も真理・知の生産です。それは、幻想関係が、歴史時期のなかで、いかに言説作用していくかの現れになるといえます。忌部氏の『古語拾遺』は中臣氏との象徴的闘争であり、その後のさまざまな神道の宗教的出現がまきおこす幻想闘争があります。幻想真理の権力関係が必ず派生します。宣長の『古事記伝』を評価する傾向が多々ありますが、それは宣長言説であって古事記神話ではない別ものです。平田篤胤の言説も古事記ではない。ともに「他界」概念が決定的な位置をもちます。大国主を「幽界」に配備し、空間幻想として「地下」に垂直化します。「他界」概念が、共同幻想を規定している、そうした〈幻想の統治性化〉が〈統治制化〉を規整化していくのです。書紀幻想空間への古事記幻想空間の変容的包摂です――わたしの幻想権力論はそれに抗します。時間幻想／空間幻想／関係幻想が、規整化作用をなしていきます。

ここで、幻想関係を考えていくうえでの構図的な構成を考えますと、他界論までは民譚が対象で、祭儀論から神話解釈がはいってきます。他界論と祭儀論は、論述の境界に布置しているのです。それは、村落的なものと国家的なものとの境界閾で、前者から後者への転化、飛躍に関わる問題域となります。わたしたちは逆から読みすすめていますので、国家的なものが出現してくる「根拠」への探究となります。

そのとき、他界論を媒介的な布置にすると――禁制・憑人・巫覡・巫女⇕〈他界〉⇕祭儀・母制・対幻想――、共同幻想の生成・疎外の構図が主軸になって、他の幻想生成が関係布置されていきます。他方、祭儀論の方が媒介的な布置にあるのだとすると――禁制・憑人・巫覡・巫女・

他界⇕〈祭儀〉⇕母制・対幻想――、共同幻想構造がどう他の幻想に関係しているかの幻想関係の構造化に主軸がうつって、母制・対幻想は「対幻想」規準から他の幻想関係構造をつかんだものと布置されます。〈他界―祭儀〉が、〈死―生誕〉の関係に布置されているためです。双方の読みをなしていくことであって、どちらが正しいかではありません。「禁制・憑人・巫覡・巫女⇕〈他界・祭儀〉⇕母制・対」とも構図化できます。重層的な〈読み〉をなして、幻想生成と幻想関係とを構造的につかみとっていくことです。こうした論理軸は、実証的なものを読むとき、また実証的考証をなすときに役に立ちます。わたしは理論的に幻想の〈統治制化/統治性化〉の相互性として、幻想配備の理論を抽出しています。

それは生成関係と構造関係ですが、生成構造の関係であり、また構造関係の生成です。生成と構造とが相互変容的に論理立てられており、重層的になっています。それが、共同幻想論を、表層的に安易に解釈したり、またはわかったようでわかりにくくもしている根拠です。しかも「関係」が幻想間だけでなく、幻想と地上利害との関係としても論じられるため、さらに重層的になっているのです。この可能閾と限界閾とを突破するためにも、共同幻想国家の問題構成の理論場を開いていかねばなりません。

❖共同幻想と自己幻想の未分化な心性
❖共同幻想の疎外・外部化
❖共同幻想の自己幻想・対幻想への侵入
❖自己幻想の形成における共同幻想の布置化
❖共同幻想と対幻想の同致
❖共同幻想と対幻想の分離
❖対幻想の空間化による共同幻想の外化

生成とは、時間化とその空間化です。

❖対幻想の時間性獲得

こうした生成は順序ではありません、構造化されていく上での生成関係といえるものです。それをわたしは幻想関係構造における〈幻想の統治性化〉として配備していくのですが、こうした生成様態が〈幻想の統治制化〉を生成・出現させていくという水準を共時的に設定します。統治制化は幻想の統治的技術による幻想関係の国家的（社会的）な配備ですが、その基盤には統治性化様態の本質関係が〈制象化〉していくように生成（時間生成／空間生成／関係生成）されているのです。そして、さらに〈幻想の統治性〉の初源様態は、❽❾❿⓫の初源論が示すものです。生成には、時間的生成と空間的生成とがあります。そしてその関係生成です。

そして「構造」とは、関係の構造化された構造です。

❖共同幻想と自己幻想は「逆立」する

❖対幻想の独自構造がある

この二つが、構造的な規準です。簡明です。統治制化への規準です。そこから、関係構造を統治制化の配備において考えていけばいいのです。吉本思想における「構造」は、要素間の関係、項の関係ではありません。構造と構造との「関係」になります。また、関係への還元でもありません。

わたしの「共同幻想国家論」への問題構成は、共同幻想論そのものから抽出した、

共同幻想の国家化——幻想構造

幻想の統治制化——幻想関係の外表出

幻想の統治性化——幻想生成の関係表出

幻想の統治性——幻想初源

というように、配備されますが、相互に関係し合います。フーコーの「統治制」概念と「配備」概念をヒントにしていますが、フーコーの応用ではありません。逆です。フーコーの「国家

の統治制化」のあいまいさを、幻想論からより明証にしていくことです。また、そうしていかないと「共同幻想国家論」の構築はありえません。国家の統治制化とは、〈共同幻想の国家化〉を本質とするのです。

【国家論への通道2】国家配備への幻想の統治制化

さて、他界論、祭儀論、母制論、対幻想論は、国家論としていかに考えられるべきでしょうか？ もうこの領域は、既存の国家論では論じられていない対象になっています。つまり、国家領域を疎外した根源に作用している幻想域です。対幻想が基軸になって論じられています。共同幻想が国家化されていく基盤に働いている幻想関係の統治制化／統治性化です。国家幻想構造、国家幻想位相関係、国家了解様式の内部で、国家幻想を外在化させて、規整化する働きをなしている幻想の配備です。

国家配備における「共同幻想と対幻想」の合致と分離

「共同幻想と対幻想とが同致している」という幻想関係がなされているのは、そのように幻想が統治性化されたからです。それは起源的段階では、母系制であり氏族制であり、姉が祭祀・神権を弟が政権を分担するという共同幻想の統治制化を形成していました。そこから、共同幻想と対幻想が分離していく幻想の統治性化がなされると、神権と政権は兄と弟との関係へと統治制化されていきます。その過渡期に、共同幻想間の対立・軋みがおき、女の対幻想がそこで葛藤的な配備の変容を被り、女＝祭祀の権威・神権が喪失されていました。これは幻想の統治制化の配備の変容です。つまり、幻想関係の配備が変わったということです。天つ神共同幻想がさまざまな国つ神共同幻想の諸要素をとりこんで包摂しようとしましたが、その幻想間に分離・対立がおきて、国つ罪が蹴落とされ、天つ罪の共同規範化がなされ、初期的統一国の配備がそのときなされていく。そこで、共同幻想が飛躍して統合的な一つの支配的な共同幻想になっていく、〈共同幻想の国家化〉の幻想構造が統治制化されたということです。

それは〈他界〉が幻想疎外されて外部化されて共同幻想の〈彼岸〉に別の共同幻想が構成されているという統治性化の原初関係を、統治制化の次元でなしたということです。村落次元での他界の統治性化を、国家的次元での統治制化においてなしたのです。そのとき、祭儀幻想の幻想行為が抽象化されて、男女神の幻想儀式ではなく、天皇一人がなす対幻想と共同幻想を同致させる祭儀として抽象度を高めています。そして、個体の生誕と死の外部に同じ共同幻想が疎外されて構造形成されています。つまり個体の時間・空間に関わりのない別次元・水準で共同幻想が国家化されている様態です。そこではさらに、対幻想の固有な時間が共同幻想から切り離されています。しかし、対幻想が異なる共同幻想間の亀裂・軋みとならぬよう、固有の対幻想の時間化が共同幻想を支えるように統治制化配備されるのです。母が祭祀的な神権をもはや剥奪されて、母子関係で、母が共同幻想を代理表象して子の自己形成の過程で、共同幻想を覆いかぶせるように作用させるのです。共同幻想と自己幻想の未分化な様態、共同幻想と対幻想の同致の様態が、統治制化によって逆立と分離へ飛躍させられた共同幻想の国家化水準が外在化されているだけで、統治性化としては内在的に未分化／同致が残滓して、それが歴史的な統治制化の変容をもたらすように、対幻想の働きを軸にして作用させられているのです。

この初期国家的な構成（国家構築はなされていないが国家的なものの生成の初源的構成）、つまり統治制化に働いている本質的な幻想関係の統治性化は、歴史的な段階における幻想の統治制化を構成します。近代的・現代的には、対幻想の空間化と時間化の結合配備によって、共同幻想と自己幻想の逆立から「社会の共同幻想」が疎外表出されて「社会幻想」の形成がなされます。そこに対幻想の共同性である「家族」は、村落／場所の共同幻想からは切り離されて、「社会空間」へ配備されるという統治制化がなされます。家族は、社会幻想なる共同幻想と対幻想との同致と分離化、そして共同幻想と自己幻想の未分化と逆立化とを、対関係のなかで統治性化している生活過程となります。

国家配備の幻想関係の統治性化と統治制化：社会幻想の配備と制度装置

現代の国家配備において、共同幻想と対幻想との同致性が、家族の場で担われます。実際は対幻想の共同性の場として国家的共同幻想とは分離されているのですが、「社会の共同幻想」にたいして同致していくように統治制化されているのです。〈母─子〉関係で、母は共同幻想の代行者としてそれをにない、子へ対幻想として関与しています。生誕以前の共同幻想と死後の共同幻想とが合致している幻想の統治性を、既存の共同幻想の再生産保持として家族は担っていくのですが、そのとき、子を社会人間として形成していくように助けていきます。乳幼児期、子どもは受動的に共同幻想と対幻想の同致において共同幻想を心身化して自己幻想の形成をなしていきます。これは自然的過程／生命的過程ですが、同時にその共同幻想は歴史的に構成されたものでもありますから、社会化の過程を被ります。その成長過程で、共同幻想をはぎおとしていきながら自己幻想の確立をはかっていく過程で共同幻想は分離へと飛躍されますが、既存の共同幻想と社会疎外の場で一致させるためです。そのために、個人幻想において、対的関係は経済セックス化されて、欲望主体を自己統制し労働主体として生存しうるように個人化されていきます。不可避に負った共同幻想を子は個体として自己幻想を形成していく過程で共同幻想をはぎおとしていきながら、自己幻想の共同幻想にたいする関係意識を強化していくのですが、それだけでは社会生存できないことを規律化で教えられながら、共同幻想と同調していくべく、共同規範に従属することに「利」があるという統治制化を自らに配備していくのです。そのように「社会の共同幻想」が統治制化を労働関係と性関係において配備しているからです。対幻想の共同性としての

「家族」は本質的に対幻想として共同幻想との関係を構成しながら、社会幻想の中に配備されていますから、その社会の共同規範の関係をも内在化していくのです。これが、家族の統治制化されたあり方です。

社会の共同幻想は、社会のさまざまな諸制度が分担して担い、社会空間の均一性・均質性を規範化総体として抱えこんでいる「社会幻想」と、諸制度に分割された各制度ごとが担う「制度幻想」とに統治制化されます。この制度のそれぞれは、市場経済の経済関係を制度生産として変容させて行使してもいます。規範化とサービス経済化とを編制しているのです。それが、幻想の国家配備において営まれているのです。

家族だけではない、諸制度の専門家たちが「巫覡」的な――ときにシャーマン的な――位置に立って、その共同幻想と対幻想とが同致される統治性化でもって働きかけて、諸個人の自己幻想の形成や保持を助けながら共同幻想の再生産がなされていくように関与しています。教師や医師は、巫覡的な作用を、専門家として、サービス経済の遂行者において他律的になしています。そのとき、対幻想を働かせることは倫理に反することになるので、一対一の〈対関係〉という社会的な関係の規範を受けとめる関係に転化しています。対幻想を、社会幻想によって対関係へ転化する統治制化がなされているのです。

こうした幻想関係が、社会的なプラチックと齟齬をきたさないように、制度幻想の統治制化は編制されていきます。多数は従順にその統治制化を、自らの利が集団および社会秩序に合致するように振る舞い、従属化していきますが、反発・抵抗する反振る舞いもなされます。「振る舞いの振る舞い conduct of conduct」、つまり「振る舞いへの領導」に幻想プラチックが働きかけていくことの中においてです。共同幻想は向こう側から他生成的に働きかけてきます。それを受けとめるあるいは介入されうるように対幻想と自己幻想が配備されるのです。

国家幻想はそれが実態的に他の諸幻想や諸プラチックへ直接に働きかけ、国家幻想に服属・従属させていくのではありません。国家の共同幻想は、法の外、共同規範の外部に疎外されて、自らが永続化されるように、国家の配備を、社会幻想が配備されている社会空間へ制度配置しているのです。それは、「共同幻想と自己幻想の逆立」と「共同幻想と対幻想の同致と分離」の〈統治性〉をもって、共同幻想／対幻想／自己幻想が作用関係し合う幻想位相関係を統治制化していくことを為すことです。諸制度は共同幻想化されているのですが、生活に必要な物事を分割的に社会分節化し、教育制度、医療制度、輸送制度、住宅制度などなどを規範化して、機関に「装置化」（固有の法的規定化と規範化の諸関係の再生産が可能になる装置）して、制度生産諸関係の再生産がなされるように統治制化されます。しかも国家の了解様式が構成されるように配備するのです。国家幻想／社会幻想を破壊するような装備はなされません、必ずそれを支える配備がなされます。

ここに、幻想関係の統治制化である「国家の諸配備」とイデオロギーへ想像表象で働きかけていく「国家の諸装置」とが構成されています。つまり、幻想とイデオロギーとの識別と関係［※40］にかかわっている領域です。

わたしはこの了解様式の領域を、「国家の再生産様式」の領域として理論把握します。国家を国家として存続させていることに関与している、幻想と幻想仕為（幻想プラチック）がイデオロギーと権力諸関係をともなって働いている様態とみなします。

国家の了解様式における幻想とイデオローの再生産

イデオロギーとは観念の思い込みです。「〜主義」として膠着した観念へと凝集しますが、もっと実際行為的に、アルチュセールが指摘した「大文字主体の呼びかけ」において機能しているものです。「おい、君!、そこの君!」と呼びかけられたとき、思わず振り返ってしまうことをアルチュセールはあげていますが、それは警察官でなくとも誰か代理行為者が呼びかけたとき、自分ではないなにか大きな権力作用が呼びかけていることとして感知されるものです。幻想は呼

※40……『共同幻想論』の序文で吉本さんは、イデオロギーも共同幻想だとし、制度的・イデオロギー的な「仮象」として共同幻想が出現するとしていました。しかしながら、幻想とイデオロギーとは区別しなければ正鵠に国家を把捉できません。ここは、理論的に識別しうる指標をたてて考えねばなりません。

びかけません。イデオロギーは呼びかけます。そして、個々人はその呼びかけに応えます。何らかの規範が作用している呼びかけだからです。想像的なものが、そこに働いているのです。「幻想は、その想像的な作用において、イデオロギーとして呼びかける」、というように修正していくことができます。つまり、幻想とイデオロギーとの間には、想像的作用が働いているということです。アルチュセールは、「大文字の主体」だとして、ラカンの「大文字の他者」を転移させて、〈大文字〉という記号化された、なにか分けのわからない概念を設定して「主体」論的に考察していますが、西欧的に王や父なる神を想定しているためだとおもいます。そうではない、「幻想」が述語的に作用している、それを主体へ呼び起こすのが想像的作用なのだ、とわたしは考えます。その述語的作用が、他界、祭儀、母制、対幻想で示された幻想関係に規制されて、想像界の場で働いてくるということです。それらは、意識にはもはや乗せられていないのですが、幻想シニフィアンの存在が想像界という異なる次元に関係してくるということです。

❖それは、向こう側がある、それが介入してくると感じているもの

❖起立して日の丸（国旗）を掲げ、それを見上げて、君が代（国歌）を歌う儀式を受け入れ、それに従順にしたがう儀礼をなす（「国歌斉唱！」と言われると自然に起立して歌う）

❖母国に生れそこで育ったのだと、心に思う

❖共同的なものを対的な対象として布置する

というような述語作用の表出です。自然化されています。日常のあちこちにあり、いくらでもあげることができますが、向こう側から「呼びかけてくる」ものです。個々人は意志をもってはいますが、主体的に従属しているとき、もはやあえて意図せずに意識せずに、自然にそうしてしまっている様態です。これらが、「民族国家」として幻想集約されていくのですが、想像的関係作用が常に日常で働きかけているからです。そこから、民族国家のもとでの秩序存在は永遠不変であると再生産されていきます。フーコーは、国家の永続化に「国家理性」の発明をみましたが、

幻想における想像的作用の働きをみていかねば、幻想としての国家が永続化される様態をつかみえません。つまり、国家理性の時代ではなくなっても、どうしてその働きが残滓していくのか、解き明かしえていません。別に、支配抑圧されているということではありませんし、意図的に国家を保持しようとも考えてはいない、自然自発的にそうなっている統治制化があるということです。国家が亡くなる、死滅するなどとは考えもおよばない常態が心的に構成されています。同じ共同幻想が配備されたままであるからです。

　国家の再生産は、幻想の述語的な想像関係作用によって可能的になされていく、ということになります。イデオロギー作用として、日々の外部からの呼びかけ、それは作法や決まりからの呼びかけであり、ある特殊な集団状態での儀礼作用であり、自らを育んでくれたものへの愛であり、それを対的な対象であるとしていく「向こう側からやってくる」働きです。その国家のイデオロギー作用は、社会空間のなかで制度機関が代行します。スポーツの代表チームが戦う前各国の国歌が斉唱されたり、また金メダル授与のとき国歌がながれます。銀メダル、銅メダルではながれません。国を代表しているという意識の再生産儀式ですが、国家の幻想的再生産です［※41］。入学式や卒業式で国歌が斉唱されます。それは国家というものがおしだされた、目にみえる典型例ですが、当事者たちは別に国家を支えようという意志を持ってはいない。電車のなかで携帯電話はお切りくださいとか、お年寄りやからだの不自由な方には席をお譲りくださいとか、毎回呼びかけがなされ続けています。この日常の呼びかけの常態化は、道徳的で規範的で「正しい」ことです。〈呼びかけ〉そのものを自然化していくもので、守っていない人はあちこちにいるが、それを咎めることもあえてなされない。慣習ではない、あきらかに国家を意識させないようにして、「呼びかけ」は正しいことだとして、呼びかけのくりかえしがなされる秩序で、国家秩序を存続させていく基盤となっています。社会によるイデオロギー作用＝想像的関係作用です。呼びかけを黙って受け入れている状態そのものです。それが幻想を支えています。また、幻想シニフィア

※41……吉本さんは、ボクシングの世界戦で、日本のボクサーを応援する、チャンピオンを奪取すべきだ、というのは「わりあい自然感情だ」と言っています。対して谷川雁さんは白人と黄色人種が戦っていれば黄色人種を応援する、黄色人種と黒人が戦っていれば黒人を応援すると主張しましたが、そこにはイデオロギーの契機が入っている、違う事だと言っています。

　わたしはワールドカップやオリンピックで、サッカーであれバレーであれ日本チームを応

ンがあるからイデオロギー作用が可能になっています。

　こうした日常のイデオロギー作用によって、幻想関係が維持されていきます。共同幻想との想像的関係が自然化されていることです。もちろん、無関心を装うことを含めてです。反発や抵抗も可能であると布置されていますが、処罰がともなうこともありえます。

　個体的な生誕や死、父・母・子という個体的な様態が、幻想関係構造と渾融されて❹❺❻では論述されています。幻想閾を抽出するための作業ですが、わたしたちは個体閾を切り離して、それは幻想プラチックの代行者、その代行行為関係であると転移していかねばなりません。〈個体〉が呼びかけによって〈主体〉化されていくのです。

　わたしは、そこを、他界・祭儀・母制が〈対的なもの〉を媒介にした「他律作用」として想像的にイデオロギー作用へと転じられていると、理解しています。他律依存・受容の心的な常態化＝主体化が想像的作用によってなされているのです。幻想構造が構造化されえているから可能になっていることです。幻想構造なしには、イデオロギー作用は不可能です。そこがアルチュセールには把捉されていない理論閾です。たとえば、共同幻想次元では、教師や医者や行政への代理行為個体への他律依存が、社会的な代行為関係として常態化されて、当たり前だとなっている様態です。対幻想は、父・母・子の関係に代行為されています。それによって、対幻想が共同幻想へ転化される関係行為がなされ、共同幻想が個人幻想へと介入・同調しているのです。関係幻想とは、想像的作用によって、幻想関係と生活過程とが関係づけられていくことだと設定できますが、本質的には対幻想関係が作用しているからです。それが、時間化され、空間化されていきます。他律作用の時間幻想化・空間幻想化がなされるのです。そのとき、時間幻想は継続時間として単線化の時間感覚となり（成長や進歩や発展の単線時間）、空間幻想は実体的な場所や環境を抽象化してそこから切り離して「客観的空間」を抽象措定する感覚になります。場所を移動するのではなく、空間を移動すると感知されていきます。「アジア的」というと地理上のアジア地域空間

援します。それは自然感情だと同意しますが、試合前や勝ってから君が代国歌を歌うのはイデオロギー作用だと思っています。この差異とはなんでしょうか？
　わたしは呼びかけの有無だと考えます。応援せねばならぬと呼びかけられたなら反発します、こちらの勝手だろうと。その呼びかけには向こう側からやってくる「死」の線が入っているからです。
　国ではなく、必死に戦っている選手たちをレスペクトすることは、国歌を歌う事とはまったく別です。ここを、おかしいと非難するとき、ナショナリズムが介在しています。当人が自覚していない国家幻想作用です。非常に微差です。

を想定するように自然化されてしまいます。原初的には空間化から時間化による固有性が生成されますが、社会幻想次元でそれは反転され、時間化から空間化がなされます。そして空間化されたとき固有の幻想時間化は構造的に消滅されていきます。カレンダーや時刻表、学校の時間表が典型ですが、時間化は空間化へと配備されます。神話構成のように時間化・系譜化されると一元的空間があるかのように感知されますが、その時間化が空間化されたとき、幻想構造として固定されて、不変・不動のようになったとき、国家ナショナリズムへと構成が可能となっていきます。ナショナリズムは、共同幻想のイデオロギー作用として出現しているものです。

他方、対幻想の時間性は、女性の生命的身体の時間化へと客観化されます。

共同幻想と国家とを関係づけていくには、共同幻想の想像的関係作用・働きを媒介にいれていくことです。それは隠喩的・換喩的な言語作用を理論的に組み込んでいくことであり、それによって幻想の実際行為＝幻想プラチックの作用・働きをつかみとっていくことになります（次章）。幻想プラチックは、個体間の関係行為・代行為に対応して規制的に働きかけています。人々は幻想プラチック（仕為）を身体化しています。想像的なものとは、幻想と現実とを橋渡しするもの、神話と現実とを橋渡しするものです。そして、想像的関係作用は、前章で述べた「共対様式」「共個様式」を「関係幻想」として形成表出するのです。

幻想関係構造を、幻想プラチックとして代行為関係が行為し生成・転化し再生産しているということになります。

国家装置と国家配備

ここは、国家の「国家装置」の次元の考察です。社会空間へ働きかけている「装置」です。「装置 appareil」とはプラグがはめ込まれた形になっています。そこには、統治制化が「配備 dispositifs」されています。統治規制がなされていないかのように配置換えしていく統制の働き

◆13……ブルデューはアルチュセールの「装置」概念を構造的機能主義で、神学的実体論に依拠していると批判し、国家は「装置」ではない、「界 champ」であるとします。そして、警察や軍隊の物質的なエビデンスにたいして、「時間性」の祭りや行事がカレンダーにおいて社会幹部によって官僚的に統御され営まれていることで、民衆の私的な生活における時間感覚が国家によって象徴的権力として内在化されていることを、対比的に論じます。

アルチュセール（派）へのブルデューの対抗的な批判は、アルチュセールの可能条件を否定してしまう粗野さにありますが、「装置」は心的様態にプラグをはめこまれている見えないメタ装置であって、想像的諸関係に働きかけているものと解すべきです。ブルデューが国家の行為を「魔術」「神秘」だとしている闇が、幻想に照応するものであり、マルクス『ドイツ・イデオロギー』の「幻想的共同性」からきています。

どれが正しいかではなく、こちらは理論間の溝を生産的に埋めていくことです。

をなしています。ドゥルーズはこの「装置」を線の体制だ、光の光線の体制だとしましたが、ポストモダン的なフーコー矮小理解です。配線装備はなかでなされていますが、「装置」は面的・空間的です。

　国家装置は、アルチュセールでは暴力装置とイデオロギー装置だとされてきましたが、それを結びつけて融解させている幻想関係が「幻想配備」として構造化されているとみていかないとなりません。機能分解して「国家装置」の働きをつかむことはありえないのです［◆13］。アルチュセールをマルクス主義だと否定していては、幻想論を国家論へと仕上げていくことはできません。しかし、生産諸関係の再生産論だけではイデオロギー装置を解明したことにもならないのです。制度再生産と幻想再生産とを生産諸関係の再生産とともに考えていくことで、社会的再生産と文化的再生産の総体へと思考を深めていくことがなされえます［◆14］。

「国家装置」は、総体的な再生産構造において維持されているのですが、幻想配備の統治制化があってこそ装置化がなされます。それは、社会空間に配置された種差的制度分割＝分類＝分業の再分配界において、それらの間の関係を再生産し、経済的・制度的・社会的・文化的な再生産総体として秩序構成を政治的に安定させているのですが、卒業証書・免状許可の諸個人の利益の末端にまで貫徹されているものです。つまり、国家承諾が背景に確固としてあり、受ける側が承認している共犯関係にあるものです。国家が承認していない免許・証書は虚偽とされます。学校教育制度と司法的制度が、主要な軸になっています。権力にたいする権力として象徴機能しているものですが、幻想関係があって可能な再生産です。象徴効果が機能するほど、幻想と装置とは不可視となっていくものです。

　しかし、国家諸装置は実体ではありません、時間的・空間的に構成された、幻想配備を機能させている関係構成です。そこに、他界、祭儀、母制、対幻想の向こう側からの作用がなされて実際関係が再生産されている界です。

◆14……「再生産」理論は、教育理論から深化されたといえます。アルチュセールの「国家のイデオロギー装置」論が引き金となって、ブルデュー『再生産』が批判対峙的に出現し、アップル、バーンスティン、ジルーなど多産されていきます。マルクス主義的には、米国のボールズ／ギンタス、フランスのアルチュセール派であるボードロ／エスタブレが、実証理論的に転化します。アルチュセールも後に『再生産について』とまとめなおします。

　日本では小内透『再生産論について』（東信堂）が、バーンスティン、ブルデュー、ボールズ／ギンタス、ウイリスの教育再生産理論を的確におさえています。

　わたしは、アルチュセールとブルデューの対比的論述から、自分なりの再生産理論の多元性を設定していますが、マルクスの三位一体の再生産論理を基盤においたうえでです。

国家の配備は幻想の統治性化の統治制化としてなされているということです。『共同幻想論』が示した幻想構造の界閾があります。それは他生成性で幻想生成を幻想関係におき幻想構造を国家化していく配備です。それは〈社会幻想〉の界閾を疎外し、そこに共同幻想を担わせ、諸制度の生産様式が規範化の下で機能していく国家諸装置を配備します。生活過程の界閾における幻想の統治性化です。そして、こうした幻想構造と幻想関係が再生産して共同幻想の国家化を永久化していくのです。

国家の配備は、「幻想の配備」、「権力諸関係」、「実際行為の総体」の次元が異なる三層が相互関係し合って、その外部に「国家諸装置」と「市場経済」とを編制し、国家諸装置には「国家幻想」を、市場経済には「経済幻想」を疎外表出させているという概要的構図を想定できます。これらの機制を解き明かしていくことです。そして「社会幻想」がそこにどう配備されるかです。

なかなかうまく言述化しえないのですが、吉本さんの言述の中に潜在的に語られていることなのです。それを考えうる閾へとひきだしていきます。Ⅲ部の7・8・9章にて詳述します。共同幻想の国家化においてこうした幻想関係の構造化をなしている「統治性化の統治制化」がある。それが、まったく切り離されている「市場経済」の自由と「国家諸装置」の機関構成と、いかに関係しているのかです。そして幻想配備の統治性化／統治制化を可能にさせている原基が、幻想の初源生成の巫女論・巫覡論・憑人論そして禁制論の「幻想の統治性」様態そのものです。それをふまえておかねばなりません。統治性化を可能にする幻想の統治性様態です。それがあるゆえ、統治性化は統治制化の配備を可能にします。

国家そのものが何であるのかではなく、国家がいかなる配備をもって、その永

国家の配備

国家幻想

経済幻想

幻想の配備

統治制化
統治性化

国家諸装置

市場経済

権力諸関係

規範化
規律化

実際行為の総体

続化をはかって統治制化をなしているのかが、根本的な問題であるということです。

＊　マルクス主義的な、「意識し、認識し、実践し、変革せよ」、などでは人間の生活に関わる事をなんら変えることなどはできないということですが、それが大学人の粗野な認識になって大学教育でも社会生活の仕方に一般化されて暗黙に教育伝達されている、その結果、中途半端な一般思考になって、大学生あがりの上げ底された中層インテリの知識人や企業人や官僚行政人や市民にまで行き渡っている仕方ではないでしょうか。大学に行っていない人たちの方が、自分の身と身近な現実に即した思考をしえておられるのではないでしょうか。わたしから見て、企業も学校も「憑き人」だらけですが、誰も「憑依」について反省しようなどと考えていない、という知的な上げ底された状況です。近代合理的に考えているつもりなのでしょうが、合理性ならざる「効率性」の不合理に取り憑かれて、中途半端な知的疎外でもって思考しているにすぎません。それは、マルクス主義が定着させた、対象・相手を「否定」すれば、物事を客観化できており、上位にたっているかのような貧相な思考の仕方に顕著にでています。客観否定を、さらに主情表現へ転化すれば自分であると錯認した、妄想病態のありかたです。超自我的な象徴的父を内面で父殺しできず、母から被った傷害を、父代理の他者をみつけて誹謗中傷して、父越えをなしたかのように錯認している言動が、顕著に出現しています。2チャンネルは、それをときはなったもので、スポーツ選手への罵倒・中傷がとくに顕著です。絶対的にたどりつきえないプロ選手を罵倒否定することで、心的安定をはかっているのですが、それが知の世界でも吉本否定すれば、優位に立ったかのような錯誤で、知的であるかのように出現しています。新書は読めるが、きちんとした哲学書・古典がまったく読めなくなっているのに、知的ぶった言葉を吐きだす仕方です。これは、全体主義そしてファシズムへ直結していく疎外された知です。共同幻想疎外が、危うい次元にまできているものです。ウェブで発言できる自由が可能になって、とくに顕著に出現していますが、大学入試やメールでの短文で物事を語る仕方に飼育されてしまった「意識」様態です、幻想を対象化しえていない「意識」「認識」です。政治的出来事へのコメントに顕著に出現している、非常に短絡した思考で、否定・排除の意識をもった共同幻想の全体主義性向がかなりはっきりとでています。

6章　幻想初源論：〈幻想〉の意味と生成構造

ここまできて、「幻想」とは何であるのか、その意味を見直しておきましょう。それは、幻想を英訳なり仏訳にしていくうえで必要なことなのですが、とりあえずわたしは illusion としてきました。そのとき、fantasme/fantasy/Phatasie ではない、としています。ラカンの精神分析的な概念に照応はしますが、異なると識別して、理論閾をひらいていきたいからです。いまでは、そのままGensoとして、世界へは固有の概念であると言表伝達していくことだと考えています。そのためにも、基本的なことを確認しておきましょう。

世界線の理論閾として対比させて検討すべきは、

妄想 délire/delusion/Wahn
幻覚 hallucination/hallucinaton/Halluzination
ファンタスム fantasme/fantasy/Pantasie
イルージョン illusion/illusion/Illusion
イデオロギー ideologie/ideology/Ideologie

と「幻想 Genso」との関係ないし差異的対応です。ここは、共同幻想論と心的現象論とが関係する位相の差異にかかわってきます。

晩年、吉本さんは、人間にとって妄想は非常に重要な存在になるといっていますが、病理的な意味ではなく、普通の状態としてです。寝ころびながら「革命が健全になされて、世の中がよくなるといいなあ」というのは一種の妄想です。「国家はなくなるんだ」と断定するのも妄想です。

夢ではないですね。妄想とは現実との関わりの中で思い描くものです。ありうるものですが、現時点では確実にありえないことです。小説等は、妄想表現のよき例です。芸術で人にしあわせをあたえられればいい、というのも一種の妄想です。非常に一般的なこととして「人はみな妄想する」ものですが、本質的にはもっと深みで考えていかねばなりません。普通状態の本質がなんであるのかを現出させているのが、精神病になります。

妄想と精神病

ラカンは、神経症と精神病とが、根源的にちがうことを理論化した言説を明示しています。その鑑別診断の規準は、ラカンの思想形成過程ごとにかわっていくのですが［◆15］、その本筋は、〈父の名〉の「存在か不在か」によって示されるものです。つまり、象徴界において父の名のシニフィアンが作用しているものが神経症、そのシニフィアンが不在になり現実界にこぼれだして意味をもたない象徴界の穴になって、父の名のシニフィアンが欠如になっているのが精神病だとされます。意味作用が無いということでありながら、しかし意味が明白に語られているため、現実界では何をいっているのか判明できないが、表現されたものははっきり妄想として出現しているということです。単純化して言いますが、向こうで誰かが話をしているのをみて、自分の悪口を言っているのではないか、という例が顕著です。現実にはまったくそうではないということで意味作用がないことですが、「悪口を言っている」という意味は明白に示されています。その人にとっては妄想として意味あるのですから、その人に実際はそうではないと言ったところで、その妄想は消えません。根拠は、もっと別のところにあるからです。

妄想は、現実の改変または喪失として現われます。そこに、記憶痕跡や表象、判断がなされます。そして、新しい現実がつくりだされ、それにふさわしい知覚がつくりだされます。神経症では不安への反応として抑圧された衝動が攻撃を行い、葛藤の結末は妥協ではあるものの満足は不

◆15……松本卓也『人はみな妄想する：ジャック・ラカンと鑑別診断の思想』（青土社）は神経症と精神病との鑑別診断を規準にして、ラカン理論の変節・推移を示した卓越したラカン論です。

完全なまま放りだされます。精神病の場合は、拒否された現実の部分がたえず精神生活を脅かし神経症と同じように抑圧された衝動が迫ってきます。パラノイア性妄想は、主体の自己愛が崩壊した後に引き継がれる再構築だとされました。主語の諸機能が、目的と動詞に置換され、歴史的真実に準拠されるとされました。述語的転移がなされるのですが、述語的包摂が日常規範とずれるのです。そこをラカンは、父の名の排除としたのです。

これを、日常へ一般化してもどしますと、現実の再構築への心的作用です。その「再構築」が、共同幻想に沿ってなされるのか、反してなされるのかという相があり、他方、ただ自己愛の崩壊としてなされるのかという差異が起きていきます。そこに「幻覚〜ファンタスム」とされる界域が設定されます。

ファンタスム

ファンタスムが「幻想」と訳されていますが、それは「$\$\Diamond a$」という式で表わされたもので（◇は等価以外のあらゆる関係、不確定な関係です）、対象をとらえそこなった主体が、象徴界へ疎外されきれなかったものを、主体分裂において残滓としてつかみとったものです。それが現実界への唯一の回路になると、ラカンはとらえています。ここでラカン解読をしても仕方がありませんので、考え方の基本要素となるものを指摘しておきます。

性的結合が単一性としてあつかわれます。つまり対幻想が単一性へと凝縮されてしまうことです。女（なるもの）がとくにそれを代理表象します。それが母のファルスですが、吉本的には、女が対幻想の対象として共同幻想を定めるということです。そして、そうした「対象」は不完全にしかとらえられません。対象自体からの残滓、それがファンタスムを形成しますが、主体の方も分裂させられているということです。幻想が形成されるということは、ラカンと吉本さんとでは逆向きになりますが、幻想とは双方向からとらえられねばならないということです。喪失とは最初に達せられたものであり、獲得は喪失であるということです。ファンタスムはそこに個体においては倒錯をうみだします。倒錯において、ファンタスムが欲望からわが身を守ってくれるのです。最初に失われたものを回帰できるとおもいこむファンタスムです。最初の対象とは、「それ以外のもの」であるということです。「対象a」とは「〜とすれば達せられたであろうところのもの」です。簡潔にいってしまえば、対象が対象それ自体ではないところ、達せられていないところに、残滓としてファンタスムが形成されているのです。ファンタスムの空間は「それは——そうで—ない」というもの、非在の純粋性における欠如だということです[◆16]。主体が消失して対象へ向けて移行していくのがファンタスムの契機であり、対象もまた消失して主体へむけて移行していくのです。主体が「持つこと＝持たぬこと」と、対象で「あること＝あらぬこと」となって、「我考えず、ゆえに我なし」というファンタスムの事態はどこにでもあることですが、そのとき無意識とエスとは分離されています。それがファンタスムにおける主体の分裂です[◆17]。

吉本幻想論を読む人のほとんどは、「達せられた」幻想として、それをつかんでいると思いますが、そうではないということを、ここから知っておいてください。つまり、共同幻想は非存在として欠如して消えているものという表象表出だ、ということです。だから、吉本さんはそれを民俗事象や神話表象のなかに読みとっていったのです(非存在ですから、完全なもの、全体的なものとして想像されえてしまいます)。しかし、共同幻想の残滓として象徴界があるのであって、象徴界の残滓が共同幻想ではないということです。大学人の言説一般は共同幻想を象徴界の共同規範と理解する錯認をおかしています。享楽の残滓が共同幻想ではありません。精神分析理論と幻想論とのずれは、非常に本質的な問題を、こちらへ投げつけてきますので、注意してください。けだし、主体の分裂と対象aとの関係に幻想表出がなされるという視点は、もっておいた方がいいとおもいます。

◆16……述語制表出は、この機構をなしえているものなのです。主語がないですから分裂しません。述語包摂しうるのです。

◆17……コフマン編『フロイト&ラカン事典』(弘文堂)は、ラカン自体をフロイトとの関係で知る、明解な事典になっています。

幻想を、世俗的な台詞で言ってしまうと、「無いものが在る、在るものが無い」ということです。そういう幻想に囚われている、とみなされます。しかし、そんな単純な話ではないというのが、幻想論です。

こうした精神分析的考察は、個人主体のこととして説かれているものです。あくまで「主体」が出現していることにおいての論理です。それを述語作用へと理論転移しなければ、幻想本質に近づくことはできません。

イデオロギーへの再考察も世界では多々なされておりますが［◆18］、わたしはアルチュセールの規定が一番すっきりしているとみなし、前章結末で理論転移してのべました。それは想像的関係の表象であるということです。幻想は想像的関係だけではありません。象徴的構成をなしますし、また「地上的利害」と相対応する現実的なものでもあります。象徴界・想像界・現実界の集約体です。思い込みではありません。ただ言えることはイデオロギー転化がなされたとすると、そこには幻想変容がともなうとは考えています。たとえば社会主義イデオロギーが資本主義イデオロギーにとって変わられるとすると、共同幻想疎外の本質は変わりないが、共同幻想の現実的意味作用が変わる次元がありうる、というようにです。共同幻想国家論にとって、イデオロギー論は理論的に排除しえません。イデオロギー転換では解はなされないという規制を生産的にふまえていくことで、新たな政治理論は成り立っていきます。イデオロギー効果から、幻想も権力諸関係も切り離し、そのうえで想像的作用の関係から再配置していくことです。

幻想の作用と構造

〈幻想〉とは、個人主体の幻覚［※42］でも妄想でもイデオロギーでもありません。思い込みでもありません。心的疎外とは異なる位相に布置されるものです。たとえば共同幻想の象徴として狐や蛇や神などがあります。それはすでに構造的に在るものです。そして幻想は本質として、人

◆18……マクレラン『イデオロギー』（昭和堂）、イーグルトン『イデオロギーとは何か』（平凡社ライブラリー）、Zizek(ed.), Mapping Ideology (Verso)が、ガイド的によいでしょう。
さらに『アルチュセールの〈イデオロギー〉論』（三交社）、アルチュセール『再生産について』（平凡社ライブラリー）も。

※42……「幻覚」「こころ」「意識」を幻想（関係）としてとらえなおしたのが、吉本幻想論といえます。

類に構造化されているものですが、したがって、幻想が消滅することではない、自然本質的にあるものです。われわれに、身体があり、眼前に自然環界があるように、幻想があるということです。しかし、身体への観方も自然への観方も、歴史においてちがってきます。「こころ」もその意味やあり方が歴史上ではちがってきます、そうしたちがいを表出させる根っこにある幻想です。

「巫覡論」のところで、次のような論旨がはさみこまれています（⑩326－327）。

「共同幻想の時間的な流れは、都市と村落によってもちがっている」。それは「場所」によってちがってくるということです。さらに「地域によってもちがっている」と言っています。

「知識人と大衆によってもちがっている」。それは文化資本の度合いによって、生活ハビトゥスによってちがうということになります。個人的にも階層的にもちがってくるということです。

「生産諸関係の場面によってもちがっている」。それはわたしにとっては資本の関係と商品の関係とでは、幻想形態がちがうとなります。

「ある村落では、共同幻想の時間はきわめて緩慢にしか流れない。ある都市では共同幻想の時間性は急速に流れる」。これは「時間幻想」であり、また「速度幻想」です。「部分社会での共同幻想の時間的な落差は、さまざまな位相で存在しうる」のです。

そして、「もしある個体が、この共同幻想の時間性に同致できる心的な時間性をもつとすれば、かれの個体の心性が共同幻想の構成そのものであるか、あるいは何らかの方法でかれの心の時間性を同調させるほかはない」と共同幻想と自己幻想の同調を指摘しています。「個体の心性」とか「心の時間性」「心的な時間性」という言表が使われています。

共同幻想を、一枚岩的に設定する人たちが多々います。それは一般論へと堕してしまっているのであって、共同幻想の諸相をさらに考察していかねばならないのです。たしかに吉本さんは、共同幻想そのものを本質探究していきますので、そうした誤認がうまれても仕方ないのですが、それでは幻想論は進化・深化していきません。

身体と環界とから疎外された場に心的なものと幻想とが表出します。すでにある幻想を受容する心性もあります。そして幻想が、身体／環界を意味化するのですが、そうした相互関係がいかになされているのかを考えることになります。そこには、シニフィアンという作用をいれていかないと、考察が成り立ちません。シニフィアンとは、「言語素材の共時的構造」から成り立っており、シニフィエはシニフィアンを歴史的に規定する［※43］、とラカンは述べていますが、身体／環界／幻想をそこからみていくことです。「表出」がシニフィアンの働きをうみだしているのです。わたしは言語的に幻想表出やその構造関係を読み解いています。

※43……幻想シニフィアンの本質的な作用が、歴史構造から規定されてシニフィアンの作用がかわってくるということです。ここは、本質論を歴史的現存性に布置していくとき見失ってはならない点です。

表出とシニフィアン

フロイト理論が、性として個人主体において論じられているだけで、〈対幻想〉が見失われていること。それこそが、吉本幻想論のもっとも本質的な発見であったことです。「対幻想」は、象徴界におけるシニフィアンの統御ではない、それはエディプス・コンプレックスでも「父の名」や掟でもない、一対一の人間関係において疎外表出される幻想だということ。わたしはさらに、享楽の「対象a」であるということに照応しているものだと考えます。象徴界／想像界／現実界という環界をつなぎとめているボロメオの輪のまん中に布置された「対象a」の場所において幻想疎外表出されている〈対幻想〉から、共同幻想と個人幻想が、その三つの界に疎外されて作用しているとみなします。〈対幻想〉が原初的シニフィアンS_1として、S_2を生みだす——男女関係であり、夫婦関係であり、親子関係である家族関係から、友情関係、同性関係など、あらゆる場面での一対一の関係が派生します。シニフィアンS_2はS_1にとってかわられ、その連鎖において主語制言語ではS_1が抑圧されたとなるのですが、述語制言語においては表出されたとなります。それらの社会的なシニフィエが第二のシニフィアンとして、反作用して「対幻想」を強めたり弱めたり破壊したりしていると考えることが可能です。そのシニフィアンの連鎖は無限に、S_3 S_4……Sn とは拡張していきません。それが〈対幻想〉の本質です。家族関係の対の意志に限界づけられるのです。また、父の名の象徴統御も、母の欲望も〈対幻想〉には関与しません。〈対幻想〉から主体が個人化されて疎外されたとき、それらは関与してくるものになりうることもあるというぐらいのことです。対幻想はシニフィアンのシステムにあるのですが、家族はコードに基づくシステムにあるものです。対幻想と家族・家とをわたしは区別しますが、「〈性〉としての対幻想である」という布置は踏襲します。

父の名、あるいはフロイトの超自我は、「掟」としての力を作用させますが、共同幻想の中において、それは機能していると考えてもいいかとおもいます。主体化されているという視点は無効です。ただ、共同幻想内での掟・法として共同意志を作用させるといったことです。

けだし、「幻想シニフィアン」という考え方を導入していいと思います。そうしないと、幻想の作用や生成を明示できません。対幻想から共同幻想を疎外表出する幻想シニフィアンがある、また対幻想から個人幻想を疎外表出する幻想シニフィアンがある、と考えることです。この二つの幻想シニフィアンは共時的に作用します。つまり別物ではないということです。

(1)対幻想シニフィアン：原初的シニフィアン

(2)共同幻想・個人幻想を疎外表出する：幻想疎外シニフィアン

(3)共同幻想シニフィアン

(4)個人幻想シニフィアン

があるということです。そして「幻想シニフィアン」は「シニフィアンス存在」そのものであるとなります。つまり〈幻想〉はそれ自身では意味をもたないが、意味形成する働きをなしている、そこから共同幻想・対幻想・自己幻想という意味をもつものをうみだしていくということです。

(1)原初的シニフィアンを、母や父や子の主体人格関係（エディプス関係）にはおかないということです。ラカンでは、シニフィアンはなによりも〈他者〉における欠如のシニフィアンであるとなり、シニフィアンは他のあるシニフィアンにたいして主体を代理表象するとなるのですが、それは主語制ランガージュにおいて構成されていることで、述語制ランガージュではシニフィアンの連鎖は、欠如ではない代替操作がなされるとつかみとることです。そのうえで連鎖の意味を遡及的につかむことが要されます。対幻想は述語的シニフィアンであるからです。主体をうみだすシニフィアンではありません。しかし、ラカンが指摘する「意味はシニフィアンの連鎖のなかでしつこく自らを主張するのだが、その連鎖の要素のどれも、まさにその時に可能である意味作用のなかには存在しない」という、シニフィアンとシニフィカシオンとの識別は重要です。対幻想および他の二つの幻想はシニフィアンですが、それは意味作用（シニフィカシオン）のなかには存在しないのです。それが「幻想シニフィアン」です。ここが、(2)に関連していきます。「共同幻想・対幻想・個人幻想」をシニフィエ＝意味されたものだとみなして議論する大学人の言説は、ここをまったく見誤っています。

(2)の「幻想疎外シニフィアン」は、対幻想を消滅させる作用にあるものです。それは一対一を一対多ないし多・対・多に転移させるものと、単独個人だけに疎外するものと、同時に二つの異なる次元をうみだします。疎外表出するということです。この「幻想疎外シニフィアン」がなんであるのかが、吉本さんの言説のなかで隠されているものだといえます。そこをつかまないと、論理を理論化できません。パロールの行為として例示しましょう。教師が計算できない一人の生徒に「君のためだよ」といって一対一で働きかけます。しかし、そのとき、「他のたくさんの生徒たちのために、その学業の進行の妨げにならないように」という共同のシニフィアンを同時に働かせているのです。つまり、共同的なものを代行しています。対の意志が共同の意志を代行して、共同の掟をもちこんでいるのです。なぜ、そうなるか？　それは「算数の教材」という共同ツールでの出来事として、しかも「教室」という共同の場におかれているからです。これをわたしは、〈対幻想〉を〈対関係〉に代替してシニフィアンの連鎖をはかっていると解します。教師は真にその一人の生徒に、対としての想いをこめたと思います。しかしその対幻想の行使において不可避の共同シニフィアンを背負って対関係へ転移し、共同的な操作を織り込まざるをえない「社会」の場におかれているのです。「教師―生徒」の関係をはずさないと〈対幻想〉の遂行はなされません。幻想疎外シニフィアンとは、「幻想」を実際の「関係」に転移する作用をなし、かつ別次元の幻想を介入させるのを可能にする作用であるということです。

吉本さんはここを、本質次元で、巫覡から巫女への転移として示しています。それは、対の対象として共同的なものを設定していくということです。これは古事記では、主要神と媛との「婚姻」として示されています。媛が代表表象している他の部族との協調関係の確定です。

対幻想に働きかけていく幻想疎外シニフィアンは、共同幻想と個人幻想とを疎外表出させる意味作用をはたらかせます。その意味作用の働きにおいて幻想疎外シニフィアンは存在を消しています。つまり痕跡を消すのです。「対幻想が消滅してのみ共同幻想へ転化される」ということです。対幻想が本質的に無いということにならないように、幻想疎外シニフィアンが作用しているのですが、その働きの存在を消したからといって無くなったわけではないのです。逆に言いますと、共同幻想が存立したとき、対幻想は疎外され、そこには無い、しかし、幻想疎外シニフィアンとして対幻想はあるのです。幻想の三つの次元の関係において、ここはほんとに知解されえていないとおもいます。

幻想とはシニフィアンとして構造化されているものですが、純粋構造ではありません、外在物でもありません。関係構造です。しかもシニフィアンの関係構造です。そして心的なものは個体の内部から外在化されていくものです。幻想は個体の内部にはない、個体的なものから疎外されているものです［※44］。

※44……『母型論』で吉本さんはソシュールとラカンの「シニフィアン」についての一つの見解を述べていますが、「大洋のイメージ」がシニフィアンの概念に対応するであろうと言っています。「シニフィアン」はそれだけでは意味をもたないと了解していますが、その概念の働きには賛同していないニュアンスです（48頁）。それは「父」の世界へ論理化されるからで、母・乳胎児に吉本さんはシニフィアンをおきます。大洋論も幻想論も、シニフィアンを設定しないと理論的対象化は不可能です。「意味されたもの」だけで閉じてしまいます。

幻想の発生

それでは、幻想はどこから発生・生成してくるのでしょう。それは〈もの〉からの純粋疎外としてです。わたしは吉本・折口・ラカンをふまえてそう考えます。主体化された意識の心理からではない。心的なものは、個体と共同体と環界の非分離閾から表出疎外されるものではないでしょうか。それを、どう考えるかで、思想・理論の場が変わってくるということであって、どれが正しいとかということではないとおもいます。〈幻想―心的なもの〉を概念装置にいれていない理論を、わたしは意味あるものとみなしませんが、マルクスもフロイトもそれを固有に考えた思想理論です。経済論や精神分析論にとどまっていない本質的な思想世界です。

吉本さんはどう考えたのか、みていきます。

共同幻想は、死＝他界の時間化と空間化によって発生して幻想として出現します。(他界論)

対幻想が性の時間性を獲得したとき、独自の次元として発生していきます。(対幻想論)

自己幻想は、生誕からの成長過程のなかで、共同幻想と対幻想に規定されながら個的に形成されていきます。(祭儀論)

これが「発生」の基本視座です。そこから、関係幻想の生成が重層的に設定されています。

共同幻想が、自己幻想・対幻想に侵入していく

共同幻想が対幻想と同致している➡分離していく

共同幻想が自己幻想と逆立する

自己幻想が対幻想から疎外される

共同幻想が個人幻想と同調する

など、相互関係が生成かつ派生していきます。幻想の統治性化と統治制化との相互関係が働いているのです。

発生と生成は順序ではありません。入れ子状態に相互構成されています。ある事象構造においい

て、その関係構成を読み解いていくことです。

以上のことをふまえて、「幻想初源」をみなおしていくことができます。そうでないと、ただ民譚の話の分析解釈だ、とされておしまいです。

❼他界論……(a)

他界論はすでにみてきましたように、〈他界〉という共同幻想の時間的・空間的な疎外・発生の論述でした。共同幻想が自己幻想に、さらには対幻想に侵入してきて、時間的である他界＝死が村落の外部に空間的布置されていき、そして死が個体の心的時間性へと集約されていく他生成が論じられていました。これは、共同幻想の初源的な生成設定でもありますので、ここへ配置しておきます。内容は前章をみてください。

ここでは共同幻想の時間性・空間性としてふまえておきましょう。

❽巫女論……(b)

次に、「憑人論」「巫覡論」「巫女論」を生成的に構造構成して了解していかねばなりませんが、やはり逆から読んでいきます。

「ある共同的な幻想が成り立つには、かならず社会的な共同利害が画定されていなければならない」(⑩332)［※45］ということから、〈巫〉が共同幻想にかかわるなら、〈巫〉的人間はかならず共同利害にかかわる、それが男か女かにはかかわりない、であるとすれば〈巫女〉が女であるということの本質の意味は何であるのか、と吉本さんは問い、「〈巫女〉は、共同幻想をじぶんの対なる幻想の対象にできるものを意味している」(⑩333)と関係定義づけします。「村落の

※45……わたしは幻想の中には「現実的なもの＝現実界」のなにものかが含まれている、そして幻想だけが現実的なものへの接近を可能にする、というようにとらえます。外部に、幻想を規定するものがあるというようには考えません。

共同幻想が、巫女にとっては〈性〉的な対象」であるということです。そして、「巫女にとって〈性〉行為の対象は、共同幻想が凝集された象徴物である」、それは神・ひと・狐・犬・仏像などでありうる、と説明します（同）。

　この巫女論は、したがって同時に男女の差異とは何か、女とは何か、という本質的な考察をなしえている論です。

〈女〉の本質

　フロイトは、〈女性〉とは、「乳幼児期の最初の〈性〉的な拘束が同性（母親）であったもの」といいましたが、男女の差別は身体的にも心的にも相対的なものでしかない、ということは多くの論者たちにひきつがれている見解です［※46］。そこから吉本さんは、女性とは、最初の性的な拘束が同性であった心性から逃れようとしたとき、ゆきつくのは異性としての男性か、男性・女性ではない架空の対象であり、他方、「男性にとって女性への志向」は「〈性〉的な拘束からの逃亡ではありえない」、「母性にたいする回帰という心性」はありえても、「男性はけっしてじぶんの〈男性〉を逃れるために女性に向かうことはありえない」という、男・女の違いを説きます。男女の非対称性が示されています。女性は同性から逃れようとして男性へ向かうが、男性は同性から逃れようとせずに女性へ向かえる、そのとき、女性が男性以外のものを対象としていく、その志向対象とはどういう水準と位相にあるか、と問いかけます［※47］。

　まず、それは〈他者〉ではない、他者とは性的な対象として男性個体か女性個体でしかないからだ、すると残るは、自己幻想であるか共同幻想であるほかない、となって、あらゆる排除をほどこしたあとで、**「〈性〉的対象を自己幻想にえらぶか、共同幻想にえらぶものをさして〈女性〉の本質とよぶ」**（⑩334）とします。この自己幻想か共同幻想かの二つの選び方は、同じことであるのだが、この二つは「女性にとってじぶんの〈生誕〉そのものをえらぶか〈生誕〉の根拠と

※46……ジェンダー論の基本は、女とは産んだ親＝母と同性、男とは母と異性ととらえられたものでした。そこから、女は関係づけ、男は分離に布置されるとされました。生物的な規制から識別されています。なのにジェンダーは文化的なものだという、そこに論理矛盾があります。

　吉本さんは、「性的な拘束」が同性か異性か、という視座で規定します。

※47……ここでいう「男」「女」とは、生物的なオス・メスのことではない、男なるもの／女なるものとみてよいかと思います。

しての母なるじぶん（母胎）をえらぶことにほかならないから」だというのです（同）。

さりげなくというか、あまりのわずかなくだりで、フロイトを一歩深めた規定をしています。そして、男〈巫〉にたいする女〈巫〉には、共同的権威は与えられていないのだが、「自己幻想と共同幻想がべつのものではない本質的な巫女は、共同性にとって宗教的な権威をもっている」（同）、そういう権威が普遍的な時代が人間史のある段階でありえた（母権制）。それをふまえたうえで、民俗譚の巫女の話と聖テレサを対比させ、またシャーマンと口寄せ巫女とを対比させて論じていきます。

遠野物語拾遺の巫女譚の原型：対幻想と共同幻想の関係

■**巫女水準0：**蛇が「この家の娘を嫁にほしい淵の主」のお使いだ、というのは伝承された共同幻想であり、「共同幻想の象徴である〈蛇〉」が、〈娘〉と「〈性〉的にむすびつけ」られて考えられている、それは、「〈娘〉に象徴される〈女性〉が共同幻想を〈性〉的対象とするという伝承」が存在しているからである、**「村落の共同体は〈女性〉を、共同幻想の至上の〈性〉的な対象としてえらんだ」**という「未明の時期」をもっていた［※48］、と解されます（⑩335）。

ここでは、まだ巫女が主役として登場していません。「村民の〈病気〉とか〈死〉とか〈災難〉とか〈利害〉とかが急転する場面を、狂言まわしのように媒介するために登場する」だけの唯名的存在ですので、「成熟した〈性〉の対象として、村落の共同幻想をえらべない水準」にまだあります。それが、日本の民譚の全体の位相である、というのです。

蛇や動物と婚姻するという類似した話は、風土記にもありますし、また古事記ではもっとねりあげられた次元での話になっていきますが、本質原型は、吉本さんが提示したところにあります。

■**巫女水準1：**次に「巫女」として登場する段階の例がだされます。子供たちが観音様や仏像をもてあそんでいた、それを咎めた大人が病気になり、巫女が間にはいって病気を治す。子供の遊

※48……この規定は、人類のあらゆる共同体にいえるのではないでしょうか。わたしはこれを「場所」論へもちこんで考えています。未明の時期ではなく、いかなる時代であれ初源の本質存在であるとおもいます。

びを、仏像を粗末にしているとみるか、仏像の方でもおもしろく遊んでいるとみるか、のちがいですが、「村の堂祀にかざられた神仏の像」は「村民の共同幻想の象徴としては〈神仏を粗末にしてはならない〉という聖なる禁制」にあるが、「巫女の〈性〉的な心性からは子供と遊び、子供が面白がれば、神仏の像のほうも面白がるといった〈生きた〉対幻想の対象」としてあらわれている、このとき巫女は、村の堂祀の神仏像を「未発達な〈性〉的対象」としてしか措定していないゆえ、未成熟の象徴として子供が登場している、と解析しています。共同幻想の禁制と対幻想の容認として幻想関係がずれている様態です。

こうした巫女譚は、「日本民俗譚にあらわれた対幻想と共同幻想の特異な関係」を象徴していて、理論的な誘惑をわたしたちに向けていると言っています［※49］。アジア的な特異性であるということでしょう。

抽象された〈神〉の布置：聖テレサの場合

カトリシズムの神に憑いた聖女のケースをW・ジェイムズの『宗教経験の諸相』からとりだして解読しています。これは聖女にとって理神論的な神が幻想の性的対象になっているもので、はじめに「神が在る」ことが前提になっており、その神は「共同幻想と拡大された自己幻想との二重性」を意味し、聖女は自己についている意味では「じぶんをじぶんの対幻想の対象にしている自己〈性〉愛者である」が、理神論的な信仰を前提にしている意味では「カトリシズム的な共同幻想を〈性〉的な対幻想の対象に措定している」ということになっている、と説かれます。

これは、『遠野物語拾遺』での巫女にあらわれた神仏が実在の神仏像の模写の段階をでていないのに比して、聖女の性的な対幻想の対象である神は、祭壇に祀られた実在の神像からはるかにへだたったきわめて抽象された次元にある、ちがいがある。

また、『遠野物語拾遺』の巫女がじぶんの幻覚のなかで疎外するのは〈面白さ〉であり、〈面白

※49……「理論的な誘惑」とは何をいうのでしょうか？　「巫女」という特異性がもつ普遍の意味です。アジア的特異性になるかとおもいます。その典型表象が「アマテラス」をはじめとして日本の説話や物語のなかに登場する「女」の存在ではないでしょうか。古事記のなかのたくさんの「ヒメ」たちの固有の相でもあります。「聖母」とは異なる「巫女」です。

さ〉が至上の対幻想であり、共同幻想との性的関係になっている「未熟な対幻想に固有のもの」であるのに比して、聖テレサが自己喪失の状態で疎外しているのは自足した〈恍惚〉であり、それは自己性愛と共同性愛の二重性をふくみ、この〈恍惚〉は「成熟した対幻想に固有なもの」になっている、ちがいがある。

　ここでは、神仏を対幻想の対象とすることの、未熟と成熟との次元差として指摘されています。対象の近傍的な具体性と抽象化された遠隔性です。

　吉本さんは、西欧を一神教的伝統、日本を多神教的・汎神教的伝統と識別する「安っぽい」「でたらめ」は、文化圏のある段階と位相を象徴してはいるが、宗教的風土の特質を示すものではない、神が、「至上物におしあげられた自己意識の別名」（フォイエルバッハ）であろうと「物質の倒像」（マルクス）であろうとどうでもいい、「ただ自己幻想かまたは共同幻想の象徴にしかすぎない」ものだと提示し、「人間は文化の時代情況のなかで」「歴史的現存性を前提として、自己幻想と共同幻想とに参加していく」（⑩338）のだと、思想的に喝破しています。歴史的現存性のなかで自己幻想と共同幻想への参加の仕方が時代情況のなかで変わっていくのだ、というようにとらえていいでしょう［※50］。そこをつかんでいくのはわたしたちのタスクです。

■巫女水準2：共同性愛がやや高度になった場合。『遠野物語』の、巫女老女が馬と夫婦になった娘を語るオシラサマ起源譚を例にあげ、馬は共同幻想を象徴する動物、娘は仮託された老女巫女自身の伝承的な姿であり、伝え話にじぶんの性的幻想を融合させる。巫女が神懸かり状態になる神体のたぐいは、陽神か陰陽二神の象徴で、巫女は性的対幻想として共同幻想に介入する。それは巫覡一般ではない、女＝性としてである。

　つぎに「わか」とよばれる口寄せ巫女の例を考察して、その巫女の神懸かり方法は、性的な行為の象徴であり、その対象は「八百万神」に象徴される共同幻想になっている。その神懸かり技術は、飢餓状態で心的な〈異常〉状態を統覚する修練をうけ、師匠から伝習によって呪

※50……ここは、共同幻想と宗教との関係の本質的設定で、その歴史相への出現が種々の宗教を生みだしていくということではないでしょうか。本質は、どの宗教も同じだという次元です。
　ここを指標にして「国家と宗教」の関係を把捉することです。

詞を暗唱する（⑩340）。
これらは、対幻想を強度に領有した巫女の出現です。

シャーマンと口寄せ巫女の違い

口寄せ巫女の「共同幻想をじぶんの〈性〉的な対幻想の対象にできる能力」にたいして、シャーマンの能力は、「自己幻想を共同幻想と同化させる力」だと、対比させます。巫女は、修業中に性的な恍惚を感じられるだろうが、シャーマンは心的に禁圧された苦痛が重要な意味をもつ、なぜなら「超えがたい自己幻想と共同幻想との逆立した構造をとびこえる能力」（⑩340）を要されるからである。

シャーマンでは、男であれ女であれ、〈性〉が問題なのではなく、〈異常〉な言動ができる人間が問題である。「個人の〈異常〉な幻想が共同幻想に憑くために」自覚的な伝授と修練がなされる（⑩341）。シャーマンが、異常な心性に結びつけられているが、本質として「かれの自己幻想が、他の人間でも、神でも、狐や犬神でも、ようするに共同幻想の象徴に同化することで、部落共同体の共同利害を心的に構成できる能力にある」（⑩342）ことが重要である。心の異常をつくりだし、その転換を統御し、共同幻想に馴致させる。

■巫女水準3：口寄せ巫女の場合、自己幻想として「異常」は問題ではない、盲目で生活の方途を他にもたなかっただけだ、「視覚が閉ざされているため、外界と断たれた心の状態にはいりやすい」（⑩343）ゆえ巫女へ転化できる。そして自己幻想よりも〈性〉を基盤にした対幻想を本質としている。

巫女が、婚姻し夫をもったにしてもそれは「ただ〈性〉的な実際行為や雑事処理の対象」であって、けっして対幻想の対象ではない――ここで実際の性行為と対幻想の対象とが識別されていることに注意、夫は対幻想の対象ではないということです。それは巫女だけの特異性なのでしょうか!?――、日本の口寄せ巫女は「超能力をもった幻想的な〈性〉そのものになることを要請」され、〈性〉的な対象を共同幻想にえらぶ、その「〈自然〉に根ざした幻覚」において、「村落共同体の共同利害と〈家〉の利害の関係」(⑩344)という現世的な矛盾に対応しえていく。

他方、シャーマンは「部落にとって超能力をもった人間」になるのを要請される、「部落に住んでいる個体の自己幻想と、部落共同体の共同幻想のあいだには深淵が口をひらいて」おり、その深淵をとびこえる「心的な逆立」が要される、虚偽をとびこすことであれば、その虚偽はシャーマン個人のなかで心的に消滅するまでつきつめられねばならない、精神病理的にいえば、「類てんかん的な心性から類分裂症の心性にいたる心的な〈逆立〉をやってのけねば、共同幻想に憑くこと」にならない、それで自己幻想が共同幻想に同致する(⑩343)。

ここでは、共同幻想ははっきりと外化されて存在しており、それを対幻想の対象にするか(口寄せ巫女)、あるいは共同幻想と自己幻想を同致させるか(シャーマン)の差異が示されています。

巫女と幻想の〈家〉

柳田も折口も、「村落共同体の政治的象徴」でありかつ「祭司」であった「上代の巫女」が、「神社にいつく巫女」と「諸国を流浪し、村落に埋もれて口寄せ巫女」とに分化する過程をただしく描いているが、それ以外の道をたどれないのは、巫女たちが「現世的な〈家〉の体裁をかまえるかどうかにかかわりなく」、「共同幻想を、架空の〈家〉をいとなむ〈異性〉として択ぶべき本質をもっているから」だ、「巫女にとって〈性〉的な対幻想の基盤である〈家〉は」、「つねに共同幻想の象徴と営む〈幻想〉の〈家〉であった」のだ。それゆえ、現実には巫女は、「〈家〉から疎外されたあらゆる存在の象徴」として、「共同幻想の普遍性へと霧散」していった、とまとめられています。

これは、神話や物語などもふくめ、媛や女性を考えていくうえでの指標となりうる、本質的な示唆です。巫女だけの特異性ではありません。

この自己幻想と共同幻想の逆立をとびこえるシャーマンと、共同幻想を対幻想の対象とする巫女との、二つのあり方は、非常に本質的な、共同幻想との関係のとり方の二様態であるといえます。それは、「初源」本質として、古代も現代もふくめたあらゆる領域において構成されている幻想関係であり、また巫女／シャーマンの特異性に還元されるものではない、幻想初源の関係性です。巫女の四つの水準は種差化されながらも構造化された表象です。

「自己幻想と共同幻想がべつものでない本質的な巫女は、共同性にとって宗教的な権威をもっている」、その権威が普遍的な時代が、人間史のある段階ではあった（⑩334）、とありましたが、それが、吉本さんが真正面から論じていない古事記神話に記述された「婚姻」の様態であるということです。これを手がかりにして、わたしは古事記解読をなしました。主要な神たちがいろんな場所の媛と婚姻していきます。その意味とはなんであるのかです（Ⅲ部・7章）。民譚だけではない神話次元でも構成されていることなのです。そこには、多角的・多元的な対幻想の包摂において共同幻想が多元拡大していくこと（古事記の大国主やスサノオに典型）と、まったく次元が異なる一元的共同幻想へ疎外拡張されていくこと（日本書紀）との二つの異なる様態が表現されています。支配していく男神が、共同性の象徴である媛と婚姻していくのですが、それは向こう側からみれば、他の共同体の象徴＝男神を自らの対幻想の対象としていることになります。媛は巫女的に行為しているわけです。

この対幻想／自己幻想と共同幻想との相互交通は現在でも、たとえば、〈わたし〉がある企業体と関係をプロジェクトでむすぶとき、〈わたし〉個人ですと〈わたし〉は、企業体の共同幻想と社員個々人の自己幻想との逆立を、また〈わたし〉の自己幻想と企業体の共同幻想との逆立をとびこえるシャーマン的な苦闘・苦患をはたらかせねばなりません。しかし〈巫女〉的に女性を間にいれますと、その対幻想が共同幻想を対象にし、共同幻想の方も対幻想の対象としてこちらを選ぶという関係になって、ことが円滑にいくということがありえます。すべてであるとはいいませんが、社交術としてではなく本質的なこととして温和な相互交通として大事なことではないでしょうか。そこはまた、無意識に女性を犠牲的に利用する悪しき不埒の輩が出没するということにもなっていますので、ご注意を。共同幻想への疎外が設定されねばなりたたないことを、勘違いする人もでてきます。

❾巫覡論……(b)

こうした巫女の、〈巫〉座が女になるという高度さが可能になるのは、「巫覡」という一般の布置があるからです。それは、「共同幻想の象徴」をいかにあつかうかという仕方で現われます。そして、対幻想が消滅して共同幻想に転化するという本質関係が明示されています。

離魂症

吉本さんは芥川龍之介の『歯車』から、主人公が強迫観念につかれてあらゆることを死にむすびつけて語っている、その心身衰弱と死の強迫のなかに離魂症的な体験を読みとり、「個人と個人との心の相互規定性では、一方の個人がじぶんにとってじぶんを〈他者〉におしやることで、他方の個人と関係づけられる点に本質がある」として、個人として他の個人を〈知っている〉というのは、「まず自身を〈他者〉とすることで、はじめて他の個人に〈知られる〉という水準を獲取する」、しかし「勝手に消し去ることができない綜合的存在としてあらわれる心の相互規定性は、一対の男女の〈性〉的関係にあらわれる対幻想においてだけである」、したがって「じぶんの幻想がじぶんにあらわれるとき、わたしたちは心の異常を想定するほかない」と指摘してます。対幻想が消滅しているのです。主人公に死の想念がたえずあるため、「第二の僕」をみたという知人の話が死の想念に関係づけられているのに、小説の叙述は逆になっている、ということです（⑩318－320）。

離魂譚：水準1

気絶したり発熱のなかで死の淵へいって帰ってくる離魂体験では、「睡眠状態のもうろうとした意識のなかでたどる幻覚の過程がはっきり描かれている」、『歯車』では、主人公がそこへ行ったのか知人の方が主人公だと錯覚したのかはっきりしないが、『遠野物語拾遺』の離魂譚では「睡眠状態の人物の幻覚が出かけて行った」ことがはっきりしている、そこに「〈他者〉の概念は存在していない」「じぶんの幻覚のなかで実在のじぶんを離れて遊行することにだけ本質的な意味」がある。

『歯車』では、第二の僕、つまり〈他者〉の登場を不可欠にしながら、この〈他者〉はじぶんやじぶんとおなじ水平線に存在するか、まったく〈他者〉が登場しないかのように存在できる。他方、『遠野物語』では、〈他者〉を対象として措定しえない、だが「じぶん以外の対象を措定しない離魂現象は存在しえない」、すると離魂譚が措定する対象はなんであるのか？　それを吉本さんは「村落共同体の共同幻想そのものである」とします。幻覚が遊行してゆく対象は故郷や亡母など、伝承概念としての〈他界〉や〈現世〉、共同幻想の歴史的現存性の象徴、「〈他者〉ではなく、母胎のような村落の共同幻想の象徴」である。

『歯車』にはそうした共同幻想は存在しない、いつもいきなれた場所であり、他者としての知人が対象である。「現実の桎梏から解放されたいと願うならば、いずれにせよ共同幻想からの解放なしには不可能である」（⑩323）、芥川の悲劇は、都市近代知識人の孤独にあるのではなく、「都市下層庶民の共同幻想への願望を、自死によって拒絶し、拒絶することによって一切の幻想からの解放をもとめたことにある」（同）と、吉本さんは述べます。

近代都市では共同幻想への幻覚をもちえないということですが、ここからわたしは、場所規定された共同幻想をもちえない水準に共同幻想が疎外されてしまった状態とし、だが『遠野物語』には、まだ場所共同幻想がある、というように識別して理解しました。社会空間へ共同幻想が拡散されてしまったところには、もはや場所共同幻想は存在しえず、制度代理の表象が共同的な対象になるだけです。つまり、共同幻想の位相差があると、わたしは認識しました。それに付帯して、対幻想も消滅していきます。

しかし、吉本さんの探究は初源的な「共同幻想の象徴を対象にする」ことのあり方に向かいます。

いづな使い：水準2

いづな使いは、「じぶんの幻覚をえるために媒介」を、〈狐〉として分離してもっており、「けっして嗜眠状態でもうろうとした意識がたどる直接的な離魂ではない」。村落の共同幻想の伝承的な本質は〈狐〉として措定され、「〈狐〉という共同幻想の象徴にじぶんの幻覚を集中させ」、「他の村民たちの心的な伝承の痕跡をもここに集中同化させることができる」（⑩324）と信じられていることにある。犬や猫や蛇でも、箱におさめられた偶人（人形）でもいい、村落の共同幻想の象徴であればいい。

いづな使いは、「じぶんの幻覚を意図的に獲て、これを村落の共同幻想に集中同化させる能力が、職業として分化している」、それゆえ「村落の地上的利害と密着して」（同）あらわれる。

それでは、どうして狐さえあれば入眠状態でじぶんの幻覚を獲得できるのか、また、どうして狐に象徴される共同幻想へ村民の心的な状態を誘導し、集中同化させられるのか、とそれを「未開人の知覚」の閾へ探るべく、吉本さんはすすんでいきます〔＊〕。

吉本さんは、原始人は自然物対象をわたしたちと同様にそのとおりに感覚しますが、「「集団表象」をその感覚に混融させずには了解作用が成立しない」としています。「個人幻想と共同幻想の未分化な段階の原始心性」（⑩325）です。フロイトならそこに「〈異常〉な現代心性」を類推するかもしれない。「〈異常〉な心的現象は、原始心性や幼児心性と類比しえるようなみかけ」をもってはいるが、「原始時代も幼児段階も人間の存在（史）にとって二度とかえらない」ゆえ類比しようとも構造はうかがいしれない、「原始心性がほんとうは理解しがたいものだ」といっています。しかしながら、『心的現象論』では、原始心性と乳胎児とを対比させる探究がなされます。

いづな使いは、ここ百年ぐらいのことで、けっして原始的なものではない、いづな使いは狐が狐である自覚をもっており、村落の共同幻想の霊力ある象徴的動物である自覚ももっている、ただ先天的病理か修練・技術かによって、狐という対象に心を移入して共同幻想の地上的利害の実体を幻覚できる能力を獲得している（⑩326）。

この能力の心の現象は、「個体の了解作用の時間性を、村落の共同幻想の時間性と同調（シンクロナイズ）させる」ことでえられる（同）、と時間性の同調とみなしています。

そして、「個体が心の了解作用の時間性を変化させるため」には、「何らかの意味で心が〈異常〉状態」になければならない、この「〈異常〉状態の本質は、対象物（外的自然または人間）の受容とその了解作用のあいだに、ずれを生みだすことだ」、いづな使いは、「おそらく一時的な心の集中と対象への拡散によって対象物の受容と了解とのあいだにずれを生みだす」、そのずれが共同幻想の時間性に同調するためには、「村落の共同幻想がうみだされる根拠としての村民の共同的な利害が、かれら自身に意識されていること」である（⑩327）。

そのとき、村民の側に二つの条件がいる、①〈狐〉が霊性のある動物であるという伝承の流布、②かれらの利害の願望の対象がじぶんたちの意志や努力ではどうにもできない〈彼岸〉にあると信じられている、ということです。漁獲が潮流・天候・風向きによる魚群の状態によること、人間の生死は意志や努力で左右されない宿命だ、と信じられていることです（同）。
いづな使いは、ある年数がたつと能力をうしないます。

狐が化ける：水準3

いづな使いにとって、じぶんが男か女であるかはどうでもいいが、共同幻想の象徴である〈いづな〉にとってじぶんが男に憑かれるか女に憑かれるかが重要であるのは、「村落共同体が村民の男女の〈対なる幻想〉の基盤である〈家族〉とどうかかわるかを暗示」するからだ、そして、吉本さんは狐が化ける例を『遠野物語』からとりあげていきます。

炭焼きをしている二人の男のところへ女が訪ねてきた。寝ているところ、一方の男が女の躯に手をだすと毛だらけであったので鉈で殺した。他方の男はおれの女を殺したと憤った。しばらくすると死んだ女は狐の姿をあらわした、という民譚です。

それはただ狐が化けるという問題ではない、「じぶんの〈性〉的な対象だとおもっている女が、じつは共同幻想の象徴である〈狐〉にかわる」場面にであい、一方の男は女が狐の化身であることを信じ、他方の男はあくまでも女であると考える。このとき女は対幻想の象徴であるとともに共同幻想の象徴でもあるのだが、同時に両方であることはできないため、男のどちらかは間違っていることになる。狐が女に化けて殺されて狐にもどる、いわば「〈狐〉と〈女〉との霊力的な相互転換が象徴的にのべられている」のだが、これは「村落の共同幻想の象徴のなかに、はじめて〈女〉が登場し、共同幻想の構造と位相に、新たな要素がくわわる」意味になっている（⑩329）。

狐が人間を化かすとか憑くとかいう民譚は、「村落での男女の対幻想の共同性（家族）とどのような位相にむすびつく」かという問題で、狐が女に化けてまたもとの狐の姿をあらわしたのは

「村落の共同幻想が村民の男女の対幻想となってあらわれ、ふたたび村落の共同幻想に転化するという過程の構造」を象徴しており、「〈女〉に象徴される男女の対幻想の共同性は、消滅することで（民譚では女が鉈で殺されることで）しか、共同幻想に転化しない」ことである。狐が化けた女は、たんに女性ではなく、「〈性〉そのもの」「男女の〈性〉関係を基盤とする対幻想の共同性」を象徴している（⑩330）。

こうしたことをふまえて吉本さんは、つぎのように指摘します。

「村落の男女の対幻想は、あるばあい村落の共同幻想の象徴でありうるが、それにもかかわらず**対幻想は消滅することによってしか共同幻想に転化しない**。」

「そこに村落の共同幻想にたいして村民の男女の対幻想の共同性がもっている特異の位相がある。」

「これは村落共同体のなかで〈家族〉はどんな本質的な在り方をするかを象徴している。」

この三つは異なることを言っているのですが、こうした論理脈絡がつけられているのが思想的緻密さです。理論的緻密さとはまったく違う仕方なのです。村落という場所での幻想の初源的なあり方です。国家的な社会空間では、それがどう変容するかを考えねばなりません。つまり、次の憑人論とこの巫覡論は、わたしのいう「場所共同幻想」のスケール／水準での幻想関係なのです。「巫女」論が、場所と国家的拡大とを架け橋していくと、わたしは考えています。

すると、次に結論的に述べられていることが、補足されていくことになっていくのです。

巫覡論のまとめ

女が、狐や蛇などたくさんの動物に化け、もとの動物に転化する民譚、また女が神を夢見て孕んだという説話において、(a)「〈女〉は男女の対幻想の共同性の象徴であり、〈狐〉や〈蛇〉やその他の動物や〈神〉は、共同体の共同幻想の象徴だ」ということであり、(b)「男女の対幻想の共同性を本質とする〈家〉の地上的利害は、共同幻想を本質とする村落共同体の地上的利害といかに、いかなる位相でむすびついたり、矛盾したり、対立したりするか、という問題［※51］を、こういった動物が女に化ける伝承的な民譚から読みとるべきである」と結論示唆しています。

　これは、とくに風土記と古事記とを差異的に読んでいくときに要される思考規準になるのですが、古事記では動物に化けるというのではなく、兎や鰐や蛇や蜂や猪のように動物そのものとして登場してきます。つまり種族共同体の象徴存在そのものとして出現しますが、皇孫系がそう蔑んで象徴したものです。それは「国つ神」として種族を象徴しているとわたしは解しましたが、「媛」が同時に国つ神共同体の象徴としても登場してくるのです。男女の対幻想の象徴としては「国つ神」（共同体）間の対幻想、あるいは国つ神と天つ神との間の対幻想の関係となります。それは、もはや村落内の対幻想の象徴としてではありません。対外的な対幻想として出現表象されていきます。幻想関係論（共同体間）と初源幻想論（共同体内）とを、わたしが識別する根拠でもあります。

　つまり、(a)規準はふまえることができますが、(b)規準はきわめて村落内に限られるということに注意しないと見誤ります（村落規準＝〈場所〉が現在の「社会空間」へ転移しますが、そこに亀裂・裂け目が出現します）。「民譚の共同幻想」と「神話の共同幻想」では、どうしても位相・水準がちがうのです。古事記では同じ場所共同幻想といいうるのですが、それが布置されている次元が民譚・風土記とは異なります。〈場所〉規準の視座をいれていかないと共同幻想概念は、正鵠に活用しえないということです。最初に論じられた芥川の近代都市空間では、もちろんちがいます、こうした識別を本質論一般へと還元しないことです。

Ⓐ場所共同幻想内でのこと（遠野物語）
Ⓑ場所共同幻想〈間〉でのこと（古事記）
Ⓒ場所共同幻想が消滅してしまった共同幻想空間でのこと（近代社会）

※51……これは、現代の社会空間においても、家族の地上的＝生活的利害と社会の共同性の地上利害＝社会利害とが、結びついたり対立したりすることにおいて、認識されうることです。
　賃労働の家利害と社会利害とが結びつくのです。経済セックス化がそれを可能にし、また性をめぐる秩序が私的利害と共同利害とを結びつけます。

として、わたしは識別します。Ⓐと Ⓑの間に「風土記」、ⒷとⒸの間に日本書紀をわたしは配置して考えています。あくまで、本質尺度による識別であって、歴史段階ではありません。ちなみに共同幻想国家論はこのⒶⒷⒸの現代的変容をつかみとらないとならない、ということになります。思想的緻密さのなかに理論的可能条件の素材が多々組み込まれているのです。

⑩憑人論……(b)

次に「憑人論」で吉本さんは、柳田国男が『遠野物語』において強く執着したのは「村民のあいだを流れる薄暮の感性がつくりだした共同幻想であった」(⑩305)と、その柳田の資質にある入眠幻覚を述べていきます。「個体の入眠幻覚が、伝承的な共同幻想に憑くという位相」(⑩317)が明証化されます。

柳田の気質としての入眠幻覚

柳田の少年時代の入眠幻覚の体験が、柳田民俗学のおおきな気質になったとして、そのもうろう状態は〈既視〉現象と同質であろう、それは「いつも母体的なところ、始原的な心性に還る」ところにある、そこでの恐怖も「母親から離れる恐怖と寂しさ」に媒介されている、「始原的な欠損にむかう」、精神病理学的には類てんかん的心性といえる、と述べています。

入眠幻覚の構造的な志向概念

入眠幻覚は他に、〈他なるもの〉へ向かう型と、〈自同的なるもの〉の繰り返しの志向とがある。前者は、「自己の心的な喪失を相互規定として」うけとり、後者は「自己内の自己にむかう」ゆえ、ともに行動体験にはあらわれない、自己喪失と自己集中の度合いによって決められる。

〈始原的なもの〉へ向かう志向、〈他なるもの〉へ向かう志向、〈自同的なるもの〉へ向かう志向のあいだの入眠幻覚の位相のうつりかわりは、「共同幻想が個体の幻想へと凝集し逆立してゆく転移の契機」を象徴している（⑩307）。

■〈他なるもの〉へ向かう型：心的な自己喪失を代償として対象へ移入しきる能力、正常な共同幻想の位相は存在しない、聖者の心性も存在しない、心的な自己は消失して対象へ偏在しているため、志向の内部で統御する意識を保っていない、ただ異常の世界があるだけ。

■〈自同的なるもの〉へ向かう型：じぶんがじぶんに対して心的に自同的、宗教者のもの、対象世界がぜんぶ幻覚のなかで消失していても、じぶんのじぶんにたいする意識は強固に持続されているからだ。

これらを「憑く」という観点からみると、

■じぶんの行動に憑く
■他の対象に憑く
■じぶんが拡大されたじぶんに憑く

これらは、「常民の共同幻想」から「巫覡の自己幻想」へ、そして「宗教者の自己幻想」へ、と移ってゆく位相である（⑩309）。

予兆

予兆譚は、行動としての構造をうしなっても、「心の体験としては、はっきりじぶん以外の他なる対象を措定している」、ここで「関係意識」がはじめて心の体験に登場している。

予兆譚の背後には、「かならずある入眠幻覚に類する心の体験」がふりわけられており、その遠隔能力は「共同能力であるかのような位相」で書きとめられており、共同的なもうろう状態を象徴している。「じぶんの心の喪失を代償に、ほんのささいな対象の情感や動作を感じとって対象への移入を完全にやってのける能力」（⑩311）である。
未視や遠視が可能であるかのように存在するには、「人間の心の世界の時間性の総体である生誕と死にはさまれた時間と、心の判断力の対象となりうる空間に限られた領域のうちで存在するかのような仮象を呈する」（⑩312）というだけである。

■普通の村民たちが体験した死やわざわいの〈予兆〉の共同性が、ひとりの白痴や精神異常者の人格に象徴的に凝集されたばあいがある。

■実際に村民が村で起きている事情をよく知っていて、「せまくそしてつよい村落共同体のなかで関係意識」を共同意識としてもっている、そういうところでは、「個々の村民の〈幻想〉は共同性としてしか疎外されない。**個々の幻想は共同性の幻想に〈憑く〉**」のだ（⑩313）。

常民生活の幻想

予兆譚では、「個体の幻想性と共同の幻想性が逆立する契機をもたないままで接続している特異な位相」（⑩313）である、それが常民の生活の位相である。

だが一般的に、「はっきり確定された共同幻想（たとえば法）は、個々の幻想と逆立する」、逆転する水準を考えなければ、個々人の幻想は共同性の幻想とは接続しない。

「個体の精神病理学は、ただ男女の関係のような〈性〉の関係を媒介にするときだけ、他者の（二人称の）病理学に拡張される」、「個体の精神病理学を共同の、あるいは集合の病理学に拡張するためには、個体の幻想性と共同の幻想性とは逆立するものだという契機が導入されなければならない」（⑩313-314）

柳田は民俗譚において「個体の幻想性から共同幻想へと特異位置から架橋される構造」を考察できなかった。

狐化けと狐憑き：幻想と地上利害の関係

狐化けでは、狐は人を化かすが、けっして人に憑かない、**「〈憑く〉という概念はどんな不分明でも個体と共同体の幻想性の分離の意識をふくむ」**、そこでは「巫覡的な人物が分離されて、個体と共同体の幻想を媒介する専門的な憑人となる」、その憑人は、「自身が精神病理学上の〈異常〉な個体」であるとともに、「じぶんの〈異常〉をじぶんで統御することで共同体の幻想へ架橋する」（⑩314－315）

速水保孝『つきもの持ち迷信の歴史的考察』で、二つの憑き筋をあげている。①個体がじぶんで生き霊に憑いている家筋、②狐や犬や蛙などの動物や外道に憑いている家筋である。いずれも外から共同体の内に移住したもので、財力あるものにかぎられており、土着の村民から妬みと反感をうけ、憑き筋として吹聴され排斥される、その要因は経済社会的なものだと、述べている。

村の娘が発作的に精神異常を呈したとする、巫覡的人物がまじないで、狐持ちの家の狐が憑いたから異常をきたすのだと託宣する。もっと極端になると、精神異常をきたした人間が狐の格好をして這い回ったり、狐持ちの家へ発作的に走りこんで、その家に狐が憑いているとあからさまにする。この種の精神異常は、類てんかん性、類分裂症、類循環性のいずれでもあることができようが、じぶんで統御できる巫覡の位相か、共同体のなかの個人的な異常者の位相かのどちらかにある。かかる憑人で大切なことは、個体をおとずれる幻想性はあいまいなままでよいが、共同の幻想と分離しており、その共同的幻想は地上利害とはっきり結びついてあらわれる。速水は憑き筋の要因を経済社会的な理由におくが、吉本さんはそうではないと次のように考えます。

㋐村民たちに入眠幻覚のような幻想の共同の体験伝承があり、この伝承はどんな個人の憑人をも必要としていない。村落の共同幻想のうえにおおいかぶさっているだけ。

㋑次の段階で、この共同幻想は、村の異常な個人に象徴的に体現される。かれは〈予兆〉をうけとり、別の位相では精神異常者である。

㋒その次の段階で、個体の入眠幻覚が、共同幻想に憑くことをやめて、共同体のなかのある家筋や別の個人に憑くようになると、共同幻想は遊離されてくる。

㋓このような状態で、村落共同体の経済社会的な利害の問題は、はじめて憑き筋として共同的な幻想を階級的に措定するのだ。

これは、共同幻想の布置の変移を述べているわけですが、㋐村落の共同幻想が伝承的にある、㋑その共同幻想が（異常な）個人に憑く、㋒憑く対象が家筋に代わると共同幻想が分離する、㋓共同幻想が地上利害と結びつく、という変移構成です。狐が「他の個体や村落共同体の共同幻想のはんいに〈憑く〉ときにだけ」、「家筋や村落の地上的な利害があらわれる」（⑩317）ということです。

『遠野物語』の憑人譚は、個体の入眠感覚が伝承的共同幻想に憑くという位相であって、地上利害を象徴するものにはなっていない（地上の貧困を象徴していても）。憑きの能力を統御するのは村落の共同幻想であって、じぶんでは統御できない。

自らを「古峰ヶ原の狐と称す」狐憑きの例は、いわば土俗的信仰の共同性を象徴した由緒ある狐で、個体の異常な幻想が伝承的共同幻想に同致しているだけで、地上的利害も家筋とも結びつかない、狂って駈けこんでいく地上的な家や村落の現実的場ももっていない、「古峰ヶ原」という民俗宗教の拠点に幻想として駈け込んでいくだけだ。

大きく三つの〈憑く〉様態を述べていますが、幻想が地上利害と結びつくかどうかの規準からなされた考察です。

現代社会でも〈憑く〉幻想の統治性

憑人論を箇条書き風にまとめたのも論理構造がみえにくいためです。〈憑く〉という初源的な幻想作用の仕方は、統治制化／統治性化の水準に疎外されていないからで「幻想の統治性」状態そのものにあり、村の共同性内での個人と共同幻想との関係だけであるためです。しかし、この初源状態の明示は非常に重要です。それは本質的に、常民の共同幻想から個体を分離させ、共同幻想と個人幻想とが逆立することの構造的な普遍様態があることを意味します。結合ではありません。この幻想の分離的逆立が個人と共同性との関係の、ある普遍的な根源的なものです。ですから、個別の自己行動に憑く、他の対象に憑く、拡大された自己に憑くという民俗的現象は、地上利害と幻想との関係が成り立つ次元へ転化され、〈憑く〉という本質的な作用によって、村落の場所の多在性を抽象化した画一的な現代社会でも作用するということです。社会界に転移された空間においては、意識が外在的な共同性に同調することとして日々なされています。共同利害にそれは対応していくゆえ、入眠幻覚は変容して、眠りの感覚ではなく、覚醒した社会意識として意識的に作用されていること自体の入眠状態です。入眠状態が必要や願望・欲望という意識されたあり方へ転じられているにすぎません。税金を払いたくないのに必ず払う、学校は必要だ、医療は不可欠だ、戦争は絶対嫌なのに安全保障は必要だ、原発は爆発したのに電力が必要だから原発は仕方ない、などなど、覚醒した意識での入眠状態とは、幻想におおわれてしまって、幻想が憑いているからではないでしょうか。そして「憑く」ことで共同利害があらわれているのですが、利害の作用ベクトルは逆になります。反感・排斥ではなく「利になる」生活が保たれているとなっています。しかし、それは次の禁制論で指摘されますが、許された黙契ではありません。社会規範による禁制の体系として幻想的に編制されていることです。禁制の規範化への転化がなされている生活空間で、幻想に憑かれているのです。慣習化された共同幻想があり、それが生活空間を覆っており、それが社会的代行為者に象徴的に体現され、個体と社会的代行為とが分離し、共同幻想そのものが生活次元から分離し、共同幻想への従属が地上利害を保証する、すると社会人化された個体は、共同幻想が種別的に分散・散種された諸制度の共同的幻想に憑くことで利害をうけることになります。そしてそこには、巫覡の代わりに多数の専門家たちがいるだけです。拡大された自己は、過剰さとしてむしろ排除されるため、その宗教性は消滅されてみえなくなる編制で、あくまで諸個人へ幻想が憑いている状態になります。伝承的な共同幻想は消しさられていますが、代わって新たな社会的な共同幻想が生活をおおっているのです。しかし、〈憑く〉幻想の統治性が本源作用しています。

わたしたちは、注意深く、伝承的な場所共同幻想の布置と、それが喪失されながらも本質作用が転移的に現在表象している社会的に均一拡大された構造を見分けて、対比的に考察していかねばならないということです。それにしても鋭い吉本さんの思想論理考察です。

幻想の統治性

巫覡論で示されたのは、自己幻想が対象にする共同幻想でした。

巫女論では、対幻想が対象にする共同幻想でした。

この二つの間に、対幻想の共同性である〈女〉が作用として入ります。

これが〈幻想の統治性化〉の様態で、本質的には〈憑く〉という働きになっています。〈憑く〉統治性が幻想の統治性化へ構成された基本関係作用です。なぜ統治性化というのかというと、対象が〈共同幻想〉であるということ（帰属する作用が含意されます）、その傾向性が「対幻想が消滅して共同幻想に転化する」、個体から共同幻想が分離される作用・働きにあるからです。そして、共同幻想と自己幻想とは逆立する、という〈幻想の統治性〉が基盤にあります。そして、その共同幻想は、地上的利害と対応していることです。

❽❾❿では、幻想に「憑く」ということが、論じられていました。それが「共同幻想の象徴」「対幻想の象徴」というように〈象徴〉の働きとして論述されていました。「初源幻想」論は、幻想に憑く象徴のあり方である、といえるかとおもいます。したがって、現在社会では、共同性を

もった個々の制度や組織体は、かならず象徴を〈象徴資本〉として構成することで存続・保持をはかります。幻想の内容（意味されたもの）ではありません、幻想の意味作用が示されているのです。象徴は幻想を体現表象していることで、力を発揮します。内容を定義だと思い込んでいる大学人の思考が、分かりようもないのは、そこに根拠があります。

ここで$◇aというラカン図式において、$がバレされている状態が〈憑く〉ということであり、この対象であるaは、共同的なもの／対的なもの／自同的なものという次元差があるというように、わたしは想定しています。主体ではなく、述語的に設定するということです。異常者を例示しながら吉本さんが論じているところですが、共同幻想と個人幻想との結びつき方の度合いになります。初源幻想がそこでは作用しているとなります〔＊＊〕。

⓫禁制論……(c)

ついに初源、つまり共同幻想論の「初め」にたどりつきました。禁制とは何であり、それは幻想といかに関わるのでしょうか。ここは、(b)❽❾❿の次元とは、幻想の位相を異にします。そして4章の幻想構造に関わっていくものとして（親子の性の禁止、兄弟・姉妹の性の禁制からの初期国家の発生）、再生産布置されます。幻想構造、位相関係、初源生成が再生産する次元へと組み込まれていくことです。

初源の基盤とは、フロイトが未開の心性を神経症の臨床像とかさねたところから、人類全体の〈歴史〉と個々の人間の〈生涯〉とを対応させ、人間の乳幼児期が人類の歴史の未開期になぞらえられるという、対応関係がヒントになります。吉本思想の〈初源〉論は、個人史と人類史とを重ねたところに表出される本質をつかむことにあります。これは、本質論の方法として一貫してとられている思考技術です。そのとき、〈歴史〉そのものがいわゆる歴史家たちの客観的出来事の歴史ではない、本質の時間・空間としての表出閾での歴史としてとらえなおされていきますが、それは吉本思想総体のなかでなされていることです。ここはただ対応しているというだけでなく。個人史は人類史を再生産しているとみなしたいとおもいます。

その未開の心性とは、敵・族長・死者・婚姻にたいする奇妙な禁制です。

そして神経症患者においては、「怖れの対象」が「願望の対象」にもなる、前者は前面にでてくるが、後者は心の奥にしまいこまれるということです（⑩285）。この両義性が、心的・幻想的な要になることです（本章の最初に記述した妄想とファンタスムの項と対比させてください）。

そして、フロイトのタブー論から、近親相姦にたいする「〈性〉的な禁制」と、王や族長にたいする「〈制度〉的な禁制」を、吉本さんはとりあげます。つまり〈対なる幻想〉と〈共同なる幻想〉です。

しかしそのとき、フロイトの二つの手法に疑問を呈し批判しています。それは、「人間の〈性〉的な劇をまったく個人の心的なあるいは生理的な世界のものとみなした」（⑩287）という対幻想と個人幻想との混同であり、もうひとつは、その性の劇を単純短絡的に制度や共同世界へ拡張させてしまうということ、つまり対幻想と共同幻想との混同です。「フロイトの指している心の世界は〈対なる幻想〉の世界」（同）であるのを、フロイト自身が気づいていないという批判です。フロイトを読むときは、吉本さんのこの視座とラカンの理論をもって読むと、フロイトの限界のなかにひそむ凄さが手に取るように見えてきます。でないとフロイトを真に受けての歪曲にはいるか、無知で無視するかにおちいります。

フロイトにたいする吉本さんの批判の手続きは省略します。ただそこで、制度の世界は〈共同なる幻想〉の世界であり、それは個々人の心理的世界と逆立した、反心理的なものであるということ［※52］、フロイトのように心理的な理由から制度が発生していったのではないと指摘されて

※52……「制度」が共同幻想の世界であるということです。社会サービス制度は「共同幻想」なのですが、そのまま拡張してしまうと見誤ります。共同的な幻想が、「社会」幻想や学校幻想のように種差化して表出するのです。国家配備として、社会制度はいくつもの制度に種別化され分割され統治されます。

いることはふまえておきましょう。

「禁制」について

禁制とはいかなるものであるのかが説かれています（⑩289）。

禁制には、〈自己なる幻想〉〈対なる幻想〉〈共同なる幻想〉を対象にした、まったく異なる次元の世界があるんだということは、前提にしなければならないと設定されます。これは、もう思想的前提、論理的前提だとされています。そうであるかどうかではなく、もうそうやって考えるんだということです。

次に、ある事象が禁制の対象であるためには、対象を対象として措定する意識が個体のなかになければならない、と述べ、しかもその対象は個体の意識からははっきりと分離されている、さらにその意識によって、対象は過小にか過大にか歪められてしまっているということです（⑩290）。

①自分にとって自分が禁制の対象になった場合：対象である自分は歪んでいる、その状態に是正をせまるものは身体組織としての生理的自然である。

②自分にとって〈他者〉が禁制の対象であった場合：この最初の〈他者〉は〈性〉的な対象としての異性である。

③自分にとって禁制の対象が〈共同性〉であった場合：この〈共同性〉にたいする自分は〈自己幻想〉であるか〈対幻想〉であるかのいずれかになる。

と三つの次元を区別して指摘しています。「初源幻想」としてこの三つの違いは、基本前提だということです。

①の状態は、強迫神経症にもっともはっきりと現れます。それは、共同の禁制と逆立して現われます。しかし正常な個体は、共同の禁制に合意させられています。その合意は「黙契」とよば

れているものです。そこから「黙契」と「禁制」との違い・識別がしめされていきます。共同性の内部において、黙契は、単純にいえば、共同性から赦されて狃れあっているもの、禁制は赦されていないものです［※53］。

禁制は、個人からはじまって共同的な〈幻想〉まで伝染して行く、その禁制の起源は「じぶん自身にたいして明瞭になっていない意識からやってくる」、制度から転移したもので、個人はその〈幻想〉の伝染病にかかる、他方、黙契はすでに伝染病にかかったものの共同的な合意であり、習俗をつくる、しかし**〈禁制〉は「〈幻想〉の権力をつくる」**（⑩291）、これが日本の土壌ではほとんど区別できずに渾融しているといっています。これを、わたしなりに言い換えますと、「合意のイデオロギー」と「幻想」とは違うものであるのに、日本では渾融したまま、識別がなされていないということになります。黙契＝合意＝イデオロギーは、幻想ではないということです。そもそも社会科学論理で「幻想」という概念がないのですから、渾融されてしまって幻想次元が考えられない、つきつめられていないということです。禁制とは幻想であって、「神聖さを強制されながら、なお対象をしりぞけないでいる状態」で、共同性のなかの個人は「禁制の神聖さを強制されながら、その内部にとどまっている」ということです（⑩290-291）。ここで、吉本さんが言いたいことは、**「禁制によって支配された共同性」なるものは、現代であれ、「未開をともなった世界である」**ということです、明瞭になっていない意識からやってくるものだ、ということです。

したがって、未開の禁制をうかがうのに好都合な資料は、民俗譚か神話であるとなります。民俗譚は禁制と黙契とがからまったまま渾融している。しかし神話は、宗教・権威・権力のつながりかたをよく示している高度につくられたものであるため、習俗と生活威力とがからまった〈幻想〉の位相を知るにはあまり適していない。神話は権力に結びついた変形になっているが、民俗譚は習俗的・生活威力的な変形であるといって、『遠野物語』から検証しようというのです。こ

※53……現代では、禁制と黙契とがからまって混在してしまっています。禁制が許されてなれ合ってしまっているのが規範社会です。

こで、間違えないでほしいのは、「習俗と生活威力」がからまった次元での「幻想」であって、神話にある「幻想」は次元がちがうということです。幻想が神話にはない権力になってしまっているということではなく、神話では「幻想の権力」が構成されているのだということです。民譚は未開の状態をうかがえるものであるけれど、現在に伝えられた新しいもので変形してしまっています。ただし、生活威力はうかがえるというのです。

『遠野物語』の山人譚：〈恐怖の共同性〉

吉本さんは民俗学的な関心をきりすてて、柳田国男がひろった又聞き話、そうだ話は、直接体験と接触している、それは媒介がはいりこむほど虚構がまして、〈恐怖〉が共同性の度合いを獲得していくものになっている、その心的体験のリアリティにみるべきものがあると、考察をしていきます。これは当時、たいへん驚かれた手法でした。つまり柳田民俗学で山人譚からひきだされたのは、高所崇拝の信仰であり、山人畏怖が高所崇拝に結びつけられ、村人と山人との間が現世と他界になぞらえられ、土着民と外来民との関係に対比された民俗学的なものであって（⑩293）、「恐怖の共同性」などではないし、ましてや「幻想」のことなどではない。民俗的事実が述べられたことでしたから、吉本さんの解析があまりに大胆で驚かれたのです。しかし、非常に納得いくものであったがゆえ、話題となりました。

「恐怖の共同性」の位相は、(1)山人そのものへの恐怖、(2)山人と出逢ったことが夢か現(うつつ)かわからないという恐怖、(3)山人世界は村人にはどうすることもできない世界だという恐怖において、①〈入眠幻覚〉の恐怖と、②〈出離〉の心の体験、との二つに帰されて考えられていきます。山人譚は、わたしたちの心的な体験にひっかかってくるリアリティにあるものだ、と吉本さんはいいます。

事例ははずして論理的要点だけいいます。

①入眠幻覚の恐怖：人が通わない深山で、山人に出遇い、山人を銃で撃ち、山人と話を交わす、という入眠幻覚、それは子どもの頃から聞いてきた話であり、漁師仲間の日常生活の繰り返しからうまれた共同的な幻想が共同的に語り伝えられた、「日常生活の共通性に基づいて、共通な山奥の猟場の心の体験が、長い年月をかけて練られたのち」産みだされた山人譚である。固有な〈幻想〉がある共同性を獲得しているそれは、日常の世界からやってくる〈正常〉な「〈幻想〉の共同性」として了解すべきことである。それは、個人の非日常的なところに幻想を見る〈既視〉体験に似てはいるが、その〈異常〉な個人幻想とはちがうものである。(⑩295－299)

このちがいは「日常生活に幻想の世界をよせる大衆の共同の幻想」と、「非日常的なところに幻想の世界をみる個人幻想」との逆立を象徴している(⑩296)。また、「覚醒時の入眠幻覚ににたような心的な体験が、人間にとって共同性と個人性という二様の形であらわれうる」(⑩298)ということ。

②出離の心の体験：村からなにかの事情で出奔して他郷へ住みついたもの(ここではさらわれて山人の妻にされたもの)が、あるとき郷里の村人に出会って、あまり良いこともない出奔後の生活について語る、それは「村落共同体から離れたものは、恐ろしい目にであい、きっと不幸になる」という「恐怖の共同性」で、「村落共同体から〈出離〉することへの禁制(タブー)」である。「共同の禁制でむすばれた共同体の外の土地や異族」は「未知の恐怖」がつきまとう「異空間」(他界)であった。村落の共同性からへだてられた他郷は異空間であり、心の禁制をやぶって出奔するものも事情も、現実にはあった、そのものは不幸になり禁制をやぶったよそ者となって村に戻れない(⑩299－300)。

こうした生活次元からの共同幻想を、「恐怖の共同性」として、吉本さんは抽出しました。政治権力や国家や社会構成とはかかわりない生活域での威力、その共同幻想です。

要するに、時間恐怖と空間恐怖です。その時間は百年そこそこ、空間的広がりは遠野の近在村落共同体をでない、そこが「未知の恐怖にみちた世界」となっている、それは**「共同の禁制が疎外した幻想の世界」**、「既知の世界はこちらがわで、さまざまの掟にしめつけられた山間の村落」だということです（⑩300）。民話が現実にありうべくもない語り伝えからなっているにしても、語り手の空想癖が、民話の根源にある共同的な幻想にもどってゆくことで「伝承」という心的な転移が成就される（⑩302）、ということです。「何を伝えるべきか、何を伝えるべきでないかを共同的な禁制として無意識のうちにも知っていた」ということです。

そこでの崇拝や畏怖は「きわめて地上的なもの」であり、他界の異郷や異族にたいする崇拝・畏怖である、ということ、そしてその根源には「村落共同体の禁制が無言の圧力」としてひかえていた（⑩303）、ということです。これが、共同幻想の初源です。「心の風土」で、禁制がうみだされてくる、それは①個体がなんらかの理由で入眠状態にある、②閉じられた弱小な生活圏にあると無意識のうちに考えていること、からきています。「現実と理念との区別がうしなわれた心の状態」で、「たやすく共同的な禁制を産みだすことができる」、それは「貧弱な共同社会そのもの」であるのだ、というのです（同）。しかし、現代社会でも同じではないでしょうか。解放される「恐怖」が、出離の恐怖として自分を保守的にさせていく現在で、人は社会生活の社会幻想において入眠的幻覚状態におかれていると言えるのではないでしょうか。

重要な本質的エレメント

禁制論のなかには、いくつか個別的なはっとする指摘があります。

▪人間の心の世界は幻想だから、レンガのように積み重ねられない、「現在の心の世界は、ただ現在だけの世界であって、どんな意味でも過去からつみあげられた層状の世界ではない」（⑩285）。これは無意識論への真向からの否定、拒否です。しかし、個々の人間の生涯を人類全体の歴史と対応させる、また未開種族の心性を神経症の症候と類比させるフロイトを、吉本さんはさらに三木成夫をもって、個体の乳胎児期と生命史とを初源としてかさねていきます。無意識論と幻想／心的現象との識別そして関係づけは、重要な本質視座です。

▪官僚はなぜ王と大衆の間に発生してくるか？　それは王のタブーをやわらげるためである（⑩289）。これは、官僚の本質を、ある意味言い当てている言です。国家／政府と大衆との間で、国家／政府のタブーをやわらげている、それは現在では巧妙な社会技術になっている、その王からの変容が、王をとりかこむ小賢しき官僚の姿としてかいまみられます。

▪個々の幻想体験が真実であったとしても、その幻想が共通の日常生活の体験によって練り上げられて共同性となったとき、「異常」とならずに「嘘」に転化する（⑩299）。つまり、「嘘」というのは、共同幻想が共有されているなかで、それを共同体験するのではなく個人体験したと幻想個人化したとき、嘘となるということです。でも、共同幻想の語り伝えは保持されていますから、その個人は「異常」とはならないのです。共同幻想の共有が消滅していると、「異常」となります（矮小な例示ですが、「昨日、宇宙人にあったぜ」は嘘、「僕は宇宙人なんだ」と本気に思うのは「異常」）。

▪わたしたちも「現代にふさわしい固有の禁制の世界をあみだし、それにかこまれて身をしめつけられている」（⑩300）。この現代の禁制とは、社会規則・規範として構造化された社会空間での禁制です。規範社会を幻想論から構成していかねばなりません。

くわえて、ここでは「性の禁制」はフロイトの近親相姦にたいする性的な禁制として示されているだけで――対幻想を個人幻想や制度の共同性と混同してはならないと本質指摘するだけで――、民譚でのこととしては論じられていません。それはむしろ、政治権力が出現してくる「規範論」で指摘されていました。つまり、対幻想の働きのポジティブな作用が論じられて、性の禁制というのは、氏族社会から部族社会が出現していく政治権力の次元のことにかかわるという布置です。性に対する共同幻想からの規制です。

幻想の統治性の基盤

禁制論は、幻想の統治性のもっとも初源的なものです。〈対象〉との関係です。「憑人論」とともに、共同幻想／対幻想／個人幻想の三つの次元がちがうことが設定されていることです。これが〈幻想の統治性〉の原基構造であるということです。理論的前提です。〈対象〉への個体の意識は、対象から分離されている、それが自己へ向かう、他者へ向かう、共同性へ向かう、そのそれぞれに「禁制」がなされ、また「憑く」ことがなされるのです。

共同性へ向かうのは「自己幻想」か「対幻想」です。

禁制は、「赦されていない」共同幻想で、自分の明瞭でない意識からやってくるものであり、神聖であることを強制されながら対象をしりぞけられず、その内部にとどまらざるをえないようにさせる、幻想の力、幻想権力です。これが幻想の統治性の状態です。それは、習俗と生活威力とに関係している幻想の場ですから、日常生活の共通性として直接体験において感知されることです。幻想が共同性を獲得して、当事者たちに共有されています。しかし、共同性（日常）と個人性（非日常）として分離し、対立します。さらに共同の禁制が疎外した幻想の世界＝異空間へ出離し、禁制をやぶると恐怖として体感されます。禁制は無言の圧力として働き、現実と理念の区別が失われた心の状態です。

この共同性が閉じられた生活圏での〈幻想の統治性〉は、現代社会の原部に作用している本質的なもので、統治性化されて、規範に覆われた社会生活空間でも作用しているものです。

初源の閾を、原書のとおりの順で、再確認しておきますと、禁制という共同幻想が閉じた共同体でうみだされる、憑人の巫覡が共同体の象徴をもって自己幻想と共同幻想とを同調させる、そして対幻想が消滅してはじめて共同幻想へ転化されるということ。そして巫女による共同幻想を性の対象にする仕方があるということの論述となって、他界の共同幻想へと構成されています。これを、共同幻想の生成構造であるというようには、単純化できないと思われます。むしろ幻想

本質構造の生成的な複合構成であるとみておくことでしょう。五つの要素的構成があるということですが、それらは、

①共同体における禁制の対象。

②共同幻想の分離。

③共同幻想の象徴によって自己幻想と共同幻想とを同調させる。対幻想の消滅による共同幻想への転化。

④共同幻想を対幻想の対象にする。対幻想の時間化、女単身から男女の協働へ。

⑤共同幻想の時間的かつ空間的な疎外＝他界。

となっています。そこで、対幻想として〈女〉が媒介になるということの意味が大きいといえます。産むということと、性の対象の設定に、〈女〉がかかわるということで、家族と共同体との関係が構成されるからです。フロイト／ラカンの西欧的思想が父・男・ファルスを論軸に据えているのとは対比的です。ここは論述の過程、構成がそうなっているだけで、理論化されている閾にはありません。そこを理論化するのがわたしたちに残された非常に大きな課題です。母・女・対幻想を軸にした理論言説化です。それは、西欧的精神分析言説を超えたものになっていかざるをえないものです（述語制の言説が生産されないかぎりありえないと言えます）。

しかし、理論化は民譚や古代・前古代から論述しうるとはなりえない、むしろ現代社会に本質が潜んでいることを批判考察していくことから理論布置がなされ、それを古代・前古代の神話言述から査証するという作業が要されます。幻想の所在と相互関係が抽出された、そこまでの次元であると思いますが、すでに述べてきましたように、たくさんの思考ツールが開示されています。この点については、いくつかI部にて指摘してきましたが、III部においてさらに述べていきます。

はじめに、「禁制の対象」が対象と意識との分離として、意識によって歪められていると設定されていましたが、意識と対象との関係の問題ではない、〈もの〉という幻想構成からの疎外表

出のことで、ラカンが「対象a」とした、象徴界・想像界・現実界が重なる場所の表出である構成だと考えます。禁制を産みだす根源がさらにあるのだ、ということです。それは〈もの〉の原生疎外から純粋疎外への疎外表出です。わたしはそう布置しています。現実と理念の区別が失われた状態は結果であって、生成次元のことではないだろうということです〔＊＊＊〕。

初源までたどりついた、そこから、再び、構成をし直していかねばならぬということです。民譚は場所幻想として類的本質の相から再考されるべきだとおもいます。潜在する幻想シニフィアンと民俗プラチックの深い関係論理をつかみとることです〔◆19〕。そして、神話心性は、現在の生活威力にまで浸透しているのです、古代の似非話ではありません。それは、『共同幻想論』で開示・開削されたことをもっと徹底させていくことです。異族・異郷が〈黄泉国〉として疎外される構造になっていることの解読に関わるのですが、民譚と神話との介在になる〈他界〉そのものの見直しです。黄泉国は死の他界にあるのではなく、横の近隣にある生者の場所です――宣長や篤胤は地下の国として垂直構造化してしまいました。それが国学共同幻想の転倒した世界になっていきます〔◆20〕――「国学」の古事記解釈は共同幻想の「知」の体系として表出されたものです。

そして共同体は、場所として、共同体内に閉じているだけではない。共同体を同時に場所として開き〈もの〉を疎外しているのです。それが〈神〉の布置、霊・タマの表出になっていくものです。その神は場所神として国つ神に布置表象されています。それを葦原中国の神体系布置にしたものが国家的な共同幻想です。幻想の統治制化における転移がなされたのです。柳田の高所崇拝という論理は、そのままでは受け入れがたいですが、そこに照応する〈神〉の疎外表出が、共同体へやってくる〈神〉としてあるのです（それは祖先信仰ではない）。折口信夫の言う来訪神ですが、〈神〉の疎外表出も生活威力の次元に布置されうるものです。つまり、幻想の「初源生成」において神話もいれこむべきだということです。本質的に村落共同体は場所としては閉じていま

◆19……柳田民俗学の稲作一元論を批判して、坪井洋文は多元的な民俗プラチックを実証を深めて論述しました。それはオホミタカラのあり方の民俗プラチックとクニブリの民俗プラチックとの対比的共存構造において示されたものです。わたしの「国つ神」論は、そのクニブリ文化の次元を幻想として論じたものでもあります。

◆20……本居宣長の『古事記伝』のおさめられた、「三大考」、平田篤胤の『霊の真柱』。
拙書『国つ神論』368－374頁で、考証しています。

せん。他界は消滅しないのです。共同幻想の呪力が、自己幻想・対幻想から追放される（⑩35 8）ということはないのだといえると思います。相対化されるか客観視されることがありうるだけだと思います。

「初源」的幻想生成の水準の現在

初源的幻想をとらえていくとき、ある幻想様態が、「やや高度な形」であらわれた場合、というように、幻想の水準を規定的に考えている吉本さんがいます。これを、わたしは水準1、2、3というように識別的にまとめてきました。『心的現象論』で「了解の水準」という規定の仕方があるのですが、幻想の表出ないし構成の水準があるというように理解します。わたしたちは、この幻想水準をすでに心的に構造化してしまっており、渾融して感知的に内在化してしまっていると考えます。水準段階が生成過程になっていると想定しますが、順序ではありません、構造化への生成位相です。


禁制論では、個人の了解時間が共同幻想の了解時間と重なっていくことが指摘されました。

憑人論では、自己の時間的・空間的な疎外が共同幻想に重なっていくことが指摘されました。向こう側から憑いてくる働きかけです。


巫覡論では、自己幻想と共同幻想とを合致させることです。

巫女論では、対幻想が共同幻想を対的な対象にするということです。

これは、現在でも、わたしたちが日常生活においてなしていることです。生活威力にかかわっていることが「社会プラチック（実際行為）」となっているところにおいて、見えない閾で幻想水準が作用しています。〈幻想の統治性化〉としてなされているのです。それは初源的なものが本質的なものへ転化して、現実世界で変容しながらも作用しているものです。ただ消費商品を購入して生活をなす、というあまりに当然視されていることに、この本質幻想水準は有機的に働いているのです。決まった時間に学校や会社にいくことは、個人の了解時間が共同幻想の時間と同致するように日々なされて常態化＝自然化されていくことです。この身体化は、幻想の身体化です。会社を定年退職して自由な時間になったとき、その染み付いた感覚に驚くとおもいます。向こう側からの働きかけに従属することが、自分を便宜・快適にするのだ、ということも常態化されています。本来は逆立しているはずの自己幻想と共同幻想は同調しています。そして、ほとんど気づかれていないことなのですが、対幻想をもって共同幻想を対的な対象にして、愛は現実社会で社会機能しえています。家庭生活を消費的に営み、学校や会社へ「ワーク」しにいって、共同的なものをとりこんで生活存在をなりたたしめている、その幻想水準とワークとの関係は、3章で理論的に示したとおりです。

「幻想」は、記述された民譚や神話の「言表」の隙間に潜んでいる作用・働きを抽出したものです。実在的に「無い」ものが存在していると意味化し言述化されたものです。それはシニフィアンです。禁制、憑人、巫覡、巫女に表出作用しているものであるとして摘出されました。そして、幻想が存在するための条件、その限界、他の事象・現象との結びつき、相関関係、さらに何を排除しているか、が示されたのです。幻想の配備がなされているのです。

国家論との関係

この章での他界論、巫女論、巫覡論、憑人論、禁制論は、幻想の統治性化であり、国家の関係心性（また集団組織の関係心性）として構制され配備されている、とわたしは捉え返します。国家幻想を心的関係として定着させていく作用です。これが〈幻想の統治制化〉です。幻想は心的作用として働きます。その観念は、現在の実際行為を規制しています。「入眠感覚」が「社会意識」へと転移されて自発的であるかのようになっているだけです。社会規範（「～するな」の禁制）に「憑かれ」、共同性を対的対象にして、対幻想を消滅させ、共同幻想に個人幻想を同調させつづけています。共同幻想が家族／対幻想に侵入し、家族はばらばらに液状化しています。そして共同幻想と自己幻想の逆立は、苦闘・苦患なしに自然的に〈同調〉させられていく社会空間が編制されています。批判性が、実際行為において無効・無意味だとされていきます。近代性・合理性の外観の下には、最古の初源的幻想関係に結びついた社会メカニズムが有効に機能しているのです［◆21］。

そうした、批判性から新たな可能条件を見いだしていかねば、新たな闘は開かれません。自らの自らにたいする自己技術の自由プラチックは行使されえません。他方、批判性なきいたずらな思いつきの可能提示は、たんなる「期待」であって、「希望」とはなりえません。そのためにも、国家共同幻想を批判的にあきらかにして、可能的に場所共同幻想との対峙を開いていかねばならないのです。つまり「共同幻想国家論」とは、疎外外在された国家としての国家のことを対象化・客観化するのではなく、自らの生活過程にとっての国家共同幻想の作用とその配備を対象化・客観化することです。知識を預金することとは無縁です。

対幻想の共同幻想への転化はつねに兄弟姉妹が関与しており、対幻想を共同幻想へ拡大し、兄弟姉妹の性の禁制が、新たな共同幻想の国家的な転移へとなしていった、これは現在でも自然本質的な過程だということです。

4、5、6章で、吉本言説の地盤を確認してきました。逆読みの手法をとってです。『共同幻想論』の順序で読んでいけば、形成の段階的な過程としてそれは浮上していきますが、わたしのこの書のように逆に読んでいきますと、そうなっている構造の根拠が探り出されていきます。A＝Bにおいて、AからBへいくのと、BからAへいくのとでは、意味作用が異なります。幻想だけでの関係は、ある意味シンプルで図示化は難しいのですが、たぶんトポロジー的になすことではないかと思いますが、とりあえず幾何的に単純化して図示配置してみました。

◆21……これはブルデューが「国家魔術」と呼んだものに対応します。国家が合法的な象徴暴力を独占的に行使することで、公的権力機関が国家という象徴的信用の中央銀行代理人として振る舞い、言葉と事物、言説と現実とが適合する関係にあることを、学歴の卒業証書・免状授与、その押印と署名によってなしているようなことです（『国家貴族』II、「国家の魔術」675－679頁）。認識構造から心性構造にまで、内在化されている客観構造です。

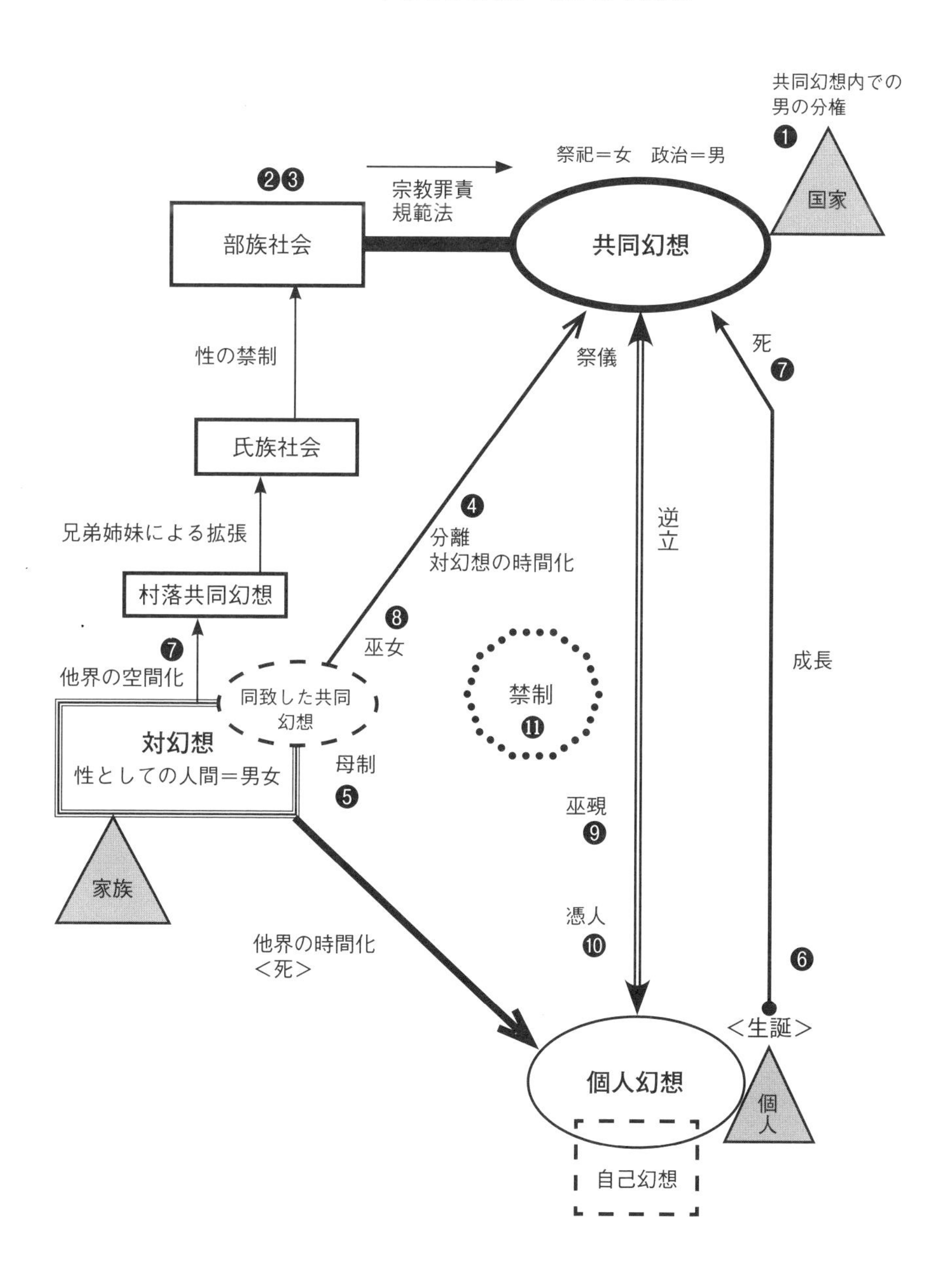

共同幻想論の概略的構成
共同幻想内での
男の分権
❶
国家
祭祀＝女　政治＝男
❷❸
宗教罪責
規範法
部族社会
共同幻想
性の禁制
祭儀
死
❼
氏族社会
❹
分離
対幻想の時間化
逆
立
兄弟姉妹による拡張
村落共同幻想
❽
巫女
❼
他界の空間化
同致した共同
幻想
禁制
⓫
成長
対幻想
性としての人間＝男女
母制
❺
巫覡
❾
家族
憑人
❿
他界の時間化
<死>
❻
<生誕>
個人幻想
個
人
自己幻想

吉本幻想論はまったく新たな言説基盤です。そして新たな思考の出発基盤です。その論理においてそこから派生していく諸概念は、論述のはざまに沈潜しています。この地盤から新たに考えていかねばならないのですが、それはまた既出の世界線で産出されている理論成果とをつきあわせて、隙間を埋めていく作業を要します。

【国家論への通道3】国家幻想理論への隠喩的構成と換喩的構成

国家の幻想構造、国家の幻想配備を、国家の再生産様式、国家の関係心性として、共同幻想論を国家論へ照応させていく理路を各章でつけてきました。これらは、マルクス主義的概念空間をふまえていますが、それを転移しつつ、そこに観念の場所を設定してきたということです。吉本論理を理論生産していくには、幻想諸概念を理論構成していく理論プラチックが要されます。

国家が上部構造として構造構成されていることは、吉本さんもヘーゲル―マルクスからふまえていることであり、他方、レーニンやグラムシやアルチュセール、プーランザス、そしてジェソップやカーノイなどマルクス主義国家論は、そこを踏襲していますが、経済的な下部構造との「社会構成体」概念からなされています。わたしは、まず社会構成体概念を消して、上部構造としての国家とその下の「社会空間」概念へと一般化し、下部構造には商品生産関係・商品幻想を布置します。これは一般論でしかない次元です（I部・2章図4、Ⅲ部・10章の図を参照）。

国家を本質とはみない、実体とは考えないことにおいて、「国家の配備 dispositif」という方法概念で、幻想の統治制化を配備していくことを、各章で、共同幻想論をふまえながら試みてきました。幻想構造、幻想関係、幻想生成をそこに配置してきたのです。

社会空間では、サービス諸制度が国家を代行行為します。国家のエージェントです。そこで統治技術は公的かつ私的に、双方で作用しています。そこに原初的な幻想の統治制化がかさなっているのです。現在的に社会化されていても、それは残滓しています。注意深く観察すればみいだされます。それは上部構造としてではなく、幻想関係構造があちこちに機能している、その総体が〈共同幻想の国家化〉として最上限に国家幻想があるかのように疎外表出されていると考えます（地球幻想や宇宙幻想に現実的な意味はありませんが、環境論において、また宇宙観測・監視において、それは現実的な意味に構成されてきつつあります。国家幻想を超えていくものになるでしょう）。そして、国家幻想のもとで、社会空間に国家の配備としての諸制度が編制されるのですが、その制度は「共同幻想」です。しかし、諸々の幻想として分割され散種され統治されています。その主要な統治的幻想が、商品幻想、社会幻想、制度幻想であり、制度幻想は教育幻想、医療幻想、速度幻想、家族幻想などとして機能して分割されていくのですが、幻想の統治制化として秩序立てられて、諸制度および国家が存続していくように統治的に論理構成されています。国家の幻想は隠喩的に働き、他の諸幻想は換喩的に働いていると考えられるのです。つまり、幻想の統治制化の働き・作用は、想像作用として、言語的になされているということです。幻想関係は言語的に作用すると、ここでは考えてみます（喩えの分類は難しいものなのですが、簡単にいってしまうと、隠喩とは、「彼女は白雪姫だ」と肌の白さを全体的に喩えること、換喩とはいつも赤い頭巾をかぶっていたので「赤頭巾ちゃん」と部分でいうことです）。

自覚していようといまいと、幻想を対象にして、諸個人は生活しています。幻想は内在化されていませんので、自己幻想であっても個人意志では解消は不可能です。幻想関係の布置の転移が、外部性で要されるのです。また、物質的諸関係の利害条件に諸個人はおかれています。幻想は、諸個人が抱くものですが、幻想自体は疎外され外部化されています。幻想配備とは、その外在化された幻想関係のことです。

国家幻想の隠喩的構成は次頁の図です。共同幻想と国家との関係（第1項）において、共同幻想が幻想シニフィアンの連鎖関係のなかで消失され＝見えなくなる関係におかれ（第1項×第2

項)、国家がシニフィエする権力によって象徴秩序が成り立っている「国家」の構成として出現している(第3項)、それが「国家幻想」です。

Xは個人幻想であるのですが、個人主体の多様さ(違い)においてシニフィエされた意味作用であることで未知の意味作用Xとなっており、主体の個人意志が個人の共同的意志へと転化される様態におかれているのを示します(第2項)。

つまり、経験的には、「国家/個人」として表象感知されているにすぎません(第0項)。共同幻想は、バレされて見えない・感知されないとなっており、また、既存の理性言語は、第3項を解析的にいじくっているだけであるにすぎないため、「国家幻想」の存在は感取されません(ブルデュー国家論はその典型ですが、「国家の神秘」とは言っています)。

共同幻想国家論は、この図式の布置をもっていることを要されます。隠喩的とは、直喩の具体性が喪失されて表出していくもので、「全体」を表象します。

つづいて社会幻想も、一つの全体として、同様の隠喩的構成の関係におかれています。国家の幻想を代行するために、同じ隠喩構成をもっていることで、国家の配備を受けとることが可能なのです。しかしながら権力は「権力諸関係」として作用しています。第3項が、活発に動いていることが、国家の隠喩構成と本質的にちがうのですが、構造的関係の構成は同じです。社会幻想は、社会の共同幻想であるのですが、権力諸関係の働きにおいて、制度の換喩的構成が働いていく「界」をその下に配備していきます。諸制度の界がばらばらなままですと、国家配備の機

国家幻想の隠喩的構成

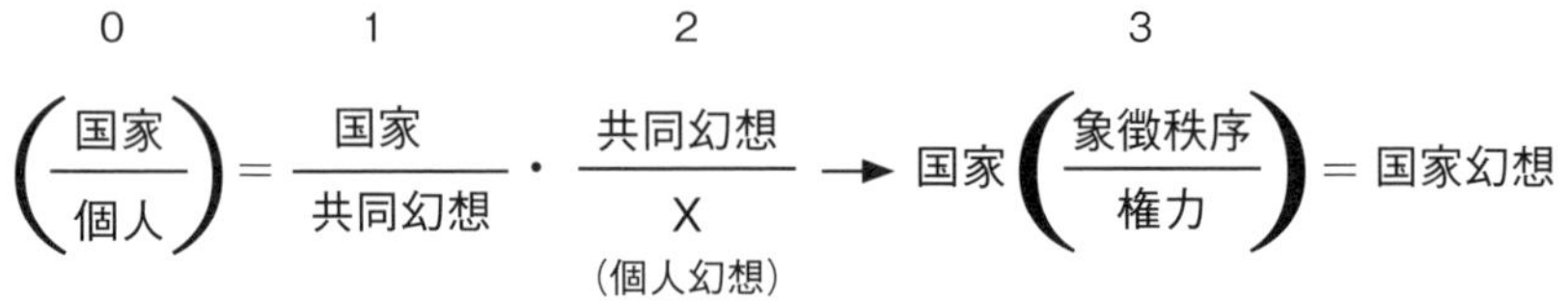

0　1　2　3

$$\left(\frac{\text{国家}}{\text{個人}}\right)=\frac{\text{国家}}{\text{共同幻想}}\cdot\frac{\text{共同幻想}}{X}\rightarrow \text{国家}\left(\frac{\text{象徴秩序}}{\text{権力}}\right)=\text{国家幻想}$$

(個人幻想)

Xは未知の意味作用であるが、主体の個人意志としてシニフィエされ、個人の共同的意志としての個人幻想に転じられる。

シニフィアンの連鎖の中で、国家を共同幻想に代入することからなる隠喩によって、シニフィエとして権力がうまれ、幻想を象徴秩序に転化する。

☞図の、「国家」と「個人」との関係は、共同幻想と個人幻想との幻想関係です。そこにおいて、共同幻想の概念空間が実際的に消去されて、「国家」があるかのような幻想が、実際化されていくということです。「権力」は、幻想権力として出現しながら同時に、権力行使する「機関」の実在として編制されていき、秩序構成が力でなされていきます。このメカニズムも、もっと考察されてしかるべきこととしての問題提起です。

能がなされえませんので、「社会幻想」がそれを統治制化して統治していくことができます。社会幻想は、社会代行為者たちによって内化され作用させられていますが、国家幻想と制度幻想プラチックとを媒介している幻想統治制です。

商品も一つの全体のように思われるかもしれませんが、それは商品関係が物象化されているためにそうみえるだけで、実際に商品の働き・作用は換喩的に構成されたものです。ですから、「商品幻想」は統合する統制的機能をもたずに市場の自由を保証し、かつ国家や統治の介入を回避していける場をもちえています。

諸々の幻想の換喩的構成と商品幻想は、より複雑になっています。それは、「制度」(社会)と「価値」(商品)との相互入れ込み関係の換喩的構成を基本にしているとみなされます。「社会(制度)/規範」と「商品/価値」との関係構成です。個別種差的には、「学校制度—教育価値」、「病院制度—健康価値」、「輸送制度—速度価値」となっていますが、家族制度は「対幻想」が絡むため、幻想の隠喩的構成をうけたうえで換喩的構成されるゆえ位相を異にするのですが、しかし社会的には同質に布置されてしまいます。それぞれ、紐解いていきます。

商品も学校も病院も、目に見えるものとして実在しています。それが目に見えない幻想作用をなしています。換喩的な構成がなされていると考えられます。部分の表現によって全体が名指されつづけていく構成です。

換喩的構成は、制度と価値という異なるものが合成されて、幻想関係

社会幻想の隠喩的構成

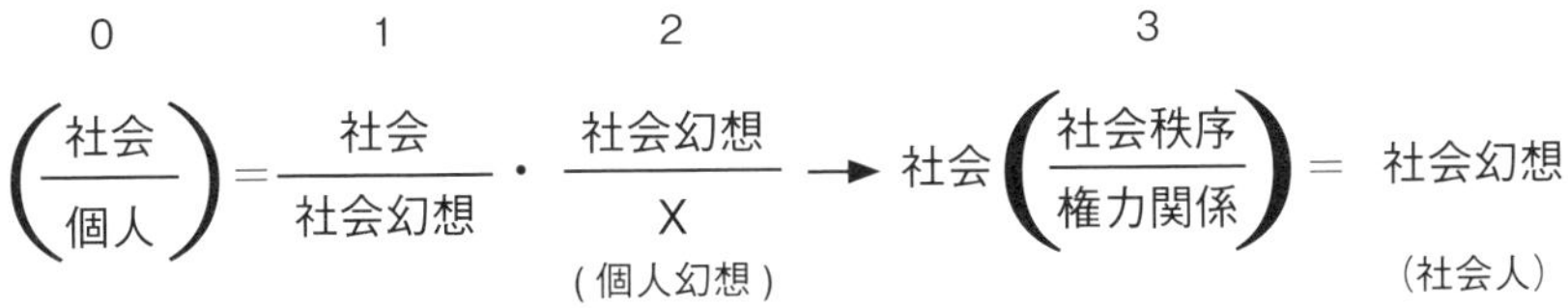

$$\overset{0}{\left(\frac{\text{社会}}{\text{個人}}\right)} = \overset{1}{\frac{\text{社会}}{\text{社会幻想}}} \cdot \overset{2}{\frac{\text{社会幻想}}{\underset{(\text{個人幻想})}{X}}} \longrightarrow \overset{3}{\text{社会}\left(\frac{\text{社会秩序}}{\text{権力関係}}\right) = \underset{(\text{社会人})}{\text{社会幻想}}}$$

☞「国家」と「社会」との同一性と差異性は、ほとんど経験知次元でしか認知されていません。吉本さんも「社会国家」は「政治国家」ではないとしながら、「社会の心的共同性」を「共同幻想」と同一視していますように、「社会幻想」の概念空間が消去されてしまっているのです。それは権力作用の効果でもあるのですが、「社会幻想」は隠喩的かつ換喩的な言語作用をしていますので、なかなかとらえ難いものに布置されています。

が二つの作用からなされて、「学校化S_1」「教育化S_2」という意味されている作用がはじき出され、見えなくなります。学校の回路系と教育の回路系が交叉されて、学校は教育価値を生産する、教育価値は学校でのみ作られるとされ、学校は必要だ、教育は必要だという構造化が結果し「教育は学校でのみなされる」のだと自然化されていきます。

社会幻想は、制度の必要要求 needs と価値 value を固定化します。個人主体とは関わりない様式構造を編制して、主体は幻想＝制度へ従属的に依存しそれを受容していくことで「社会」の〈個人〉となっていくことができます。また、個人主体は制度生産される存在へ転じられて、個人化主体＝社会人＝代行為者 agent となって、社会利益を受けていくことが可能になります。ここが隠喩的構成と換喩的構成とが編制的に構成されるところなのですが、図示しますと非常に複雑になるので省略します（可能です）。

幻想の存在は、換喩的作用によってシニフィアンとして消えていき、かわって「規範」が記述成文化されて目に見えるものとして働いていきます。社会幻想に覆われた社会空間において、種差的な界 camp/field の代行為者による差異化（そこに換喩的幻想がかぶさる）がなされているのです。

そして、他の諸幻想の換喩的構造が、幻想ペアとして並存していくことが、社会幻想のなかで組み立てられます。

学校幻想／教育幻想の換喩的構成

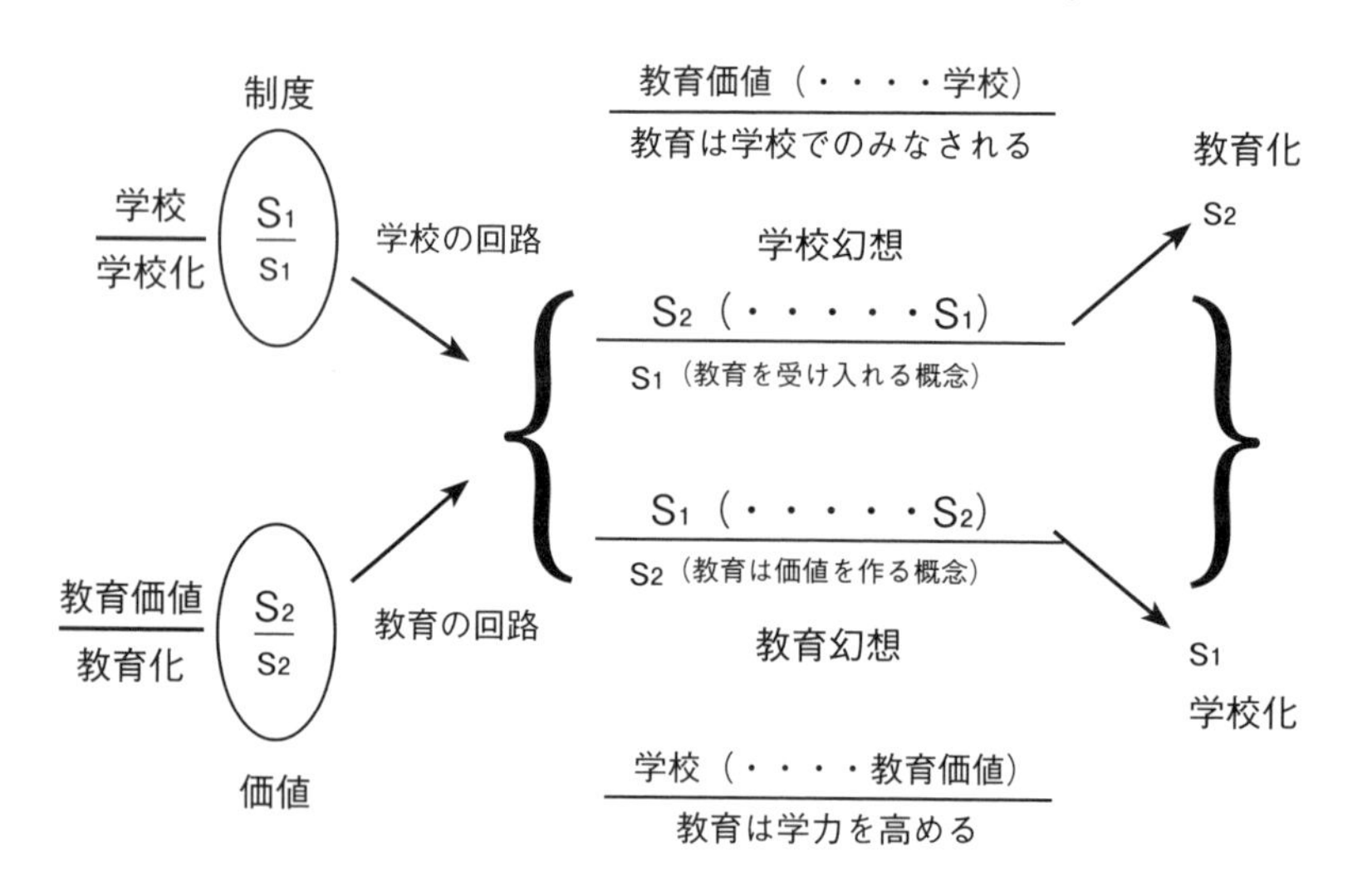

☞図でのS/sですが、ソシュールでは分母がシニフィアン、分子がシニフィエなのですが、ラカンはそれを逆転し、分母にシニフィエをもってきます。つまり、シニフィエがシニフィアンする（分母）、シニフィエされたものがシニフィアンなのだ（分子）、と重層化します。すると、シニフィエは無いという構造的な構成になります。シニフィエからは意味作用は把捉されないということです。ここが、あまりにも了解されていないように思われます。

このペアを構成しているのが、「社会幻想／商品幻想」になります。「教育／健康／速度」などは商品化されて価値を生みだすように編制されているのです。

「対幻想／家族幻想」は次元を異にするのですが、構成員が「経済セックス化」されている規制を被っていますので、相似的に作用していくことになっています。

社会幻想の隠喩的構成と商品幻想の換喩的構成が構造化されて、社会幻想と商品幻想とが相似的に作用していく、社会空間での生活様態が成り立っていくのですが、社会は隠喩的構成によって実定化されていますので、社会という実体があるかのように想定されて、「社会」が換喩的に「商品」と合成されていきます。これが、「社会」を複雑にさせている根拠です。「社会幻想」は、国家的規制からは隠喩的であり、生活形態からは換喩的になっているのです。その交点に「社会幻想」は布置されます。

社会幻想空間の重層性

そこから国家の「要求D」を諸個人の「欲望d」へ転じることがなされます。欲望は、「要求」の彼岸にあると構成されるため、欲望は自己の自己への関わりだと思い込まれます。すると諸個人の欲望からの「要求d」は、社会への要求を図ることになるのですが、それは「国家」の要求Dに基づいているのです。たとえば、原発は国家的要求Dですが、そこに「欲望」の変形としての

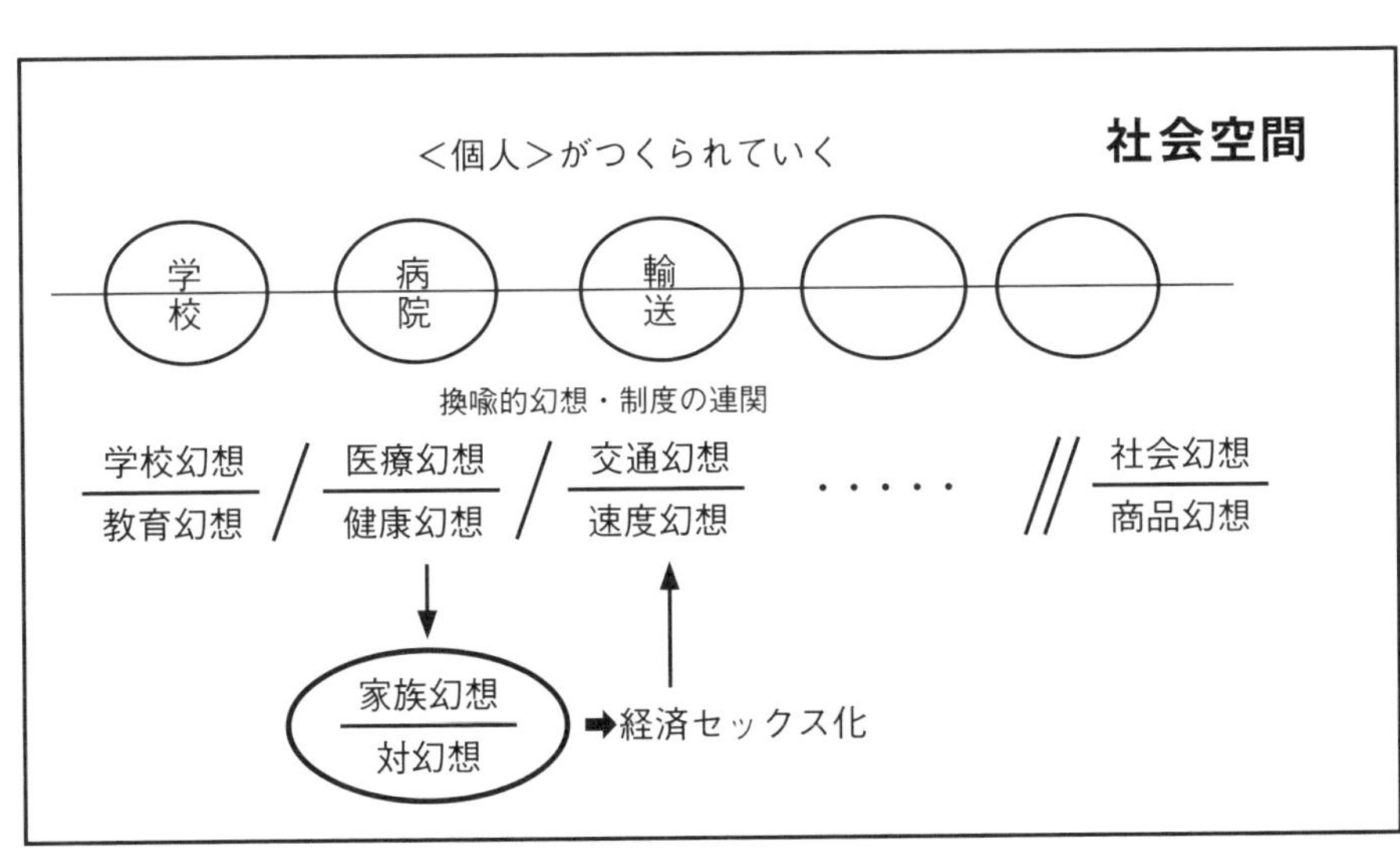

☞図では、価値が分母、制度が分子として設定されています。産業幻想／発展幻想、企業幻想／利潤幻想、銀行幻想／利子幻想、など、制度はかならずこのセットになった幻想関係を換喩的に構成して成り立っています。その総括的な構成が、隠喩的構成の「社会幻想」、換喩的構成の「商品幻想」になっています。つまり「社会空間」と「商品化」とが機軸です。

「快適な暮らし」が介在して、諸個人は電気の要求dを「社会」へ個人要求するというように転化されます。社会幻想編制が社会空間化されていないと、この要求転化はなされません。安倍首相が、安全保障の防衛を、個人関係で個人が被害を被ったとき守るのだと詐取的に説明したことがありましたが、誰でも国の次元と個人の次元が違うと感知できることです。国家の要求が個人の要求へ転化される「社会幻想」の布置がないため、国家を隠すことがなされずに感知されてしまった実例です。しかし、安全の要求Dとdは、社会幻想を領有している者には同致されて、国防と個人防衛が短絡されます。フーコーが言う「安全性」の統治技術は、この共同的防衛と個人防衛＝安全を統合した統治技術で、そこに「人口」という概念が配備されているのです。個人は、人口のなかの解剖学的身体となって、規律化されていき、サービスがパストラール権力（迷った羊を飲み水のあるところへ連れていくことにたいして、その個人救済が義務となり、羊飼いの方には自己犠牲が強いられ、羊は群れに服従し自己をさらけ出し真実を述べてこそ救済されるとなる）を実際遂行していくのです。

　社会幻想は物質的利益と対応しています。市場経済の利益主体として有用性を循環させていることを、規則に従うことで自己利益が守られる社会関係生活における実際行為に転化し、その間を法的掟と慣習的規則にしたがっている「規範」が結び編制をなします。規範遂行のなかで、利益の確保が保証され、幻想の再生産

社会幻想の中での
要求の転化

転化

国家要求
D＝原発
欲望：
快適な暮らし
d＝電気
個人要求

電力の社会配給

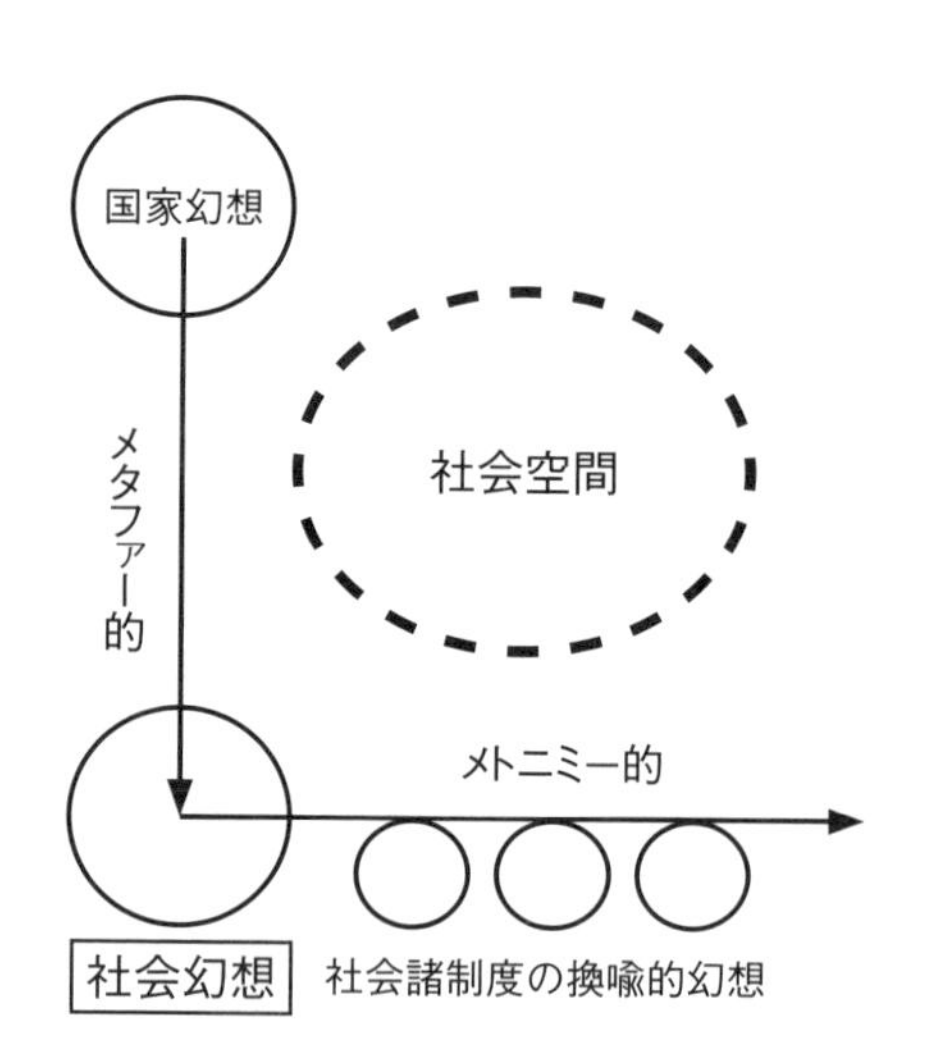

☞右の図では、メタファーとメトニミーが交叉すると、その言語作用的な構成が「空間」を疎外するということです。空間概念は、科学・物理的であるかのように表象していますが、無いものがあるとされていくのは、言語作用です。その次元に「社会空間」は幻想布置されているのであって、「社会空間」は物理的には存在していません。理論的対象世界ですが、幻想として諸個人へ内在化されています。

がなされていきます。規範は、規整化をパワー諸関係において作用させるのですが、その規整化には「共同幻想」と「個人意志」とが相応してはたらいています。この規整化が幻想を見えないものへと構成するものです。隠喩・換喩を、厳密に理論設定しているわけではありません。幻想が言語的に作用しているのだという様相をあくまで簡易に示したにすぎません。それでも複雑ですが、実際に作用していることです。そこで、幻想の働き方が異なっていることを考えていくためです。

幻想は空間的に配置され、そこで言語的作用をはたらかせていることを把捉していきたいからです。それが、幻想の統治制化です。逆に、吉本さんの「幻想」空間があるようでないのも、この隠喩的・換喩的構成によって幻想そのものが見えなくされているためですが、共同幻想論では語られていたことです。それを言述しました。

社会は隠喩的に国家幻想を被り代行します。社会幻想へと物事を共同幻想化します。同時に、社会制度として機関編制し具体において商品関係を内在化して、換喩的な幻想を個別種差的に構成します。教育幻想/医療幻想/速度幻想が前者で、学校幻想/病院幻想/輸送幻想が後者になりますが、そのとき幻想関係は相互変容します。つまり教育・医療・速度が「価値」になるのですが、制

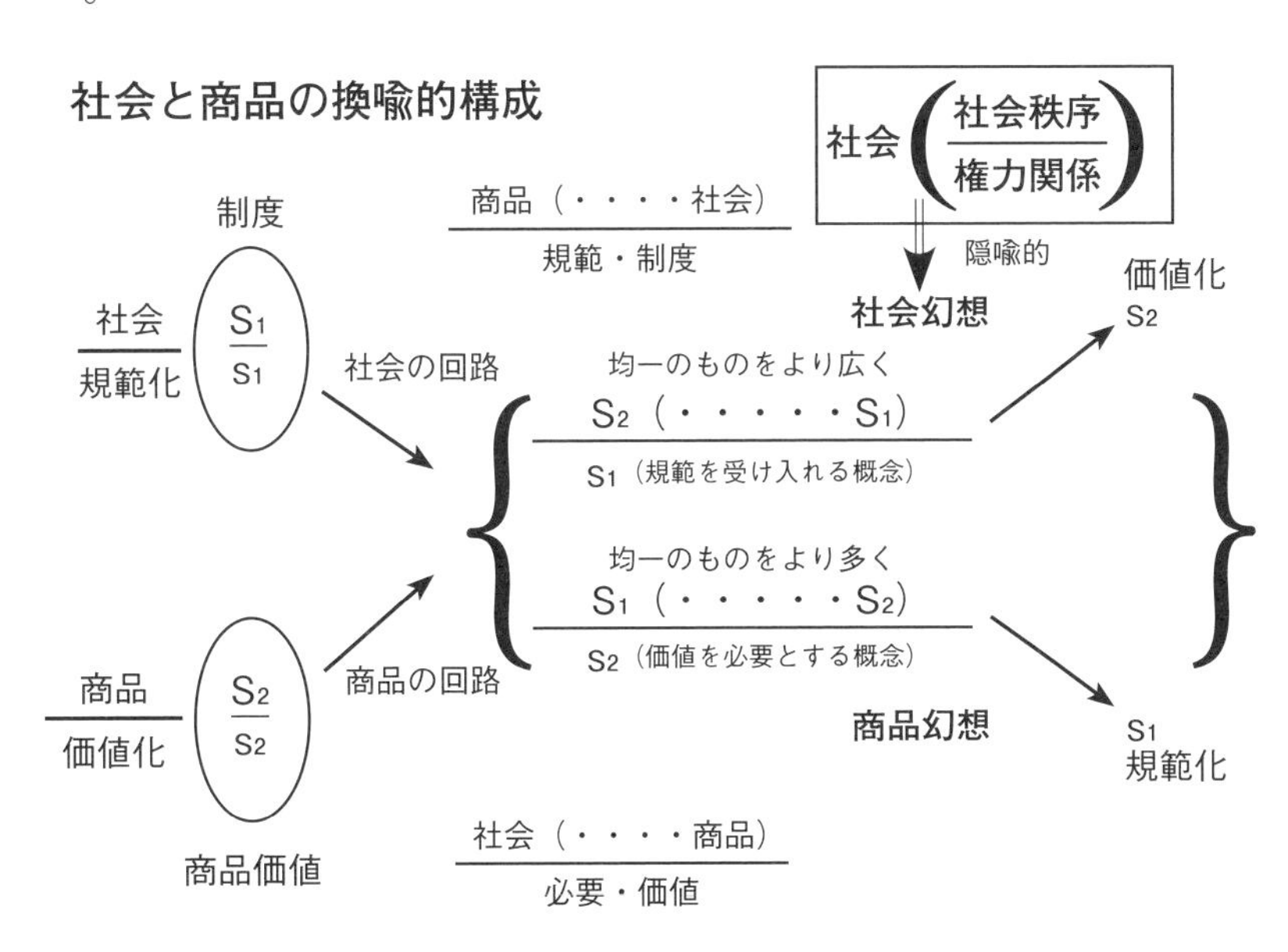

☞「社会」と「商品」の相同性は、表象的なものです。したがって、命題定立・分節化・指示・派生に布置され、そこから「労働・生命・言語」の内部性の「人間」が出現されていきます。つまり、この相同性が、<個人化>を可能にする言語的作用になります。幻想疎外表出の土台にあるもので、これが経済社会構成の決定という思考を離脱していく方向性です。ここでは、これらの隠喩・換喩図式は、問題提起以上のものをまだでていません。

度機関がなければそうはなりません。これが、重層的におりかさなっているのです。しかも生活にはいりこんでいます。そして国家空間と社会空間とはほぼ同致します。

以上が国家幻想構造です。実体ではない、見えない働きの関係ですが、実際になされていることです。隠喩的／換喩的な「編制」が、現在の社会空間の社会メカニズム／機制です。幻想配備と権力諸関係を相互関係させ、実際行為を機制していくのです。そこに制度や装置が配置され、「規定化 reglementation」が「規整化 reguration」される「構成 constitution」がなされていきます。そうした諸関係の働きと配備が「統治制化」です。そのなかで、真理が形成 formation され、主体が形成（自己形成）されます。社会空間の中にさまざまな〈界〉が分類編制されます。

そこでは制度の意志と権力が遂行されていることにおいて、認識と行為の諸範疇が、組織体の客観的構造と直接的に一致して、諸範疇は客観的構造を内在化したものとなって、再生産戦略と再生産手段とを結合させ、社会諸制度を国家の象徴的権力および幻想構造との合一化において、制度の再生産様式を成り立たしめているのです。社会組織を構成する諸構造内に情報・規則として書き込まれ、樹立された秩序とその存続が恣意的なものであることは見えなくなり、秩序をそのようなものとして承認させ、すべての人が認めざるをえない卓越した視座が制度化・制象化されているのです。客観的な構造とそれに調和する心的構造とが邂逅するたびに、暗黙の同意をえた拘束が必然に作用して、絶対的で直接的な服従が制度化され、生を受けた世界での通念的経験の服従として、既成秩序の内在的傾向がその先を行こうとする内発的期待に対して常に先回りして、すべてが自明に見えるという世界が構築されています。幻想関係と社会メカニズムとは、無意識のうえに行使されている象徴支配の実効となって、支配する側と支配される側との共犯関係になっています。国家的幻想関係の下で、社会構造の再生産と心的構造の再生産が、真実・実体を見誤らせるように働いて構造の正統性を認知させるように働いているのです。すると客観的構造が認識構造となって認識カテゴリーが国家に形而上学的に収奪されていくことになっています[◆22]。幻想関係は、批判省察的な社会科学者にさえも見えなくなっているのですが。

　つまり、国家の心的作用がさらにあります。これは、国家への〈妄想〉として作用していく領域となっていきます。共同的妄想です。一定の領土圏内を基盤にして、仮想敵国を設定して国家防衛を計るのは、その実際的典型です。冷戦下での核保有などはその極致でしたが、それはいまだに続いていています。相手を皆殺しにしうるということで、核によって抑止防衛の生存をはかるまったく反転した錯認の仕方ですが、現実的なものとなって作用しています。発動されたなら実際に殺せるからです。安倍首相の安全保障も妄想の類いですが、歴史的に全体主義やファシズムという共同妄想があったことは誰しもが知っていることです。ナショナリズムもその一種であると考えられます。民族排外主義もそうです。ＵＳＡでの大統領選に登場してきた共和党候補・トランプの言動は、共同妄想の典型といえるでしょうが、支持層を持つのです。イスラム教徒をＵＳＡからすべて排除するという発言など、ウルトラ妄想にまでいっていますが、現実性の感覚を刺激できるのです。ＵＳＡのＫＫＫ団として、人種排外主義としてありつづけてきたことやハリウッドでの共産主義者の赤狩りなどＵＳＡに脈々と流れている全体主義的な心性です。「民主主義は自由に対立する」といったレーニンの現実感覚認識は、脅しではないということです。そして吉本さんは、民主主義・ファシズム・社会主義は円環すると思想裁断しました。

　国家はどうして、こうした妄想を幻想として個々人の心的な作用へ知覚かつ認識として働かせるのでしょうか？　しかも実に現実的・具体的なこととしてです。テロも戦争も、妄想がなせる愚行政治です。人殺しによって解決がなされるという考え＝妄想からの実行です。

　吉本さんはライヒをもって、母―子の関係の傷害・トラウマから人類は誰でも愚行を働くと説いています。国家であれ、家族であれ、個人であれ、心的な作用の原初は母からの働きかけにあるというのが、初源本質論です。「母の形式が子どもの運命を決めてしまう」ということです。

◆22……ブルデュー『国家貴族』Ｉ、14-17頁、を参照。ブルデューには幻想関係概念も言語的隠喩・換喩の概念もありませんが、相応する構造を明証にしています。

「母親の形式は、種族、民族、文明の形式にまで広げることができる」というのです（『母型論』）。民族が文明として国家を造った、その国家の形式もそこに入るといえます。「母国」といわれるゆえんです。

社会幻想での心性は現実的・具体的です。世俗生活の利害と密着しているからですが、やはり社会妄想であることにかわりはありません。国家の妄想は担保された妄想ですが、社会の妄想は直接利害がすぐきますから、妄想だとは感知されない状態になっています。これをわたしは〈社会〉イズムとして客観化しました。イデオロギーではない、実際利害にとりつかれた状態で〈社会〉ファシズムの一歩手前にあります。社会そのものが、まったく疑われていない状態をこえて、それに従わない者を排斥までしていくことになります。規範・規則が規制化とともに個々人へ身体化されて、自発的従属を他者にまで強制していくようになります。たとえば登校拒否で自由になるのではなく、共同要請と自己の感覚とのあいだで当人は苦しむことになり、登校拒否児童を排外的に同級生たちがみなすようになります。学校共同幻想が不動なものとして働いているからです。学校へいかない自由の選択はありえないのです。医者にかからない自由度はまだありますが、学校のラディカル独占は先進社会では不動です。社会的代行為者が、vision と division の原理を分類化を通して社会秩序に適用させる構成原理の構成を、国家が普遍的なノモスとして押しつけ教え込んでいるのです。「国家が世界の意味に関する前反省的で直接的な暗黙同意 un accord tacite の基礎をなすものである」（ブルデュー）のです［◆23］。幻想ビジョンは同意・承認の分割（ディビジョン）界を社会で働かせます。

このように、国家を共同幻想として幻想・心的に考えますと、どんどん拡散していって、とらえどころがなくなってきます。既存の思考概念を離脱し解体していくために要されたことですが、吉本さんによる限定づけは微妙です。しかし、わたしは幻想論を社会空間へ拡張します。有効だからです。そして実際に国家はメタ凝集体です。その凝集・縮約を理論化するのが国家論になり

◆23……ブルデューの Raison pratiques : sur la théorie de l'action(Seuil, 1994) からの引用。訳者代表は、pratique と言うのをやめてあえてごく普通な action に戻ったとめちゃくちゃな解説をもって『実践理性』とした。わざわざ「慣習行動」、（わたしがなした）「プラチック」とし

ます。そこは吉本さんとは逆のベクトルをもたざるをえないところになるのです。社会世界の歴史的限界性において、それを、国家、家族、個人のそれぞれの域において考えていきましょう〔＊＊＊＊〕。

「国家論への通道」1・2・3において問題構成してきた概念配備を整理しておきます。〈国家〉は生成的かつ構造的に考えられねばなりません。「国家の生成」の過程は近代において構造化されたものです。その根源に「本質的な国家的生成」が幻想生成としてあります。それが「起源」ですが、しかし、まだ国家構築はなされていません。〈共同幻想の国家化〉の「起源」が〈初源〉となって、近代国家の統治制化において構造化されます。「国家の統治制化」は〈共同幻想の国家化〉を初源的に働かせながら、「国家配備」を歴史的に編制するのです。国家は、ブルデューやフーコーのように歴史性化されただけでは把捉が不十分です。「幻想の統治性化」が「幻想の統治制化」として幻想配備される構造化をおりこまねばなりません。その国家配備において「社会空間」配備が、必ずともないます。しかも、対幻想からの疎外と転移が本質的に作用し、その歴史的な象徴的・経済的構成がなされ、そこでの個人化が諸制度の界においてさらに強化され、個人幻想と共同幻想の逆立は〈同調〉へと転じられて、国家の永続化が確保されていきます。これをⅢ部でひもといていきます。

＊　ここを読み返して、吉本さんとの対話のとき、いづな使いと「教師」とを対応させて論議へのせたかったと後悔しています。新興宗教（⑩326）ではなく、教師のあり方としてです。教師は、狐のかわりに「教科書」（共同幻想の象徴と仮想されている）をもって子供たちの共同利害を国家的共同幻想へとむすびつけている、そのとき、幻想本質と社会規定とがいかに転移されて、変容構成されているかを示したならどう反応されたか。社会的には正常な「教育する」現代心性が、子供にたいして異常な現代心性として出現する実例が多々あるからです。また芥川において場所共同幻想が喪失

なくても指示対象は容易に把握できるとしていますが、action理論をプラチック理性として論じ直すのがブルデューの理論です。前反省的な仕方は「実践」などではない。総体が論理文脈・指示対象のまったくひっくりかえった誤訳だらけの訳書です。しかもpratiqueはブルデュー特殊の用語ではない、アルチュセールもレヴィ＝ストロースもフーコーもpratique論です。それはサルトルのpraxis論＝実践論への批判なのです。日常のなんでもない行為のなかに組み込まれた客観構造と認識構造の合致のあり方を明証にした理論です。国家が命令したり物理的強制をせずになしているあり方です。pratique は形容詞でもあると指摘するなど、国家が正統として品詞画定した国家意図に従属・代行するだけの思考からなされた翻訳です。いつまでフランス思想・理論への無知がのさばることやら、あきれたかぎりです。

され、遠野ではまだあるという位相差を例示すればよかったと後悔しています。わたしは本質一般でしか提示しなかったからです。わたしは吉本思想を自家薬籠中にして先へと飛んでしまっていますので、戻ればよかったなあということです。この初源と現在との対応的な視座をもってつねに考えることです。

＊＊ ロラン・バルトが『神話作用』で示したような国旗を見上げることや、国旗掲揚・国歌斉唱が入学式や卒業式でなされる儀式においてだけではない、日常的なさまざまな行為において個々人の幻想に向こうから共同幻想が憑くことがなされています。さらに、組織的共同性のなかで共同幻想の代行行為が集団性への帰属の要請をなしています。幻想の統治性は、ある共同的なもののなかで、日常において働いている本質様態です。

わたしのように共同幻想論を了解してしまったものは、どうにも共同幻想に憑かれた人にはなじめませんでしたが、「おいおい勘弁してくれよ」、「放っといてくれ」と自己技術をずらして生き延びてきたということです。起きうるかもしれない真正面からの闘争を覚悟でなしてきましたが、ずらしの余裕空間は残滓していました。それがますます窮屈になっているのではないでしょうか。それが大学教師を定年前にわたしが辞めた根拠です。敵は共同幻想の代理人ではなく、共同幻想そのものですので、「憑かれている」代理人たちと闘っても意味はありません。攻めてもその人たちは共同幻想を分離させて、自己正当化を巧みにはかっている、そこに憑かれている自覚もなくなっている方たちです。組織内でのヘゲモニー闘争になるだけで不毛です。わたしは言説生産の自由プラチックの場で闘うだけです。それさえ危うくなる気配は感じていますが。

＊＊＊「禁制論」の批判継承へ。禁制論の最後で、〈禁制〉共同幻想を表出する共同社会を「貧弱な」と価値づけていますが、共同幻想を死滅させることだと思想決断しての裁定であるからでしょうか。わたしはそうは思いません。現代社会のほうが貧弱であるがゆえに、逆に相当にこった複相的な幻想世界をつくりだして、入眠状態での禁制的な社会規則をがんじがらめに高度ではなく貧弱につくっている、と考えますし、幻想は初源においても高度であるはずです。でないなら、共同幻想はとうに衰滅しているはずですから。禁制の共同幻想は、民譚だけではない神話に匹敵している高度なものと考えます。現代社会で古事記のような六〇〇以上もの神々が登場する言述をなしうるでしょうか、とても考えられないと思います。

「伝染病にかかろうとしている」という比喩は、あまり妥当だともおもいません。禁制というのは、幻想にとらわれ伝染病にかかっているのではない、心的に巧妙に形成されているのだと考えます。吉本さんが、言述の語りで論示したことを、探りとっていかねばなりません。わたしは切断的に吉本論理を継承していくという仕方をとっていますが、さらに高度には連続的に継承して切断していくという仕方をとっていかねばならないとおもいます。

初源の解明を民譚にもってきた、それによって、簡潔明瞭に幻想の所在は指摘されえたとおもいますが、幻想の生成や構造の本格的な働きは、民譚ではなく神話次元にあるのだと、わたしは考えるからです。民譚は場所幻想として類的にポジティヴ／ネガティヴの両義性において再考されるべきものと考えます。その素朴な叙述に幻想関係の世界を吉本さんは読み切ったわけですが、潜在する幻想シニフィアンと民俗プラチックの関係の深い論理構成を再考していくべきかとおもいます［◆24］。禁制は「幻想の権力」をつくるものだと吉本さんは言っていますが、その幻想権力関係は古代神話にこそあります。禁制を黙契の次元へおとしてしまっているように思えてなりません。つまり、生活威力を包摂してしまってそこから疎外されている幻想構造です。生活は祭儀的世界へと転移されて消滅しているようにみえますが、幻

◆24……柳田民俗学の稲作一元論を批判して、坪井洋文は多元的な民俗プラチックを実証を深めて論述しました。それはオホミタカラのあり方の民俗プラチックとクニブリの対比的共存構造において示されたものです。わたしの「国つ神」論は、そのクニブリ文化の次元を幻想として論じたものでもあります。

想関係意識となって実際に生活に作用してしまっているのです。それを古事記神話にみていくことです、それが「初源」です（詳述はIII部・7章）。また、禁制と黙契との間に規制化の作用がはいり、そこは融合されて合意やイデオロギーの次元へと転化されます。初源では禁制と黙契は識別されますが、編制では識別は解消されてしまいます。許されていることが、禁制そのものになってしまっている編制です。学校へ行かないことが禁制になっていて、学校へ行くのが規制化になってしまっています。

＊＊＊＊　自分へ即してのまとめ。4、5、6章と、非常にたくさんのことが「共同幻想論」では論述されていました。しかもわずか数行で、こちらが考えていかねばならない本質的な問題提起が深く多数に開示されています。要素的なものを要約しながら、しかしのがさずにほぼすべて網羅してつかんできました。わずかな事ごとに本質相を見抜き読みとる驚愕的な吉本さんの考察です。いま読み直しても全く古くない。同時に、本質的設定をおさえ返して問題設定しながら読み込んできました。あえてすべてを追ってそうしたのも、ある水準で切り取ったものが、あまりに恣意的に都合よく多々吉本解説であるかのようにでまわっているからで、共同幻想の「意味するもの」の作用＝働きが阻害されてしまっているからです。吉本さんは、アバウトな論理だと思い込まれてしまっています。逆です。あまりに緻密なため、また根源的な地盤転移がなされているため、そう誤認されてしまっているのです。はっきりと「意味されたもの」の答えだけを追っているから、内容の定義づけがあいまいのように感じられるのです。理論的な緻密さは、思想的緻密さを排除してしまいます。その逆もなされます、思考技術がちがうのです。わたしは思想的考察が地盤であると考えていますので、そこに立脚しての理論化をはかります。理論から思想論理を排除しないように気をつけてです。

はじめて、『共同幻想論』を読んだときも、それから何度か読みなおしたときも、わたし自身そこに埋没してしまうしかありませんでした。その埋没から離脱できて、さらに吉本本質論の存在意味と可能性がわかったのは、わたしなりに世界の論述を渉猟してからのことです。それは自分の認識・思考を西欧的段階においてそこからアジア的なものに下降し、かつ超西欧的なものを想定的に考察していったからです。わたしにとっては、メキシコでの暮らし（アジア的なものからアフリカ的なものへの回路）、ジュネーブでの暮らし（西欧的なものから超西欧的なものへの回路＝アジア的なものの再考）という二つの実際経験が大きく作用して、そこで暮らし学びつづけていたゆえ見えてきたことがあります。論述されていないものが考えられえていない閾を照射してくれたからです。ここは、井の中の蛙を徹底させた吉本さんとは対照的ですが、相互に交通しあえたものになっています。吉本さんが「地上の利害」といってすませていることが、膨大な世界の論述からそれなりにつかみとれてから、了解閾へ開かれたものです。つまり、幻想のなかにある現実的なものへの考察です。地上利害の裂け目は、多様で複雑です。

ある機会で、海外暮らしの意味を語り合うシンポジウムに招かれて、壇上メンバーがそれぞれヨーロッパでの生活、アメリカ合衆国での生活、アジアでの生活、そしてわたしはメキシコでの生活の「良さ」を愉しく語り合っていたのですが、その過程で、わたしはふっとその「良さ」が、日本のことであることに気づかされました。日本の良さ――それはまた現在日本社会で失われつつあるもの――を、海外の異なる経験のなかで他者においてつかんでいるんだということ、それをみなが語っているのです。単純な海外礼賛ではないのです。このとき、ある類的な普遍を個別経験しているんですね。長々と暮らしていれば嫌なこと窮屈なことに出合いますし、異国での愚行の出来事にも多々出合います。すべてが良しなどはありえないわけで、それはどこでも同じです。なのに良さを特に感得するのです。夏目漱石などはノイローゼになっ

▼3……わたしは、バスに乗っての横転事故、路上でのピストル強盗、医者にかかっていないので確かではありませんがマラリヤにかかっての尋常ではない発熱の繰り返し、そして全身ジンマシン、という死の際に何度かあいました。しかし、これは日常の中の突発です。石原吉郎のシベリア抑留体験は日常そのものが死の強制ですが、それに人々はどうして共鳴しうる感覚をもてるのでしょう。日常の本質が露出しているからです。内村剛介はきれいな花が咲き乱れているところには必ず毒虫がいると示唆しています。日常の強制への自覚は、自らが自らに自由になるうえでも基本的な対象化であるとおもいます。

ていきますが、そういうことがおきうるのも分かります。他なるものにとけ込めないのです。ここは、自分の経験からすると現在的には三年以上生活していかないと突っ切れない閾です。それは、日本に戻っての可能条件が断ち切られる境界です。漱石はぎりぎりで帰国しています。それ以上いたならほんとに狂ったか溶解できたかどちらかになるはずです。つまり日本にたいして自分がよそ者になる閾です。論理的に言いますと、共同幻想の規準が否応無く切り替わってしまう境い目です。生活条件のなかで、幻想規準が代わるのです。生命的な危機のすれすれにそれはなります。身体も飲食で対応が代わってきます。生水が飲める（といっても大量に飲むとたいへんなことになりますが）、細菌環境との一種の同化です。いわゆる滞在地においてはよそ者ではいられなくなる境界です。観光では絶対的に感知できない閾です。大学教師がサバティカルかなにかで二年ぐらいで帰ってくる、それは日本での生活の確保がなされている境界で、そんな仕方から海外の意味は感得されえないのですが、まいったぜどうしようというぎりぎりへ追い込まれることが、いろんな局面で発生してくるのです。死ぬような体験の目にも何度か不可避に遭遇します［▼3］。でも、なんとか生き抜ける、これが不思議なのですが、生存不可能にはならないのです［▼4］。

物質条件と幻想との関係の切り替えです。禁制閾の切りかえといってもよいかとおもいます。生活圏では、道徳判断規準がかわります［◆25］。経験論ですが本質的です。ジュネーブ暮らしは、もう日本の側からの支えがあって危うさはない条件におかれてのことですが、メキシコでの生存すれすれの体験が基盤になって、そこがなんであるのかは感知しえます。つまり社会的保障の境界が分かる。その閾の向こう側に生の現実があるのです。ジュネーブは行くか行かないかを、自分で決められる。しかし、メキシコでの暮らしは行くしかなかった、生存ぎりぎりでした。アジア的なものと西欧的なものとの境界――バナキュラーなものとインダストリアルなものとの対抗――が、嫌というほど自分へ迫ってきます。そしてメキシコ暮らしのさらなる向こう側に、インディオのプレ・アジア的段階がかいまみられます。数度、その世界に一時的に足をふみいれましたが、まったく別世界です。都市生活するメキシコ人にとっても別世界です。幻想とは、日常生活がおいこまれると感知されるように身体実感的に出現してきますが、生活が安泰だと感知されません。常態的な安全の入眠感覚にあるからだといえるのではないでしょうか。悪いとはいいません、幸せな常態であるとおもいますが、歪んだ様態には多々直面するはずです。吉本共同幻想論を領有していましたので、かなり自覚的に自分は反応していたとおもいます。加えてイリイチによる産業社会批判がありましたので、知的にもっとくっきりとみえていたといえます［◆26］。知的な作用とは、生活の沈黙の有意味性に亀裂を見いだすことです。経験が深まれば深まるほどまた知的探究が世界的になればなるほど、吉本本質論の意味が、わたしにはくっきりと見えてきました。そしてその後、直接に吉本さんと交通しうる機会を四半世紀にわたってできたことは、あまりにありがたいことでした。ジュネーブから帰国したその日、成田空港で、知人の編集者から吉本さんの訃報を告げられました。しっかりと、恩返しをしようと自らへ誓った日です。

▼4……マラリヤも全身ジンマシンも、医者はなんの治療もしません。自然治癒であるかのように治りましたが、後遺症的に、湿疹が部分的にいまだに出ます。生命環境への同化だけでない、メキシコ的共同幻想への心身同化がなされたからではないかと考えています。しかしながら絶対的に同化しえないものが残滓します。

◆25……メキシコ的な状態を、先進国人は愚かだと判断しますが、メキシコのバナキュラーな視座からみれば、学校へいくほど愚かなのか、医者を必要とするほど身体脆弱なのか、車を必要とするほど歩くことができないのか、という逆転がおきます。メキシコ・シティでの政治抗議集会に、インディオたちは列車やバスに乗らずに歩いて集結していました。でないと、力にならないからです。

◆26……イリイチの産業社会批判の土台には、プエルトリコやメキシコをふくんだラテンアメリカの実際世界があります。知的善意の第三世界主義ではありません。

III

共同幻想論の歴史相での理論生産へ

吉本共同幻想の概念をふまえて、その現在的な意味と表出を抽出していきたいと思います。①共同幻想は、国つ神の「場所共同幻想」として、②対幻想は近代家族として、③個人幻想は主体と非自己の位相の意味として、示していきます。これらは、それぞれ一つの書になる論述を要しますが、ここではその要点を概略のべていくことにします（わたしは①は『国つ神論』、②は『消費のメタファー：男女の政治経済学批判』など、③は『哲学する日本』などにおいて論述しています。総合的には『哲学の政治　政治の哲学』のそれぞれの章を参照してください）。

理論的な要は、本質論がいかに歴史規定的に表出しているかの明示です。歴史段階の論述に本質論がまったくないため、社会表象を意味されたものにおいて理論構成しているだけになっています。そこから、転移・転換の可能条件はひきだされません。また、現在の表出にたいして誤認しているだけになります。〈わたし〉のことにならない。しらじらしい客観形態が論じられているだけです。わたしは、世界水準での理論革命の成果をふまえて、幻想論を生かしてきました。幻想と生産形態の関係を把握してきたといえます。

吉本さん自身が述べている「人間は文化の時代的情況のなかで、いいかえれば歴史的現存性を前提として、自己幻想と共同幻想とに参加してゆくのである」（⑩338）ということ、それにくわえて、対幻想も歴史的な変容編制を被るということを述べていきましょう。

つまり、幻想本質論と「現在」との関係を理論的に把捉することです。現在の共同幻想はどうなっており、その共同幻想を成立させている共同利害はどう画定されているのかです。

7章 「古事記」と共同幻想、そして「アジア的ということ」：共同幻想の統治制化の初源構造

吉本さんは、民譚と古事記のみを素材対象にしたと述べ、それは日本書紀でもかまわなかったとされていますが、日本書紀から共同幻想論が構築されたならおそらくちがうものになっていたと思います。古事記神話と日本書紀神話とでは、神話の幻想構造がまったくちがうからです。あるいは、記・紀のちがいをこえた次元で共同幻想論は表現されていったともいえなくはないのですが、それではあまりに抽象的すぎるというか、暗黙にふまえられていることが、古代国家に近くなりすぎたのではないかと想像されます。というのも、前古代に配慮している古事記の共同幻想構造と古代の国統治へ集約されていく志向性をもった日本書紀の共同幻想構造は、原理的に根本がまったく違うからです。そして、この違いは、共同幻想論の意味を、さらにはっきりさせていくといえます。古事記に立脚したというのは非常に大事なことなのですが、しかし、吉本さんの神話理解は、ともすると書紀的なものにひきずられてもいるのです。それゆえ、逆に、わたしは共同幻想論の重要さを実感しつつ、その概念を使って論理構成をなしていくことができました。

記・紀のちがいは、文献的に神野志隆光が徹底してやっています［◆1］。しかしながら、文献画定できないところを、「そうではないだろうか」と消極的にしか示しえないのです。学者的慎重さといえますが、実証対象としてはない神話世界ですから、そこは思想的かつ理論的に構成していくほかない、そこに共同幻想概念は非常に使いうるということです。一番典型的なことは「黄泉国」はどこにあったのだろうかという解釈で、地下だというもっともばかばかしいものから出雲近辺だと実定を探るしかたです。「国つ神」の「生者の場所」の幻想的表象だと幻想概念

◆1……神野志隆光『古事記の達成』（東京大学出版会）、『古事記と日本書紀』（講談社現代新書）、『古事記の世界観』（吉川弘文館）など。

をもってくれば容易に解しうるのに、誰も理解できない情況にみられます。学者というのは、制度権威を優位にたて、内容の実質を実質として評価できない専門不能化におかれている一種の社交集団ですから、吉本さんが東大教授だったら普及浸透しえることが成立しない、くだらない規準です。共同幻想概念なしに古事記神話を解読することはできない、その本質概念がないゆえ、（神野志氏をのぞいて）あまりにもの愚行解釈が古事記研究者の間でなされてしまっているだけのことです。理論的には、わたしたちの方が勝利しえています。

　神話の幻想構成は、「歴史的な事実ときりはなして読まれるべき」（⑩422）です。そして神話のテクスト上＝言説上での実際行為（プラチック）として読まれていくべきです。神話においての出来事や神々の行為があるのですから、そこに表象されたものが実際行為をいかになしているかとして、神話プラチックを読み解くことです。神話プラチックは共同幻想に規制されている神話上の出来事です。そこに、隠れた幻想構造の関係が構成されてあります。

　記・紀の違いは本質的なのですが、もっとも決定的なのは、書紀には「高天原」幻想がないということです――言表としてでてきますが天地の初発においてありません――、「天」があるだけです。「降ろす」＝「あまくだす」がなされるか、天に昇るかです。「一書に曰く」の中に補足的にあるだけで、いわゆる本文に「高天原」はありません［◆2］。書紀の中心舞台は地上の「葦原中国」であって、天の方にはないからです。一書でまた、大国主ならざる大己貴神の国ゆずりのあと、大物主神と事代主神が八十萬の神を集めるのは「天高市」であって、そこから天へ昇らせたとなります。「高天原」幻想がないとはどういうことなのかに「共同幻想」の構造の根源的なちがいが記・紀の間に読み解けます。文献上のちがいは、言表も神関係もちがいますから読めばわかります、明証です。なぜこんなことも神野志氏が指摘するまで分かられていなかったのかというと、古事記・日本書紀研究者たちを国家的な共同幻想が無意識に作用している思い込みが占拠してしまっているからです。記紀を相互補完的に同じ土俵であつかっておけば、神話解釈を

◆2……スサノオが追放される前にアマテラスに「相見」しようとするとき、「高天原に向でて」とあるだけです。空間的な布置はありません。天地初発において、古事記は「高天原」とあるのに、書紀にはまったくありません。

精密化できると前提にすることは、天皇制共同幻想を正統化していくのに都合よかっただけです。そこは、逆に戦後、古事記がイデオロギーだとされ読まれなくなってしまったことにもつながってしまいます。

古事記は、わたしが読み直す前に予想していたよりも、非常に根源的かつ本質的な神話構造でした。これは日本人の財産としてしっかりと読み継がれていくべきたいせつな書です。わたしは場所論の初源を探るべく、古事記を中心的かつ支配的な「天つ神」の視座からではなく、服従させられた場所ごとの「国つ神」の視座から読み解く手法をとりました。わたしが言う「逆解読」とはそういう意味です。それはまた出雲主義にならぬように注意するためでもあります［◆3］。つまり、統一国家の平定などは、ありえなかったという視座からみていくことです。出雲の絶対化的な強調もいきすぎです。これは天皇記にはいっても、全然平定できていないことが、はっきりと記述されています。書紀の方が文献的には最初に書かれたという見解があろうとなかろうと、記・紀の言述論理、それは国家の設計原理ともいえるものですが、まったく違うということが重要です。結論的に、わたしは日本には異なる相反する二つの設計原理が古代からあったとします。それがアジア的段階の本質であるということです。古事記の多元的な場所設計原理と書紀の葦原中国に画一化される統一空間原理です。拙書『国つ神論』で詳細に明示してありますので、ここはそこから抽出された幻想構造を結論から述べていきます。この書は、吉本さんが亡くなられて、また震災後の原発汚染地域のなかで、鳥居が壊れたまま放置されている神社を実際にみて、日本を考えていくうえで、どうしていくことなのかをきっかけにして論述したものです。

◆3……出雲を反天皇制として作用させる経緯は原武史『〈出雲〉という思想』（講談社学術文庫）がすぐれた考察をなしています。

「共同幻想論」の古事記引用の神話

吉本さんが自らの論述を明証にするためにとりだした古事記の挿話は以下のものです。

㋐祭儀論　イザナキが黄泉国へイザナミを訪ねていく挿話。

豊玉姫の子生みをホホデミがみてしまう挿話。

スサノオが大気都姫の穀物産みをみて殺してしまう挿話。

これらは〈生誕〉と〈死〉との関係をめぐる考察です。

㋑母制論　アマテラスとスサノオとの「うけひ」の挿話。

これは、姉妹が祭祀・神権を、兄弟が政治権力をつかさどることとして例示されています。

㋒対幻想論　イザナキとイザミの国生みの挿話。

天地初発の事跡（独神）。

これは共同幻想と対幻想とが同致している段階での例示、そして自然神としてです。

㋓罪責論　イザナキが三貴子を生み、そのなかのスサノオが哭き叫ぶあまり追放される挿話。

サホ姫が、兄（土着勢力）と夫（天皇）との間で苦しむ挿話。

ヤマトタケルが父・天皇からうとまれる挿話。

ヤマトタケルが、山中で白猪に会い、その後野垂れ死にする挿話。

これらは倫理の移行として論じられていますが、共同幻想が別のものへ移行したときの軋みです。

㋔規範論　スサノオの乱暴にアマテラスが岩屋戸に隠れてしまう挿話。

追放されたスサノオが出雲の須賀に宮を造った挿話。

仲哀天皇が神の託宣を軽んじて死んでしまう挿話。

軽の太子と軽の太郎女との兄妹相姦の挿話。

崇神天皇の夢に大物主があらわれる挿話。

垂仁天皇の子が物言わない、その夢にあらわれた出雲の神の挿話。

これらは、清祓行為が規範化され、政治権力と関係していくことにおいて考察されています。

㋕起源論　神話に記された初期天皇たちの名前の意味。

オホヤマモリとオホサザキの統治分担の挿話。

これは国家ならざる国の小規模さと、巫女の祭祀機能の優位がなくなって、兄弟が政治権力統治する編制に移行した話です。「古代国家」などと歴史学が言っていますが、古代に国家構築はなされていません。近代認識を投影した歴史家特有の時代錯誤の典型です。

それぞれ、位相が違う次元で考察されていますが、(1)姉妹が祭祀を、兄弟が政治を司る初期状態から、兄弟が政治統治分担して行く時代への移行が語られている。(2)アマテラスが〈アマ〉氏の始祖の女性祭祀であり、スサノオが土着の水稲耕作部族の最大の始祖と基準にされて、議論がすすめられています。

そこに幻想間の関係を読みとっていくという考え方になっています。

(2)において、アマテラス／スサノオという人格表象を消して、幻想関係そのものの構成として読みとっていくという転移が、わたしが吉本幻想論を踏襲していくうえでの要になります。この一.神の存在表象に、神話次元の在り方がもっとも集約されているからです。

1　古事記「幻想構造」の意味するもの

前古代、日本には百余国がありました。それを一つの国へと統合していく、「すめらみこと＝天皇」の皇孫系が支配族となって統一していくうえで、幻想構造を皇孫系はつくりあげていきます。神話として、日本史上でもっとも複雑にして網羅的な神話がつくられたわけですが、嘘八百を記述していたなら受け入れられない、まだたくさんの豪族が記述された八世紀にはいたわけで、古事記はそれらを皆「神」として包摂していきます。あんたは「神だよ」と名指されて「すめらみこと」＝幻想を受け入れていくのですが、それを拒否した種族は「まつろわぬ」民として、暴力的に制圧されていきます。その仕方の暴力のはげしさも記紀はちゃんと書いてありますから、神話であると同時に実際をなんらかのかたちで記述しているわけで、歴史家たちはそのずれや一致をさぐっていくということになりますが、わたしたちは歴史事実とは切り離して、幻想世界の実際行為・出来事として識別して読んでいくことです。

吉本思想からすると、そういった事実が真か偽かはどうでもいいことで、幻想としていかに構成されたかが重要なことになります。日本の「共同幻想」は統一古代国としてどのように幻想構成されていったのかです。『共同幻想論』の祭儀論以降の論述は、主に古事記をめぐっての考察がなされています。わたしは古事記自体を読むと同時に、膨大な古事記研究をできるかぎり渉猟しましたが、どれもすっきりしない。なぜかというと「共同幻想」の幻想概念がないため、「意味されたこと」の恣意的な解釈が、ときに緻密にときにあまりにばかばかしくなされている。たとえば、大国主はたくさんの媛と婚姻していますが絶倫だったとか、猿田彦が日向で天孫降臨を導いた後に伊勢へ突如と出現するのは、何かに乗っていったのか、「天の鳥舟」というのがあるのですが、宇宙船のようなものだったろうとか。信じがたいことが学者たちによって平然と記述されているのです。神を人に模して述べているから、実在の人格だとしている滑稽さです。神は個体表象されていますが、共同性の象徴です。そこを注意深く読みとることとです。個体人格だとしたままでは、誤認がおきるだけです。吉本さんもときにそうしてしまうのですが、幻想論理の布置の仕方は正鵠です。そこをつかみとることとです。兎を介抱したり、子を生む姿が鰐になったり、猪に襲われたり、と動物交通したり、あまりにたくさんの媛たちと婚姻したりとか、それらを実在的にみてしまうと奇妙なことになります。また、系図を単なる時間順序ととると変なことがおきてきます。

婚姻とは、別の種族を統合包摂し同盟なり支配においたということであり、子を生むのも征服傘下においたということです。また、猿田彦というのは実在人物ではなく、皇孫系と場所種族とを結びつける媒介になった境界的種族ないし幻想があちこちにあったということです。その境界の神として猿田彦が象徴されます。さらに、黄泉国は死者の国で、そこへいったイザナミをイザナキがおいかけていくのですが、死人と会ったのではない。会話しあっている。つまり、皇孫系からみて異なる種族の元へイザナキは帰ったということで――それを「死んだ」つまり皇孫系の布置で機能しなくなった――としたのです。個体の生理的な死ではない。故郷の場所へ帰ったイザナミをひきもどしにイザナキは行ったのです。神話幻想を実際行為している関係があり、それをわたしは神話プラチックと言っていますが、幻想構造のなかでなされている実際的な関係行為が、事実か否かではなく、神話上の出来事、関係として想定されるということです。地下の国もなければ天上の国もありません。高天原は地上の小国でそれを天に幻想布置しただけです。黄泉国や根国は実際には地上の別の異族の国だということです。こんな単純なことさえ、古事記研究者たちは文章として記述された「意味されたこと」が神話事実＝歴史事実だと設定して解釈する。高天原はどこにあったのだろうかとか、それは邪馬台国が神話表現されたのだ、などと実在を想定し反映させて解釈しています。幻想が「意味するもの」の働きをなしている、その根拠を何も問うていないのです。「意味するもの」としての神話作用、それが幻想作用です。記されていますがそれは幻想としてであって、事実としてではありません。こんな理論的な初歩さえもちえていないのが古事記研究者たちです。

吉本さんは、古事記叙述からいろんなことをひきだしていくのですが、その解釈はしかし多分に日本書紀的な理解になってしまうところがあります。大和朝廷勢力を部分的であるとしながらもある実体的な国家的なもの、しかも成熟発展したものとして想定しています。また「農耕社会」があるというように実体化して、幻想と経済社会構成とは別個だとしながらそこへ還元しています。ここを、わたしは「共同幻想」論をもっと徹底して、幻想そのものとして読むという仕方で、古事記自体のテクストの了解閾をさぐりました。その吉本さんとの差異は、『国つ神論』

に詳述してあります。
ですから、これから述べることは、『共同幻想論』の応用であって、そのものの論述ではありません。神話プラチックに幻想シニフィアンを探った仕方です。

2 古事記の幻想布置

古事記には、以下の異なる次元での幻想構造があります。
〈高天原〉共同幻想――皇孫系が始祖の国として「天」に配置したもの
〈天つ神〉共同幻想――その「天」の世界での幻想とそこの神々
〈国つ神〉共同幻想――土着の場所ごとの幻想
〈すめらみこと〉共同幻想――地上統合した天皇系の幻想
です。そのあいだに、「天孫降臨共同幻想」という媒介もあります。ある集団性をもったものを「共同幻想」の種差性においてとらえていくことで、論理構制がうきだしてきます。共同幻想間に軋みがおきるという観方を吉本さんはしていましたが、それがヒントになって、わたしは天孫系の幻想構造を、これらに分節化し、構造的構成をつかみました。
さらに記述の順序は、遡及的に読んでいかないと神話事実となりません。あとから作ったものであるからです。神話事実（実在の事実ではない）と幻想構造とは逆立しますから、そこを「意味するもの」の隠れた作用・働きとして読み解いていかねばなりません。

高天原共同幻想と国つ神

まず、なによりも言えることは、皇孫系、つまり天皇種族ですが、それは弱小のしかもかなり野卑な種族であったということが暗に読みとれます。それよりも、出雲族の方が圧倒的に強大で文化的でした。天孫降臨でニニギが日向に降り立ったとされますが、そこは何もない荒れた山奥です。つまり、敗北して追われてそこまで逃げ込んだということです。中心となる種族なのに逃げこんだなどとは記述できませんから、天から天降ったんだと神話構成するわけです。こういうところが皇孫系の見事さです。ニニギの子孫に山幸彦・海幸彦の話があります。これは後から挿入された話で史実ではないなど、あいかわらずバカなことをいかにも文献実証的に強調する学者がいますが、どうでもいいことで、そこからわかることは、山幸彦、つまり山人です、それが失敗して大綿津見神のところ、つまり海民族ですが、そこへいく。つまり逃げて助けてもらったということです。他方、海幸彦は別の海民族と一緒になって山幸彦を追い出した。それを山幸彦は大綿津見神の別の海民族の協力支援をうけて征服し直したということです。釣り針を無くしたのは、海民族の儀礼・祭儀を営むことに失敗したということです。ですから、大綿津見神のところで統治の技術をまなび、そして、近傍の山人族を傘下におさめ、かつ海民族を統治征服していったのです。これを一つの神話形態のあり方だと規準にしますと、神話の出来事としては以前のスサノオの状態が山人・海人とどういう関係にあったかがわかります。さらに天孫系ではない大国主のあり様もわかってきます。神話論理の形式はこの段階ではまだ同質であるからです。山人と海人とのちがいがあること、そこへの関係のとりかたが意味するものに作用しています。スサノオは櫛名田媛と婚姻して八嶋士奴美神を生みますが、多くの島々を統治する神霊です。つまり海人系の支配です。そして大山津見神の娘と婚姻します、山人系との共同です。スサノオの出自がはっきりしないのは、一度天つ神へ召還したからです。前者は妻の「子」ですね。つまり島々を征服統轄したことであり、後者は妻の父親ですね。共同同盟した、勢力が大きかったからです。あるいはまったく別個であったということです。このように、非常に丁寧に仕分られて幻想配備され記述されています。

　天地が初めて発ったとき高天原が成ったと、古事記ははじまります。最初から高天原があったとされています。天地の起源核／軸です。そこに、天之御中主神、高御産巣日神、神産巣日神の三神が「独神」として成り、身を隠したとありますが、天之御中主神が身を隠しただけで、高御産巣日神も神産巣日神もあとで登場してきます。そのあとたくさんの神々が生まれます。

　これが、天つ神たちが住んでいる高天原です。天孫系の共同幻想の場所です。正確には、高天原国が祀った神々ですが、征服したか同盟したかである元は土着の神々です。それを皇孫系の始祖的な神々として「高天原」に配備したのです。皇孫系は天孫系にあるのだと、幻想疎外し系譜化したのです。実際場面で機能していく神たちですが、そのあり様は宣長の『古事記伝』に詳しいです。男女神の差異がはっきりなく、自然事象にかかわる名なのに非常に抽象的です。そしてタカミムスヒとカミムスヒは祭祀的です。女神だという論者もいますが、明示されていない「独神」です。吉本さんは自然現象の表象だとしますが、この二神はちがいます。高天原幻想を担う人為的な高度の抽象神です。あとから造り出した神であるからです。ですから男神とも女神ともいえる中性的な神ですが、アマテラスと協働しますので、対幻想的に男神とみてよいとおもいます。男の神権がアマテラスの神権を支えるのです。皇孫系の幻想シニフィアンが入っています。

　そして、イザナキとイザナミに「国土」を生ませます。そのとき、注意してください。「水蛭子（ヒルコ）」を生んでいるのですが、葦船にのせて流してしまうのです。そのあと、淡島を生みます。この「ヒルコ」が国つ神です［◆4］。高天原が包摂できなかった神＝共同体で、非常に強かった（危険だった）、異質だったということです。そして、またたくさんの神々を生んでいきますが、それは征服した領土の表象であり、各地の自然の表象を象徴的にとりこんだものです。天地から地上の国・自然、全体系を高天原は包摂した幻想構成になっています。それらが「天つ神」共同幻想の母胎になっていきます。

　つまり、〈高天原〉とは天孫系の種族がつくった「高天原」国という地上の小さな「国＝場所」であり、それは幻想的に支配統治した、あるいは関係付けた領域を「天つ神」の共同幻想に

◆4……「ヒルコ」とは不具の子という意味ですが、強大な危険な国であることを、逆に蔑むように呼称する、古事記の天孫系の仕方です。

配備して、そこに「国生み」の起源として神表象したのです。ここは男女神から生まれたということです。実際統轄はできていないから、その後いくつもの国を征服していく物語となっていくわけです。

吉本さんの論をもってくれば、独神が生むという仕方にたいして、男女の対幻想から生まれるという幻想がはいったということになります。それも失敗して、イザナミはカグツチを生んだときホトをやけどして死んでしまいます。これは、カグツチが裏切って、イザナミは高天原「国」にいられなくなって、故郷の国（国つ神の場所）へ帰ったということです。それが黄泉国で、個体の生理的な死ではありません。黄泉国は折口も指摘していますように「生者の国」です。つまり国つ神の場所で、たぶん出雲系にある場所です。ただ、神話のなかに、「死」という個体の時間性がはいっているということになりますが、幻想としての死であって、実際（神話プラチック）は「離脱」です。空間的には死者の国＝他界と幻想表象されますが、神話プラチックとしては国つ神の場所＝種族です。その証拠に、イザナキは迎えにいって、イザナミと会って会話しています。そこをのぞくと蛆がごろごろしていた。つまり、天つ神の高天原「国」からみて、強大かつ、おどろおどろしい異質の文化・祭儀がなされていた種族の国です。それを幻想的に蔑んで「蛆」と称したにすぎません。見栄をはっただけです。その証拠に、イザナキはなすすべなく逃げ帰ります。「逃げ来」とはっきり明示しています

再同盟の関係はつくれなかった。いたしかたなく戦ってイザナキは敗走します。それを「千五百之黄泉軍」が追走します。強力だということです。そして黄泉比良坂で塞ぎ、もうこんな強大な国との同盟はまっぴらだと、他の小さな神々＝国々を制圧していくということです。この逃走シーンで、カズラや桃や櫛などの呪術行為をなしていますが、実在の逃走経路でおきた出来事ではなく、軍事で勝てないから呪術を持った国々の協力をえて、黄泉軍に対抗し、自らの幻想保持をはかったということです。高天原国は呪術統治に長けた国であったということでしょう。

このようにに神話プラチックからみていくと、とてもシンプルな話ですが、それをほんとにうまく幻想シニフィアンで表出させています。

逃げ帰ったイザナキは、穢れたとして禊をする、そこにまたたくさんの神々が生まれますが、高天原国が単独で制覇した領土ですから、イザナキ単独で生みます。女神なしで生むのはおかしいというまたばかなことをいう学者たちがいます（書紀ではイザナミは死んでいないので二神で生みます）。それを象徴表象する神たちです。そして、左目からアマテラス、右目からツキヨミ、鼻からスサノオの三貴士を生みます。これは、もはや領土の征服ではなく、高天原国における独自の統治の構成がなされるということを意味します。頭部の主なる顔から生まれていますから主要神です。生理的身体として目鼻から生まれるわけがないですが、それをまた神話否定する人たちが、こういう目から生まれるなどと嘘をいっていると棄却してしまう。「生む」ということは、これらでは「成る」と言表されています。征服が成ったということです。

スサノオは高天原から追放されます。スサノオは天照大神を姉とするとなっていますが、実際の血縁姉弟ではない、象徴的な血縁であり、水に関係する神です［◆5］。元は、紀伊半島の木採の種族ともいわれますが、山川そして海にかかわっていた海人種族が、天孫系に征圧されて従属し天つ神に召還されたということです。そうした見解を吉本さんは否定しますが、それはいきぎです。しかし天つ神の高天原国で悪さばかりしている、つまり高天原国＝天つ神の祭儀に従順に従わなかった、同化しなかったので、追い出すように地上界へ派遣された。つまり異族の征圧を命じられて派遣されたということです。そして八岐大蛇と戦うわけですが、巨大な蛇で八つの頭があるというのは、古代怪獣話ではない、強大な種族がたくさんいたということの幻想表象です。それをまた学者たちは山谷川の自然地形に還元したり、溶岩流のことではないかと実体化して、あいかわらずばかばかしい解釈を積み重ねていますが、大蛇のように強大な「たくさん」の国つ神種族がいたということです。それに立ち向かったスサノオだと幻想シニフィアン表象して

◆5……折口信夫が、スサノオの「水」への関わりを指摘しています。

いるのです。いくつかを制圧したがすべてを征圧できなかったゆえ、「出雲国」に宮を造っていいかと申し出て、須賀に拠をかまえ、有名な八雲八重垣の歌を詠みます。しかし、ほんの片隅の小国です。ですから後に「根の堅州国」と言い換えられます。そこにおさまった、つまり天孫系の地上における「根」になるものを建国したが、強力な出雲圏の片隅の国しか設立できなかったということです。これは吉本さんが別のところでふれていますが、片山、片岡というのは、山や岡にたいする平地のことだと指摘しています。平野部の片隅にやっとのことで天孫系の高天原国とは別の小国を建てたということです。それでは立つ瀬がないですから、堅固な国を作ったと神話言表されます。山人諸国を征圧したがしきれず、元の海人の国として片隅にしかし堅く強固におさまったということです。根だから地下帝国を作ったなど、ばかばかしい解釈はほんとに勘弁してくれです。大国主がそこへ逃げ込んでいきますね。統一国家をスサノオはつくれなかったが、なんとか豪族のなかで高天原系の独立国を小さいながらしかも強固につくった。その軍事技能をスサノオの国で学んで地上へ戻ったということです。大国主は蜂だとか蛇だとかの部屋にいれられて試練を受けますが、蜂族、蛇族といった豪族と戦う力・技能をスサノオの娘、スセリ媛の助け（スサノオ国の共同幻想の象徴）をえて克服していったということです。

　天つ神系のなかへ大国主は逃げ込んで、それから出雲を建国したとなりますが、事実は逆で、出雲国がすでにあった。そこへ高天原国が介入したが征圧もできなければ、結合もできない。そこを逆に、スサノオの下で大国主が育ったかのように転換した。そういう神話構成をなしているのです。遡及的構成を読みとらねばなりません。

　大国主はそれ以前、兄弟の末弟、つまり新参の小国です。それが呪術的ですが兎族の助けをえて、ワニ族をたぶらかして征服し勢力をもつも、兄弟族たちに負けてスサノオの国へと逃げ延びたのです。動物や虫がでてきますが、それは別の異族です。蔑んで、そう呼んでいるだけのことです。これらは、場所ごとの国つ神種族です。そして、大国主が出雲国を建設したとなりますが、いかにもスサノオの娘と婚姻した天孫系にあるのだと系譜だてしています。あとづけですね。しかも大国主はスサノオの子孫アメノフユキヌがサシクニワカヒメと婚姻して生んだ子です。七代目です。そこから、スサノオの娘スセリ媛と婚姻した。世代が隔絶しすぎていてありえないとばかばかしい解釈がされたりしていますが、征服した領土を象徴する媛（比売）でしかありません。水平的に観ることです。子生みの時間系図化は、空間征圧の領土拡大を時間化した高度な幻想構成技術です。

大国主がたくさんの媛たちと婚姻し子を産んだ、つまりたくさんの種族を傘下におさめた。それは高志の国、越後の方までおさめています。倭へ通じる道もつくったようです。しかし、その統治形態は天孫系の一元統治とは異なる多元的なもののため、天照は子ども＝征服種族を派遣して治めようとするのですが、みな大国主の方へ寝返って従ってしまう。そこでやっとタケミカヅチをおくって国譲りにまでもっていきます。つまり、征服しきれなかった、共存形態がせいいっぱいだったということです。天孫系の統治原理が浸透できないゆえ「五月蠅なす」やかましい渾沌状態だとされます。「国譲り」とされますが、譲ってなどいません。出雲は天皇記でも大きな力を発揮しつづけています。「国譲り」というのは平和協定を結んだぐらいでしょう。しかし、天孫系は追い出されて日向へ敗走せざるをえなくなる。国を失ったということです。

そこで、天孫降臨となるのですが、それは出雲勢力圏を征服しえずに、日向まで逃げて行かざるをえなくなったということです。実際逃げたかどうかではない、やり直したということです。

ここで、非常に大事な出来事がおきています。大国主の参謀のような存在であった少名彦が故郷へ帰っていってしまって困った。つまり異国の勢力の協力支援をうけていたということです。そこへ海から光をもってやってくる神がいた。自分を三輪山へ祀れそうしたなら助けてやるというのです。これが「大物主」神です。これは神武記と崇神天皇のときに改めて出現してきます。非常に重要な「場所神」になる国つ神です。ここでは、まだ名乗っていません。つまり出雲族は奈良の方まで勢力を拡大していたが、征服しきれず協力関係にはなっていたということです。出雲と奈良・大和とが道でつながっていたという、非常にすぐれた検証がなされています［◆6］。

ここまで来ると、すでに「高天原国」と言ってきましたが、天照大神がうちたてた小国、つまり天孫系の元の国があったことがわかります。強烈な咒力をもった巫女・天照をたてていた国ですが、軍事力は弱体であった国です。これを天の方へ配置したのです。天上へ疎外表象したということです。ここに高天原共同幻想が構成されていきます。地上の小国、それを天にあるものとして、あま＝海をあま＝天へと転じた幻想です。天照がどこにいたか、つまり高天原国はどこにあったのか、画定しえませんが、いまの高千穂あたりであったというのが、妥当なところではないでしょうか。日向への天孫降臨＝移住と論理的に結びつきます。また伊勢の方でのアマ＝海であったというのと、結合して海照らす＝天照らすと神話転化構成したということではないでしょうか。実在がどこであるかはどうでもいいのですが、考えるツールにはなります。

◆6……上田正昭他『三輪山の神々』（学生社）。

天つ神共同幻想

すると、その天の生成が幻想産出されて国作りにまで遡及されて敷衍されていく、それが「天つ神」共同幻想の系譜的な構成になっていきます。天之御中主を軸に、高御産巣日神、神産巣日神の三柱です。「日」の天の世界を創出したのです。それが、自然界をおさめます。そして国土へと幻想構成します。国常立神らです。そして、イザナキ／イザナミの国造りへといたります。元はこれらは国つ神です、しかも小国ですが、統治設計原理はもっていた。そして強力な咒力です。天照とスサノオの「うけひ」の戦いがありますが、それが天つ神と国つ神との共存の仕方です。反対のことをし合いますね。原理が対立していたその調停の仕方です。吉本さんは神権を姉が、政治を弟が分治したとしてしまいますが、幻想形態上では、まだ政治統治しえていません。統治のための祭祀・呪術の構成を試行錯誤している段階です。女神と男神の分割で、祭祀を交換し合っています。スサノオは天つ神の共同幻想秩序を破ることばかりをしています。高天原国にスサノオは治まりきれなかった。祭祀技術がなっていなかったから軍事をさせたということです。しかし、アマテラスは呪術統轄に失敗して、天の岩戸にこもります。実際の神権統治ができなくなったから、世の中が真っ暗になったということとして表象されます。つまり吉本さんが言うように、古代的な兄弟姉妹の分割統治をアマテラスとスサノオに象徴疎外したといえるにはいえるかもしれませんが、神話プラチックとして統治は失敗していることとして神話記述されています。

アマテラスとスサノオのうけひ――天つ神統治と国つ神統治の相互交換および祭祀と軍事的政治の相互交換をこころみた――から生まれた神が、協働で征服した領土です。北九州の方まできています。宗像神社です。ニニギの父となるオシホミミをスサノオは生んで、アマテラスに取られます。祭祀だけではない力を得たということです。

高天原国が建国され、それがイザナキの征服として幻想化されたのが「高天原」共同幻想です。しかし、その高天原は「天つ神」体系を構成します。それが高天原国における天つ神と国つ神とを共存同化させるものとして疎外された「天」へ疎外した「天つ神」共同幻想です。統治の疎外ではない、巫女祭儀の疎外です。同じ場所からの共同幻想疎外ですが、高天原共同幻想はその「国」の範囲の共同幻想でしかないもので、「天つ神」共同幻想は他の国つ神たちをも包摂しうる大きな共同幻想です。もう少し正確にいいますと、国つ神の国々は、そこにそれぞれの天つ神的な幻想疎外をなしていた。その幻想配置構図を高天原国は統轄しえるような幻想として造りえたのです。

こうしたことを述べてきたのは、国家生成的な統治へいたるうえで、いかなる幻想構造の形成・構成が必要であるかが示されているからです。共同幻想の統治制化の仕方です。天孫系を皇孫系へと転移形成していかねばならない――それは皇孫系が天孫系の系譜にあるんだという遡及的な正統化です――、それが後に「すめらみこと共同幻想」の形成となっていくものですが、

「すめらみこと」は神武以降の幻想構造です。この「すめらみこと共同幻想」は、「天つ神共同幻想」と「高天原共同幻想」を合体させて構成されたもので、それによって実際ようやく「葦原中国」の統治が可能になっていくということです。「天つ神」共同幻想は、葦原中国総体を覆う幻想です。それがアマテラスの石屋戸への隠りに象徴されるものです。葦原中国全体が闇におおわれます。これもまた、日蝕だと実体化するばかばかしい見解をうんでいますが、幻想表象として「天つ神」共同幻想は、高天原国だけではない、葦原中国総体をおおうんだということです。実際にはなんら統治できていませんし、それどころか敗北をかさねて天孫降臨で日向に逃げ込んでいきます。

高天原での出来事は、天孫系の原基です。地上の小国が支配統治をしていこうとするときに直面したいろいろな出来事です。書紀は、そんな未熟さを露出するようなことを正統系譜にはおきません。大国主にたいしても征圧して従えた——分割統治した。それが顕世と幽界——と処理しており、古事記のように詳述しません。

古事記上巻は神代記として、「高天原共同幻想」と「天つ神共同幻想」を主軸においた幻想構造の表出ですが、それをうきだたせるべく「国つ神」の場所を丁寧に描き出しています。

すめらみこと共同幻想

「すめらみこと共同幻想」は古事記中巻、つまり人代記・天皇記の主軸になっていくものですが、まだ神話次元にあります。その神話次元で構成されている幻想が天皇支配の共同幻想の機軸になっていくものです。〈支配〉は結合化（統一化）unification と統合化（完全化）integration です。

神武の項で重要なことが二つあります。一つはすでに倭にはニギハヤヒの天孫系がはいっていたということです。しかし、それはナガスネビコに従属して祀られていたものでしかなかった。神武東征は最初は敗退して紀伊半島の方へ逃げて、そこから奈良へと向かいます。そして、ニギハヤヒが神武に従う、寝返る。それによってナガスネビコは咒力を失い、神武に敗北します[◆7]。

もう一つは、倭の征服後、神武は大物主の娘、ホトタタライスケヨリヒメと婚姻します。初代皇后は、大物主の娘であったということです。この媛の誕生話がまたすごいです。大物主が便所の中を通っていって、媛のホトを突いて生まれたというのです。これをこやしの肥沃さの象徴だなどと解釈する人がいますが、蔑んでいるのです。奈良には、天照を祀る神社はありません。天照が逃げ延びていくときに身をよせた檜原神社があるだけです――「元伊勢」と呼ばれています。そのいきさつは、崇神記にあります。書紀の「崇神紀」と「垂仁紀」です。ずっと後の垂仁天皇のとき、天照が伊勢をみてここが自分のいるところだと言うのですが、幻想構造の話なのです。まだ生きていた、長寿だなどとまたバカなことをいう学者がいますが、史実のことではない、神話事実・幻想事実の話です。学者たちには、神話論はそれなりにあるが、本質としての幻想論がないから、こういう愚かな事を言うのです。理論的には「意味されたもの」だけが事実だと認識前提している大学人の思考言説の典型です。「意味するもの」の根源をなにもつかんでいないのは、記されているものにおいて作用しているものを考えられえていないからです。アマテラスは幻想象徴ですから死んでいないですね。皇祖神として祀られます。それが「すめらみこと」幻想の疎外形象になります。また、国つ神たちは神武に自分から申し出て「名」を貰い従うという形態となっていきます。従わないと打ち殺されます。

以上のことからみえてくるのは、「天つ神」と天皇とは同一ではないということです。つまり、皇孫系が創成した「天つ神」共同幻想は天皇国の「すめらみこと」共同幻想とはちがうという事です。皇孫系が、天孫系の「天津神共同幻想」を遡及的にうみだしたということになるともいえます。それが、北方神話系であるとかどうかも幻想論としては意味がありません。歴史記述史としては意味のあることですが、なにかそれによって根本的な変化がおきるわけではないといえます。ただいえることは、国つ神幻想は、なんらかの天つ神的な幻想への疎外表象をもっていた、

◆7……折口信夫は、ニギハヤヒの存在を非常に重視しています。

天を疎外表象していた、それを皇孫系は体系的に見事に再構成かつ創成したということです。それゆえ、他のいかなる幻想形態よりも強大で次元が高い、包摂的な幻想構造をつくりあげることをなしたということです。

　そして次にみえてきたのは、皇孫系が山人であるということ。それが海民族を味方につけたり征服したりしてきたということで、文化のあまりない粗野な種族だったということではないでしょう。それを証明するのが敵の粗野な殺し方です。「殺す」という言表もたくさん使われます。そして、天照大神と神産巣日神とが協働する祭儀をもっていた、それを祀る非常に咒力にたけた種族であったろうということです。

　さらに、隠れていますがこれがもっとも大事な点で、もう述べてきたことではありますが、皇孫系も他の種族と同等の国つ神であったということです。そこから、差別化していくうえで、自らの小国を「高天原」として天上に疎外表出し、天つ神を疎外表出創造し、自らを天孫系であると系譜だてたということです。事実はわかりませんが、幻想構成からみると天皇系譜は血のつながりとして表象されますが、たくさん婚姻している天皇は、別の血筋の豪族であったと推察されます。大きな領土をもっていたということです。また天皇に祟りがあるとき、それは正統系ではないことの表象と思われます、そうなります。

　神武以前は天皇＝すめらみことではないですから、そこで共同幻想が切り替わったということです。その新たな共同幻想とは「高天原共同幻想＋天つ神共同幻想」と構成し、すめらみことを支配統治の頂点におく幻想形態として構造化し（統治制化し）、かつそれと「国つ神共同幻想」を結びつけた＝婚姻した（結合化）ということです。そこにまた神話プラチックとして、あちこちにいたであろう天孫系（その中心的象徴がニギハヤヒ）を一つに統合したということです。その結果、派生として「罪責」（共同幻想の倫理）が、幻想間の軋みからうみだされ「法」構成へと統治化していったといえます。その新たな幻想構造の形成は、簡単には移行しえませんから、サホ姫の挿話やヤマトタケルの挿話で示されたような段階的構成をとっていきます。

罪責だけではありません、初期天皇記のなかの話は全て、統治構造化への統治技術の諸形態を物語るものになっています。ぜんぜん一元統治などなされていない話で、しかしすべて「すめらみこと」共同幻想へ統合していく話になっています。そして、とくに出雲系との相克が幻想間関係で描かれます。出雲はかわりなく強大でありつづけていますし、また海人も「隼人」族のように天皇支配を覆そうとする動きをなすほどの力をもっています。それがサホ彦の挿話です。

これが、日本書紀では、みな一元統治下での部分・地域の話であるかのように布置されて書き換えられているのです。神名も変えられています。

3　国つ神の場所共同幻想

わたしは古事記で、大国主以上に国つ神としての「大物主」を重視しました［◆8］。これはいまだに奈良市より南に位置する桜井というところにある大神神社に祀られています。神体は山自体ですから、神社は拝殿でしかありません。つまり前古代的な存在であるということです。実際に行ってみると、伊勢神宮や出雲大社などとちがって、実に荘厳です。春の祭りで、猿田彦が先導して町を練り歩きます。ぜひ、みられてください。また三島由紀夫はここを訪れた感想を述べており石碑にもなっていますが、文学者としての感想文でしかなく（『豊饒の海』にもでてきます）、何もわかっていません。日本神話の深みをなにもわかっていない三島の安っぽい日本主義の典型的な現れです。

国つ神とは場所の種族のことであり、それが祀っていた神ですが、はっきりとしていません。場所ごとに多様にあったとおもいます。風土記や出雲神話には描かれていますが、その典型が土蜘蛛です。古事記では、兎やワニや蜂、蛇、猪になったりして登場します。皇孫系に従ったもの

◆8……大物主研究は、阿部眞司『大物主神伝承論』（翰林書房）が秀逸です。

は、その名が記されてはいます。人格的な神になってはいますが、種族のことです。そうしたなかで、はっきりと大きな神として描かれているのが「大物主」であり、また「猿田彦大神」です。猿田彦については吉本さんはふれていませんが、天つ神共同幻想と国つ神共同幻想を橋渡しするという「共同幻想の統治制化」にとっては、もっとも重要な神になります。

崇神天皇のとき世の中が飢饉や餓死で荒れた、すると夢の中に大物主があらわれてオオタタネコを招いて自分を祀るようにいったという挿話がそれですが、これは、奈良＝大和に天皇系はアマテラスを始祖として祀っていて、それが飢餓や餓死の原因だ、皇祖神を追い出し、場所神である大物主を祀れという、びっくりするような話です。天皇はそれを受け入れます、すると世の中は平安になります。

これは「すめらみこと共同幻想」では統治できない、元の「国つ神」をたてて統治せよということです。さらに垂仁の時代にアマテラスは追い出されて、北上し、そして南下して伊勢におちつきます（垂仁紀）。崇神の子、垂仁は七人の姫と婚姻しています。別族だとおもいます。ですからアマテラスを追い出しえたのではないでしょうか。

国つ神の場所共同幻想がいかに強大であったかという、非常に重要な挿話です。これが、あまりに見落とされてしまっている。ただ崇神の修正統治であるかのように処理されていますが、よろしいでしょうか、皇祖神が統治中心の場所から追放されたのです。とんでもない話ではないでしょうか。書紀でさえ、この話を古事記より克明に描いています。無視しえなかった、消し去ることができなかった。大物主の娘が神武の后（初代皇后）ですが、そのあと、ちゃんと祀らなかったから世の中乱れたというのです。それは、書紀でも出来事として無視できなかった。そこで大物主ではない「言代主」に代えその娘を神武の后だと書き換え、脈絡を断ち切ります。それほどのことであったのです。

けだし、「すめらみこと」共同幻想は崩壊はしていないのです。むしろそれを守るために皇祖神を大和から追い出したのです。

　これは、ヤマトタケルが征圧した「まつろわぬ」人々が、天皇支配の言うことをきかないが、大物主にはしたがったという挿話としてもでてきます。明治天皇制国家においても大神神社をつぶすこともできないし合祀もできていない。

　垂仁の挿話も、出雲が変わりなく強大でありつづけたということの比喩の表象です。別族だから、サホ彦の反乱にあい、サホ姫が兄との近親相姦で残した子が祟りをうけてか、物言うことができないで出雲にたよることになっています。これは出雲風土記の大国主とその子の話の転移です。共同幻想間の軋み、彦姫制と政権とのいたばさみであるのはたしかですが、幻想の統治制化からみていくと、国つ神幻想配備の問題になります。

　つまり「すめらみこと」共同幻想は、結合化・統合化によって国つ神たちの上に聳えたち、そこには手をつけなかったということにおいて存続しえた幻想構造の配備をつくりだしたということです。男系の政治権力体制を構築し、呪術的・巫女的なものは政治的力をもはやもたないようにした幻想形態は、国つ神共同幻想への統治制化の仕方です。しかし、女性の力や存在の大きさは存続していますし、女帝も出現しています。天皇の姉妹がなる斎王の制度もつくられましたが、仏教が入ってきて、仏を祈れないと悲嘆するような斎王です。

　父に疎まれたヤマトタケルだという論述に異論はありませんが、わたしはそこで大事な論点はむしろヤマトタケルの時代でさえ、まだ「すめらみこと共同幻想」統治がいきとどいていなかった挿話だとみなします。白猪は「国つ神」です。それに敗北したという挿話であって幻覚ではありません。

　そうやって読み返してみて、幻想プラチックを読み解いていきますと、高天原国の話である、大国主＝出雲の話である、日向へ移動した日向の場所での話である、倭の場所の話である、つまり別々の場所の話であることがみえてきます。多元的な場所国＝国つ神たちがいて、それと天孫系・皇孫系がいかに関係したかという話が、つなげられたということがわかります。その媒介に、「国生み」があり「国譲り」があり「天孫降臨」があり、「神武東征」があるということです。ですから、日本書紀の画一空間では、葦原中国のなかの地方の話だと転化されていきます。古事記と日本書紀との間に、多元的場所共同幻想から一元国家的共同幻想への、共同幻想の統治制化の大転換がなされた、その転換の過程は突如ではなく数千年を要したであろうということです。

共同幻想国家論は、この多様な場所共同幻想と国家的一元共同幻想とを、同時的に組みこまねばならないということになります。幻想の統治性化の要は、共同幻想が国統合的に飛躍したところで、土着の国つ神共同幻想の力は消えていない、強い力で機能しえる配備がなされているということです。それから、すでに指摘しましたように、天つ神はイコール天皇ではないということです。ここは決定的な意味をもちます。反天皇制の思考が「天つ神」の幻想形態を了解しえていない、それは天皇制の解体の力をもちえないのです。つまり、場所の国つ神は、自分たちの天つ神を独自にもっていた、その構造的な構図において、皇孫系の天つ神に転化し、服属していったのであろうということです。婚姻関係が、そこを暗示しています。婚姻＝対幻想を媒介にして、共同幻想の転化・疎外をはかったということです。共同幻想の関係構造に、統治制化の作用を読み込んでいかないと、神話プラチックとして記述されていながら幻想シニフィアンしている働きが見落とされます。「すめらみこと共同幻想」という幻想支配形態の〈共同幻想の国家化〉において、国つ神共同幻想の統治制化の問題が、非常に重要なものとして潜在しているのです。猿田彦大神が天孫降臨で調整の役割をはたしていた、それが伊勢の海で溺れ死んでからは、皇孫系は武力による征圧に非常に苦労していくことになったのです。

4　幻想構造と国家論：婚姻による対幻想と共同幻想の統治制化の関係

吉本さんは、アジア的ということの論述のなかで、姉妹が祭祀をつかさどり兄弟が政治をつかさどった、という彦姫制の統治制化をくりかえし指摘していますが、わたしはもっと幻想論自体にこだわって、日本の古代国統治は、二通りの国家的なものになっていく設計原理をもっていると考えています。第一は、高天原共同幻想と天つ神共同幻想とを結合させた「すめらみこと共同幻想」が古代国を形成しえたということ、それが多々ある「国つ神場所共同幻想」を配下におさめたということです。第二は、「葦原中国共同幻想」を画一的に拡張して、それを皇孫系が統治したという一元国家的な統治制化の幻想化です。この二つの設計原理を共存させて、古代国統治が構成されたとみなします。ほとんど後者の原理で統治はされていきますが、神話上でさえ実際の一元化はなされていません。支配の側が統治される土着の共同性の上に乗っただけで、介入していないのです。そして古事記的な幻想表出の前者がなくなったのではなく、戦国時代に再出現したと考えます。つまり、国つ神共同幻想をあいまいなものにさせてきたが消滅はさせえなかった。国つ神共同幻想の上に乗ったという仕方で、よほどの事がないかぎり下に手をつけなかったということです。そのかわり、国つ神の場所側は、貢ぎ物や歌を献上して仕えたということになります。東歌です。いまだに宮中で、国民からの歌を天皇・皇后の前で献上しています。その献上の仕方のなかに、相撲もあります。奉納相撲です。一番有名なのは、九州の日田の「日田どん」です。日田どんは、出雲の鉄と戦って勝っています。日田族＝大蔵族ですが、勢力があったということです。

本質的な問題は、対幻想と共同幻想は次元がちがいますが、それなのに兄弟姉妹の分割統治として記述されるとき、両者を同致してしまっているではないかという批判です。ここは、なぜ吉本さんは共同幻想論のなかで、神話の中の「婚姻」の問題をあつかわなかったのかということに関係してきます。神話は、男女神関係が非常に重要な要素になっています。それを吉本さんは指摘しながら、婚姻関係を真正面から対幻想の問題としてあつかっていないのです［※1］。さらに、「媛」の位相は神話のなかでちがって表象されていきます。つまり対幻想の配備が変容していくのですが、そこの捉え方が、視座として真正面からの対幻想と共同幻想との関係として把捉されないため、こうした誤認や批判がでてしまうのです。

共同幻想と対幻想の同致とは、自然生成的な幻想関係ではなく、幻想の統治性化の次元に配備されている関係編制なのです。

共通の本質視座は、「女」の本質規定として、女は対幻想の対象に共同幻想を据える、ということでした。その視座から、神話の動きを見ていきましょう。

アメノトコタチとクニノトコタチは独神ですが、これは天と地のペアです。男女神が最初に出現するのは、ウヒヂニ／スヒヂニ、ツノクヒ／イククヒ、オホトノヂ／オホトノベ、オモダル／アヤカシコネです、後者を「妹」としています。夫婦とも兄妹ともわかりませんが——というより前氏族的状態では夫婦・兄妹といった役割のことではないペア祭儀表象が基本であったとおもいます——、対的です。ただ何も生んでいません。これらはとても無機質な存在表象です。自然の相反性を対的表象しています（書紀では幻想関係は意識化され、「乾坤の道、相参りて化る」と訓まれています。天地が対的に配備されています。対幻想の自然表象化であるといえます）。

生むのは次の「イザナキ／イザナミ」からです。国生みをなすイザナキ・イザナミが登場します。二人で国をつくっていこうという関係ですが、六十ぐらいの神を生んでいます、さらにイザナミ自身として、またイザナキ自身としては二十神ほど生んでいます。

これら神々は高天原領土あるいは視えていた範囲を遡及的に設定した領土・版図のことで、自然形象です。ここに統治制化として隠れているのは、イザナキ／イザナミは国つ神関係である［※2］（ないしは兄・妹の近親婚としての土着の性的幻想表象）ことを、天つ神の婚姻へと共同幻想の統

※1……『母型論』の「贈与論」ではじめて婚姻を贈与関係から言述しています。「初期天皇群」は「複数の母（妻）系の氏族と婚姻関係をもつことでそれぞれの氏族から多重な贈与をうけ、父（夫）としての〈霊威〉を多重化した」と神武から五代まで婚姻によって版図を拡大し、大和地方を離れ遠隔化をなしていると説いています（140-141頁）。

※2……高千穂の夜神楽では、イザナキ／イザナミは酒づくりの神で、国生みの神という幻想性はまったくもっていません。神楽のあいまの余興として演じられます。

治制化を組み立てたということです。さらに、天つ神＝イザナキ、国つ神＝イザナミの婚姻という同盟結合の統治制化の表象でもあります。それが、天つ神同士の婚姻と転移されて統治制化されています［※3］。少なくとも三重の共同幻想の統治制化がなされているのです。それが、共同幻想が対幻想と同致していて、なんの軋みもなく子＝神々を産んだと自然化されている共同幻想です。しかし、それは軋みます。

イザナミは、カグツチを生んだことでホトをやけどして死んでしまいます。なのに、イザナキは黄泉国へイザナミを連れ戻そうとして訪れるのです。イザナミが、出自の国つ神の場所に帰ってしまったからです。イザナミは黄泉軍を率いて、イザナキに戦いをいどみます。イザナキは逃げ帰ります。共同幻想の同致と軋み、分離・対立が描かれています。

吉本さんの幻想関係考察の論理を深めていきますと、こうした次元がみえてくるのですが、吉本さんはイザナミ／イザナキの婚姻関係を自然的な様態としてしまいます。これは、共同幻想の国家化をおさえるうえで致命的になるのも、創生神話に配備された話であるからです。共同幻想と対幻想の同致は、すでに統治制化の重要な配備です。その同致をなさないと「国生み」、つまり共同幻想の国家化はなされないからです。共同幻想の分離から国家化がなされていくのではないのです。いいかえますと、皇孫系の創生神話として幻想関係が国つ神幻想とはちがって書き換えられているということです。この共同幻想の統治制化の作用・作為は、初源の国家的生成をはらんでいる幻想表出なのです。

イザナキが、黄泉国から逃げ帰ってきて、穢れを落とそうと祓いをして、神々が生まれます。男一神で子を生んだなどおかしいとばかなことを言う学者もいますが、それは、もはやイザナミ＝国つ神の助けなしに天孫系だけで征圧支配していったということです。いくつも禊から神を生んでいますが、イザナキひとり＝高天原国だけで、同盟ないし征服したということです。婚姻して生んではいません、つまり対幻想なしです。これが共同幻想の統治制化の第二段階です。そし

※3……書紀では「夫婦」になったとはっきり個人化されています。最初のまぐわいで失敗したのは、国つ神祭儀でしたためです。つぎに仕方を変えたのは天つ神祭儀でなして成功したという、対幻想次元の配備の転移です。

古事記は自然性的になしていますが、書紀は人為的になしています。微妙な統治制化のちがいが表象されています。

わたしがいいたいのは、共同幻想にたいする作為の統治制化がすでにはいりこんでいるということです。自然性化も統治制化の効果であるということです。

て、アマテラス、スサノオ、ツキヨミを生みます。三貴子というはっきりした人格ある神が登場します。つまり、共同幻想を抱えられる神ですが、分担しています。共同幻想の統治制化は分担されるという第三段階です——先をいそいでしまいますが、社会の共同幻想のなかで種別的な制度幻想が分担するという統治制化になります。そして、ようやく「高天原国」を編制することになった、一つの共同幻想配備が国家的なものにつながるようになされたということです。ここは、もう共同幻想の国家化の初源段階になっているのです。アマテラスもツキヨミも婚姻しません、巫女として機能しているだけです。スサノオは、追放されます。二人の「うけひ」から生まれたオシホミミは婚姻します。アマテラスとスサノオはもはや婚姻しません、「うけひ」の祭儀をなすだけです。そこから子を生みますが、それはもう統治した対象であるということです。

ここを冷静にみていきますと、高天原では誰も婚姻していない。つまり征服的な同盟をしていないのです。スサノオは追放されたあとで地上婚姻しています。八岐大蛇を退治して救ったクシナダヒメ（櫛名田比売）と婚姻します。次いで婚姻したのは、カムオホイチヒメです。前者が、ヤシマジヌミの系（ニニギに繋がる）になり、後者がオホトシの系になります。ここで、男女婚姻の系図が成り立った、つまり対幻想と共同幻想とが一致しながら版図を拡大していく構成が成り立ったということです。この配備は、イザナミ／イザナキの天つ神次元の配備とは異なります。相同していますが、統治制化の次元が異なります。婚姻して子を生みます。それは協働して征服したか、あるいは媛側に従属していた国の結合的な包摂です。実際に生物的に産んだ赤児の名ではありません。これが、共同幻想の統治制化の第四段階です。前者の系図からは大国主神を生んでいます。しかし大国主には兄弟がいる。その兄弟を生んだとはなっていません。天孫系と直接関わりのない別の国つ神の系の存在があるということです。

そして、天孫降臨となっていきます。もうだめだ、高天原国の統治では不可能だ、別の場所へ移動しようということです。高天原国はなくなったともいえます。ただ共同幻想としてアマテラスの祭祀がなされる幻想としてだけ残ったともいえます。山奥の誰もいないような日向に移動＝降臨します。アマテラスの子ではない——アマテラスはどこも征服・征圧していません祭祀機能だけです——、そこに属していた王＝神が婚姻を高天原ではじめてなす、それがオシホミミとトヨアキヅシヒメですがニニギを生みます。そのニニギが天孫降臨したのです。ニニギは、大山津見神の娘コノハナノサクヤヒメとしか婚姻していません、それは純血的なのではなくそれしか同盟しえていないのです。その子ホヲリ＝山幸彦は大綿津見神の娘・豊玉媛と婚姻しますが、生んでいるところを見るなといわれ覗いてみるとワニが子を生んでいた。これが海人系です。山人系と海人系が、これで統治協力に入ったとなります。その象徴表象ですが、大山津見神も大綿津見神もすでにイザナキ／イザナミが生んだ神です、つまり天孫系列に配備されていた部族です。山人系と海人系を領有したことで、ニニギの孫の神武は東征が可能になっていく強力なものになったということの幻想表象です。共同幻想の統治制化は異部族の統合をなし、一元的な共同幻想が神権と政権をともに抱えて確固としてきています。ここで、天孫系＝皇孫系の統治制化はとりあえずの完成です。少なくとも五段階というか、五通りの共同幻想の統治制化の配備があるということです。神武は末弟ですが、それが軍事・政治力をもって征圧統轄していったのです。

神武の特徴、つまり「すめらみこと共同幻想」の特徴は、婚姻なしに武力のみの征圧がなしうる力をもってきたことの状態——それが東征ですが——から、倭国にはいり、倭国を制圧して婚姻したことで画定されます。梅原猛との対談で、吉本さんは東征には何百年もかかっていたのではないかと述べています、つまり神武だけではないということです、わたしもそう思います。

神武は倭に入るまえにアヒラヒメと、入ってからはイスケヨリヒメと婚姻しているだけです。この同盟的な仕方よりも、武力行使の征服が主になっています。

神武以後の天皇も婚姻していきますが、妻は多くて二、三人です。それは対幻想をもって他の共同体種族を同盟征服的に治めて共同幻想領域を拡張していったということですが、むしろ征服は他の軍将によるものになっていきます。その象徴的典型がヤマトタケルです。まだまだ統治支配がなされえていなかったということです。ヤマトタケルの子が仲哀天皇ですが、仲哀は祟りにあって死んでしまいます。共同幻想の系が違ったからです。倫理ではないです。ヤマトタケルの系は断ち切られます。

垂仁天皇（十一代）は七人、景行天皇（十二代）は七人、応神天皇（十五代）は十人、継体天皇（二十六代）は八人と婚姻しています。これはおそらく、直系ではない他種族の王であったのではないでしょうか。ですから婚姻＝同盟関係が多い。天皇系は、「すめらみこと共同幻想」を統治制化において配備し行使しうるものが引き継いだのであって、統治制化の神権・政権の力能と支配勢力の強さを持っていたものだとおもいます。血の直結ではない。

国つ神の大国主は、天皇に匹敵する数の六人の媛と婚姻して一大制覇をなしているのですから、そこが推察できるといえます。絶倫のはなしではありません。

わたしはほんの概略を述べているにすぎません。しかし、ここから統治の初源的な国家編制の実際を考えていくことです。わたしは神代記の解読はしましたが、天皇記についてはほんのいくつかふれただけで、時間があったならこれを規準に考察したいと考えます。幻想形態と国家形態と統治形態の統治制化のより詳細な対象化になるとおもいます。ともあれ、このように征服支配ないし傘下におさめたことを、婚姻と子を生むとして擬人化し、しかも家族系譜化して述べている幻想物語化の見事さです。つまり、対幻想の系譜化＝時間化で、共同幻想を継承存続させているのです。まずはそこが基本です。対幻想的に共同幻想支配が可能になる統治制化を配備し叙述したのです。みな血族で「神だ」としてしまう、さらに記録にも残してあげる見事さです。他の国々でも皇孫系とは別に類似したことを記述したと想像できますが、完全に焚書された。すめらみこと＝皇孫系のものだけ残した。これも幻想の意味作用をよくわかっていたということではないでしょうか。しかし、いくつかは「偽書」と疑われながらも残滓しています。とくに『先代旧事本紀』は無視しえない。そこには異なる共同幻想の統治制化が語られています。しかし、幻想関係の統治性様態の基本は、吉本共同幻想論の応用としてなされることです。いかに、わたしがなしたような修正がされようと本質軸の原初はぶれていません。

近代天皇制国家で、国民はみな天皇の子だと家族化する幻想が機能しえたもとになるのは、古事記・書紀幻想の累積があったからです。対幻想＝共同幻想だと統治構造化した幻想編制です。

5 葦原中国と〈社会幻想〉の本質起源

「社会」概念は近代のものでしかないと指摘しておきましたが、吉本さんの「社会の心的共同性」という概念が国家の共同性と同致されてしまっていることも指摘しました。それでは、日本で「社会」なるものの起源・発生はどこにあるのかということですが、幻想本質としてそれが日本書紀の「葦原中国」であるということです。「葦原中国」の幻想配備の累積が「社会空間」を成り立たしめているものです。

古事記で国生みしてもそれを葦原中国とは言っていません。大八嶋国と言っていました。葦原中国より黄泉国の方が先にでてきます。葦原中国がでてくるのは、イザナミと戦っているときに、桃の実をなげつけるときです。そして、アマテラスが天石屋戸に籠ったとき、高天原が暗くなり、葦原中国も闇になった、そしてでてきたとき、その二つが明るくなったと述べられます。

スサノオの追放も、大国主の国作りも、出雲だといわれているだけです。

アマテラスが、「豊葦原」と称して、葦原中国をおさめるのは自分の子だと派遣しますがみな寝返ってしまいます。そして、大国主の国譲りで、葦原中国は天つ神の御子が治めることだとなりますが、共同幻想に配備されただけで統治しきれない。そこで葦原中国を平定するのだといって、ニニギの天孫降臨になります。すでにみたように山奥です、高天原の敗北による移動です。しかし、幻想形態として葦原中国を統治するのだということは放棄されていません。天皇記になっても支配統合は一向にすすみません。しかし、一元統治支配の幻想意志はもち続けていたということです。

書紀は、国生みで「大八州国」を起こしたとなります。ここで決定的なことは、書紀ではイザナミは死んで黄泉国などへいっていません。イザナキとイザナミの二神で、オオヒルメノムチ(アマテラス)、月の神、スサノオを生みます。黄泉国(=国つ神の場所)などはないのです。スサノオは根国へ追放するぞとされます。豊葦原中国がでてくるのは、アマテラスが石窟に籠ろうとするときです。記紀ともに、この石屋戸籠もりが、葦原中国統轄の節目のようです。しかし、実際統治はしえないで、ただ「照らす」幻想としてです。書紀本文に大国主の話はありません。一書にバリエーションがあるだけです。スサノオがおさめ、根国へ死んで逝きます。そして、すぐニニギの段の話になって、その文脈で、タカミムスヒが、ニニギが「葦原中国の主」となるのだ、そのためにさばえなす神=オオナムチ(大国主)がいるからその「邪しき鬼(もの)」をはらいのけろと神々を派遣します。が神々は寝返ってしまう。その後、大国主を征圧して、ニニギの天孫降臨です。ほんとに制圧したならそこに居るか誰かを赴任させればいいのに誰も出雲に入っていない、なにも日向の山奥に降臨する必要はないはずです。ニニギを葦原中国の主にすると、最初から設定しています。古事記ではただの何もない場所の日向へ逃れたにすぎません。

何が記・紀の間で微妙に違うのかと言うと、古事記では国つ神の存在がかなりはっきりと表象されますが、書紀では葦原中国の平定だと最初から一元化されています。空間概念が全くちがいます。

その後も神武の東征まで、古事記は、高天原の話、出雲の話、日向の話、そして倭の話と、場所が変わっていくのですが、書紀では、葦原中国のなかの地方の話となって、統治する主=神の話になっています。間にはさまれた「一書」のたくさんの話が場所のことです。無視しえないため、正統記述からはずして「一書」の異文羅列で統合系からはずしています。

例証はいくらでもできますが、要するに幻想空間がまったくちがうということです。共同幻想の統治制化が古事記とは異なるのです。古事記は多元的共同幻想のいろんな国つ神がらみの場所、書紀は一元的共同幻想空間のなかの主＝天孫系のことです。書紀は最初から統一支配空間が設定されているのです。つまり、書紀の葦原中国の幻想空間は、後の「社会空間」の均一・均質空間を原初的に設定したものになりえているということです。共同幻想の国家化の配備において「社会空間」が最初から統治制化として配備されているのです。その頂上に天皇がすわるという構造が最初から設定されているのです。

わたしが共同幻想論に「社会幻想」を設定した根拠は、この「葦原中国」幻想空間が古事記の日本書紀への転移において設定されていたことにあります。それは経済社会的な構成ではありません。さらに農耕社会の空間ではないのです。スサノオは農耕民の始祖ではありません。あくまで幻想的空間に配備された神ですが、あきらかにそこでの出来事は、高天原でも天つ神幻想での話ではない、地上の「幻想的」出来事なのです。婚姻は共同幻想次元ですが、それに派生・付帯する出来事は葦原中国での出来事とに分化しています。共同幻想の統治制化の五段階を古事記で分節化しましたが、書紀にはただ葦原中国を統治制化する幻想配備があるだけなのです。それが、もう初源的な共同幻想の国家化として配備されているのです。わたしは、それを社会空間に配備された「社会の共同幻想」における「社会幻想」の統治制化であるとして、構造化しました。その中に、現在でも先の古事記の統治性化の五段階が、相互関係的に編制されていくのです。その複雑な編制は、8・9章で、現在表象として述べていきます。

ここで実在と幻想との関係を指摘しておきます。幻想は歴史実体の記述ではありませんが、なんらかの形で実在を根拠にした表象を描いています。「幻想化された実在」です。しかしそれは農耕社会というような経済社会構成ではなく、ほとんど政治統轄次元での「幻想化された実際」

であるということで、つまり神話記述の言説上の実際です。「実在」、「幻想化された実際」、そして「幻想」、これらはまったく違うことです。「幻想化された実際」の出来事は転移されていますから、その裏を幻想規定から読みとらねばなりません。幻想に「意味されたもの」には、幻想実際はありません。「生んだ」と〈意味されたもの〉は「征服した」という幻想実際の〈意味するもの〉の転移言表化です。ここは注意してください。あくまで、幻想規準から解読することです、でないと神話解読は不可能です。拙書『国つ神論』で徹底解読しています。古事記における皇孫系による幻想生産技術は、実に見事な表出・表現になっているのです。知の対象、自発的過程の場、反抗の場、一元空間としての葦原中国＝社会です。

6　幻想と歴史

物語化された神話次元の幻想関係の軸は概ね以上のようになりますが、天皇記では実在の歴史との関係が登場して事態は別次元へとなってきます。神代記は皇孫側が天孫系にあることを正統化した整合制化の神話世界ですが、天皇記は皇孫系が支配していく正統化から崇神以後、とくに応神、継体以降ですが、象徴体系の有効性を国統治のあるべき姿として描いていきます。大伴、物部、蘇我といった官僚が競合的なビジョンの闘争において正しい支配的ビジョンを正統化していく「象徴体系を生産する代行為」のシステムとなって国統治の言説が生産されていきます。そこは、いずれ機会があったなら論述するつもりです（緻密化されるだけで、根源的な本質規定に変化がおきるとは考えられません）。しかし、もしこの日本において革命的転換の実際をなそうとするなら、初源的幻想構造への考慮なしにはなんの力をももたないとおもいます。わたしは、武士制だけは場所共同幻想の政治現実として重要なのでやりきる準備をして、日本統治制史上でもっとも重要な時期であると考えるからです。しかも武士制の場所心性はいまだに各地に残滓しています。網野史学が、南北朝をもって天皇制を相対化しうるかのような呈示をしましたが、粗雑すぎます。そんなことで天皇制は相対化できません。天つ神権力次元に国つ神が出現・分裂しただけのことです。血のつながりなどより根深い幻想関係存在があり、その根源的な根っこは葛城氏であり、また継体天皇や桓武天皇です。天つ神の場にはいりこんで、すめらみこと共同幻想の継承者であるかのようにふるまうのです。それを武士統治は拒否し、二重権力といわれてしまう構造を造ったのですが、そこは緻密に考え直さねばならないとわたしはおもっています。仏教の侵入は、国つ神共同幻想の信仰心性の次元へはいりこめたゆえ波及したと考えます。

都城に髪長媛がいます。それは応神が見初め、子の仁徳天皇の妃になります。薩摩藩は都城が発祥地です。それが、幕末期に勤王派になって江戸幕府を倒します。場所の幻想力です。古事記では薩摩隼人の場所でもあります。天皇への反旗を断念し、ずっと共存してきました。乱暴ですが、そういう幻想系譜がそれぞれの地で国つ神を媒介にしてあるはずです。歴史に幻想系譜を織りこむことです。国家による普遍性の独占は、共同幻想が普遍的な見方として出現した初源にあるのですが、どこで共同幻想から国家が超法規的なものとして疎外構造化されたかです。共同幻想の系譜と別に国統治の構造化されていく系譜が併行して、相互変様していくところに〈歴史〉があるといえます。〈国家〉はそれらの重層的な生成構造であるのです。

歴史学は、だいじな資料的素材を提供してくれます。しかしそれをも疑ってですがツールにしながら、幻想論と意志論から見直していくことです。歴史学者による「解釈」は、まったく信用していません。理論がなさすぎます、史観は理論です。そこをつくらないかぎり何もかわりません。網野史学のように民族次元と社会構成体次元があるという粗野な史的唯物論系譜の思考では、網野中世史自体も生きません。中世史研究がおもしろいのは、一元統治支配を相対化させてくれるからです。それで統治制の多様な様態が出現していきます。

織田、豊臣、徳川へといたる統一指向過程は、日本書紀幻想と古事記幻想との相克の変容態で

◉「補記」

吉本思想において、共同幻想論に関して、ナショナリズム論と南島論の二つのテーマがあります。しかし共同幻想論の吟味は、ナショナリズム論／南島論にはないとわたしは結論づけています。

★ナショナリズム

世界的にナショナリズム論は複相的で、ゲルナーとケドゥーリの見解が古典的な機軸になって近年ではA・D・スミスの論述が注目されていました。

論者はさまざまですが、民族国家の国家の側から観るか、エスニック集団の側から観るかの大きくは二つに分かれるといえましょう。民族の〈心性〉に関わる観念領域のこととわたしはおさえます。とりあえず、世界線で総体的に検討してみましたが(拙書『哲学の政治　政治の哲学』10章「ナショナリズムの政治」)、あまり意味ある問題領域とは考えられません。「不気味な実在感」(橋川文三)として、ナショナリズムがファシズム化したことの根拠を問いかえす検証がなされましたが、絶対的友愛と絶対的敵対を共表示するものとして、共同幻想と自己幻想とが合体した一種の窮極形態で、共同幻想

あるとわたしは想定しています。そこに対立諸関係の闘争様態が浮上していくでしょう。彼らは〈国家〉をつくりえていない。日本固有の統治制世界を構成しただけです。そして江戸幕府統治は、天皇制の幻想統治と類似した形態ですが、儒学という言説の真理体制をもったことで幻想構成は大きく異なってきます。国統治への認識構造の変移です。藩統治は旧来の城主と新城主との拮抗差異としてあり、表に仏教をもちながら、しかし国つ神幻想は存続したままであると思われます。したがって、明治天皇制政府は、合祀でもって国つ神幻想をぐちゃぐちゃにわからなくさせて、アマテラスを国家神化して軍国主義へと編制していきますが、近代国家の編制を創生しました。それは、もう古事記のアマテラスではありません。別の近代共同幻想です。また社会幻想において学校幻想、医療幻想、産業幻想など多様な近代幻想がそこには織りなされて、古事記幻想は歴史的に戦後廃棄されていきますが、ブルデューの言うrites d'insititution（制度儀式）をとおして、社会の代行者総体に身体的・精神的な拘束とディシプリン（規律と教義的原理）をもって画一・一義的な押しつけを内在化させていきながら、国家的共同幻想の心性を無意識にもった代行為者たちの承認をもってです。非常にあらっぽい概略ですが、根本視座は幻想と意志との関係から実証をみていくことを言いたくて述べました。

幻想の歴史表出様式として考えていくことですが、それは国家形態ではない、統治制形態の変移です。その基軸にある「天つ神」共同幻想と「国つ神」共同幻想の幻想存在を、日本人として忘却してしまっているのではないでしょうか。

ここでは、初源としての幻想国家論となりうる素材を供しました。幻想が、国家的構成をいかになしているかです。そのとき共同幻想には、種差的な水準と諸相があるということでした。現在は、暗黙に「共同幻想」を設定したとき、民族国家が国家的枠組として設定されてしまっている、〈日本国〉の共同幻想とされてしまっている、それは無意識の誤認です。天つ神共同幻想は、

の国家化における国家支配のイデオロギー・機能・手段の象徴統御として批判考察すべきものです。

吉本さんは「日本のナショナリズム」(1964.6)で、知識人ナショナリズム／インターナショナリズムを批判し、大衆ナショナリズムを軍歌・唱歌・童謡などの唄の史的変遷から検証し、国家思想ではない、政治権力支配ではない、大衆の思想であると布置しました。

いまや、文化ナショナリズム、トランス・ナショナリズム、など十一ぐらいに識別されるように拡散していますが、根源は、ネイション／ナショナリティ／エスニシティといかにからむかです。非西欧のナショナリズム、またオリエンタリズムなどにも派生させています。それが、もはや消費者的個人化の拡張のなかで集団幻想としての自然感情にはなっていかないのではないでしょうか。代わりに全体主義感覚へ直結していくように見えます。わたしはこれらの概念の外部に〈場所〉をもってくることで、共同幻想への対峙的可能条件を探る結論になっていますので、本書では論じていません。詳しくは拙書をみてください。

北方神話からきているという指摘があるように、共同幻想はナショナルな国家枠に内在するものではありません。そのナショナルな方向への傾斜を働かすのが、「すめらみこと共同幻想」が遡及的に「高天原共同幻想」を天上へ疎外するということになり、天つ神の天孫系が皇孫系であると系譜だてる幻想生成を幻想統治技術としていったのです。

現在国家においても、高天原共同幻想／天つ神共同幻想／すめらみこと共同幻想、そして〈社会〉に累積している「葦原中国幻想」、さらに〈場所〉に残滓する「国つ神共同幻想」は作用しているのです。最古の世界に結びつけられている幻想構造関係が、現在の社会空間における社会メカニズムとして有効に機能している様態が隠されているだけです。しかも国つ神は、これからの場所環境設計には不可欠の幻想力です。幻想の統治制化と実際の統治制プラチックとの関係を、幻想技術と統治技術の関係から考証していくことです。

国家的共同幻想は、単純な一元的幻想ではないということです。村落共同体の共同幻想から国統治の共同幻想への転化においては、姉妹を媒介にした親族の対幻想の介在からなされるという本質規定をうけたうえで、場所間、国つ神間の婚姻形態が構成されていきますが、基本となる幻想構造は、場所共同幻想が象徴する国つ神と、その場所共同体自体が場所において疎外している天つ神的な共同幻想との構造関係を構成しています。そうした多元的な場所があちこちにある。「すめらみこと共同幻想」はそれら場所＝国つ神共同幻想の統合的共同幻想を形成し統治制化していかねばなりませんでした。それには、二つの原理があって、一つは自らが天つ神の布置の代表であると編制する高天原共同幻想が、天つ神と国つ神との共存を構造的にはかって、天孫降臨を媒介にして猿田彦の境界神を代理表象させて、あまねく場所国つ神と協働をはかっていくということ。もう一つは、皇孫系の布置を大前提に幻想としてたて、葦原中国の均一空間の幻想空間をたてて、そこに含まれている各地域の存在だとして統治支配にはいるという仕方です。この結合体が、古代国統治のすめらみこと共同幻想＝天皇共同幻想を可能にしたということなのですが、

★「南島論」

これは、日本の天皇制共同幻想をふくんでの日本国家を覆滅すべきものを埋蔵している沖縄・琉球から、地獄で地獄をあらう作業として考察された思想的査証でした。起源を問い、祭儀・祭祀の差異から相対化しようとした多角的考察で、二〇一六年に『全南島論』（作品社）で一つに整理されています。『アジア的ということ』（筑摩書房、二〇一五年）も刊行され、それとあわせて読まれるべきものです。南島だけでなく、北の祭儀・習俗の検証もはいってきます。

共同幻想の相対化が、南島論でなされうるかどうかにわたしは疑問をもつゆえ、場所共同幻想論を布置しました。構造転移は、横の空間的広がりという国家空間・葦原中国空間の外部ではなく、構造内の下の場所空間からなされることだと、わたしは転移設定していますので、本書では論じていません。

村井紀『南島イデオロギーの発生』（岩波現代文庫）をあわせて読まれるとよいと思います。

古代〈国家〉なるものではない〈国〉統治がいかにありえたのかをふくめて問うことです。こうした、初源的な幻想形態、幻想編制、そして幻想構造を国家化の編制のとらえ直しとして考慮しておかねばならぬということです。過去のことではない、現在の共同幻想の本質として編制されていることです。福沢諭吉の脱亜が、大東亜共栄圏、鬼畜米英、そして米国への憧れ、日米同盟的構成に、百年もしない間に変容していくのは、共同幻想的国家なるものの構造が何ら変わっていないことのなかでの入れ替えです。共同幻想国家は、法的次元や政府機関の次元をこえて、日本固有の国家を幻想構造化している。つまり共同幻想を国家枠へおしこめる構造化をなしているということです。それは、統治者・支配者が代わろうと政体が代わろうと、何の変容もない本質的構造です。解き明かすべきは、共同幻想と共同幻想国家との関連です。それを〈共同幻想の統治制化〉においてわたしなりに問題化したのが本章です。

それは、姉妹の拡張という村落からのベクトルと、他の場所の媛との婚姻という場所間のベクトルとの、二重の対幻想編制がなされての構成になっています。そして、この次元とはまったく別個に「葦原中国」幻想空間の設定が幻想編制されていることです。国家的一元化よりも葦原中国一元化のほうが、一元均質空間化をなしているということをみておくべきかとおもいます。つまり統治制の幻想構成です。それは、場所国つ神を包摂し支配し、さらには消滅させていく仕方です。大国主と大物主への仕方がその二つの典型になります。それにたいして、アマテラスとスサノオの関係は、国つ神を天孫系=皇孫系として転化構成していく仕方になっています。場所国つ神の包摂・支配の三つの範型といえますが、そのバリエーションが、内的・外的編制として多々語られているのです。その後、黄泉国を死者の国、地下の国、さらには幽界として編制していくことで、象徴統御の幻想疎外となっていきますが、そこで近代的幻想国家構成の疎外表出がなされたといえます。かの宣長も篤胤も、この葦原中国の一元幻想空間の言説からでることはありませんでした。しかし、戦国武将、その「ごろつき」「もののふ」は、一元空間から離脱した

共同幻想の統治制化

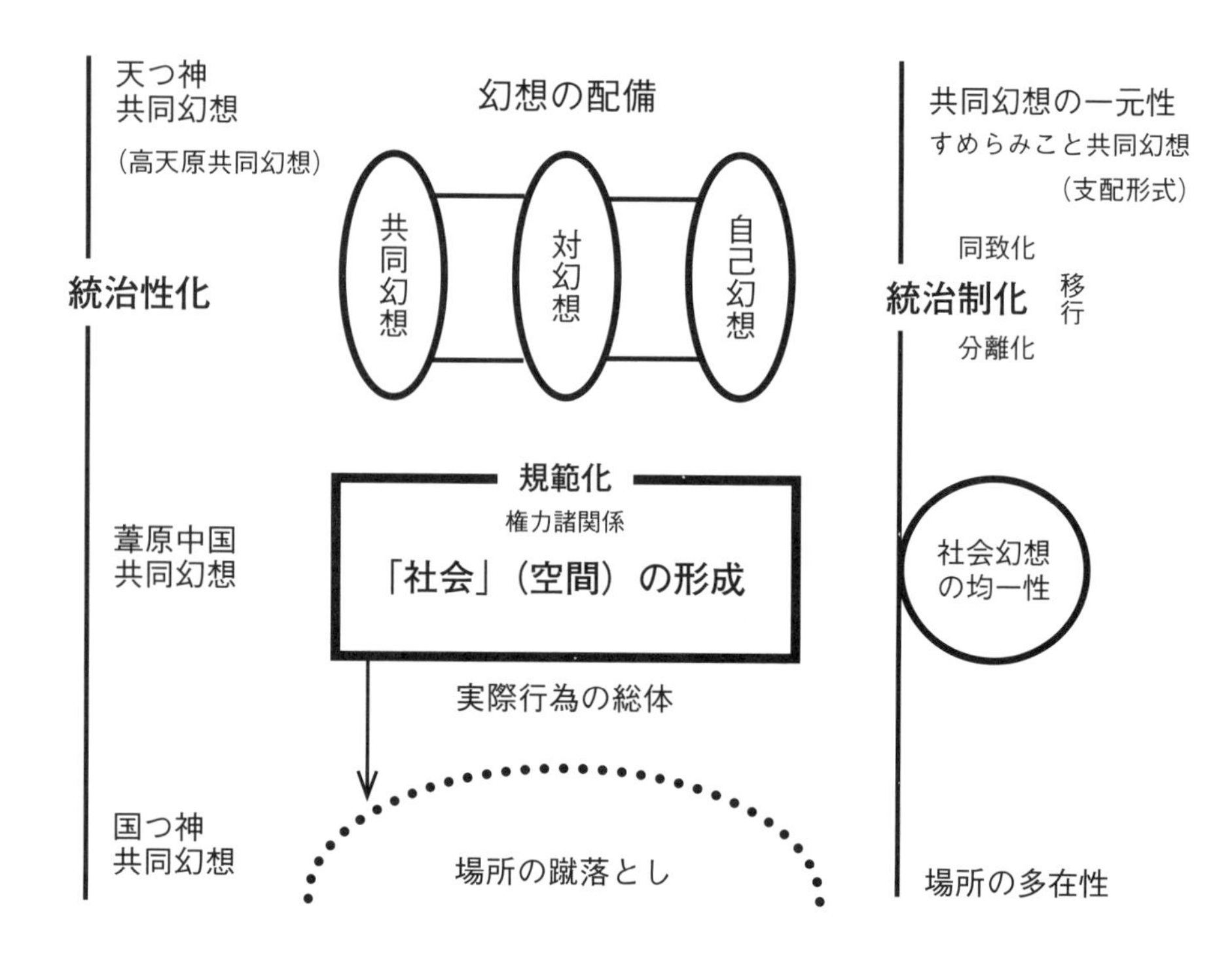

天つ神
共同幻想
(高天原共同幻想)
統治性化
葦原中国
共同幻想
国つ神
共同幻想
幻想の配備
共同幻想
対幻想
自己幻想
規範化
権力諸関係
「社会」(空間)の形成
実際行為の総体
場所の蹴落とし
共同幻想の一元性
すめらみこと共同幻想
(支配形式)
同致化
統治制化
移行
分離化
社会幻想
の均一性
場所の多在性

可能条件を実際につくった存在です［◆9］。

現在の「社会空間」の心性は、葦原中国共同幻想の累積からなる「社会空間」での再認と誤認の「感じること」「考えること」になっており、場所における「国つ神」とその疎外表象である「天つ神」の幻想表象を喪失した心性になっていますが、「祭り」において無意識に出現はしています。「天つ神」は天皇系である必要はないということです。ここが、葦原中国＝社会幻想から離脱する要になる軸です。〈天つ神〉共同幻想は支配形式をもっていませんが、〈すめらみこと〉共同幻想は祭祀・政治の支配形態をもっています。

共同幻想の統治制化を図にまとめてみました。統治性化の原初的配備と、統治制化の現在的配備を対照させています。本質的構造関係に変わりはないのです。ただ、現在では「社会空間」の編成は、複雑になってきます。

そして共同幻想は、そのまま国家的に構成されるのではないということです。国家的な疎外の仕方は、支配統御をなそうとする統治制からもたらされています。また、いかにして民衆を生かそうとしても、その国家的疎外は「支配」「統御」の仕方です。地方人・地方（場所）を統合化し同時に剥奪する（蹴落とす）ことを普遍化するのです。つまり、権力諸関係です。

それに対して共同幻想の場所的な疎外は、場所民たちが生存していくための疎外表出であって、支配・統御の仕方ではありません。「幻想関係／幻想の配備」と「権力諸関係」は、別ものです。そしていかに関係し合うかです。

この違いを読み解くのが、共同幻想国家論の理念的＝理論的な意味となります。

◆9……「ごろつき」の民俗は折口信夫が明示しています。高倉健・藤純子の任侠映画では、「ごろつき」＝侠客が、国家と対峙する場面が多々出現します。アマテラス・出雲大社・春日大社の三神をたてて、国家に迎合して民衆を収奪する悪しきヤクザと戦う侠客です。拙書『高倉健・藤純子の任侠映画と日本情念』（EHESC出版局）で詳述。

8章 近代家族と対幻想：性と国家
――〈対幻想〉の統治性化

1 家族の捉え方

家族とは、西欧的なロジックでいいますと、生物学的な関係によって結びつけられた個人の自然的集団で、構成員をうみだす生殖と、自分一人では生存できない子どもの成長・発達が要求する環境の諸条件が機能している集団ですが、社会的現実および精神的生活のなかに文化として伝統・習俗・慣習・技術や遺産を伝達・保存しながら、子どものしつけ、本能の抑制、言語の習得をなし、情動や感情の心的な形成をなしていくものです。そこに禁止と戒律とが原初的に働いて、心身の形成と保存が血縁の親和としてなされている制度だといわれます。しかしながら、こうした定義づけや規定は、〈家族〉を社会的なカテゴリーでつくっているもので、家族が人類にとって自然的な集団である、社会の場から分離された私的所有の領域での血縁の結合集団である、情動的な愛の義務がある継続的な集団である、などとして、諸々の所有性の総体において、個人の固有性＝所有性を一つの集団に帰属・分与させていることであり、その家族が分離された社会的宇宙にあるとして境界づけられ、聖なる内的なものと理想化しているものです［◆10］。ですからいかに生物学的・心理学的・人類学的・社会学的に多元的に緻密化しても、こぼれおちる諸要素がいろいろと派生してしまい、どんな定義も不十分であるとしかいいようがない、客観性をよそおった主観的な社会的カテゴリーでしかないものです。そして、近代では縮小されて、父・母・子ども（兄弟姉妹）からなるエディプス的な核家族が基本的家族だとされる構造になっています。

◆10……ブルデューの家族論は社会学的な省察として総括的にすぐれていますので、それを参考にしながらこちらなりに整理していきます。Bourdieu, L'esprit de famille (*Raisons pratiques*, Seui, 1994)。本書の邦訳は、誤認が多く使いものになりませんので、原書から考えていきます。

郵 便 は が き

恐れ入りますが、52円切手をお貼りください

101-0051

東京都千代田区
神田神保町1-11

晶文社行

◇購入申込書◇

ご注文がある場合にのみご記入下さい。

■お近くの書店にご注文下さい。
■お近くに書店がない場合は、この申込書にて直接小社へお申込み下さい。
送料は代金引き換えで、1500円(税込)以上のお買い上げで一回230円になります。

宅配ですので、電話番号は必ずご記入下さい。
※1500円(税込)以下の場合は、送料530円(税込)がかかります。

(書名) ¥ ( )部

(書名) ¥ ( )部

(書名) ¥ ( )部

ご氏名 ㊞ TEL.

ご住所 〒

晶文社　愛読者カード

ふりがな
お名前　　　　　　　　　　　　　　（　　歳）　ご職業

ご住所　　　　　　　　　　　　　　〒

Eメールアドレス

お買上げの本の
書　　　名

本書に関するご感想、今後の小社出版物についてのご希望などお聞かせください。

ホームページなどでご紹介させていただく場合があります。（諾・否）

お求めの書店名		ご購読新聞名	

お求めの動機	広告を見て（新聞・雑誌名）	書評を見て（新聞・雑誌名）	書店で実物を見て / 晶文社ホームページ〃	その他

ご購読、およびアンケートのご協力ありがとうございます。今後の参考にさせていただきます。

家族が、社会史によって近代以降の発明だとされても、〈家族〉は永続化されています。それはなぜ？　またいかに？

家族の近代的な現象出現を明らかにしたのは欧米の社会史研究です［◆11］。自由意志による結婚からなされる近代家族形態の出現、子ども時代（児童期 childhood）の発見、母性の発明などが社会的にいつごろなされたことなのかが検証されました［◆12］。家族感情の出現とともにそれは近代的特徴として示されたのです。実際には家族も子どもも母も古代からあったではないかと粗野な常識から批判されますが、幻想に対応しうる〈心性〉次元の意味がわかっていないからで、近代家族は親族との関係を稀薄化して、自由な意志をもった男女が婚姻し、子どもを世話すべきものとして大切に育成するという、父・母・子の三角形核家族心性・感情を出現させたことにあるとされます。それが、暗黙にフロイト精神分析のエディプス世界に対応しているのですが、社会的には、夫婦愛、親子愛、兄弟愛とならんで、母性愛をもって子どもを弱き存在とみなし、親がケアしてあげないとならないという、「児童期」の抽出として対象化されたものをともなっています。さらに、性関係を正統な夫婦の家族の中に閉じ込めるというキリスト教的倫理からもたらされていった「欲望の主体化」の編制の指摘［◆13］、さらに女性にあてがわれていた洗濯女・裁縫女・料理女の存在［◆14］が家庭におしこまれて「家事女」の家事労働とされ、男が外へ賃労働仕事をし、子どもが学校へいくという近代の社会労働形態を支えるものになったことが指摘されていきます。それは、かつてのハウスホールドの仕方・あり方を根源から変えてしまったということの実証化であり、理論化でもありました［◆15］。

社会史研究は、長期波動の連続性において非連続を見いだして行く歴史観から、変わりがたいもののなかに変化を発見していくものですが、誕生、児童期の発見、セクシュアリテの個人化、家族の核家族化、母性の発生、若者の変容、死の変容など日常生活の歴史変遷を明証にしました。日本の社会史研究は、あまりにこまかいことを精緻にさぐりあてていく不完全な実証的なもので、

◆11……代表的な二著が、邦訳されています。ショーター『近代家族の形成』（昭和堂）、ストーン『家族・性・結婚の社会史』（勁草書房）です。七〇年代後半のことです。

◆12……アリエス『〈子供〉の誕生』（みすず書房）が大きな契機になって、一九七三年頃から種々の研究が開かれていきます。

母性への批判検証は、バダンテール『母性という神話』（ちくま学芸文庫）、『母性のゆくへ』（春秋社）、クニビレール／フーケ『母親の社会史』（筑摩書房）など。

◆13……フーコーの一連のセクシュアリテ論、およびフランドラン『性と歴史』、ソレ『性愛の社会史』、デュビー他『愛とセクシュアリテの歴史』など。

◆14……セガレーヌ『妻と夫の社会史』（新評論）、ヴェルディエ『女のフィジオロジー』（新評論）など。

しっかりした歴史観からなされていません。暗黙に男女の性的分業からみていくものが主流で、つまり、ヘーゲル歴史観、唯物史観を覆すような理論化がなされていない。ふまえられておりません。暗黙の歴史認識が作用していますから、わたしは歴史研究を参考にはさせていただきますけれど、まったく信用していません。理論コード転換なしに新たな歴史記述などはありえないからです［◆16］。

家族の社会的・歴史的な規定や実証の多様さ、不徹底さにたいして、吉本さんから世界ではじめて、「対幻想としての家族」（＝性関係としての家族）という本質からの思想的規定が、こうした社会史的大転換の以前に提示されたのです。「〈家族〉の本質はただ、それが〈対なる幻想〉だということだけである」というシンプルにして本質的な規定です。そして、「〈対なる幻想〉を〈共同なる幻想〉に同致できるような人物を、血縁から疎外したとき〈家族〉は発生した」と規定しました。（⑩390）。

吉本思想においては、家族論は歴史的な位相からは規定されません。また近代的に縮小されたことで多々矛盾・葛藤が発生している家族への批判は知識人の戯れ言だと喝破し、〈対幻想〉の普遍性を規準にして一歩もゆずらない思想態度をつらぬかれます［※4］。家族において失敗した文学者へ批判の目をむけますが、あたまごなしの否定ではなく、そこでなにがおきていたのかを特に夏目漱石のあり方で検証しています。奥さんから漱石がおかしいとみなされていたことはいったいなんであるのかと検証しながら、「対幻想の本質をもとめる」ことと「家族の習俗に生活する」こととの間に齟齬がきたされて、対であるのに個人であるとされてしまう矛盾から、対幻想の不在によって対幻想の存在があることを示しました。「対幻想の定位」（209頁）の稿をみてください。

家族とは「人間の〈対なる幻想〉にもとづく関係」である、「人間は〈性〉としては男か女であるのに、夫婦とか、親子とか、兄弟姉妹とか、親族とかよばれる系列のなかにおかれること

◆15……理論化は、社会労働概念の見直しとして、またジェンダー理論として深化していきます。エンゲルス的な性分業の粗雑さが乗り越えられていきました。

ドゥーデン他『家事労働と資本主義』（岩波書店）が、もっともすぐれた家事労働論といえるでしょう。

◆16……社会史の理論考察はロジェ・シャルチエがフーコーやブルデューをふまえ、社会史の文化史への転移として最も鋭利な考察をしています。ほかに重要な論者は、ミシェル・ド・セルトーです。

※4……吉本さんの「揺るがぬ」思想態度をレスペクトしますが、それをそのまま対象世界の考察へもちこむことは不毛です。何事も生まれません。思想的「態度」を、客観的・対象的なものと混同しないことです。

になった」、そこに家族が生み出されたのだ、ということです（⑩395）。性が社会歴史的な規定を被っていくということです、それは吉本さんによって指示されていることです［※5］。ここをわたしは〈対幻想の統治性化〉として、対幻想が他の対象といかなる関係を構成するのか、幻想関係とその配備においてみていくことだと考えています。幻想本質の関係の次元に近いゆえ、「統治性化」としています。

「性」からみていく近代家族のあり方としてもう一つある論理は、セクシュアリテの観点からの精神分析的な家族関係論です。これは、非常に複雑な論理構造をもつのですが、単純化して述べます。初期ラカンの『家族複合』（哲学書房）では、家族が病理の根源になっている事象が詳細に語られています。なぜ、親和である家族が病理の根拠となるのでしょうか？　それが「心的」な家族の問題になるところです。家族は、性を成り立ちの根源としていることにおいて、セクシュアリテを家族内に配備して、本質的かつ歴史的に、心的傷害の根拠となってしまうということのひきうけ方です。

フロイトがペニス羨望ととらえたものを、幻想・想像の次元で「ファルス」とラカンは概念化して、セクシュアリテの規範を示しました。

こうしたペニス／ファルスを規準として性関係をつかむ仕方を吉本さんはとりません［※6］。そして性交と対幻想とはちがうという幻想次元を強調していったわけですが、フロイトの無意識論は個人幻想として考えられているだけで〈対幻想〉の観点がない、と批判する立場からなされました。ということは、フロイトのモデルは個人幻想の構造を何らかの形で示しているのだ、ということになるのではないでしょうか？［※7］　これは、非常に重要なことで、フロイトよりも根源の位置に吉本幻想論は立ったということです。しかしながら、理論的には精神分析理論ほど理論概念かつ理論言説化されたものはないといえます。吉本さんの言述によって〈対幻想〉なる概念は示されましたが、その内容がいかなるものであるかの概念内容構成はありませんので実

※5……「対幻想」「家族」「性」の次元識別をしたうえで、相互関係を考えることです。

※6……「父―子」の軸に「ファルス」概念が設定されたとき性器＝男根ではない幻想・心的な疎外領域が設定されたわけですが、それに対応して「母―子」概念において「対幻想」以外に何らかの理論概念を設定しないとならないように思います。それでないかぎり、理論言説は生産されていきません。わたしなりに想定はして試行しているのですが、まだうまくいきません。

※7……「自我」領域はリビドーから切り離されます。つまり「個人幻想」「自己幻想」の域であり、性・対幻想の閾ではない。この関係をフロイト／ラカンを読むことにもちこむことです。

相ははっきりしません。これを読む側が「意味されたもの」として了解して使うから貧相なものになってしまうのです。わたしたちは、歴史規定的な近代家族論と精神分析的性理論に、〈対幻想〉概念をいれこんで、理論形成をなすことが要されます。

近代家族の社会的・経済的な家族関係、性現象の家族関係、その二つの家族関係の根源・初源に〈対幻想〉が本質的にあるのだということです。それはさらに家族関係だけではない、恋愛の男女関係、友人の親和の関係にもある一対一の人間関係における幻想関係ですが、それを近代主体の人格に還元して、独立した身体図をもって説明する愚行は、〈対幻想〉の意味をまったくわかっていない、わかったつもりになった誤認でしかありません。〈対幻想〉は主体論ではありません。主体の次元は「対の意志」の方へかかわるものですが、わたしは、対幻想と対関係として、この対の次元を理論化します。〈対幻想〉は述語的シニフィアンであり、「非自己」間で共有されている幻想であるからです。内臓系と体壁系の身体振動が、エロス覚をうみだし［※8］、それが対幻想と協働して「性愛」は成り立っていきます。他方、「対関係」は「自己」間の社会空間へ開かれていく社会利害を考慮した「判断」をめぐる現実的関係の仕方です。すでに述べましたが、吉本さんは思想家の態度として家族批判をかたくなに拒否します。対幻想＝家族として画定したいからですが、現実界の家族はしあわせな状態でいることができなくなっている状況になげこまれます。どうしてそうなるのか、対幻想の共同性の場が「場所」から「社会（空間）」へ転じられているためなのですが［※9］、そこへの家族批判考察が社会的・歴史現存的には要されます。対幻想と家族が一致する局面と一致しない局面に家族は亀裂的にさらされてしまっているからです。

吉本さんが言っている、

「男女の対幻想の共同性を本質とする〈家〉の地上的利害は、共同幻想を本質とする村落共同体の地上的利害といかに、いかなる位相でむすびついたり、矛盾したり、対立したりするか」（⑩331）を考えることです［※10］。この共同体の地上利害は、場所としての地上利害と社会空間

※8……『母型論』の母型論・連環論で詳細に言述されています。

※9……場所に置かれたからといって、対幻想が安定することを意味しません。場所自体が対幻想によって転移されるということを意味します。

※10……共同幻想の地上的利害は、「社会空間」へ布置されます。それは経済規定と共同幻想規定の双方を受けて構成されています。対幻想の地上的利害は、経済規定と社会の制度規定を被ります。

化された地上利害とに分裂します。場所共同幻想の中の対幻想と社会幻想の中の対幻想です。それは対幻想の統治性化の配備が異なるからです。

巫覡論では動物が女に化けるという民譚がとりあげられていたわけですが、この指摘は、現在の社会において、社会の利害と家族の利害とがいかに関係しあっているかを、対幻想と共同幻想の関係を見失わずに論じることを意味しています。何が「動物」で、それが〈女〉にどのように化けて現象しているかです[▼5]。その本質の位相関係とは、「対幻想が消滅することで共同幻想に転化される」という統治性化です。さらに、「対幻想が共同幻想を対象にする」ということが加わります。この二点が〈対幻想の統治性化〉の規準です。すると、現代社会において近代家族とはどうなっているのでしょうか?

2 社会の共同意志から構成される家族
∴近代家族の地上利害と幻想関係と社会的再生産

近代家族の構造がどうなっているのかは、3章で述べましたが、確認をかねてもう一度それを論述していきましょう。

まず近代家族は、家族を普遍化することのなかで、労働主体関係と性主体関係から主体化されて成り立っています。性関係が家族主体化されて労働関係を受容しているのです[◆17]。対幻想は普遍本質的ですが、「家族」は普遍ではありません。普遍であるかのように統治制化されているだけですが、この統治制化は、共同幻想との関係を受けて非常に強固です。この「家族」が、社会空間に配備されたことで、性関係だけでなく社会的労働関係を受容していくように統治制化されています。「社会空間」の中への「家族」の配備です。それが歴史現存的な規制を受けます。政治国家からもまた市場経済からも分離しているはずの「家族」なのに、なぜそうなるのでしょ

▼5……わたしは、その「動物」とは現在では「商品」であると想定しています。〈女の商品化〉が、対幻想の社会幻想＝共同幻想への転移を構成するとみなしています。そこに対抗するのが〈資本としての女〉です。あくまで幻想構成上のことです。実際実在ではありません

◆17……家族であるということが現実性をもつのは、まったく普遍性のない社会的諸条件が結びつけられ、一様に分配されていない社会的諸条件が結びつけられていることが、忘却されているという効果を発揮しているためです。つまり普遍的な規範において制度化されているか

うか？

「対幻想の共同性」を本質とする現在家族の地上利害とは、賃労働収入によって家族を維持するという社会関係に配置されています。夫＝父は、どこかに勤め、給与をもらって家庭維持をはかる、妻＝母は、その給与で生活商品を食・衣・住において購入しそれを使って、その夫が毎日働いていけるように家事をして支え、子どもは父母の働きの支えのもとで、将来賃労働者として生きていけるように学校へ行き資格を重ねていく。それが、商品生産・再生産の社会秩序を維持していく社会の共同利害と結びついています。事業主体の夫＝父であっても、市場経済の社会的労働の規定を受けています。「家族」は当たり前のことですが、家族外の諸関係に連接されています。家族空間が市場空間から切り離されていても、社会的労働をしうる個人労働主体として自己形成していないと生存できないのです。

これらは、社会的労働体系（という共同幻想）を対幻想の対象へと転化することによって、それを家族の各主体がになうことによってなされています。「社会の共同幻想」を対幻想の対象にしているということです。そのとき、本質的に対幻想は消滅して、社会労働主体間の家族関係になってしまっているということを意味しますが、社会空間から分離された家族内部のメンバーの私的世界において「社会界」が構成されてしまっています。家族は対幻想の関係にあると同時に社会関係にもおかれてしまっています。すると、奇妙な複雑な構成がなされていきます。

まず、対幻想の共同性の場であると同時に、自己形成の場であることにおいて社会の共同性の場にもなっています。社会的人間として自己形成されている個人関係の場にもなっているのです。このとき、共同幻想と対幻想を同致させる人物ないし象徴を血縁から疎外する本質状態は、どのようになっているのでしょう。その人物とは、「社会的代行為者」＝「社会人間」として象徴されるものです。社会で生存できることと家族を生存させることとを合致させている代行者なのですが、それが「社会」へ疎外されますと、社会的代行為者は「対幻想」を消滅させています。

ら、家族の正統的定義がなされるのです。象徴的な特性、規範の象徴的利益をもちえているということです。ですから、きちんとした家族をもっている人は、収入や住居などで条件を疑われることなく普遍的要求をなしうるのです。（ブルデュー、前掲書140-141頁）

その実態に労働主体、性主体が、社会的なものの内部化とプライベートなものの社会規範化として、構造化されています。それゆえ、社会的秩序の維持、社会的諸関係・社会空間の再生産において、家族は決定的な役割を果たしえます。「再生産戦略の主要な主体」としての家族ということです。世代間に、蓄積された諸種の資本を伝達、相続させて、家族の統一を守っていきますが、家族界での闘争もまきおこします。

国家は家族形態に便宜をはかりながら税を徴収し、家族組織形態に従順な人を強化し、最もリアルな社会的共同体として家族を認知させているのです。

「社会の共同幻想」は固有の「社会幻想」として統治性化されます。一方、「家族」はその疎外された対幻想を再備給します。外部の共同幻想を受けとる対幻想になるのです。母＝女がその対幻想の役割を幻想関係と同時に家事労働として負います。それをわたしは〈対関係〉に転化されたものと考えます。家族メンバーは、社会労働する力を領有した個人として形成されるのです。

この二重の転化構成が、社会幻想・共同幻想を支えるのです。夫婦共働きや主夫が家事をしようが、労働形態そのものは同じです。

また、個人化された家族構成員は、サービス制度に取り囲まれて社会生活を可能にしています。学校制度、企業制度、医療制度、交通制度、保健・衛生制度、エネルギー分配制度、安全制度、税制度、などなどすべてです。それらなしに社会生活は成り立ちません。統治技術の諸相を被っています。そこでは〈規範〉が規律的に作用しています。

商品の消費、サービスの消費をなし、そこに依存・受容している「社会界」に配備された家族です。

正確に言いますと、共同幻想を対幻想の対象にする本質的な幻想関係が、社会幻想を対幻想の対象にするように統治性化されて、その結果、「対幻想を消滅させた対幻想」になって個人化された家族関係になっているということで

対幻想の社会的転移(2)

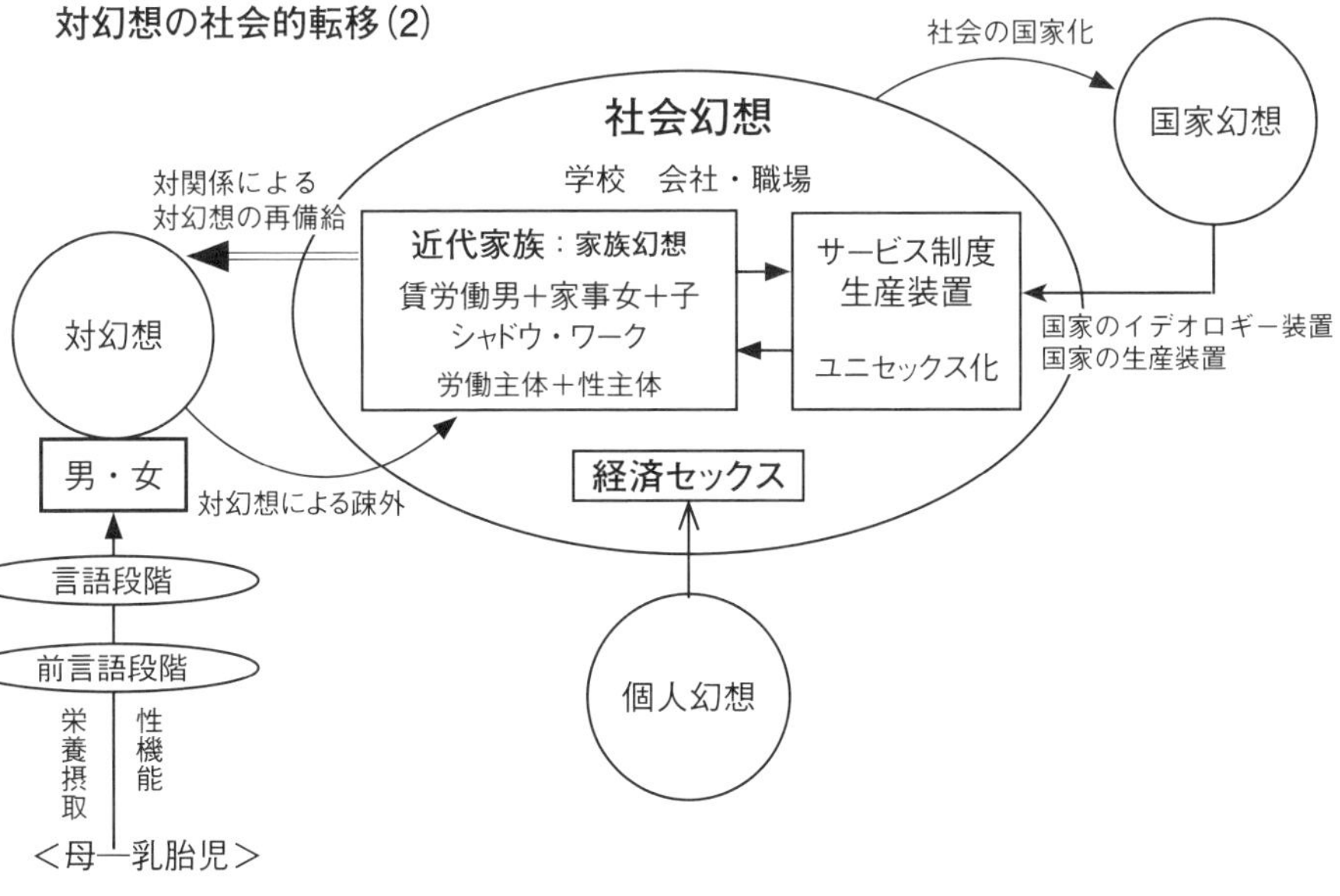

☞社会幻想の社会空間においては対幻想は疎外されているという図示です。そして、社会労働規制をうけた<経済セックス>が個人幻想を疎外させます。しかし、対幻想は、外部から再備給しつづけられているということです。後半で述べます男女の心的形成も図示してあります。

す。それが、「欲望を主体化させた」〈性主体〉として出現していくものになります。本質としての性関係が、文化的にはジェンダー喪失のセックス化、心的にはセクシュアリティからのセックスの離床となっているのです。〈性〉は個人に所有されるだけのものになってしまっている、欲望主体化された個人様態になっている。この性主体が、社会的労働を受けて生存していく「経済セックス」として配備されるのです。社会の場で労働主体（賃労働＋シャドウ・ワーク）となっていく個人ですが、セックス化は「経済セックス economic sex」化されています。

夫＝父は、企業体共同幻想を対的な対象にし、子どもは学校共同幻想を対的な対象にしていますが、それは妻＝母＝女が、社会共同幻想を対幻想の対象にしているからです。そうでないと、家庭維持＝ハウスホールドが可能になりません。対幻想だけにとどまっていたなら、家族の社会生活存在は、成り立たなくなってしまうのです。

女＝妻・母は、共同的なものを対幻想の対象とします。それが社会規制を被りますと、夫を企業共同幻想の中へと送り出してやること、子どもを学校共同幻想の中へ送り出してやること、それが社会幻想を対幻想の対象としてなすということになっていきます。夫が企業の中でうまくやっていけるように、子どもが学校でうまくやっていけるようにしてあげることになる、それが「愛」だというようになっていきます。本質と社会との関係は、否応なくそうした関係性に布置されます。対幻想の統治性化が、そうなるように配備されたのです。誰がそうさせたかではありません。共同幻想が「社会幻想」を統治制化し、社会空間に「家族」を配備した、そういう共同幻想の国家化がなされているからです。家族は、家族の側から、生活生存していくために社会労働し、商品購入し、サービス諸制度に依存して、生存の「利」をえるために、権力諸関係に積極的に自発的に関与していくからです。

つまり、本質的対幻想が消滅して、社会主体・家族主体の「社会的な対幻想」に転倒してしまっているということです［※11］。家族による社会的再生産は、この本質の関係を考慮せずには

※11……対幻想を、性技術次元、性社会次元、性文化次元と、三層に区分けして考えることで、対幻想の理論化は開かれていくとおもいます。

ありえないことになります。そこがブルデュー家族論の限界になるのですが［◆18］、社会的恣意を自然化する社会規定性の家族考察でブルデューはずばぬけて明解です。「家族バラバラ」という現象がよく指摘されることですが、それはこうした構造的構成がなされてしまうからです。愛の行使が、逆生産になって、家庭崩壊という事態がおきていきます。それでも永続的な単位としての「同居する家族」の形式は存続し、家族は社会的再生産の基盤であり、社会幻想を再生産し、国家・国家幻想を支える核となっているものなのです。

しかしながら、いかにこうした社会規定がはいりこもうとも、対幻想＝愛の闘が完全消滅したとはいいがたいものがあります。それは対幻想をある程度保持しようとしている〈対関係〉が、社会拘束性を受容しながらも対的愛の対幻想を情や利害のなかで存続させようとしているからです。社会の一般法則は固持されえない自由な空隙があります。それが、漱石と妻との間の亀裂として表出した姿です。

社会構成上では、結果、対幻想の消滅によって社会共同幻想が創成され維持されていますが、家族の対の共同性の意志は、対幻想を保持しようと働いています。それは消滅しきれません。その消滅と保持とが、社会関係の構築・維持・評価の受容をともなって、家族内での葛藤や矛盾と調和・親和とを多様にうみだしているということではないでしょうか。家族の対幻想の個人意志は、社会で自立した個人となることであり、その共同意志は善良な市民となることです。「社会人間」とはその二つの意志を統合させた表象です。

図のように家族は〈社会幻想〉の社会利害と規範化の構造の中に存立していますが、外化してしまった対幻想を対関係の意志によって家族内へ再備給しようとはしているのだ、ということです。それが、「対幻想のない対幻想」になっているということの意味です。

理論的な基本構造は以上のようになっています。社会形態のなかにおける幻想関係です。

◆18……ブルデューは家族は経済世界の一般法則をもたない世界で、市場とは対立する、諸交換における均衡の追究が意味をなさない場所とされる、としてしまうのですが、そうではない。信頼と贈与の関係をもったうえで、社会的労働を代行為する基盤になっているのです。

3 対幻想なき性幻想 対幻想なき対幻想

恋愛していたときの対幻想愛の強度に比して、結婚したあとの対幻想愛の強度の弛緩ないし弱化が起きているとはよく言われることですが、それは対幻想の消滅によって社会幻想の地上利害が、家族主体を覆ってしまっているためです。それは家庭より会社が大事、家庭より学校の友だち関係が大事、という現象になりますが、妻＝母＝女が、対幻想の対象を、夫／子どもが大事だとしている共同幻想に設定してしまっているためです。それが家事労働＝シャドウ・ワークのタスクとなっています。疲れてきた夫・子どもを翌日、ふたたび元気に送り出す、賃金は支払われない仕事が愛情の証となっている状態です。当然、「妻・母」の諸行為に追われる日々（対の対象を共同幻想におかざるをえない）から離脱しうる「女」の大事なものごとが、自らの自己幻想を対の対象にしてなされていきます。川柳はそこを笑いとばしています。「婚前のバラ色三年以後無色」、「そうめんも俺の話も流す妻」、「いい夫婦今じゃどうでもいい夫婦」、「ただいまは犬に言うなよオレに言え」、「このオレに暖かいのは便座だけ」。笑ってしまいますが、誰にでも響く危機がほのぼのと述べられているのは、まだ残滓する対幻想のパワーでしょうか。

対幻想の生成の本質基盤は、非自己と非自己とが共有する幻想です。そこから自己は疎外されています。それが愛の深さです。ところが、社会幻想に布置された家族の共同性は、非自己間の関係ではなく、自己間の関係へと転じられています、それがフロイトが想定した個人の性関係です。対幻想なき性幻想の関係になっている個人間関係の様態です。しかし、対的ですから、これをわたしは「対関係」と設定しました。

つまり非自己間の対幻想（本質の対幻想）と自己間の対幻想（社会化された対幻想＝対関係）がある。それは位相が違っているということになります。この二つの対極のなかで、実際プラチックがなされていきます。対的家族のなかで、個人化がなされているのですが、それらは家族を統合された単一の安定的で恒常的な、諸個人の感情の揺れに関わりない統一体としていくことにおいてであり、家族に従順な規範を内的道徳とする個人を家族集団のなかでつくることで、社会・国家の統合をなしていくことができる関係にあるのです。国家による家族の制度化は、プライベートなものが近代家族の到達点である法的政治的構築の長い労働の産物であって、プライベートなもののなかに公的なものが出現しているのです。住宅政策や家族政策、託児所政策など、プライベートな物事が公的行為に依存しています。家族の社会生活とは、国家の保証をともなった生産・再生産において、家族が国家のおのおのの契機から、存在し生存する諸手段をうけとっているということです（ブルデュー、前掲書145頁）。

対幻想なき対幻想とは、社会化された対幻想、社会人間の自己間の対幻想／対関係に転じられているということで、対幻想を基盤にしながら対幻想から疎外された個人を共同幻想に従属・順応させることになります。社会幻想への疎外包摂が覆っている状態のもとでの対幻想です。バウマンが「液状化された愛」とよんだ世界、情愛的義務のおしつけです。社会空間の世界では、そうなってしまっています。「愛する義務」を「愛しつづける配置換え」へと変容して、献身・寛容・団結を生成する「家族精神」を家族の各人へ与えているからです（ブルデュー、前掲書140頁）。この家族精神、あるいは家族感情は、対幻想なき対幻想の構成ですが、名だけの家族をリアルな家族としているものです。家族感情は、vision と division の原理を継続的に創造させていくものであり、家族は組織体として確定されねばならないということです。家族は一つだとしながら、諸個人は分割されてしまっているということです。

情愛的義務の遂行はとりわけ女性の労働とされます。女は対幻想の象徴であるとともに共同幻想の象徴でもある、しかし同時に両方であることができない（⑩328-329）ということが、渾融した状態でなされている「愛の労働」ともいえます。愛する妻だ、ということと同時に、社会的にしっかりした妻＝母だということが共時的になされている、そこに〈母性〉愛が暗黙に強要されているということです。「〈児童期 childhood〉の発見」（アリエス）がそこにかさなっています。「児童期」をからめとるのは学校教育制度とその幻想です。児童へのケアをする家族はその代行為機関へと転化されます。社会の共同幻想の象徴に「良妻賢母」が設定されたとき、共同幻想の構造と位相に新たな要素として〈社会幻想〉が〈家族幻想〉を付帯させて構成され、「学校幻想」へ外在化させて、共存させられたのです。この仕組みは強固です。対幻想の統治性化から形成された「家族の統治制化」です。

婚姻率は下がり、離婚率は上昇している、という社会統計上のデータがありますが、男は自由な時間が欲しい、女は幸せをみいだせないという理由で結婚を避ける若者がふえ、初婚年齢はアップしています。若者は半分近くが恋愛は面倒だと感じている。それは自分が帰属している家族を保持しているということであって、新たな自分の家族を自立してつくることの拒否です。しかし家族感情、家族精神は保持されているのです。対幻想の社会表象の現象といえる一般傾向です。育児放棄、幼児虐待などの事件もめだっています。子どもへの世話の破綻です。家庭内暴力・殺害までおきます。個人の利害と家族の利害とを一致させる倫理が分裂、崩壊して、さまざまな家庭問題がおきているのではないでしょうか。対幻想の崩壊・消滅の社会的な現れであるとおもいます。温かい家庭が保持されるのも並走しているのは、人類の対的本質の表出保持であるとはおもうのですが。現象の一般論を言っても仕方がありませんが、ここで理論的に述べた編制が構造化されていることから生じているということです。

対幻想の本質存在を理念的においておいてもいいですが、対幻想の社会転移を思考放棄していいということにはなりません。吉本さんが対幻想を社会現象において批判的にみたくないという思想態度を強固にもっておられたゆえ、わたしは対話ではこうした構成をほのめかしてはいますが、論じるのを回避しています。それはわたしがなぜばいいことで、吉本さんから学ぶことではないからです。家族批判理論を構成したからといって、わたしは対幻想の本質位相をまったく崩していません。それを徹底させながら論じています。
現代社会では狐が女に化けているのではなく、男女が「社会人間」に化けてしまっているのです。社会人間は、男でも女でもない中性人間です。
対幻想の統治性化は、対幻想自体の疎外です、その効果は対幻想の外部化です。

4 〈性としての家族〉の初源：母と乳胎児

家族が性の関係にあるということは、フロイト及び以後の精神分析理論の軸になっていることですが、すべてを性関係に還元するフロイトにたいして、吉本さんは、家族・性の初源をなんとか、性還元から脱出させられないかと格闘していたといえるのではないでしょうか。それが『心的現象論・本論』の〈了解論〉に論述されています。性がすべてであるという域を、「汎性」とか「性の均質性」という中性的な概念でもって均質化させて、そこの平準空間へ還元されてしまうパラノイア妄想を批判考察しながら、他者を〈父〉ではなく〈母〉において、母と乳児・胎児との関係として設定していきます。

精神分析論をふまえて、母が身体としては女であるが、観念としては男であるとふまえ、男の子・女の子が女性として、対幻想の関係におかれる、そこでの触知から離脱・分離されることで被る心的傷害を示すのです。

どうして、母が観念として男であることになるのか、子どもは観念として女になるのか。その根拠が、フロイト／ラカンでは父の代理だからとされますが、それがどうして代理なのかはどこにも説明されていません。論理としてそう立てるとしかなっておらず［◆19］、そうすると神経症や精神分裂病がうまく説明できる、そこから考えられてきたものです。他の論述より、それが確からしいということだとおもうのですが、精神分析批判をする人には、そこが男女が入れ替わる

◆19……ラカンは、『家族複合』のなかで、家族過程を文化的諸条件に帰す考察において、「われわれの文化の起源は、たやすく家父長制の家庭の冒険」に結びついており、心的発展のすべての形態にわたって「男性原理の優位をおしつけないではいない」、それがいっさいの思考の根柢にある、と前提にしています（167-168頁）。

論理矛盾、論理粗雑だということになります。吉本さんもそこをなんとか突破しようと、〈原了解〉という水準で胎児の次元へと考察をすすめていきます。同時に、未開社会、原始社会の共同性のあり方を並走させ、アジア的なものからアフリカ的なものへと遡及していったのです。ここは、もう幻想の水準ではなく、幻想を表出させる〈心的〉なものの閾へという次元ですので割愛しますが、『母型論』では前言語段階での解剖学的身体感覚とエロス感覚との重なり合いから説かれています。口や泌尿器が生理機能と性機能と同時にもっているということです。授乳で乳児が乳を吸う、その栄養摂取と性機能の混在です。内蔵系と体壁系が同時に作用している。それらが、分節化されて男児・女児となっていくことと言語段階への移行とが相応していくと論じられます。

西欧的に、フロイト／ラカンたちが初源を〈父―男〉においていくのに対して吉本さんは徹底して〈母―女〉をたてていきます。母の形式が子どもの運命を決めていく（『母型論』10頁）、それが本質的だというのです。『共同幻想論』において〈父制論〉ではない〈母制論〉としてたてたことにつながっている、母優位の論述です。自然疎外的な生命疎外的なものとして母―子であるという身体的な原生疎外の閾からの思考の仕方だと思います。『心的現象論』は、『共同幻想論』とほぼ同じ時期に書かれていますから、同時期に考察したことを、幻想論と心的現象論とにふりわけたものです。識別化しないと、あいまいな渾融した議論になってしまうので、そこをなんとか区分して明示しえないだろうかと格闘されたのだとおもいます。ここは、吉本個人思想の問題ではない、人類普遍的な初源の根源的な問題です。フロイトから批判跳躍しようとした吉本考察をふまえて、わたしたちが考えていかねばならないところです。

『母型論』で驚くことは、母の二重化として、母が後の子どもの心的傷害の根源をかたちづくっているという否定的な見解が強調されていることです。批判否定的な表出を、社会現象においてではなく、初源本質において、すべての者に訪れてくると指摘しています。乳胎児の前言語的段階での内コミュニケーションにおいて、母は「やさしき母」と「偽り・見せかけの母」とを演じるよりほかないということです。

母と乳胎児との対幻想には、言語がまだ意味形成されていません。母の感情の流れや外的な規制が、そのまま乳胎児に流れていきます。そこで乳胎児は、自分の側から母の像を無意識においてつくりだします。それが実際の母とずれをおこしていく。そこに心的傷害の発生根源があるということです。そして、男女の区別がなかった乳幼児が男児・女児へと分離していきます。男女の対幻想が形成されていく性疎外の、自然疎外からの論述ということです。

5 性別の構造

男・女の性別をいかにとらえるかは、性の問題として本質的です。吉本さんは、女性は同性＝母から逃れようとして男性へ向かうが、男性は同性から逃れようとせずに女性へ向かえる、と男女では対象とするものがちがうと、非対称的に指摘し、そのとき、女性が男性以外のものを対象としていくとどうなるかというと、**「性的対象を自己幻想にえらぶか、共同幻想にえらぶものをさして〈女性〉の本質とよぶ」**と規定しました（『共同幻想論』）。これが、まず本質規定として設定される規準です。

ラカンの有名な性別の図式があります。それは論理学的な構成から識別されています。ややこしい解読はとばして、結語的なことだけ指摘しておきます。と、

男性：ファルス機能に対してノーと拒絶する実体ｘがある／すべてのｘはファルス機能に服従している。

女性：ファルス機能に対してノーと拒絶する実体ｘはない／すべてのｘがファルス機能に服従しているわけではない。

とされます。それぞれ前者が存在論的命題、後者が普遍的命題です。世俗的に言ってしまうと、男性はセックスがすべてだ、女性はセックスがすべてではない、ということです。これは、精神分析的に言いますと、男性はファルス機能に屈するゆえに象徴的な去勢を甘受しなければならない、女性はかならずしもすべての女性がファルス機能に屈するわけではない、つまり象徴界の内部に全面的にはいっているわけではない。それゆえそれを補足する享楽を味わえる、ということです。男性は、去勢によって否定されたもの、過剰の享楽を対象aによって妨げられているため、その疎外を、女性の中に幻想を求めることによって処理しようとします[◆20]。

対幻想における男女の性差を内容的に示したものとしてこれをひきつぎます。非自己関係が対幻想を疎外していったとき、男女の内的な非対称性がこのように外在構造化されています。そこから、外的(共同幻想に規定される)に関わっていくとき、吉本さんが示した、男女の非対称性が関係行為されるという構成になります。ファルスがすべてではないということから、共同幻想を対幻想の対象にしうる女性の本質があるということです。

吉本さんは、乳幼児が男児・女児に分離する前言語段階から言語的段階への移行として次のように論述します。『母型論』の「異常論」において述べられています。

男性の乳児:女性から男性へ(口腔から陰茎へ)

女性の乳児:女性から女性へ(陰核から膣腔開口部へ)

この過程は、鰓腸の上部と下部における開口部(口と肛門)がもっている栄養摂取と性機能の渾融が解体されて、性器と栄養摂取器官とに分離する過程で、栄養摂取と性欲動とが身体の内臓系で一番鋭く分離する時期と場所を択んで、乳児のリビドーが言語的世界へ圧縮され抑留されるということです。つまり、言語を成り立たせる過程で、鰓腸系と泌尿系とを混同させていたエロス覚は、言語の中に収蔵されてしまう。栄養摂取から分離したエロス覚の跳びだしが言語面を成り立たせていく、ということです。無意識がランガージュであるということは、言語段階におい

◆20……いろんな論者がラカンの性別図式を解読していますが、もっとも鮮明なのはエリザベス・ライト『ラカンとポスト・フェミニズム』(岩波書店)です。『ラカン『アンコール』解説』(せりか書房)もよくなされた解読です。

てのことですが、吉本さんは前言語段階と言語段階の間に無意識を配置します。

女の乳幼児は、男性的であり、その性愛は陰核に集中されてはじまっていき、陰核に性愛があつまった乳幼児期になっても母親に愛着してすごす。つまり陰核から膣腔に移行する前に、無意識の核に母親への過剰な愛着をかくしもっている。そして、陰核期から膣腔期への性愛移行の過程で、父親に対するエディプス的な愛着が異常に強くなる。それは、無意識の核におしこめたはずの母親への異常に深く屈折した愛着のなかからの主張である。父親への愛着と同じ強さ・情熱で、母親への愛着があるのだ。この前エディプス期の母親への屈折した愛着が露出するのは、思春期以後に男性に向かうときの、神経症やパラノイア病像に移っていく閾値を低くさせるものである。

男児が父親に敵意をいだく意識が露出するのはエディプス期に入ってからで、前エディプス期には父親への反抗は目立たない。だが、女性の乳幼児にとって父親がうるさい競争相手になっているのも、母親への愛着が強く屈折しているからだ。

フロイトをふまえて、このように指摘しています［※12］。

これは、ラカンの性別構成の根源・前段階にある男女児の分離であり、前言語から言語（概念）へ移行していく過程での分離です。性疎外が自然疎外から明示された、非常に深い考察です。フロイト／ラカンの父・ファルス（男根）規準に対する吉本さんの母・陰核の規準の設定です。

かくして、対幻想と性差が、三層から構成されているとわたしたちは把捉できます。それは、母からの分離によってうみだされていくものだという規準をもってです。

ドゥルーズ／ガタリは、リビドーに男女二つの性があるのではない、「n個の性」があるだけだ、ヒトが男・女とされるのは家族のなかで存在を考えたときだけだと論じましたが、それに対して吉本さんは、対関係・対幻想の家族があるのだと切りかえします［※13］。対幻想と男女とは、そのうえで、三層から考えていくことです。そこから、家族保持になるのか家族解体になるのか

※12……無意識概念を吉本さんは導入しているのですが、無意識の核を土台に、無意識の表層を意識世界との交通にして、核と表層との間に中間層として前言語段階から言語段階への形成を設定しています。ここは、もっと理論化していかねばならないところです。

陰核を設定しています。それはラカンのファルス（男根）規準と逆です。そして、親たちの愛情が深くありすぎたことが乳幼児に害を及ぼすのではない、情を深くできなかった代償が情を深くさせているのだ。その前段階がフロイトたちに認知されていないということです。

※13……「男・女」の二極を設定するか、男女などはない「n個」の性があるだけだとするかは、理論機軸がまったく異なるものになります。「立場」が決定されることですが、決着はつかない。ただ異性であれ同性であれ「対幻想」があるという本質基準は不動・普遍としてよいのではないでしょうか。

は、政治上の共同幻想の綱領的な問題であるとわたしは設定しますが、対幻想は本質として消滅はしないと定めてのことです。そして、吉本さんとちがって、対幻想と家族とは次元が異なると考えます。ここが、ジェンダーの問題閾になっていくものです。

6 ジェンダー地平

あまりに膨大に産出されているジェンダー論の世界【◆21】をとても一つにまとめることはできませんが、なぜジェンダー概念が浮上してきたのか、セクシュアリテ論と異なるその意味がどこにあるのかだけ簡略述べておきましょう。ひとことで言えば、男女の文化構成がいかなる歴史変遷を辿ってきたかということです。労働の性的分業という稚拙な論理では、男女の問題をとりあつかいえないということが、大きな問題設定でありました。

簡単に述べますと、次の三つの位相が識別されます。

(i) male/female　オス/メスの生物学的な識別対比
(ii) masculinity/femininity　男らしさ/女らしさの表象の識別対比
(iii) man/woman　男/女の文化的な識別対比

です。

(iii)がジェンダー識別と一般にいわれているものになります。(ii)は、記号表象であったり、男らしい振る舞い/女らしい振る舞いという道徳規範的に表象される識別の次元です。(i)は、性器や遺伝子によって識別される生物的な差異ですが、(iii)にからんで半陰陽などのジェンダー識別にも関わっていきます。陰核・陰茎で男女性差は定められないという問題閾の出現です。そして、オスが男、メスが女になるとは限らない、オスは男にも女にもなりえますし、メスは女にも男にもなりえるのがジェンダー水準です。同性愛的な表象にもからみます。(i)(ii)(iii)の総体的な関係表出

◆21……自分の手元に大事だと思ったものだけでも二〇〇冊を超える欧米文献がありますが、入門的なアンソロジーとして、Stevi Jackson&Sue Scott(ed.), Gender: a Sociological Reader (Routledge, 2002), Christine L. Williams&Arlene Stein(ed.), Sexuality and Gender (Blackwell, 2002) が、手頃かとおもいます。
ジェンダー研究の節目のときです。日本のジェンダー理論はあまりに遅れています。イリイチの『ジェンダー』もいまやっとその意味がわかられてきているのではないでしょうか。生産的に活用していくべきです。

が、ジェンダー規制していくことになるといいうるでしょう。相互に関係し合いますので、あくまでも視座・視点としてのツールでしかないものです。つまり、ジェンダー画定は不可能だということなのですが、文化差異表象として多様な出現がおきているということで、多様な考察・研究がなされています。ジェンダーからセックスだ、いやセックスからジェンダーだと、セクシュアリテもからんで混乱の極みにあるともいえますが、論理的にはジェンダーからセックスへの転移がセクシュアリテからのセックスの離床と対応する歴史過程があり、そしてセックス化されたものが再びジェンダー次元へ構造化されていく過程があると目安において考察していくことです。ジェンダー論は女性差別を固定化する論理だなどという批判は、理論思考および歴史の再考察を停止させた、主知主義のイデオロギーでしかない、的はずれの論になります。

人間と出来事とをつなぐ線が分断されて、さまざまな層や系列をつなぐ結合の網状構造から人間が影のようにあぶりだされてきたとき、男女のジェンダー差異の文化は喪失されます。それはセックス化された人間世界に転化されたということです。文化史上の大転換です。ここは、『知の考古学』でフーコーが、全体史ではなく一般史だ、と社会史研究を評価して提起したことにかかわります。ジェンダー文化史は、全体史ではない種別史として成り立つものです。〈一般史〉という概念用語はフーコー自身が言っていることにふさわしくありません。つまり、差異化をつかむ系の歴史ですから、一般論へと成り立たない差異の反復の論理であるからです。「系の歴史」とすべきです。ジェンダーの歴史は、種別の系の歴史となります。

ジェンダー文化規準は、その生活ワーク域区分、道具識別、婚姻形態、衣食住への性識別・分化として出現します。そのとき、男の規準からではなく、女の時間・空間を規準にして対象化していくことです［◆22］。男の世界はジェンダーをセックス転換させた原理であるからです。それが性差別をうみだしたのです。ジェンダー世界に差異はあっても差別構造はありません。近代社会が性差別があるかのようにつくりだした歴史です。対幻想はジェンダー規制を歴史的現存性

◆22……クリステヴァ『女の時間』(勁草書房)、ペロー『女の歴史』(藤原書店)、など。翻訳されていないのですが、ミシェル・ドフの女性哲学者考察は非常に重要です(未邦訳)。

において被ります。その表象表出をつかみとることです。ジェンダーは場所環境および場所共同幻想において配備されるものです。そして、固定されるものではなく、差異においてトランスされうることです。女装はセックス化されたフェティッシュですが、女物のキモノを着ることはトランスの美享楽であって、女装ではありません。女性が男帯締めするのもそうです。キモノは多分にジェンダー表象を残滓しています。セックス化・商品化された着物とジェンダー着物とは、まったく別ものです。

ジェンダー文化の対幻想は、国家的共同幻想へ転化しません。場所共同幻想に疎外表象される限界閾にあります。ですから、ジェンダー場所文化資本を、商品化と同時にセックス化・欲望化して、国家の認識構造としての男女差へと転化することが近代国家の過程でなされたのです。対幻想の場が、「場所」から「社会」へ転移されたとき、セックス化されています。対幻想とジェンダーの関係と、対幻想とセックスとの関係は、位相がまったく異なります。安藤昌益は「男女」と言表してそこに「ヒト」とルビをふりました。その閾で、男女のユニセックス化がはじまったと指標的に言説史区分できます。

ジェンダー視座から、絵画・文学の見直しも多様にはじまっています。

ジェンダーは言語段階において、その言語が種族言語・バナキュラー言語にとどまっている段階に表出しているもので、民族国家語に言語市場が統一的に編制されていくことで失われていったものです。本質視座から、吉本さんは方言（＝バナキュラー言語）と民族語の形成は同質だとしますが、ランガージュからみてそれはまったく別の次元の言語表出になります。場所言語と国家語との違いです。これはとても重要で、文化疎外の閾を、自然疎外をふまえたうえで、わたしたちは考察・検証していかねばなりません。国家形成は、言語市場の統一化によってなされるからです。そこから〈方言〉が疎外されるのです。

問題構成的には以上のようなことになります。

姉妹が祭祀権、兄弟が政治権という分割をなしたときアジア的国家編制がなされたという規準をふまえて、国家構造のなかで男女／ジェンダーがどうなっていくのかという問題は、女性が首相・人統領になったという次元とはまったく関係ありません。権力関係の問題であって、権力所有者の問題ではない。男女の編制は、国家次元ではなく「社会空間」次元へと転移されていることで国家包摂されています。つまり、政治権力次元での男女の幻想・権力関係と、社会権力次元での男女の幻想・権力関係という、異なる男女関係の水準があるということです。

政治権力次元での男女は、婚姻が国つ神間の同盟かつ支配・服属関係を示していましたが、それは武士制の時代でも戦略婚として機能し、近代でも財・家柄の保持として機能していたといえます。他方、婚姻が共同幻想関係を決めていた次元はもはや存在せず、個人間、家族間の次元へと転移されていく系があります。それは、国家が「中性化」されたということです。国家統治に婚姻は直接の統御機能はもたない、しかしながら国家が婚姻を承諾・証明します。国家は婚姻の外部へと疎外されて承認に権威をもちます。そして、そこでは共同幻想から対幻想は、完全に排除されていきます。対幻想の働く場は「社会空間」へと布置されていきます。

7　対幻想の統治性化

近代的な編制は、市場経済の自由とそれから切り離された主権と法による国家統治とが、互いに相容れない、そこをつなぐ「社会の自然性」が「人口の自然性」とともに構成され、生きる生活の直接性に関与する社会統治が規範・規則遂行によって葛藤・矛盾の不可避性を秩序だてています。そこに、近代家族は、国家的共同幻想を受容し、かつ市場経済関係を受容する、互いに相容れないものを抱え込む場として編制されているのです。家族の構成メンバーは、労働主体と性主体を結合させた「経済セックス」主体としての対関係構成をなしていることを本章ではみてきました。諸個人の自己統治は、衣食住の栄養、健康、疾病、誕生、死の総体において、経済セックスとしての統治に否応なくなっています。それは、社会次元で構造化されている状態ですが、国民として生きるには社会人（公的権利を社会権利へ転化する市民性）とならねばならない、また商品市場経済の消費者として生活せねばならないという編制になっています。賃労働主体としての再生産編制は、国家的共同幻想を商品幻想・制度幻想において自然化している幻想構造の再生産をなしているといえます。対幻想は、そこでは疎外されているのですが、しかしそれでも根源瓦解することなく存続しています。

そこから、理念的には、共同幻想と対幻想とが均衡をもって、対幻想を侵蝕しないという閾を生成させていくことですが、〈社会〉が〈場所〉に転化されないかぎりありえないとおもいます。というのも、社会空間／社会幻想を媒介にして、共同幻想が対幻想を侵蝕している現在に、それはまだあるためです。

対幻想が社会空間に近代家族を軸に配置された、それを本質論と社会史・歴史論および社会学的考察から歴史現存性において対象化し、かつ本質論と精神分析理論をもって本質規定を再考することです。対幻想が不在になった性幻想・性関係が、国家的共同幻想を対的対象に据えて支えていく心性になっています。

他方とくに、学校制度／教育制度、医療制度は、生徒や患者にたいして「対的」に関わりますが、共同幻想と対幻想を一致させるように、前者を優位にたてて関わり、生徒・患者はシャドウ・ワークしていま

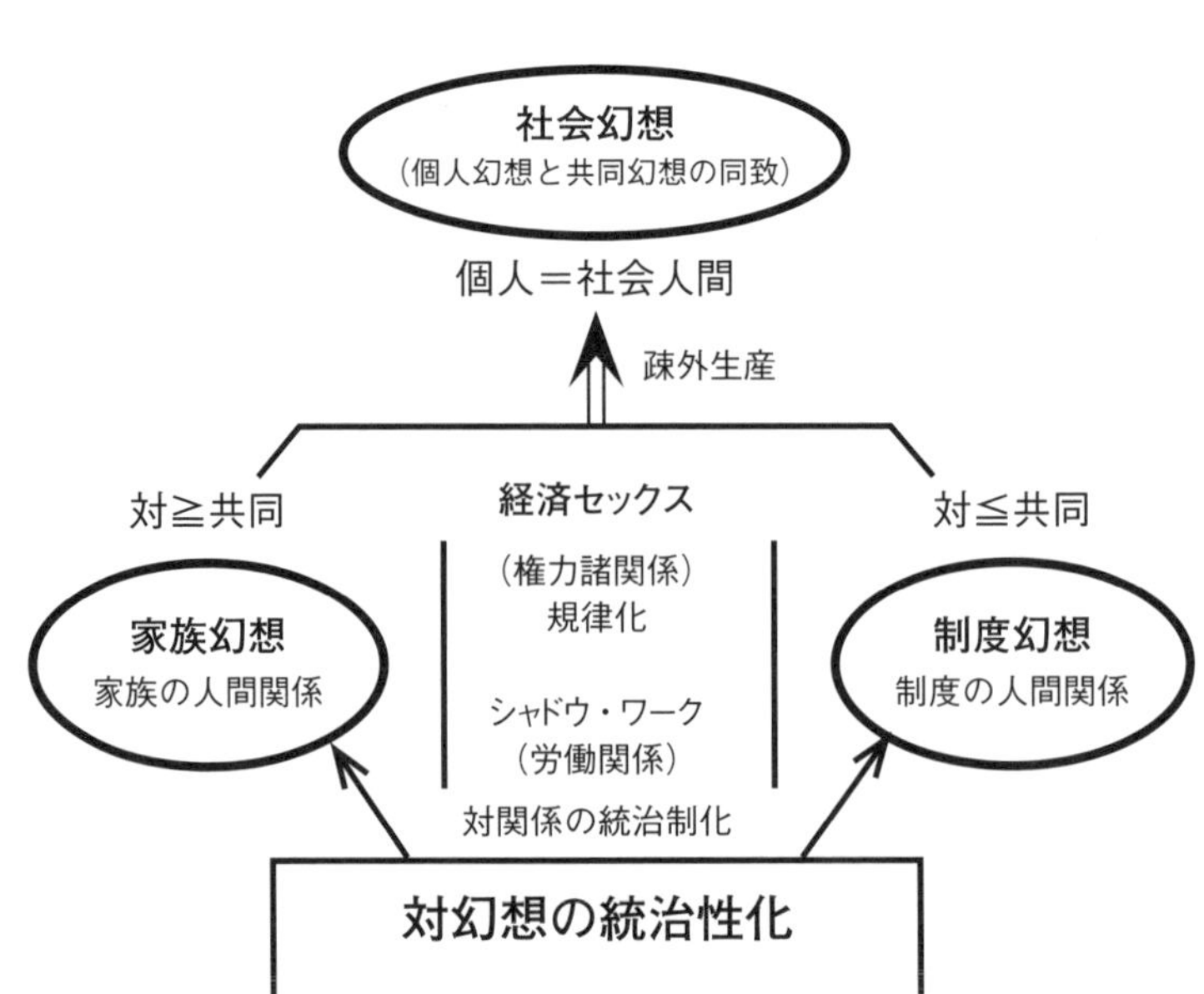

す。家族関係と制度関係は、対幻想の統治性化が、社会空間に対幻想の統治制化へと配備されたことにおいて相同しているのです。それが、個人化＝社会人間化を生産し、「社会幻想」の疎外形成を可能にしているものでもあります。

その効果は、相手の顔を見ない・聞かない関係が、規範社会の社会幻想を支える様態になっています。

「社会幻想」は、社会空間と諸々の界（制度）との間のギャップを埋める想像作用によって疎外表出されていると同時に、国家へ象徴的諸資源が集中化されたものを国家配備において社会配備が代行することにおいて疎外構成されたものです。その基盤に、対幻想の統治性化／統治制化がなされているということです。しかもそれは経済関係をも受けとめています。

9章　個人主体と自己幻想：個人幻想の国家転移と〈非自己〉領域へ

吉本さんは「個人幻想」「自己幻想」と二つの用語でほぼ同じことを論じていますけれど、文脈でどこか微妙にちがうようにも感じられるます。はっきりと識別明示はされていません。論稿では「個人幻想」であったのが『共同幻想論』では「個人幻想」と「自己幻想」「自己なる幻想」とともに使われています。わたしたちは、「個人」というと四肢をもった個の総体を想起しますが、「自己」といったときはむしろある抽象化された対象化された観念的な存在表象を想起します。「個人」は日常語でもありますが「自己」は日常語ではないですね。

結論的にいいますと、わたしは「個人幻想＝自己幻想＋非自己感覚」というように識別しています。理論的に対象を把捉していくうえでの視点です。吉本さんを基盤にしていろんな意義ある思考をふまえていくと、そう図式化されうるものがあります。ここが、個人主体の問題にかかわってくるところですので、概念識別して理論閾を開いていきましょう。

欧米では、とくに九〇年代以降、subject/subjectivityなる「主体」論が多々問われ検証されてきました。それに匹敵する以上に、日本では「述語」論が問われねばならないのですが、まったくに近いほどなされておりません。ゆえにかなり意識的にわたしは主張しつづけています。かつて西田哲学をうけて中村雄二郎が『述語的世界と制度』（岩波書店、一九九八年）を問うものの、根源的な次元にはとどきえていないものでした。それは述語的日本語の言語理論がないからです。思考は言語によってなされます。その言語構造に思考は規制されるほかありませんから、言語構造を対象化しきらないとならないのです。また、言語論だけなしていても述語制は明示されません。述語制は技術、芸術、文化、さらには政治、経済などすべての地盤にあるものです［◆23］。

欧米の膨大な主体性をめぐる論述をとても整理しえませんが、ひとことでくくるなら、主体とは「近代主体」でしかないということです。近代以前に主体を設定したい人はすればいいですが——フーコーは「主体と真理」との関係をつかむとして〈自分への配慮〉をアフロディーシア（愛欲の営み）と性行動の養生法から「汝自身を知れ」などと照応させながら「主体の解釈学」を古代ギリシャから系譜学的に検証していますが、〈自分への配慮〉の様式から主体が離床していくということではないでしょうか。フーコーの〈soi〉は、「自己」というより「自分」という日常語です。わたしたちは四肢をもった身体に分離イメージされる「近代主体」として歴史性化して考えます。そして、「個人幻想」とは、近代文学のなかで表出してきたものだとみなします。古代には個人幻想はないということです。もちろん古事記にもありません。人格をもった神が登場しますが、それは共同体の象徴であって具体個人ではありません。天皇でさえ個人ではありません、その時代の共同的象徴です。たとえば、スサノオがわあわあと泣いたというのは、個人がそうしたのではない、国つ神であったものが高天原に征服・召還され天つ神として布置された。それがいやで、かつての国つ神の国を想って泣いたということであり、個人幻想のことではありません。天つ神共同幻想と国つ神共同幻想の相克が、後の共同幻想と個人幻想との逆立へと転移される、その本質の相であるとはいいうると思います。そうした表象は「個体」という概念でもってひきうけていくしかない。しかしそれは個人（主体）ではないということです。

ですから、欧米でも「個人化」がいかになされてきたか、individualなものの出現が多々検証されています。どれが正鵠であるとはいいがたいですが、神が疎外されてきたときそこに救済される対象としての〈individual〉が「分かちがたいもの」として出現していった［◆24］、という視座を目安にもっていればいいとおもいます。日本では、わたしは中江藤樹の言説が目安になっていくのではないかと、仮定設定して見回しています［◆25］。

◆23……互盛央『エスの系譜』（講談社学術文庫）は、西欧思想のなかで主語・主体がないことを「エス」としていかに論じられてきたかを明証しています。卓越した淡々とした考察です。それに比して小林敏明『〈主体〉のゆくえ』（講談社選書メチエ）は、主体を問いかえしながらも、自分の思考コードが主語のままですから陳腐な論述になってしまっています。日本の哲学者たちが、邦訳をふくめ、主語述語コプラの構制などはまったくないことを、自覚・認識しえていない驚くべき事態です。

◆24……Jordan Bishop, Formative Undercurrents of Compulsory Knowledge (CIDOC CUADERNO, no.57)

◆25……竹内整一『自己超越の思想』（ぺりかん社）は、参考になります。

そもそも「主体」なる日本語言表は、概念にさえなっていない訳語ですが、sujet/subjectにあたえられた人間概念で、「主語」とも訳されている言語学上のものと同じ言表です。これが、近代以降の哲学書や言語学の書で、「主体」「主語」と訳されて、日本での思考を攪乱させているといえます。暗黙に、自分が自分として確固として在ることだと西欧ではみなされていましたので、フーコーが、sujetとは「従属すること」の意味があると当たり前の指摘をしてきたとき、人々は驚愕しました。わたしも驚かされた一人でした。主体化とは従属化だというのです。それまで、主体化とは従属を断ち切って自立していくことだと思い込んでいたからです——こういう思い込みはどうみても大学知識や商品本の知の市場からきています。ところがフーコーから、自発的に従属することだと、従属を抑圧ではなく、自発的だとみなす転換がなされたわけです。これはどこかもやっとしていたものがふっきられる、納得のいく論述でした。支配や抑圧を拒否するのが主体化ではなく、それを受け入れて従属していくのが、主体(化)だということです。まったくの反転でした。

これは、同時に権力論として提示されました。権力とは民衆を抑圧するものだ、それによって人々はものごとがなしえなくなるというマルクス主義の考え方が一般化されていたなかで、権力作用・権力関係は、ものごとを「可能にすること」だとされたのです。なるほど、パワーpower/pouvoirですから、力の作用がポジティブに可能にすることとして働いていることです。従属・服従を可能にするということになります。

主体を考えるときには、この「近代化された主体」と「自発従属する主体」という、二つの認識論的な常識知への反転を考慮しておかねばなりません。

もう一つ、考えられえていないことがあります。それは日本語には「主語」がないということです。主語つまり主体はないのだということです。「主体＝主語」なのですから、それが日本語の言語構造、ランガージュには無いのです。ここにとんでもない誤認の世界が国文法から確立されてしまっています。「わたしは山本です」の「わたし」は主語でもなければ人称でもない、ただの名詞であり、それは述語にたいしての題目・提題などと称されたものでしかありません[◆26]。従属部なのです。主要な西欧語では、人称によって動詞が変化しますが、日本語では、私・あなた・彼によって動詞は変化しません。人称ではないからです。日本語に第一人称、二人称、三人称という「人称」はない、ただの名詞です。文法の言語学的類縁性を哲学にもちこむな、というどこか吉本個人思想からの断裁が入りこみそうな閾ですが、わたしは〈表出〉論として主語がない表出＝述語表出の言語理論を哲学的に考えようとしています。文法としてではありません。それは政治意識に非常に関わっていくものです。

　主体は、本質的に自分から疎外されたもので、自分自身ではないのに自分だと思い込まれているものです。それを解き明かすのが〈個人幻想〉論であるといってよいでしょう。階級主体、革命主体とよく言われたものですが、それは階級へと疎外形成された主体であり、革命する主体へと疎外形成されたもので、日常の自分自身ではありません。別な存在になってしまうのが主体です。ここはほとんど転倒されてしまっているのではないでしょうか。

　以上のことをふまえておかないと、「個人幻想」「自己幻想」の理解はことごとくひっくり返ってしまいます。たかだか近代個人主体の幻想だとなってしまうのです。そしてそれはないものとして幻想なのです。つまり、個人幻想はないということです。より正確に言うと、個人主体があるんだとしているのが個人幻想です。矛盾したことを言っているように聞こえるでしょう?! それが個人幻想の本質にかかわっていきます。ここが了解されていないと、『心的現象論』は個人幻想の書だ、などといかにも的をえたかのような転倒理解が派生します。まちがいです。それならば「個人幻想論」と題すればよかったのであって、そうしていない。「心的」な本質を初源へと探究した書であり、異常・病的という個人化された〈個体〉現象の心的本質を媒介にして、たとえば妄想などが個人化されてしまうあり方を問い直したのが『心的現象論』です。個人幻想・

◆26……佐久間鼎、三上章の日本語論を参照。ほかに金谷武洋『日本語に主語はいらない』『英語にも主語はなかった』（共に講談社選書メチエ）など。

自己幻想の根源・初源を探究した論です。

個人幻想と対応させて、吉本思想において考えねばならないベクトルが二方向あります。一つは現実的に働いていく「自立の思想」という政治思想にかかわる領域であり、もう一方は初源を問う心的な存在としての個（体）です。〈個〉とは個人ではありません。個人であるかのように出現する「個的なもの」です。共同的なものへの対抗概念だとペアで考えるべきものだと思います。共同幻想／対幻想／個人幻想を共同的なもの／対的なもの／個的なものと対応させて考えることです。この個的なものは当初は〈自同的なるもの〉という言表で設定されました。「自己内の自己にむかう」ことです。禁制論の「自己なる幻想」（⑩289）、「個人幻想」（⑩296）が、「憑人論」で〈自同的なるもの〉「個体の幻想」（⑩307）、「自己幻想」（⑩309）、「個々の幻想」「個人の幻想」「個体の幻想性」（⑩313）、「個体をおとずれる幻想性」（⑩315）というように、いろいろな言い方で模索されていました。〈個〉なるものの設定が画定しえないためです。

1　自立の思想と国家論

個人幻想・自己幻想を個人へ関係して考えるとき、その知的・政治的な〈自立〉をまずふまえておくことが肝要です。自立の思想は、「国家の共同幻想性にたいして対決しうる唯一のものは個人幻想である」（⓮192頁）という考えからなされた立場で、その思想的立場が本質論として「共同幻想と個人幻想は逆立する」と転移されたのです。個人幻想は国家に対決する力ある幻想とされていました。「大衆の沈黙の有意味性」における裂け目をとらえる知識人として、国家論を明らかにすることの立場を示したものが〈自立〉の思想でした。国家と対決しうる「個人幻想」の政治的確立というニュアンスでした。

「自立の思想的拠点」が記述されたのは、一九六五年です。もう五十年もまえですが、批判対象は当時の情況でも、その本質論軸はいまでもまったく古くありません。とくにいまの大学人、若い大学教師はこの論考をしっかりと考え自省すべきです。国会前のデモに便乗して正義ぶっている大学教師たちがいますが、若者を理解をしているかのような擬制のひどい転倒にはあきれるばかりです。自分自身で戦ってなどいない。そして相変わらず大江健三郎がそこへ登場しています。お歳になられてご苦労なことだとはおもいますが、知識人としては批判されたまま、なにもかわっていない典型の再出現でした。主体参画が政治だと誤認しているサルトル止まりの知識人の典型です。雁首そろえて法案反対などとかなり多数の大学教師たちが椅子に座ったまま記者会見している滑稽な光景など、傲慢な識者としての愚の骨頂です。政治意識・感覚のすさまじいぶれかたです。何もしていない沈黙の有意味性のほうがはるかにラディカルです。ともかく動けばいいのだなどというのは、主語的転倒による落下です。

　この論考がおさめられた書『自立の思想的拠点』は、「情況とはなにか」として論じられた一連の戦後知識人批判です。〈知識人―大衆〉の関係を批判考察した、政治的態度の論集だと言えます。これを〈党派〉批判の論述だとみなして、他人＝個人を党派的だと攻撃するのに恣意的に使うのが、やすっぽい吉本主義者です。〈党派〉とは集団性です、個人ではありません。なのに個人攻撃に使うのです。集団性に依拠した個人だといいたいのでしょうが的外れです。それは個人幻想にたいする転倒理解となっていることからもたらされています。批判は他人攻撃へ使うことではありません。対象へ向かってであり自らへ向けてなされることです。吉本政治思想は、そうした反転理解を象徴暴力的にもうみだすのですが――当人も自分の思想の限界かも知れないと自戒されていましたが――、読む側に本質了解がないからそうなります。勝手にやってればいいですけれども、その妄想的自信を支えている「無知の強さと狡さ」（「頽廃の名簿」⑨177）は無智なる知識人から本物の無知人へと上げ底状態で世俗化されています。全体主義の兆候です。それは秩序への批判考察は暴力だ、と断定する排外的暴力の行使になっています。当時は、闘争放棄のロジックとしても「自立」が使われました。〈闘い〉とはなんであるのかを、言語思想から深く論じたものでもあるのにです。死語となった思想にたいして闘うことにおいて表明された思想的裁断が、軽率に使われる標語にさえなった書ですが、そこで指摘された思想的情況の本質は五十年たってもいまだに同質ですが、いまは、先端的な言葉は拡散霧消し、土俗的な言葉は現在から消えていってしまって、思想の穴が大きくぽっかり空いてしまっているのが大きな違いになります。吉本思想を六〇年代に閉じ込めて、九〇年代のずれから始末してしまうのが、その顕著な現れです。

「自立の思想的拠点」の論稿は大きく三つの論点があるといえます。

第一。思想の言葉、大衆の言葉、先端と土俗との言語空間の構造を下降し上昇すること。現実がどこで幻想に屈折し、どこで体験が知解にかかわるかの屈折点の構造を探る言語思想への思想的姿勢がまずは示されています。観念の運動の固有な面、「人間の観念がつくりあげることができるすべての領域」にわたって、言語本質の作用をふまえて世界を理解すべきだということです。言葉そのものの内在的な構造のなかでは、過去の歴史、現在の現実社会の規制がはいりこみ、発した言葉は別の意味を不可避にはらんでしまう。言語は現実にたいして直接性はもたないという自覚です。意味されたものの一義性の整序を、言語と直接性でなすのが学問だと思い込んでいる大学人は、知的頽廃の極致です。

しかし、思想や理論は言葉で語るしかありません。それは「言語体験の歴史的な累積」にたいして自覚をもち、「観念の生活と現実の生活のあいだ」における緊張した結節点で、「屈折や乖離」を感じとって、その構造をはせ昇りまたはせ降りる「言語思想」が「自立化」であるということです。「プロレタリアート」や「階級」の概念が批判されています。

第二。日本の古典マルクス主義者や進歩的知識人によってとらえられた天皇制国家論は、天皇制の本質をとらえきれていないことが批判されています。

第三に、国家論をとらえる問題が提示されています。進歩派と反動派との対立からは「資本制の性格一般のもんだい」があるだけで、「世界史の先端にわたりあう緊張した言語も土俗の奥深くひそんでいる言語も」公共の場に姿をだすことなく、思想の言語が「中間的な帯域」で流通しているだけだ。そこに、国家論が社会的機能としての共同体の発展でおさえられたり、共同利益を守る政治職業団体の公的権力の集団機能でとらえられたりしているだけで、「幻想を幻想の共同性の意識として表出するという人間のみに特有な幻想性の発展の仕方」（⑨173）から国家本質としてつかまれていない、という指摘です。国家とは、「はじめに自然宗教として発生した人間に固有な幻想の表出法が、やがて法をさまざまな家族や血族の慣習的な掟としてつくりだし、国家にまで貫徹されるという幻想の表出法の共同性」（⑨174）である、ということです。

現在も意味あるゆえ、詳しい内容はじぶんでしっかり読まれてください。

こうやって、振り返ってみると、大衆存在がいかなるものであるかはこのメインとなる論稿では論じられていません。革命を考える諸概念の言葉を、当時の古典・現代マルクス主義と戦後プラグマチズムの融着から切り離す思想の考え方が呈示されたもので、自立の思想態度ではなく、概念世界の本質視座からの転換が自立化として論じられたものです。しかもそれは既存の国家論にたいしてです。国家＝共同幻想に向かう〈自立〉の思想であり、自立の思想的根拠とは国家を明確に論じていくことにある、ということです。〈知識人—大衆〉の問題が全面的に論じられているのは、講演であった一連の「自立の思想的根拠」「自立的思想の形成について」「情況とはなにか」といった論稿で、それが「自立の思想的拠点」とかさねて読まれていたため、接続されていたようです。自分の生活に関わる知識以外に何の関心もない大衆のくりかえされる日常生活の存在は、共同幻想の意志である法的言語にたいして「沈黙の有意味性」で対峙している。それにはただ服従しているのではない亀裂がある、そこを発見するのが知識人の仕事だ。「個々の大衆の全生活過程」からえられる「幻想性」と関係しているところをつかむのだ、ということです。本来この「亀裂」「裂け目」をみることが主眼であるのに、大衆一般を観て、生活大衆が祀り上げられ、大衆依存さえすることだと転倒理解されてしまった「自立」です。知識人の知的行為さえ否定されるという事態にもなりました。マルクスやレーニンを読んでいると、そんなもの読む必要はない、実践することだと攻撃的な非難さえうけたものです。ポケットに忍ばせ、一人になったとき十分でも十五分でもあればわたしは必死にマルクス、レーニンの書を読んでいましたが、どこで勉強しているんだと言われたものです。闘争にネグレクトはいっさいしませんでしたから。

しかしながら、「自立の思想」があちこちで言われる情況のなかで、わたし自身は自立の思想にはどこかなじめないものがありました、わたし自身が大衆の一人であり、その知的な疎外は知識人にはなりえていない一介の学生、中層インテリの卵みたいな上げ底状態でしたから、自分を疎外表出していくうえでの指針や技術になりえなかったからです。自立するのとはむしろ逆の、ある種の撞着性の身動きがとれない感触をもっていた記憶があります。ですから、慰みにもならなかった実感をもっていました。自分のあり方としてのもやもやが解消されたのは、大学闘争も終焉した後の、イリイチの学ぶ・歩く・癒す「政治的自律性」を知ったときであり、強固になったのはフーコーの自己の自己にたいする関係である「自己技術」を知ったときです。つまり「自立」の拘束性からの脱出です。「自立」と「自律」、そして「自己技術」(自分技術)を仕分けました。政治的自律性とはオートノミーです。歩く、学ぶ、癒すという自分のオートノミーです。それは、教える・運ぶ・治療する「他律行為」への対抗概念として提示されました。観念ではない行為の閾です。政治的な投企は覚悟としてあり、当時の情況においてやりきりましたが、しかし政治的闘争にどうにもなじめない。なじみきれない、とても毎日持続しうることではない、どこか違うという違和は拭いきれませんでした——日常の闘争へと主軸を転化しましたが、政治闘争といわれたものを放棄はしていない。「自立の思想」はその投企の反対概念でしかないと感じたのです。むしろきついなという感触でした。外在的な批判闘は納得できたのですが、内在化するには抵抗がどうしてもあったのです。全生活過程などつかみようがないという実際です。

ましてや〈革命〉はほんとに可能なのだろうか、日本では絶対的にありえないと感じていましたので、〈革命〉に近いメキシコへいって、ことと次第ではラテンアメリカの革命行動に埋没してもかまわぬとイリイチのCIDOCへ飛び込んでいきました［◆27］、現実にであったことは、平和な日常が圧倒的であるという実際の大きさです。革命の幻想はふっとびました。むしろ革命が起ころうとも日々の暮らしをしつづける存在の大きさであり、ああ、これを吉本さんは言っていたのだなと、よそ者としてメキシコ人を観て感取できたことでした。革命行動していたいろいろな人たちにもあいました。なかでもブラジルからの亡命者であったフランシスコ・ジュリアンは印象的でした。温和な人で、農民が自分の道具をもって武装するのはいい、銃をもったならだめだということばが印象にのこっています。チリのアジェンデ社会主義政権崩壊後、ピノチェット軍事独裁下で拷問された方たちにもあいました。肌に押し付けられた煙草のやけど跡がいくつもあった女性がそれ以上何も語らない。居酒屋で糊口のために歌を唄っている亡命チリ人が、祖国にまだ残っている友人たちに捧げる歌も聴かされた。そこに闘う人たちの、しかし暗闇をおいかくしきるあけっぴろげの明るさです。当事者たちからはるかに遠隔化されたわたしの情緒共感ですが、奥深い暗闇を感知はしていました。わたしはキューバ革命、メキシコ革命を修士論文、博士論文で考証しましたが、歴史資料館で資料を読みあさりながら、虚しさをおぼえつつも革命研究を論文でだすという大学アカデミズムへのせいいっぱいの抵抗でした。それは自分なりに「擬実証的」だとは言わせない実証可能のぎりぎりのところまで行ったつもりですが、実証のはるかかなたにしか現実はないという実感の強さの方が圧倒的ですから、実証研究の公刊をしていませんし、無駄と放棄しています。そして「革命」が勝手に思っていたことにてもにつかないことを知っていきます。それは同時に、資本主義が悪だといっていながら、そのなかの諸関係で

◆27……CIDOC資料集のなかに、米国の調査報告があり、ゲバラが立ち寄った形跡はない、というようなものがあります。当時のイリイチの動きは、ラテンアメリカ総体を揺れ動かしたものでした。北米カトリック教会とUSAとが結託して、ラテンアメリカを革命から救おうとしていたときです。カミロ・トレス神父はゲリラ行動へも参画していきました。

しか生活していない自覚の開示でもあったものです。資本主義そのものへの見直しをなしました。「資本制の性格一般のもんだい」――「他人の思想事など何の関心もないといった大衆の閉ざされた土俗性」（⑨168）などは何の意味もない。言語化しえない土俗の「バナキュラーな存在」（⑨170）ですが、閉じていない開かれているバナキュラーな場所土着の存在――をいやというほど体験にしみこませ、他方、全生活過程などつかみようがないという確信のなかで、ただ「世界の尖端的な思想の言語」である〈学校化〉批判を学びとっていった日々でした。そのときスペイン語訳でフーコーや構造理論も本気で学びとりながら、吉本思想の重さしか、世界で通用するものはないと実感した時期です。

こうしたいろいろな体験をへながら、ひとつの自分自身の個人幻想が溶解したことです。これは、身を軽くしてくれました。そして自分が自分へ確固と強固になりえ、何も怖くなくなったのです。そこでしか共同幻想に対峙しえている自分はないという実感です。どこかにあった、社会正義へのコミットという脅迫観念が消えました。「他者のためだ」という仕方自体の誤りに気づいた。「放っといてくれ」という自律性と「自分が自分からずれていく」自己技術の自由さと強さの領有です。「自らによってなす」ことは、主体化の拒絶であるということです。主体化を強いてくるものへの抵抗の自己技術がじぶんへ確固としえたのです。疎外された個人幻想を、自分技術の実際行為次元へ転化しえたことです。わたしはここを思想的に確立しようとは思っていない、自分の仕方・生き方のなかで行為するのみです。規範強制してくるものへの自分技術的な不服従、規範侵犯の愚者の行為のみです。

それは客観的対象性としては、「尖端的な言語思想をそのまま拡大させて、〈社会主義〉国家同盟と〈資本主義〉国家同盟の対立と共存という思想につくことによっても、土俗的な言語思想を貫通させて、明治以後の近代天皇制国家の軌跡を「肯定」することによっても獲取されないもの」（⑨171）を、離脱しえたことが対応しています。「社会主義」対「資本主義」ではない、双方が同質であることを、実証と理論とから領有しえていくことが、外在者としてありながら自分のすぐ脇の近接した体験から同時的に確認されていきます。了解可能な領域と了解を拒絶する地平とがよじれる構造が、自分へくっきりと感取されました。現況を恒久化するおぞましさに対する新たな難しさに直面しえた開放感です。思想・理論の基本的な言葉、概念、近づく方法、世界にたいする態度を転換しえた開放感です。

もちろん、他の類いの個人幻想が自分のなかにいろいろとありますが、そうした個人幻想の転倒にも恐れがなくなりました。ある種堕ちるところまで堕ちた疎外された小さな個的存在のたしかさですが、その底には「よくたたかいえないものがよく崩壊しえない姿勢を空疎につらぬいている」(⑨170) ことへの否定根拠をもってのことです。これをわたしは、個人幻想への自己技術の行使とみなしています。批判の放棄ではなく、その逆です、批判の根源的な徹底です。共同幻想に対する個人幻想は溶けましたが、対幻想に対する個人幻想は消えるものではありません。ただ距離のとりかたが自分技術化されたのです。

以上の自分の経緯(概略でしかもうまく示しえていませんが)に出現していた個人幻想について、もう少し、理論的につめておきましょう。それが心的現象論と精神分析論とが交叉するところにあります。

2　個人幻想と心的構造

すでに指摘したことですが、『共同幻想論』においては個人幻想と自己幻想とは、ほぼ同一の概念として作用していますが、どうして吉本さんは、「個体の幻想」、「自己なる幻想」、をこのように言表差別化しているのでしょうか。そこをわたしは概念として識別して、理論構成することになります。

個人幻想は、共同幻想の構造にたいして、非日常の異常な体験における幻想として、初源幻想の次元では設定されていました（禁制論）。その〈異常〉が、日常の〈正常〉な個人幻想として転移されたとき、共同幻想と個人幻想の〈逆立〉は〈同調〉へと転移されているということになります。そして、個人から自己幻想が疎外されているという構造が想定できます。つまり、共同幻想＝個人幻想と本来逆立しているものが同調されたとき、自己幻想が個人から、意識されているにせよされていないにせよ、疎外されているのです。それが、共同幻想と自己幻想との本質的な逆立となっているものです。共同幻想と個人幻想との表象的な逆立および同調への構成がある。そして個人幻想から自己幻想が疎外される（あるいは逆）、そこに共同幻想と自己幻想との本質的な逆立が存在している。この構造的構成は、何を派生させているのでしょうか？　ひもといていきましょう。

個体において、個人幻想と自己幻想との疎外分離がうみだされています。その理論構成へいたるには、いくつかの考察過程をへていかねばなりません。

そして個人の幻想は、理想自我と自我理想とのずれから疎外表出される配置におかれるといえます。他者が自分へこうあるべきだと押し付けてくるものと自分が自分へこうあるべきだと理想を疎外するものとの、その間におけるずれです。ラカンは、自我理想と理想自我とを次のように識別します。

「理想自我」は、自分が想定している自我である。「自我理想」は自分に場所を与え自分自身を見る視点を与えてくれる象徴的な視点である、というのです。たとえば、自分は社会で成功者になりたいというのは理想自我です。しかし、自分はなかなかそうはなりえないと自己同一性で苦悶・苦闘する、悩むとします。それを見ているのが自我理想となります。自我理想をもつことで、理想自我をとりのぞくことができ、自分が自分になれるという関係にあります。これを幻想概念をもって言い換えますと、理想自我という個人幻想をもつ、その個人幻想は自己によって実現しえない、多分に共同幻想の水準から（それを代行する親や周囲から）規制されて出現した個人幻想である、という規制性をもっている。そこで、共同幻想＝個人幻想としての理想自我を疎外して、自我理想を自己幻想へ疎外すれば、自我は共同幻想と逆立したものとして共同幻想から切り離せて、自己へふさわしい幻想となれる。つまり、自分はこうあらねばならないという強迫感から逃れられ、自己幻想へ自らの自らへの幻想＝理想として限定づけられる、ということです。これはポジティブな自己幻想の疎外分離です。

しかしながら、実際の事態はそう簡単にはなりませんので、心的な傷害が多々おきてきます。共同幻想を他者へ同化させて、その他者を否定すれば、自己幻想へ安座できるとか、共同幻想から強いてくる規制をはねのけられず、その期待へ応えられない自分に悩み続けるとか、個人幻想と自己幻想へ引き裂かれて自己喪失に病的になってしまうとか、自己幻想に閉じこもったまま世間へでていけなくなるとか、人はさまざまな心的傷害に否応なく襲われていきます。自己嫌悪や自己喪失となっていくものです。それは、自己性愛からの反転です。自己が愛しくてならないゆえ、自己嫌悪、自己喪失となって逆転していくものです。表にでずとも内面でかかえます。〈他者―自分〉、〈自分―自己〉の四肢間へ引き裂かれていくものです。他者から見られた自分、自分から見た自分、それらを見ている自分ないし他者です。思春期から青年期にとくにそれは引き裂かれるもので、共同幻想基準からの介入がなされているのですが、自分が自分にそうだと思い込ませているものです。わたし自身としては自殺願望として中学生時代から胚芽していたもので、芥川龍之介から藤村操そして原口統三にかぶれたものです。清岡卓行との対比でバランスをなんとか保つのですが、メキシコへ死んでもかまわないと飛び込んでいったのもその延長です。ラカン的にいうと「汝は汝を憎む者なり」という本質でもあるものです。主体はバレ（炸裂）されるからです。吉本さんは誰でもが通過するものだと言い放っていますが、誰でもが「人はみな妄想する」という普遍精神病であるということです。現代ラカン派は、「普通精神病」だと言っています。幸い病的にも異常にもならずにわたしはのりきれましたが、自己嫌悪、自己失望として、成長への過渡に出現するものです。メキシコまで行って生存すれすれの極限になって、まったく異質な文化存在にであえたことで（つまり共同幻想基準を転移できたことで）溶解していきましたが、日本にいたならどうなっていたものか。極限疎外の経験から生還できたから助かったとでもいえますでしょうか——当時のメキシコで協働していた知人たちにあうと、互いに「よく生き延びられたものだな」と笑いあいますが、先進国への留学とはまったく異質であるとおもいます。

　離脱しえたのは関係づけと了解作用の幅が自己限定のなかで非常に広くなって、どこの距離と程度でなしていくかの自己技術が自在にできるようになってきたからです。〈個人幻想〉への批判感覚・批判意識があったればこそなしえたといえます。命を失いかねない不可抗力の事態にわたしは何度かメキシコで直面していますが、それは幻想をこえた実際として直面したものです。観念などが作用するものではありませんが、死の直前に面した瞬間に「あっ死ぬな」という想念は出現します。そこから観念の布置の限定づけも分かりました。

　自死する子どもをみてみますと、学校共同幻想と個人幻想が一致しなくなり、分離しきれずに自己幻想への投企を自殺として完結させているようにみえます。世間をよく見抜いていながら、じぶんをごまかししえない、自己技術の働きかけが見いだせなかったのだとおもいます［▼6］。

　ジェンダー原理的にいいますと、男は母との異性関係にあることで〈分離〉関係形成への脅迫におそわれ、女は母との同性関係にあることで〈関係づけ〉関係の形成への脅迫におそわれます。ここを、ファルスで説明するのはどうにも違和を感じますし、日本人に〈父の名〉はシニフィアンにはなりえないのではないでしょうか。吉本さんは、徹底して父ではなく、母、そして母体からの分離に妄想の根拠を探っていきます。この部分は、実感的にはわたしにはわかりません。論理的に了解できるだけです。無意識に埋め込んでいるからなのかもしれませんが、病的にならないかぎりわからないことかと思います。しかし潜在はしているといえます。ここは、対幻想から

▼6……わたしが編集した『小さなテツガクシャたち——杉本治君と尾山奈々さんの自死から学ぶ』（新曜社）は、彼らが残したものをすべて記録したものです。商業的出版は、都合のいいところだけを書籍化する。両親にもお会いして許可をいただきました。すると自己正当化するなという無智の傲慢さが非難してきます。なんという学校化された知的疎外の不能感覚。死んだのは一人だ、何十人は生きているのだというのです。一人にも配慮しえずに多数にどう対処しえるのでしょう。いじめがなくならない根拠です。二人は、学校の本性を見抜いてしまった。その先にいる自分を学校が許容しない。また他に生きる場が開かれない学校化の独占。わたしは支援の会のような形態には参画しませんが、市の委員会報告書は徹底批判しました。じぶんがしうる限界のことをなしただけです。

の本質疎外としての自己幻想に関わっている次元のことかとおもいます。

卑近な例で言ってしまうと、男は好きな女性ができたとき、離れていて一緒にいないと、誰か他の男と彼女はいるのではないか、とそういう妄想がおきます。その「他の男」なるものは自分なのです。そうありたい自分の投影ですが、それが自分ではないという事実から錯認が起きます。嫉妬ではない、個人幻想の転倒です。そうではないと知っても、また起きていく、好きになればなるほどそうなります。女性の方は、関係づけがもうできていますから、そういう男からの疑いはうざったいと感じてしまいます。「好きだからなのですね」と許容にはなりません。ここは、女にとってはファルスがすべてではない、というラカン論理が納得のいくところです。男には、ファルスがすべてで、ファルスの欠落しかないからです。対幻想からの疎外なのですが、それだけではあまりにまっとうな論理的な指摘すぎるゆえ、曖昧ではないでしょうか。経験と本質的論理との距離は、心的に埋めることはできないということでしょう。幻想と心的なものとのずれ、という対象的関係があるともいえます［◆28］。

個人幻想／自己幻想は共同幻想と逆立する、しかも個人幻想と自己幻想とでは位相がずれる。それは、共同幻想は意識の閾にはのってこないもので、個人幻想は意識にのってくるものです。どうして逆立するのでしょうか？　別の視座から考えます。

非自己感覚の設定

意識するのは「自己」であるといえます。しかし意識しようとしまいとどうにもならない自分の感覚があります。うれし涙などは泣くまいと意識しても涙がでてきてしまう。好きな人ができたときその想いは自己統御できないほどになってしまう。悲しいときや淋しいときなどの感覚も意識統御をはみだしてしまうことがある。これをわたしは〈非自己〉の閾があると想定しました。意識統御しえない〈感覚〉域を非自己として設定したのです。自分は「自己と非自己との相互関

◆28……「嫉妬」はルネ・ジラールの「欲望の三角形」として説明されます。ある対象＝女性（男性）にたいして、男同士（女同士）が競い合う関係です。
吉本さんは同性愛関係であると説明します。

係」から成り立っているということです［◆29］。

意識と感覚との相互性といわれていたものですが、「自分＝自己＋非自己」だと簡潔化して考えています。この意識にのせられてくる自己は、〈自己幻想〉を疎外表出します。意識次元をこえて無意識までもふくんだ「自己幻想」です。それは自分のなかに「自己があるんだ」と前提にしている幻想です――そのとき共同幻想＝個人幻想を疎外外化しえています。そこから自分を見直してみますと、「個人幻想＝自己幻想＋非自己感覚」であるという理論スキームを設定できます。そして、非自己感覚への感触がなくなっていく度合いで共同幻想への疎外表出がなされていくと考えます。自己幻想＝個人幻想と同致していったとき非自己感覚が縮小ないし喪失されて、それは個体が共同幻想と逆立する関係になっているのです。つまり、非自己域の他者との共有が対幻想ですから、非自己域が縮小すると対幻想が消滅するということになり、対の愛は個人と個人との関係に疎外され、個人幻想＝自己幻想の同致による共同幻想との逆立がなされる、という意味になります。関係のとり方として、「自分技術＝自己技術＋非自己表出」となっていると考えられます。

戦争捕虜となった日本兵への尋問記録のドキュメンタリーがありました。上官の命令で住民たちを殺した。それをアメリカ軍は「良いと思ったのか？」と問いつめていきます。「立派な上官の命令だったからだ」と捕虜は答える。「立派な人だからといって、何の罪もない住民を殺していいのか？」とつきつめられ、沈黙したまま、翌日こたえますといって、自殺してしまった。この捕虜は、共同幻想に他律的に従うこと（＝個人幻想）と自己幻想とのはざまで苦悶し、住民を殺したことは良くないとわかっていながら、しかしどうしようもなくなり個人幻想と自己幻想との葛藤が、非自己感覚からうみだされ、自己幻想において自死するほかなくなったのだと思います。個人幻想の切り換えは容易ならざるものだということです。ここが「転向論」に関わる閾です。会社の決定・命令だとか決まった規則だからといって、それが理不尽であると感じていても

◆29……自己は「考える」、非自己は「感じる」、それが身体化されて実際のプラチックにおいてなされています。自己は言語段階、非自己は前言語段階とも照応します。

仕方なく実行するというような局面は多々あるかとおもいます。共同幻想は、身近なところにも構成されているもので、それは個人幻想＝自己幻想となって、いやだ、おかしいという感覚（＝非自己）が棄却されたところに佇立しているものです。他者を媒介にする心的共同幻想といえる共同幻想の方が、国家的共同幻想よりも強く働いているのではないでしょうか。規範・規則が保証されているところにはかならず共同幻想が心的に編制されています。

〈主体化〉の構造

主体化とは、非自己域をなくして、個人幻想＝自己幻想として画定して、疎外表出されている共同幻想の掟にしたがっていくということだと設定されえます。これは革命主体であれ階級主体であれ、同質です。個体の個人化です。革命概念や階級概念に幻想が関与しているということです。主体化には、社会的規制が介入してくると同時に、幻想と心的なものとの本質関係が転倒表出した様態になっています。

個人幻想／自己幻想の未分化は、常民的な伝承社会における、共同幻想内に個人が同化している状態です。そこで個人幻想が出現するのは、非日常の異常（たとえば入眠感覚）としてのみです。共同幻想が、他界を媒介にして、共同幻想として村落共同体から分離して、国家的共同幻想へ布置されたとき、個体において、自己内の自己への関係において、個人幻想と自己幻想とが分離していきます。そこで個体は、近代的情況では、自我理想と理想自我のズレ／対峙に配置されます。ここでは、正常な自己と異常な自己とが、相互交通されており、その度合いで、正常者・異常者・病者になったりします。

そして、個人幻想＝自己幻想として同致させる飛躍がなされるとき、〈主体〉化が構成される、ということになります。〈個人〉の出現です。理想自我が個人幻想＝共同幻想として、超自我と同調していくことが、そこから構成されます。疎外された自己幻想が強く作用すると、主体が崩壊するとみなされます。個人は、疎外された共同幻想を集団表象や共同規範のなかにもとめ、そこと一致する「社会人間」として個人であろうと〈主体化〉します。

個体の幻想としては、この三様態が重層的に構成されていると考えることです。

「自我」の構造の心的装置 appareil/Apparat は、フロイトが抽出したもので、第一局所 topique/Topil/topography 論と第二局所論として修正されますが、自己幻想の一つの表象構造といえるかとおもいます。

フロイトの心的装置

P・コフマン編の『フロイト&ラカン事典』は非常によくできた整理です。フロイトとラカンの双方が了解閾へのせられます。そこをふまえて要素的要点をおさえながら、思考閾を示していきましょう。

『夢判断』で示された第一局所論［◆30］は、〈無意識／前意識／意識〉で、感覚末端から運動末端までの過程ですが、知覚末端＝意識と考えられていたものです。無意識は前意識を通過する以外に意識にたどりつかない。前意識を通過するさいに興奮過程が諸変更をこうむるというものです。逆に、無意識は第一検問の審級において前意識から根本的に隔てられており、前意識は第二無意識＝非意識で、潜在的で、言語表象を禁止の機能、調節の機能、承諾の機能の三機能にそって二次過程の働きに従わせます。これを全体的構造であると見誤ってはならない、あくまで心的機制の方向性であるとフロイトは述べています。これは解剖学的定位を棄却して心的な機制を「記述」したものであるということです。

一九二三年「自我とエス」において、第二心的装置論は、「体系的価値」として〈エス／自我／超自我〉へと書き替えられます。これがいわゆる無意識の構造です。「意識」概念が「自我」概念へ転移されています。知覚・運動の力学ではないものになることで、名詞の無意識は「無意

◆30……「心的局所」論と訳されてしまっている「心的装置」論は、一八九五年の「科学的真理草稿」からうちだされていました。

識的」という形容詞になり、抑圧されたものとぴったりかさなりあわないものになります。原抑圧が無意識系と意識系に根本的な分割をもたらすとされた第一心的装置論が、エスと自我の系は相互に貫き合って自我は外界からの影響のもとに徐々にエスから分化していくとされたのです。前意識的な無意識性とちがって、自我的無意識は潜在的なものではなく、またエディプス・コンプレックスを継承する超自我と無意識は関わりあるとされました。審級区別がなくなっているのです。第一心的装置論の実定性がとりはらわれて、現実原則が快感原則より優位におかれ、主体形成が自我の発達と相関され、自我理想と理想自我の相関が説かれたりしていきます。ラカンは、主体と自我とから「無意識の主体」をとりだしていき、無意識のトポロジーの世界が展開されることになるのです。

一九三八年「精神分析概説」でフロイトは、双方を統合する第三局所論＝心的装置論を提唱しているようにみえると言われるのですが、心的現象は哲学者のいう「意識」をのぞけばすべて「無意識的なもの」だ、無意識とエスは外延を同じくする、そのつながりは前意識系と自我の関連より強固であり、エスには生来的・先天的な部分と同時に自我発達のさいに抑圧された部分があるとして、エスと自我の位相に第一心的装置論の審級分割を再導入しているようにみえます。自我の分裂という概念がそれをうながしていったといわれます。

心的装置の概略を述べてきましたが、「自我が無意識的な様態で振る舞う心的要素」が〈エス〉とされた「自我の強調」、その自我は核である知覚系に由来をもち、記憶痕跡を拠り所にする前意識から成るもので、受動的に振る舞い、未知の統御しえない諸力によって「生かされている」もので、ニーチェそしてカントが、〈私〉なるものは一つの概念とは言い難いとしたことをふまえていくためです。主体・主観・主語はそれを満たす述語としての思考物によってしか認識できない。私・彼・エス、つまり〈もの Ding〉とは、思惟するものによって表象されるもので、諸思考物の先験的主観＝ｘでしかない、とカントが『純粋理性批判』で示したものの系譜にあるのです。ニーチェはエスが考えるのだ、としました。これは、単なる反転ではなく、無意識として「深遠な闇」に置かれたものを対象化していくことであるのです。

無意識とは、抑圧されて、「備給エネルギーを放出する欲動の諸表象」であるとされました。それが「欲望」であるということです。欲動とは、第一理論では性欲動と自己保存の欲動の二元論、第二理論では生の欲動＝エロスと死の欲動＝タナトスとの対置とされますが、①源泉：心的機関の緊張、②心拍、③目標：満足―緊張状態の減少、④対象：性的対象（限定をうけない）、の四要素からなるとされました。外的現実にかわって心的現実が、別にあるとされたのです。二つの心的装置論の区別をこえて、欲動・享楽の配置から、つまりラカンの位置から、無意識論からの心的装置を、構築していくことが要されています。

吉本幻想論は、また心的現象論は、この無意識の欲動の表象の心的エネルギーが、実定化されて、欲望満足の経験の反復や、表象移行や抑圧からの発散、快／不快のほとばしり、代理の産出物を通じて放出される、というような見方になっていくのを嫌ったといえます。ですから、個人幻想・自己幻想の概念に実体的なものがまったくみられません。心的現象は時間・空間の関係づけ・了解作用として解明されます。吉本さんはマルクスの経済過程を嫌ったようにフロイトの心的過程を嫌っています。ラカンは、ここを「無意識の形成物」として対象化しました。欲望の真理が隠喩・換喩の様式をとって諸要求のもとに固執され反復される「雄弁な無言」を解読していきました。吉本さんが「沈黙の有意味性」と言語表出の布置で示しながら実態を何も明らかにしなかったものに対応します。

わたしたちは、幻想に経済構成をかさねあわせていったように、心的装置の有機組織にたいして幻想概念を再布置させていくことを要されています。それが、個人思想をこえた普遍思想の位置になります。

吉本さんはフロイトのこの心的モデルを、「個体の幻想的な疎外論」であるとして、詳細な再考をするのではなく、その欠点は「社会における幻想的共同性が、家族あるいは一対の男女における幻想対の表出と逆立するものであるということを洞察しなかった」(『心的現象論序説』⑩25頁)と述べて処理してしまいます。その幻想関係の欠点はその通りですが、自己幻想の構造としての一つの表象として、無視はしえない抽出です。『母型論』で、まったく異なる考え方から「無意識の核」を吉本さんはとりだすのですが、そのときフロイトが心的装置をつかむべく断ち切った解剖学的考証を再びもちこむのです(後述)。

ラカンは、この心的モデルをとりません。そしてラカン固有の「欲望のグラフ」を構造化します。それはランガージュ論からの組みたてになります。そしてその「欲望」は他者の欲望として、外在化されます。個人身体へ内在化されている欲望ではありません。象徴界・想像界・現実界へと布置されていく「対象a」に疎外表出表象されます。ボロメオの輪が、自己幻想へ欲動の剰余享楽を備給していくとわたしは考えます。

そこにたいして、個体の個人化は、「欲望の主体化」として、性的な関係からの疎外としてからんできます。これは、西欧的段階の個人化・主観化として歴史形成的に経済・政治過程もふくんで介入してくる閾です[◆31]。性的な欲望は、個人身体の内部にあるとする個人主体化ですが、フーコーは、子どもにたいする自慰の禁止として、それを設定しました。それは欲望が性器化されることでもあります。身体の個人化の次元においてなされる欲望幻想の個人化といえるでしょう。これを、個人幻想/自己幻想へもどしますと、個人幻想では性の抑制(共同幻想への服従)、自己幻想では欲望快楽の放出(共同幻想への非服従)として、相互規制的に配置されます。ともに、対幻想から疎外された欲望主体としての様態です。

性的関係からの幻想や心的なもの、その個人化は、幻想と(無意識の)心的装置との関係を再構成していくことから実は把捉しうるのです。自己幻想は、外的には個人幻想からの疎外ですが、内的には無意識の形成物であるということです。吉本さんが祭儀論で生誕からの成長におい

◆31……その卓越した考察は、ルイ・デュモン『個人主義論考』(言叢社)、アラン・ルノー『個人の時代』(法政大学出版局)。Bernard Lahire, La culture des individus(Découverte, 2006)など。

て「人間の自己幻想は、ある期間を過程的にとおって徐々に周囲の共同幻想をはねのけながら自覚的な存在として形成される」と指摘していたことに対応する過程です。その解明はまだなされていませんが、母と乳胎児との関係において「前言語的」になされるものが初源的な指標になります。『母型論』はそこへ向いました。

個人を構成しているもの

以上の心的な〈個体の個人化〉を社会空間の現実的存在として総括統御するのが〈経済セックス〉主体です。幻想と経済社会構成との構造化です。これは、個人の社会化された様態において、労働主体と性主体とを統合する主体化です。「産業社会人」としての主体化です。男女差が中性化された「genderless」の様態になります。想像的に平等な個人主体です。商品物象化、制度物象化、社会物象化の総体をひきうけた社会主体です。賃労働体系をになうことが可能になった主体ですが、実際は「賃労働＋シャドウ・ワーク」へ社会分業として配置されます。それが、商品幻想、制度幻想、社会幻想をにない、かつ家族幻想を性的にになうのです。「経済セックス」とは性的なものを労働行為へと「個人化主体」編制した様態です。

これらが、個人にたいする理論的構成の総体枠になります。あとは個別・種差的に細密化していけばいいことですが、〈わたし〉なるものは、それら規制化された存在であると同時に、そこからこぼれだすものをも領有した存在であるということは、忘却しないでください。

そうしますと、自由プラチックとしての自己が自己からずれる自己技術とは、個人幻想と自己幻想とのずれを非自己感覚を活かして働かせていく自分技術だといえます。すると共同幻想にたいする自在な関係取りが自分において可能となります。従おう、無視しよう、逃げよう、だんまりをきめこもう、協調しよう、抵抗しよう、無関心でいようなど多様な仕方がなされます。現代の若い人たちをみていると、このずらしは不誠実で、善良であっていたいと非自己域を消して、個人幻想＝自己幻想の自分を「善」として働かせ、かつ共同幻想に同調させようとしているのが顕著であると見受けられます。規則を侵犯する自由があるようにはみえないのです。ですから、非常にまじめで融通がきかないように見受けられます。共同幻想との逆立ではなく一致を良しとしているように見られるのですが、不真面目な年寄りの戯れ言でしょうか。一様に彼らは主語があると思い込んでいて、その主語に述語は一致せねばならないと思い込んでいるのではないでしょうか。すると「日本を変える」などは自己＝主語の自分がなしえることではない、嘘になるとして、日本を変える・良くするということを放棄していくのが誠実であると転倒して考えているようにみえるのですが⁉　内的にはかなりの葛藤・矛盾を未解決にかかえこんでいるのではないでしょうか。本質構造は自分の主観とはかかわりなく、かわりないですから。

ちなみに倫理とは、自分が自分に一致しないズレにたいする、行為の仕方です。一致せねばならぬというのが道徳です。倫理は自己技術、道徳は他律技術です。

主体論の白々しさ

主体論が欧米では実にたくさんでていますが、日本では梅本克己の主体論で終わってしまったようにみえます。吉本さんは、日本の主体論は意志の面を多様にとりだしていた非常に高度な論議であったと評価されていますが、わたしはそう思いません。ありえもしない観念主義の産物だとみなしています。

主体論思考はサルトルの考え方に典型ですが、日常の無自覚な日々にたいして、現状を認識し、その抑圧された世界を批判考察し、自分を目覚めさせ、政治行動に参画せよ、というマルクス主義的な発想です［◆32］。バスを待つ行列に無自覚にただ並んでいていいのか、と本気でサルトルは日常プラチックを批判し、プラクシス＝実践をせよと主張します。それで、世界を変えていくんだ、それが正義だという倫理道徳主義です。メルロ＝ポンティとの論争がありますが、俺を批

◆32……サルトル『弁証法的理性批判』は、日常の実際行為＝プラチックを批判し、政治的なプラクシス（目的意識的実践）を主張した書です。しかし、翻訳はプラチックもプラクシスも「実践」と訳していますから、わけの分からない書になっています。レヴィ＝ストロースの『野生の思考』はサルトルのこの書への批判であり、プラチック概念を救出した論です。
フランス思想の翻訳書のほとんどが（ドイツ語もですが）、この用語概念の識別がなされていません。辞書訳しているだけで意味作用をつかみえていないのです。主体が実践すると思い込まれているためです。

アルチュセールの邦訳でも、わたしの指摘をふまえていながらも、まだ「実践」とやっています。非常に強固にコード化されています。

プラチックpratiqueは意図や決定や目的志向のレベルにない実際行為です。ブルデューもフーコーもそこを対象化したのです。

判することは、俺が批判している支配の側へ加担することだ、それは容認できないという、お粗末な思考形態です。そして戦時中のメルロ＝ポンティの在り方を道義的に暴露非難します。そういうサルトルやルカーチが二流であることは、いずれわかるだろうと吉本さんは言っていましたが、実際にそうなっていったとおもいます。サルトルは情緒的にマルクス主義へ同調していっただけだ、ルカーチは「階級意識に目覚めよ、するとこの社会は階級的に視えてくるだろう、あるいは階級社会は存在する、ゆえに人間は階級意識に目覚めるだろう」という観念の循環論をとっているだけで、言語が現実に直結されているだけの、理念―表現―現実という環に哲学を欠いた思想でしかない、ということです。サルトルも同質です。

　要するに、資本主義体制への批判、反対をすることが、目覚めであり認識の意識化であり、主体となることであり、正義の道だということが、当たり前のようであった時代です。それはまた、ソ連社会主義国を暗黙に無条件的に容認、依拠していく進歩的知識人たちの懶惰になっていたことで、吉本さんが徹底して批判したことです。

　相手を批判し、反対だといえば客観的であるかのような擬装がなされ、他方、社会主義国の現実をなんらみようとしない、つまり、資本主義国も社会主義国もなんら考察検証せずに、資本主義は悪だ、社会主義は善だ、みたいな思い込みが当たり前になされていて、自分の立場を正当化していく。そういう風潮であり態度の蔓延です。自己主体化にもほど遠い政治主体化が、なされていたといえます。

　本質論的に、〈主体〉の概念空間を解体しなければなりません。それは本質地盤として、主語制言語様式の転移としてなされることです。主語制言語とは、主語に述語がコプラとして一致するという言語形態です。それは、さらに言語体系を単語へ分節化し、品詞分けする文法体系によって構造化されていく言語認識に照応しています。「文法」はランガージュをつかみえていない言説です。文法と標準語を媒介にして国家語化された言語世界となっています［◆33］。日本の

◆33……ブルデュー『話すということ―言語交換のエコノミー』（藤原書店）。日本語では、安田敏朗の一連のすぐれた考証があります。

学校文法は、主語がない日本語にたいして「主語がある」と教え込んでいる似非言語論です。ほとんどすべての日本人が、述語言語表現しかしていないのに、主語があると思い込んでしまっているほど、構造化され再認されています。国語学者・日本語研究者でさえ、主語があると、嘘を言い続けている、とんでもない事態になっています。日本語には形容動詞もなければ、助動詞も、人称もないのです。述辞が主要にあるだけです。

言語活動によって心的疎外された心性は、構造化されています。

西欧的段階の受容は、主語制言語化の擬装によってなされたといえます。その結果、個人主体化が言語表象として標準語の社会空間化とともに可能になったのです。学校教師、国語学者、文学者たちが、言語交換市場を、主語言語様式へと編制しました。しかし、方言はすさまじく侵蝕されながらも残滓しています。場所述語言語としてとりもどすことです。

主体概念の解体は、すくなくとも述語制言語様式の設定と、行為論としての「プラチック pratique/practice/Praktik」(実際行為・慣習行為)と「プラクシス praxis/Praxis」(目的意識的な実践)との区分による「プラクシス」批判を要します[◆34]。主語制言語とプラクシスとが、〈主体〉を疎外形成しています。

3　前言語から言語への無意識の中間層：『母型論』の地平

『母型論』は、「心的現象論」の先へ、根源へ、初源本質をさらに突っ込んで考察しています。それは、わたしが「非自己感覚」としてまた述語制としてつかもうとしていることに対応している本質考察です。驚きの思考です。この考察をふまえて、個体なるものを考えていくべきです。

吉本さんは、三つの階梯的な過程を設定しているといえます。構造的には「無意識の核」「無意識の中間層」「無意識の表層」です。過程的には「乳胎児期」、「前言語から言語へ」の乳幼児

◆34……ブルデューは「意図的意識、明白な投企、明白な意図、そして明白に立てられた目標に向けられたもの、の産物としての行為の理論を捨てること」(Raison Pratique の183頁)だと言います。フーコーは、「権力を意図や決定のレベルで分析しないこと」(『社会は防衛しなければならない』30頁)と言います。ブルデューのプラチック理論、フーコーの権力関係論は、吉本さんのいう大衆の「沈黙の有意味性」を、明示したものと照応させることができます。

期、そして初期的言語段階の幼児前期です。言語〈概念〉が創られる――実際のバラや鳥と絵に描いたバラや鳥を同一化／差異化できる――ときまでです。三木成夫の解剖学をツールにして、心的なものと言語との関係を探る考察ですが、解剖学への還元ではありません。表出論としてそれを並走させないと見誤ります。内臓系＝自己表出、体壁系＝指示表出、その相関です。幻想や心的なものを、経済過程や生理的身体という物体的なものから分離して、観念として考察する手法をとってきた吉本さんが、発生学的な鰓腸、口腔・鼻腔、喉、脳、筋肉などとの相関をさぐるという、驚異的な手法に打って出ています。生命起源的な表出論です。

　母との関係で、乳胎児の心的なものが決定されるというのは「心的現象論」時点でなされていた考察ですが、その母親の心的振る舞いの両義性・相反性（抱きたくないのに泣きやまないから抱いてあげるなど）が非常に「母型」として「内コミュニケーション」において強調されます。病的・異常の出現の根拠としてです。そこに解剖学的な規定が埋め込まれていきます。生物的な機能（五感覚）と性的な機能（エロス覚）とが相関されて述べられます。

　母と子だけに閉じられた胎内での内コミュニケーションにおいて、刷り込みがなされると同時に子の側は母の感情の流れを仮構的に「作り出す」、それが無意識の核になります。また、胎外にでた子の不安・衝撃と母の安堵、そして出生後「外コミュニケーション」において授乳の口腔による接触、乳首の手による触感、乳房のふくらみ、乳汁の味覚、匂いなど世界環界のぜんぶが、巨大な〈母〉の像として子に形成される。これも無意識の核となります。そして、母と子の物語が、相反的な二重化においてなされて、憤りや満足や苛立ちや抑鬱の複合が母から子へ刷り込みされます。過剰に親和した母と子において、不在や拒否や傷害が同時になされていきます。

　出産によって急激に外コミュニケーションへ転換されたため、「死」と同型な否定的な衝撃が訪れ、乳児の無意識には、なぜこんな不安な外界に生まれてきてしまったのかという憤りや悔いの状態がうまれます。次にもういちど母親と親和の接触を与えてくれたら生まれた状態を肯定してもいいと取引が起こり、そのあとで一年にも及ぶ長い抑鬱状態を予感し、やがていたしかたないと諦めの受容がなされる。こうした複雑な動きの形成において、母親は緩和する過程などわからないし、乳児自身もわかるはずがない。これが「存在するとき不在だ」とされた状態ですが、言語がない前言語の無意識の核の段階です。

幼児期が意識世界に言語的に関わって現実世界と衝突させられてつくられるのが「無意識の表層」とされ、それと「無意識の核」との中間に、言語的な発現と前言語的な発現との葛藤・錯合がなされる「無意識の中間層」を吉本さんは審級的に設定し、相互の流れがあると考えます。栄養摂取機能と性的機能とが渾融している前言語段階での心的形成です。

「連環論」では、前言語の状態での、器官の感覚と性的なエロス覚の感覚との同時性が示されます。鰓腸の入り口にあたる口腔・舌で味覚の受け入れと拒絶として反応しますが、母親の乳首からの栄養摂取とエロス覚が同時になされます。生殖器も、腎管から発達した内臓感覚に支配される内性器と排出感覚、体壁の筋肉や神経の感覚（接触）に支配される外性器、エロス覚は、この排出の解放感と接触の快美感とからできています。

この内性器による精子の受容（摂取）と排出は、広義の栄養の受容と食行為、受けとるものと与えるものが同時に成立する「性的行為の特質」と同時に「食的行為の起源にある特質」だということです。そして、乳児は乳汁を栄養摂取すると同時に性の行為とを同調させています。口腔での味覚ですが、さらに呼吸、嗅覚、頭蓋、心臓などが、内臓系＝心と体壁系＝感覚とからなっていて、感覚とエロス覚とを共存させていることが示されます。こうした考察で何を言いたいのかというと、言語状態の発生において二つの発生の系統がある。一つは呼吸作用の前言語的状態で口腔・鼻腔・気管・肺の自然なリズム（意志的にリズムを変動できる）の分節化から前言語的な音声が発せられていく。もう一つは内臓（心臓や胃）の交感神経系のリズムの異変からなされる心の感情的な内コミュニケーションの発生に由来しているというのです。わたしのいう自己閾と非自己閾の形成です。

内コミュニケーションは、言語をもたない時期だけ。これはいかなる種族・民族にも共通している普遍段階です。種族語・民族語に分かれていくのは、ヒトの幼児期からで、そのとき、母音自体に意味がもたされている種族語・民族語の系は内コミュニケーションに同致しているもので、母音に意味がない系とに分離していきます。

ここで、これまでの幻想論、心的現象論で、性的なものは他者との関係だとされていたことが個体的なものに布置されていることです。そこに、幻想・心的な観念の固有な位置であったものが、身体と重ねられてしまっています。母子関係としながらも個体的形成です。どうして、その閾へ考察が向かったのでしょうか？ それは一つに、言語が異なるものとして出現する種族語群・民族語群以前の、類的な本質の共通性を定めるためです。個体の中に構成化されている〈類〉の画定といえるものです。つまり、自己幻想・自己心的なものの無意識の核、根源の抽出と、わたしは布置します。個人的なものではありませんが、個体的なものへ出現していく類的根源です。

ここで注目すべきは、母音に言語的な構成がなされる場合となされていない場合の、類的な差異の指摘です。左脳と右脳とで反応の場が違うという裏付けでもって、さらに自然音との同一化が前者で指摘されます。そこから母音と子音との構成の差が、種族語・民族語の文化差異として出現していくということになります。つまり、母音とは「胎乳児と母親との関わり」＝内コミュニケーションと、習俗の差異の積み重なりからなる言語母型との、音声だということです。

そうした差異が発生していく根源に、内コミュニケーションの前言語の段階状態が把捉されます。それは母音が波のように広がって音声の大洋をつくるという「大洋イメージ」として設定されたものです。「母音が内臓管（腸管）の前端に跳びだした心の表象」（顔の表情に出る）、そして「喉頭（腔）から口腔・鼻腔の筋肉や形態を微妙に変化させる体壁系の感覚によってつくりだされる」、この前者を縦糸、後者を緯糸にして織りなす織物のような大洋イメージです。この段階では意味をもっていませんが、前意味的な胚芽となる事象・現象のすべてで、授乳期における母子の「心の関係」（内臓系）と「感覚の関係」（体壁系）が織り出されている段階です。その栄養摂取機能と性器とが分離していくとき、言語段階へと入っていく。

母音がそのまま意味ある言語となっている母音の言語化は、自然現象の音を言葉として聴く習俗があって、自然現象を擬人（神）化して固有名をつける素因になっています。

乳児が「アワワ」言葉から、感覚と感情の織物である「幼な言葉」をへて、幼な言葉と児童語との間に「耳言葉」（「ちちんぷいぷい」など）をつくって、内コミュニケーションを続けていき、やっと大洋イメージの小鳥と空を飛ぶ実在の小鳥と絵に描かれた小鳥とを「小鳥」の概念として同定しえて、意味形成に向かった言語段階になります。

この言葉を獲得していく過程で、母親への過剰なエロス覚の固着をもつように成長していくのですが、そこで欠如を同時に受けとっていきます。そこに、乳幼児期に男性・女性の分化がなかった段階から、それが分化していく過程が構成され、この前言語から言語への「中間層」の葛藤がおきていきます。それは、鰓腸の上部と下部の開口部がもっていた栄養摂取と性機能との両義性が、分離する過程でもあります。言語の「概念」獲得の過程で、それが同時になされているということです。

食・性の分離と男女の分離、つまり対幻想の発生の根源にあるもの（それは前章で述べたこと）が、言語段階の出現になっているということです。

こうした考察は、対幻想や共同幻想の根源に、自己幻想の類的形成の核がなされていることを、示唆しているようにおもえますが、内コミュニケーションはやはり母と子の対幻想関係であるのです。心的装置論は、ここを注意深く構築していかねばなりません。

『母型論』の「起源論」では、旧日本人・縄文と新日本人・弥生との二つの存在があるということを、「スンダ型歯列」と「中国型歯列」、ATLウイルス／B型肝炎ウイルス、Gm遺伝子から日本人の起源として照応させながら示しています。科学的データの無造作な拡張を批判しながらですが、わたしには実証されたことで正当化されることに意味があるとはおもえません。本質的な幻想として、二つの異なる系が日本人に流れているという示唆で、充分ではないでしょうか。その表象のされ方が、有史においてまたこの二千年間において相互交替しながら表出すると留意しておけばいいと思います。しかし、語母論・脱音現象論を受け継いでの言語の音の示唆、これは述語制言語の本質規定の要素になっていきますので重要だとおもいます。

こうした考察を、わたしたちはどう受け継いでいけばよいのか。非常に困難ですが、一つの道は、解剖学的・脳科学的・遺伝子考古学的な究明識知と心的・言語的なものをさらに科学検証的に極めていくこと。もう一つは、心的装置として理論化の次元へ構成することです。わたしは前者の研究はできませんので――かつさほど意味あるとも評価していないので――、後者の道をいくほかないですが、結果的には相補化されていくことだとおもいます。後代のことになるでしょうが、吉本提示が忘却されないことを願うほかありません。

内臓系が「心」、体壁系が感覚、この双方の「非分離関係」を、「非自己感覚と自己幻想」として受け継ぎます。そこでなされる自己表出／指示表出は「述語表出」として概念転移します。前言語的な閾は、非分離の自然感覚表出として文化考察に活用しうることです。意味するものの母型としてツール化されてよいと考えます。旧日本語と新日本語の問題は、「場所言語」様式の課題として場所共同幻想との関係において問題継承します。場所の食衣が、技術規定になります。場所の味覚・臭覚・聴覚・触覚は、「こころ」の形成としてみのがせないということの提起とうけとめます。場所環境的な差異について、まだまだ鈍感すぎる現状況です。

個体の心的形成は「場所環境」におかれた母子関係へおかれるべきなのに、実際には「社会形成空間」に放置されて、それが乳胎児期を規制さえしていることからの心的機制が悲惨です。幼

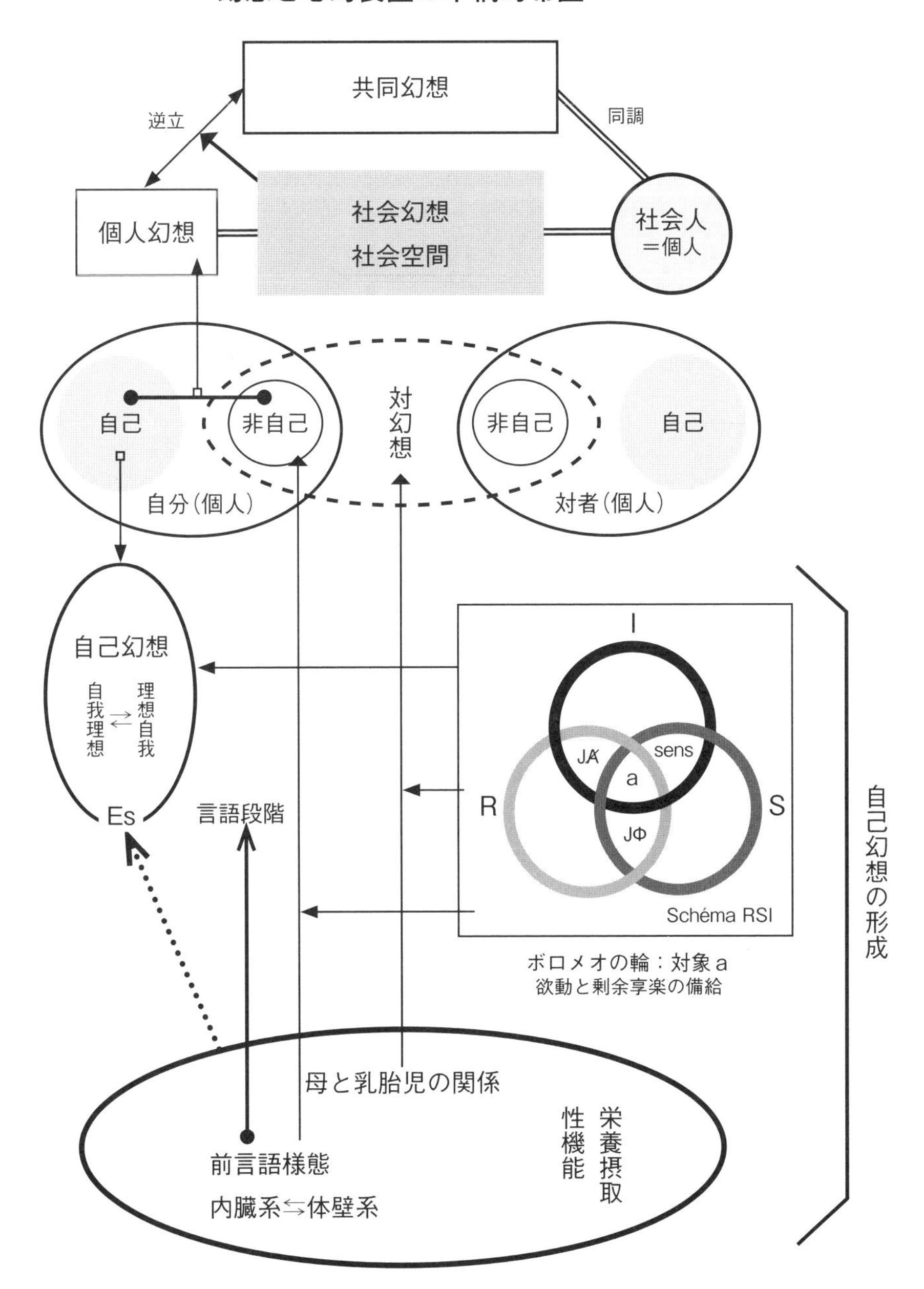

☞「対幻想」の基盤に、母子の前言語段階が想定され、しかもそれは自己幻想がうけていく幻想過程としてあります。自己幻想は、対幻想から疎外されたものとしてあると同時に、対幻想と対峙しながら形成されていく、そこに象徴界・想像界・現実界から構成された対象aが、「対象」的に作用してきます。この心的過程が、幻想形成の地盤にあるということです。

児虐待の仕方をネットでやりとりする母親が出現している異常さは例外事象ではないとおもいます。場所規定がなくなってしまっているゆえです。恋愛が面倒だという若者が半数近くになって、一人作業の日々生活に専念している個体形成は病的です。親子が親和的になっているからというのは表層であって、社会空間と商品形式の心的規制から親は自在であるようにはなっていないからです。人間のゾンビ化映像の流行、また『マッド・マックス』の狂気的未来イメージなどは、リアリティがあるからではないでしょうか。

個体形成は危機にある、と言うのは知識人の戯れ言であるとはおもいません。現代社会を肯定的に観ようと努力されていた吉本さんが、他方で、『母型論』で母親の相反的な心的状態から、異常さ／病的出現を万人の不可避性だと、ライヒ的に否定考察を初源本質論で展開していたことは、深刻な問題であるとおもいます。

4　個人幻想と自己技術の〈自分技術〉

個人幻想と自己幻想とのずれに対する「自己技術」の関係行為がなされうる、ということを示唆してきました。それは、対幻想や共同幻想への関係を規制するようにも働きかけます。逆にいえば、対幻想や共同幻想にたいしてその規制力をずらしていける自分技術の位相がありうるということです。幻想規定が本質的であるがゆえに、この自分技術の関係位相は、可能条件の開削として大事なことであるとわたしは考えます。前言語の心的機制にたいしては自分として何事もなしえませんし、母音・子音の言語形成にたいしても何事もなしえません。それは一種の決定主義への回帰です。もちろん、吉本さんの考察はそうではなく、意味するものの作用を見いだしていく考察ですが、『母型論』で「意味されたもの」を知識としてみていくと、決定還元論へ堕していきます。そこへ陥らないためにも幻想論と心的装置の理論を創成していかねばなりません。

それをまだわたしが果たしていないのも「述語制の言語様式」（『哲学する日本』Ⅲ）を了解しきっていかないと開けえないためです。言語世界からの規制です。その後に、『感覚論―非自己の界閾』として『哲学する日本』Ⅳで考察する準備をしていますが、生きているのかどうか。自己技術としては自分でなしえていることではあるのですが、それを対象化する理論生産です。

　自分のことをかなり語ってしまいましたが、〈主体〉を問題にするということは、自分自身であることへの省察です。白々しい客観論理も、他方、実感主義の思考も、自分のこととしてわたしは何の関心もありません。知識主義や実存主義で自分を気取ったり慰めたりして自己防衛することに、何の意義も見いだしていません。

　いろいろ読み、学びましたが、そうしたなかで自分の経験の実際や、身近な他者の実際のあり方をみて、自分がたどりついた論理は、自分が自己と非自己とからなっているということです。自己の領域は、自分の意識や意志でもって自分を動かしていける閾ですが、非自己は自分ではどうにもならない感覚や情緒が作用している前言語の閾です。触覚が薄れて距離をとる視覚へと協働し、嗅覚の薄れが距離・空間の認知へいく。そこに無意識への加担があり、また内臓系の感受性の薄れから心の動きが記憶へ認知されていく。「非自己」はそこに働いている内臓感覚の自動的なリズムであり、他方、睡眠・覚醒の体壁系のリズムで、それが心の動きに規範を与えていく自己の閾からの働きがあります。その相互の関係から〈自分〉が出現しているのだということです。個人幻想において非自己を喪失して、あるいはおさえこむように排除して、「主体化」が幻想として成り立っていきます。それは自分が半分喪失された状態ですが、すべてだとおもいこまれるのがネガティブな個人幻想です。他方、自己の方を制御するなり分離して非自己に自分をゆだねていきますと、文学が書けます。さらにそれをつきすすめると狂気へといたります。わたしたちは、日常で、この自己と非自己との関係に自分技術を働かせているということです。非自己は述語的に作用します。意志をもって作用をなすことがしえない閾でです。自己は無理した主語的な作用です。非自己を活性化させて自己を働かせますと、詩やアートが表出されます。認識閾を超えるものです。

個人幻想と自己幻想の間の「自己の自己への関わり」の自己技術があるだけではない、共同幻想に対する自己技術、対幻想に対する自己技術があります。それら総体が〈自分技術〉です。

そのとき、非自己の自在化は、幻想関係規定を自覚していくことでなされていきます。

つまり、主体化とは非自己を喪失させ自己を自己の外部へと疎外させることであると、わたしは理解します。自己同一化というのは、そのバリエーションでしかありません。自分が自己へ強引に一致させられることです、無理強いです。自分が自分からずれていく、つまり自己と非自己の関係をいろいろと構成していく、それが自己技術の意味ですが、それとまったく反対の仕方です。そこに幻想関係を入れ込むことの意味は、共同幻想と個人幻想・自己幻想の関係を介在させて、共同幻想に対する自己技術の働かせかたにおいて自由プラチックをなすことになります。

これが、個人幻想の本質表出を批判媒介にして、自立の思想を、自分なりに自分に対して超えたわたし自身の到達点です。一般化しようとはおもっていません。フーコーのように古代ギリシャからキリスト教世界へと「自己への配慮」の歴史を検証しても、あまりおもしろくないのは、自己のことを歴史へと置き換えてしまっているためです。フーコー思想のなかで、一番味気ない平板な考察になっていますが、自分技術という自由プラチックの抽出は意味あることです。それは踏襲して意義あると思います。実践主義からの離脱です。

自己の倫理を考察しているのは、日本では儒学になりますが、とくに中江藤樹に顕著で、それが堅苦しい「自己」技術としてでています。「自己」なる言表が出現しています。儒学的な主体論といえるものになっています。そうした厳格な儒学にたいして、「もののあはれ」をもって、感情の流出はどうにもならない、それでいいではないかとしたのが宣長です。非自己の述語性の主張だとわたしは理解しますが、この相反する二つの系が日本の自己技術としてあるんだということは、指摘しておきます。

自分とは何であるのかを、世界や諸関係から切り離して考えることに意味がないとわかるまでには、個人幻想は多分にさまようとおもいますが、自分が世界の中にあるだけではなく世界とともにあるのだという自覚を、自分をなくさずに考えることが無意味だとはおもいません。それは世界へ自分が疎外外化されることではなく、自分の限界にたいして不能化しないということです。世界総体を考えることなどできないわけですが、世界とのコミットをなくすこともできないことです。哲学者たちはそこでいろいろ考えたのでしょうが、自分に合う哲学をみつけだすことであり、どれが正しいかではない。ただ、二流、三流の思考に安穏として安全策をみいだすのは、懶惰であって、自己研鑽の放棄だとはおもいますが、世の中をみていますと、安易な意見や見解に便乗していることは多々あるということです。愚劣な知識人ぶった人たちの大衆を馬鹿にする見解には反吐がでるとしかいいようがないにしても、近頃はテレビだけではなくネットでもはびこっています。吉本さんなど暗い、古いと読みもせずに裁断し無視している人たちですが、自分自身はそうあってはならないと、ただ少数であることになんの恐れも限界も感じておりません。

自己離脱によって自由な実際行為を自分でなしていくことができた最初のきっかけは、浪人時代に寂寞さのなかでマルクス『資本論』を読んだときでしたが、それは自分などを考えずにいいんだという実感でした。理論体系を理解していくことが世界の認識につながることの領有は最初の自己疎外解放でしたが、そこに二つの壁がたちふさがります。それは客観的認識をいくら深めてもなんら変革につながらないということ。もう一つは、レーニンだグラムシだとマルクス主義を知っていくにつれ、実践が不可避に自らをおそってくる。その実践は、彼らが言うところの革命などにまったくつながらないという実践自体の限界です。つまり、認識と実践とを対立させての「意識化」の限界です。

そこに、二つの解放的な指針が出現します。一つが吉本思想であり、もう一つが構造主義です。

これは、認識による限界がその哲学・思想の言説自体としてあるということを教えてくれるものでした。吉本さんは、自分という個人の存在の大きさ、そこで確かなものしか、確かではないんだということと同時にそれは、本質論がないからだと教えてくれたものです。前者だけではない、認識哲学などではとどきえない了解閾があるんだということです。その本質論は、自分に確かなものとして感知されました。マルクス主義のどこが間違いであるのかを教えてくれたのです。他方、構造論は、思考体系を地盤から覆してくれました。意識―認識という次元ではない、言説自体の実際行為が問題なのだと教えてくれたのです。まったく異質な理論閾の開示です。これは魅力がありました。客観主義的考察の限界をあばき、客観化を客観化しうるからです。同時に、主観的人間主義からの脱出を可能にしました。

レヴィ＝ストロース、アルチュセール、フーコー、バルトを読みあさりましたが、アルチュセールは認識の仕方の転移を教えてくれました。しかし、フーコーが一番自分にフィットします。ついで流行の現代思想が多々あるのを知り読みましたが、ドムナクが指摘したようにほとんどおしゃべりです。文化(相対)主義であって、社会的・歴史的な規定性をはずしただけです。それは、わたしには無縁でした。デリダとかボードリヤールだとかガタリだとか、ドゥルーズは少しちがいましたが、同じ繰り返しをなしているだけで、むしろブルデューの方にわたしは傾斜します。それらが大学アカデミズムでは無視されていたというより、難しくて手がつけられていなかったからだと思います。ブルデューの日本への導入をいろいろはかったのはわたしが最初だと思いますが、イリイチへ迂回していましたので、その導入を次にしていたのですが、社会科学理論としての飛躍がそこでなされていたことはふまえたと思います。そんなとき、吉本さんが「構造主義はマルクス主義の最高形態でしかない」という思想判定をなしてきたのです。それは驚きでしたが、半分は納得し半分は納得していません。しかし、ブルデューが「世界の悲惨」を書いた頃からマルクス主義へ回帰していくのをみて限界を了解せざるをえなくなります。エピソード的にだけ言っておきますと、後に、ブルデューと一緒に作業していた、ジャン＝クロード・パスロンと、ジュネーブで国際セミナーをしたとき、ブルデューがパスロンに電話してきて、俺が間違いだといってくれと何度も確認してきたそうです。それを聞いて、ああ自覚していたんだなとはおもいましたが、ブルデュー理論は、一度わかってしまえばそれだけですから、わたしは卒業してしまいます。卒業できないのがフーコーとラカンです。いまだに何度も取り組んでいます。どうしてかというと西欧思想・西欧理論の限界を明確につかんでいて、そこに考えられえていない閾がくっきりと浮きだしてくるのです。それはいつも斬新です。理論ツールの要素が多々あります。

　吉本思想と相互交通できるのは、フーコーとラカンです。本質に近づいている言述だからです。基本は、ディスクール論とシニフィアン論です。これが日本でなされているようでなされえていない閾です。「意味されたこと」は別に簡単です。その通りに理解すればいいだけですので。しかし、彼らは「意味するもの」がいかなるディスクールを生産していくかを開示しているのです。それは吉本さんが開示したことと同一地平にあるものです。つまり二十世紀哲学の限界閾の先です。そこは、彼らも語りえていないのです。もう、個人幻想に逡巡している閑はありません、ただひたすら対象への解明が追究されるのみです。ラカンのセミネールがだんだんと刊行され、またフーコーの講義録が刊行されてきました。そこにはさらに新たな思考閾が開示されています。セミネールの翻訳はとまってしまっていますが、フーコーの講義録はなされてはいるもののずれがはげしい。しかし、翻訳できる代物ではない、翻訳不可能閾が膨大にあります。そこがおもしろい。

　翻訳不可能なのは、基本構文がまったく違うからです。原著は主語・述語・コプラの命題形式の構文論述となっています。ランガージュの構造からしてそうなっているわけですが、日本語には主語が無い、コプラはないのですから、文形式として転化＝翻訳不可能です。思考形態／言語形態が違うのです。すると、心的な疎外や幻想構造はおのずと異なってくるはずです。母音と子音の言語編制からしてちがってきて、ランガージュの本質的な差異となっています。そこまでつかめたとき本質と差異とが領有しえるとおもいます。この言語間の軋み、亀裂は、本質的にも歴史現存的にも非常に意味があります。そこは累積されてきた日本語を知っているわたしたちでしか思考しえないものです。藤井貞和さんの「文法詩学」が開いたものが規準になりえます［◆35］。折口―藤井の系です、柳田の近代学問大系の民俗学ではないです。

吉本思想というのは、日本語の述語表現の言語形態・思考形態によって固有になされていますから、西欧言語では思考しえていない界閾を開きえたのです。そこがまったくわかられていませんから、自立論＝主体論であるかのように誤認されていたのではないでしょうか。

述語言語形態は、決定が助辞・助動辞の述辞でなされますから、定義づけが客観布置されえません。つねに言語の場所の中に布置されるのです。それが、吉本さんが論理的に曖昧だといわれたり、また他方ではその述語場所に蟄居して慰み共感につかわれたりした根拠です。

しかし、述語的対象化という作業は可能なのです。それをわたしは『哲学する日本』の連作でなしていますが、そこに基盤として布置される一つがわたしの吉本論です。

漢字はかろうじてある概念化を可能にしてくれますが、言語表現形態に布置されたとき、述語的に開かれてしまいますので、定義づけ＝限定づけがほとんど厳密にはなされえなくなります。そこを逆に活かす言語思想の閾を開いていくことです［◆36］。

個人幻想は、社会空間に配置された「個人化された個人」にとって、不可避な形成であり、容易に共同幻想と同調します。しかもその共同幻想は社会幻想へ転化された幻想であって、かつ自分の社会生活利害に直結しますから、個人はつねにその同調・融解に主体化されていきます。利主体の利害関心の、個人的で還元不可能で譲渡不可能な選択のメカニズムを持つ場としての個人意志形態にある個人主体（ホモ・エコノミクス）です。そして、共同性に自発的に従属した自分の

◆35……藤井貞和『文法的詩学』『文法的詩学その動態』（共に笠間書店）。また、浅利誠『日本語と日本思想』（藤原書店）。

◆36……漢字とはいかなるものであるのかの自覚・認識を正鵠にうながしてくれるのは斉藤希史氏による漢字考察です。『漢字世界の地平』（新潮選書）、『漢文脈と近代日本』（ＮＨＫブックス）。

声や見解を、自分がなしたことであると思い込んで、実は共同幻想の代行為をなし、そこで価値づけられたものを再認しているにすぎない。しかも規範従属していますから「正しい」とおもいこんで、それを他者へおしつけていくことをします。無意識的なものからの疎外である超自我が「普遍的他者」として〈共同幻想の国家化〉を代表象アクトします。その共同幻想を個人は対的な対象にするのです。すると、従属している規範を自制していると思い込んでいるのです。そのとき、具体他者の固有の顔や存在はほとんど無視されるということになっています。これが、融通のきかない窮屈な社会をうみだしている根拠です。対的なものが消滅しています。事例はあちこちにころがっています。例示してもあまりにばかばかしいことばかりなのですが、瑣細なことに本質は露出します。遂行当事者はいたって生真面目です。ファシズムは、真面目主義と清潔主義の結合です。

個人幻想が共同幻想に対峙するという局面は、政治的にもほとんどみられなくなりました。対峙すると、「左翼ね！」という蔑んだ嘲笑がまちうけています。そういう人はそのくせ、個人幻想から疎外された自己幻想においてひとり悶々としているのです。左翼も、共同幻想と個人幻想との対峙を実際設定しえなくなっています。高度資本主義の安楽の全体主義への対峙が個人幻想としてもう確定できなくなっているからです。

個人幻想／自己幻想の統治性化は、共同幻想との逆立と同調の表出技術であり、社会空間の場に〈個人＝社会人〉が疎外産出されていることにあります。そして、自己／非自己の自己技術によって、統治制化総体にたいする自由プラチックを行使しえるということです。

5 国家配備の総体

7、8、9章では、共同幻想の統治制化、対幻想の統治性化、そして自己幻想の統治性化をみてきましたが、それらは、共同幻想の国家化、対幻想の家族化、そして個人幻想の社会人間化を疎外配置させて、国家を実体化しないように配備して、社会幻想の配備によって代行させ、その中に家族と社会人間を実際具体へ配置しています。そして他方、統治制化そのものは、経済的労働関係を「社会労働関係」へ、対関係を「サービス関係」へ、個人化を「社会人間化（社会人化）」へと転移変容させて、社会の制度幻想と商品幻想のもとへ配備したのです。共同幻想の統治性化である共同／対／個の次元差異を社会諸関係の実際行為次元でも配備させています。それは、経済の統治制化として、経済労働を社会労働へ、経済的価値をサービス価値へ、経済的競争を社会的競争へと社会界での社会経済的な仕方へと編制していることと重ねてなしています。そこに、規範化／規律化の権力諸関係を働かせているのはいうまでもありません。国家の配備は、幻想の配備、統治の配備、権力諸関係の配備を、相互構成する「総体」を機制形成しているのです。これらにおいて「実際行為の総体」が規整化されています。それぞれが、種別的に固有の動きをしながら、しかし、連鎖しあっているメカニズムのシステムとなって、主体化を諸個人へなし、かつ社会生活総体を成り立たせています。

幻想の「統治性化による統治制化」の配備がなければ、これらの構造的構成は再生産されていきません。政治作用の場は、社会空間の日常へ配備されているのであって、その統治制が「社会界」で機能するように、法や司法や警察までふくめた国家的な政府諸機関が働くのです。社会空間は抽象的な客観的諸関係の形式でしか出現しません。図示化してみました。

幻想の配備

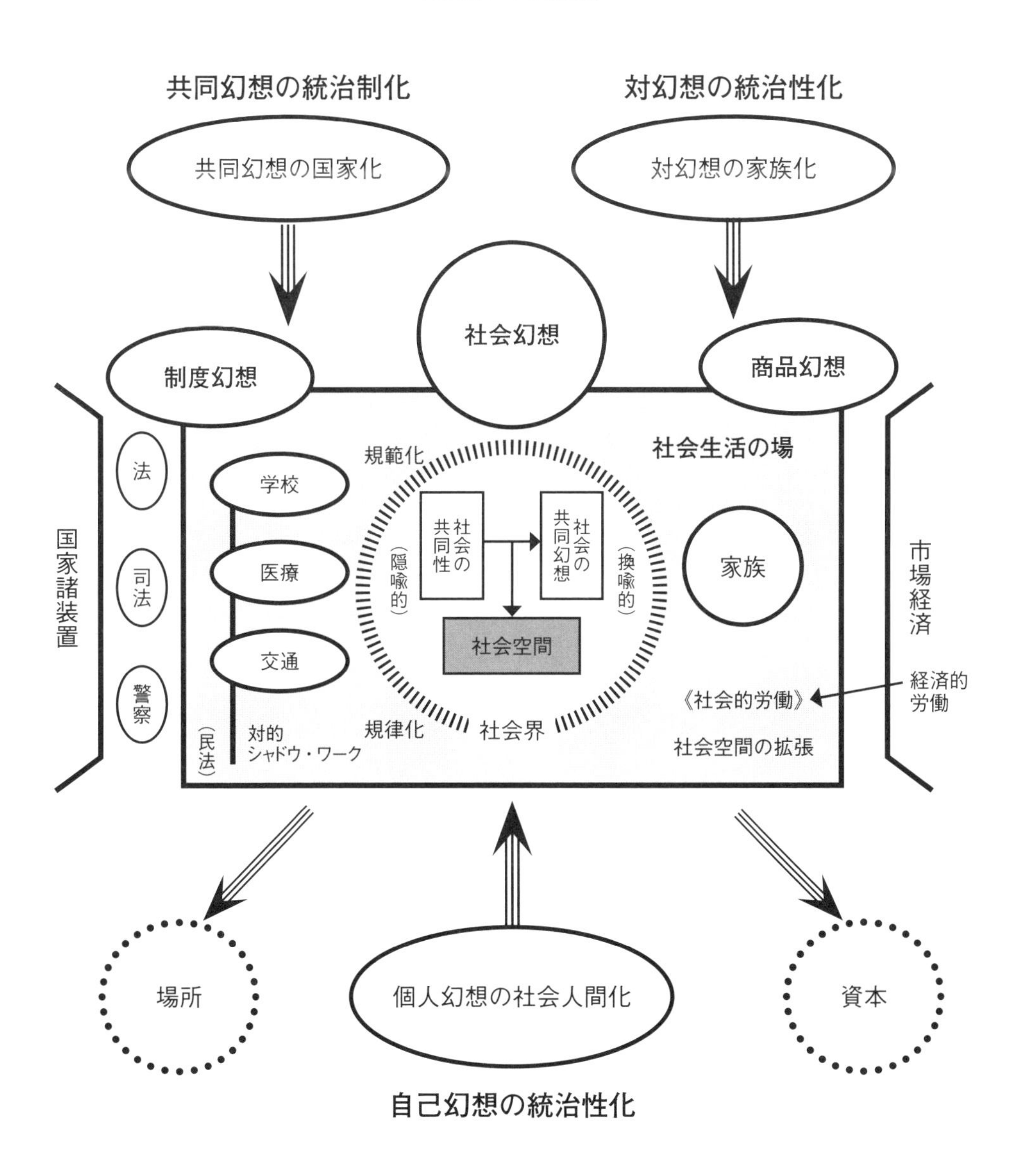

自己幻想の統治性化

10章　高度資本主義における共同幻想

高度資本主義社会の「いま」は、共同幻想・対幻想・個人幻想（自己幻想）の総体として歴史段階的に出現している〈社会〉なのですが、いかにしてそれは把捉しうるでしょう。

ここは、『ハイ・イメージ論』『母型論』を全面的に論じることでなされうるのですが、それはこの『共同幻想論』を読むより長大になってしまいます。もっと重要な未解決の課題が山のように提出されてくるからです。また経済的理論は、この四十年間で、経済なるものがなんであるのかを根源的に転換してしまっています。それは経済学外の世界から経済を論じていくもので経済人類学や社会科学理論の方からなされて、既存の経済学概念空間にはもはやありません。しかし吉本さんの経済概念空間は旧来のままです。ですから、あまり論じたくはないのですが、わたしはただ吉本追従になっているのではない、吉本さんを祀り上げているのではないことを示すためにも簡略述べておきます。

吉本さんは、わたしや栗本慎一郎氏との対談以降、現代社会への関心をより深め、消費社会を肯定的に把握しようと、『マス・イメージ論』から『ハイ・イメージ論』『母型論』へと思考を拡散させていきました［※14］。そして、聞き書きやインタビュー等を多産されました。それは、現状を肯定的にとらえようとする思考的試行であったため、吉本は堕落したかのような雰囲気で旧来の読者たちからは疎遠視されていったようにみえます。埴谷雄高との論争（一九八五年）がほとんど誤認的な了解をされ、一九八二年の『「反核」異論』における「反」の倫理や思考への批判もからみ、その意味が現状肯定と誤認され、「重層的非決定」の決定論はずしも誤認されていく、

※14……わたしとの対談は一九八三年七月、栗本・吉本対談『相対幻論』は一九八三年十月に刊行です。

『ハイ・イメージ論』の刊行は、一九八九年四月～一九九四年三月、『母型論』は一九九五年十一月です。

経済規定が、「生産」ではない「消費」の方に移行してしまっているのだという観方に変わった契機だと思います。わたしは「サービス制度」の方から、栗本氏は「経済人類学」の方から、「現在」の変貌を示唆しています。吉本さんは大衆文化へすでに目を向けて、価値規準を転換していました。それらが重なったといえます。

そうした思想的情況になってきたときです。吉本はもうだめだ、というような表層の認知が読みもせずになされていったときですが、同時に新たな読者層も増えていったのではないでしょうか。しかし、わたしにはどちらの態度も、現代社会が高度に変貌している様態を、前古代とかさねて「初源」から論じて行く手立てを吉本さんが模索された闘が了解されているように見えません。『ハイ・イメージ論』はそこをふまえたうえでの先端世界の解明になっているのですが、拡散された世界としてしか写っていかなかったとおもいます。ですから、ぐるっとまわって『母型論』で「贈与論」がでてきたときの、それとの関係が切り離されたままになっています。そして一九九七年に『試行』が終刊します。

したがってこれらは、多様な局面や現象を扱っているため、体系だっていません。あちこちに対象をさぐっています。けだし本質視座は貫かれていますので、世界にも氾濫した現代社会論とは、相をまったく異にしています。そこには、共同幻想、対幻想、個人幻想の多様な諸相が提示されていますが、単なる応用篇ではありません。注意深く読めば、多くの修正がなされていたり、語られえなかった新たな次元も出現しています。いつしか体系的な論述がきちんとなされていくかとおもいますが、ここでは、その導入になるポイントを指摘するにとどめます。それは、幻想と経済的社会構成を別個として切り離していた、その関係づけの「現在」時点での表出の問題です。資本主義が変貌してきたとしたときの「未知」をさぐりだす考察なのですが、拡散していますいろんな概念空間が交叉しています。

また、現状の高度資本主義の実際を、吉本さん固有につかみとろうとしながら、同時に、吉本〈思想〉として、「超西欧的」なものを開きたいということがあります。どういうことかというと、すでに1章のアジア的段階のところで指摘しましたが、自分がアジア的段階に立ったなら、上方（下方）としてアフリカ的段階を、下方（上方）として西欧的段階を、同時にみていかねばならない。また西欧的段階に立ったなら、上方（下方）にアジア的段階を、下方（上方）に超西欧的段階をみていくことだ、という態度でもって、その西欧的段階の次は何であるのかをつかもうとしていることです。それが現在に出現しているのか、まだみえていないのか、どう把握したならよいのか、それが奇妙な表題ですが、「超西欧的まで」とされた意図です［※15］。現在だけみているのではだめだ、その次には何なのかまで見通そうということです。そのとき、さらに超西欧的な未来は、前古代にあるんだ、という史観の拡張が反転してなされるのです。つまり「初源」です。「起源」ではありません。「超西欧的」とは「初源」への接近であるということです。下方と上方が相互変容します。未来理想を描こうなどというばかばかしいことではありません。ヒトの初源の本質存在の出現はこれからどうなっていくのかです。

最初に言っておきたいことは、どんなに変容しようとも吉本考察をなめるな、ということです。とくに、大学人——およびそこから教育された大卒者——の思考言説水準では、絶対的に吉本了解はなされえないということです。読む人は大学で教えられた、学んだ思考形態を転換・転位しなければならない。それには素直に吉本言説に向き合うことですが、しかし、シニフィエに惑わされるなということでもあります。それがオウム真理教を祀り上げたとか、原発を支持したとか、ファッション礼賛だとか、吉本は堕落したかのような、読みもせずの断罪です。つまり、情況論の言説と本質論の言説との差異と反復を、一般論で処理してはならぬということです。普遍と初源を探り当てることです。言明されたことのすべてが正しいことではないということでもあるのですが、間違いだと捨象するのも安易な仕方です。もし間違っていたならその根拠があるはずです。その意味があるはずです。本質思想家の格闘は生易しくないぞ、ということです。マルクスの時事論もそうなのですが、資本論と並走させて読まないと見誤ります。断片をとりあげて、従ったり反発したりするのは、情緒の不安定さに安堵しているだけのことで理論思考ではありません、読む思考技術がなっていない、懶惰なだけの話です。わたしは、吉本さんとの直接の対談においても、現在性については細心の注意を払って接しました。ある世界線での客観的考察と思

※15……「西欧的」とされたとき、国家と市民社会の上部構造・土台の社会構成体的な構造が、つねに設定されていました。その対比構造がどう変容していくのかを把捉しようとされていたといえます。市民社会と労働の噴流が、いかに「国家」の変容を招いているかをつかみたかったのだと思います。

想態度とが渾融してしまうことを避けました。その成果は上梓してあるごとくです。

その思想的態度の転移は、

(i)「反核」異論［※16］

(ii)埴谷雄高との論争［※17］

に顕著にでてそこからだといえますが、それは対象・世界へ向かう「態度」表明であって、対象世界の認識の深化が、新たな思考をしなければならないとしながらもなされえていない闘があることへの注意です。古きに留まる者へ立ち向かう、新しきものを指向した古き者による対峙でした。現在文学への評価やマス・カルチャーへの評価にも派生的にみられますが、それを対象界そのものの考察へとこちらは転じていかねばなりません。情況への思想態度は、その底に深い対象思考が働いているのですが、表面ではそれはキャッチされえないということです。ラカンがフロイトを真に受けずに読み変えたような鋭い思考技術が要されるのです。

資本主義といわれてきた世界が実際に変貌してきた。それは一般に後期資本主義とか高度資本主義とかいわれましたが、資本主義なる概念そのものさえ疑わしくなってきた実際世界をいかにつかむかということが、「超資本主義」と表明されたのです。実際には「消費資本主義社会」ということで吉本さんは把捉しようと九〇年代に格闘されていましたが、その背景にある商品世界の氾濫、消費の社会への浸透、情報技術の普及といった先端性のなかで、しかし古典的なものは変わっているようで変わっていない、その変貌と変わらぬものとをいかにつかみとるかなのですが、古典的概念自体が古典的世界をさえとらえられていないという次元が浮上してしまっているのです。その単純明快な実例は、「生産」概念において、物・商品の生産は考えられていたが「生産者の生産」はすぽっと抜けおちていましたし、生産期間と労働期間とがずれることが客観化されていないし、記号表象までもが生産されることも抜けおちていました。〈生産＝production〉概念は、古典世界においてさえ、もはや転移されねばならないのです。

※16……文学者たちによる反核署名運動への批判ですが、その政治的なブレ方、暗黙のソ連依存、など倫理的な態度への手厳しい批判であり、またポーランド連帯が社会主義国を離脱する可能性をもっていることを論じています。〈反〉という政治運動の仕方の限界の明示です。

※17……コム・デ・ギャルソンの服を纏った吉本さんへ埴谷がかみつき、そこから論争が応酬されました。「現代」を肯定するか否定するかの根本態度の差が明示されます。

埴谷は、レーニンが分からないといって独裁者スターリンの心情を見事に描き出した政治論を記していますが、その限界が露呈した論争ともいえます。

そうしたなかで、一番機軸にすえられた思想的論軸は、資本主義が社会主義に近づき、社会主義が資本主義に近づいてきた、日本の社会情況はマルクスが見たならば社会主義だ、といえるような事態になってきたという吉本さんの指摘です。つまり社会主義そのものも問われているということです。わたしはこれを「示唆」とみなすだけで、答えだとはみなしていませんが、重要な思想的示唆です。いくつもの理論的課題は、まったく未踏なままです。

1 資本主義=社会主義という機軸の再考

吉本さんは、資本主義〈国〉が社会主義〈国〉に近づき、社会主義〈国〉が資本主義〈国〉に近づいてきている、いまの日本はマルクスがみたなら社会主義だと言うんではないだろうかと[※18]、現在の高度資本主義の特徴を思想的に表現しました。消費社会が媒介になって表出させてきた世界性です。そもそも「資本主義 capitalism」なる概念自体が、マルクスの用語にほとんどない。あるのは「資本家的生産様式」、英語で言えば capitalistic mode of production だということです。理論概念からはほど遠い、人格的なものです。かつて日本のウル・マルクス研究で特に平田清明が、資本論研究からそこを明示しましたが、それは Marxologist（マルクス言説世界内のみでの論者）の文献学解釈であるにすぎません。またマルクス主義者による現代資本主義論は、現在世界をとらええているとは言いがたい経済主義的なものでしかありません。〈商品〉市場社会を、資本主義だと言っているにすぎないものです。〈商品〉経済は〈資本〉経済ではない、また商品経済と社会との関係が、マルクス主義経済学ではつかみとられていません。そこからの限界が、「消費の社会」論と経済人類学とから、はっきりと照らしだされてきました。「消費の社会」論は、ボードリヤールだけではない、レース、イーウェン、フェザーストーン、トムリンソン、ハイルブローナー、といったものから、さらにその後D・ミラーらの物質文化論

※18……これは一九八四年に同志社大学『月刊チャペルアワー』でなされた講演記録で、その翌年わたしも同じところで講演依頼され（吉本さんが推薦されたよう）、そのときこの考えを見てびっくりしたものですが、それがイリイチの言う資本主義と社会主義は同じものを追究している同質だという見解に一致し、そこからわたしなりにもずっと考えてきたことになります。

吉本さんはスタグフレーションという物価が上昇しているのに不況、失業が起きている、それは企業間で価格が勝手に決定されているからだ、そこへは国家管理をしていくしかない、その資本主義における管理が五〇%に近くなっている。他方、社会主義国では国家管理一〇〇%からはじまって、それがゆるめられて五〇%に近くなってきている、と論じています。

大衆文化が五〇%以上になったならもうそれは知識教養主義文化と区別される大衆文化ではない。また学校を全部やめてしまえとか、医療の限界点とか、イリイチをふまえた論議にもなっています（「いま、どんな時代なのか」『国家と宗教のあいだ』筑摩書房に収録）。現在は歴史の無意

まで、あげたらきりがない多くの論者によって、商品を消費する次元が総体的に明らかにされています。社会科学的な理論革命のひとつの系で、一九七六年ごろにはもう一般化しはじめていました［▼7］。消費する社会の方が、経済を規定しているという次元のとりだしです。生産規定が消費規定になった、その派生として個人の選択的消費が拡大した、第三次産業人口が増大した、という反転・量的増大だけの指摘でそこはすまされえません。そこでは、経済決定論の誤認が浮き彫りにされていますが、経済の場が「物生産」から離床してしまったのです。本来からして「経済的な経済」だけが経済ではないのですが、消費社会は可視的にそれを浮上させたといえます。これをわたしはさらにすすめ、〈社会〉をつくり形成する「〈社会〉経済」だとみなし、それが商品消費経済として機能しているものと考えます。最低限のものをより良くより多くつくる原理が、社会の原理と商品の原理とで同質になっていく編制がなされています。そこでは〈資本〉が消されていくということを、わたしは見いだします。〈資本〉経済は古代からあるものです。その資本経済が労働・商品集中の産業経済・市場経済へと転化されて普及・拡散しているのが現代社会です。この転化は、ポランニーやマーシャル・サーリンズやクロード・メイヤスーらの経済人類学の視座から、はっきりと了解水準へひきだされたものです。互酬性の経済から交換経済への転化です。贈与の位置づけがそこから見直されます。またフーコーが示した「市場」が価格真偽の正義の市場から、統治プラチックの間違いか間違いではないかの真偽の市場へと転じられたということをふまえて、「市場」のさらなる現在的変容はいかなるものかが問われてもいます。つまり歴史の大きな尺度から、経済本質をつかみ直しながらの〈現在〉の把握です。「交換」から「競合」の市場への歴史的転移です。

　こうした理論成果の世界線を見て、吉本さんの八〇年代、九〇年代の思想を見ていかないと見誤ります。吉本さんとボードリヤールの対話を見ていても、見いだせない閾があるのです。間に媒介をいれていかないと、論議はかみあいません。ボードリヤールの「消費の社会」「記号の経

識が出現しているとしたこの論は重要ですが、それが以後、薄れてしまうのです。

▼7……わたしのきっかけはメキシコ遊学中、大江健三郎氏の次に山口昌男氏がコレヒオ・デ・メヒコの客員教授にこられて、山口さんからWilliam Leiss の Limits to Satisfaction のゲラをもらいました。そこで、わたしは消費論、経済人類学を知ります。その本の註にイリイチがありました。山口さんが「食い物になれ！」といいながら作ってくれた卵焼き料理を、二人で大きなテーブルをはさんで食べた記憶が鮮明に残っています。スペイン語訳ですぐボードリヤールの消費社会論や物体系、記号生産の書を読みました。日本で翻訳されたのは、はるかに遅れて一九七九年でわたしは『経済評論』に書評を兼ねた論文を山崎カヲル氏から依頼されて書き、イリイチのシャドウ・ワークをもふまえて『消費のメタファー』（一九八三年）に仕上げます。産業社会批判に加え消費社会批判へと進んだ考察です。

　吉本さんには雑談で、消費論を紹介はしており、わたしの消費論も読まれていました。

済学」「象徴交換」の論理だけが、「消費の社会」の理論ではないからです。ボードリヤールは、消費の新現象を指摘しているだけで、社会理論がありません。商品を記号論から修正しただけで「資本」の理論がありません。すでにブルデューが述べていた「象徴交換」が目新しく指摘されてきただけで、そこに絡む想像的生産と物質文化の論理がありません。つまり現代世界をとらええていない理論です。わかりやすいので欧米・日本でもてはやされただけです。ボードリヤールと同僚だったジャック・ドンズロに会ったとき言ってましたが、ドンズロの社会そのものを問う理論を、反面化してひっくりかえしただけの粗雑な思考です。商品現象の変貌にたいしてちょっと気のきいたことをいっただけです。地味なドンズロはあまり論ぜられず、はでなボードリヤールが論ぜられるというのは、もはや日本だけでなくフランスでも同じです。知の後退はそこにはじまったと、わたしは一つの指標にしています。

理論革命は、「社会理論」そのものにおいて言説転換されているところにあります[◆37]。それは、社会科学上では社会構造にたいしてではない、社会生活行為者（主体ではない代行為者 agents です）の世界において問い返されたもので、ブルデュー、ルーマン、そしてフーコーが主になした言説理論転換です。派生的に、液状化のバウマン、リスク社会のベックなどがありますが、それらはイリイチの根源的転換の粗っぽいロジックを、もっと丁寧に他の現象に拡大してつかみだしたものであるにすぎません。政治論的な言説転換は、ブルデューとフーコーによってなされたものですが、ボルタンスキーはより高度に「シテ」（場所の物理的・文化的・象徴的な存在様態）論から理論生産をなしていきます[◆38]、などなど。何百冊もの膨大な考察を列記しえませんが[▼8]、本筋理解を変えるほどの差がだされているともいえません。

非常に高度な理論世界ですが、これらの世界理論にはわたしたちの視座からすれば、「共同幻想」概念がすべて不在です。本質的な問題は、高度資本主義世界は共同幻想をいかに変貌させているのかです（正確にはいかに幻想配備変貌したか）。ところが、吉本言説それ自体において、共同幻

◆37……一九七〇年代後半にはっきり切断的に出現した世界線での理論革命は、ポスト構造主義の文化主義とはかかわりない「言説転換」となっています。その潮流は、教育理論革命、フェミニズム／ジェンダー研究による理論革命、社会史理論転換、批評理論革命、精神分析理論革命、そして消費・物質文化理論革命です。そこから派生して、都市論・人文地理論・場所論の転換・出現が起き、ポスト・コロニアル研究がなされていきます。ラカン、フーコー、ブルデュー、デリダらフランス思想から派生した総体です。

◆38……ボルタンスキー『資本主義の新たな精神』（ナカニシヤ出版）にいたる、偉大さのエコノミー、シテ論。『偉大さのエコノミーと愛』（EHESC出版局）。

▼8……わたしはこれら総体を『哲学の政治　政治の哲学』（EHESC出版局）で、一五〇〇頁にわたって統轄し、五〇〇項目以上の対象を論じています。世界線での理論の総括です。

想の変貌が理論的に展開されているわけでもありません。むしろその概念を封じこめて論述されています。幻想とイメージとの相関が、経済との関係とともに理論的に把握されていかねばならないのです。幻想とは外化されて内在化されている不可視のものですが、イメージはそこから想像表象外化された可視化されたものです。像です。

資本主義社会なるあいまいで粗野な概念は、少なくとも、「商品集中市場社会」あるいは「労働集中市場社会」というように、「市場社会」を基礎に考察・考証されるべきです。商品と労働とに主軸化された商品市場が「統治技術」もからんで〈社会形成〉になっている様態です。商品の物象化だ、人間関係が商品関係になっているんだ、という十九世紀思考などでは一部をいっているだけで、現在社会をつかみえていません。物象化は、商品だけではない、制度物象化、社会物象化にまで構成されていきます。それぞれ次元がちがい、論理構造が異なります［▼9］。

イリイチは、「産業的生産様式」として他律性が自律性を覆って支配する生産様態を明示し、社会主義も資本主義も他律優位の産業的生産様式を競い合ってきただけだ、学校化・医療化・加速化は同じだと指摘しました。わたしは、これ以上に明解な現代社会の指摘は他にないと思います。理論的構成がなされていないだけです。つまり、ただ「産業化」をすすめる〈社会〉経済であるということです。その主要な生産装置は「社会サービス制度」です。サービス産業はその派生系として出現する、逆ではない。最初に制度編制があり、統治制が変貌し、商品生産がサービス域で機能していくのです。サービスを商品として売るという経済編制の出現です。産業化社会を構成しないと商品の浸透もありえないことが、そこから逆射されます。これが基本です。そこに派生して、個人が液状化され、技術が生活・生態に害をおよぼすリスク＝危険な社会になっている、ということが結果的に編制されたのです。フーコーの「監視社会」が規範化社会として徹底されていくというのもその現象です。監視はサービスの変形ですから――監視カメラやSuicaカードをみればわかるかとおもいます。

▼9……拙書『物象化論と資本パワー』（EHESC出版局）。

もうひとつは「消費の社会」論です。生産が主ではない、消費の方が生産を規制している、という主要な作用の反転がなされましたが、消費の社会の指摘が「物質文化」論を開削していったことが重要です。商品生産だというが、それは物質の生産だ、衣服という物質、履物という物質、食べ物・食品という物質、それは古来からある。その物質の文化差異があって、それらに商品生産が付随しているだけだということです。そして、ショップ、ショッピングに人々は戯れる。それが現在性の主なるものなんだというのですが、これらは交換価値に本筋があるのではない使用価値に本筋があるのだという転換を明示しました。サーリンズが明証したように使用価値にならないものは交換価値にもならないのです。そして交換価値化されずに残っていた使用価値次元もが商品化されていきます。マルクスが資本論で交換価値にならないものとしてあげた水や空気までもが商品交換価値に転移されていく。すべてが、ゴミや廃棄物までもが商品化されていきます。サービス消費産業に未来可能性等はありません。

そして加えて情報技術が中心になってきた。光速度での交換がなされ、マネーも情報化されていく、情報社会の出現ですが、それが大きな変貌をもたらしたというマニュエル・カステルに代表される論者と、いや情報本質は世界システムとして何ら根源変貌ではないというアルマンド・マッテラルトのような論者との双方を出現させています。わたしは双方妥当であると考えますが、一方だけでは情報の本質は把握されません。そこがスコット・ラッシュの情報批判の論述になっていきます。しかも情報生成ではないゴミ・データの乱造です［◆39］。

大きくは、この三つの系流です。それが、現代世界、生活、人間の変貌をみていく基礎です。これら三つは、もう資本主義・対・社会主義の構図に世界はないということを明証しているものです。イデオロギー対立からの視座は、すでに無効だということです。

そのうえで、吉本「ハイ・イメージ論」をみていかないと、生産的にならないと思います。他の消費資本主義への見解も含めてです。

◆39……カステルの主要書であるInformation Age全三巻もマッテラルトのいくつもの情報論も、まだ翻訳されていません。ラッシュ『情報社会批判』（NTT出版）はだされています。

マッテラルトも『ドナルドダックを読む』（晶文社）と、『多国籍企業論』（日本エディタースクール出版部）は邦訳されています。

2　吉本隆明の経済論

『ハイ・イメージ論』において吉本さんは、不可避に経済について言及せざるをえなくなります。それは、非常に古典的なタームで先端性をつかもうとされているもので、わたしからみて、あまり切れがあるとはおもえません。本質論のラディカルさに比して常識的です。つまり幻想論として明示されないで、経済社会構成の水準で考察がなされているからです。幻想からそれは位相が別だ、という六〇年代のスキームが保持されたままであるからです。しかし、そこに潜む根元的な考察がいかなるものであるのかを読みとっていくようにアプローチしてみます。

第一に、第三次産業が経済構造で大きな比重を占めてきている、そこに経済構造の根源的な変化がおきているという指摘です。労働人口がサービス産業へ集中してきている。

第二に、生産と消費との距離ないし関係が近接してきて（消費は空間的に遠いか時間的に遅れた生産である）、消費が大きな位置を占めてきているということ。個人収入の半分以上が消費に使われている。

第三に、その消費のなかで自由な選択的消費が半分以上を占めていること。

こうした指摘はあまり意味をもちません。量から質への転換の論理です。それによってどうなったかについての世界線での考察は、はるか先へいってしまっているからです。しかし、そこから世界線とは違う吉本さん固有の指示的な定立がなされていて、それが「超西欧的」「超資本主義」というように〈超〉として、ある水準を超えた先をつかもうとすることの意味です。先端性／超をつかむとはどういう意味であるかです。政治的には、消費者が経済リコール権として決定力をもつことになっている、それが社会主義の一つの指標の現れだとされます。

わたしは吉本経済論にたいしてはきびしい批判の観点をもたざるをえませんので、ご容赦ください。それは吉本本質論をぶらさないで、歴史的現存性に向かうことからなされます。経済における吉本主義者が、これ以上輩出されないことを願うゆえきびしい批判になります。

(1)不況への見解：消費論

「超資本主義」のなかで、現在の不況をどうみていくかという考察をなしています。それは、証券会社、保険会社、サービス業、卸・小売業、飲食業、電機・通信機器、私鉄、信託銀行などの経営利益の伸び率がマイナスになったという指標からなされている。だが経営利益は不況を表現しない。不況かどうかは、現在の経済情況の主軸である個人の選択消費、企業の設備投資の「消費」域にあるのであって、それが手控えられたりマイナスになったりするところにかかっている、という見解です。

これは、経済の結果をいっているのにすぎず、しかも測定可能データからの強引な解析見解です。実体として、現実のなかでそのように構成された実在の計算可能な状態だと知覚させているものでしかありません。経済の動きは、消費商品の選択動向や商品生産の設備投資にあるのではありません。「資本」の動きにあるのです。「資本」の稼働が差しひかえられ、資産保有されているだけだから不況なのです。第三次産業の増加は、サービス商品としての増加であるにすぎず、生活経済の本質的な転換ではない、ただの商品域の拡大です。ますます利潤率の逓減法則にはまっていくだけです。ぜんぜん「超」資本主義への展開ではありません。『吉本隆明の経済学』を解説する中沢新一は、公共投資が教育、医療、福祉に向けられていくことだと述べ、無知をさらけだしていますが、公共投資そのものが資本を社会資本化している、そこがダメなのであって、「剰余価値学説史」や「資本論」第三巻をまったく読みえていない無知が、企業や政府と同質の見解に堕していくのです。吉本さんは、教育をめぐってわたしと徹底した論議をつめていましたから、サービス産業で、教育・医療などへの投資であることなど微塵もいっていませんし、教育・医療への投資は人びとの不能化を促進するだけです。こういう知ったかぶりのでたらめな解説は勘弁してくれです。

近代経済学やマルクス主義経済学の経済理念が支配の論理であり、それをだせば国民が黙ってしたがってくれるような時代は終わったというのは、その通りですが、それが選択消費の増大において「超」となるというのは間違いです。なぜなら商品再生産システムは以前とまったく同じで拡大しただけであるからです。不況という指標がどうとられようが、それは経済の社会総体を抽象化した論述です。それが無効だという位置にたたないとだめです。

第三次産業の人口が半分以上になっているのだから、公共事業は土木や建設業への投資ではなく、サービス業に投資すべきだというのは、目先政策として事態のごまかしがなされ破綻していくだけです。申し訳ないですが、この点は吉本さんも同じ土俵で停滞してしまっています。建造環境への資本蓄積をこえて、科学技術における資本蓄積の段階も、すでに世界は通過してしまっています。それでは次に、サービス業において資本蓄積がなされうるかというと、そうはなりません。資本蓄積は消費域ではなされない、生産域でしかなされないからです。それには、資本の動きを活性化する資本幻想が、商品幻想をけちらさないと不可能です。その物質基盤は情報技術と環境経済領域にしかないのです。節約のエコロジーではありません。まったく技術原理・生産原理が転じられた新経済が造りだされないとならないということです。技術科学の資本蓄積はそれを可能とする閾を開いてしまっているのに、商品再生産の幻想形態がそれをなしていかないのです。膨大な技術科学が活用されないまま、商品生産として利益を生みださないからだと、企業のなかで滞留したままになっています。

物流と非物流の関係の問題でもありません。いまや情報流は光速度で交通し合っています。また情報技術にあっては物質の成立基盤がまったく転移しています。その「留まりと流れすぎも」、もはやないのです。情報生成がなされないで、データ流が動いているだけです。機械技術の幻想のまま情報ならざるデータ経済が機能しています。情報技術の集中統御経済がなされているだけです。ビル・ゲイツら数人が世界の資産の半分を握ってしまっている、極端な資産偏曲化をうみだすだけのいまだ未熟のコンピュータ経済です。それは資本の動きではありません。資産の分配でしかない事態です。未熟段階も自然過程の途上のこととみなすのは、吉本主義でしかない。そうではない、自然過程からはずれているのです。自然過程を無自覚に拡張するなら政府不況政策もケインズ経済政策もスターリニズム清貧主義もエコロジーも自然過程の産物だとなるでしょう、歴史上出現しているのですから。発展は自然過程ではありません、破綻への人為過程でしかありません。無限「発展・進歩」の観念・イデオロギーにもとづいたうわずった発展でしかありません。

選択消費を増大ないし活性化させることだという吉本さんの見解には、経済現象と文明とは中核では自然現象と同じ自然史的な過程である、「経済機構は高度化への自然史的な発展をやめない」という見識がとられています。そこから勤倹節約を説くような経済倫理は、「スターリン主義者の清貧主義」「エコロジストの文明退化主義」だと切り捨てます。後者の倫理裁断はそのとおりですが、前者の見解にはまったく同意できません。商品生産発展は自然史的な過程からまったくはずれてしまっているものです。「豊かなファッション製品を購買できる」ような促進は、ファッションの自由さではない、単なる商品アクセスを自由とはきちがえているものです。贅沢なファッションを非難するばかばかしい倫理に代わるものは、ファッション製品購買の促進からではなされません。衣文化経済への誤認です。

どうして、吉本さんは、消費経済の可能条件をはきちがえてしまったのでしょうか？　それは、商品が自然疎外とはまったく異にする次元での経済生産であることを見誤ったからです。〈資本経済〉こそが自然疎外の本質閾に布置される経済です。〈社会〉経済は自然疎外の自然史過程にはありません。「社会の自然性」という「政治経済」が統治制において出現させられたにすぎない。場所環境経済が自然疎外の自然史過程にあるものです。その発展は可能なのにまったくなされてきていない、社会経済・商品経済によって停止させられてしまっています。消費経済ではなく「物質文化の経済」が自然史過程に布置されるものです。

マルクス経済論への認識の浅さが、転倒した認識を生みだしているのです。つまり、利潤率は自然疎外に布置されませんが、剰余価値率は自然疎外に布置されるものです。まして商品価格や費用価格などは経済の本質でも実際でもないのに、企業体は「資本」を完全に見失ってそこをいじくっています。だから不況停滞になっているのですし、吉本さんがこの不況論を書いた九七、八年の後、金融危機は利子産み資本化経済の終焉を露呈させ、九・一一やリーマンショックで表象出現しましたが、根柢から構造的に終焉したのです。物質的に利子はでないのに既存のまいまだ継続しているのは、幻想が崩れていないからです。利子産み資本で利子を追求していても利子がでなくなる。それは強いて言えば自然過程的な破綻ともいえるものですが、マルクスが一八五〇年代に明示していたことです。けだし世界恐慌には直結しませんでした。利潤率は逓減するのが自然過程です。マルクスは論証しきっています。

〈資本〉は、アフリカ的段階、アジア的段階、西欧的段階、そしてアメリカ的段階において出現してきましたし、超資本主義ならざる超産業主義の未来においても出現していきます。本質的な動きをするのです。要するに、それをとらえた経済学がまったくないということです。とらええたのはマルクスだけです。種々の見解が新自由主義において産出されるのは、危機や不況の出現は歴史規定的な状況からであるからで、本質一元へ還元されえません。過少消費の危機はケインズ的危機であり、投資体制危機は新自由主義です。「市場経済の自由」の限界です。

吉本「超資本主義」論は、「超」となりえていません。資本主義の本質と変貌を把捉しえていないから、「贈与」国際経済へと短絡されてしまいます。

吉本「消費論」で評価しうるのは以下の点だけです。

(1)所得の半分以上が消費に使われ、その消費の半分以上が選択消費に使われる。そのとき資本主義の性質が変わっている。

(2)消費は遅延した生産である、それが遅延以上になって、生産と消費とがまったく別ものになってしまう、そこの閾を解明すること。

これは資本主義の変容をつかむ指標です。しかし生産は消費、消費は生産という循環である。これは資本主義の変容をつかむ指標です。解明すべきはいかなる資本主義へ変貌してしまったかの像です。その理論世界です。そのとき消費が指標になるということです。

そして、消費／価値形態から考えるんではない、「生産」「再生産」から考えること、それがマルクスだと強調しています。これをわたしの言葉でいいかえると、商品から考えるんではない、資本の生産・再生産、つまり「資本の動き」から考えることだとなります。

これ以上のことを吉本さんは言っていないし、そこから派生提示されたこと、たとえば先進国は農業ゼロになって第三世界から農業産物の提供を受ける、そして先進国はそこへ「贈与する」ことだというようなものを、わたしは受容できません。「贈与」とは文化経済的に言うと「強制」でしかないものです。理念型としての提示であって現実提示ではないことでしょうが、理念にしては粗末すぎます。そんなことは絶対的に自然疎外の経済過程からしてありえないからです。場所論が不在であるため、こういう勇み足になってしまっています。つまり疎外の規定条件がずれてしまうのです。マルクスの共産主義の展望よりも粗雑です、これはいけません。

しかしながら、われらが吉本さんは、そんな次元で経済をおさえているのではない。そこを見ていきましょう。それが農業論と贈与論、そして『ハイ・イメージ論』のイメージ論です。

(2)農業論

農業にたいしてはかなり深刻に切実に真摯にたちむかっている雰囲気がにじみ出ています。吉本さんも専門家がなしえない、内省と広い視野からの素人の発言だと言っています。『吉本隆明〈未収録〉講演集3　農業のゆくえ』（筑摩書房）としてまとめられましたが、一九八七〜九一年になされた講演です。

いろんな論議が感情論までふくめてなされているから、確かだという現実を、農業就業人口、農家数、所得、施設型農業／土地利用型農業の分化、零細兼業農家と大規模農・機械化との分化、地域的特殊化・地域差、などの統計・一般的データからつかんでいくとしています。そこに農業生産構造の変化が資本主義化に規定されて、円高などをふくんだ国際流通価格の規制を被る。すると労働生産性はあがるが資本生産性は落ちる。田植え技術や除草剤など労働時間、収穫時間が減少し、機械化、化学薬品によって農法技術が改善されている（改悪されている汚染）と効果を示します。それは経済史は自然史なんだからだ、というマルクスの考えからだというのですが、はたしてほんとにそうなのでしょうか？　マルクスの計算は統計計算ではありません、理念モデル的計算です。つまり利益率・剰余価値率を明証にする計算です。そこまでいかなければ、自然史的な経済過程になりません。まったくちがいます。統計数値は、近代操作においてなされた測定可能なものへの人為的数字です。ですから現実を把捉しきれていない抽象数字です。国家の知、統治技術の一様態です。たとえば、天候の様子を見て作物への作業や管理を決めていく、その智慧は慣習的であったり親からうけたとか学校で習得したとか、能力や気分のちがいが入ります。そういうのも含めて自然史過程といえるのです。価値が精神的なものにあるとされた吉本さんの見解に対応しますが、純粋な物質過程だけの話ではない。吉本さんは農家の所得感覚と都市労働者との数字を比較しますが、これも数字化されない生活事情の方がはるかに大事なことで、それが自然過程の感覚です。そこに利害関心の社会規制が織りこまれます。つまり消費論もそうでしたが、こうした論の立て方は、論理的にも理念的にもぜんぜんわたしには納得がいきません。物質的変化の真理記述が統計に出現している現象は、政治経済言説の結果であって、自然過程ではありません。

ですから吉本さん自身も、内側からの見方、地域差異、「一戸一戸の農家が自分のところにどう響いているか」(『吉本隆明〈未収録〉講演集3　農業のゆくえ』、72頁)が大事なんだといっています。実際的な課題であるからです。しかし外からの対象化はある理論的な理念的現実性を設定しなければ、現実へとどきません。それがマルクスがイギリスなどを対象に考察したことで、それは現実のイギリスではないのです。そして経済の自然史過程とは経済決定論ではありません。経済が自然過程であるかのように政治経済言説によって理論対象化されたものでしかありません。さらに、労働、土地、資本の三位一体から総合的に説かれない経済論はマルクスが想定した経済理論ではないです。いかに分業分化しようともです。そこへの自覚はもたないとマルクスではないとおもいます。ちなみに、土地・地代にあたる領域が、サービス制度領域に転化してしまっているのが高度資本主義です——わたしの論議はワーク／サービス制度／資本の三位一体でなされています。地代はむしろ都市部へ転化されてしまっています。そして地代ではなく土地自体が商品化されてしまっています。農業革命というものがもしあるとしたなら、それは経済過程での革命ではないということを、わたしはもうしそえておきます。「農」の自然過程は生存の環境過程であって、経済問題ではない。「農業」が経済問題になっているのは、農産物が商品化された商品経済の解決の問題であって、重農主義の次元からのかわりない問題でしかない。国家の死滅と同じように農業の死滅として想定されうる次元のものです。「農」の自然過程次元の問題ではないということになります。「農」は環境保全ではありません。場所環境の開発設計、資本経済の問題です。そして文化の基礎は農にあるのではなく、場所にあるのです、場所の中の「農」です。場所は部分ユートピアでもありません。場所＝地球であり、場所に総体が集約されて、しかも差異化・多元化へ開いているのです。均質社会空間、商品関係に配備された「農業」経済から転換はおきません。

農業をめぐる倫理や擬似幻想への批判として意味あるだけで、農の本質論――「食」の自然疎外における生存生産という問題閾――へいたっていないとおもいます。

資本主義の必然としてではなく、金銭主義の必然として「農業」はなくなるといえますが、自然を直接の対象にする、つまり自然疎外としての生存のもっとも近接にある「農」の産業化が衰退するだけで、「農」の生存資本経済としては先進国であろうがなくなりはしないです。それは、エコロジー的なことを言っているのでも倫理を言っているのでもない、物質過程と幻想として「農」は植生系との高度な技術を生態環境との疎外関係において構成しうる。なぜ、自然疎外論が「農」の論理で生かせなかったのか、それは「農の産業化」という商品生産へ従属した人為過程を自然史過程だと転倒させてしまったからです。染織もそうなのですが、人の直接の手でなす生産・制作はコストが一番高い高度な技術となります。それがより安いものを求める産業経済の未熟な技術と分配様式（環境を流通過程の交通空間へ転化してしまった商品物流経済）によって、暫時的に排斥されていっただけの話ですし、手作りはコスト化されるものでは本質的にない。吉本さん的にいえば「贈与」次元（あるいは互酬性次元）で産物の交通がなされるものです。さらにそれを低開発国に疎外するのは誤りです。人の手から切り離していく産業的発展は、未熟な機械技術・科学技術を生みだすだけで、吉本さんが言う「前言語段階」で人が領有する力能を測定可能な対象でしか対象化しえない科学技術では実現しようもないものであるし、高度な機械技術は生命形態に限りなく近づいていきます。つまりアフリカ的段階の高度さに近づく、それが「農」が衣食と並存してもっている理念です。人の手と疎外された高度技術との対等な相反共存が、自然史過程であるのです。自然史過程とは非分離の過程である。文明史は分離の過程です。同じではありません。

自然農法の倫理はほんとに稚拙でだめですが、自然農法技術は非分離の環境農法の基礎であり、それは水系・土系の生態環境（細菌を含む生命的生態）から虫・鳥獣との共棲的環境、そして植生の内臓系が反転して露出した生命環境の、また環境的体壁性とともに、総体を技術化する高度な技術科学を要するものです。兼業という分業の問題でもないし、ただ手で造りましょうの話ではないということです。吉本思想をふまえれば理念的にそうなります。

いわゆる専門家は、シャーマン的技術を精密化しているだけで、その共同幻想と自己幻想の一致を錬磨しているだけの、対幻想、つまり目の前の他者に寄与する技術を高度化しえず排除している客観的客観技術の行使者でしかありません。素人は歴史的・全体的な問題と目のまえの切実な問題とをいっしょくたに論議します、そういう専門家がいないことが問題なので、素人言論は問題だとはなりません。専門的不能化の問題の方がはるかに深刻です。専門主義は前言語段階と対幻想を科学技術から排斥しているからです。

それから、農村と都市の分離は、本質問題でも歴史現存性の問題でもない。マルクス主義概念が産出した問題でしかないです。一般に流通している都市論は「社会空間」論としてなされているだけで、その基盤が、農業と織物業の分化、家内制経済から産業経済への分業としてみられている経済決定論です。都市・農村の分化、農業・工業の分化という「農業問題」の場に「農」の問題はありません。それは産業化経済の問題でしかないのです。場所論としてなされえていない、ほんのわずかな場所論的都市論があるだけですが［◆40］、まだ場所意志論がありません。「農」は場所への意志である。その「農」の理念は、社会概念空間を解消させ「場所」概念へ転移しないかぎり、回路に「通道」を開けられないということに布置されています。「農」の場所共同幻想を贈与・互酬性の環境経済とともに構築形成することです。そこに非分離の技術科学の述語的開発が要されます。「農」は総合的な「資本」経済であって、商品経済農業に堕しているから問題なのです。しかも「食」の象徴的幻想がそこへ絡みます。

吉本さんとしては、柳田国男から、農村の前に「農」があった、それは「自分が食べる種を播いて農作物をとって自分が食べる、それが農の起こりなんだ」と普遍的に考えられていた。そこ

◆40……都市論は場所論として幾分深化されてはきています。Dolores Hayden, The Power of Place(The MIT Press, 1996)、Doreen Massey, Space, Place and Gender(Polity, 1994) など。逆に、グローバル・シティ化がおきています。サッセン『グローバル・シティ』(筑摩書房) など。

に余分な農作物の生産をはじめて、他の生活品と交換していった。農が過剰な農作物をつくるようになったのが「農業」だ、と言っていました。それは発展し、工業、製造業ができ、国家ができたと柳田は言っている、と。都市と農村の分離という概念も柳田にはない、と指摘していました[※19]。これをわたしはふまえて、農業の死滅の先に、農の資本経済がなされえていくとしています。「以前」は「未来」である。史観の拡張としてです。このとき、第三権力の概念も柳田にはない、とアジア的な特徴にかかわる国家論を吉本さんは指摘していましたが、それは後述します。九四年の先鋭的な問題構成が、開かれていたことを見逃さないでください。

※19……「言語と経済をめぐる価値増殖と価値表現の転移」の論述で指摘されています(『吉本隆明の文化学』三交社)。

(3)贈与論

贈与論は、幻想と経済関係とをむすびつける論理として吉本さんから語られたものです。

兄妹始祖神話の特徴は、はじめは性交を知らなかった。それが性交を知ることになるということが第一点。そして、妊娠と性交とが結びつけられていないため、性交と受胎と出生の間の「遅延」を幻想でうめる。つまり子どもは母系の親族の霊魂から授かった「贈与」だとされる。つまり、子どもの価値は贈与された母系の親族の霊魂の価値と等価だということにある。これは現在でいうと、「父」親の性行為の心身の享受と消費とは、かつての母系親族の霊魂の贈与に対応する。霊魂の力能と父親の性愛の力能とは等質である。そこから吉本さんは、「贈与とは遅延された形而上的な交換だ」という論理を抽出します。非常に卓越した論述です。

文明上「贈与」が「交換」へ転化されたのに、規準が「交換」の方におかれてしまっている転倒はしばらくおいておいて、吉本さんの論理の方を確認していきましょう。

モースのあまりに有名な「贈与論」を検討して吉本さんは、ハウ(霊)が贈与された物に憑いて、返礼をしないかぎりその霊から逃れられないという指摘に共鳴しつつも、それを義務だ権利だ強制だと説く論理に違和を表明しています。これは、アジア的感性をもった者には、モース贈与論が法的次元で説明されることへの違和感として誰しもがいだかれる疑念ですが、物と霊とのあいだのズレとして吉本さんは疑念を示し、贈与の本質相をつかんでいきます。

第一に、贈与という概念は母系優位の初期社会に発生するということ。第二に、父母（夫妻）の性交と母（妻）の妊娠とが別ものだとされ、氏族の親しい霊と母（妻）の間の転生であると考えられていたこと。第三にそのアジア的段階を長く維持した地域もあれば、すみやかに通過した地域があること。これをふまえて、交叉いとこ婚における贈与関係を確認して、財の維持と派生する矛盾の克服の形態を明示します。父（夫）は別の氏族からやってきたものであるのに母（妻）と性愛関係をもち子供を愛して世話をする。ここに母系の継続的慣習と父の機能との矛盾が起きる。そこを得体のしれない霊で媒介するということです。父（夫）は母方からの贈与で生活していますが、妻をたくさんもてば贈与がふえ富を蓄積し権力が増すとなります。贈与は和解、収奪、霊威の返礼だということであり、それが普遍化されて貢納制に転化します。「アジア的な専制」は「普遍化された多重な〈霊威〉の集成」であり、「普遍化された多重な贈与としての貢納に対応する」とされます（『母型論』、１３９頁）。こまかい分析は省きますが、あまりに機能的な財交換の形式にたいする構造人類学のばかばかしい解析次元なのですが、慣習を支える共同幻想があるということの指摘の卓越さに意味があるといえます。つまり経済構成は、そんな素朴な形式次元にないということが経済人類学のその後の考証になっていくのであって、フロイトを性関係へすべて還元したと処理してしまうのと同じ水準で、交叉いとこ婚の物の贈与―交換にすべて還元しただけのものはいただけません。象徴的諸資源を集約する象徴資本の経済作用があるのです。

レヴィ＝ストロースの親族交換論にはほとんどなっとくする点のないわたしですが、ポランニーやサーリンズの経済人類学には意味があると考えています。意味があるのは交換・市場が分配・再分配閾で構成される、その根源に「互酬性」とその距離・空間化による変容を布置していることです。そしてもう一点、「対抗贈与」の時間化と心的な権威化を設定していることです【◆41】。これが、交換関係という物物交換から抽象的な等価物交換へと転化される基盤に作用している関係世界です。これをふまえずに、贈与と交換を脈絡短絡化する論理は粗雑というより転倒を起こします【◆42】。その典型に吉本さんもはまってしまっています。商品交換、価値形式が、論理規準に最初から前提にされてしまっているためです。吉本さんの経済概念空間が旧来のままであると批判している根拠です。マリノウスキーやモースは、旧来の経済概念空間にとどまって考察の対象にしているから、そうなってしまう。レヴィ＝ストロース以後の経済人類学の成果を対象にしていたならそうはならなかったでしょう。でも吉本さんは、モースの贈与論に、「物と霊のあいだ、人間と霊のあいだに境界のない交換が成り立たなくてはならない」「物と霊との分離やずれがある」と自覚されているのに、そこを「交換」と集約してしまうのです。むしろ無機質の「交通」とした方がいいでしょうし、概念的には互酬性と再分配システムになりますし、象徴経済・文化経済の作用です。そのことを言っているはずなのですが「交換」の概念空間が作用すると、暗黙に異質物、それこそ「価値」が介入してしまうのです。交換価値が消滅して「贈与価値」になることが消費資本主義の行きつくところだ、資本主義が消滅するところだと吉本さんは言います【※20】。そのとき「価値」「交換」の概念空間を消せないでいるのです、これはだめです。既存の資本主義概念空間にとどまったままです。贈与概念と交換概念とはまったくちがうものなのです。そこをつかんでいかないとだめです。しかし、それをなしえているのがイメージ論なのです。

(4) ハイ・イメージ論

「ハイ・イメージ論」の総体についてはすでに『哲学の政治　政治の哲学』でまとめ的に対象化

◆41……贈与のお返しには「時間」がかかります。すぐ返したなら拒否です。返礼しなかったなら恩知らずです。ある遅延がなされ、送られた物とは違ったもの、しかもほぼ対価にあたる物を返すのが返礼です。贈与には拘束が非常に大きくあるのです。

◆42……「交換」経済は、価格の論理です、計算と計算可能性の、交換比率に関する合意が価格の形態で明示されているものです。贈与は、象徴交換の経済なのですが、「値段の真理」は贈与関係を台無しにするものなのです。贈り物をするとき価格表の明示性をとりはずして贈与します。明示性はタブーなのです。価格の明示性を避けねばなりません。

※20……産業資本主義は死滅しますが、「資本」経済は死滅しません。贈与の本質は、「お返し」を義務づけている脅しなのです。恩恵を受けた者をつくりだし、人に借りを与えることで、人をつかまえておくことであり、災いであることを見落としてはなりません。「贈与」を理念化することは間違いです。

していますのでそちらをみてください［※21］。論点の軸だけ述べておきます。
まずは、「視線」の変貌です。経験的には高層ビルの上にあがると、地上での空間の目線と異なる空間体験がなされます。またランドサットからの宇宙からの目線も入ります。この視線は「死線」でもあるのですが、「死」の向こう側からやってくる視線だということです。自分を、他の自分から見渡しているというイメージの出現です。これを強引に読み替えていきますと、旧来の他界のイメージは、地上のこちら側から向こう側を見る視線ですが、「ハイ共同幻想」は、向こう側に自分が立ってこちらの自分を見ているとなります。「死」線が「生の視線」に転じられている、しかも実際に向こう側へいけるという技術幻想をともなっていることです。フーコー的な「生政治」が国家からなされるのではなく、「ハイ共同幻想」の中に自分がはいって、つまり共同幻想と個人幻想とが融解した「ハイ共同幻想」がこちらで生きている個人幻想を生かしめているということになるのではないでしょうか。つまり共同幻想と個人幻想との逆立が溶解してしまっているイメージ状態です。すると〈主体〉は近代個人のように堅いものではなく液状化してしまっている現象として感知されます。対幻想にあたる愛も液状化していく（liquited love）、ということです。わたしはそういうように読み込んでいます。他の読み込み方もありえると思いますので、ご自分で考えてみてください。

それから「視線」は「目」です。前言語的に言うと、触覚が遠隔化されたもので体壁系です。その「目」が、身体を離脱して向こう側へ行ってしまって、そこを「目」に見させると転化されています。イメージ像が自分から表出されるのではない、向こう側からおしつけられるということで、商品的に言うと「ショー」になっています。「共同幻想」が自分の側から疎外されていくのではなく、向こう側から心的にやってくるのです。幻想的にやってくるのではないということです（この視線は、実は無意識論が設定した理論視線であるものです）。

つまり、もう一義的規制ではない、「重層的に非決定」されているのですが、本質軸はのがさ

※21……ハイ・イメージ論は、
(1)現在論（映像・エコノミー・消費）
(2)言語論／哲学論
(3)文学（作品）イメージ論
(4)空間都市イメージ論
(5)前古代論
(6)身体論
にわたって拡散的に論述されています。

ずに考えることです。
もうひとつの例をあげますと、ビデオ録画／ＤＶＤです。これまでは、映画でもＴＶでも上映時間にそこにいなければならなかった。時間と空間が身体規定されていたのに、録画しておけばいつでもどこでも観られるようになった。時間規制がはずれ空間規制もはずれたということです。これは、個人幻想が対象と自在な関係をもてるようになった、身体から離脱した時空が共同幻想になっているということと理解しえます。かつての個人幻想は、時間と空間が規定されて動けなかった、その規定がはずれたということです。すると、共同幻想とは個人を鈎止めすることに主要な役割があったのに、個人を自在に散逸させている、そういう共同幻想に変質したと考えられます。それが「自由」だと錯認されていきます。

　するとさらに、共同幻想それ自体の中味がどう変貌したのだろうかが課題です。これがはっきりしていないのです。それが現在社会が変化を指摘されながらも、どうもくっきりと把捉されない根拠です。なんでもないことのようですが、そこから理論課題として逆射されるのは、共同幻想の内実の時間と空間の編制の変貌です［※22］。

　ここが、超西欧的までの把握として、将来が前古代にあるという認識の仕方になって、吉本さんは前古代の探索へとすすんでいくのです。「拡張論」「幾何論」「自然論」をふまえて、前古代都市・自然都市の「地図論」「連結論」「形態論」を読むと、そこに本質地平が出現します。そこから「像としての都市」の「分散論」、第Ｉ巻の「映像都市論」「多空間論」「人工都市論」をみていくことです。わたしは共同幻想の時空様式として、ここを歴史論へと組みこむ考えをもって「〜制」と概念化しています。武士制とか述語制として、わたしが考えているのは、その背後には「共同幻想の編制様式」として想定しながら考えていることです。吉本さんは、前古代都市の考察においてそれをなしています。もうひとつは、西欧的な「神」概念の差異として考察しています。文学表出に像が表象されていることも、見直しの指標として古典をふくめ検証し直すこと

※22……共同幻想の未来時間は前古代の時間へ相互変容される、ということを理論的に、おそらくトポロジー的に言説生産することだと思います。また、共同幻想の空間は国家へ閉じ込められてしまっている、そこをはずれる共同幻想空間はいかなるものであるのかです。
　わたしは国家共同幻想の空間・時間と場所共同幻想の空間・時間が異質であるとして、その神話空間の現在・未来への転移可能性を探ります。その歴史過程は「幻想の編制様式」として考えます。

です。たとえば、地上の異族国を黄泉国と地下化して幽界イメージにまでもっていく（宣長・篤胤）、イメージ表出史としてです。共同幻想の編制と変遷を微妙な差異において把捉することです。その根源的な近代転換は、述語制からの主語化と客観化への転化でした。これを述語表出へ再転換することです。それが本質規準となります。

世界にたくさんの都市論が展開されていますが、それは〈都市〉論ではなく、ほとんど「社会」論です、おどろくほど社会論でしかありません。都市変貌ではなく社会変貌を実証しているだけです。場所論がないからそうなってしまう。吉本さんを場所論として読み替えていかないと、そこに脚をすくわれます。柳田国男の地上の身体目線であるということを、吉本さんはあちこちで述べていますが、国見の俯瞰の視線も、さらにはランドサットの視線も、実は場所への目線であるのです。都市論は場所論へ転じねばなりません。それを欧米でも何人かはやってはいるのですが、すぐ「社会空間」へ脚をすくわれて「空間」論になってしまっています。

宮澤賢治に関する叙述があります。文学表現の変貌を論じているのですが、それも場所論です。場所のイメージ論です。

ハイ・イメージ論は、場所論として読み込むこと、音や像を前言語段階の疎外外化として読み返すことと提起だけしておきます。〈空間〉論として読むと軽薄になると言っておきます。

もうひとつが、「エコノミー論」「消費論」の一種の経済論です。第三次サービス産業人口が、第一次、二次産業人口よりも多くなってきている、という指摘からの考察と［※23］、もうひとつは価値概念からの考察です。これはわたしとの対話から、イリイチのサービス論を示唆されて、しかし真に受けているわけではなく、五〇％をこえたとき変化が起きているという、ある意味で量から質への転化ですが、それをとても古典的なタームにおいて吉本さん固有に論じ直されているものです。しかしわたしからみて「社会批判」概念がないため、ある閾にとどまってしまっています。また価値論にも〈資本〉概念がない商品概念ですから、古典的な閾からできれていない

※23……『母型論』の「定義論」では、これらの定義づけを、さらに詳細に追究していくのですが、「民族国家」を規準にしてなされています。それは、客観的抽象化です。経済は国家基準数値で考察はしえないものです。吉本さん自身、どれが何次産業か定め難いといいながら、その思考枠組みをはずしません。「国家経済」現象をつかみだしているともいえますが、国家規定としても無理があるのではないでしょうか。

とおもいます。価値が表出概念として見直されていくのですが、そこは理論としてたいしたものではなく、非常に重要なのは、わたしが関わっていた研究会で報告された、「言語と経済をめぐる価値増殖と価値表現の転移」の論稿です。つまり価値概念の転移、「価値概念を普遍的につくる」ということで提示された問題です。

3 価値概念の転移：言語と経済

吉本さんの「経済論」は、消費論、農業論においては、あまりにも統計的経済現象だけの経済論でしたが、贈与論、そして価値論においては、経済化された経済だけではない、親族・言語・人間の局面へと場が拡大されていきます。それこそが吉本思想だとおもうのです。そして『ハイ・イメージ論』で全拡散的な経済文化論となっていきました。その機軸になっているのが「価値」概念の転移であり、結果的な展望が贈与論となっていったのです。最初に、言語論との対応、そしてイメージ論・文学論があったということで、消費・エコノミー・農業論は後からなされたものです。「言語と経済をめぐる価値増殖と価値表現の転移」論稿が、吉本経済論の頂点であるといえます。そこを軸にしないと了解は相当ぶれてしまいます。その後の「超資本主義」が、どうにもわたしにはなっとくいかない。質問者の聞き方が悪かったのか編集サイドがわかりやすく書き替えてしまったのではないかと疑いさえもっておりますのも、本質トーンが急に消えてしまっているからで、吉本さんはそうではなかったのではないかと思っています。どんなことでも本質立脚点をはずす吉本さんではないからです。本人も違うんだよなあといいながら笑っているだけで、昔のようなシビアな対応はもうなさっていませんでした。他方、わたしが現況論について何も聞かないことも感知されていたと思います。『母型論』だけはしっかり取り組んだと述べていました。

価値概念を見直していく、転換するということは、「経済」領域への思考の地盤の転換にかかわります。価値を本質基準から設定していくことを吉本さんは提起しています。それは「無形の価値概念」です。「商品の価値に無形の価値概念を含めよう」と言っています。

◉価値概念の拡張

◆マルクスの価値概念は、商品に限定されているが、その使用価値と交換価値との区別と関係の仕方は、言語における指示表出と自己表出の関係（意味と価値）［※24］に照応する。前者の労働時間の大小で価値が決まるという考え方を拡張して、人間が対象にたいして精神的・肉体的に対象にする「対象化行為」全体に拡張させ、文学・芸術、娯楽・芸能、楽しみ、遊び、余裕の、「無形の価値」まで含めていくことだ。

◆文学作品の評価をするとき、政治価値と芸術価値とを結びつける仕方には普遍性がない。人それぞれで評価が違っていく。それをつきつめていくと「言葉の内在価値」で決まっていく。

◆価値は行いの意味にはなく、精神の表現、さらには精神の憩いや休息、娯楽のために何かをしたことをも価値に含めることだ。

◉価値の起源本質

◆こころ＝内臓系、感覚作用＝体壁系の相互から精神の働きはなされる。

◆言葉が分節化される以前の、前言語段階に言葉の本質がある。

◆先進資本主義国では、生活態度も知識教養も代わり映えしない両親から子供が育てられる、この共同無意識は個人と関係ない、別に外化して考えられるべきだ［※25］。先進資本主義国の「死」もそこと同じであろう。そこに自分の考えの曖昧さがまだあるように思えると吉本さんは言っていますが、そこの画一化される共同意識の場が「社会幻想」の場としてわたしが抽出した界閾です。「共同幻想」の位相が、異なるのです。

※24……「意味」とはたとえば、生きることへの志向性とか目的意識性であり、生きる価値とは多数性・多重化が存在するとき価値があるとされ、一つの道を行きながらまた別の道を存在しているということで迷った時、価値概念を喪失しているといえる（『吉本隆明〈未収録〉講演集6 国家と宗教のあいだ』「現実存在としてのわれわれ」、筑摩書房）。

※25……なんどもくりかえしますが、「この共同意識は個人と関係ない」「別に外化して考えられるべきだ」、ここをわたしは「社会幻想の空間」として設定したのです、幻想論として勝手に設定したわけではありません。

そして、価値概念の諸相が指摘されます。

◉価値の諸相

◆虫の声は意味はないが価値的である。それは母音にイメージやメロディーを聞いており、言語脳＝左脳で聞いているから、物かなしさやあわれを感じとる。分節化されていない音を意味ある言語と同じようにうけとり、価値を意味化している（旧日本語のアジア的な特性）。

◆民族語の区別も意味ない。方言の違いと民族語の違いは同じレベルのことだ。母音の数の違いは言語的発達と関係がない。喉仏の上のところの加減で民族語はちがってくるだけだ。喉仏の下の内臓のところでしか言葉を発する根源はない。こころの働きに言葉の価値概念はある。母音を言語から切り離し、言語表出を「こころ」に配備しています。

◆一歳未満の人間と原始・未開の人間、民族語に分かれる以前の言葉づかいでのコミュニケーション、分節化されないのに言葉として通じあえる、それが心や感覚の本質である。それは精神病の理解の問題にもかかわる。それはまた高度消費社会における心の表現の異常と正常が、感覚や幻想とどう関連しているかという、ヒステリーに関わることになる。根源の精神分裂病、現在の心の病いの人格転換の多重性・ヒステリー症、異常と正常の境界の曖昧さ、これらが意味論・価値論の相互的な問題である。

◆文学作品は文学者のモチーフが表現価値をうみだしている。それは自己表出＝自動表出からなされている。自我の表出ではなく、「原始・未開の時代から無意識のうちに積み重ねえたものがその人の無意識になり、その無意識がそこにでている」と考えたい、ということです。

◉西欧的段階とアジア的段階

西欧的段階の考えは、貨幣形態の外在的な普遍化に典型である。そうしたときアジア的段階を抜いてしまっている。未開・原始から西欧社会へと、それが人類史の普遍段階だとしてしまっている。それはどうもすっきりしすぎている、と問題を提起していきます。つまり、貨幣は価値の普遍的源泉としては考えられない。普遍化しうるのは唯一言語だけだ、ということです。「表現された言葉」「絵や字に書き留められたもの」は「価値の普遍基盤」だというのです。アジア的では、価値概念は「言葉」しかない、ということです。言葉を規準にもってくれば、アジア的段階も西欧的段階も考えられる。しかし貨幣規準では、日本では明治以降でしかない、貨幣は部分流通していただけで、物納、物々交換が主だった、そこがとらえられない。そして言葉を普遍的な価値概念とすると、それは非常に「内在的」で外在化がなかなかできないが、価値概念の作り方の意識が分かれていくと考えることではないか、というのです。

これは、わたしとしては述語制言語様式から主語制言語様式が分かれてきた、しかしアジア的段階では述語制言語のままだという規準水準へ転移されます。そこから、バナキュラーな言葉が国家語へと編制される仕方を差異化していけばいいとなります。民族語と方言とは社会編制では同じレベルで配備されましたが、本質では次元が違うのです［※26］。わたし自身あとで気づくのですが、吉本さんと論議した後、かならずそれをふまえて世界線の成果に吸収して自分の理論次元を設定してしまっています。部分ではなく、吉本さんの思考の流れから提示された本質視座を歴史編制へと組みこみかつ自分からの本質設定へと切り換えているのですが、述語制もこうした見解から気づいてイリイチやブルデューらの言語理論からそういう転移をしてしまって、後づけの考察をすすめています。述語的表出の貨幣感覚や経済行為や技術化が、主語的表出のそれとは、本質的に異なるからです。言語表出の普遍軸があって、その過程的表出において述語制と主語制の差異が、歴史段階を規定していくという理論配備です。アジア的段階は述語制だ、西欧的段階は主語制だというように。

「西欧社会の価値概念＝人類の価値概念」という設定はだめだ、と吉本さんは言っていますが、

※26……言語の価値交換は、標準語から国家語へ編制された、そういう次元で作用しているもので、その本質は前言語段階の母子の述語的関係にあるとすべきではないでしょうか。そこは価値表出の次元ではない「述語表出」の次元です。言語価値は、方言・民族語の次元で表出されるものだとおもいます。

それはイリイチ、フーコーらからすでにわたしたちが領有してしまっているクリテリアですから、そこに彼ら西欧人が見えていない「アジア的」ということをはめこんでいくことです。イリイチはメキシコを観ていますので「バナキュラー」を提示していた、それはアジア的段階への自覚であったとなります。フーコーではキリスト教以前の次元です。

◉アフリカ的段階の価値と「普遍」の閾

「価値の普遍性と事物の普遍性とか価値の等価性、つまり、本当の意味での交換価値とモノとモノとの等価交換を考えることがイコールになる段階」と設定しています。これは、「互酬性」の初期関係といえるものですが、吉本さんでは等価交換とされてしまいます。日本の言語でいえば、旧日本語であり、幻想でいえば「共同的な意識と個体的な意識の分離もはっきりしていない」段階です。こうしたことが想定されたとき、「先進的な価値概念として人類の模範である」ということと「普遍的な価値概念」とが違うのではないかというのが第一点。そして「貨幣の発展形態から考慮した価値概念」と「内在的な価値概念」とは違うのではないかということが第二点として提示されています。つまり、価値概念から徹底してみていくと本質的な違いが浮上するということです。西欧的に普遍化されたものは、普遍ではないということですが、「国家による普遍化」も普遍ではありません。

　ですからこれは、「価値概念」と「価値が消滅している概念」とのちがいであるというように、わたしは転移します。経済的には「交換関係にある価値概念」と「互酬性の概念」とのちがいであり（歴史現存性での違い）、言語的には「自己表出」と「述語表出」との違いである（本質次元での違い）と、概念転移します。分離の関係・表出と非分離の関係・表出であると識別することです。「分離していない」という表現を吉本さんは何度も繰り返していますが、そこをわたしは「非分離」としてポジティブに転移しました。分離と非分離とでは概念空間がまったく違います。

◉柳田国男の「農」論と国家論と人称

最後に、すでに3章でふれましたが、西欧的国家概念では第三権力が国家であり「社会」とは分離されているが、日本では柳田の考えなどをみていくと農業以前の「農」を普遍として農業から国家生成を説き、アジア的特徴として都市・農村の分離の概念もないし農家は自分の土地を「お上のもの」と感知している非分離にある。言語的には一人称と二人称がうまく分離されていない、という指摘につらなっていきます［※27］。

以上のように、「言語と経済をめぐる価値増殖と価値表現の転移」の論稿の論述——これは報告をテープ起こししたものですが本人の目がとおって加筆・添削されています——に、ある意味ですべて凝集されていますね。わたしが企画し、企業の社長・役員たちと数人の学者たちへ向けてなされたものです。これが、「言語／経済」の本質かつ歴史現存性の経済理論です。この尺度からみていくと、消費論・エコノミー論、農業論、贈与論のポジティブな局面と、受け継げない局面とを仕分けた、わたしの意図がわかるかとおもいます。これは、「価値」概念の解体構築ともいえるもので、その正鵠な問題開示なのですが、吉本さんは「価値」概念空間からでようとしません。そこにいかなる問題がひそんでいるかです。

中沢新一編著の『吉本隆明の経済学』はそれなりにできていて多少は便利ですが、認識及び構成がとても納得いきません。というよりもともと構成しえないものを、ただ経済にふれているからと表層でまとめただけです。たとえば、わたしが企画した「言語と経済の価値転移」の論述も収録されていますが、中間が削除されているは、もっとも肝心なアフリカ的段階と柳田国家論への言及とが削除されています。要点をふまえたつもりなのでしょうが、こういう剽窃的編集は容認できません。少なくとも「省略」なり「削除」表記を明記すべきです。吉本言述がうすめられ

※27……一人称と二人称が分離されていないということではなく、述語制言語には「人称」がないのです。人称による動詞変化は、日本語にはありません。名詞があるだけで、人称ではないのです。

ています。こんな編集をするより、『ハイ・イメージ論』の拡散的格闘に潜むものを再構成した方がよっぽど意味がありますが、賢い者が「愚直な格闘」をまとめることができないのも、分かったことしか分かっていないからです。マルクスにたいするエンゲルスがそうです。無効です。本質論水準も意味されたことでしか了解できていないから、『緑の資本論』を記しても資本にはまったくとどきえていない粗野な思考でしかなされていませんし、『吉本隆明の経済学』もそのような次元での、うすっぺらな経済論解説になっています。吉本さんに「資本主義の全歴史」などは展開されていません。そうやって思考を停止させてなされる、解説もあちこち間違いだらけです。企業の現経済的な実際との接点からの緊張・弛緩もない。エンピリカルにも無効です。

世界では消費論は、商品の可能性と限界性にたどりついただけで、論議は「物質文化」の方へシフトしています。ボードリヤールなど部分です（吉本さんとボードリヤールしかいなかったなど冗談ではない）。それらが自然疎外、自然史過程に対応しうる経済理論です。またボルタンスキーの「新資本主義」論もシテの場所論へシフトしており、マルクス主義者のハーヴェイでさえ場所論へシフトしています。場所経済が「超」資本主義の「資本」論となっていくのです。資本を論じるには、商品概念空間から資本概念を切り離さないとなしえません。経済の本質と現実は〈資本〉にある。資本を悪としているマルクス主義残党がだめなのです。無知の肯定はもっとだめです。愚者の苦闘をなめるな賢者よ、です。わたしのような愚者が、分かっていないことを引き受けて、ようやく吉本さんの足元に辿り着けるのです。賢者は知ったかぶりで吉本さんを素通りしているだけです。賢者があまりに無知であるということです。大衆をなめて、教えてあげようという姿勢からでていません。ぜんぜん内在化も客観化もしえていない。低次元からのよいしょ解説です。わたしは、ただ自らの未知へ向って格闘しているだけですが、自分が一員である大衆の存在へ近づいていっているだけで、中間層の知的なあぶくとはまったく乖離して知的疎外を遠隔化してしまっています。「人を謗らず己を慢せず」「己を屈せず、人となり言うべきにおいて」（安藤昌益）の自戒をもってですが。ひとにはその言うがままになさせよ（マルクス）ですけども。

4 高度資本主義の共同幻想と転移

「民族国家は近代資本主義興隆期の産物」であり、「資本主義社会の共同幻想である国家」をそのままにして社会構成や生産の仕方を変えてもだめだ、ということが「社会主義国家」に露出してしまっている。「幻想性としての国家を変えよう」ということが資本主義を変えること、産業制度としての資本主義を変えること、社会を変えることだと吉本さんは、指摘しています（『世界認識の臨界へ』）。そして意識的に国家の歴史を変えることとは、①国家が軍隊をもたない、国軍をもたないこと、②経済としては、一般大衆の利益になる限りでだけ公有化し、個々の一般大衆の利益にならないものは全部私有化すること、③一般大衆の直接無記名投票で国家がリコールできること、をあげています。「この三点ができたら歴史を意識的に変えようとする理念は原理的に成り立つ」としています（同）。これも話題になった見解でした。幻想を変えることにおいて、軍隊廃止、私有の主張、国家への共同意志の参画を示しているといえますが、しかしその関係ははっきりしていません。しかもこの三つは、社会主義〈国〉がなしえなかった「社会主義の有効性」の残滓としてあげられていくのです。

まず、第一に、古典的資本主義の共同幻想と高度資本主義の共同幻想は、同じなのか、不可避に変わってしまっているのかという問題があります。第二に、資本主義／産業制度の共同幻想に変わる共同幻想とは何か、どんなものかという問題があります。そして第三に、共同幻想の転移・移行それに付帯する軋みは、現在においていかになされているものなのかです。ここが曖昧ですので、幻想と意志との関係がはっきりしません。

ここを解くためには、古代的共同幻想と民族国家の共同幻想との関係を対象化しておかねばならない。本質的なものと歴史的なものとの関係の問題があります。
　日本の民族国家は、天つ神共同幻想と高天原共同幻想とすめらみこと共同幻想から構成された「国家的共同幻想」と「国つ神」の〈場所共同幻想〉が対峙的に相反共存している幻想空間において、後者を徹底排除・攪乱させたというところに存立しています。それをなした「葦原中国」共同幻想＝社会幻想の起源でした（7章参照）。国家主義で天照大神を国家神化したことに特質をみてはいません、それは消滅するものでしかないからです。しかし、「天つ神」幻想と「国つ神」幻想は、日本の幻想構成として消滅しません。これがその交点となっているところです。幻想の大衆存在、その像［※28］は「国つ神」幻想にあるのです。

　そうしますと、古典的資本主義の共同幻想は、社会幻想をその中間層に構成して、産業経済化の基本条件を社会配備において形成確保し、市場経済は自由放任させて統治介入しないでおくというところに構造化されます。そのとき、国家軍、そして統一国家語を、実際創成していくことで、幻想を支え、かつ産業を興し、市場を開発していくことになります。その系譜上に、原理を変えることなく、高度資本主義の共同幻想は、「社会幻想」空間を「商品」幻想生活で充満させ、市場原理と相同化し、社会空間で権力作用を緻密に増大させ、イメージを身体から離脱させて、向こう側からのイメージ（死のイメージ）として構造化させていきます。同時に「制度幻想」空間を、同じ仕方で配備します。その結果、農業が縮小されたり、サービス産業が増大しているにすぎません。

　この系譜的な幻想構造は、「資本」と「場所」を疎外して見えないものにしていく過程です。資本は資産（商品所有）へ転化され、場所は社会空間に占拠され、土地が商品へ転化されてしまっています。つまり自然過程からの離脱による人為過程です。さらに、この系譜的構造化は、前言語段階に照応する類的な存在を、まったく幻想構造に組み込みえていないものになっています。対象は、すべて知覚されえませんから、人間存在は吸収されきれず、多々亀裂をうみだしま

※28……思想の課題は、「幻想としてどこまで大衆の原像・核に入っていけるか」「幻想の共同性は大衆の原像に直通する」「幻想の共同性がいったん生みだされると必ず、大衆にたいして強制力として働く」「知識人の課題は、どこまで幻想としての大衆に入れるか」という大衆の原像はあちこちで述べられていましたが、幻想としての大衆を、わたしは国つ神共同幻想に見出しました。これが幻想本質規準になりうるといえます。

すので、そこを「監視」社会として規範化とともにおさえていくということしかなしえないものになります。ぜんぜん自然史的な過程ではない。ふみはずして自然過程から分岐・離脱した人為過程です。技術科学の深化・進歩さえ吸収しえていない構造です。商品利益的なものを組み込んでいるだけです。商品化が拡張していくことも賃労働所得があがっていくことも、まったく自然過程ではないことです。より抽象的なナショナル国家への普遍化の誘惑でしかありません。「労働」規準から本質世界は描けない、「労働」概念をなくすことで、未来を本質的に描き出せます[◆43]。

それでは、それに代わる幻想構成はどうなっていくのか、それが「天つ神」幻想と「国つ神」幻想との相反共存が多元保証される幻想構成になっていくこととして提起されえます。それは、〈資本〉の動きの取り戻しですが、利子産み資本の消滅です。剰余価値率の安定化です。

移行の戦略はどこに機軸がおかれるかというと、述語制言語の顕在化、そして賃労働の廃止による「資本者」の形成（少なくともそれが五〇%ずつにはなること）です。「国つ神」（幻想としての大衆像）を場所ごとに取り戻すか幻想新成させていくことです。産業経済・商品経済化が五〇%ぐらいに限界設定されて下支えし、場所・資本経済が中軸となる新たな経済・技術の創成です。吉本さんは、経済の自然史過程は一挙にはすすまない、幻想の転換は一挙になされうるとされていますが、逆です。幻想転換があまりになされないのです。そうさせている産業社会幻想の強固さがありますが、前言語的段階から言語的段階への移行で不可避に領有される共同幻想感覚が非常に強固なのです。他方、経済や技術はすきまだらけ、穴ぼこだらけです。経済意志において新たな創出は多様に可能であり、その技術要素もツールも使われないで山のようにある現段階です。幻想規定が変われば一挙に技術科学はかわります。経済は政治経済の真理体制として歴史的に発明され「自然性」化されただけで、自然過程ではありません（拙書『フーコー国家論』参照）。歴史過程を自然過程と見誤ってはなりません。日本でベンチャー企業が育たないのは、社会幻想に制

◆43……新自由主義が、労働を労働力を売買する商品・疎外としてみていることにたいして、「人的資本」として労働者の能動的な能力・適性を資本だとしましたが、その考えは遡るとフィッシャーもそうですが、「所得」という規制性からでていません。企業地盤と所得の流れのなかでの考え方でしかないものです。労働と労働者の概念空間が、新自由主義を検討したフーコーにおいても混同されたままです。わたしの言う「資本」は、マルクスの『要綱』において設定されたもので『資本論』ではありません。またブルデューの資本概念をさらに拡張して考えています。

御されてしまっているからです。経済行動は商品幻想に統御されたままです。それは強固です。〈日本〉社会主義化していった根拠です。「社会主義」は社会主義〈国〉をしか建設しえない、無効のビジョンです[※29]。

ここで五〇%(半分)と吉本さんがよく言うようになったのは、わたしとの対談を通じて、イリイチで非常に納得いくとされて使い始めたものです。イリイチは、発展上の分岐点が二つ起きているとして、第一は古いものとあたらしいものとが五〇%ずつになったとき第一の分水界を通過し、第二の分水界は、それが目標としたものとそれに反する結果とが半々になったときに通過している、と逆生産性を指摘するために使った視座です。統計化しえない、しかし、現実性において明らかにキャッチされうるものです。それを吉本さんは客観数字として使っていきましたが、統計は抽象数字です。わたしは測定不可能対象への感知的了解において目標設定的にその指標をだしています。第三分水界を設定していくべくです。

幻想性としての国家を変えることはできません。それは共同幻想の国家化として普遍性化に配備されたもので、新たな幻想配備がなされないかぎり存続していくものです。国家配備に代わる統治制化の「配備」を新たに生み出していくほかないのです。

民族国家の国家幻想本質内容は日本特殊ですが、他の社会的な諸幻想は世界本質的に同じ内容として配備されていると、わたしは設定しています。国家幻想の特殊さを、日本主義にしてはならない、その代行配備としての社会配備を配置換えすることです。西欧的段階にたって、上方にアジア的なものを下方に超欧米的なものを設定し、アジア的段階から、上方にポジティブにアフリカ的(前言語的)段階を、下方に近代的なものをクリティカルにおいたうえでです。〈右〉対〈左〉の政治的対抗に意味があるとはみていません。それより〈ハード〉対〈ソフト〉の技術上の相反共存対抗軸、〈産業的なもの(商品/社会)〉対〈バナキュラーなもの(資本/場所)〉の対抗軸を政治行為していくことです。

※29……「社会主義」と「社会主義〈国〉」とを混同するなというのが吉本個人思想です。それは前者は肯定するが後者は否定する思想態度となり、日本は社会主義に近づいていると肯定されます。

しかし、社会主義は「社会主義国」「社会主義官僚」規制統治にしかなりえない本性なのです。なぜなら、社会主義には統治性がない、そして〈資本〉をプライベートに動かせないゆえ、市場経済の自由の動きにたいして計画経済的に統制操作することしかしえないからです。官僚賃労働者をプロレタリアート独裁だと転倒したものにしかならない。「私有化」を承認している吉本さんをもっとつきつめるとそうなります。

社会主義の内部から、演繹はされない、人類の解放や自由はありえない。新たにビジョンをふくめ発明せねばなりません(フーコーは、一九七九年一月三十一日の講義で、同様のことを言っています)。わたしは、場所資本・場所政治としてのビジョンを提示します。

わたしは、この概略に本質的な確信をもっています。場所ごとに多様にありうることで、それは個別で検証され実行されていくことだとおもいます。そのための基本エレメントの構成をまとめて、幻想配備と現実配備を照応させて総括的に図示（466－467頁）しておきました。過渡的に国家配備は、場所環境の設計を支える補助機能として作用し、消滅していき、世界交通は国家間交通ではない、場所間交通としてなされていくことです。

5　吉本思想の分岐点：自然過程をめぐる個人思想と普遍思想

吉本さんは高度資本主義を論じているとき、そこへの否定的見解が、お説教や倫理を前面におしだしてくることに、思想態度として否定的批判を徹底させます。そのとき同時に、批判的分析をも拒絶・否定しているように見えてしまうのです。読むわたしたちは二つのことに注意せねばならないとおもいます。

一つは、論者が倫理とまでは言い難いけれども倫理的なものへと対象を問題にしてしまうとき、それは共同幻想間の軋みがなんらかの形で感取されているからではないでしょうか？　認識までいたりえていないから「だめだ」ということですが、感知がなされているからではないでしょうか。ですからその論述がどうのこうのより、いったいどんな共同幻想の軋みが噴出しているのかへ論点を向けるべきだということです。ばかな論者にばかだと言っても、ばかには分からないことで、そこにのまれる人がいてもそれも自然的過程ではないでしょうか。しかし、共同幻想の軋みは、対象化しておくべき本質的なものの現存性として重要です。この共同幻想の軋みは、共同幻想の幻想統治制化や国家統治を、有用で必要だとさせる効果を発揮しているものは何であるのかを明証につかんでいくことになります。国家や政治家たちが悪だとか資本主義や資本家・企業が悪だとか、といったところでは何事も明白になっていません。そうした実践や思考は国家に収奪された認識カテゴリーにあるものでしかない。統治化／権力行使と真理生産とをもって、人々を導いている、それを妥当だとさせているものは何なのかをつかみとることです。

第二は、吉本さんが高度資本主義批判を認めない根拠に、文明は自然史なのだ、自然過程だとして自然史的にいくところまでいくんだとして、それがマルクスだ、とされてしまうところです。そこを客観化への制止ないし拒否として読者は読んでしまうことです。マルクスは、だからこそもっとその自然過程の必然性の不可避の産出過程を究明していきます。それが吉本さんに高度資本主義の現象ないし現実にたいしてはなされないで、マルクスはそんなところに本質はないとしている、と処理してしまうのです。資本論をみて『要綱』を対比させればすぐ浮きだしますが、資本家が搾取するという「資本家―労働者」関係に論述の焦点を資本論はあわせていきます。それはだめだ、しかし「資本―労働」関係においては、もっと深みへと考察がいっています。そこを識別して、マルクスの経済過程・循環論は読んでいかないとなりません。その次元をふまえていないところは、賛成できないところです。つまり、本質閾と歴史閾とが交叉するところです。歴史的表出段階を、「高度」資本主義では問題化しているのですから、そこをはずしてはなりません。G―W―G'の基礎図式と並存形式で吉本さんはとまってしまっています。商品経済の歴史的本質は領有法則の回転にあります。価値概念・価値形式ではありません。資本の商品的循環への批判が要されるのです。ですから、わたしは、本質・初源論の吉本概念空間が、現実の経済社会構成にたいして氏自身において生かされていないと、批判継承しています。吉本さんのもの以外にも、わたしはそうとう勉強していますので、吉本さんがはるかに深く先へいっている閾がわかると同時に、到達しえていない吉本さんの位置も了解しています。「答え」を吉本さんに求めていません。Aでも非Aでもない何かがある、Aと非Aではすべてを示しえていないところをどう考えていくべきかを、吉本さんから学ぼうとしてきました。限界を指摘することより、はるかにその方が深く大事な問題であるからです。吉本批判をしているよりずっと深い意味があります。

近代国家の共同幻想・共同意志の基本範型構造

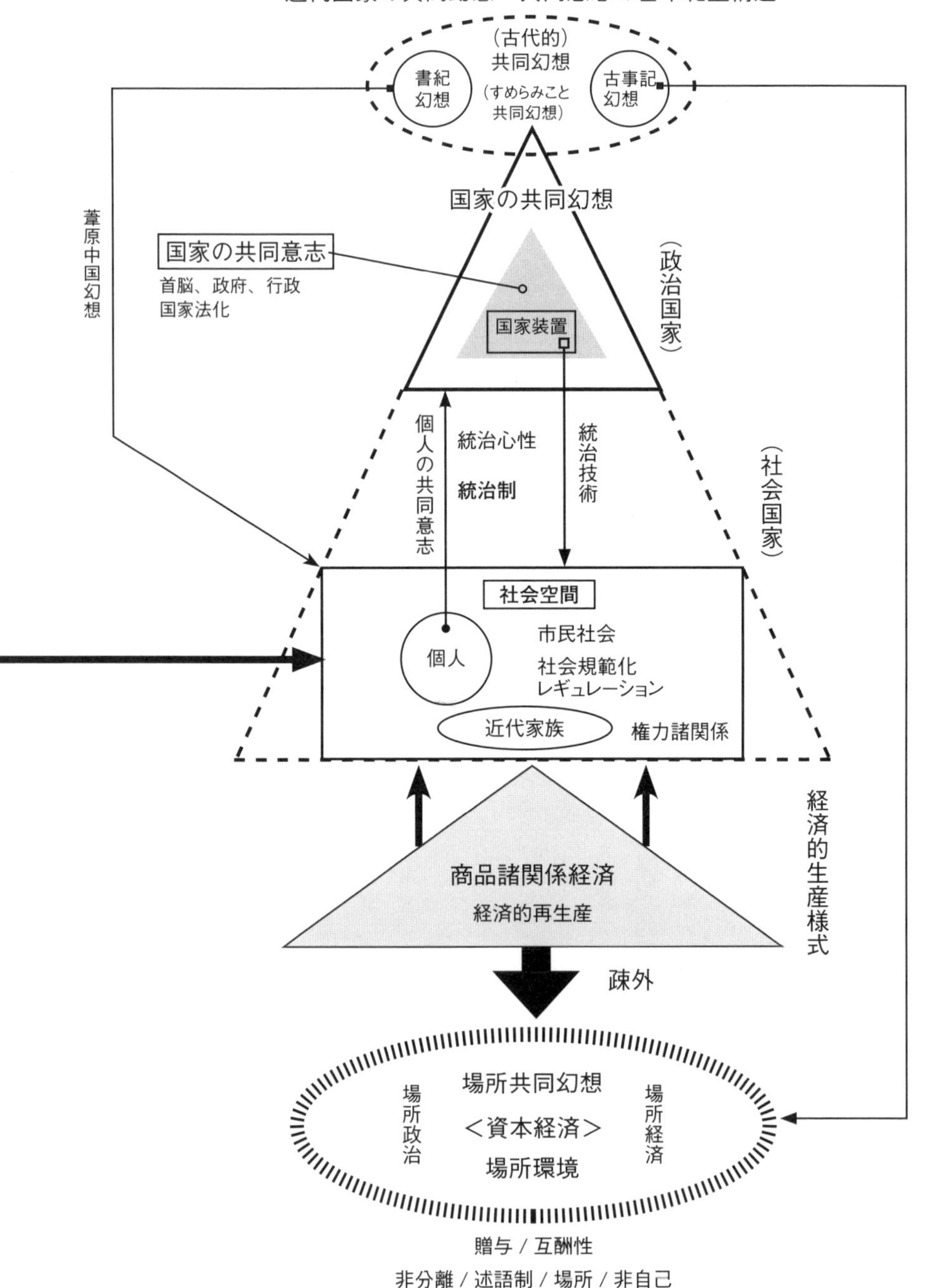

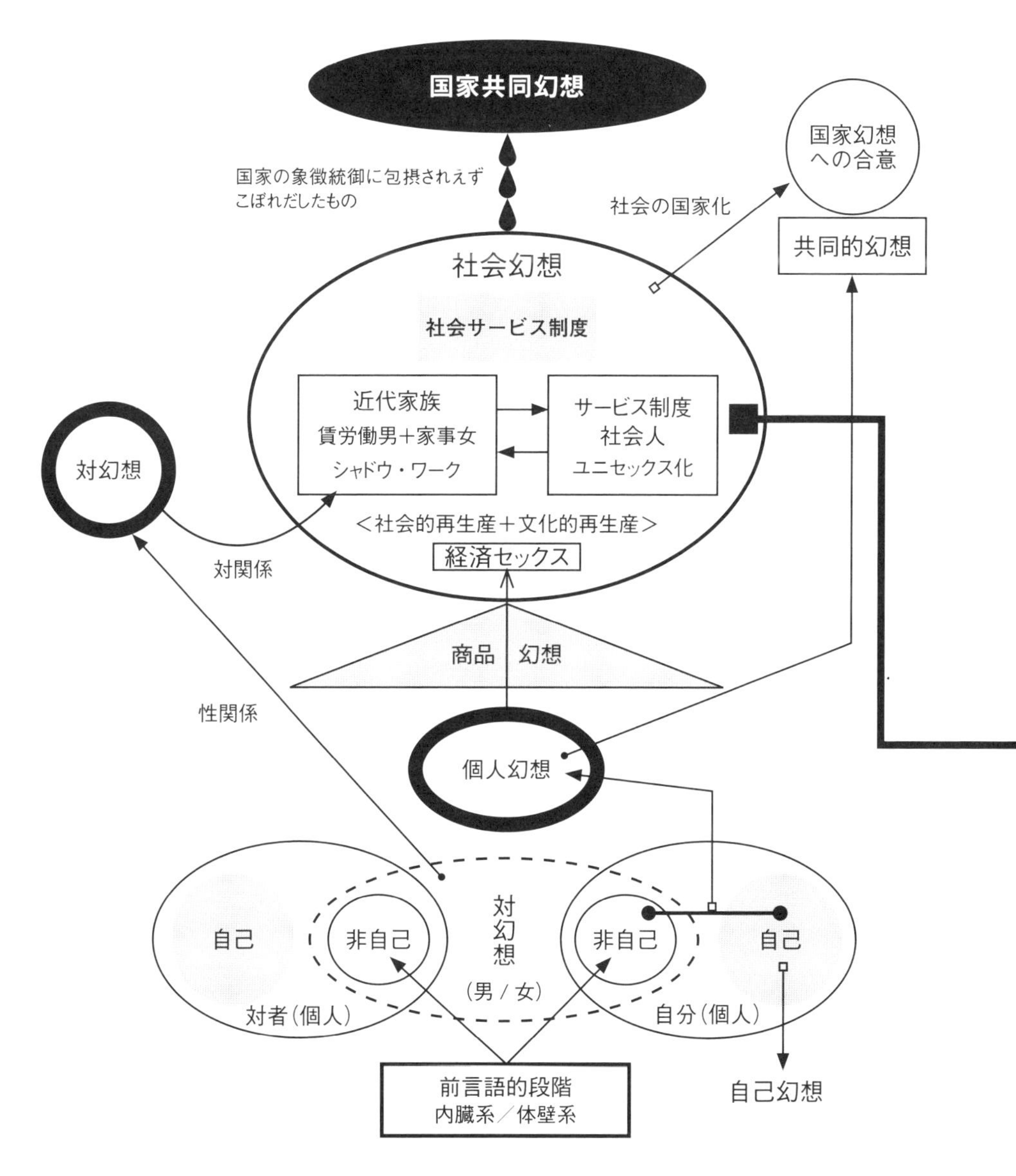

☞「歴史的現存性」とは、「歴史」と「現在」とが交叉する場所に出現しているもので、その外在性・外部性は「事象」的に現出しています。そして、その地盤から「本質」が初源性と累積性とから作用して、「現在」を「歴史」的に出現させているのです。「幻想」の歴史的特異性なるものを正確に把握することは、きわめて理論的な行為であって、実証作業からはなされないのも「シニフィエ」としては存在しないからです。このとき、歴史主義を超えているのですが、「歴史」を「特異的かつ支配的な意味づけによって事実上生きられた社会プロセスの全体」（R.ウィリアムズ）におくのはありえないからです。それぞれの時代の種差的特異性が表象されるだけです。

この図指示は、「現在」の「歴史的現存性」の様態ですが、社会本質的な位相として表示されています。初源的な共同幻想があって、国家が政治国家と社会国家と社会空間から構成的に構造化されて商品生産様式を土台にもっていることを示し、そこから場所が疎外されていると布置しました。したがって、解決可能な領野として提示された形姿です。

しかし、高度資本主義の経済的・社会的な考察には、イメージ論をのぞいてほとんど同意できません。ですから対立ぎりぎりの緊張感あるところで、わたしは制御して話し合っていましたし、吉本さんも感知されていたと感じました。

ここは、自然史なるものへの限定づけが要されることです。自然疎外が歴史の舞台にのせられるわけですが、その文明史は自然史とは齟齬をきたすのではないでしょうか。それが文明疎外ではないでしょうか。「手をくわえられた文明史」だと自身も指摘されています。しかし、それは自然の価値化であるんだ、自然史の一段階なのだ、自然に働きかけた労働価値説をふまえた対象化行為として、行為が加えられた対象が価値化されたものだ、したがって文明は自然のリズムと対立はしない、とされてしまうのです。

どうにも論理の飛躍があります。自然の歴史と、「それのどれだけ手を加えたか」「自意識によりどれだけ加工された自然か」というのは別次元のものではないでしょうか。自然過程から疎外表出されたのが文明史で、それは自然過程からの疎外ですが、その規整化ははずせない、だから自然史＝文明史とはならない。自然史は非分離関係を存続させていきますが、文明史は分離関係へと疎外構成されていくものです。二つは次元が異なります。さらに労働価値説は経済次元の論理であって、対象化行為は類的ですが「労働」は類的ではない近代概念が普遍化されてしまったものです。政治経済も自由主義が言説化したものでしかありません［◆44］。自然疎外の論理とは次元が異なります。どうして、区別して言表していながら、そういうように合致させてしまうのでしょうか？　観念を経済社会構成から分離した意味が、どうしてもわたしには吉本さん自身によって転倒させられているとしかみえないのです。経済を幻想構造だ、とみなすならわかるのですが、エコロジストのような節約倫理自然主義・文明拒否の考えへの間違い批判としてはわかりますが、本質理論的な次元で納得いかないのです。商品も労働も社会も国家も近代に生成したものであるにすぎないのに、その生誕と生成過程が記憶喪失され、かつ普遍化作用によって「自然

◆44……フーコー『生政治の誕生』（筑摩書房）。また拙書『フーコー国家論』（EHESC出版局）。

性」化されたにすぎません。疎外化は自然過程ですが、編制化は人為過程です。経済の自然過程を考えるなら、資本・物質文化の経済本質として物質的・文化的・象徴的に考えることであって、商品・サービスの歴史的表象として考えることではありません。

そこを吉本さんは、対象がすべて価値化されていくというマルクスの概念・考え方は「息苦しい」と言って、価値化を内在化したい、文学・美術・精神・娯楽・芸能・遊びも価値化なんだと拡張すれば息苦しくないと言います。価値化を「自己表出」とみなすわけですが、それは貨幣や金銭の「振る舞い conduite/conduct」と言語の「振る舞い」を同じだと考え、交換価値の価値化とおなじ指示表出からの価値化が自己表出だと、相同させます。わたしは、そこに混同がなされているとみなします。つまり「考え方」の思考技術と概念関係とはちがうということです。つまり、吉本さんは「価値化される」という「表出の考え方」をふまえたのであって、交換価値という概念を自己表出の概念にかさねたのではないということです。別なところで価値形態論はだめだと言っているのがそれです。価値表出が自己表出だという疎外表出の相同性であって、概念化されたものの相同性ではありません。なぜなら、マルクスの価値概念は、使用価値／交換価値／価値のトリアーデからなっているのであって、その概念の相同性をいうなら、使用価値／価値が指示表出／自己表出に対応するのであって、そこが、自然疎外の場であり、交換価値の価値概念への転化は商品形態での次元のことで、別であるからです。しかもこのとき吉本さんは「使用価値」概念を棄捨してしまっています。自然過程にあるのは使用価値／有用化価値です。言語表現次元は、交換価値に照応するのだとしてしまっています。それではすまないですから、三木成夫の論議に場が転じられます。

それは、内臓系／植物系と体壁系／動物系の相互関係ですが、それが心と感覚器官に対応する、それが自己表出と指示表出だとされたもので、これはまったく納得がいくことなんです。そして言語以前の初源考察へとすすみますね。ところがそこで、また、使用価値が交換価値になってしまう（水や空気ですが）。これは機能的に区別できない、それが現在だ、使用価値に差異論・機能論をあてはめるのはだめだ、ミックスしている「価値」をとらえるべきだとしてしまうのです。つまり、商品界の次元へ同致させてしまうのです。そこが納得できないところなのです。価値概念を拡張していくのではなく、「幻想」概念を拡張させていくことの方が、本質をのがさずに歴史的現存性を把捉できます。「商品幻想」に規整化された「価値概念」が普遍化されてしまっています。

価値概念の拡張は、価値概念の転換ではなく、商品概念空間の導入を不可避にまねいているものです。自然疎外による自然の価値物化を吉本さんは設定していますが、なぜ「価値」概念そのものを消去できないのでしょう？　それがなされないかぎり、幻想論も表出論も、わたしは生きえないと考えています。つまり、商品概念空間による幻想占拠を突破できないと思うからです。それは、資本と場所の概念空間を排除してしまっているからです。ですから、農業・漁業以前の超未開・超原始に可能性があるということ、そして自然よりいい自然をつくってしまえ、いまよりいい森をつくってしまえ、宮澤賢治がイメージしたように冷害がきたなら天空の温度をあげる細工をしたらいい、ということにはつながらないのです。それは商品再生産システムでは絶対的になしえません、資本と場所の経済システムにおいて可能になることだからです。しかし、商品世界など自然史過程のなかで突破されてしまうんだ、とはならないものが商品パワーの凄いところですが、それは高々消費快楽を開放しただけだ、その概念空間・幻想空間を批判突破することなくして、次はないとわたしは考えるからです。

歴史は遡行しません。進んでいくだけですが、黴菌との闘いがあるように、商品再生産その利潤率が生みだした利子産み資本の横暴をこえる剰余価値生産の可能条件を創成していかないとならない。理念として理論として、それが自然史の過程への対応だということです。価値概念を消去していかないとそこは開けない。そこに「贈与の経済」が資本と場所の経済として可能になっていくのですが、贈与は理念にはなりえない、「互酬性」を同時に入れ込まないとそこは生きません。文明は一元的に進んでいない、産業経済はあきらかに二股の分岐を発展過程に生みだしてしまいました。そして前言語的段階を捨象する対象化システムをつくってしまった。そこへの徹底した批判考察を深めることなしに可能条件は開けない、それがマルクスがなしたことです。第2巻の流通過程（これは速度交通体系、情報流体系を考察すべきものに対応）、そして第3巻の「資本の総過程」をほんとに誰も論じえていないことからきてしまっているのですが、そこにさらに幻想論をかぶせていかねばならないのです。資本幻想、場所幻想が、新たな幻想表出として創出されることです。共同幻想の転移はそこにかかっています。「物質的利益と貨幣利潤の最大化の意識的追求」（ブルデュー）をなしている商品生産市場の統治制にあるかぎり、そこは転移しえないです。

吉本論理を徹底させればそういうことになります。つまり、自然疎外、自然過程、自然史という位相が異なる概念をきちんと識別し関係づける考察をし直して、そこから疎外された人為過程の歴史現存性を正鵠に把捉していくことが普遍思想として要されます。価値概念は、使用価値が文化においてちがってくるという次元にしかないものです。

高度資本主義社会はある意味で、指示表出性の累積の究極的構造ではないかと考えられます。それは、半分は批判考察して把捉していかないと、どうなっていくのかが見えないまま恣意的な展望がはかられるだけではないでしょうか。

6　章のおわりに：「社会」の死

初源・本質にあれほど思想的に緻密な考察をなしていく吉本さんが、先端性の究明においてはあまりに素朴・粗雑すぎてしまうのはどうしてなのでしょうか？　それは、高度資本主義の相が指示性の界域であるためです。『母型論』での前言語段階の解読も自己表出性というよりも指示性の解明に向かっていますが、自己表出性の根拠であるため、思想的緻密さは活躍していました。変わりえない自然疎外の閾内にある指示性であるからです。

しかし、先端性の問題はあまりに外化された「変わっていく」ことごとであるため、普遍の究明にはなりません。普遍は変化のなかにしか出現してこない事情にあります。それが〈未知〉の条件になっています。初源本質の〈未知〉は変わりえないものにありますが、同時に資料的・明証的なものは何もありません。旧日本語のかすかな痕跡があるぐらいですし、科学的な未知におかれた身体閾です。吉本さんの思想的想像力がそこへ働いています。ぶれているようにおもえません。ただ変わりゆく先端性の指示性は、アフリカ的段階へと本質が近づいていきます。そこを、しかし、吉本さんは西欧的段階での経済概念で考えてしまっているため究明が深まっていません。「産業構造」ではないんだとしながら産業構造の生産・消費、その経済概念で停滞してしまっています。「資本」だといいながら商品概念空間で停滞してしまっています。環境も、開墾されていない森や草原だとして、「場所」にとどいていません。「贈与」だとしながらサービス・交換次元でとまってしまっています。わたしの論述をおさえている方なら、そこですぐキャッチされるはずです。資本・場所・ホスピタリティをどうしてわたしが究明の対象に選択していったのか、それは吉本さんの限界閾・臨界閾をそこにキャッチしたからです。吉本本質規準からしかもマルクスを規準にしてです。吉本さんにふれて四十年間、その後半の二十五年間は直接吉本さんと交通しながら、語られえていないことをわたしは領有していきながら自らの場所を開削してきました[※30]。そこが、本質の噴出する歴史的現存性の場であり、そこから逆射されていく超西欧の「日本」の文化原理の場所です。西田幾多郎を媒介にしながら、非分離・述語制・場所・非自己をキャッチし、それをまた歴史的現存性へと織り込んでいきました。自己表出性の閾ではなく指示表出の世界性としてです。その基盤から新たな自己表出が表現されていきえるのです。そこに

※30……本章の考察をもって、吉本評価をあれほど主張している山本でさえ吉本批判しているんだ、後期の吉本はだめなんだと、意味されたことだけ取りだして裁定しないでください。わたしは、本質論を徹底させた歴史現存性の解明をなしているのです。吉本普遍思想の徹底化をなそうとしているのであって、批判否定しているのではありません。吉本さんが自身からずれてしまうところに重要な裂け目を見いだしてきたのです。

また幻想論や心的なものを織り込んでいったのです。その問題構成界をすでに示した図にまとめてみました。これが、高度資本主義現在の「共同幻想国家論」の見取り図的世界です。

補足しますと、日本の社会はどうなっているのか、これから後どうなるのかを考えた吉本さんですが、「社会の死」ということをぽつんと言っています（『吉本隆明〈未収録〉講演集6　国家と宗教のあいだ』「消費が問いかけるもの」1995.2、166頁）。つまり〈社会がなくなること〉です。そうわたしは転移しました。「社会が壊れる、あるいは、解体するとはどういうことなのか」（同「いま、どんな時代か」1984.4　同180頁）とも言っていました。現在を肯定するなかで、同時に考えられていたことです。

思想的に言うと、親鸞の「死」の考え方で、「死」の方へ向かっていく「往相」と、「死」の方までいってそこから引き返してくる「還相」ですが、その「還相」から現在を考えるということです。そこから吉本さんは、国家の軍隊はもたないこと、国家は大衆にたいして開かれていること、そして大衆にたいして無用な統制はしないこと、を社会主義のイメージにも重ねて、「資本主義」の死後だとも重ねていきます。そこから「社会」は「死後の世界」に入るというのです。

理論的に言うとこれはどうなるのか。歴史の無意識の出現の明示です。「経済」と「社会」の配備が、混乱してしまっているのです。

国家から「社会」が疎外された、経済から「社会」が疎外された。「経済社会構成」と言われていた構成は、経済と社会を分離させて相似編制した（最小限のものを均質により多く均一＝平等に配分）といえるのですが、「社会空間」が現実に社会労働形態（賃労働＋サービス労働＋シャドウ・ワーク）と規則形態（規範化社会）とから形成され、国家≒社会、社会≒経済、という相貌を形成します。その実際は、Ⅰ部・3章およびⅢ部でみてきた構図です。こうした編成が、「生産の変移」と「制度の構成」と「幻想の変移」の三つの規制過程からなされてきたということです。これは、自然過程からの人為過程の疎外表出として歴史現存性に出現します［※31］。そこに、「社会

※31……半分ポジティブ、半分はネガティブとみていくことですが、半分のネガティブを離脱する事で、ポジティブな実際も新たなものへ変容していきます。

幻想」が対幻想の経済セックス化によって疎外構成され、かつ社会様式を規定していきます。労働の場所が家庭から分離されて社会へ疎外され、産業＝大工業の商品生産世界となって、消費者化をうながしたのです。その「消費者」は吉本さんが言うような経済リコール権の自由をもちえているのに、実際はそうならない。消費者とは社会依存者でしかない〈社会人間〉＝社会代行為者であるからです。社会幻想≒国家幻想となる「統治心性」に布置されて、政治的従属＝自発主体と個人化されてしまっているからです。何かをされてはいるのですが、ふわふわと自由放任で愉しんでもいられる様態になります。フーコーの言う自由主義／新自由主義の様態であり、ブルデューのいう社会的な利益行為の規整化です。こうした「社会」の国家化が「国家の統治制化」によって促進され構造化がなされて、現在の国家＝共同幻想を画定しているということです。そこに幻想統治制化として配備された構造はすでにみてきた通りです。「息苦しい」経済行為・社会行為の規整化での自由放任です。

この「社会」の消滅・死は、吉本さんのいう三つの規定のより根源に、技術過程としての非分離出現、言語過程における述語制言語様式の出現、そして幻想としての大衆像である国つ神＝場所共同幻想の出現（場所環境経済・政治を含む）、という三つの自然過程の出現が要されると同時に、前言語段階に対応する「非自己」感覚の自己への自己技術かつ技術科学化が要されていくということになります。それによって「社会主義の有効性」という残滓を解消させてしまうことです。アジア的、アフリカ的なものの「初源」本質から「超」西欧・「超」産業商品社会を展望していくことになります。社会主義ビジョンが消滅しないかぎり、そこは描き出されないと思います。

高度資本主義社会というのは、国家空間以上に社会空間を拡大かつ緻密化して構造化することによって国家維持をはかっている世界です。つまり統治しすぎないことによって統治効果を十分に発揮しえている国家・社会です。国家を象徴権力・象徴暴力の遂行にあるとしたブルデュー国家論は一考に値します。つまり諸資本を国家資本へ集約させた、物理暴力装置である以上に、象徴暴力であるゆえ、その暴力・権力を感知しえなくなっているのです［◆45］。それは、社会諸空間の間の諸関係を種差的に配置していくことで、それを国家を通じて生産し機能させているのであす。それによって、社会世界の倫理的・道徳的統合を同時に論理的統合して、統治可能にしています。ネット上での直情的な発言論理は、瑣細なことですが思考スキーム、認識構造が客観的構造と合致した形而上学的実際として、それを象徴的に表象しています。それは、大衆に発言機会を与えているようにみえますが、そうではない、大衆的な無化 mass annihilation がなされている結果です。個人幻想化において、第二自己 second self が疎外されているだけです。共同幻想の社会国家的・文化的変容がマクロレベルでなされ、統治規則化体制が政策的に中レベルでなされ、日常の液状化分散の増大によってターゲット集団の棄却がミクロレベルでなされ、さらには大衆個人自体はターゲットとして問題にもされない、する必要さえなくなっているという内部化が心理的レベルでなされています。つまり、大衆諸個人がどうなろうと何を発言し何を行動しようとも、それはもはや支配統治のターゲットではないのです。利益主体として、利益はわが身のことだ、その利益獲得は規範化配備にしたがっていればなされると個人幻想へ統治制化されていれば、自由放任しておけるのです。かかる統治が行き渡って諸個人へ浸み込んでいるからです。ですから、何を言おうと行おうと関係ないとされているだけのことです。国家からすれば、国会前で、機動隊に取り囲まれて、ほざいていればいいということです。彼らは日常秩序に、優等生的に従順、順応しているゆえ、戦争はいやだといっているにすぎない。これは、正統的な象徴暴力の独占がなされて、国家による象徴権力の集中化と統制とが機能しえていることを意味します。そのもとでは、社会空間において自律性と他律性との象徴的闘争が権力作用のメタ領野で日々展開されて、卓越的境遇が保証されているだけの状態になっているのを意味します。人々は、自由だと思い込んでいるのです。ですから、共同幻想も国家権力も微塵も問題とされません。認識としては無知に近いです。社会幻想が自分への利益を選択消費の拡大における自由として与えてい

◆45……Pierre Bourdiu, *Sur l'État* (Seuil,2012)

る、そこでの規範は自己制御できるという自己抑制を働かせていけばいいと思い込まれているのです。国家による象徴権力の集中統制とは、本質的には個人幻想と共同幻想の同致が、ほぼ完全に構造化されているということです。そして市場経済での正しい価格による消費商品を買い込んで、市場依存の賃労働をなしていれば生活生存できる状態に飼いならされているのです。真面目な善人からの戦争反対による自己保守・保存です。

本書で、社会空間の社会幻想を大きくとりあげてきたのは、幻想形態が社会形態となって、わたしたち諸個人を規制して自由であるかのように幻想編制している根拠をあきらかにするためです。社会幻想の自由幻想プラチックから、自己技術を引き離すことです。未熟な産業社会経済の商品再生産のスターリニズム的組織運営から、己を自由にすることです。

そのとき、吉本さんが「自然過程」だと言っていた、その〈自然性〉の意味がちがってきていることを認識しておかねばなりません。本質的な〈自然〉疎外ではない、「社会の自然性」「人口の自然性」「技術の自然性」という産業社会段階の転移した新たな別の〈自然性 naturalité〉【◆46】の配置に転じられてしまっている。その切断、非連続、転移を正鵠に把捉しなければならない。それは「経済の自然過程」「技術の自然過程」とはいいがたい歴史的に製造された〈自然性〉であるということです。新たな権力エコノミー、権力テクノロジーが出現して、〈自然〉の布置や関係づけが転じられているのです。つまり、「社会」「人口」「技術」そして「経済」は原初からの自然的所与といった類いのものではない。一連の変数・関数関係に依拠しているのです。それが「自然性」であるかのように、新たに考えられ、計算され、統治編制されています。その物質的なとりまき、想像的な関係づけ、象徴的な構成、心的構成、身体配置が、産業社会原理において再編制されたものによって評定されている「自然性」であって、その変容には統治の手が届いているのです。それは、操作や統治や処置ができるかぎり少なくされていくことで効果を発揮していく統治編制の権力技術です。それは、国家や共同幻想から可能なかぎり隔たった地点で

◆46……フーコー『安全・領土・人口』では、人口の自然性、社会の自然性の出現の歴史過程が明証されています。「技術の自然性」の転移は、わたしが非分離技術・述語技術と分離技術・客観科学技術として識別し示したものです。

なされていきます。あたかも客観的な事物の自然性・永久性であるかのように、組織化・合理化がなされているのです。欲望さえ、それに反しては人は何もできないと自然化されます。

幻想としての経済社会的構成

すでに一貫して指摘してきたことですが、経済過程が、国家・法や社会規範世界から切り離されて市場経済の自由放任としてある構造にたいして、「経済幻想」が「社会幻想」を媒介にして配備されているのだということを、再確認しておきます。

わたしが吉本さんの経済論を批判的にみてきましたのは、経済編制の国家的な配備が、不鮮明で、商品経済という歴史産物が自然史化されてしまっているからです。次元が、三つあります。第一に、個人幻想次元で、個人は「利益」にたいして社会のさまざまな界において、そこで制度化された価値の働きが自分に意味ある利益になると再認し続けていること。そしてその働きの規則を実際抑制しうると幻想しています。幻想の統治制化は、幻想プラチックとして暗黙の再認と実際的抑制によって、自らを差異的判断する社会人として個人化していることにあります。第二に、対幻想は

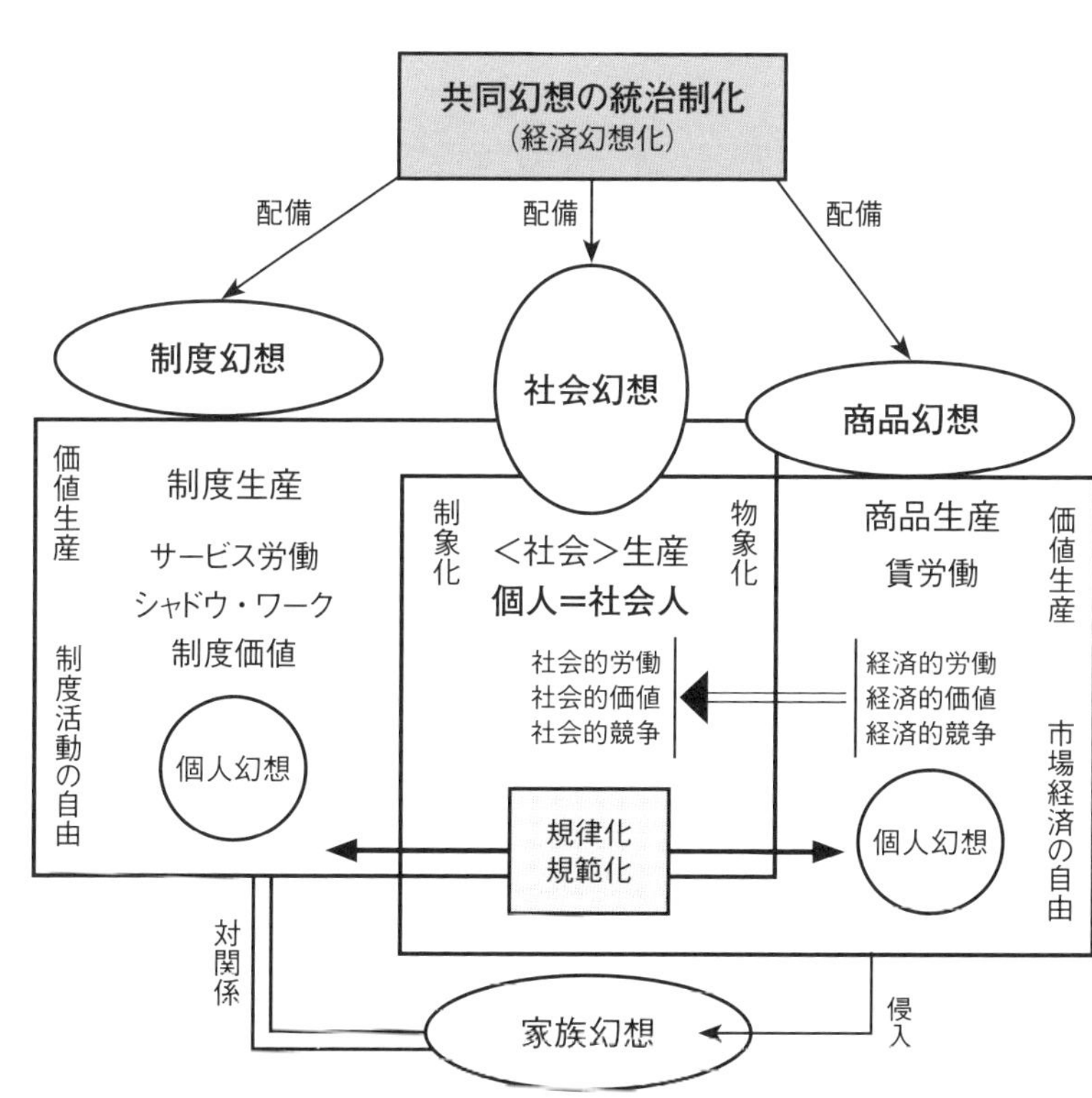

社会に配備された家族において経済セックス化された経済制度行為をなす消費行為者に統治制化配備されていることです。第三に、共同幻想の国家化において、社会配備が代行編制された統治制化がなされていることです。これらの幻想配備の統治制化は、物質的利益と貨幣的利潤を最大化する経済と混同してはならないのです。利益の追求意識や認識は、経済幻想へ配備されてしまっているのです。経済的経済の特異な論理は、実際の経済関係ではありません。

経済幻想は、「商品幻想」と「制度幻想」とをペアにします。相互補完関係がないと、幻想作用しません。それをつなぐのが「社会幻想」です。商品関係が、社会的諸関係へ物象化されています。価値形態がそれを配備したのですが、経済的労働が「社会的労働」へと転移変容されていることがともなっています。そこが、商品関係を社会関係にしている「商品幻想」の疎外表出と、経済的労働行為が社会的なサービス行為に配備されている「制度幻想」の疎外表出になっているのです。医者が患者に対するサービス行為は、治療という価値生産をなしている経済行為です。支払い関係が成立しています。教師は、授業料を何らかの形で支払っている子どもに教育価値を生産し、「資格」を付与します。社会的サービス行為は、経済行為となっているのです。そのサービス経済行為における制度生産様式は、商品生産の仕方と同致しています。しかし、生産行為・消費行為が「物」ではなく「サービス」だというちがいです。制度生産が「価値」を生産するのだという換喩的編制は、II部・6章で指摘しましたが、それは「幻想」でしかないのに「資格化」されて物質的であるかのようにさせています。「商品幻想」が「制度幻想」と同致しているためです。「社会幻想」がその同致を統治制化しています。つまり、個人は、社会人として社会空間においてさまざまな「界」に服属し生活している、その代行為者が商品関係と制度関係を「生活」において統合しているように統治制化がなされているからです。

そこにおいて、個人は、無関心や反抗的な「反振る舞い」をなすことができます。社会世界とは、社会世界に対する真理をめぐる闘争になりうるからです。

しかし、本質としても、共同幻想と個人幻想は逆立していますから、諸個人は、社会生活のなかでさまざまな亀裂に直面します。「社会」の本質は、矛盾と葛藤です。それを身体への規律化と規定の規範化とによって、社会統治制は調整していけるように規整化を配備して、幻想と実際行為との間を統御と自由放任の「戯れ」におく権力諸関係を配備してあるのです。対幻想の統治制化として、家族の構成員が「経済セックス」者化されていることは8章で明示しましたが、その対的関係とシャドウ・ワークは「制度幻想」の中でもなされていることも指摘しました。対関係は、共同的幻想を対的な対象にします。家族制度と社会的諸制度とが相同関係してしまうのです。

そうした、配備と編制において、市場経済は自由であるという「商品幻想」が経済生産活動で一般化されていきます。しかし、それは、商品再生産だけが経済活動であるとされ、利子産み資本が利潤をもたらすとされ（国立銀行の国家的金融政策で「介入」的統治制がなされていく転倒が典型）、費用価格の削減が利益を出すと錯認され、経済関係は、規律化と規範化の組織的共同性の社会化に覆われてしまっています。そこでの経済的利潤の最大化という経済的目的に従属する、目的と手段との断固とした合理化が経済として意図されているにすぎません。その完璧な経済的合理化はなされえないからです。規律化や規範化がなされると同時に、「ビジネスには情を絡ませるな」といった公理をはずれた「感情」の場は、居酒屋や家族の場にもちこまれます。経済の「強さ」がその合理的管理や計算が容易であることから保障されているのかもしれませんが、経済幻想でしかありません。最適計算が普遍的に見えて、どんな行動も合理化しうると、経済を単一の経済論理に帰着できると思い込まれているだけです。

ですから権力諸関係とは、これらの関係づけが可能になるように働いていくのです。幻想配備は、これらの諸関係を再生産しています。

企業人としても、家庭生活としても、人びとは「商品幻想」に「憑かれて」います。その実例は、いくらでも枚挙できます。企業では、「売り上げ増加」の脅迫観念にまでなっています。そして、おどろくほど「資本」概念が不在になっています。家庭に入り込んだ商品「個電」は、個々人をばらばらにして「対幻想」を衰弱さえさせています。幻想は、物事を可能にさせてもいますが、諸個人を忍従させ病的にさえしてしまい、学校制度幻想は子どもを自死にまでおいやっています。健康幻想は、身体への脅迫観念までまきおこし、「やせた曲線」が女性の美であると消費現象を生みだしています。ダイエットは自己統治制化にまでいたります。

経済的な幻想配備の配置換えは、社会市場／国民市場を、「場所市場」の場所〈資本〉経済へと配備変えすることです。そこでの市場の自由です。それをなさないかぎり、逆生産性は増大していくだけでしょう。制度も家庭も、「場所」配備に配置換えされていくことです。

幻想の諸配備 dispositifs としての幻想の統治性化／統治制化 gouvernementalisation は、分離・同調・逆立・移行（飛躍）、さらに、転化・転移・変容、配置換え disposition といった用語において、その作用・働きを述べてきましたが、もっと活性化させる諸概念を発動させていくことが要されるとおもいます。その出発点になる基本構図は示してきました。ここから、深化させていくことです。

幻想の統治制化とは、幻想配備が「人間の統治」「生活の統治」においてなされていくこと、そして幻想を実際行為＝プラチックにおける「illusio」として作用させていくことです。利益、利害関心、規律化、規範化の関係で幻想が自覚されずに、暗黙の再認として機能して、自己抑制で自己統御されていくことです。そこからプラグを抜く自分技術を「自由の幻想」を超える自由プラチックとしてなしていくことです。その効果として「社会の死」はやってきます。

終章　幻想プラチックとパワー関係
：国家論と権力関係論の地平――批判意志から可能意志へ――

――欲望とは、あらゆる個人がそれによって行動 agir する、行為の発動機 moteur d'action です。古くは、「コンシアンスの指導」において登場し使われたものですが、欲望に反して人は何もできない、欲望が働くままにすれば、人口の一般利害全体が生産される、その個人の利の追求は集団的な利が自発的に生産されるというように、「欲望の自然性」として「人口の自然性」のなかに、十八世紀に設定されました（フーコー『安全・領土・人口』88－89頁、原書 P.74-75）。歴史的に編制されたさまざまな自然性が、その権力技術を介して統治されて、歴史段階の現存性において共同幻想化されていきます。「自然性」とは、ある物や物事や状態が「自然である」というように作られるのです。そのなかでも「社会の自然性」がもっとも大きな意味をもちます。本質と自然性との関係に、幻想が疎外表出され、権力関係が働く場が構成されます。吉本さんは、「幻想権力」「政治権力」なる言表を使いましたが、そのあり様ははっきりしていません。

〈共同幻想論〉は、前古代的な初源論と先端的な高度資本主義／超資本主義論と重ね合わせて、これからもっとしっかりと考察されてしかるべきものです。それは歴史表出的には、国家論と経済論との関係構成となるものですが、物質的経済論ではない、幻想としてのあるいはイメージとしての経済論となりますし、国家の次元は社会空間との相互性に配備されます。それを明らかにするためには、ハイ・イメージ論の散種的な状態を、ある理論構成へと再構築しなければなりません。それを問題構成的に概括してきましたが、さらにどう考えていったならよいかの、導入的な手法をここでは指摘するにとどめます。それはつまり、「〈現在〉共同幻想国家の様相」といえるものになりますが、そこにおいて幻想論と権力（パワー）関係論との関係を理論構成することで、これからどうなっていくのかが開かれえます。国家論の外在機能的な論述は、生活する自分にとって何の意味もない。学者記述でしかないだけでなく、国家の本質存在にとどいていない白々しい論述でしかありません。〈わたし〉は、国家と関与しているのです。

1　幻想仕為とパワー諸関係の重なり

幻想は、諸個人に領有されて実際に行為されているものです。頭のなかに抽象的にあるだけのものではありません。日常生活でのその実際行為を「幻想プラチック」とよびます、「幻想仕為」と漢語訳をわたしはもっています（「仕為」という言表は、白川静さんへインタビューしたとき、プラチックの意味を説明して漢語でどうなりますかと尋ねたとき、「仕」という漢語を示されたのがきっかけでそれと行為の「為す」をかさねて概念化したものです）。「労働」概念と「行為」概念と「実践」概念を「仕為＝プラチック」概念へ転移することです。幻想が実際行為として日常生活で出現していくのですが、さらにそれは幻想を再生産し維持し構造化している作用になります。〈幻想仕為〉は自発的意志においてなされますが、なんであるのか当事者には意識化はされていません。目的ある「実践」ではない、日常の自然行為になって意味作用しているものですが「身体行為」ではない。さらに対象の制作・変形をしません。「労働」「制作」、make ではない。そしてなんらかの表象をなす振る舞いや動作ではない。固有の身体「行為」ではないですが、幻想仕為・遂行されているものです。しかし言語のパフォーマティブな遂行ではない。目的意識的な作為や制作や表象作用がないのですが、論理・理由がこめられているのです。「プラクシス praxis」＝（目的意識的）実践と区別された「プラチック－仕為」概念です。ブルデューはスポーツを例にだして、ボールをこう蹴ると相手がどうするかを予測してそれを見込み、一瞬で蹴る、という対抗行為を想定しての瞬時の行為だとしています。日々の訓練から身体化されて自然動作になっていますが、動作そのもの、行為そのものではありません。それが幻想をもってなされるのが「幻想仕為」です。社会生活上の、共同幻想にたいする対抗行為として自然に一瞬の判断で、あえて意識せずに幻想仕為はなされています。目的意識性の行動ではない水準でいとなまれています。フーコーは、権力を意図や決定のレベルでは考えない、現実の実質的な仕為pratiqueの内側に配備されたものとして考えることだと言います。ブルデューは「意図的意識、明白な投企、明白な意図、そして明白に立てられた目標に向けられたもの、の産物としての行為の理論を捨てること」(Raison Pratique, P.183) だとして、仕為prtiquesの理論を明示しました。人々は、あえて意識せずに、論理的な実際行為を日々なし、パワー関係を作用させているのですが、それは幻想のもとでなされています。幻想が権力をもっているのではない、幻想仕為が力の関係作用を働かせている、そこに何が組み込まれているかです。幻想仕為は、さまざまな実際行為を規制しているものです。

一番身近なのは、「商品幻想プラチック=商品幻想仕為」でしょう。商品の購入によって生活が快適・便利になるという当たり前の行動になっているものですが、商品を買う目的の底で作用している仕為です。冷静にみていくといくつもの奇妙な現象として出現しています、その現象は「商品の物象化」として批判認識されうるものですが、諸関係が商品関係に規制されて転倒していることですけれど、商品購入が生活を便利にし、商品へのアクセスが自由であるとされています。それが異様であるとは認知されません、自然で当然だとされているものです。人口の欲望の自然性として諸個人の欲望が集団生産の利、生活環境の利を生産しているからです。それは、すでに示しましたように、商品・サービス商品への依存は自律性の麻痺を生みだしています。自己決定よりも他律依存の方が自分に利になると転倒されています。自己の力能である〈資本〉の構造は不可視になって、認識されなくなっています。その作用、働きも権力関係に布置されていることです。物象化は商品だけではなく、制度、社会の総体に構成されていますので(拙書『物象化論と資本パワー』EHESC出版局を参照)、商品関係が自分へ何をなしているのかが感知されなくなっているのです。商品を購入して生活が快適・便利になっているのは事実ですが、それによって、自律力、資本力が喪失していることがみえなくなっているのは、商品幻想仕為の効果です。商品生産・販売行為だけが「経済」であると思い込まれていく効果をなしています。わたしが「ホスピタリティ」の話をしていると、「そんなこと会社の経済活動には関係がない」と断言してくる力作用を働かせます。

幻想は、幻想領有・幻想従属した仕為を自然体であり、かつ自発的なものであるかのように構成しています。近代では「人口の自然性」が統治技術の権力エコノミーになっているとフーコーは明証しましたが、それは死亡率の一定性の発見にはじまったといわれます。定数や規則性が自然状態だとされたのです。権力諸技術のなかに一つの〈自然〉が入れ込まれたということです。自然の内部で、自然の助けによって、自然についてよく考えて統治の処置をなすということです。そのとき、人類 le genre humain は様々な種のなかの生物学的な一種である「人種 l'espèce humaine」として自然化され、また「公衆 le public」とよばれて諸意見、諸々の為す仕方、諸行動、諸習慣、恐れ、諸偏見、諸要請、という観点からの人口とみなされて、教育・キャンペーン・信念によって働きかけられる対象となりました。そこに、安全性のメカニズムが配備されたのです。新しい技術が物事を指し示し、規則にたいしての新しい行使がなされるようになったのです。統治制の統治技術の転移です。そこに「社会の自然性」が編制され、商品の流通市場の自由交換と国家の主権・法とは相容れない別もののあいだに配備されていき、市場の自由と国家の統御とが自然的であるかのような空間が〈生〉の場として編制されています。人口の自然性にたいする法的・政治的・技術的な権力エコノミーが、物事を可能にさせていくものとして編制されます。それはいままでにまったくなかったものの出現です。こうした統治は、物事の自然性としての構成によってなされえていくもので、幻想は自然性として機能していくものに付着します。

天皇は君臨するが統治しない、という仕方の象徴的統治制から、子どもは学校へいかねばならないといった次元での統治制化まで、幅広い「幻想の自然性化」です。実際的なものですが、幻想作用です。幻想仕為は、いろいろな「自然性」を再生産します。

実際には、税金を払う、交通運賃や電気代・水道代などの料金を払う、買い物に支払うなど、日常生活の金銭行動の自然化としてストレートにでますが、規範プラチックとして幻想が規範化されていることへ従うことで、社会的な行動をなしかつ社会的利益（ごまかしをしていないという正当性が保証される利益をも含んで）をえているものです。学校へ行く、病院へ行く、交通機関で移動するなどは、産業幻想仕為となっているものです。歴史上の大きな近代転換です。それは幻想が憑いている仕為です。そのとき、たとえば、Ｓｕｉｃａカードなどは、使い勝手としては毎回切符を買う面倒を便利にしているように構成されていますが、それは同時に不正乗車を監視・検札しているのに、便利だという面だけで感知されます。検札の監視装置になっている構図は感知されません。ジュネーブでは、切符の改札がないという実例をいつもわたしはあげていますけれども、日本でも、小さな村の駅に改札員はいない。車掌がかわりにしていることもあるでしょうが、使用者が基本的に自己責任・義務をきちんと守って履行している。ズルさせないための監視はいらないということですが、Ｓｕｉｃａは見事な「監視装置」です。そのうち誰がどこへ移動したかも監視可能になりうるものです。すでに、商品購買の動きはキャッチされはじめています。経済利益に生かすためですが、いつでも監視装置になりえます。情報技術が、商品購買活動の監視に使われているのですが、それ以上の便宜をはかっているため自覚されません。監視カメラが、あちこちに設置されていますが、わたしたちは日常行為において、それに「自分自身が監視されている」とは自覚・認識していません。スイスでは、逆にＶＩＰ顧客にたいして監視カメラを切ってプライベートを守る技術開発がなされています。プライベートに侵蝕していく〈社会〉イズムと、プライベートを守る〈パブリック〉との設計の逆立です。ソーシャル設計とパブリック設計は真逆になります。社会のなかで監視は、疫病や病気の感染を防ぎ、予防するものとしても機能します。子どもの訓練・規律も監視されます。犯罪予防のために監視されます。安全性をはかっているのです。統治制化は、実際行為として権力関係に配備され、幻想の配備がそれを自然化します。そこにイデオロギーが想像表象作用して、正統化されます。

歩きで、海外でぼんやりしていたとき、ガラスドアに何度かぶつかったことがあります。自動的に開くものだと慣習行為化されていたため、自分で戸を開けるのだということが、自分身体へ忘却されてしまった例です。近年は日本でもタッチ式の自動ドアになってきています、危ないからです。身体は便宜さの方へ傾斜します。それが慣習化されていく。幻想は慣習行為のなかで身体化されているのも、権力諸関係の働きが合体しているからです。

幻想プラチック＝幻想仕為とは、支配するとか抑圧するとか、そういう意図はない閾での実際行為です。しかし規範化する・監視するというパワー関係作用は、そうした規範化・監視化の意図を見えなくさせているように働くのです。フーコーの言う「視線の権力」「視線による監視」、ブルデューの言う「暗黙の権力」です。つまり、幻想域内で人々は動いているわけで、その動き・行為が自然化されるパワー関係が作用しています。なぜ、そうなりえているのか、「共対様式」と「共個様式」と4章で捉えた共同と対とを合致させ、共同と個とを合致させる幻想関係が構成され、それが「他律的」に「他共」「他対」「他個」として働きかける規整化が自律様式との関係でパワー関係作用としてなされているからです。させないのではなく、ものごとを「可能にさせていく」関係作用です。他律的な他生成的働きかけを自然として受けとめていく自発行為です。それなしに、幻想は行使されていきません。これは、さらに国家・社会が客観構造として編制されていることが、諸個人の認識構造として心的に内在化されて一致していることを意味します（ブルデュー）。こうしたことが批判自覚されないと、真の自由プラチックは働かないのです。ふわふわとした自由感覚があるだけで、心の底では口にだせない不安や悩みを感じたまま耐えているのではないでしょうか。「本来非感性的世界にあるべき存在が、われわれの日常生活過程に大きな作用を及ぼしている」、そこが「自分の感性によってとらえられない」、それが「世界の経済的諸機構を規定している要素」になっていて、「人間の現実存在を規定している」のです（「現実存在としてのわれわれ」『吉本隆明〈未収録〉講演集6　国家と宗教のあいだ』94頁）。ここを、いくら現状を肯定しようとも、考えるなとは吉本さんは言っていません。

批判考察をつきつめていきますと、日常生活のばかばかしい現実実際にたくさんいきあたります。ですから吉本さんはそこをあえて対象にして詳細に考察するのを感覚的に嫌っていたといえます。生活肯定の思想を打ち立てているわけでそこを開かないと、批判して分かったつもりになっても疎外態でしかないからです。否定性の政治意識を嫌った思想と言えるでしょう。否定性が閾・壁をこえて全面化される飛躍が起こりがちになるからです。否定性が人口の自然性に布置されてしまうからです。貧相なエコロジストがやったように地球を汚染させているのは人間だ、人間がいなくなればいいのだと人類否定とさえなってしまいます。そこへ堕しないためにはなにをしていかねばならないのでしょうか？

わたしは批判をつきつめます。それはシステム機制を明証にし自由プラチックを可動させるためです。そこから可能条件をひきだす手法をとりたいからです。たとえば、交差点で信号機がある。それは歩く人が車にひかれないための装置なのに、車が一台も通っていなくとも、人は佇んでいます。大きな距離のある交差点ならまだわかりますが（しかし異様な光景です）、ほんの2、3メートルの小さな横断で、まったく車の影もないのに人は佇むのです。わたしは両サイドをみて安全だと確認したなら赤信号でもわたりますが、脇にいた人はわたしにつられてわたろうとして、ふと信号をみてわたらない。信号無視の規範破りになるからです。別にたかが信号のことですが、しかし、非常に本質的な作用を編制してしまっているゆえ、わたしはそれをなおざりにしえません。つまり、このとき、その人は、車自体をみていないのです。信号（の規範）をみているだけです，赤なら止まれの規範＝信号＝物です。ばかばかしいどうでもいいといえる光景ですが、わたしはそこまで規範パワー関係が認識カテゴリーとして身体内に浸透してしまっている負的現象とみなします。つまり対象への関与の仕方が、日常の行為のなかで、実態そのもの、それは現実そのものを観ないあり方として、転じられて常態化しているのです。その上限には社会秩序の共同性を守ろうという幻想作用が働いています。国家が象徴権力を集約しているから可能になっている、統治しないで統治している末端現象の現れです。その遵守の結果は自律性の不能化です。依存して、規則に従属することで安全が保たれるとなっています。海外、とくに第三世界では、対象物それ自体をみなくなり、自分で自分の身体の動きを決定づけられなくなっているのです。依存自体をみていないとあきらかに危険です。物はぬすまれますし、誘拐さえされます。それを低開発状態だと言っているような先進国状態の不能化です。他者のことではない、自分のことです。原発事故がおきてもまだ原発が必要だとしている感覚の方がはるかに低開発状態です。

これは災害時になると、ばかばかしいとはいっていられません。実際に、常総市で川が決壊して水があふれているのに警報がなされない。また行政管理区域内で責任処理することが優先されて、隣の市の東へ逃げれば助かるのに、あふれている川の反対側へ避難せよとされました。洪水しているほうへ行けというのです。管理区域内で対処しようとして、その内部管理さえなされない反転も起きている。また東北大震災で津波がきたとき、裏山へ逃げれば助かるのに、それは子供にけがをさせる危なさがあるからと平らな道沿いを避難して全員が亡くなってしまいました。津波がおしよせているのにどうすべきかを議論しているのです。「逃げる」という行為が喪失されてしまうところまでいきます。こういう、対象への関与の仕方が、生命を失うという閾にまでひっくりかえるという事態が常態化されているのです。災害が目の前に実際におきているのに命が危ないのに、河が氾濫している、津波が襲っている、という対象自体が二の次にされ、別の規則や規範をいかに遂行するかへと転じられてしまっている。規範を遂行しようとする習慣・認識が身体にしみついてしまっているからです。規範遂行遵守は、自分が責任をとらないための自己保障でしかないものです。東京では、大震災で帰宅不可能な人があふれたのに、駅のシャッターがおろされてしまったことがあとで問題にされましたが、それも規則として列車が止まってしまったから、また終電以降は駅構内にいれないという日常の規則遂行しているだけで、大地震が起きた対象自体を観ていないのです。膨大な人がそれに従順に従い夜をすごしました。目前で起きている危険にさえ対応ができなくなってしまっていくのです。

学校でのいじめや自死にたいする学校対応なども、ひとりの子が死んでいることよりも全体の規範規則遂行をそつなくするということが優先されます。そしてなにが「いじめ」かを定義づけることをはじめて、子ども自身を観るということができなくされていきます。管理する側のミス無しを正当化するためでしかない仕方です。

これらは、生活の中の裂け目・亀裂の噴出ではありません。常態化されている幻想仕為の規範化・飼育・調教の権力作用です。これを政治域にまで拡張しますと、大きな権力の規範・規則決定にしたがうだけで、抵抗ができなくなっている全体主義的状態です。支配されている現象ではない。「国民のためのこと」の名において、支配の貫徹がそれによって可能になっている。それを批判する者は、売国奴だ、日本からでていけとされます。

個人判断でできることでしょ、それがなされなくなっている。抵抗してもめんどくさいとなっていくのです。たかが信号だと。

しかし、医療でも、「治す」のは自分の自律力です。なのに医者の医療処置が治してくれるんだと思い込んでしまっている、医療は助け補助するのだというのを忘却している。医療依存していれば治ると思いこまれている。他律依存・受容は自分喪失にさえなっているのです。わたしは自分でできる範囲のことは自分でしょう、他律の助けは限界づけを多角的にして補助として配備するといっているだけなのですが、自律性を認めない人は、それを一般化・画一化して、社会空間へ抽象化して非難してきます。それはもう政治的態度です、政治権力のおしつけですが、人口の自然性の統治が貫徹されていることの効果です。すると人口を全体化した全体主義的発想からの否定性が、批判考察にたいしてなす政治意識にまで構造化されてくるのです。非常に多いです、どんどん多くなっています。これは、反対向きでは、一例の逸脱出来事をもって、社会全般へ規範化するという政治的な社会技術に出現していきます。

「社会として存在する場合は、自らも他人に他者であり、他人もまた自らに他者であることなので、他者の複数あるいは多数ということが社会から生まれてくる幻想の共同性」(「ナショナリズム」について」『吉本隆明〈未収録〉講演集6　国家と宗教のあいだ』76頁)であるのです。その「社会幻想」のもとで規範化のパワー関係が作用して、集団秩序を優先的に遵守するように働きかけています。フーコーは、主権は領土へ、ディシプリンは身体へ、そして安全性は人口へのアクトであるとし、そこに統治制の働きを見いだしていきました。その「現在最高の窮極段階として」国家があるのですが、日常生活次元では権力諸関係のテクノロジーが働いています。それは制度の外部で作用しますが、制度と密接にリンクしています。国家は個人を観てはいません、人口を観ています。個人への対応は、社会へ代行させています。この個人の利と集団の利とが合致するのが「社会の自然性」の場であり、人口に対する統治技術の安全性のテクノロジーなのです。近代のエピステモロジーで富の分析を政治経済学とし、博物学を生物学とし、一般文法を歴史文献解析と学問変容したのは、「人口」を対象にしてなされたことで、語り・働き・生きる人間を設定する知をたえず更新させてきたのです。

規律権力／象徴権力／他律権力

現在社会は、ものごとを可能にすることにおいて、つまり「生かしめる」ことにおいて、パワー関係を作用させうめこんでいます。それを明らかにしたのはフーコーでした。主体化とは自発的な従属化のことである、その困ったとき、迷ったとき、どうしていいかわからないときに、世話をする人＝羊飼い（教師、医師など専門家）が泉へ連れて行ってあげて水を飲ませてあげる、救ってあげる、パストラールの権力だとフーコーは言いましたが、献身的でつねに良いものをなす、前キリスト教世界においてなされた行為です。それが、キリスト教世界になると、告白させ、自分を正確にさらけ出したなら、救済してやるという「ディシプリン権力」へと構成されました。教義化された知のもとで訓練・躾をしていくことです。吉本さん的に言うと、前代的な秩序が後代秩序に移行したとき、新たな政治権力の出現になるという移行において、幻想仕為として出現していくものですが、「パストラール権力」のうえに「ディシプリン権力」が構成されたのです。良いことをなすための規範や拘束がつくられていきます。自らがどう悩んでいるか自らの問題として明証にのべよという訓育・調教が施され、それができたなら救ってやると転移されていきます。これが宗教差異をこえて現在社会において一般的に波及し構造化されています。正統なものを押しつける一種の普遍的権力作用ですが、規律システムとして現在の社会空間へそれを委譲しています。ですから効果をだしています。かつての古い時代における出現形態が「いま」もおきているということです。さらに、その延長上で欲望が自分の中にあるのだ、それを自分でコントロールせよという欲望の主体化・個人化された自己技術へと磨き上げられていく、その欲望の自然性が人口の自然性と相関して、それらの空間化が刑務所でありまた学校・病院だとなって、監視することと処罰することの規範権力装置となって統治配備されていきます。それは人を殺す権力ではない、人を「身体と人口」において「生かす」生権力だというわけです。「生者への統治」です。他律だけでない、自己のものも自己統治するように権力作用がなされています。国家理性は、人口と身体に働きかけますが、個々人の具体・意志は問題としませんでした。それが「社会」のなかで生かしめることで、意志をも不能化させている統治技術へと変容しているのです。

ブルデューは、物理的な権力ではなく、恣意性を正統化させていく象徴権力を明示しました。暗示の権力だ、とも言っています。国家が諸資本を象徴権力において集中化し統制し、象徴暴力を働かせているが、それは諸個人を目的的な対象としては観ずにすませられる装置になっているとしたのです。個人の政治関与は選挙へ転移されているだけです。それにたいして批判考察をなすのは、自由の幻想から解放していくためだと彼は言います。そして国家のアクトを分析していくのですが、国家の神秘、国家の魔術だという設定をしてしまいます。「国家の諸精神 esprits」とされたそこが「共同幻想」の位置になるのですが、「幻想 illusion」を「うまく設立されたもの」と機能的にみているだけで、国家が諸資本を集約し、そこに官僚界が生成し構造化された社会的生産・再生産を明証化するにとどまります。しかしながら、認知・知覚・行為の心的構造が社会的な客体構造に合致するように国家がアクトして、制度権力が諸個人のアクトに関与し自発的であるようにしているとした考察は秀逸です。

イリイチは、産業サービス制度が他律優位の働きかけをして、必要なものをおしつけて、個々人の自律性を不能化・麻痺させていると批判を展開しました。自

現在国家の編制構造

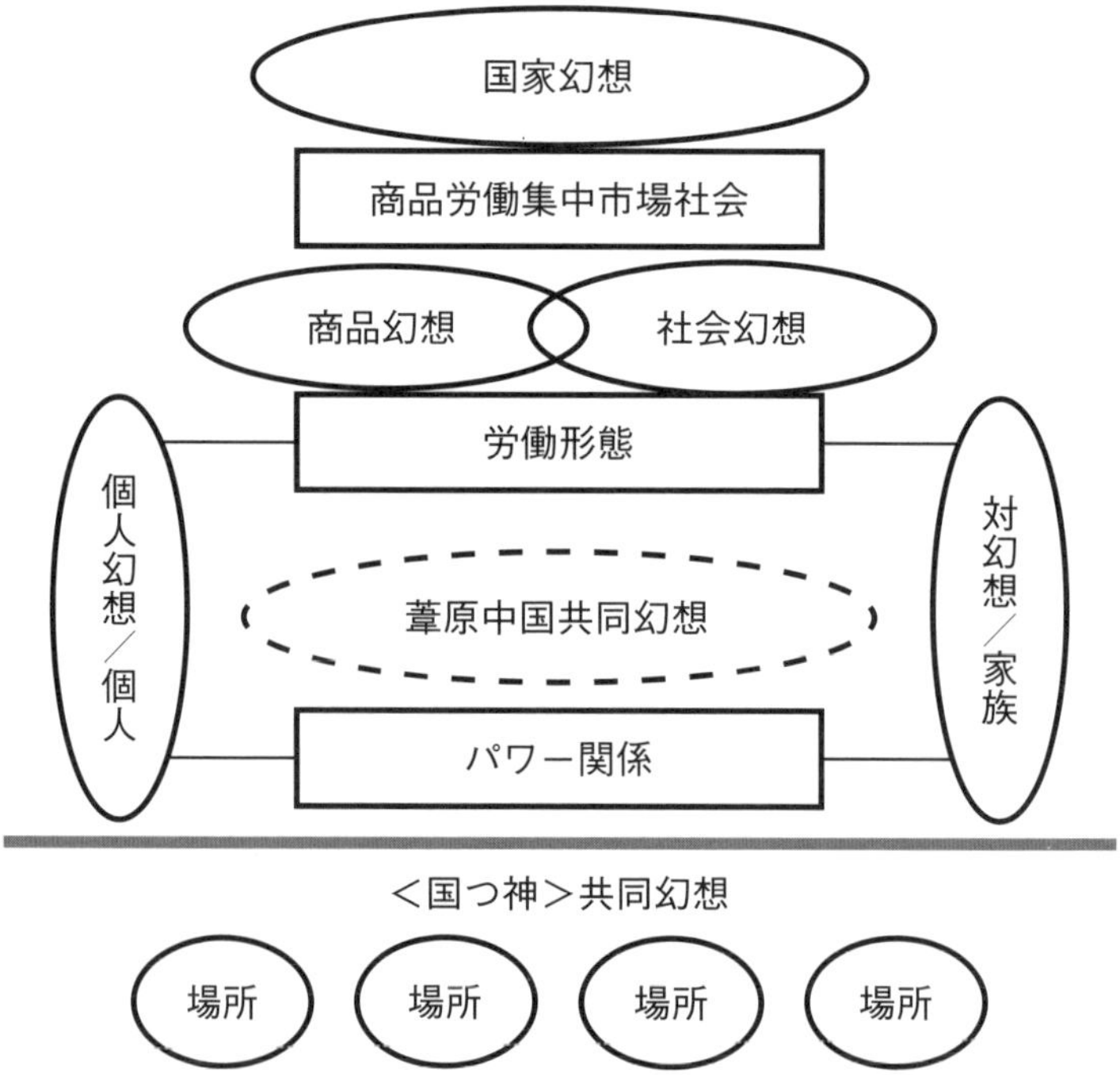

分の自律性をとりもどすための批判です。人々は、制度が生産するものを必要だとみなし、それを受容し依存していくとしましたが、その受容・依存は共同幻想の域に対応していくものといえます。個人の自律性に対立しているのに、他律的働きかけによって同調へと転じられてしまうのです。

これらは、国家のあり方や働きかけを、それぞれの視座・視点から国家構造・国家様態を解析している別の論述・論理のものですが――統治制から、国家資本・象徴権力から、他律的サービス制度から――、わたしはそれらを総合的に理論構成して把捉しています。各論者を緻密におさえていくことだけでは単なる知識ですから、それらを自らの生活存在にたいする実際的なものとして相互関係的に統合的にとらえていくことです。それぞれの論述の限界が、それによってうきだします。

彼らの他にもたくさんの批判理論がなされていますが、この三人がもっともラディカルで体系的で深みのある社会本質的な考察を展開しています。共通して、学校教育批判からなされています。近代の編制そのものを疑ったのです。学校＝教育には近代編制が凝縮されているからです。国家のアクト（制度化された行為）が代表象されまた国家共同幻想と国家資本の再生産を支えるのも学校システムです。マルクス主義的な支配・搾取の批判〈否定性〉理論からでは、現代社会の本来の姿がつかめないゆえわたしは学んだのですが、新たな可能条件を見いだしていくためです。まにうけなかったのは、吉本思想がかたわらにあったからです。彼らには社会本質論はありますが初源的な本質論そのものがないのです。本質論は観念論だ抽象論理だ、歴史的・物質的規定制をはずしている、具体ではないと否認されています。しかし吉本本質論を規準にしながら、世界のそれら多くを学ぶことで、日本を範型にしての可能条件を探しあてることができます。彼らのような批判考察が認識されたところで、それらは消滅などしないということはどうしてなのかということです。その根拠は、幻想の解体にまでおよばないからです。共同的な幻想として構造化されたままであるからです。幻想が国家配備されたままであるからです。幻想は、個人の認識・意識化次元でとかれるような編制ではないのです。

また、パワー関係の作用が、幻想として保証されて、各人になんらかの利益、つまり社会利益ですが、それを保障しているためです。ヴェーバー的に言うと、損害よりも半分以上の利益が個人へもたらされるからなのですが、それはあまりに合理的思考からの指摘ですが、いちど画定された幻想は利害関心と結びついて、そう簡単には壊れないということです。幻想は後戻りしない。

しかし、吉本さんの権力概念は第三権力としての国家権力です、それはフーコー的に言うと窮極の権力形態です。それが集約的に形成されるのは、社会生活に微細にはりめぐらされている権力諸関係が機能しているからです。幻想仕為は、国家的に普遍化されたものを、個人の意志・利益として自分の遂行であるとさせている権力作用になっています。

国家は、国家だけで統治をしえません。「社会空間」を構造化して種差的な社会界を多様にvisionn/divisionの原理において編制し制度化することによって、はじめて近代国家を編制しえるのですが、それは資源や食料が「欠如 scarcity」していることにたいしての対応としてなされていき、それが健康や衛生の欠如、教育の欠如への統治制としてなされて国家形成されていきます。フーコーがscarcityの概念をもって生権力・生政治から統治制governmentalityへと考察が進められたのが「安全・領土・人口」の講義がなされたときです。同じ頃イリイチは、「scarcityの歴史」へと考察をすすめます、そしてブルデューは他律性と自律性の闘争にかかわる国の象徴権力・象徴暴力の考察へとすすんでいきます(国家論を特有に国家資本、国家の象徴暴力において論じます)。一九八〇年をはさんで、権力論と国家論との新たな問題構成閾が出現したのです。諸個人への個人化する働きかけが、集団・人口総体への働きかけとして同時的に考察されることで、個人化が個人を喪失・無視していく仕方となって転倒構成されるあり方が明証されたのです。逆立が転倒同調とされていく様態です。すると、ブルデューが示したように、国家の客観的な構造は、諸個人の認識構造と一致して内在化されていき、認識カテゴリーが国家によって形而上学的に収奪されている構成が成り立つことになります。家族がある、学校がある、医療が病気を治してくれる、税金は払うものだといったことは、社会的恣意が自然化されたものでしかないのに、疑われることなく当然のものごととして生活でキャッチされ、日々の社会生活において行為されていくのです。

幻想仕為と統治制化

幻想プラチック／幻想仕為は日常の権力作用として直接に機能している、それは国家権力へ直接関係しないが、国家共同幻想を支える社会幻想として機能している。そこが歴史的現存性の本質だ、ということの表象です。禁制が「幻想の権力」になるとされた、その禁制が規範・規則に転化されている統治制化の現在ですが、その規範化は市場の自由にまかせておけば秩序が整うということを保障させていく規範です。国家幻想は隠喩的に構成されている、そして社会幻想も相同して隠喩的に構成されていますが、社会の個々の種差的な界の共同的幻想は経済関係をこうむって換喩的に構成されています。この隠喩と換喩を結合させていくのがパワー関係です（II部・6章末を参照）。全体的にかつ個別的にです。そして統治制化されます。統治制は統治心性と統治技術から構成されます。

統治心性は、共同幻想への従属・受容の心性であり、また民衆のために統治するという支配統治者の心性です。ニニギが葦原中国を統治する主だとされたことです。スサノオは海原を統治せよと言われて哭き叫びましたがニニギは従いました。ここが日本における統治心性の幻想的起源です。アマテラスが石屋戸に閉じこもったとき集まった神々は石屋戸を開けて葦原中国に光をとりもどす統治技術をなすことを意味しています。大国主には少名彦名命をはじめ、タニグク（ひきがえる）、クエビコ（案山子）など智者をもって国作りの統治技術をはたらかせました。婚姻・

産むという形象で表現されていた統治技術から、実際の軍事的征圧へと変移していきます。禁制から掟、そして法が疎外されていきます。これらは、共同幻想と葦原中国空間の間で作用した統治技術です。神武以後のすめらみこと共同幻想下でさらに統治技術は多様に磨かれていきます。統治技術は、祭祀から軍事そして政治へといきますが、「知らしめる」ことから「知行」へと統治制が構成されていきます。その累積が、「お上」に従う統治心性として自然化されていったといえます。幻想はそれに支えられて普遍化していきます。

社会空間は、社会幻想として構成されながら、身体・人口への統治制の働きをそこで具体として、安全・領土として統治化していくのです。

そのさらなる根源には、西欧社会を形成してきた、哲学原理＝言語原理における、西欧的な主客分離、主体主義、対象への客観主義、社会（空間）の思考形態・現実具体形態が〈近代化〉過程で作用していき社会空間をvision/divisionの原理で編制しています。それに対する、まったく異なる非分離・述語制・場所の原理がアジア的にありえます。そこから日本文化を見直していくことが可能になります。そして、さらに、サービスに対してホスピタリティを、また商品に対して資本の意味を顕在させることです、とくに資本は、マルクス自体の論理のなかに発見されます。それはすでに示しましたように商品世界の原理とはまったくちがいます。

場所、資本、ホスピタリティの出現を意味なきものにしていった、それは人口の自然性という集約が、国家布置されたためです。そして非分離・述語制のシニフィアンの痕跡が消されてしまっているのです。これこそが自然史過程に対する意図的消滅です、産業社会経済はそこまで徹底させたのです。幻想シニフィアンが転化されてしまっている見えない基盤があるということです。そこから、パワー関係に幻想仕為が同時に作用している様態が編制されているのです。

言語的に、述語制言語様式が主語制言語様式に転化されていくことにおいて、以上のことは近代過程で形成・出現してきています。いま、日本でそれがかなり強靭に作用しています。ほぼ全国民が主語があると思い込んでいます。この国文法・学校文法の「国語化」は百年以上かけてなされていますが、イ・ヨンスク、安田敏朗、長志珠絵によって歴史実証で明証化されています。その主語制化の言語政治の成果が現在、構造化され出現している。言語が政治思想の根本だと主張していた吉本さんが、前言語段階へと考察を深化させながら、方言と民族語は同質だとしてしまったことで見えなくされてしまう言語政治の水準が、国家語の次元で「現在」の現存性としてあるのです。

いくつかのムーブメントやプロジェクトで、技術や経済や環境にたいしてあきらかに良い事がどうしてわかられないのか、こちらの未熟さなのか住民の側の未熟さなのか。だがどうみても主体の問題ではない、普遍化された幻想が変わりえていないからです。「葦原中国の共同幻想」が「社会幻想」に重ねられて、住民に場所共同幻想が構築領有されていないからです。商品幻想・社会幻想がパワー関係として社会空間での日常の言動を決定づけてしまっているのです。その転倒に気づかないのです。やっていくと、元の社会状態―社会幻想へと回帰してしまう。

国つ神不在と文化技術変容：幻想技術の変容

飛躍しているように感じられるかもしれませんが、その根拠は「国つ神」が不在だからです。「国つ神」は場所の自分自身の幻想疎外です。それが葦原中国幻想へ鉤止めされたままなのです。その葦原中国＝社会幻想には、天つ神幻想さえもない、高天原幻想も無い、天つ神や高天原はいんちきだと、無意識に目覚めている幻想形態です。それが、〈国家〉幻想にぴったりと従属しているのです。つまり、共同幻想の本質形態が共同幻想から消失されているという共同意志の働きがなされている。それが「社会幻想」から日常化されている事態になっています。子どもは、学校へ行くか行かないかで、自死にまでいたってしまうような働きをさせてしまう幻想です。大人は自死にまでいたらずとも、「諦め」としてもってしまっている幻想従属です。医者に通っていれば病気は治ると老人たちがおもいこんでしまって身体萎縮してしまっている幻想です。幻想収奪、認識の形而上学的収奪、メタ言説の編制だと、わたしは把捉します。

地上利害のつまらぬことだと、吉本主義者は、幻想概念を高貴な場に祀ったまま、傍観的に共同幻想があるからだとすませて、捨象しているものごとです。大衆は耐え忍び生き抜いているんだとして、転倒や亀裂を見ない。

マルクス主義者が、国家権力が支配・抑圧する、資本家・企業が搾取する、そこが主要なのだ、日常等のどうでもいい問題などほっておけという論理です。天皇制が問題なのだといいながら、天つ神と天皇との幻想差異も認識しえない論理です。それは政治実践への投企を強要する。しかし、日常のプラチック＝仕為において生活者の側から国家配備に共犯したまま国家権力・資本を悪だと否定する。それは転倒した社会人生活の現実が幻想・心的に構造化されているのです。

つまり、商品幻想・社会幻想を支えている本質幻想は、「葦原中国」共同幻想です、それが国家幻想へと包容されてしまっているのです。葦原中国のなかの人口だと近代編制されたのです。ここを脱出するには、幻想としての大衆存在像である場所共同幻想を新たに領有していかねばならないと同時に、天つ神共同幻想を「すめらみこと＝天皇共同幻想」から切り離して新創出し、国つ神と天つ神両者の相反共存の均衡をはかることを場所統治性として働かせえねばならないことになります。人口の分断、解体です。その際、想像的に高天原共同幻想ならざるそれに相応するイメージ世界を、相対的にもっていかねばならぬとなります。つまり、古事記幻想を、国つ神から再構成しなければならないのです。日本人は、「神さま」一般に祈りはしますが、具体の「国つ神」を忘却しています。毎年の祭りが各地あちこちでたくさん展開されていますが、何の神さまなのか、ほとんど誰も知りません、つまり自分自身および自分の「場所」を知らないということです。ハレの祭りの昂揚だけで終わってしまっているのです。

もう一つ決定的なことがあります、それは日本人として日本文化・生活として「キモノ」を忘却したということです、かわりに洋服をきているだけです。なんでもないことのように思えるでしょうが、これは決定的です。ここ百年もみたないなかでの大転換です。わたしの父母は家ではキモノを着ていました、出かけるとき洋服に着替えていました。〈衣〉が人口総体において根柢から変えられてしまったのです。そして、キモノは和服一般として商品となってしまっています。日常生活の基本が変えられてしまっているのです。これは身体行動だけではない、心的行為をも根源から変えてしまっています。染織技術の非常に高度な技術そのものは、前言語的段階における内臓系と体壁系の縦糸と横糸が織りなす身体非分離の述語的衣装の制作なのです。非常に高度な技術です、それを日常で心身非分離に日本人は、とくに武士制以後ですがつくりまとっていたのです。その技術文化が、日本文化のなかから消滅しはじめています。いまやほとんど誰も、その技術の高度な繊細さ、その可能条件をまったく感知できなくなっています。キモノだけではない、日本文化技術の精髄なるもののほとんどが、日常生活から消されているのですが、箸はまだ存続しているものの、風呂敷や下駄は、鞄と靴へとほぼ完全に転じられています。道具の使い方にまで、幻想の権力作用は働いているのです。箸の使い方には、いろんな禁制が作法としてくまれているように文化と文化技術の総体が働いています。

これらは、心身の幻想仕為が喪失され、パワー関係が産業的に編制されてしまっているなかで、日本人が日本自体および身体自体を喪失しているのを意味します。それは内的変容をもたらすにまで浸透し始めています。前古代から近代までの複層的な構造化の結果ですが、共同幻想の本質は変わっていないのに、変容しうる閾にまできていると思います。たしかに便利で快適になりましたが、スーツを着てネクタイをしめて労働している姿は、冷静にみると異様です。窮屈です。いや、異様だという気づきさえもはやもたれません。

洋服は賃労働形態、賃労働社会を構成するうえで、不可避のものであったのです。それによって、文化よりも社会の方が優位にされ、資本が忘却されて商品が生活をいろどっていく日常感覚がつくりだされていきました。衣の洋服環境と生活空間の家電・商品のハウジング環境です。生活文化技術・道具が術後技術から客観技術へと変容されたことで、自然性の意識・感覚が転化された。同時に、幻想仕為として「神＝国つ神」の忘却です、神などは日常生活になんの意味も無いというのは、賃労働生活からもたらされています。女帯の御太鼓は、神が宿っている場所であったのです、古い帯には端に一本線と二本線の横線がはいっています、一礼二拍です（これもいまや消えつつある）。菱形の模様は東西南北で、先端に神が宿っている表象です。神を身につけていた。

しかし、日本人は自分の人生でなにかたいせつなとき、神に祈るという事を捨て切っていません。洋服を着ていても、手をあわせて祈ります。祭りの主催者たち実行者たちは、着物に着替えます、洋服では神とつながらないのです。洋服の普及は、商品幻想・社会幻想を構成するうえで、決定的な作用をもたらしています。

幻想と権力諸関係との関係を日常次元に即して範例的に陳述してきました。これは理論言語として叙述していますが、ただ理論形式化していないだけです。しかし理論考察してみえてくるものになっているとおもいます。実際行為、認識構造、意識様態、心的構造、文化技術が、国家統合されてしまっているのですが、それは支配・抑圧としてではありません。自らを生かしめ、利益を与え、必要にこたえているメタ世界のものとしてです。

2　幻想と経済構造の関係化：商品幻想の浸透

マルクスにおいても、また吉本さんにおいても、経済構造は国家ないし共同幻想からは排除されます。別次元のものであるということです。しかし、わたしたちはもはやそう考えません。市場は、統治プラチックが真であるか偽であるかを真理化する場所を構成しているからです。経済的事柄を主にしてそれを尊重し従うべきだとする〈自由—交換〉の世界が、政治と経済との関係を新たな合理性としてうちたててしまったからです。国家はなるべく介入しないという仕方での統治制を市場経済に働かせています。経済は自らを保証するものとして国家のために正当性を生産し、経済を機能させる制度作用によって政治的主権を生産しているのです。しかもそこに、国家と市民社会とが対立するという構成を出現させました、それはアジア的には対立が顕著に出現しなくても、構造的な構成として分離され、関係づけられているのです。国家を統治することはできないが、国家は社会を統治することを統治しすぎないように統治して、国家の存続をはかるようになっています。経済制度が国家の恒久的発生・継続となって、経済的自由が恒久的な政治的同意・総意をナショナルに生産しているのです。そこには、無いものが在るかのように、幻想編制されていることになります。経済制度から国家へ至る回路、そして経済制度から体制・システムの包括的支持へと至る回路、それが経済成長であり、経済成長による安寧です（フーコー）。個々人は自由であることによって、国家を支持しているという構成です。経済的な自由市場が、政治的な絆をつくり表明し、政治的な徴を生産し、権力構造・権力メカニズム、その正当性を機能させているのです。国家は自らの法、法律、現実的基礎を、経済的自由の存在とプラチックのなかに見いだしているのです。フーコーをふまえて言うと、そういうことになっています。日本で言えば、戦後の、戦争を忘却して、経済成長をなし、安寧を増大させ、国家を発展させるということです。そのためには「社会」を自然性として安定させて、諸制度を効果的に機能させる規範化を整備していくこととされます。商品生産の秩序と賃労働の安定化（完全雇用へむけて）が、そこで保証されていくのです。

すでに見てきたように商品経済において「商品幻想」が構造化されています。これは国家共同幻想とはまったく別個で切り離されています。商品を購入する事で生活が成り立つ、商品がないと暮らしが不便になるという感覚であり意識は、商品幻想からもたらされているものです。なぜなら、実際に商品なしの生活は可能であり、商品なしの暮らしは快適でありうるからです。倹約ではない、もっと贅沢な暮らしです。商品の製造に電力が必要であるとしても、原発無しの電力供給は実際に可能です。商品に浸透されながらも、それがすべてよしだと実感満足している人は半分以上いないとおもいます。それは徹底しえないとおもいます。ここは亀裂です、裂け目です。なのに商品幻想でもって、商品消費者として国民を編成するということが、市場社会を基盤にして保持されます。これは国家の統治技術による効果以外のなにものでもありません。市場の実際は、商品幻想において存続されます。

さらに、生産部門においても、量産できないものは意味がないとされています。儲けがでないからです。原価・費用価格が同じなら、たくさん売れたなら儲かるという単純な発想です。商品の再生産構造が確定されています。それは、新たな資本投資による改変をさせないものとして統治的に作用しています。商品幻想は、生産機構を決定づけてさえいます。しかも、生産は資本の動きでしかなされえないのに、資本を排除して、商品生産の回転が経済であるかのようにさせています。

商品幻想の基軸には、等価交換が経済だ、それが正当だということがあります。いったい何が等価交換なのか。価格がいまや、安売り店やアマゾンなどでそれぞれ違って販売されています。少しも等価交換等はおこなわれていません。正常な価格などはもはやなく価格破壊が起きていますが、最小限の利益をもたらす下限をこえることはありません。価格の真偽はもはや問題ではなく、価格が市場の自然的メカニズムに対して適合しているなら、その価格は真理としての一基準を構成し、統治プラチックのうちの間違いない実際と間違った実際とを識別することでの真理化となっているのです。経済というのは、物理的に営まれているものだけではありません。真理・知が作用しています。象徴資本や文化資本が作用しています。価値形態と価格とはちがうなどあたりまえのことですが、交換は「価格」においてなされます。定価を明示化することで象徴交換の面倒くささを回避させているのです。そこから派生するのは、たくさん売れれば儲かるという幻想です。売れれば売れるほど儲けがなくなるんだということに気づくのが、価格と価値とのちがい、利益と利潤率との違い、さらに剰余価値（率）との違いなのですが、その本質認識さえなくなっているのが商品幻想です。売り上げをあげるのが利益であり、そのためには費用価格をさげればいい、という経営でもないことが企業経済だとされ実行されています。計算可能なことで自由交換が形成されていったのに、計算可能なことも計算できなくなっている逆生産がおきています。もうすでに、産業経済の根幹の一つであった家電業界に、とくにそれは露出しています。シャープがそしてパナソニックが、不正な粉飾決算のソニーも。不祥事をおこした東芝が大赤字です。三菱自動車は燃費の偽装さえしでかしました。計算の偽装です。そして赤字のスケールが大きくなっています。ある会議で、ホスピタリティ経済の議論をしていましたなら、自動車業界の人が、そんなこと考えていられないんだ、明日車を売らねばならないんだ、というのです。「いま、売れないんでしょ？」なぜ同じ事をしているんですかと言ったならきょとんとしています。売れないのに売るんだと同じ物を作り続けている商品再生産経済そのものが、もう商品幻想です。売れなくなっていることが、分からなくなっています、なぜならもう行き渡っているからです。欠如市場はもはや存在していない、その根拠などは考えられ得なくなっています。だから、大赤字になったのです。不況になっているのです。そこで、東芝のように粉飾決算をして、収入と資本の動きとを混同して、収支で儲けを記録していけばいいんだと、計算を転倒させ、売る事自体さえも見失っていくことがおきています。そして、会社が当時の社長たちを告訴する。なんという世界になってしまっているのでしょう。一般的に費用価格でしか経済経営を考えていないから、帳簿を書き替えるのです。

これらは、他にも事例はいくらでもあげられますが、「商品」を賃労働で生産して画一市場においてて売るのが経済だ、という「商品労働集中市場社会」が現実だと構成されていることからおきています。家電も車も、基本的に戸数の数以上は売れない限界があるんだということが、見えなくなっているのです。数台買う家があろとも、戸数が限界なのです。なのに、無限にありうるという方向へむけて生産し続けます。日本が満杯なら中国に数億人いるではないか、と市場を拡大させていこうというのです。無限消費の幻想です。国内では買い替えがおきていくんだというのですが、商品はゴミにしかならない。それが暗黙前提にされているのですが、そのゴミつくりをしているんだということがわからなくなっています。

ホモ・エコノミクスとは、自由放任の主体であり客体なのですが、現実を受容する者、環境のなかに人為的に導入される体系的な変容にたいして体系的に反応する者なのですが、すぐれて統治しやすい者なのです（フーコー）。統治と個人との間に配備されたものです。

商品世界は、ことごとくひっくり返っているのですが、それをマルクス主義は、「物象化」とか「商品の物神性・物神崇拝」だと言って、商品関係にすべての関係が転倒すると還元して説明します。それは資本論の第一巻であって、第三巻をまったく読破しえていません。商品の転倒実際は第三巻に記述されていることです。つまり、利潤率と剰余価値率との関係から規制されるのです。物象化といって第一巻レベルで分かったつもりになっているから、自分で商品生活しているのに、資本主義を悪だとして知的批判して、正義をなしているとおもいこんでいます、大学教師マルクス主義者です、給与労働者です。その自分の賃労働存在さえ対象化できていません。思想的に破綻しているというより、理論的に無知です。商品経済、そして賃労働経済、それが幻想化されて、変ええないものだとなってしまっているのです。便利で快適で、社会生活依存で安泰保証されるからですが、省察ではない思い込みでしかありません。その結末は、自分で「資本」を動かす事がまったく出来なくなっている不能状態として結実しています。

大企業の社長や役員たちは、日本のことはおろか会社のことも忘却し、自分の退職金が無事になされるようその間、会社が問題なく組織維持されることしか考えていません。リスクを負うビジネスをするんではない、お金をもったところからの発注があれば安全でいいのです。経済経営など考えていないところまできています。賃労働者社長であって、資本家ではない。

こうした事態は文明の自然史過程だ、とはとてもいいえないものです。

商品幻想は賃労働幻想と合致して、そこには必ず「社会幻想」が同時に並走し構造化されています。その幻想は賃労働の権力諸関係と手をたずさえ保持されています。統計などには出現しない、計算可能次元にも出現しない、経済本質の実際様態です。

政治経済の出現は、国家を豊かにするべく目標を定め、人口・物質を適切に調整し増大させ、競争を可能にすべく諸国家間の均衡を維持させようとします——国家が帝国とならないようにです。そのとき、政治経済は、政治権力が外から制限されず、歯止めをかけられず、自身以外のものから境界を課されないようにふるまう権力を専制的に確立します。つまり国家は独立して自律的であるように配備します。国家の自律性とは非常に大きな問題です。吉本さんは本質論を重視するあまり、この歴史現存性を軽くみてしまっています。政治経済は、統治プラチックにおいて統治制が行使された後での現実の効果を考察します。商品に税が課せられる法権利が正当か否かは問題ではなく、いかなる効果がなされるかが問題にされます。消費税のゆくえを観ていればおわかりになるでしょう。統治実際と統治理性の内部でそれはなされています。そして、政治経済は、理解しうるメカニズムにしたがって必然に生じる諸現象・プロセス・規則性の存在を明らかにして、それが統治制のもとで貫いて流れる永続的な相関物としてあり、「自然性」であることを確定させていきます。商品幻想を永続化させる経済と政治の「自然性」として知解・叡智性の界を構成しているのです。不可避に不況やデフレ・インフレが起き、景気は循環し、株価の上下や国際通貨の変動は自然法則だとしているのです。経済は計算されますが、予測不可能なのです——プロ野球で選手のプレーはすべて記録されデータ計算がなされますが、実際のプレーで何が起きるかは予測不可能ですね、計算とは過去のことでしかないのです。政治経済の言説がつくりだしたものでしかありません。それはまったく「自然過程」に進んでいくものなどではありません。そこから、統治実際は自然性を尊重することによってのみなされうる、そこに逆らったなら負的な結果がおきる、統治の基準は正当か不当かではなく、成功か失敗かにのみあるという功利主義哲学となっていきます。フーコーをふまえて、わたしなりに修正してはいますが、そのように言うことができます。

それは、商品・賃労働が、存在不可避性などではないのに、真理の体制として事物の自然本性とみなされ、一連の経済プラチック・社会プラチックとして連結されて、実際の現実のなかで存在しうる必要がないものなのに、在るものだと標づけられ、真偽に分割され、正当に従わせるものとして、知・権力の配備を形成しているにすぎないということです。フーコーは、政治と経済は、存在する事物でもなければ、錯誤でも錯覚でもイデオロギーでもなく、存在しない何かであるけれども、真と偽を分割する真理体制として現実の中に組み入れられている何かだ（『生政治の誕生』26頁）、とさえ言います。そこが、本質論と現実存在とのからむ交点・境界、裂け目となっているところです。つまり、本質として吉本さんは正しい、しかし無いものが存在してしまった統治制の現存性としては見誤っているということです。ですから、商品幻想、経済幻想としてそこを観ていく必要があるとなります。フーコーは「自由主義の出現」がそれを現出させていると歴史考証していきます。『生政治の誕生』を読んでください（拙書『フーコー国家論』で解読しています）。

3 「社会幻想」の構造化

「社会」は近代民族国家において編制されたもので、近代以前に「社会」はありません。なのにいつの時代にも「社会」があったのだ、古代社会、中世社会、封建社会などなどがあったのだと、「社会」を一般化しているだけでなく普遍化さえしているのが、歴史にもちこまれた「社会幻想」です。現在の民族国家の社会空間を、前代、古代にまで拡延しています。その歴史性化がまた社会を普遍化しています。日本の島国空間が最初から領土としてあったのだと前提にしてしまっているのです。和辻哲郎の「風土」論がその典型です。日本は雪が降っているところもあれば温暖なところもある、それがモンスーン型風土だと、完全に場所を喪失した日本主義空間の哲学です。そこには、ナショナル化された空間表象があるだけで、〈歴史〉は外在化されたまま、歴史のなかに自分が立っていません。

ここで、国家と経済次元とは切り離されていた、と先ほどいったことを見直しておかねばなりません。それは自由主義経済の出現においてアダム・スミスの「見えざる手」と言われたものですが、経済は自由放任しておかねばならない、経済を統制することはできない、それは不可能だということです。重農主義は経済表において統治しうるとしましたが、じっさいには何がおきていくのか分からないということです、してはならないのはできないからだ、知らないからだ、知らないのはあなたが知りえないからだ、ということです。経済的合理性はプロセス全体の認識不可能性によって包囲され、その上に基礎づけられています。経済プロセスの制御不可能性、経済の明証性はない、それゆえ経済はつねに透明性においておかねばならないとされます。商品幻想は、そこを経済統治は可能だと錯認しているものなのですが、統治の合理性にとって振る舞いの指針や完全なプログラムを政治経済は提供しえないのです。統治も経済学を自らの原理、法、規則、内在的合理性とすることはできません。すると、統治の合理性や統治技術として、統治は何に関わりをもったならいいかというと、それが「社会」「市民社会」であるということです。「社会」は経済世界ではないのですが、経済世界であるかのように編制されねばならないのです。なぜなら、社会では諸個人の「利の主体」化がなされて生活しているからです。

商品幻想と社会幻想とをむすびつけているのが「最低限のよりよいものをより多くの人に」の

原理です。これは市民社会の権利原理であり、サービス・商品経済の生産普及原理でもあります。それは「均質」の「画一」空間を、平等・均等のビジョンにおいて編制することになります。この広がりをもった均質・均一空間の幻想起源が「葦原中国」共同幻想だとは既に指摘した通りです。現在では、どこでも同じ商品が行き渡るように、また同じく、どこでも規則は同じであらねばならないという統一・統合になります。さらに、ものごとの思考形態が「一般化」していきます。固有さ創造性は逸脱だとみなされます。この均質化・均一化が歴史のなかにも逆投映されてしまっています。社会はしかし〈場所〉ではないのです。社会は「場所」を「地方」として蹴落とし、劣ったものとして価値剥奪してきたのです。

　ここで隠されている〈社会〉と〈場所〉の亀裂があるのですが、辺野古の米軍基地をめぐって、国家政府が沖縄を告訴し、沖縄が対抗的に国を告訴する現象に暫時的ながら顕著に出現しました。国家と地方・場所との対立のように見えますが、社会空間をはさんでの対立・矛盾です。社会幻想の亀裂・裂け目の表出です。

　社会幻想は、商品幻想と賃労働幻想から支えられていますが、その幻想技術は規範遵守の規則遂行です。経済幻想のもとで諸個人はホモ・エコノミクス／経済人間として個人化＝一般化されていきます。社会幻想のもとで個人は自由意志をもった個人として主体化されます。個人化されているのですが「社会人」という集団現象としての個人化です、正統化された規範・規則を遵守する〈個人＝社会人〉です。個々人の群れであると同時に個人です。禁制が黙契に同致する編制技術です。その主体は、自分自身ではありません。「社会主体としての社会人」です。自分を押し殺した存在です。そこから、個人意志は共同の意志としてしか社会界では出現しなくなります。これも、均質・画一化を強いてきます。ある人が違反をおかした、それは非常に親しい友人だったので、その違反を支持した、するとお前は違法行為を許し支持するのかと一般化するのです。その人だけのことだとはさせない。そして対関係を断ちきらせます。これは、逆に、マスコミが、ある違反行為をしている人へ取材して、「いいとおもっているんですか、犯罪ですよ」と迫る仕方にでてきます。正しい規範・規則に立脚しているから、責めているだけではない判決までしているのです。犯罪者・逸脱者を、犯罪行為だという規準一般から裁けるのだと転倒している実際です。裁判制度をとびこえた規範無視・逸脱している自分への自覚がまったくないところまできています。遵法していることによる無法状態です。規範性の押しつけは法律の先までいってしまう本性があるのです。これは市民監視にまでいたります。かつての特高的な仕方に近づく。幼稚園や小学校で遊ぶ子どもの声に、騒音妨害だと規範性から文句・苦情を言う大人たちを出現させる社会空間です。最終湘南新宿ライナーにぎりぎりで飛び乗って車内精算しようとしたなら、五百円のライナー切符を持っていないから乗る事はできない降りろと本気でしつこく強いてくるＪＲ職員の出現です。列車が客を運ぶのだという本来の目的さえ忘却していることに気づいていないところまで行っている異常さには、規範幻想が身体化されています。これは、法権利主体ではありません。刑罰システムの経済化なのですが、規範化が経済作用しているのです。経済人間の規範化です、それが「社会人」の画定となっています。オフィシャルな規範化は局部的なものでしかないのに、「普遍化」されているものだとなっているのです。

そして、家族はどの家族も同じだと均質化されています。すると、男女は、結婚して家庭をもち、子どもを産み育て、学校をより上級へと行くようにして、賃労働者として成功させ、ローンをくんで持ち家を所有し、その返済に鉤止めされたまま、老人として医療依存して死んでいく、というおきまりの道を無事にいくのが「幸せ」だと、官僚が描き出した人生を「社会人」として歩んでいくことになります。持ち家のローンにマクドナルド化された生活です（リッツア『マクドナルド化の世界』早稲田大学出版部）。お金がないのに家を前もって買え、ローンによって縛られる規律化が優位になっている世界です。社会幻想のもとで、人生のしあわせが画一化していくようになっているのです。差別化・差異化は、商品の記号的な差異化でしか表象されなくなり、誰もが同じ生活様態に均質化され一般化されます。

社会幻想はサービス制度から再生産されています。サービス産業が増大したということは、可能条件にはなりえません。サービスの商品化がなされているだけであり、かつサービスを生みだしているのは経済ではなく「制度」です。そこを見誤ってはなりません。サービスは、制度と経済とを結びつけて、社会空間と制度界とのギャップにたいして「いつでもどこでもだれにでも同じこと」を強いる社会的共同性の幻想を固定構造化しているのです。

国家の外部に「社会」は編制され、国家と社会との対立・同調の統治均衡が、市場の均衡と公権力の有用性、つまり根本的法権利と被統治者の独立との間に、交換と有用性との「利害関心intérêts」として統治理性によって統治されているのです。利の主体化です。個人・事物・富などは、物自体として扱われるのではなく、利得・私欲の関心の対象としてのみ扱われます。社会サービスがいかになされて、利害関心に応えられたかどうかが問題になるだけです。「社会」は善と利のみが前面で作用するように統治されます。損害・損失が露呈したなら、統治は失敗とみなされます。

4 共同幻想の現実的構成

「共同幻想」概念は、本質的概念です。それは一般概念ではありません。幻想の初源とシニフィアンをとらえんとするものです。したがって答えはどこにもありません。本質ですから、いついかなる時代にもそれは初源として布置されているということです。そうしますと、共同幻想の歴史時代ごとの編制が構造化されてあるということです。ここを、吉本さんの言をそのまま意味されたこととしてふまえてしまいますと、いついかなる時代でも同質の共同幻想があるとされ類似に転化されてしまいます。アナロジーの罠におちいるのです。わたしは共同幻想の歴史的表出の相を差異的にみようと考えます。

つまり、シニフィアンとしての作用をなすものですから、大学人たちは定義付けがあいまいだとか関係性の対象化で混乱します。わかっていないだけのことですが、思考言説形態からしてわかられようがないとも言えます。さらに本質表出と歴史表出とが相互変容しますから、ますます彼らは分けがわからなくなる。

現在の共同幻想の表出相は、国家共同幻想が単一の民族国家として出現し、それを社会幻想と商品幻想とが賃労働形態によってささえる幻想構造となっており、その中に家族幻想・対幻想と個人幻想とが制度幻想に包摂されているとみなされます。そのなかで人々は社会人として社会生活をおくることができます。けだし、それぞれ位相・水準が異なります、一義的な包摂にはなりえません。経済過程は自由経済として放任されていますが、経済人間は「社会」に取り囲まれて、「利主体」として社会人生活しています。これらが、共同幻想総体の現在的編制となっています。

そして、排除的に見えなくなっているのが「場所共同幻想」であり、物質的・文化的には「資本」ですが、ともに隠れて残滓しています。民族国家共同幻想は社会幻想と次元が異なるのですが、一致していくように常に作用がなされています。その作用をなすのが「制度幻想」としての「教育―学校」幻想であり、「医療―病院」幻想などの社会サービス制度の他律的働きかけです。規律システムを内在していますが、その徹底はありえません。しかし作用はしていることで、統治技術の動きが可能になっています。それが「社会空間」です。使用価値次元も価値化された幻想となっていきます。健康幻想はその典型です。それによって、経済過程の「純粋」な物質的構造というものはもはや機能しておらず、つねに物質的経済構造を幻想構造が覆うように、あるいは介入するように作用して、そこに従った企業活動がとくに大企業ですが、資本を喪失した商品再生産とその規範的組織管理が経営だと転じられています。そこまでいってしまっています。

たとえば、原発が必要だというのは、産業経済と巨大技術科学とが物質的に合体したシステムですが、電力幻想として構造化されているため、フクシマが爆発して住民が住めなくなっているのに、「電力が必要だ」と「社会空間」次元で一般化されて作用していくものに典型です。廃炉作業は純粋技術的に分離されているようにみえますが、廃炉が安全幻想へと短絡させられる作用がそこには働いています。雨が降っただけで鼠がうろちょろしただけで放射能漏れです。最高度巨大技術は、そんなことにも対応しえないのです。しかも廃炉にどれくらいの時間がかかるかさえ客観化・科学化しえない、低科学技術です。さらに原発支援金がその町におちるから、町はそこへ固執します。それは科学技術の自然過程としての不可避の発展ではありません。人為の社会経済システムでしかないものです。後戻りしない幻想の転倒が持続していきます。

　つまり、吉本さんが経済疎外現実は歴史とともに解決されえていくが、自然疎外は変わらぬ本質であると言ったとき、共同幻想が自然疎外の本質閾に布置されているのですが、その表出として歴史的に解決されうる商品幻想や社会幻想・制度幻想をうみだしているにすぎないのに、商品や社会や諸制度は永遠だとしてしまっている幻想疎外が構造化されているということです。これは、幻想が本質的だということから構成される「歴史性の本質」であるというもので、自然史過程ではありません。「本質」と「自然過程」とに商品・社会の歴史現実性が渾融されてしまうと、文明史は自然史だと誤認されます。当人がそうされてしまっています。吉本思想が敗北主義的に理解されたり保守主義的に理解されて非難されるのは、歴史規定性にある変換可能性を否定しているようにみえ、自然史過程の不可避性・必然性を固定させるからですが、幻想本来の「意味するもの」の作用を見失うからそうなってしまうのです。「社会の自然性」「技術進化の自然性」は、歴史的につくられたものでしかありません。

　本質をふまえて、歴史的、社会的な表出の編制を批判考察していくのが、残されたわたしたちの役目です。

　わたしは以下のように考えています。現代社会では、諸制度・諸機関は社会分業的に分割

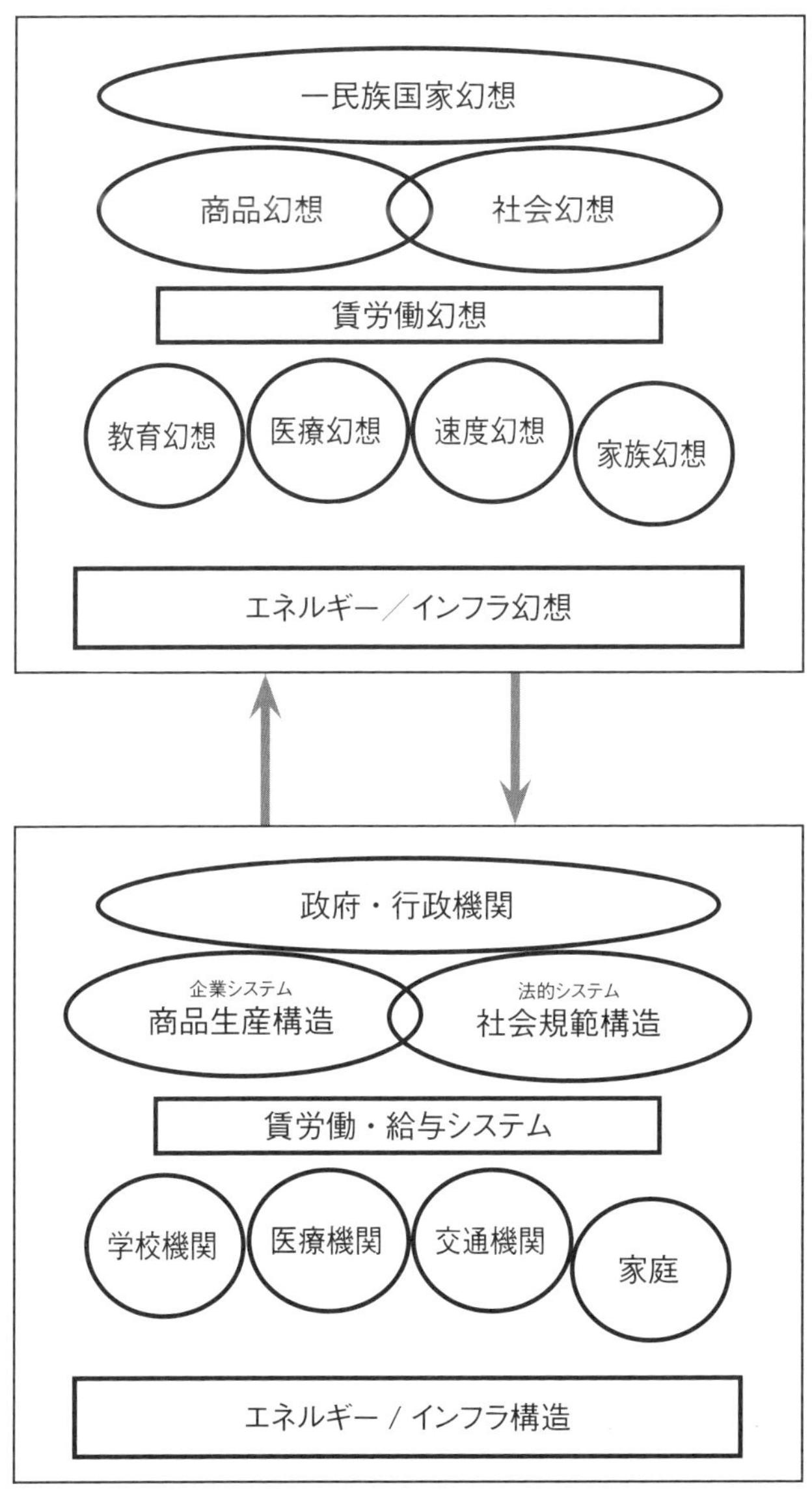
A 幻想構成
一民族国家幻想
商品幻想
社会幻想
賃労働幻想
教育幻想
医療幻想
速度幻想
家族幻想
エネルギー／インフラ幻想
政府・行政機関
企業システム
商品生産構造
法的システム
社会規範構造
賃労働・給与システム
学校機関
医療機関
交通機関
家庭
エネルギー / インフラ構造
B 現実構成

され種別的に分節化されています。それぞれが自立しているかのように構造構成されています（vision のもとでの division）。そのようにパワー関係が作用しているためです。ここをブルデューは社会諸空間の間の諸関係を国家が生産しているんだとみなしました。わたしたちにとっては同じことです。上からか下からかどちらからみているかの違いでしかありません。古い言い方ですと、「分割して統合する」ですが vision/division の原理です。これは近代編制として変わっていません。そして、それぞれの種差的なシステムや機関にはかならずそれを普遍であるかのように構成している幻想が配備・編制されています。図のAとBとは、まったく重なっています。しかし、Bの分割線がなくなり、それらの諸幻想が、国家幻想へ統合されて一括されているというのが、現在の「幻想編制の構造」です。それは法的機構として水準がちがいますが形式統合されているのです。この法的機構は、機関内では規則や規律などでもって規範化され、監視され、秩序化されています。どこの場所でも同じ「社会空間」としての編制が成り立っているのです。原理は「社会を防衛する」です。人口総体への安全の生政治としてですが、「安全」をかかげ追求しますが実際技術は「爆発」する、車は人をひき殺す（日本で年間四千人、世界では年間一二五万人の死亡）、そういった矛盾を覆い隠すものです。そこには個々人の身体への解剖学的政治としての働きがかならずなされています。その末端が個々人における「欲望の主体化」です。衣食住の個人化＝商品化です。生存基盤は個人では賃労働、社会ではエネルギー／インフラの構造です。隙間がみつかれば、権力諸関係と種別的社会空間を編制して埋めていきます。

ここでさらに、アジア的国家幻想の構造と西欧的国家幻想の構造とのちがいを再確認しておきましょう。国家の非分離構成と分離構成の違い、そしてその共通性です。そこから、近代の民族国家編制の過程的な構造化をとらえておきたいと思います。

アジア的国家構成は、共同幻想が末端まで覆っているのですが、国家は生活圏に直接手をつけずにいながら、しかし民衆はお上のもとにあると幻想化しているといいえます。個が集団化ないし共同同化して、個人の確立がなされない傾向にあるといえます。個人意志が共同意志に直接的に同調していく性向です。しかし、西欧的国家は、国家と市民社会とがはっきり分離しており、国家の介入に市民は同化ないし抵抗するシティズンシップをもっています。人口から人民が疎外され、個人が独立的に確定しています（TVで、よっぱらいに危険だと呼びかける公共のポスターを見た外国人が、酔っぱらうのは個人の責任だろう、なぜ他者が配慮するのか分からないと言っていましたが、そういう局面に出現しています。公園でドローンをあげた少年が警察から注意され、飛ばすなとどこにも書いていないではないかと主張する転倒に社会的に表象もします）。近代では、その双方に「社会幻想」が商品経済とともに介入し、「社会空間」を編制し、そこが規範として社会配備されていき、政治国家が政府・法として分離し三権分立の民主主義形態をもって主権が法・権利・国民主体におかれ、政治国家と社会空間とを結びつけて、パワー諸関係を社会界で働かせている統治編制となっています。論理的統合と道徳的統合とが合体しているのです。統治性は規範の政治技術、それを正統化する人間諸科学の知、対象が人口です。ディシプリン（規律・訓練）は監視する規則性、国家理性の知・対象は領土（安全・防衛）ですが、同時に身体へ働きかけます。図（521頁）に示したような編制過程が、民族国家を構造化しています。同じ国家構造になっていきますが、初源と生成過程は違います。国家が社会を疎外し、経済が社会を疎外し、社会空間が人為的に編制された構造になっているのは共通します。グローバル化のなかで、国家のトランスナショナルな発生がうみだされていますが、民族国家構造に根本変化はありません。帝国にならないように諸国家間の均衡がはかられています。

　この構造化された構造が、商品・規範をいきつくところまでいかせ生活反転させる現状を輩出しているのです。権力を行使する客体的構造化と権力行使下の代行為者の社会的に構成された配置換え行為がなされます。自ら進んでそれを取り込む姿勢が、社会代行為者にあるがゆえに成り立つのです。幻想にとり憑かれているからです。

アフリカ的段階は、はっきりしないのですが、国家は無く、天と地の宇宙的幻想構成を、自然と幻想とのあいだで構成して、場所がそれぞれ存立しているとイメージされます。

諸幻想が、わたしたち心身の日常生活を覆いかつ浸透しています。吉本さんの「幻想」概念は、シニフィアン作用しているものであるため、空間設定していながら、その空間世界があるようでありません。それは、外部性が設定されていないためで、わたしは本書で一貫して、幻想関係の空間化を外部性において開削してきました。また、概念は概念要素ではなく、不可避に「概念空間」を構成します。その空間もなるべく開示していくように考えてきました。一連の図示化はその試みです。単純な平面幾何図ですが、理論的にはラカンのようなトポロジー化が要されるように感じられてなりません。それは、次の方々が試行されてください。

5　場所革命へ

そうしますと、この構造化された諸構造からの脱出ないし転移はいかにしてなされうるかとなります。政権をとったり、国家権力を階級奪取したりでは、この構造はかわりません。社会諸関係と幻想構造、および双方の関係構造を転移しなければならないということです。幻想の転移過程の明示です。そのためには、幻想と意志との分離の契機を把捉することです。

それは「場所革命」という、〈場所共同幻想〉に立脚した転換をなすことです。地域ならざる場所環境の実際に立ち、その地域性を時間化して世界史の歴史的段階の歴史性へ転化していくことにおいて、わたしは設定しています。近代国家の生成過程の統合化で蹴落とされ剥奪されてきた地域性の普遍性への転化、それが〈場所〉という意味です。地域革命ではありません。「中央—地域・地方」の関係構造を転移することです。「革命」とは re-volver、再び回帰すること、古事記的場所多元性への回帰が、新たな転換 inversion へとなっていくことです。

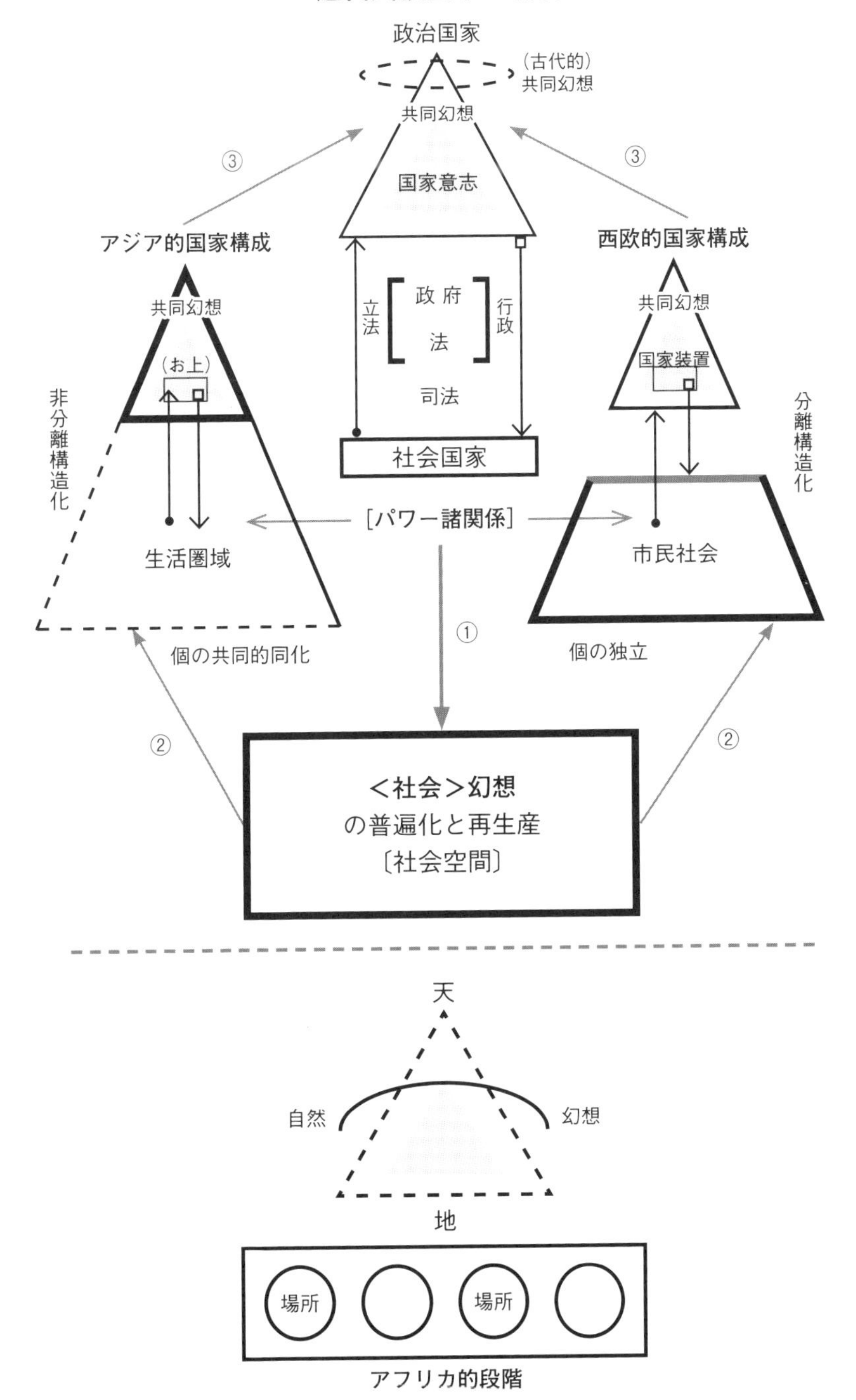
近代民族国家の編制
政治国家
（古代的）
共同幻想
共同幻想
③
国家意志
③
アジア的国家構成
西欧的国家構成
政 府
立法
法
行政
司法
共同幻想
共同幻想
（お上）
国家装置
非分離構造化
分離構造化
社会国家
［パワー諸関係］
生活圏域
市民社会
①
個の共同的同化
個の独立
②
②
＜社会＞幻想
の普遍化と再生産
〔社会空間〕
天
自然
幻想
地
場所
場所
アフリカ的段階

まず、パワー関係が社会空間へはりめぐらせている網の目の連鎖を断ち切ることで、種別的な諸機関のそれぞれが自律運動を働かせることになりますが、その上限は場所共同幻想です。物理的には、大きくて約三〇万人単位以下の住民の環境的自立です。小さな市ぐらいのスケールです。人口の場所住民への転化です。村・町次元が理想ですが、場所間の協働が要されますので約三〇万人規模以下と想定します。行政転換が可能な単位です。その決定・実行作用は「条例」です。「条例」は、法体系から疎外されたレギュレーションの域にある規定化で、場所の共同意志です。個人意志はそこと協働しえます。場所政治は条例によって場所共同幻想を生活現実において作用させ、実際環境を構築していくことです。現在の行政主導の条例は多分に社会空間を下支えするものになっていますが、場所からの逆転は可能です。法権利主体の条例主体への転化です。この規定化によって、規整化の閾が開かれていきます。

場所環境の設計をなしえていく条例の創出ですが、物質的に分散化された自生エネルギーの地盤をもたねばなりません。場所が自らでエネルギー生産を場所環境に必要な限度でなすことです。それと、場所金融の構成が要されます。場所の自立的なマネー運営です。場所住民、場所企業に役立つようにマネー運営をなすことです。銀行が自社を守るために担保を優先させる仕方に経済作用はありません。交通体系も、歩く速度を規準にして補助モーター交通を編制することになります。この三つは、歴史到達した普遍性を特殊性へと転化することを意味します。退行ではありません、特殊性を排除してきた普遍性化の逆転です。高度な技術化です。政治経済の政治技術への転化です。そして、そうした場所環境での生活に合う諸製品を、場所として生産する場所資本企業を働かせることです。これはもう中小企業がなしていることですが、大企業の下請けからの資本の脱出・独立です。商品製造ではなく、資本生産という普遍性へ転じることです。そこでは実際には、場所経済の場所企業の役割が重要になります。場所の〈述語的経済〉の形成です。

これは一九五〇年代にドイツで語られた社会本位の新自由主義ではありません。それは「社会」の内部で、社会を統治する統治行動の下方化でしかない、つまり、社会の縮小化でしかない。市場を競争メカニズムにおいて企業社会化しようとしているものでしかありません。わたしは「社会を場所へ転移せねばならない」と主張しています。社会を自然性において、社会に介入していく「社会政治」は、「場所政治」とは原理がまったく異なります――フーコーは「資本」と「場所」との関係の可能条件にまったく気づいていません。ブルデューは「資本」を捉えましたが、剥奪された地方をみるだけで「場所」に気づいていません。

物理的地盤はおよそ以上のことですが、その物質的配置換えが可能な働きとなっていくには、既存の幻想構造がコード解体されないとなりません。そのディレクション指標が「場所共同幻想」＝国つ神共同幻想を固有にたちあげることになります。これなしには何事もたちゆかないと、わたしは諸実践の経験から確信しています。沈黙の有意味性を場所共同幻想として明白に表出することです。

場所ごとの多元構造を自立化することです。その根本原理は幻想としては「古事記」ですが、実際具体としては戦国時代です。江戸幕藩統治の基盤にあるものですが、江戸幕府統治は、藩主を基本的には入れ替えただけで、地盤は戦国時代の多元的場所の自立にあります。そこをふまえないと、単なる地域主義ないしかつての郷党主義に閉塞します。場所は、アジア的という規制に時間的・普遍的に布置されている存在です。武士制の場所心性は、現在の場所住民に残滓しています。薩摩や上杉、武田、後北条、伊達、毛利、そして真田などなど。吉本さんは、琉球や沖縄をもって、地獄で地獄を洗うことだ、という言い方をしていましたが、本土内のいくつもの〈場所〉の国つ神＝場所神から、それはなしえます。古事記・風土記の時間性の〈初源〉に立って、超西欧的なものを「社会幻想」の彼岸に開くことです。それには、有の現在の場所に、絶対無の場所を見いだしていかねばなりません。社会幻想空間を相対化し（イメージ転換）、解体していかねば浮上しません。普遍課題に直面してこそなしうることです。それが、国家的共同幻想および社会幻想とのあいだに、幻想の軋みをうみだします。それが「普遍的な国家権力の問題に転化しうる位相」のことであって、国家権力内へはいっていくことではありません。共同幻想間に軋みを移行的にふきださせることで、「社会の死」をまねくことです。実際に、軋みはあちこちで浮上しています。

軋みを、新たな次元と水準へ移行させていくのが、文化環境の役目になります。場所の文化蓄積を普遍において作用させることです。場所の文化技術と歴史技術の甦生と先端技術との交通です。正統な文化へナショナル化されたものに対して、場所文化の特殊性自体の普遍性化です。

このとき、現存の社会的空間の実存が、幻想と自然基底とから、批判的にとらえられていることが要されます。自然は静態的かつ動態的な「有の場所」であるだけではなく、場所人が生活してきた生命的・生態的な歴史の環境として転化されていることです。それが、水と土との夢想的環境と実際の景観設計とに関わってきます。原子力化は「火」を活かさせない、火を生活から分離し閉じ込める転倒した「妄想の科学技術」です。自然史過程に布置されるものではありません。自然史的には火は生活と近傍で共存しています。自生エネルギーと防災のインフラ構造の環境的設計は、そこへ直接的に関わっています。

非常に、単純化しての設計原理の提示ですが、吉本さんが国家次元で想定された社会主義の有効性の三つの規準や先進国と後進国の国家間の贈与経済よりも、「国家配備」を配置換えする幻想本質的なものであるとおもいます。場所間の地球的交通です。社会の死とともに、〈社会〉主義も消滅することです。それが不可能であるかのように社会規則と社会幻想が網の目のように構成されて社会機能しています。その社会空間（社会を普遍化する〈社会〉イズム）へプラグをはめこまれている、そのプラグを抜いて、〈場所が自律する〉ことです。それは「国際機構下における地域社会国家を想定する開かれたナショナリズム」（⑨175）ではありません。土俗とナショナリズムの結節点を断ち切る〈場所〉です。幻想の表出の仕方そのものに対する革命です。そして場所間の世界交通です。国家間の世界交通ではありません。

6 革命と関係の絶対性

革命なるものを想定したり考えたり行動したりするさいに、吉本さんは思想的にそこへの注意・批判を非常にラディカルに展開していました。その要点だけを次に簡略みておきます。共同幻想に対峙する姿勢・態度として大事なことがいくつかあります。それは思想的に、倫理へものごとを還元して判断するなという、批判を介在させての倫理思想ともいえる質のものです。「倫理批判の倫理」です。答えには、倫理はありません。

けだし、とても大事なことがあります。それは「関係の絶対性」と吉本さんが示したものです。「人間は狡猾に秩序をぬってあるきながら、革命思想を信ずることもできるし、貧困と不合理な立法をまもることを強いられながら、革命思想を嫌悪することもできる。自由な意志は選択するからだ。しかし、人間の情況を決定するのは関係の絶対性だけである。」

このあまりに有名になった「関係の絶対性」は、批評的言語の解釈的なもてあそびに多分にほうりだされましたが、そうなったのは、「秩序にたいする反逆、それへの加担というものを倫理に結びつけ得るのは、ただ関係の絶対性という視点を導入することによってのみ可能である」とされたことを、反逆や倫理の自らの有り様の実存的確認と他者への敵対的非難として使われたからです。思想的な態度、あるいは革命的な態度でもいいですが、自己表出の力として関係の絶対性をつきぬけていくということになるでしょうが、しかし突き抜けられえないことでもあることへ、思考としては、「関係の規制性」は主観ではまぬがれないという当たり前の指摘です。そこにうきだしてしまう相対性を絶対性ときりかえた思想力の次元が、意志の断念ないし遂行として同時相反的に了解されてしまったといえます。意志が情況規制として反転するということも、政治情況としては当たり前に起きていることです。変更可能か不可能かの彼岸に設定された関係ですが、指示性の対象化がなしえない領界での思想的覚悟へと回帰していくものです。

わたしは、「関係の絶対性」という関係性を〈規制関係〉へと理論転移して、そこに働く心的なものと幻想を対象化する場へと、それを再配備しました。宗教的・信仰的な疎外へ限界設定する自己技術を規制性へ働かせるためです。「関係の絶対性」に対する自己技術の行使です。そして、関係の絶対性におかれている要素関係もまた価値関係も相互変容してしまいますから、ただそれを相対論へおかないで絶対関係として自戒しておくことです。わたしは、こういう思想的定立を好みません。吉本さん自身にとってはそうではないですが、それを読む側にものごとを分かったつもりにさせるだけだからです。

知識人批判からうみだされた「大衆の原像」という吉本思想の一つの核があります。大衆の原像をもって、大衆全面肯定に誤認する人たちがたくさんでましたが、大衆存在を手ばなしで肯定するようなことを吉本さんはしていません。大衆のおぞましさを同時に認知しています。そこを見落としてはならないでしょう。人間、それは大衆といってもいいものは、「観念的には、いかようにも迷妄になりうるものだ」ということ、「あとからかんがえると、ぞっとする、あるいははっとする、あるいは馬鹿馬鹿しくって、というような迷妄性をもちうる」と言っていますが、人間には「可塑性」があるということの指摘です（「国家と宗教のあいだ」『〈信〉の構造』春秋社、３８９頁）。いかようにも迷妄になりうるし、いかようにも科学的にもなりうるという意味です。大衆の立場に立つということは、大衆迎合することとはまったくちがいます。大衆の存在価値を、知的疎外で劣っていると裁くな、ということです。大衆の語られえていない考えられえていない「プラチック＝実際行為的な論理」をつかみとることです。「大衆の原像」とは実体化された価値存在ではなく、知的疎外の対象として近づいていくべきものだということです。「幻想としての大衆像」を描き出すことです。国つ神として起源的にわたしは把捉しえました。

しかしながら、大衆が上げ底化されていくことを、クリティカルに吉本さんは観ています、しかし批判対象とはしないのが吉本個人思想です。わたしは大衆が「社会人」化されてしまっている、それはもはや大衆存在ではないという観点をもちます。大衆が自分存在を否定してしまっている、自らの幻想を喪失して社会幻想へ依拠している、それが社会空間での生活の仕方（商品生活、社会規範生活）に「上げ底」されて転倒してしまっている、と考えます。社会人から脱却し、場所住民・場所人として自立していくことだと考えます。

7　科学の共同幻想

科学的に説明されると客観的妥当性になるとされていますが、その科学は主客分離の客観主義です。それは測定不可能なものを捨象し、測定可能なものだけで練り上げた科学的詐述です。科学の神話を打ち破るいろんな科学批判がクーンやファイヤアーベントらに代表されてなされてきましたが、それ以上に科学神話はますますはばをきかせています。科学批判が、新たな科学の可能条件を聞きえていないからですが、主客分離の哲学＝科学の論理から脱しえていないためです。

科学技術はいくところまでいくんだ、自然過程としてそうなんだ、というのが吉本個人思想の姿勢ですが、それはそうなのだと思います。ご自身の科学技術の体験からも確固とした確信になっているのだと思いますが、科学技術を使うのは人間です、作りかつ修正し破壊するのは人間です。それは幻想域と必然に関与します。そこを問わないわけにはいきません。人為操作不可能、人類滅亡までをもなしうる原子力の次元までできてしまった科学技術にたいして、その科学幻想に囚われたままでは、それは過ちを犯す。現に日本でも原発の爆発は起きてしまったのです。手抜きをした手落ちからではない、そういう手抜きを本性としている人為技術でしかない。ここは幻想の根拠が見直されてしかるべき閾へいいたったということです。

スペインでは、自分たち住民で自生エネルギーの発電所をつくって分配している活動がありますが、それはもう金儲けの電力経済ではない、場所的な自律経済です。その新たな幻想による発電システムのパブリック構築です。そういう不可避の技術過程がありうる、それは原発の技術過程とはまったくちがいます。そここそが吉本思想を徹底させていくことなのではないでしょうか。原発支持した吉本はけしからんという表層の始末の仕方は、吉本思想を読みえていない態度からくるものです。吉本さんの追悼集会であまりのその発言に、わたしは本質論読んでいないだろう、だからそう裁断できる。無知からの裁断であり、愛されなくなったからの情緒的反応だと反批判をしましたが、思想を活かすことは、「意味されたもの」に従うことによってではなされないからです。

科学技術の自然過程とは、「主客非分離の述語的科学技術」においてのことで、主客分離の科学技術は自然過程ではない。人為過程でしかない、というのがわたしの吉本継承の仕方になります。「意味するもの」をつかめばそうなります。

技術の自然過程と政治利用

技術の自然過程は、二つの異なる設計原理があると、わたしは識別します。それは、道具において分岐した技術ですが、日本に典型的な技術は「非分離の述語技術」です。箸や風呂敷や下駄にモノ化されている技術ですが、すでにいくつかの科学技術において活用されている原理です。他方、西欧的にはフォークや鞄や靴にモノ化されていった「分離の客観技術」です。

ヒトは本来的に道具とともにある存在です。これは、人類史のなかで明らかに正反対に分岐しています。段階であるとは言いがたい本質分岐であるとおもいます。技術の自然過程は、この生活技術の物質文化が異なるということをみていかないと過つとおもうのですが、それはローマ神話以前のギリシャ神話と日本書紀以前の古事記神話との差異として原初的に表出したものの差異です。ローマ神話とギリシャ神話では幻想形態が異なります。同じように日本書紀神話と古事記神話とでは幻想形態が異なります。

つまり、技術とは、純粋疎外の先に文化疎外として出現する物質的なものおよびその幻想表出の次元にあるのです。それは、同時に「こころ」の技術としての差異に表出しています。感覚の体壁系次元だけに出現しているものではないということです。

しかしながら、その純粋疎外へと疎外する、原生疎外から純粋疎外への疎外表出に〈もの〉という閾があります。そこが実は言語表出と関係する次元で、そこにおける本質は「述語制」にあるということです。文法形態ではありません、表出形態です。つまり、自然過程は「述語制」が基盤で、そこから「主語制」(＝客観制)の疎外が派生してくるということです。客観科学技術には自然過程はない切断があるということなのです。人為過程でしかありません。ですから、客観的科学は、政治利用の科学発展を不可避に被るという規制から自由であることはありえないとなります。初源本質は「述語制」であるのです。分離はその後の段階です。ですが、非分離出現は、段階的に後に物体化されて出現します。日本でいうと武士制の段階です。つまり非分離出現に一〇〇〇年ぐらいかかってしまっています、それが自然過程の技術史です。歴史順序は、本質出現順序ではありません。吉本本質論をふまえればそうなります。

8　宗教と共同幻想

共同幻想の本質出現の問題は、国家よりもむしろ宗教にあるというのが吉本思想であるとおもいますが、仏教論、キリスト教論、そして天皇制論とその幅は大きいです。この次元に関する考察は別物となるので省きました。しかし、初源本質からして、仏教もキリスト教もイスラム教も原始宗教の本質からみて変りはない、というのが吉本さんの立場です。宗教そのものの発生根拠を探るということです。その宗教共同幻想こそが「共同幻想」論です。宗教の宗派化や宗教国家を問題にするのではない、宗教そのものの類的起源を探るということです。それが〈信〉の構造となって表出されたものでした。

　共同幻想としての宗教論は、非常に本質的であるゆえ、別稿を要しますが、「信仰」に関してのべている次のことだけ指摘しておきます。『〈信〉の構造』の序で記述されたメモです。先の科学（技術）への〈信〉にたいしても、学校（教育）への〈信〉にたいしてもいいえることが、記されています。

〈信〉は形而上的にいえば、「事物と事物とのあいだの差異の同一化」です、批判的にいえば事物の差異が見えなくなることです。肯定的に言えば差異を超越することです、それは「意志による世界の被覆」です。自然を精錬化し人間化をも包括しているものです。「被覆によって人間を自然にさしもどすことと、人間を自然の原因あるいは起源とすること」、この二つの極端が〈信〉の構造に輪郭をつけています。これは、世俗的な生活の幻想にたいする〈信〉としてもいえることではないでしょうか（しかし、擬人的な至上者を生みだす〈信〉は、人間を自然の原因・起源とすることが、「生誕したことがない人間」という概念を思い描くのと同じ意味になる、生誕した人間は何かの結果として生誕したのだから、それ自体で自然の原因・起源となることはできない、と吉本さんはいうのですが、そういう矛盾にたいする超越性＝先験性にあるということでしょうか。これは、あまりにカント的です）。

〈信〉はどんな種類であれ、現代的な〈信〉であれ、古代以前に起源をもつ〈信〉であれ、内側からみれば「巨大なもの」への〈信〉であり、外側からみれば「卑小なもの」への〈信〉です。それゆえ、「〈信〉の信仰性から中性化への経路」と、その逆の「中性点から信仰性へたどる経路」との解明を、とても困難にしている、と吉本さんはいいます。ここまでわたしが幻想論を使ってのべてきたことは、この「経路」を幾分なりとも解明したものです。ですから、〈信〉と〈不信〉とのあいだの差異の問題に還元して示したわけですが、そうした動機を内省してのことです。しかしながら、「解明して残余をのこすものだけが〈信〉の本質」です。そして「対象を半透明なものに転化させたい無限の衝動をひき起こさせるのも〈信〉の本質」です。それは、意識の起源をまた意識の歴史性をめぐっていることになってしまっています。そういう自覚をもって、無数の日常の人たちのとらえ難い暗闇に光をあててみたわたしの試行です。「とにかく何か逸することができないものが埋め込まれている」からです。人は「〈信〉の内側に入りこんでみたり〈信〉の外側にはみだしてみたりする」のですが、「どんなばあいでも〈信〉を課題にすることからは逃れられ」ません。逃れることとほとんど同じ場所があるとすれば、「それはただひとつ〈信〉を中性化することだけ」だということです。

学校や医療への〈信〉として了解されえていくことです。吉本主義者たちの〈信〉の構造も。わたし自身は愚かさの壁を破って宗教へいくこともできなければ、賢さの壁を破って病気へいくこともできない。普通の人として、吉本さんが言うように、適当にしのいでやりすごしたり休んだりして安穏としているわけですが、どうにもこの現代社会はおかしいという感触をもって知的疎外を極限までなんとかなしながら、生活常態を自己技術的に自在にできるかぎりはしようと格闘はしています。そのとき見抜いたことは、社会幻想の中で人々は幻想に依拠していることで、宗教性は意識から外化してしまって、ある社会価値観をもって〈信〉の体験を無自覚に経過して生き抜いているんじゃないかということです。そして確実に、「最善が最悪である」（イリイチ）ということを、サービス制度の規範化・規則化のなかで他人へ強いて来ることをしてしまいがちになる。そこから「放っといてくれ」という自己技術をわたしは探り当ててきたということだけです。幻想間と実際行為との間に軋みがおきる、自分が自分からずれてしまう、そこに働かせる倫理は個別だけれどある普遍に抵触しえていて、どうみても社会幻想の価値にもとづいた道徳規範とはずれるという尺度です。そのとき現実批判や政治経済批判を大きく否定へ飛躍させるのではなく、可能条件の空隙をみいだすためにその「正定の位」（親鸞）を探しているといえるのではないかと思います。普遍倫理は、最善が最悪だという閾の先に開かれる、何も信じていない小さな存在から、そこの通道を生きているというように、吉本さんをひきあいにだしながら言っていますが、うまくいえるものではない。

9 おわりに：孤絶する普遍思想・普遍理論

普遍思想を追求した思想家は、なぜかかならず孤絶していきます。普遍を追求すればするほど、一人だけになっていきます。普遍の追求は大衆化しないのです。これはオフィシャルなものや正統化されるものを普遍化することとは逆になる普遍です。フーコーとの対話で吉本さんはそこを吐露しています。

「闘争を、どこへ向ってするのかといった場合に、それは資本主義に向ってか、いや、同時にそれは社会主義に向っても、闘争しなきゃならない。そういうふうに問題がいつでも現実には伴ってきて、それは必ず世界のなかで孤立した闘争にならざるをえない。どこにも何も頼ることができない、そういうところに必ず追い込まれますし、またそれを思想ないしは理念の問題として、あるいは哲学の問題として、展開しようとしますと、どうしてもやっぱり世界のどこからも孤立したものとならざるをえない。つまり、そういうふうに追い込まれざるをえないのが、ぼくは現状ではないかとおもいます。たいへんその点では悲観しながらじぶんの考え方を展開しています。」（35頁）

マルクスが、フロイトが、フーコーが、ラカンが、そして吉本さんがそうです。同じく、普遍理論を追求する者も孤立化・孤絶化していきます、小さいながらもわたしもそうです。事態はいまだに同じどころか、悪化さえしています。そこでは、「わかりやすくやさしく」などにかかわっていられないからです。多数者の神話に、それは便乗していないからです。目先で大衆化したものは、気のきいたことを論じているだけで、いずれ消えていきますが、普遍の追求をおそれて身を守っているだけの代物です。

真理を語る勇気、たとえまちがっても、偽りの社会行動や実際にたいして真実を述べていく。たとえ殺されようと排外されようとひるむことなく、自らが自らへなす自己技術としての語る勇気に、少数の人々は共感したのではないでしょうか。

普遍思想は、よそ者思想ではない、自分自身のことに関与している思想思考です。大学人のよそよそしい客観性をまとった「よそ者学問」とはまったく異質です。論理的に言うと、規範規則強化がなされればなされるほど、規範化しえないレギュレーション領域が隙間のようにあちこちに散在していくのです。そのレギュレーション域に新たな可能条件を配備化していくことです。その小さな自分技術を活かせる資本を作用させていけばいいことですが、資本は外在性でしか働きません。内在性では機能しないのです。批判体系が可能体系へ転化するという弁証法的なものはありえません。双方は系として並存・共存しています。「相反共存的な協働性」だとわたしは認識しています。そして、少数ながら、自分を支え協働してくれる優れた方達の支えをえることが大事です。自分が自分でいられたらいい、そこに、普遍思想はある回路を確実にあたえてくれます。

吉本論理は、思想的論理です。「〜論」という設定で、考えられえていなかった閾を考えることへと表出してきています。それは、当時、論理的なニュースのまま感取されたにとどまってしまったのではないでしょうか。フーコーは詳細な「理論的緻密さ」の考察をなしましたが、吉本さんにはそのような詳細さがなくとも、「思想的緻密さ」が確固としてあります。そこをひきうけて、自分で考えていくことです。

現在、とくに批評理論の地平は「アフター・セオリー after theory」として理論以後の細部的、経験的な考証へと「後退」していますが、それはもはや「理論」が新たに創出されえなくなった、ある「際」まできてしまったということでもあります。「母型論」での各「〜論」の徹底さの不徹底さは、吉本さんが歳をとられたからというものではなく、いきつくところまでいってしまったことへのとらえどころのないぎりぎりの「際」での考察であるのではないでしょうか。銃弾で撃たれて穴ぼこだらけだと当人がおっしゃられていますが、その穴は、実証的にも理論的にも埋められようのない際・地平にまできてしまっているものが多々あります。

わたしの理論は「商品」や「社会規範」が横行している現在においては有効です。アフター・セオリー以前の理論水準で思考表出されていますからツールとなりえます。それは普遍思想をぶらしていない理論であることで、世界線を一歩つきぬけているものです。一見窮屈そうにみえますが領有すると自己技術を自在にはなてます。それが分かる少数の方達との協働を実際に実行しています。現実存在に対応しうる普遍理論として構築しているからです。批判理論から不可避に産出される「理論的拘束性」を窮屈だと回避しているようなやわな姿勢から「可能条件」は開削されえていきません。その回避は〈自由〉の幻想にとらわれているものでしかありません。さらに理論の〈際〉で批判の意志をもって考えねばならないことは、まだたくさんあります。それは本質論からの開示をひきうけて可能の意志においてなされるべきもので、まだまだ未踏のものがあるのです。その理論化への問題構成をなしています。分かる人にはわかる、分からない人にはわからない、そこをどうこうしても徒労です。

わたしは真に吉本さんに感謝しています。氏との直接交通・対話は、ほんとにわたしに支えになりました。それはいくつもの形で世に産出していますが、本書のように「共同幻想論」ひとつをとっても、かくのごときたくさんのことを形成しえていきえます。それがわたしからの返礼のかすかなひとつです。

国家科学などがありえるとは思いませんが、権力解析、権力のミクロ物理的作用、社会の国家化における諸闘争の役割、国家形成における宗教的・道徳的な系譜、時間のディシプリン的非合理化、規範の階層化、国家の物質的諸要素である領土・人口（生政治）、国家管理による非個人化、さらにネオリベラリズム、そして象徴権力としての国家、国家資本の働き、といった課題と共同幻想の論理とをつきあわせていくことがもとめられています。近代西欧国家論を形成していった、マキャベリ、ロック、ホッブズ、モンテスキュー、ルソー、ヘーゲル、(トクヴィル)、ヴェーバーなどといった論理からではなく、また国家／空間変容をもって国家論を修正している現代マルクス主義の論理からではなく、フーコー国家論（フーコーは直接に国家論を展開していませんが、国家論として組み立てること）とブルデュー国家論と共同幻想国家論を理論的に構造化して、アジア的国家と西欧的国家の本質相を明示していくことなのですが、その基礎素材はだしておきました。本書とは別に理論生産し論述していくことかとおもいますが、本書を仕上げて、「フーコー国家論」と「ブルデュー国家論」を論述する必要を痛感し、それをほぼ同時に刊行することにしました。共同幻想国家論を構築する仕事が、考えていることを変え、自分の存在の仕方を変えてきたのです。

「統治性 gouvernementalité」が編制された十八世紀の時代が、今日を規制しています。統治・人口・政治経済がむすびついているかたまりはまだ解体されえていない。国家の限界が指摘されようとも国家の延命がなされているのは、統治性の一般戦術がいまも機能して、国家的なものと非国家的なものを区別しつづけて、国家の統治性化を更新しつづけ、共同幻想の国家化を支え構造化しえているからです。国家は、法や政治や社会の外部に疎外されて超越的な外在性となって永続化されています。それを、ひきずりおろす思想・理論は、もはやレーニンやグラムシの国家論ではなく、吉本・フーコー・ブルデューの国家論です。この三者から、新たな国家論のラディカルな理論閾が明証になるでしょう。

わたしが開示した《共同幻想国家論》は、共同幻想という本質視座を、近代国家が誕生させられた歴史的現存性である現在において活用させることで、「共同幻想の国家化」の生成構造的な理論構成となります。それは、幻想の統治制化を、対幻想の統治制化（社会のなかに配備された家族のあり方）、個人幻想の統治性化（社会人間として個人化されるあり方）、が社会の統治制化における「商品幻想」と「制度幻想」の社会幻想の統治制化において配備されている「国家の統治制化」様態を明証化させることでした。国家は社会配備なしには構成されません。国家配備を社会空間へ代表象させて代行配備させ、国家の規整化理念を働かせることができるのです。さまざまな統治制化が可能になって編制されるのも、象徴的諸資源を象徴的暴力の集中化において国家資本として形成しうるのも、「共同幻想の国家化」においてなされることです。吉本共同幻想論は、フーコーやブルデューの国家論が届きえていない界閾を、彼らよりもはるかにすぐれて、彼らが考えられていない次元で考察しえています。国家論は、幻想概念なくして理論生産しえません。ここは、世界へ、わたしたちが発信させていくべきものです。

あとがき

「共同幻想」の概念は、マルクスが『ドイツ・イデオロギー』において、国家を「幻想的共同性」ないし「幻想的共同体」であると呼んだ、そこからきているとはおもいますが、まったく吉本さん固有の概念世界として創出されたものです（ちなみにブルデューは、幻想的共同性は窮極に「合意」となる、としてそこを「国家のアクト」として解読していきます。まったく逆の方向です）。

本書を改めて書きくだして、あまりにたくさんのことを論じないままに、自分は吉本思想を使ってきたのだと反省させられました。つまり、吉本思想の現在性について、その問いかけをもっと論じなければならないということです。思想が自らの存在理由と自ら表出したことの根拠とをもっとしっかりと見いださねばならない、それは共同幻想論を国家論としてその意味を明らかにし、現在への己自身の帰属を問い返すことです。そのようにして読み直してみました。

よく勉強されている方なら、わたしのこうした〈読み〉が、ラカン的な仕方でなされているのを感知されたとおもいます。アルチュセール的でもフーコー的でもない、ラカン的な仕方です。それは、外在化されてしまって見えなく感知さえされなくなっている「シニフィアンの連鎖」をたぐり寄せていく仕方です。わたしたちの経験は、多様な所与の問題全体を覆い隠してしまいます。それは吉本思想の理解の仕方においてもです。なぜなら主体は分節化された連鎖を意識の外部に疎外させて、意識の届かないところに保ち続けるという本性があるからです。「共同幻想は国家ではない」と分節化された意味の連鎖を外部においてしまったまま、もうそこは意識や認識が辿りつきえない答えなのだとしてしまっているのが、その典型です。また本質把捉が大事なことであるとして、歴史的・社会的規制を考えないことになってもいます。共同幻想の意味作用を絶対化して普遍化してしまうのです。

吉本さんが亡くなられてから、吉本思想に関するものがたくさんでてきました。それはある意味喜ばしいことですが、入門書的に書かれるものにはどうにも納得がいかないというか、正直、冗談ではないというものが輩出しています。しかし、わたしの書よりも、そうしたわかりやすい書の方が、たくさん読まれていきます。しかしながら、安易な書は一時的なもので消えていきます。残るのはわたしの論述の方です。わかりやすさはごまかしだからです。そして安易な道は、自らへの裏切りをうみだすだけです。結局、本質にたどりつかずに、新たに編制された現在の表層の理解にもいたらず、分かったつもりの知識で始末されていきます。「共同幻想」論は、言語表出論や心的現象論より、近づきやすく、ひどいのは学者たちが平然とこの用語を一般化して研究書において使い始めていることです。国家論といいえないから、ごまかしで一般概念として「共同幻想だ」とやりすごすのです。

しかし、「共同幻想」論は、吉本さんが記述されて以来なにひとつ深まっていません。吉本さんの定立にとどまったままです。当初、吉本さん自身が「国家の共同性」「社会の共同性」「国家の共同幻想」、あるいは「共同幻想の現実形態は国家だ」といっていたことが、国家から切り離されてしまった規定をうけて、国家論としてなにもなされていない状態です。わたしは、もう自家薬籠中のもので自在に使ってしまっているのですが、明示しておかないとならないなと、吉本さんとの対話をまとめたときにそこに自註ノートを記しながら感じました。そこで、この書をしたためておくことにしたのですが、吉本思想をあなどるな、という気持ちからです。それは、構造主義以降の理論革命を経てみていかないと、理論化がなされえないからです。大学人の言説からは論じられえない理論地平が世界線で開かれているのに、日本では、吉本無視と並走していたことなのですが、世界線へのとりくみ総体がなされえていないため、まったく届かないところへ放置されたままなのです。

吉本のみを語ればいい、お前の見解など聞きたくもない、邪魔だという吉本シンパの声が聞こえてきます。立派な方々です。本質論は何事も読みとられえていない人たちゆえになされる否定で、批判にもなりえていない情緒的な吉本領有ですが、それは「意味されたもの」としての吉本所有がなされるだけで、いつまでも思考は個人思想に滞留したままになります。

吉本・山本対談（Ⓐ Ⓑ）をみていただければ、両者の系が並走しているのが感知されるはずです。吉本さんは吉本さん自身で不動の強さをもって対応されていますが、それが吉本以降のわたしの地平からの提示によって、さらなる深化と明示へと開かれています。吉本思想をふまえながら、わたしは吉本追随ではない次元で、吉本個人思想を普遍思想へとひきだすベクトルから対話次元を、かなり慎重に布置しているからです。そこに、吉本思想の次なる新たな可能条件を開削していこうとしているからです。本書では、わたし自身において語られていなかったそこをもっと明示させました。ラカンがフロイトを真に受けずに新たな地平で深化させたように、わたしは吉本思想を、ラカンやフーコーなどをツールにしながら、真に受けず普遍理論として深化させようとしています。フーコー国家論を同時並行して論述したことで、幻想を配備と統治制から示すことだと了解し、それを付随実行しました。

吉本思想の魅力とは、自分自身を考えることが、世界とむすびついていくからですが、思想は使うべきことであって、答えを決めつけていくことではありません。つまり「意味されたこと」その分節化の連鎖を整序していくことではないのです。たとえば、吉本さんの心的現象論で入門書を書かれた方に、前エディプス期、母との関係を重視していくとき、クラインとラカンとの論争地平をしっかりふまえて吉本心的現象論を明示することが、入門書の役割だと申し上げましたが、そうした基本作業の努力・格闘なしに、いくら吉本論を書こうが無意味なのです。吉本〈個人〉思想の説明、しかもずれていくことにそれはとどまったままになるからです。言語論は、世界で産出された言語論（とくに一般言語論）批判を媒介してやっていかないとだめです。あるいは、対象にたいして徹底して吉本論理を使い切ることです。これは楠元恭治氏がデザイン・芸術論としてやっています。

吉本思想は大きな思想ですから、いかようにも派生的なものが産出されえます。であるがゆえに基本は、本質論を活用していくことを機軸にしないと、何事も固有な生産にならないということです。もう一つは、歴史的言説史に組み込んで歴史性化することです。思想史、文学史はそれによってふくらみえます。

本書で、わたしは自分の理論生産の手のうちをみせたのですが、吉本さんが切り開いた地平にたって、とくに『哲学する日本』で日本論をやっているということだけではない、世界線での理論革命の了解の仕方も吉本了解をもってなしていました。ですから、吉本さんと直接に二十五年間にもわたって、対話・交通することがなしえてきたのだと思います。そこで得たものを即わたしは自分の思考に生かしてきました。それは、ただ一つの筋です。多様な筋がなされるべきなのに、吉本思想という貴重な遺産があるのに、それを使わないという怠慢は、日本の悲惨です。こざかしい学者的な仕方では意味ありません。本格的にとりくんでなされるべきものです。吉本さんが、さまざまな成果をもって問題・課題として開かれたことは、まだ何もつめられていません、とりのこされたままです。微力ながら、わたしは新たな次元でいくつか切り開いてきました。孤絶していようが、自分が自分に明らかにしていく、自己充実した日々です。本書を記述しながら、ふりかえっていくつか見直しましたが、五十年前のものがほんとに死んでいない、生き生きとした論述を吉本さんはなしています。本物は、死後でないと了解域にたっしないものなのかと嘆息しますが、いまからこそ、吉本思想がやっとはじまるということでしょう。吉本は古いなどといっている若い大学人たちの知性低下は、けちらさないとなりません。現在への批判ないし同調が、恣意的で乱暴・粗雑になっています。そこから学ぶ学生たちは犠牲者です。わたしたちも学生時代、大学講義をほったらかして吉本さんを読み耽りました。本書で、分かったつもりにはならないでください。これでもあくまでもガイドでしかありません。これこそがガイドというものにはしたつもりですが、自分で吉本言述そのものをしっかりと読んでください。

吉本思想の「全集」化は、たいへんな作業です。生前、丸山真男全集がだされたとき、対抗的に「吉本全集」をだしませんかともうしましたら、「死人がでるからやめましょう」と笑いながら吉本さんはおっしゃいました。論稿、単行本、著作集、全集撰、文庫本と、実は微妙ながら書き換えられているものが多々あります。それは、ただ言述が明証化されたといえないことがあります。その文献検証から理論考察へとなされるような論述が輩出されてきたとき、真に吉本理解がはじまるといえますが、いずれ不可避にそうなるでしょう。本書でも、肝心なところを例示し、問題提起はしておきました。お歳になられてからはもう固有の生産作業は本人からなくなりましたが、今度は逆に、吉本さん自体ではないものとして、その語りをもって叙述されてしまったものがたくさんでてきます。字が、拡大鏡をつかっても重なってしか書かれなくなってきた、身体的に不可能になっていながら、しかし頭脳の方は、活発にうごいておられた。その口述の書記化で、不正確なものが、つまり吉本思想を学ぶ努力もせずになされた者からのものが、大きな問題をはらんでいるとおもいます。平気で、吉本さんの本は難しくてと、インタビューしています。学ぶ苦闘をへてこいよ、です。吉本さんは、ただ書いて糊口をつなぎとめてこられた方ですから、晩年、字が書けなくなって、こうした粗雑な輩も容認されてこられた。テープ起こしでまったくずれてしまったものが多々あると推察します。「ちがうんだよな」と笑ってはいられましたが、吉本さんへ無礼きわまりないということです。

本書では、吉本さんによる「思想的緻密さ」から浮上してくる理論化への回路をつけたものですが、初源本質の内在性をつきつめられていくことにたいして、幻想の外部性の大事さを描き出しました。大学化された思考からはその思想的緻密化がまったくみえないのだとおもいます。思想的な緻密化とは、飛躍のなかに正鵠な問題構成をなしていくことです。そして理論化とは、その飛躍に潜む未解決の課題をときあかして概念ツール化していくことです。心的現象論にたいしても『言語にとって美とはなにか』にたいしても、同様のことをわたしはなしえますが、それは自分にとっては分かりきったことへの後退ですので、吉本思想をふまえた固有の探究を孤絶的にすすめていくのみです。いずれ分かられるときがくるでしょう。『心的現象論』に関しては、アソシエの会で五年間に渡りレクチャーしました。その一部はYouTubeで公開されています。『母型論』はweb-uni.comにて講義しています。自分で分かりたいからです。わたしは正直にいいますが、『初期歌謡論』だけは了解にいたっていません。あとは、すべて基本了解しえています。

わたしは、吉本思想を私所有していません、開いています。これだけが正鵠だなどと思っていません。ただ他の吉本了解の仕方がひどすぎる、部分的すぎると言っているだけです。三つの本質論を、絶対的にふまえてしか了解はなされえないと言っています。

吉本本質思想が、世界線で常識基盤となる日がくるのを待つのみです。それは、ヘーゲル以来の、思想的転換が世界で起きていくときです。わたしたちは、それに先行してもう思考しているのです。日本語で吉本さんを読めるからです。ほとんど欧米人の彼らは読めない。こちらは英語やフランス語などを読めているのに、彼らは日本語を読めていない。遅れているのです。寿司を食べているだけです（ブルデューが『国家について』で日本に触れているのですが、あきれるほどの無知です）。

吉本著作の英訳は、『心的現象論』だけはそのシニフィアンを減少させて意味されたものを伝えることで本筋がぶれませんから英訳は可能であると思いますが、『共同幻想論』や『言語にとって美とはなにか』などは絶対的に不可能です。吉本言説表出は、述語的言語思考の窮極ともいえる固有の思考概念創造世界で、それを主語・述語・コプラの英仏独などの構文に翻訳することは、概念空間や言説編制に大きな歪みをもたらします。言表一つさえ文化的・思想的な意味がずれ、その意味化連鎖は吉本思想から遠のきます。思想的自己表出は完全に非価値化される。わたしの編集する雑誌で、吉本思想の本質が表明され比較的シニフィアンが減少されても大丈夫だろうとふんで、アジア的なものに関わる「良寛論」を長さも考慮して選択し、日本語英訳で経験あるネイティブな方にやってもらいましたが、不可能である結論に達しました。吉本さんに英文表記としてはなされているが別物であると了解をいただき掲載はしましたが、今後の課題、限界をむしろ提示するためのものにするほかなかった。これを「誤訳だ」と一言いっておきたい、と今頃知ったかぶりの軽佻浮薄な三流の学者・評論家が批判しているようですが、誤訳などの次元の問題ではない。言語構造の決定的なトランス不可能さにくわえ、欧米での日本思想・哲学への文化的蓄積のない無知な歴史過程は、言語的に追いついていないという問題です。源氏物語から近現代日本文学、西田哲学、武蔵の『五輪書』など英訳がありますが、すべてとんでもない誤訳です。しかしそれを誤訳などと言っても何の意味もない。述語制言語を主語制言語に翻訳するトランスの理論技術・言語技術が発明・形成されない限り不可能です。逆において、日本語は主語もないのに主語化ランガージュの擬制発明(従属部を主語と転化し、be動詞を助動辞へ転化するなど)を百年かけて似非学校文法化さえして、国民総体に嘘を教えてまでやってきたのです。それでも、いまだに誤訳だらけです。助辞、助動辞などは欧米にない、それは前置詞ではない、人称も単数複数の区別も日本語にはないのです。表出の機軸がトランス不可能なのを、語学優等生たち低知性が訳において自覚さえしていないことが問題なのです。まして、理論表出ではない、思想表出です。われわれがマルクスやフーコーを原文で読んで格闘してきたように、欧米側が、吉本思想を日本語で読む格闘に入らねばならない、それが最初です。『心的現象論』は英訳されたなら、誤訳不可避であれ、欧米はぶったまげて吉本思想を日本語原文で読もうということになるかもしれない。欧米の日本研究者たちの水準総体が低すぎるのです。ですから吉本英訳は、負になりますので二度と編集制作していません(吉本さんのカール・マルクスの英訳を中国系アメリカ人の大学院生が博士論文でなして、わたしのところへみてくれともってきましたが、誤訳と言っても仕方ない、意味指示性は通じているそれ以上はどうしようもない。他方、吉本研究したいというフランス人研究者が吉本さんから紹介されてわたしのところへ来ましたが、フーコーやラカンさえ読んでいない、そんな知性で吉本思想を了解などできないと叱正しました）。文化表出・思想表出の言語了解水準のトランスは、語学問題などではないのです。

吉本思想に誠実、真摯でありましょう。そこから言説転換がはじまります。思想が歴史をもち、かつ歴史を変えていく。吉本思想とはそのもっとも先鋭的な存在です。普遍的なものについての思考の歴史性がそこにあるのではない、歴史的なものについての思考の普遍性があるからです。

本書は、晶文社の太田泰弘社長、松木近司さんから、吉本宅で談笑しながら何か書けと言われて、そのあたたかいご厚意に応えようと、（わたしの文化資本に日本の商業出版はとどきえていないゆえ自分で研究所・出版社をつくり刊行してきたのですが、お言葉に甘えて）久々に他の出版社から出したものです。小川一典氏に丁寧な編集の労をとっていただきました。全集刊行のたいへんな事業に、すこしでもこたえられればと思ってですが、対話集Ⓐ Ⓑを自分でまとめなおし、吉本思想と自分の理論との間を明示しておかねばならないと痛感していたこともあってとりかかりました。一ヶ月ほどで入門的に記述できるだろうと思っていたなら、半年かかってしまいました。信大でバジル・バーンスティンを学びたいと研究生で入ってきた佐藤直樹氏が立派なデザイナーになられて、素晴らしいレイアウト／装丁をしてくれました。皆さんに感謝。

吉本思想の深みは、あらためて直面してみるとやはり並大抵ではないということです。同時に、『フーコー国家論』、『ブルデュー国家論』を共同幻想概念をもちこんで、明証化しました。この三部作で、マルクス主義的国家論を脱出する閾と通道が明示しえたとおもいます。

＊わたしの吉本隆明レクチャーをweb intelligence university(web-uni.com)で、映像配信しています。

山本哲士（やまもと・てつじ）

1948年生まれ。東京都立大学大学院人文科学研究科博士課程修了。政治社会学、ホスピタリティ環境設計学。信州大学教授、東京芸術大学客員教授をへて、文化科学高等研究院ジェネラル・ディレクター。2016年、web intelligence university（web-uni.com）をたちあげる。著書に『文化資本論』（新曜社）、『新版・ホスピタリティ原論』『哲学の政治 政治の哲学』『フーコー国家論』（すべて文化科学高等研究院出版局）、『吉本隆明の思想』（三交社）など、吉本隆明との対談として『教育・学校・思想』（日本エディタースクール出版部）、『思想を読む 世界を読む』（文化科学高等研究院出版局）がある。編著は50冊以上、編集雑誌は140冊以上におよび、超領域的専門研究の学問設計をなしつづけている。

吉本隆明（よしもとたかあき）と『共同幻想論（きょうどうげんそうろん）』

二〇一六年一二月二五日初版

著者　山本哲士

発行者　株式会社晶文社

〒一〇一-〇〇五一
東京都千代田区神田神保町一-一一
電話　〇三-三五一八-四九四〇（代表）・四九四二（編集）
URL　http://www.shobunsha.co.jp

印刷・製本　株式会社太平印刷社

ISBN978-4-7949-6947-7　Printed in Japan